살인하는 돌

THE MURDER STONE

옮긴이 홍지로

영상 및 출판 번역가. 옮긴 책으로 에드 맥베인의 『사기꾼』, 『킹의 몸값』, 『조각맞추기』, 엘러리 퀸의 『탐정 탐구 생활』이 있다.

이 도서의 국립중앙도서관 출판시 도서목록(CIP)은 서지정보유통지원시스템 홈페이지(http://seoji.nl.go.kr)와 국가자료공동목록시스템(http://www.nl.go.kr/kolisnet)에서 이용하실 수 있습니다.

CIP제어번호: CIP2016015669

The Murder Stone

루이즈 페니 지음 | 홍지로 옮김

살인하는 돌

LOUISE PENNY

피니스
아프리카에

사랑과 추억 속에 자리한 부모님께

일러두기
본문의 모든 주는 옮긴이 주입니다.

프롤로그

한 세기도 전에 악덕 자본가들이 마사위피 호수를 발견했다. 몬트리올, 보스턴, 뉴욕에서 작심하고 찾아온 그들은 캐나다의 야생 깊숙이 파고들어 거대한 산장을 지었다. 물론 그들은 직접 손을 더럽히지는 않았다. 그들에게 들러붙은 것은 전적으로 다른 부류였다. 대신 그들은 조에티크, 텔레스포르, 오노레 같은 이름을 가진 사람들을 고용하여 거대하고 아득히 오래된 숲을 베어 내도록 했다. 숲에서 평생을 살아온 퀘벡 사람들은 처음에는 저항했다. 그들은 그토록 아름다운 것을 파괴한다는 사실에 망설였으며, 좀 더 직관력이 있는 소수는 눈앞에서 펼쳐지는 일의 결과를 예견하기도 했다. 하지만 돈이 이를 해결하고 나자 숲은 천천히 후퇴했고, 마누아르 벨샤스가 웅장히 솟아올랐다. 몇 개월 동안 자르고 벗기고 깎고 말린 끝에 마침내 거대한 통나무들이 차곡차곡 쌓였다. 그렇게 통나무집을 짓는 과정 자체가 하나의 예술이었다. 하지만 집을 지은 사람들의 날카로운 눈과 거친 손을 인도한 것은 미학이 아니라 통나무를 제대로 고르지 않는다면 겨울의 혹한 때문에 실내에 있는 사람들이 모두 죽고 말리라는 확신이었다. 어느 쿠뢰르 뒤 부아^{프랑스가 북아메리카를 식민지로 삼았던 17세기 중후반, 숲에 들어가 원주민과 모피를 거래하며 야생의 생활양식을 익혔던 모험가 겸 상인들}가 암호를 해독하듯 껍질을 벗긴 거대한 나무의 몸통을 몇 시간이고 바라보았다. 주변을 서성이고, 그루터기에 앉고, 파이프를 채우고, 나무를 바라본 끝에, 쿠뢰르 뒤 부아, 즉 숲의 사람은 마침내 나무가 여생을 어디에서 보내야 할지 정확히 알아냈다.

수년이 걸린 끝에 마침내 근사한 산장이 완성됐다. 마무리를 맡은 사람은 웅장한 구리 지붕 위에 피뢰침처럼 우뚝 올라섰고, 앞으로 두 번 다시는 오르지 못할 높이에서 숲과, 외롭고 가슴에 사무치는 호수를 관찰했다. 그가 두 눈으로 충분히 멀리까지 내다볼 수 있었더라면, 무언가 끔찍한 것이 여름날의 벼락처럼 다가오고 있음을 알아보았으리라. 그것은 그저 산장만을 향해 밀려오는 것이 아니라 그가 선 바로 그 자리, 빛나는 금속 지붕 위로 밀려오고 있었다. 바로 그 자리에서 무언가 무시무시한 일이 벌어질 터였다.

그는 전에도 구리 지붕을 얹어 본 경험이 있었고, 늘 같은 디자인이었다. 하지만 이번에는 모두들 일이 끝났다고 생각한 순간 그가 다시 기어올라 지붕 꼭대기를 따라서 일종의 덮개처럼 지붕마루를 덧씌웠다. 왜 그랬는지는 자신도 알 수 없었지만 그편이 보기에도 좋고 옳게 느껴졌다. 그리고 구리로 된 부분은 남겨 두었다. 그는 이후 급성장하는 지역 곳곳의 다른 근사한 건물들에도 똑같은 디자인을 거듭 사용했다. 하지만 바로 이때가 처음이었다.

마지막 못을 박은 다음 그는 천천히, 조심히, 신중히 내려왔다.

돈을 받은 일꾼들은 배를 타고 떠났다. 마음이 주머니만큼이나 무거웠다. 개중 더 직관력이 있는 이들은 자신들이 만들어 낸 것이 어느 정도 숲 자체를 닮았으되 숲이 부자연스럽게 옆으로 누운 형상이었음을 뒤늦게 깨달았다.

그렇게 맨 처음부터 마누아르 벨샤스에는 무언가 부자연스러운 면이 있었다. 건물은 믿기 어려우리만치 아름다웠고, 통나무들은 금빛으로 빛났다. 나무와 윗가지로 만든 그 건물은 물 바로 곁에 서 있었다. 악덕 자본가들이 모든 것을 지배했듯, 마누아르 벨샤스는 마사위피 호수를 지배했다. 산업의 첨병들이란 그럴 수밖에 없는 모양이었다.

그리고 1년에 한 번씩 앤드루며 더글러스며 찰스 같은 이름의 사람들이 철도와 위스키의 제국을 떠나 너덜너덜한 가죽 모카신을 각반과 교환해 신고 카누를 저어 외진 호숫가에 사리한 산장으로 찾아왔다. 강도질에 지긋지긋해진 그들은 다른 여흥을 필요로 했다.

마누아르 벨샤스는 바로 이런 사람들이 한 가지 일을 하도록 고안되고 창조된 곳이었다. 살생.

기분 전환으로는 그만이었다.

야생은 수년에 걸쳐 후퇴했다. 여우와 사슴, 무스와 곰을 비롯하여 악덕 자본가들에게 사냥당한 모든 야생동물이 슬금슬금 물러났다. 부유한 사업가들을 배에 태워 근사한 산장으로 실어 나르곤 하던 아베나키캐나다 퀘벡과 해양 연안 주에 거주하던 북미 원주민 부족들은 은퇴하거나 쫓겨났다. 도시와 마을이 솟아났다. 오두막 소유주와 주말 행락객 들은 근처의 다른 호수들을 찾아냈다.

하지만 벨샤스는 남았다. 세대를 거듭하며 주인이 바뀌었고, 오래전에 죽어 통나무 벽을 장식하고 있던, 깜짝 놀란 얼굴의 사슴과 무스 박제는 물론 심지어 희귀한 퓨마 박제마저도 차츰 다락방에 처박혔다.

설립자들의 부富가 쇠하면서 산장 역시 쇠락했다. 한 가족이 쓰기에는 너무 크고 호텔로 쓰기에는 너무 외진 탓에 건물은 오래도록 버려져 있었다. 그러다 숲이 다시 자기 존재를 주장할 만큼 대담해졌을 무렵, 누군가 그곳을 샀다. 길이 닦였고, 커튼이 걸렸고, 거미와 딱정벌레와 올

빼미들이 벨샤스에서 내쫓겼으며, 손님들이 초청됐다. 마누아르 벨샤스는 퀘벡에서 가장 훌륭한 오베르주auberges 식당과 숙박업소를 겸하는 시설 중 하나가 되었다.

하지만 한 세기에 걸쳐 마사위피 호수가 변했고, 퀘벡이 변했고, 캐나다가 변했고, 거의 모든 것이 변한 동안에도 한 가지 변하지 않은 것이 있었다.

악덕 자본가들이 돌아왔다. 그들은 다시 한 번 마누아르 벨샤스에 왔다. 죽이기 위해.

1

여름의 시작 무렵, 손님들이 호숫가의 외진 산장으로 몰려왔다. 그들을 마누아르 벨샤스로 부른 것은 거미줄로 쓴 듯 가느다랗고 익숙한 필체로 주소가 적힌 동일한 벨럼모조 피지 초대장이었다. 우편물 투입구에 꽂힌 묵직한 초대장은 밴쿠버와 토론토의 명망 높은 집들과 스리 파인스의 어느 작은 벽돌 오두막집 마룻바닥에 털썩 떨어졌다.

집배원은 초대장을 담은 가방을 짊어지고 퀘벡의 작은 마을을 느긋하게 돌았다. 이런 열기 속에선 무리하지 않는 게 좋단 말씀이야. 그는 걸음을 멈추고 모자를 벗어 이마에 흐르는 땀방울을 닦으며 자신에게 말했다. 노동조합 규정도 그렇잖아. 하지만 그가 무기력한 척하는 진짜 이유는 따갑게 내리쬐는 햇볕이 아니라 좀 더 개인적인 데에 있었다. 그는 항상 스리 파인스에서 발걸음을 늦추었다. 장미와 백합 화단 곁을 느리게 서성였고, 우뚝 솟은 디기탈리스를 쿡 찔러 보기도 했다. 풀밭에 있는 연못에서 개구리를 찾는 아이들도 도와주었다. 자연석으로 쌓은 따뜻한 담장 위에 앉아 그는 오래된 마을이 활동하는 광경을 지켜보았다. 덕분에 근무 시간이 길어져서 우편물 취급소에 가장 늦게 돌아오는 집배원이 되었다. 동료들은 왜 그렇게 느리냐며 놀려 댔고, 좀처럼 승진하지 못하는 것도 그 때문이 아닌가 의심스러웠다. 20년이 넘도록 그는 여유를 즐겼다. 갈 길을 서두르는 대신 스리 파인스를 거닐며 개를 산책시키는 사람들과 이야기를 나누고 비스트로 바깥에서 주민들과 함께 레모네이드나 테 글라세아이스티를 마시곤 했다. 혹은 겨울에는 타오르는 난롯불 앞에서 카페오레를 마셨다. 때로는 그가 비스트로에서 점심을 먹고 있다는 사실을 알게 된 마을 사람들이 직접 와서 우편물을 찾아가기도 했다. 잠깐 담소를 나누기도 했고. 그는 오는 길에 들른 다른 마을의 소식을 가져왔다. 마치 중세의 유랑 음유시인이 다른 지역의 역병이나 전쟁이나 홍수 소식을 전하듯이. 하지만 이 예쁘고 평화로운 마을은 그런 것과는 무관했다. 스리 파인스가 산중에 자리한 채 캐나다의 숲에 둘러싸여 바깥세상과는 차단되어 있다고 상상하면 늘 즐거웠다. 정말 그런 기분이었다. 그러면 안심이 됐다.

그래서 그는 여유를 즐겼다. 이날 그는 땀에 젖은 손에 편지 한 묶음을 들고 있었다. 땀 때문에 맨 위에 놓인 완벽하고 아름다우며 두꺼운 편지 봉투를 망칠까 염려스러웠다. 그러다가 필체가 눈길을 잡아끌었고, 걸음이 더욱 느려졌다. 집배원으로 수십 년을 일한 덕에 그는 자신이 그냥 편지만 전달하는 게 아님을 알고 있었다. 그간의 세월 동안 그는 자신이 폭탄을 투하한 적도 있다는 사실을 알고 있었다. 그중에는 아이들이 태어났다거나, 복권에 당첨됐다거나, 먼 부자 이모가 죽었다거나 하는 희소식도 있었다. 하지만 그는 선량하고 예민한 사람이었고, 그래서 자신이 나쁜 소식의 전달자이기도 하다는 사실 역시 알고 있었다. 때때로 자신이 일으키는 고통을 생각하면 가슴이 찢어졌다. 이 마을이라면 특히 그랬다.

그는 지금 자기 손에 들린 것이 그런 소식이며, 그보다 더한 것임을 알았다. 어쩌면 순전히 텔레파시만으로 확신을 갖게 된 것이 아니라 필체를 읽어 내는 무의식적인 능력이 작용했는지도 몰랐다. 단순히 글자가 아닌 그 행간의 요지를. 봉투에 적힌 간단하고 단조로운 세 줄짜리 주소는 편지를 배달할 장소보다 더 많은 것을 말해 주었다. 그는 글씨를 쓴 그 손이 늙고 쇠약하다는 것을 알 수 있었다. 글씨가 흔들린 것은 그냥 나이 때문이 아니라 분노 때문이었다. 그가 들고 있는 이 편지에서 좋은 일이 생길 리 만무했다. 갑자기 편지를 없애 버리고 싶었다.

그는 원래 어슬렁어슬렁 비스트로로 가서 차가운 맥주와 샌드위치를 먹고 주인인 올리비에와 담소를 나누면서, 원래도 좀 게으른 성격인 만큼 누가 우편물을 찾으러 오지는 않는지 기다려 볼 참이었다. 하지만 지금은 갑자기 힘이 솟았다. 마을 사람들은 집배원이 발걸음을 재촉하는 낯선 광경에 깜짝 놀랐다. 그는 멈춰 서더니 몸을 돌려 비스트로와는 반대편으로, 마을 잔디 광장을 내려다보고 있는 어느 벽돌 오두막집 앞의 녹슨 우편함을 향해 부리나케 걸어갔다. 우편함 입구를 열자 우편함이 비명을 질렀다. 우편함을 탓할 일은 아니었다. 그는 편지를 집어넣고 재빨리 쇳소리를 내는 뚜껑을 닫았다. 낡은 금속 상자가 캑캑거리며 그 끔찍한 물건을 토해 내지 않는다는 사실이 놀라울 따름이었다. 그는 편지를 살아 있는 생명체로 여겼고, 우편함을 애완동물처럼 여겼다. 그런 그가 이 특별한 우편함에 몹쓸 짓을 저질렀다. 그리고 이 집 사람들에게.

아르망 가마슈는 안대를 하고 있었더라도 자신이 어디에 있는지 정확히 알아차렸을 것이다. 바로 그 냄새였다. 나무 연기, 오래된 책, 그리고 인동이 뒤섞인 냄새.

"무슈 에 마담 가마슈, 켈 플레지르Monsieur et Madame Gamache, quel plaisir 가마슈 선생님, 가마슈 부인, 정말 반가워요."

클레망틴 뒤부아는 마누아르 벨샤스의 안내 데스크 뒤에서 뒤뚱뒤뚱 걸어 나왔다. 다가오면서 쭉 내민 두 팔의 피부가 날개처럼 늘어져 흔들리는 모습이 새나, 늙어 쪼글쪼글해진 천사처럼 보였다. 의도는 명확했다. 렌 마리 가마슈는 커다란 여자를 다 안지도 못할 자신의 팔을 내밀며 다가갔다. 둘은 포옹하며 서로의 뺨에 입을 맞췄다. 가마슈와도 포옹과 키스를 마친 마담 뒤부아는 뒤로 물러나 부부를 살펴보았다. 눈앞의 렌 마리는 키가 작았고, 통통하지도 늘씬하지도 않은 몸매에 머리는 희끗했고, 얼굴은 생의 중반에 어울리게 자리 잡아 가고 있었다. 그녀는 실제로 예쁘지는 않지만 사랑스러웠다. 프랑스인들이 수아녜soignée 자신을 공들여 가꾸는라고 부르는 모습이었다. 그녀는 종아리 가운데까지 내려오는 진한 파란색 맞춤 스커트와 잘 다린 하얀 셔츠를 입었다. 소박하고 우아하고 고전적이었다.

남자는 키가 크고 체격이 건장했다. 50대 중반에 아직 살이 찌지는 않았지만 좋은 책을 읽고 훌륭한 음식을 먹고 느긋하게 산책을 즐기며 살아왔음이 역력했다. 교수처럼 보이기도 했지만 클레망틴 뒤부아는 그렇지 않다는 것을 알고 있었다. 한때 검게 물결쳤을 머리카락은 후퇴하고 있었다. 정수리 쪽은 성기고 귀 위로 희끗해져 가고 있는 곱슬곱슬한 머리카락이 칼라를 살짝 덮었다. 그는 다듬은 콧수염만 빼고 깨끗하게 면도했다. 군청색 재킷, 카키색 바지, 연푸른색 셔츠를 입고 타이를 맸다. 항상 깔끔했다. 이렇게 열기가 모이는 6월 하순의 낮에도. 하지만 가장 돋보이는 것은 그의 눈이었다. 깊고 따뜻한 갈색 눈. 다른 남자들이 향수 냄새를 달고 살듯 침착함을 달고 사는 남자였다.

"피곤해 보이시네요."

대다수 여관 주인들이라면 "좋아 보이시네요."라든가 "메, 부아이용 Mais, voyons 어쩜, 두 분은 변함이 없으시네요."라며 호들갑을 떨었을 것이다. 혹은 늙은 귀가 결코 지겨워하는 법이 없는 "어느 때보다도 젊어 보이세요."라는 말까지 했을지도 모른다.

가마슈 부부의 귀는 아직 늙었다고 할 정도는 아니었지만, 두 사람은 피곤했다. 한 해가 참 길었고, 두 사람의 귀는 듣고 싶었던 것보다 더 많은 것을 들었다. 그리고, 늘 그렇듯, 가마슈 부부는 그 모든 것을 뒤로하기 위해 마누아르 벨샤스로 왔다. 세상 사람들은 1월에 새해를 축하했지만 가마슈 부부는 한여름에, 세상으로부터 은둔해 있는 이 축복받은 장소를 찾아와 새해를 축하하며 새롭게 출발했다.

"조금 지쳤어요." 렌 마리는 그렇게 인정하면서 안내 데스크 앞에 놓인 안락의자에 감사히 몸을 묻었다.

"봉Bon 좋아요, 그건 곧 해결해 드리지요. 자, 그럼." 마담 뒤부아는 익숙한 몸놀림으로 우아하게 데스크 뒤로 돌아가 자기 안락의자에 앉았다. 그녀는 숙박부를 끌어오면서 안경을 썼다. "두 분을 어디에 배정해 드렸더라?"

아르망 가마슈가 아내 곁 의자에 앉았고, 두 사람은 시선을 교환했다. 그들이 저 숙박부를 뒤진다면 1년에 한 번씩 있는 자신들의 서명을 찾을 터였고, 젊은 가마슈가 돈을 모아 렌 마리를 이곳에 데려왔던 30년도 더 된 6월의 어느 날까지 거슬러 올라가리라는 것을 알았다. 하룻밤. 이 훌륭하고 오래된 마누아르의 뒤편에 있는 가장 작은 방이었다. 산도, 호수도, 싱싱한 모란과 그해 처음 핀 장미가 만발한 정원의 풍경도 보이지 않는. 가마슈는 그 방문이 특별한 것이 되기를 바라며 몇 달 동안 돈을 모았다. 자신이 그녀를 얼마나 사랑하는지, 그녀가 자신에게 얼마나 소중한 존재인지 렌 마리가 알아주기를 바라면서.

그렇게 둘은 처음으로 잠자리를 가졌다. 숲과 주방에 있는 백단향과 라일락의 달콤한 향기가 가려 둔 창문을 통해 눈에 보일 듯 흘러들었다. 하지만 그중에서도 가장 사랑스러운 향기는 자신의 강인한 팔에 둘러싸인 생기 넘치고 따스한 그녀의 향기였다. 그날 밤 그는 그녀에게 사랑의 말을 담은 쪽지를 썼다. 새하얀 시트로 그녀를 포근히 덮어 준 다음, 비좁은 흔들의자에 앉았다. 뒤쪽 벽을 치거나 앞쪽 침대에 정강이를 부딪쳐 렌 마리를 깨울까 봐 감히 실제로 의자를 흔들 생각은 하지도 못한 채, 그는 그녀가 숨 쉬는 모습을 바라보았다. 그런 다음 그는 마누아르 벨샤스의 편지지에 썼다. **내 사랑은 이런—**

어떻게 사람이 이와 같은—

내 마음과 영혼이 살아나—

당신을 향한 나의 사랑은—

그는 밤새도록 썼고, 다음 날 아침 렌 마리는 화장실 거울에 테이프로 붙여 둔 쪽지를 발견했다.

사랑해.

클레망틴 뒤부아는 그때도 육중하고, 뒤뚱거리고, 미소 짓는 모습으로 그곳에 있었다. 당시에도 이미 나이가 들었던 터라 가마슈는 매년 예약 전화를 할 때마다 낯설고 사무적인 목소리가 "봉주르, 마누아르 벨샤스. 퓌주 부제데Bonjour, Manoir Bellechass. Puis-je vous aider 안녕하세요. 마누아르 벨샤스입니다. 무엇을 도와 드릴까요?"라고 말할까 봐 걱정했다. 대신 그에게 들려오는 것은 "무슈 가마슈, 반가워요. 다시 찾아 주시려는 거겠지요?"라는 목소리였다. 할머니 댁에 가는 것 같았다. 그가 아는 어떤 할머니보다도 나이 많은 할머니이긴 했지만.

가마슈와 렌 마리는 그동안 결혼하고, 두 아이를 갖고, 이제는 손녀하나에 장차 태어날 손주까지 생기는 등 당연히 변화를 겪었지만 클레망틴 뒤부아는 조금도 나이 들거나 쇠약해지지 않는 것처럼 보였다. 그건 그녀의 사랑, 마누아르도 마찬가지였다. 마치 둘이 하나가 되어 함께 친절하고 다정하게 손님들을 맞이하고 안락함을 제공하는 듯했다. 너무빨리 변화하는 것만 같은 이 세상에서 변하지 않는 그 모습은 신비롭고도 유쾌했다. 세상의 변화가 항상 더 나은 쪽으로만 이루어지는 것이 아니니까만큼.

"왜 그러세요?" 렌 마리가 마담 뒤부아의 얼굴에 떠오른 표정을 보고 물었다.

"내가 늙었나 봐요." 그렇게 말하며 올려다보는 그녀의 보랏빛 눈동자에는 수심이 어려 있었다. 가마슈는 괜찮다는 듯 미소를 지어 보였다. 그의 계산에 따르면 그녀는 적어도 백스무 살은 됐을 터였다.

"혹시 방이 없어서 그러신 거라면 걱정 마십시오. 다른 주에 다시 오면 되지요." 몬트리올에 있는 가마슈 부부의 집에서 퀘벡의 이스턴 타운십스까지는 차로 고작 두 시간 거리였다.

"오, 방은 있어요. 하지만 더 나은 방이 있는 줄 알았거든요. 예약 전화 주셨을 때 호수 방을 미리 남겨 뒀어야 했는데. 작년에 묵으신 방 말이에요. 하지만 마누아르가 다 차 버렸네요. 피니 씨네 가족이 방 다섯 개를 쓰셔서요. 그 사람들이 여기……."

그녀는 갑자기 말을 멈추고 숙박부로 눈을 내려뜨렸다. 그 행동이 너무 조심스럽고 그녀답지 않아서 가마슈 부부는 눈빛을 교환했다.

"그 사람들이 여기……?" 침묵이 길어지자 가마슈가 말을 꺼냈다.

"뭐, 상관없어요. 시간은 많으니까." 그녀는 고개를 들고 안심하라는 듯 미소를 지었다. "그래도 두 분께 가장 좋은 방을 마련해 두지 못해서 미안해요."

"호수 방을 원했으면 저희가 부탁드렸겠죠." 렌 마리가 말했다. "아르망 성격 아시잖아요. 이 사람이 불확실한 일로 법석 떠는 건 이때가 유일한걸요. 하여간 야성적인 남자라니까."

그 말이 사실이 아님을 아는 클레망틴 뒤부아는 웃음을 터뜨렸다. 그녀는 앞에 있는 남자가 매일같이 극도로 불확실한 일과 더불어 살아가고 있다는 사실을 알고 있었다. 그렇기에 그녀는 진심으로 매년 두 사람의 마누아르 방문이 호화로움과 편안함으로 가득하기를 바랐다. 그리고 평화도.

"저희는 방을 지정하는 법이 없지요, 마담." 가마슈의 목소리는 깊고 따스했다. "그 이유를 아십니까?"

마담 뒤부아는 고개를 가로저었다. 오랫동안 궁금하긴 했지만 손님들에게, 특히 이 사람들에게 꼬치꼬치 캐묻고 싶지는 않았다. "다른 사람들은 다들 방을 지정해요. 사실 이번에 온 가족은 무료로 업그레이드해 달라고 하더군요. 메르세데스랑 BMW를 타고 와 놓고는 더 좋은 방을 달라는 거예요." 그녀가 미소 지었다. 심술궂은 미소는 아니었지만 그 미소에는 이미 많은 것을 가지고 있으면서 더 많은 것을 바라는 사람들에 대한 곤혹스러움이 담겨 있었다.

"저희는 운명에 맡기는 걸 좋아합니다." 가마슈가 말했다. 그녀는 혹시 농담인가 싶어서 그의 얼굴을 살펴보았지만 그런 것 같지는 않았다. "저희는 주어진 것에 더없이 만족하지요."

클레망틴 뒤부아는 그 말이 진심임을 알았다. 그녀도 같은 심정이었다. 매일 아침 잠에서 깰 때마다 그녀는 또 새로운 날을 볼 수 있다는 사실에 살짝 놀랐고, 자신이 물 맑은 호수의 반짝이는 기슭에 자리한, 숲과 개울과 정원과 손님들에 둘러싸인 이 오래된 산장에 있다는 사실에 항상 놀라워했다. 이곳은 그녀의 집이었고, 손님들은 가족 같았다. 하지만 마담 뒤부아는 쓰라린 경험을 통해 항상 가족을 고르거나 좋아할 수 없다는 사실도 알고 있었다.

"여기 있어요." 그녀는 긴 열쇠고리가 달린 낡은 황동 열쇠를 달랑거렸다. "숲 방이에요. 죄송하지만 뒤쪽에 있는 방이에요."

렌 마리가 미소 지었다. "어딘지 알아요. 메르시Merci 고맙습니다."

가마슈 부부가 마사위피 호수에서 헤엄치고 향긋한 숲을 느긋하게 거니는 사이 하루가 부드럽게 흘러 다음 날로 넘어갔다. 두 사람은 책을 읽고 다른 손님들과 원만하게 담소를 나누며 차츰 사람들을 알아 갔다.

며칠 전까지만 해도 두 사람이 피니 일가와 만날 일은 없었을 테지만, 이곳 외진 산장에서 그들은 다정한 말벗이 되었다. 유람선에 탄 경험 많은 여행자처럼 손님들은 너무 멀지도 너무 가깝지도 않은 관계를 유지했다. 그들은 서로 무슨 일을 하는지조차 알지 못했는데, 아르망 가마슈로서는 괜찮은 상황이었다.

오후 중반 무렵 가마슈가 유달리 활짝 핀 분홍 장미 주변을 분주히 돌아다니는 벌 한 마리를 바라보고 있을 때, 웬 움직임이 그의 주의를 끌었다. 그는 긴 의자에 누운 채 몸을 돌려서 피니 부부의 아들 토머스와 그의 아내 샌드라가 산장에서 눈부신 햇살 속으로 걸어 나오는 모습을 지켜보았다. 샌드라는 날씬한 손을 들어 올려 커다란 검정 선글라스를 썼고, 그 때문에 약간 파리처럼 보였다. 이곳에서 그녀는 외계인 같았다. 익숙한 환경에 있지 않다는 것만은 분명했다. 가마슈가 짐작하기에 나이는 50대 후반에서 60대 초반 정도인 듯했지만, 그보다 훨씬 젊어 보이려 노력하는 기색이 뚜렷했다. 가마슈는 머리를 염색하고 짙은 화장을 하고 젊은 옷을 입는 것이 정작 그 사람을 더 나이 들어 보이게 한다는 사실이 재미있다고 생각했다.

그들은 잔디밭을 향해 걸어갔다. 샌드라의 힐이 잔디에 숭숭 구멍을 뚫더니 박수라도 기대하는 듯 멈춰 섰다. 하지만 가마슈의 귀에 들린 것은 장미꽃에 들어간 벌의 날개가 내는 둔중한 붕붕 소리뿐이었다.

토머스는 다리 위에 선 제독처럼 호수로 내려가는 야트막한 언덕 꼭대기에 서 있었다. 날카롭고 푸른 눈이 트라팔가르의 넬슨처럼 물을 살폈다. 가마슈는 토머스를 볼 때마다 전투를 준비하는 남자의 모습이 떠오른다는 사실을 깨달았다. 토머스 피니는 60대 초반이었고 누가 봐도 잘생긴 사람이었다. 키가 컸으며 하얗게 센 머리와 고귀한 용모가 돋보였다. 하지만 산장에서 며칠을 함께 보내는 동안 가마슈는 이 남자가 약간의 아이러니랄까, 조용한 유머 감각도 있음을 깨달았다. 그는 오만무례했으나 자신이 그렇다는 사실을 아는 듯했고, 그런 자신을 비웃을 줄도 알았다. 그런 태도가 무척 그럴듯해서 가마슈는 그에게 따뜻한 감정을 품게 되었다. 물론 뜨거운 날씨 탓에 무엇에든 따뜻하게 대하게 되는 날이긴 했다. 특히 오래된 「라이프LIFE」지에서 땀으로 축축한 손바닥에 잉크가 묻어날 정도였다. 가마슈가 손바닥을 내려다보니 LIFE를 거꾸로 쓴 ƎℲI⅃라는 문신이 새겨져 있었다.

토머스와 샌드라는 그늘진 포치porch 현관 바깥쪽에 지붕을 얹어 비바람을 피하거나 휴식을 취할 수 있게 만든 공간에 늘어진 토머스의 연로한 부모를 곧장 지나쳤다. 가마슈는 서로를 보이지 않는 것처럼 대하는 이 가족의 능력에 다시금 경탄했다. 가마슈는 정원과 호숫가를 따라 점점이 흩어진 사람들을 둘러보는 토머스와 샌드라를 독서용 안경 너머로 바라보았다. 토머스보다 몇 살 어린 첫째 딸 줄리아 마틴은 선착장에 놓인 애디론댁 의자폭이 좁고 팔걸이, 등받이, 좌판이 뒤로 경사진 실외용 안락의자에 홀로 앉아 책을 읽고 있었다. 새하얀 원피스 수영복 차림이었다. 50대 후반인 그녀는 날씬했고 쿠킹 오일을 듬뿍 바르기라도 한 듯 트로피처럼 반짝였다. 햇빛 속에서 지글지

글 타는 듯한 그 모습에 가마슈는 움찔하며 그녀의 피부가 갈라지는 광경을 떠올렸다. 줄리아는 때때로 읽던 책을 내리고 고요한 호수 저편을 응시했다. 생각에 잠긴 채. 가마슈는 줄리아 마틴이 생각할 거리가 상당히 많다는 것 정도는 알고 있었다.

호수로 이어지는 잔디밭에는 피니 가족의 나머지 구성원인 둘째 딸 마리아나와 그녀의 아이 빈이 있었다. 토머스와 줄리아가 늘씬하고 매력적인 반면, 마리아나는 땅딸막하고 통통했으며 누가 봐도 못생겼다. 두 사람의 장점을 반전해 놓은 듯했다. 입고 있는 옷마저 그녀에게 유감이라도 있는 양 흘러내리거나 보기 싫게 헝클어져서, 그녀는 자꾸 옷을 잡아 펴고 끌어당기고 꼼지락거리며 매무새를 고쳤다.

하지만 빈은 햇빛 속에서 거의 하얗게 보이는 긴 금발 머리에 굵고 짙은 눈썹과 영롱한 푸른 눈이 더없이 매력적인 아이였다. 지금 이 순간 마리아나는 태극권을 하는 것처럼 보이긴 했지만 동작은 자기 마음대로였다.

"이거 봐라, 학이야. 엄마는 학이야."

통통한 여자는 한 다리로 서서 두 팔을 하늘로 치켜들고 목을 있는 힘껏 내밀었다.

열 살 먹은 빈은 엄마를 무시한 채 계속 책을 읽었다. 가마슈는 아이가 얼마나 지루할지 궁금했다.

"제일 어려운 자세야." 마리아나가 필요 이상으로 크게, 거의 스카프에 목이 졸린 듯이 말했다. 가마슈는 마리아나가 태극권이나 요가나 명상이나 군대식 건강 체조를 하는 것은 토머스가 나타날 때뿐이라는 사실을 알아차렸다.

오빠에게 잘 보이려는 것일까, 아니면 창피를 주려는 걸까? 가마슈는 궁금했다. 토머스는 땅딸막하고 비틀거리는 학을 흘끗 보더니 샌드라를 다른 쪽으로 이끌었다. 두 사람은 그늘 밑에 외따로 놓인 의자 두 개를 찾아 앉았다.

"저 사람들 감시하는 건 아니지?" 렌 마리가 읽던 책을 내리고 남편을 보며 물었다.

"감시라는 말은 너무 심한걸. 그냥 관찰하는 거야."

"그만해야 하는 거 아냐?" 잠시 후, 그녀가 덧붙였다. "뭔가 흥미로운 일이라도?"

가마슈는 웃으며 고개를 가로저었다. "아냐."

"그래도," 렌 마리가 뿔뿔이 흩어져 있는 피니 가족을 둘러보며 말했다. "기껏 가족 모임을 위해 여기까지 와 놓고 서로 무시하다니, 이상한 가족이긴 해."

"더 나쁠 수도 있지. 서로 죽인다든가."

렌 마리는 웃음을 터뜨렸다. "그럴 정도로 가까워지지도 못할걸."

끙 하며 동감을 표한 가마슈는 자신이 이 문제에 신경 쓰지 않는다는 사실에 기쁨을 느꼈다. 그것은 그들의 문제지, 자신의 문제가 아니었다. 더구나 며칠간 함께하는 사이 피니 가족을 묘하게 좋아하게 되었다.

"보트르 테 글라세, 마담Votre thé glacé, madame 아이스티입니다. 부인." 젊은이가 명랑한 영국계 캐나다 억양이 실린 프랑스어로 말했다.

"메르시, 엘리엇." 렌 마리는 오후의 햇살을 손으로 가리며 웨이터에게 미소를 지었다.

"엉 플레지르Un plaisir 별말씀을요." 웨이터는 활짝 웃으며 긴 아이스티 잔을 렌 마리에게, 물방울이 맺힌 레모네이드 잔을 가마슈에게 건네고 나머지 음료를 전달하러 갔다.

"나도 저렇게 젊을 때가 있었지." 가마슈가 애석하다는 듯 말했다.

"저렇게 젊을 때가 있었는지는 몰라도 저 정도까진……," 렌 마리는 검정 맞춤 바지에 나긋나긋한 몸에 꼭 맞는 작고 하얀 재킷을 입고 잘 다듬어진 잔디 위를 기운차게 걸어가는 엘리엇을 향해 고갯짓을 했다.

"이런, 내가 또 다른 구혼자를 두들겨 패야 하는 건가?"

"어쩌면."

"내가 그럴 거라는 걸 알 텐데." 그가 그녀의 손을 잡았다.

"안 그럴 거라는 걸 알지. 당신은 저 애가 죽을 때까지 저 애 이야기를 들어줄걸."

"그게 전략이야. 나의 거대한 지성으로 녀석을 박살 내는 거지."

"참 무섭기도 하겠네요."

레모네이드를 한 모금 마신 가마슈는 갑자기 입술을 오므렸고, 눈에 눈물이 솟아올랐다.

"아, 눈물 앞에 당해 낼 여자가 어디 있으랴?" 렌 마리는 눈물이 맺힌 눈을 끔뻑이고 오만상을 찌푸리는 가마슈를 쳐다보았다.

"설탕. 설탕이 필요해." 그가 숨을 내뱉으며 말했다.

"있어 봐, 내가 웨이터에게 말할게."

"아냐. 내가 가지." 그는 기침을 하고 그녀에게 짐짓 엄한 시선을 던진 다음 편안한 의자에 묻혀 있던 몸을 흔들어 일으켰다.

그는 레모네이드를 들고 향기로운 정원에서 널찍한 베란다로 이어지는 길을 천천히 거닐었다. 베란다는 오후의 태양이 휘두르는 예봉을 차단하고 있었기 때문에 벌써 시원했다. 버트 피니가 읽던 책을 내리고 가마슈를 바라보더니 미소를 지으며 정중하게 고개를 끄덕였다.

"봉주르. 날이 따뜻하구려."

"하지만 여긴 시원하군요." 가마슈는 말없이 나란히 앉아 있는 나이 지긋한 부부를 향해 미소를 지으며 말했다. 피니 쪽이 아내보다 확실히 나이 들어 보였다. 가마슈는 그녀가 80대 중반인 반면 피니는 아흔이 다 되어 가는 것이 틀림없다고, 이따금 생의 끝에 가까워진 사람들이 그렇듯 반투명해지고 있다고 생각했다.

"안으로 들어갈 참입니다. 뭔가 가져다 드릴까요?" 가마슈는 그렇게 물으면서 다시 한 번 버트 피니가, 만나 본 사람 중에서 정중하지만 가장 매력이 없는 사람이라고 생각했다. 사람을 겉만 보고 판단하려 드는 스스로를 책망하면서도 그가 할 수 있는 일은 빤히 쳐다보지 않으려고 노력하는 정도가 고작이었다. 순환하는 미학의 조잡한 세계를 한 바퀴 돌고 온 듯, 무슈 피니는 너무 혐오스러운 나머지 매력적일 지경이었다.

그의 피부는 울퉁불퉁하고 불그레했고, 크고 보기 흉한 코는 부르고뉴 포도주를 들이켜 머금은 양 붉고 정맥이 드러나 있었다. 누런 치아는 입안에서 이쪽저쪽으로 뒤죽박죽 튀어나왔다. 눈은 작고 살짝 사시였다. 가마슈는 게으른 눈이라고 생각했다. 더 암울했던 시절에는 악마의 눈으로 통했던 눈이었다. 당시 저런 눈의 사람은 운이 좋으면 고상한 사회 밖으로 쫓겨났고, 최악의 경우에는 말뚝에 매달렸다.

아이린 피니는 여름용 꽃무늬 드레스를 입고 남편 옆에 앉아 있었다. 통통한 몸매에 하얗고 가는 머리카락을 느슨히 묶어 올렸는데, 고개를 들지 않아도 온화하고 하얀 얼굴임을 알 수 있었다. 그녀는 절벽을 떠받

치는 부드럽고 포근한 빛바랜 베개 같았다.

"괜찮소, 메르시."

가마슈는 피니가 가족 중에서 유일하게 늘 자신에게 조금이나마 프랑스어를 쓰려고 노력한다는 사실을 알고 있었다.

마누아르 안으로 들어가자 온도가 더 떨어졌다. 안은 한낮의 열기를 피해 거의 서늘하다고 해도 될 정도였다. 가마슈의 눈이 적응하는 데에는 시간이 조금 걸렸다.

식당으로 통하는 짙은 단풍나무 문이 닫혀 있어서 가마슈는 머뭇거리며 노크를 한 다음 문을 열고 판벽 널을 댄 주방으로 들어갔다. 빳빳하고 하얀 리넨, 순은 식기, 훌륭한 골회 자기에, 테이블마다 꽂아 둔 신선한 꽃 등, 저녁 준비가 진행 중이었다. 장미와 나무, 광택제와 허브, 아름다움과 질서의 냄새가 났다. 바닥부터 천장까지 정원을 마주 보고 난 창문으로 햇살이 흘러들었다. 창문은 열기를 차단하고 시원함을 유지하기 위해 닫혀 있었다. 마누아르 벨샤스에는 에어컨이 없었지만, 육중한 통나무들이 자연 단열재 노릇을 하여 퀘벡의 혹독한 겨울에는 열기를 잡아 두고 가장 뜨거운 여름날에는 열기를 배출해 주었다. 오늘은 가장 더운 날은 아니었다. 가마슈가 짐작하기에는 26도 밑이지 싶었다. 그래도 그는 이곳을 손으로 쌓아 올리고, 초대받지 못한 것은 절대 들어올 수 없게끔 정확하게 통나무를 하나하나 선별한 쿠뢰르 뒤 부아들의 솜씨에 고마움을 느꼈다.

"무슈 가마슈." 피에르 파트노드가 행주에 손을 닦으면서 미소를 지으며 다가왔다. 그는 가마슈보다 몇 살 어렸고 더 날씬했다. 가마슈는 테이블 사이를 뛰어다닌 덕분일 거라고 생각했다. 하지만 사실 이 지배인은 뛰어다니는 법이 없는 듯했다. 그는 모든 사람을 오베르주에 있는 유일한 사람처럼 충분한 시간을 들여 대하면서도 다른 손님들을 절대 무시하거나 깜빡하지 않는 듯했다. 그것은 이 최고의 지배인이 지닌 특별한 재능이었고, 마누아르 벨샤스는 최고만을 갖춘 것으로 유명했다.

"무엇을 도와 드릴까요?"

가마슈는 살짝 부끄러워하며 잔을 내밀었다. "방해해서 미안합니다만 설탕이 좀 필요해서요."

"이런, 이런 일이 있을까 봐 걱정했더니. 설탕이 다 떨어진 모양입니다. 가르송웨이터 한 명을 마을로 보내 가져오라고 해 뒀습니다. 데졸레 désolée 죄송합니다. 하지만 혹시 여기서 기다려 주신다면 주방장이 유사시에 쓰려고 남겨 둔 걸 찾아볼 수도 있을 것 같군요. 정말이지 이런 일은 드문데 말입니다."

가마슈는 동요하는 법이 없는 지배인이 동요하는 모습을 보는 것이야 말로 정말로 드문 일이라고 생각했다.

"그러실 것까지 없습니다." 사라지는 파트노드의 등을 향해 가마슈가 말했다.

잠시 후 지배인이 작은 골회 자기 단지를 들고 돌아왔다.

"부알라Voilà 짜잔! 성공입니다. 물론 베로니크 주방장과 씨름을 벌여야 했습니다만."

"비명 소리를 들었습니다. 메르시."

"푸르 부, 무슈, 세 텅 플레지르Pour vous, monsieur, c'est un plaisir 도움이 돼 기쁩니다."

가마슈가 귀한 설탕을 레모네이드에 넣고 젓는 동안 파트노드는 은제 장미 꽂꽂이용 화병을 들고 행주로 마저 닦았다. 두 사람 모두 안온한 침묵 가운데 창밖의 정원과 그 너머에서 반짝이는 호수를 바라보았다. 카누 한 대가 고요한 오후 속을 게으르게 흘러갔다.

"조금 전에 관측기를 확인해 봤습니다." 지배인이 말했다. "폭풍이 오고 있더군요."

"브레망Vraiment 그래요?"

맑고 고요한 날이었지만, 이 우아하고 고풍스러운 산장에 있는 다른 모든 손님들과 마찬가지로 가마슈 역시 지배인이 손수 제작하여 부지 주변에 설치한 기상 관측기로 얻어 낸 일기예보를 믿게 되었다. 예전에 지배인이 설명한 바에 따르면 아버지에게서 물려받은 취미였다.

"어떤 아버지들은 아들에게 사냥하는 법이나 낚시하는 법을 가르치죠. 제 아버지는 절 숲으로 데리고 들어가 날씨에 관해 가르쳐 주셨습니다." 언젠가 지배인이 가마슈와 렌 마리에게 기압계와 물이 주둥이까지 들어찬 오래된 종 모양 유리 단지를 보여 주면서 말했다. "지금은 제가 저 친구들에게 가르치고 있지요." 피에르 파트노드는 젊은 종업원들이 있는 쪽을 손짓했다. 가마슈는 그들이 가르침에 주의를 기울이고 있기를 바랐다.

벨샤스에는 텔레비전이 없었고 라디오 수신마저 고르지 못해 캐나다 환경부의 기상예보를 들을 수 없었다. 파트노드와, 날씨를 예견하는 거의 신비에 가까운 그의 능력뿐이었다. 매일 아침 식사를 하러 내려오면 식당 문에 그날의 예보가 붙어 있었다. 날씨에 중독된 나라이니만큼, 그의 예보는 마약 같았다.

이제 파트노드는 고요한 바깥을 내다보고 있었다. 나뭇잎 하나 흔들리지 않았다.

"위Oui 네. 폭염이 오고 나면, 다음은 폭풍입니다. 큰 녀석 같군요."

"메르시." 가마슈는 지배인에게 레모네이드를 들어 보이고 다시 바깥을 바라보았다.

그는 여름의 폭풍을 사랑했고, 벨샤스에서라면 특히 그랬다. 폭풍이 갑자기 머리 위에 들이닥치는 것 같은 몬트리올과 달리, 이곳에서는 폭풍이 다가오는 모습을 볼 수 있었다. 어두운 구름이 호수 저편의 산 위에 모이고, 비의 회색 장막이 멀리서 떨어진다. 자신을 추스르고 숨을 한 번 들이쉰 다음 물을 향해 목표를 고정하고 행진해 오는 보병대 같은 모습. 바람이 강해지며 키 큰 나무들을 붙들고 난폭하게 뒤흔든다. 그런 다음 쏟아진다. 쾅. 폭풍이 그들을 향해 울부짖고 불어닥치고 몸을 내던지는 동안, 그는 렌 마리와 함께 마누아르 안에 안전하게 틀어박혀 있을 터였다.

바깥으로 나가자 열기가 장막 같다기보다 후려치듯 부딪쳐 왔다.

"설탕 좀 찾았어?" 렌 마리가 손을 뻗어 그의 얼굴을 어루만졌고, 가마슈는 몸을 숙여 그녀에게 입 맞춘 후 다시 의자에 앉았다.

"압솔뤼망Absolument 찾고말고."

그녀는 다시 책을 읽었고, 가마슈는 「르 드부아」로 손을 뻗었지만 그의 큰 손은 신문 헤드라인 위에서 맴돌며 주저했다. 퀘벡 분리 독립에 대한 국민투표가 한 번 더 있을 수 있음. 바이크 갱단 전쟁. 끔찍한 지진 발생.

손은 신문 대신 레모네이드로 옮겨 갔다. 1년 내내 그는 마누아르 벨샤스에서 직접 만든 레모네이드를 생각하며 입맛을 다셨다. 신선하고 깔끔하며 달콤하고 시큼한 맛이었다. 햇살과 여름의 맛이었다.

가마슈는 어깨가 처지는 것을 느꼈다. 긴장이 풀리고 있었다. 좋은 기분이었다. 그는 챙 모자를 벗고 이마를 닦았다. 습도가 오르고 있었다.

평화로운 오후 속에 앉아 있노라니 폭풍이 오고 있다는 말을 믿기가 힘들었다. 하지만 땀 한 방울이 등골을 간지럽히며 흘러내리는 것이 느껴졌다. 기압이 높아지는 것도 느낄 수 있었다. 지배인이 헤어지면서 했던 말이 떠올랐다.

"내일은 끔찍할 겁니다."

2

상쾌한 수영을 마치고 선착장에서 진토닉을 마신 후, 가마슈 부부는 샤워를 하고 저녁 식사를 위해 식당에 모인 손님들과 합류했다. 허리케인 램프등유를 이용해 불을 밝히는 등잔으로, 유리벽으로 불꽃을 보호하여 실외에서 쓰기 적합하다 안에 든 양초가 불을 밝혔고, 테이블마다 소박한 올드 잉글리시 로즈 꽃다발이 장식돼 있었다. 벽난로 선반 위에 놓인 장식은 더욱 화려해서, 부러질 듯 아치를 그리는 모란과 라일락, 연푸른색 참제비고깔과 금낭화가 감탄을 자아냈다.

피니 가족은 한데 모여 앉았다. 남자들은 디너 재킷을 입고 여자들은 따뜻한 저녁을 고려해 시원한 여름용 드레스를 입고 있었다. 빈은 하얀 반바지와 잘 다린 녹색 셔츠를 입었다.

손님들은 마사위피 호숫가 구릉 너머로 저물어 가는 해를 바라보면서 지역 특산인 카리부캐나다 동부에 서식하는 순록의 일종로 만든 주방장의 아뮈즈부슈입맛을 돋우기 위해 내놓는, 한입에 먹을 수 있는 전채 요리를 시작으로 이어지는 코스 요리를 하나씩 즐겼다. 렌 마리는 에스카르고 아 라이마늘을 곁들인 달팽이 요리를 먹은 다음 절인 캐나다 생강, 귤, 금귤을 곁들여 구운 오리 가슴살을 주문했다. 가마슈는 정원에서 딴 신선한 로켓시금치 맛에 강한 향을 풍기는 식물로 주로 샐러드에 사용한다에 파마산 치즈를 갈아 올린 샐러드로 시작한 후 소렐 요거트 소스를 곁들인 양식 연어를 주문했다.

"디저트 주문하시겠습니까?" 피에르가 얼음 통에서 와인병을 들어 올려 마지막 남은 와인을 두 사람의 잔에 따랐다.

"뭘 추천하시겠어요?" 렌 마리는 자신이 그런 질문을 하고 있다는 사실을 믿을 수 없을 지경이었다.

"마담께는 크리미한 유기농 다크 초콜릿으로 채운 에클레르길죽한 반죽 안에 슈크림을 넣어 굽고 초콜릿을 입힌 페이스트리 위에 얹은 상큼한 민트 아이스크림을, 무슈께는 푸딩 뒤 쇼뫼르 아 레라블 아베크 크렘 샹티이메이플 시럽과 샹티이 크림을 곁들인 푸딩 쇼메를 권해 드리겠습니다."

"세상에." 렌 마리가 남편을 돌아보며 속삭였다. "오스카 와일드가 뭐라고 했더라?"

"나는 유혹을 제외한 모든 것에 저항할 수 있다."

그들은 디저트를 주문했다.

마침내 더는 아무것도 먹지 못하겠다 싶을 즈음, 근처 생 브누아 뒤

락에 있는 베네딕트회 수도원의 수도사들이 만든 지역 특산 치즈를 잔뜩 실은 치즈 카트가 도착했다. 수도사들은 사색적인 삶을 꾸려 나가면서 동물들을 키우고 치즈를 만들고 너무나도 아름다운 그레고리안 성가를 불렀는데, 그 때문에 일부러 세속을 등진 사람들로서는 아이러니하게도 세계적인 명성을 얻었다.

프로마주 블뢰블루 치즈를 즐기면서 가마슈는 이토록 아름다운 하루를 끝내기는 아쉽다는 듯이 천천히 희미해져 가는, 햇빛 속에 잠긴 호수 너머를 바라보았다. 호수 건너편에서 불빛 하나를 볼 수 있었다. 오두막. 훼손되지 않은 야생을 망가뜨리고 침범하는 오두막이 아니라 찾아오는 이를 환영하는 오두막. 가마슈는 한 가족이 선착장에 앉아 별똥별을 찾거나 소박한 거실의 프로판 등 곁에 모여 진 러미나 스크래블, 혹은 크리비지 게임을 하는 모습을 상상했다. 물론 전기가 들어올 테지만 이것은 그만의 환상이었고, 그 환상 속에서 퀘벡의 깊은 숲 속에 사는 사람들은 가스등에 의지해 살았다.

"오늘 파리에 전화해서 로슬린이랑 얘기했어." 렌 마리는 부드럽게 삐걱거리는 소리를 들으며 의자에 등을 기댔다.

"별일 없대?" 문제가 있었다면 더 일찍 말해 주었으리라는 걸 알고 있었지만 가마슈는 아내의 얼굴을 살폈다.

"최고래. 앞으로 두 달 남았어. 구월에 나오겠네. 아이가 태어나면 로슬린네 어머니가 파리로 가서 플로렌스를 봐 주기로 하셨다던데, 그래도 혹시 우리도 오고 싶으냐고 묻던걸."

가마슈는 미소 지었다. 물론 두 사람은 이미 그런 이야기를 나누었다. 가서 손녀 플로렌스를 보고, 아들과 며느리를 보고 싶은 마음이 간절했다. 아기를 보고 싶은 마음도. 가마슈는 그 생각을 할 때마다 기쁨으로 몸이 떨렸다. 자신의 아이가 아이를 갖는다는 생각 자체를 거의 믿을 수 없을 것 같았다.

"이름을 정했대." 렌 마리가 대수롭지 않다는 듯 말했다. 하지만 가마슈는 아내를, 그녀의 얼굴을, 손을, 몸을, 목소리를 알고 있었다. 방금 그녀의 목소리가 달라졌다.

"말해 줘." 가마슈는 치즈를 내려놓고 커다랗고 표현이 풍부한 두 손을 포개 하얀 리넨 테이블보 위에 얹었다.

렌 마리는 남편을 바라보았다. 그는 그토록 강건한 사람치고는 너무나도 침착하게 자신을 억제할 줄 알았다. 비록 그 때문에 강인하다는 인상이 더해지기만 했지만.

"여자애면 주느비에브 마리 가마슈라고 부르겠대."

가마슈는 이름을 되뇌었다. 주느비에브 마리 가마슈. "아름다워."

생일 카드와 크리스마스카드에 이 이름을 적게 되는 걸까? 주느비에브 마리 가마슈. 그 애가 우트레몽에 있는 자신들의 아파트 계단을 뛰어 올라 와 작은 발을 구르며 "할아버지, 할아버지?" 하고 외치게 되는 걸까? 그러면 자신은 "주느비에브!" 하고 아이의 이름을 부른 다음 튼튼한 두 팔로 아이를 훌쩍 들어 올려 사랑하는 사람들을 위해 마련해 둔 어깨에 안전하고 다정하게 앉히게 되는 걸까? 어느 날 아이와 아이의 언니인 플로렌스를 데리고 몽 루아얄 공원으로 산책을 가서 자신이 좋아하는 시를 가르쳐 주게 되는 걸까?

영혼이 죽고 죽은 이가 그곳에서 숨 쉬나니

그는 한 번도 자신에게 이리 말한 적 없었노라

'이곳은 나의 땅, 내가 나고 자란 땅이니!'월터 스콧 경의 시 「마지막 음유시인의 노래」 중

아버지가 나에게 가르쳐 주었듯이.

주느비에브.

"그리고 남자애면," 렌 마리가 말했다. "오노레라고 부를 계획이래."

잠시 침묵이 흘렀다. 결국 가마슈는 한숨을 내쉬었다. "아." 그리고
눈을 내려뜨렸다.

"근사한 이름이잖아, 아르망. 근사한 제스처고."

가마슈는 고개를 끄덕였지만 아무 말도 하지 않았다. 이런 일이 일어
나면 어떤 기분일지 생각해 본 적이 있었다. 어떤 이유에서인지 이런 일
이 일어날지도 모른다고 생각했었다. 어쩌면 그가 자신의 아들을 잘 알
았기 때문인지도. 두 사람은 그토록 닮아 있었다. 크고, 건장하고, 온
화했다. 자신도 다니엘을 '오노레'라고 부를까 망설인 적이 있지 않았던
가? 세례 직전까지도 아들의 이름은 오노레 다니엘이 될 예정이었다.

하지만 결국 그는 아들에게 그런 짓을 할 수 없었다. 오노레 가마슈라
는 이름이 아니더라도 이미 헤쳐 나가기 어려운 게 인생 아니던가?

"당신이 전화해 주면 좋겠대."

가마슈는 손목시계를 보았다. 거의 10시였다. "내일 아침에 하지."

"뭐라고 할 건데?"

가마슈는 아내의 손을 잡았다가 내려놓은 다음 미소를 지었다. "대응
접실에 있는 커피와 리큐어를 좀 마실까?"

그녀는 그의 얼굴을 살펴보았다. "잠깐 걷고 싶어? 커피는 내가 준비

해 둘게."

"메르시, 몽 쾨르Merci, mon coeur 고마워, 여보."

"주 타텅Je t'attends 기다리고 있을게."

영혼이 죽고 죽은 이가 그곳에서 숨 쉬나니. 아르망 가마슈는 어둠 속을 침
착하게 걸으며 자신에게 속삭였다. 밤나무 꽃의 달콤한 향기가 함께했
다. 별과 달과 호수 건너편의 불빛도 함께했다. 숲 속의 가족. 자신의
환상 속의 가족. 아버지, 어머니, 행복하게 무럭무럭 자라는 아이들.
슬픔도, 상실도 없고, 한밤중 날카롭게 문 두드리는 소리도 없다.
그가 지켜보는 사이 불빛이 꺼졌고, 건너편은 완전히 어둠에 잠겼다.
가족은 잠들었다. 평안하게.
오노레 가마슈. 그게 그렇게 잘못된 걸까? 자신이 이런 식으로 느끼
는 게 잘못된 걸까? 아침에 다니엘에게 뭐라고 말해야 할까?
그는 허공을 응시하며 몇 분간 이 문제에 관해 생각하다가 천천히 숲
속에 무언가가 있다는 사실을 깨닫기 시작했다. 빛이 나고 있었다. 그는
혹시 다른 사람, 다른 목격자가 있나 싶어 주변을 둘러보았다. 하지만
테라스와 정원은 비어 있었다.
흥미를 느낀 가마슈는 그쪽으로 다가갔다. 발밑의 잔디가 부드러웠
다. 그는 시선을 뒤로 돌려 마누아르의 밝고 활기찬 불빛과 방 안에서
움직이는 사람들을 흘끗 보았다. 그런 다음 몸을 돌려 숲으로 향했다.
숲은 어두웠다. 하지만 고요하지는 않았다. 생명체들이 움직였다. 나
뭇가지가 꺾이고, 무언가가 나무에서 땅으로 가볍게 쿵 하고 떨어져 내
렸다. 가마슈는 어둠이 무섭지는 않았지만 대다수의 양식 있는 캐나다

인이 그렇듯 숲은 조금 무서웠다.

하지만 하얀 것이 빛을 내며 그를 부르고 있었고, 그는 사이렌 앞의 율리시스처럼 홀린 채 앞쪽으로 나아갔다.

그것은 숲 바로 가장자리에 놓여 있었다. 가까이 다가간 가마슈는 그것이 크고 단단하며, 거대한 각설탕처럼 완벽한 정사각형이라는 사실을 깨닫고 놀랐다. 자신의 엉덩이까지 올라오는 높이였다. 가마슈는 그것을 만지려고 손을 뻗었다가 화들짝 놀라 움츠렸다. 차가웠다. 거의 축축하다고 할 수 있을 정도였다. 그는 다시 더욱 단호하게 팔을 뻗어 큰 손을 상자 위에 올려놓은 다음 미소 지었다.

대리석이었다. 그는 대리석 큐브에 놀란 자신을 향해 빙그레 웃었다. 무척 쑥스러웠다. 가마슈는 뒤로 물러나 대리석을 바라보았다. 하얀 돌은 그곳까지 쏟아진, 얼마 안 되는 달빛을 붙잡아 놓은 듯 빛나고 있었다. 그냥 대리석 큐브일 뿐이잖아. 그는 자신에게 말했다. 곰도 퓨마도 아니었다. 걱정할 건 없었다. 자신을 겁먹게 할 건 아무것도 없었다. 하지만 겁을 먹었다. 그 사실이 그로 하여금 무언가를 떠올리게 했다.

"피터의 한결같은 자줏빛 여드름이 터졌다Peter's perpetually purple pimple popped."

가마슈는 얼어붙었다.

"피터의 한결같은 자줏빛 여드름이 터졌다."

또 들렸다.

몸을 돌리자 잔디밭 가운데에 서 있는 사람의 형체가 보였다. 희미한 연기가 그녀 위에 걸려 있었고 코 근처에서 빨간 점이 밝게 빛났다.

줄리아 마틴이 몰래 담배를 피우러 나와 있었다. 가마슈는 목청을 크게 가다듬고 손으로 덤불을 부스럭거렸다. 즉시 빨간 점이 바닥으로 떨어져 우아한 발 아래로 사라졌다.

"안녕하세요." 명랑한 인사였지만, 가마슈는 그녀가 자신이 여기 있다는 사실을 알고 있었을 것 같지는 않다고 생각했다.

"봉주르, 마담." 가마슈는 그녀 곁으로 다가가 가볍게 고개를 숙이며 말했다. 그녀는 날씬했고, 단순하면서도 우아한 이브닝드레스를 입고 있었다. 이 야생에서조차 머리와 손톱 손질을 하고 화장을 하고 있었다. 그녀는 가느다란 손을 얼굴 앞에서 흔들어 자극적인 담배 냄새를 흩트렸다.

"벌레 때문에요." 그녀가 말했다. "흑파리요. 동해안의 유일한 골칫거리죠."

"서부에는 흑파리가 없습니까?" 가마슈가 물었다.

"음, 밴쿠버에는 많지 않아요. 골프장에 사슴파리는 좀 있지만요. 미친다니까요."

가마슈는 사슴파리 때문에 고생한 적이 있었기에 이 말을 믿을 수 있었다.

"담배 연기가 벌레를 쫓으니 다행이군요." 그가 미소 지으며 말했다.

줄리아는 잠시 망설이다가 쿡쿡 웃었다. 그녀는 상대를 편히 대하고 쉽게 웃는 사람이었다. 그렇게까지 친한 사이가 아닌데도 스스럼없이 가마슈의 팔을 어루만졌다. 불편한 접촉이 아닌, 그저 습관적인 행동이었다. 가마슈는 지난 며칠간의 관찰을 통해 그녀가 모든 사람을 어루만진다는 사실을 알고 있었다. 그리고 모든 것에 미소를 짓는다는 사실도.

"당신께 걸렸네요, 무슈. 몰래 피우러 나온 건데. 정말 한심하죠."

"가족들이 반대하나요?"

"제 나이쯤이면 다른 사람 생각에는 신경 쓰지 않게 된 지 오래죠."

"세 브레C'est vrai 그렇습니까? 저도 그럴 수 있으면 좋겠군요."

"뭐, 어쩌면 조금은 신경 쓰는지도 몰라요." 줄리아가 시인했다. "가족들과 함께 지낸 지 꽤 됐거든요." 그녀가 마누아르 쪽을 바라보자 가마슈도 그녀의 시선을 좇았다. 안에서는 오빠 토머스가 어머니에게 몸을 기울인 채 무언가 말을 하고 있었고, 샌드라와 마리아나는 아무 말도 하지 않고 누군가 자신들을 지켜보고 있다는 사실도 모른 채로 그 모습을 지켜보고 있었다.

"초대장이 왔을 때도 거의 오지 않을 뻔했어요. 연례 가족 모임이긴 하지만, 전에는 한 번도 오지 않았거든요. 밴쿠버에서는 워낙 머니까."

으리으리한 현관의 윤이 흐르는 마룻바닥 위에 앞면이 보이도록 놓여 있던 초대장의 모습이 지금도 그녀의 눈에 선했다. 초대장은 아주 높은 곳에서 떨어져 내린 것만 같았다. 전에도 느껴 본 적 있는 기분이었다. 두꺼운 하얀 종이를 바라보자 거미가 기어가는 듯한 낯익은 감각이 찾아들었다. 의지의 대결이었다. 하지만 그녀는 누가 이길 것인지 알고 있었다. 누가 항상 이기는지 알고 있었다.

"가족들을 실망시키고 싶지 않아서요." 마침내 줄리아 마틴이 조용히 말했다.

"그러시리라 생각했습니다."

그녀가 눈을 크게 뜨고 가마슈를 돌아보았다. "정말요?"

예의상 했던 말이었다. 솔직히 가마슈는 이 가족들이 서로를 어떻게 생각하고 있는지 알 도리가 없었다.

그녀는 그가 주저하는 모습에 다시 웃음을 터뜨렸다. "죄송해요, 무슈. 가족과 하루하루 보낼 때마다 십 년씩 퇴행하는 것 같다니까요. 지금은 어쩔 줄 모르는 십 대가 된 것 같네요. 칭얼거리면서 정원에 몰래 담배나 피우고. 당신도 그러려고 오셨나요?"

"정원에서 담배를요? 아니요, 안 피운 지 꽤 됐습니다. 그냥 정원을 탐험하고 있었을 뿐입니다."

"조심하세요. 우린 당신을 잃고 싶지 않아요." 그녀가 살짝 추파를 던지며 말했다.

"저는 항상 조심한답니다, 마담 마틴." 가마슈는 추파에 응하지 않으려고 조심스럽게 대답했다. 그는 그것이 줄리아의 제2의 천성이며 무해하다고 생각했다. 며칠간 지켜본 바로 그녀는 남자와 여자, 가족과 낯선 사람, 개, 다람쥐, 벌새에 이르기까지 모두를 똑같은 어조로 대했다. 그녀는 그들 모두에게 달콤히 속삭였다.

옆에서 일어난 움직임이 그의 주의를 끌었다. 하얀 것이 흐릿하게 보인 듯하여 순간 심장이 뛰었다. 대리석이 살아 움직인 건가? 대리석이 숲에서 나와 자신들에게 쿵쿵 다가오는 걸까? 돌아보니 테라스에서 사람의 형체 하나가 그림자 속으로 사라지고 있었다. 그러다가 다시 나타났다.

"엘리엇." 줄리아 마틴이 말했다. "고마워라. 내 브랜디 앤드 베네딕틴을 가져온 거예요?"

"위, 마담Oui, madame 네, 부인." 젊은 웨이터가 은 쟁반에 놓인 술을 그녀에게 건네며 미소를 지었다. 그런 다음 그는 가마슈를 돌아보았다. "무슈께는? 뭘 가져다 드릴까요?"

참 젊어 보였다. 천진한 얼굴이었다.

하지만 가마슈는 젊은이가 산장 모퉁이에 숨어서 자신들을 바라보고 있었다는 사실을 알았다. 어째서?

이내 그는 자신을 비웃었다. 없는 것을 보고, 말하지 않은 것을 듣고 있다니. 자신이 마누아르 벨샤스에 온 것은 그런 기질을 접어 두고 휴식을 취하기 위해서였지, 카펫 위의 얼룩이나 덤불 속, 혹은 등에 꽂힌 나이프를 찾기 위함이 아니었다. 합리적인 말을 바탕으로 펼쳐지는 정중한 대화 속에 섞여 든 악의적인 어조를 발견하는 짓을 중단하기 위해서였다. 그리고 납작하게 눌려 접혀 무언가 다른 것으로, 감정적인 종이접기로 변해 버린 감정을 발견하는 짓도. 보기에는 예쁘지만 전혀 매력적이지 않은 어떤 것으로 위장하고 있는 감정을.

오래된 영화를 보면서 주변 인물로 등장하는 나이 든 사람들이 아직 살아 있는지 궁금해하는 것만 해도 이미 나쁜 버릇이었다. 그리고 어떻게 죽었는지도. 하물며 길거리의 사람들을 살펴보며 피부 밑의 두개골을 관찰하기 시작한다면 쉴 때가 됐다는 뜻이었다.

그러나 지금 그는 이 평화로운 산장에서 젊은 웨이터 엘리엇을 뜯어보고 있었고, 자신들을 훔쳐본 것에 관해 추궁하기 직전이었다.

"농, 메르시Non, merci 고맙지만 괜찮네. 마담 가마슈가 대응접실에서 우리가 마실 것을 주문해 두었다네."

줄리아는 엘리엇이 물러나는 모습을 지켜보았다.

"매력적인 젊은이군요." 가마슈가 말했다.

"그렇게 생각하세요?" 줄리아의 얼굴은 보이지 않았지만 목소리에는 장난기가 가득했다. 잠시 후 그녀가 다시 입을 열었다. "제가 저만할 때 비슷한 일을 했던 걸 떠올리고 있었어요. 여기처럼 거창한 곳은 아니었

지만. 몬트리올 메인 가에 있는 싸구려 식당에서 여름 동안 일했죠. 생
로랑 가 아세요?"

"압니다."

"당연히 아시겠죠. 죄송해요. 정말 싸구려 식당이었어요. 최저임금에
다 주인은 손버릇도 나빴고요. 구역질 났죠."

그녀는 다시 말을 멈추었다.

"즐거웠어요. 그게 제 첫 직업이었죠. 부모님께는 요트 클럽에서 항
해 수업을 받는다고 말씀드리고 이십사 번 버스를 타고 동쪽으로 갔어
요. 거긴 육십 년대에 백인들에게는 미지의 영역이었죠. 참 대담했어
요." 그녀는 자조하듯 말했다. 하지만 가마슈는 그 시절을 알았고, 그녀
가 한 말이 옳다는 것도 알았다.

"처음 받은 급료가 아직도 기억나요. 집에 가져와서 부모님께 보여
드렸죠. 어머니가 뭐라고 하셨는지 아세요?"

가마슈는 고개를 가로젓다가 어두워서 그녀가 자신을 볼 수 없으리라
는 사실을 깨달았다. "농Non 아니요."

"그걸 보고 돌려주시더니 네 자신이 자랑스럽겠구나 하셨어요. 전 실
제로 자랑스러웠죠. 하지만 다른 뜻으로 하신 말씀이라는 게 분명했어
요. 그래서 전 멍청한 짓을 저질렀죠. 무슨 뜻으로 하시는 말씀이냐고
물은 거예요. 그 덕분에 저는 대답을 들을 준비가 돼 있지 않으면 질문
하지 말라는 교훈을 얻었어요. 어머니는 저야 혜택받은 아이고 돈이 필
요하지 않지만, 다른 누군가는 돈이 필요하다고 말씀하시더군요. 그 일
이 정말로 필요했을 어떤 가난한 아이의 자리를 제가 빼앗은 거나 다름
없다는 말씀이셨죠."

"죄송합니다만 그런 뜻으로 하신 말씀은 아니었을 겁니다."

"그런 말씀이셨어요. 그리고 옳은 말씀이셨고요. 전 다음 날 일을 그만두었지만 가끔씩 거기 가서 창문 너머로 새로 들어온 여자애가 웨이터로 일하는 모습을 봤어요. 그 모습을 보면 기분이 좋았어요."

"가난은 사람에게 고통을 줄 수 있지요." 가마슈가 나직이 말했다. "하지만 특혜도 그럴 수 있군요."

"사실 그 애가 부러웠어요." 줄리아가 말했다. "저도 알아요. 바보 같다는 거. 낭만적인 소리죠. 그 아이의 삶은 분명히 끔찍했을 테니까. 하지만 전 그래도 최소한 그건 그 애 자신의 삶이라고 생각했어요."

줄리아는 웃음을 터뜨리고 B&B를 한 모금 마셨다. "맛있네요. 수도원의 수사들이 만든 걸까요?"

"베네딕트회 수사들이오? 모르겠군요."

그녀는 웃었다. "그 말 듣는 일은 흔치 않은데."

"무슨 말 말씀이십니까?"

"모른다. 우리 가족은 항상 알거든요. 내 남편도 항상 알았죠."

지난 며칠간 사람들은 날씨, 정원, 마누아르의 음식에 관해 정중한 대화를 나누었다. 가마슈가 피니 가족의 일원과 진짜 대화를 나눈 것은 이번이 처음이었고, 그녀가 남편 이야기를 꺼낸 것도 이번이 처음이었다.

"사실 전 마누아르에 며칠 더 일찍 왔어요. 왜냐하면⋯⋯."

줄리아는 뭐라고 말해야 좋을지 모르겠다는 눈치였지만 가마슈는 기다렸다. 가마슈에게는 시간이 많았고, 인내심도 충분했다.

"전 지금 이혼 절차를 밟고 있는 중이에요. 아시는지 모르겠지만."

"들었습니다."

대다수 캐나다 사람들이 들었다. 줄리아 마틴과 결혼한 데이비드 마틴의 극적인 성공과, 마찬가지로 극적인 몰락은 언론을 통해 가차 없이 다뤄졌다. 보험업계에서 재산을 모은 그는 캐나다에서 가장 부유한 사람 가운데 하나였다. 몰락은 몇 년 전에 시작됐다. 몰락은 진흙투성이 경사면을 미끄러지듯 길고 고통스러웠다. 그는 매 순간 추락을 멈출 수 있을 것처럼 보이다가도 계속해서 진흙탕을 뒹굴고 속도를 더해 갔다. 마침내 그의 적들마저 차마 눈 뜨고 볼 수 없다고 생각하는 지경에 이를 때까지.

그는 모든 것을 잃었다. 결국에는 자유마저도.

하지만 그의 아내는 그의 곁을 지켰다. 굳건하고, 우아하고, 기품 있게. 그녀는 자신의 명백한 특권에 대해 질투를 불러일으키는 대신 어떻게 해선가 사람들이 자신을 사랑하도록 만들었다. 사람들은 그녀에게 선의의 격려와 합리적인 조언을 건넸다. 사람들은 그녀의 기품과 신의에 이입했다. 결국 사람들은 그녀의 남편이 모두에게 거짓말을 했으며 수만 건의 생명보험을 파탄 냈다는 사실이 분명해져 마침내 그녀가 공개 사과를 하게 됐을 때도 그녀를 좋아해 주었다. 그리고 그녀는 돈을 갚겠다고 약속했다.

현재 데이비드 마틴은 브리티시컬럼비아의 교도소에 수감 중이었으며, 줄리아 마틴은 집으로 돌아와 있었다. 그녀는 모습을 감추기 전 언론을 통해 토론토로 가서 살겠다고 말했다. 하지만 그녀는 지금 여기 퀘벡에 있었다. 숲 속에.

"가족 모임이 열리기 전에 숨을 돌리려고 왔죠. 저만의 공간과 시간이 있는 게 좋거든요. 그게 그리웠어요."

"주 콩프렁Je comprends 이해합니다." 가마슈가 말했다. 진심이었다. "하지만 이해할 수 없는 게 있군요, 마담."

"뭐죠?" 그녀의 목소리에 경계심이 묻어났다. 공격적인 질문에 익숙해진 여자처럼.

"피터의 한결같은 자줏빛 여드름이 터졌다?" 가마슈가 물었다.

줄리아가 웃음을 터뜨렸다. "우리가 어렸을 때 하던 놀이예요."

마누아르의 호박색 불빛에 반사된 그녀의 얼굴 일부가 가마슈의 눈에 들어왔다. 둘은 조용히 서서 사람들이 이 방에서 저 방으로 옮겨 다니는 모습을 바라보았다. 약간은 연극을 보는 듯한 기분이었다. 조명이 서로 다른 세트로 오밀조밀 장식된 무대를 분위기 있게 밝혀 주었다. 배우들이 이리저리 움직였다.

가마슈는 다시 한 번 자기 옆에 있는 사람을 보았고, 어쩔 수 없이 궁금증에 사로잡혔다. 왜 그녀의 다른 가족들은 무대에서 앙상블 연기를 하듯 저기에 있는 걸까? 그녀는 바깥에, 어둠 속에 홀로 있는데. 그들을 지켜보면서.

호화로운 가구로 들어찬 높은 나무 천장의 대응접실에 사람들이 모였다. 마리아나가 피아노로 다가갔지만 피니 부인의 손짓에 물러났다.

"불쌍한 마리아나." 줄리아가 웃었다. "바뀐 게 없네요. 마길라에게는 연주할 기회가 주어지지 않죠. 가족 중에서 음악가는 토머스니까. 아버지가 그랬던 것처럼요. 아버지는 재능 있는 피아니스트셨지요."

가마슈는 소파에 앉아 있는 나이 든 사내 쪽으로 눈길을 돌렸다. 저 옹이투성이 손이 아름다운 음악을 연주하는 모습을 상상할 수 없었지만 항상 저렇게 뒤틀려 있었던 건 아닌지도 몰랐다.

토머스가 피아노 의자에 앉아 손을 들더니 밤공기 속으로 바흐의 선율을 흘려보냈다.

"실은 올 사람이 한 명 더 있답니다."

"그렇습니까?"

줄리아는 별것 아니라는 듯 얘기하려 했지만 가마슈는 심상찮은 저류를 느꼈다.

렌 마리는 커피를 젓고 있었고, 창문 쪽을 내다보기 위해 몸을 돌리고 있었다. 가마슈는 그녀가 자신을 볼 수 없다는 사실을 알았다. 불빛 속에서 그녀에게 보이는 것은 창에 반사된 방의 모습뿐이리라.

나 여기 있어. 가마슈의 마음이 속삭였다. 여기야.

그녀가 고개를 돌려 자신을 정면으로 바라보았다.

물론 우연이었다. 하지만 이성과는 무관하게, 그는 그녀가 자신의 목소리를 들었다는 걸 알았다.

"동생 스폿이 내일 와요. 아마 아내 클레어랑 같이 올 거예요."

그는 처음으로 줄리아 마틴이 무언가 즐겁고 기쁘지 않은 말을 하는 걸 들었다. 말 자체는 중립적이었고 정보만을 전달하고 있었다. 하지만 어조가 말해 주고 있었다.

두려움으로 가득한 어조였다.

두 사람은 마누아르 벨샤스로 돌아갔다. 줄리아 마틴을 위해 방충 문을 열었을 때 가마슈의 눈에 숲 속의 대리석 상자가 들어왔다. 귀퉁이만 보였고, 그는 그제야 그것이 무엇을 닮았는지 알아차렸다.

묘비.

3

피에르 파트노드는 주방 스윙도어에 몸을 기대고 있다가 웃음소리가 터져 나오는 순간 문을 밀어젖혔다. 그가 나타나자 웃음이 끊겼다. 그는 웃음소리와 갑작스러운 단절 중 어느 쪽이 더 속상한지 알 수 없었다.

주방 한가운데에서 엘리엇이 한 손은 날씬한 엉덩이에 얹고 다른 손은 검지를 살짝 세운 채 서 있었다. 얼굴에는 의존적인가 싶으면서도 뚱한 표정이 떠올라 있었다. 손님 중 한 사람을 놀랍도록 정확하게 빼닮은 캐리커처였다.

"뭘 하는 건가?"

피에르는 자기 목소리에 담긴 엄한 질책의 어조가 싫었다. 그리고 그들의 얼굴에 어린 표정도 싫었다. 두려움. 엘리엇만 빼고. 엘리엇은 만족스러운 얼굴이었다.

직원들은 자신을 두려워했던 적이 없었고, 지금이라고 그럴 이유가 없었다. 엘리엇 때문이었다. 엘리엇은 이곳에 도착한 이래 다른 사람들이 지배인과 대립하게 만들었다. 그는 그것을 느낄 수 있었다. 마누아르 직원들의 정중앙에서 존경받는 지도자로 있다가 갑자기 외부인으로 밀려난 기분이었다.

저 젊은이가 어떻게 한 거지?

어떻게 한 것인지 피에르는 알고 있었다. 엘리엇은 그에게서 최악의 면을 끌어내었다. 엘리엇은 지배인을 몰아붙이고, 조롱하고, 규칙을 깨고, 자신의 뜻과는 반대로 원칙주의자가 되도록 강요했다. 다른 젊은 직원들은 모두 훈련하는 보람이 있는 이들로, 기꺼이 남의 말을 듣고 배우려는 자세를 갖추었으며 지배인이 제공하는 체계와 통솔력에 감사할 줄 알았다. 그는 그들에게 손님을 존중하라고, 무례한 손님 앞에서도 정중함과 친절함을 잃지 말라고 가르쳤다. 그는 그들에게 손님들은 응석을 부리기 위해 상당한 돈을 지불했지만, 그게 전부는 아니라고 말했다. 그들은 마누아르에 보살핌을 받으러 온 사람들이라고 말했다.

피에르는 때때로 응급실 의사가 된 기분을 느꼈다. 도시의 삶이 낳은 사상자들이 무거운 세상을 등에 이고 문을 통해 밀려들어 왔다. 너무 많은 요구, 너무 적은 시간, 너무 많은 청구서, 이메일, 회의, 답신해야 할 전화, 너무 적은 감사와 너무 많은, 정말 너무나도 많은 압력에 망가진 사람들이었다. 그는 사무실에서 핼쑥한 모습으로 기진맥진 귀가하던 자신의 아버지를 기억했다.

피에르는 마누아르 벨샤스에서 그들이 하는 일이 남에게 굽실거리는 일이 아님을 알고 있었다. 그것은 고귀하고 중요한 일이었다. 그들은 사람들을 다시 고쳐 주었다. 그렇더라도 어떤 사람들은 다른 사람들보다 더 망가져 있다는 것을 그는 알고 있었다.

모두가 이 일과 맞는 것은 아니었다.

엘리엇은 맞지 않았다.

"그냥 재밌자고 한 거였어요."

엘리엇은 북적이는 주방 한가운데에 서서 손님들을 조롱하는 것이 이성적인 일이며 지배인이야말로 비이성적인 사람이라는 듯한 말투로 말했다. 피에르는 분노가 솟구치는 것을 느꼈다. 그는 주위를 둘러보았다.

크고 오래된 주방은 직원들이 자연스럽게 모이는 장소였다. 심지어 정원사들도 그곳에서 케이크를 먹고 차와 커피를 마시고 있었다. 그리고 피에르가 열아홉 살짜리의 손에 놀아나는 모습을 지켜보고 있었다. **아직 어리잖아.** 피에르는 자신에게 말했다. **어려서 그래.** 하지만 그 말도 너무 자주 한 탓에 의미를 잃어 가고 있었다.

그냥 넘어가야 한다는 건 그도 알고 있었다.

"손님들을 놀리고 있었잖나."

"한 사람한테만 그랬어요. 에이, 아시잖아요, 그 여자분 웃긴 거. 엑스퀴제무아Excusez-moi 실례합니다, 저 사람 커피가 나보다 많은 것 같은데요. 엑스퀴제무아, 이게 가장 좋은 자리인가요? 가장 좋은 자리를 달라고 했는데요. 엑스퀴제무아, 까다롭게 굴려는 건 아니지만 내가 저 사람들보다 먼저 주문했는데요. 내 셀러리 줄기는 어디 있죠?"

킥킥거리는 소리가 따뜻한 주방을 채웠다가 이내 잦아들었다.

흉내는 훌륭했다. 화가 나는 와중에도 지배인은 부드럽고 침착하게 불평하는 샌드라의 모습을 알아보았다. 그녀는 항상 조금 더 많은 것을 요구했다. 엘리엇은 타고난 웨이터는 아닐지 몰라도 사람들의 결점을 보는 데는 소름 끼치는 능력이 있었다. 그리고 그 결점을 부풀리는 데에도. 그리고 조롱하는 데에도. 모든 사람이 매력적이라고 여길 만한 재능은 아니었다.

"제가 누굴 찾았는지 보세요." 함께 대응접실로 들어가면서 줄리아가 명랑하게 말했다.

미소를 지으며 일어난 렌 마리가 남편에게 입 맞추고 둥글납작한 코냑 잔을 내밀었다. 나머지 사람들이 고개를 들어 미소를 짓고 원래 하던 일로 돌아갔다. 줄리아는 문지방에 어정쩡하게 서 있다가 잡지를 집어 들고 윙체어에 앉았다.

"기분 좀 나아졌어?" 렌 마리가 속삭였다.

"한결." 가마슈는 진심으로 그렇게 말하면서 렌 마리의 손 덕분에 따뜻해진 잔을 받아 들고 그녀를 따라 소파로 향했다.

"이따가 브리지 하시겠습니까?" 토머스가 피아노 연주를 멈추고 가마슈 부부에게 어슬렁어슬렁 다가왔다.

"메르베유, 본 이데Merveilleux. Bonne idée 좋네요. 좋은 생각이에요." 렌 마리가 말했다. 두 사람은 거의 매일 밤 토머스와 그의 아내 샌드라와 함께 브리지를 했다. 즐겁게 하루를 마무리하기에 적절한 방법이었다.

"장미 좀 찾았어?" 토머스가 아내에게 돌아가면서 줄리아에게 물었다. 그가 뭔가 재치 있고 기발한 말을 하기라도 한 듯 샌드라가 깔깔거리며 웃었다.

"엘리너 로즈 같은 거 말이야?" 빈의 옆 창가 자리에 앉은 마리아나가 몹시 즐겁다는 표정으로 물었다. "언니가 좋아하는 장미지, 안 그래, 줄리아?"

"엘리너 로즈는 네 취향이라고 생각했는데." 줄리아가 미소 지었다. 마리아나는 마주 미소 지으며 목재 들보 하나가 떨어져 언니를 박살 내는 광경을 상상했다. 줄리아가 가족의 품으로 돌아왔지만 마리아나가 기대했던 만큼 재미있지는 않았다. 사실 그 반대에 가까웠다.

"잠잘 시간이구나, 빈." 마리아나는 그렇게 말하고 책에 심취한 아이에게 무거운 팔을 둘렀다. 가마슈는 그렇게 조용한 열 살짜리 아이를 본 적이 없었다. 그래도 아이는 만족스러워 보였다. 두 사람이 곁을 지날 때, 가마슈의 눈이 빈의 새파란 눈과 마주쳤다.

"무슨 책을 읽니?" 그가 물었다.

빈이 걸음을 멈추고 몸집 큰 낯선 사람을 쳐다보았다. 마누아르에서 사흘을 함께 보내기는 했지만, 이 순간 이전까지 두 사람은 제대로 말을 나눈 적이 없었다.

"별거 아니에요."

가마슈는 작은 두 손이 양장본을 더 꽉 움켜쥐자 책이 아이의 몸에 바짝 눌리면서 헐렁한 셔츠가 구겨지는 것을 눈치챘다. 작고 햇볕에 탄 손가락 사이로 단어 하나만이 눈에 들어왔다.

신화.

"어서 가자, 굼벵이야. 자야지. 엄마는 술에 취해야겠는데 네가 자기 전엔 그럴 수가 없어요. 너도 이젠 알잖니."

빈이 여전히 가마슈를 쳐다보고 있다가 갑자기 미소를 지었다. "오늘 밤에는 저도 칵테일 한 잔 마시면 안 돼요?" 빈이 방을 나서며 말했다.

"열두 살 되기 전에는 안 된다는 거 알잖아. 그리고 술은 스카치야." 마리아나의 목소리가, 그리고 계단을 올라가는 발소리가 들렸다.

"저 애 말이 농담인지 확신이 안 가." 마담 피니가 말했다.

가마슈는 그녀를 향해 미소를 보냈지만 그녀의 얼굴에 떠오른 엄한 표정을 보고 이내 미소를 거두었다.

"왜 걔가 덤벼들게 내버려 두는 거예요, 피에르?"

베로니크 주방장이 수제 트뤼플_{가나슈 초콜릿 위에 초콜릿이나 코코아 파우더, 견과류}

가루 등을 입혀 만든 과자과 초콜릿을 묻힌 설탕 조림 과일을 작은 쟁반 위에 올려놓고 있었다. 그녀의 소시지 같은 손가락이 본능적으로 주전부리를 예술적인 패턴으로 배열했다. 그녀는 잔에서 민트 가지 하나를 뽑아 그걸로 물을 젓고는 손톱으로 이파리를 몇 개 떼어 냈다. 그녀는 무심히 화병에서 먹을 수 있는 꽃들을 골랐고, 이내 하얀 접시 위에 초콜릿 몇 개가 멋진 문양을 그리며 놓였다. 그녀는 허리를 펴면서 앞에 있는 남자를 쳐다보았다.

두 사람은 오랫동안 함께 일했다. 그러고 보니 수십 년째였다. 자신이 예순 살이 다 되어 간다는 사실이 이상했고, 자신이 그렇게 보인다는 것도 알았지만 행복하게도 이 야생에서라면 그런 건 상관없는 듯했다.

피에르가 젊은 직원 때문에 이렇게 상심한 모습은 좀처럼 보지 못했다. 그녀 자신은 엘리엇을 좋아했다. 그녀가 알기로는 모두가 그랬다. 그래서 지배인이 이토록 상심한 걸까? 그는 질투하는 걸까?

그녀는 피에르의 가느다란 손가락이 쟁반을 정돈하는 모습을 잠시 바라보았다.

아니야. 질투가 아니야. 뭔가 다른 거야.

"도무지 말을 듣지 않는군요." 피에르가 쟁반을 옆으로 치우고 베로니크 맞은편에 앉으며 말했다. 지금 주방에는 두 사람뿐이었다. 설거지가 끝났고, 접시가 치워졌고, 테이블이 닦였다. 에스프레소와 민트와 과일 냄새가 났다. "배우려고 왔으면서도 말을 듣지 않습니다. 이해할 수 없군요." 그는 코르크 마개를 열고 코냑을 따랐다.

"어리잖아요. 집을 나와서 사는 게 처음이고. 다그치면 나빠지기만 할 거예요. 내버려 둬요."

피에르는 코냑을 한 모금 마시고 고개를 끄덕였다. 베로니크 주방장과 함께 있으면 마음이 놓였다. 새 직원들이 그녀에게 잔뜩 겁을 먹는다는 사실은 알았지만. 그녀는 몸집이 크고 우람했으며, 얼굴은 호박 같았고 목소리는 뿌리채소 같았다. 그리고 그녀는 칼을 쥐고 있었다. 많은 칼을. 고기 써는 칼과 무쇠 팬도.

처음 그녀를 본 신입 직원이라면 숲 속에서 길을 잘못 들어 정갈한 마누아르 벨샤스 대신 벌목꾼 야영지에 이르렀다고 생각할 만했다. 베로니크 주방장은 캉틴cantine 간이식당에서 즉석요리를 하는 사람처럼 보였다.

"그래도 누가 책임자인지는 알아야죠." 피에르가 단호하게 말했다.

"걘 알고 있어요. 그게 마음에 안 드는 것뿐이지."

지배인에게는 힘든 하루였다는 게 눈에 보였다. 베로니크는 쟁반에서 가장 큰 트뤼플을 집어 그에게 건넸다.

피에르는 멍하니 트뤼플을 먹었다.

"난 늦게야 프랑스어를 배웠지요." 피니 부인이 아들의 카드를 살펴보며 말했다.

그들은 서재로 자리를 옮긴 후 언어를 프랑스어로 바꾸었다. 노부인은 천천히 카드 테이블을 돌면서 각자의 패를 넘겨다보았다. 그녀는 이따금 울퉁불퉁한 손가락을 뻗어 특정 카드를 톡톡 쳤다. 처음에는 아들과 며느리에게만 도움을 주었지만 오늘 밤에는 가마슈 부부도 끼워 주었다. 친목 게임이었기에 아무도 신경 쓰지 않았고, 물론 그건 도움을 받을 수 있게 된 아르망 가마슈도 마찬가지였다.

방은 조약돌로 만든 거대한 벽난로와 어둠 속을 내다보고 있는 프렌치 도어를 제외하면 책으로 둘러싸여 있었다. 퀘벡의 더운 저녁에 불기 마련인 산들바람을 들이고자 문을 열어 두었지만 바람은 잠잠했다. 문으로 들어오는 것은 끊임없이 대기를 진동시키는 야생의 부름뿐이었다.

오래된 소나무 마룻바닥 여기저기 낡은 양탄자가 흩어져 있었고, 안락의자며 소파는 친밀한 대화를 나누거나 홀로 책을 읽기 좋게 한데 모여 있었다. 신선한 꽃꽂이가 여기저기 놓였다. 마누아르 벨샤스는 소박함과 세련미를 함께 갖추고 있었다. 외관이 투박한 통나무라면 내부는 근사한 크리스털이었다.

"퀘벡에서 사시나요?" 렌 마리가 느리고 또박또박하게 말했다.

"몬트리올에서 태어났지만 지금은 토론토에서 산답니다. 친구들과 가깝거든요. 다들 오래전에 퀘벡을 떠났지만 나는 남았지요. 그 시절에는 프랑스어는 몰라도 됐어요. 하녀에게 말할 정도면 충분했지요."

피니 부인의 프랑스어는 훌륭했으나 억양이 강했다.

"어머니." 토머스가 얼굴을 붉혔다.

"저도 그 시절 기억해요." 렌 마리가 말했다. "어머니가 남의 집 청소하는 일을 하셨죠."

피니 부인과 렌 마리는 가정을 꾸리는 것의 고단함에 관해서, 그리고 퀘베쿠아Québécois 퀘벡 사람들이 마침내 '메트르 셰 누maîtres chez nous 자기 집의 주인'가 되었던 1960년대의 조용한 혁명에 관해서 이야기를 나누었다.

"어머니는 웨스트마운트에 있는 영국인들의 집을 청소하셨지만요." 렌 마리가 카드를 정돈하며 말했다. "원 노 트럼프."

마담 피니가 눈썹을 찌푸리며 패를 들여다보더니 찬성이라는 듯 고개를 끄덕였다. "어머님의 고용주들이 나보다는 더 친절했기를 바라요.

부끄러운 일이지만 나는 그런 것도 배워야 했답니다. 가정법을 배우는 것만큼이나 어려웠지요."

"굉장한 시기였지요." 가마슈가 말했다. "대다수 프랑스계 캐나다인들에게는 흥분되는 시절이었습니다. 하지만 영국계가 끔찍한 대가를 치러야 했다는 것도 알고 있습니다."

"우린 아이들을 잃었어요." 피니 부인이 테이블을 돌아가 가마슈의 손안을 들여다보며 말했다. "아이들은 자기들이 할 줄 아는 언어를 쓰는 일자리를 찾아 떠났지요. 당신들은 주인이 됐을지 몰라도 우리는 외국인이 됐고, 고향에서조차 환영받지 못했어요. 맞아요. 끔찍했어요."

그녀는 그의 손에 들린 가장 높은 패인 클로버 10을 톡톡 쳤다. 감상이나 자기 연민이 실린 목소리는 아니었다. 하지만 약간의 책망이 묻어난 듯했다.

"패스." 가마슈가 말했다. 그는 샌드라와 파트너였고, 렌 마리는 토머스와 한편이었다.

"난 퀘벡을 떠났지요." 프랑스어 실력이 말하기보다 듣기 쪽이 더 나아 보일 듯한 토머스가 말했다. 그편이 반대인 것보다는 한결 나았다. "멀리서 대학에 다닌 뒤 토론토에 정착했죠. 퀘벡은 힘들어서."

가마슈는 토머스의 말을 들으며 놀랍다고 생각했다. 프랑스어를 할 줄 모르는 사람이 들었다면 2개 국어 사용자라고 착각할 정도로 억양이 완벽했다. 다만 내용에는 어떤 주 느 세 쿠아je ne sai qoui 뭐라 말할 수 없는 어떤 것가 부족했다.

"스리 노 트럼프." 토머스가 말했다.

그의 어머니가 고개를 가로저으며 가볍게 혀를 찼다.

토머스는 웃음을 터뜨렸다. "아, 어머니께서 혀를 차시는군요." 가마슈는 미소 지었다. 그는 토머스가 마음에 들었지만, 이런 경우 대개 그렇듯 의심을 거두지 않았다.

"자녀분들 중 여기 남은 사람은 없나요?" 렌 마리가 마담 피니에게 물었다. 가마슈 부부에게는 적어도 몬트리올에 사는 아니가 있었지만 그녀는 매일 다니엘을 그리워했고, 이 여인이, 또 그 밖에 다른 사람들이 어떻게 그것을 견뎌 냈는지 궁금했다. 영국계들이 퀘베쿠아들을 항상 편하게 대하지 못하는 것도 무리는 아니었다. 언어 때문에 아이들을 잃었다고 느꼈다면. 더구나 고맙다는 말도 없었으니. 사실 그 반대인 경우가 많았다. 퀘베쿠아들의 마음속에는 영국계가 다시 자신들을 노예로 삼을 날만을 기다리고 있는 게 아니냐는 의심이 남아 있었다.

"하나가 남았지요. 다른 아들이오."

"스폿. 아내 클레어와 함께 내일 오기로 했습니다." 토머스가 영어로 바꿔 말했다. 가마슈는 손에서 눈을 떼고 고개를 들었다. 어차피 쓸 만한 패도 없었다. 그는 자기 곁에 앉은 남자를 바라보았다.

초저녁에 만난 동생 줄리아가 그랬던 것처럼 자리에 없는 동생을 거론하는 토머스의 어조는 가볍고 쾌활했다. 하지만 그 아래에 무언가가 흐르고 있었다.

가마슈는 마누아르에 머무르며 꺼 놓기로 했던 머릿속의 한 부분이 살짝 움직이는 것을 느꼈다.

샌드라 차례였다. 가마슈는 테이블 맞은편의 파트너를 바라보았다.

패스, 패스. 가마슈는 생각을 보내려 애썼다. 나한텐 아무것도 없어요. 완패할 겁니다.

그는 브리지가 카드 게임인 동시에 텔레파시 훈련이라는 점을 알고 있었다.

"스폿." 샌드라가 내뱉었다. "늘 이런 식이죠. 마지막에야 오고, 최소한으로만 성의를 보이고 절대 그 이상은 안 해요. 포 노 트럼프."

렌 마리가 두 배를 불렀다.

"샌드라." 토머스는 웃음을 섞어 말했지만 책망하는 기색을 숨기지 않았다.

"뭐? 아버님 예우 차원에서 다들 며칠 전부터 와 있는데 혼자 시간이 다 돼서야 나타나잖아. 끔찍한 인간이야."

침묵이 흘렀다. 샌드라의 눈길이 자신의 손에서 벗어나 지배인이 테이블 위에 놓아둔 초콜릿 접시에 꽂혔다.

가마슈는 마담 피니를 슬쩍 살폈다. 그녀는 대화를 의식하지 못한 듯했지만 그는 그녀가 한 마디도 빼놓지 않고 들었으리라 짐작했다.

가마슈의 눈길이 소파에 앉아 있는 무슈 피니에게로 옮겨 갔다. 피니의 사나운 눈길이 방을 맴돌았고, 이상한 각도로 삐져나온 머리카락 때문에 머리 전체가 너무 빠르고 강하게 지상과 충돌하여 망가진 스푸트니크 위성처럼 보였다. 그는 예우받는 사람치고는 이상하리만치 혼자였다. 피니의 눈은 벽난로 위에 걸려 있는 시골 풍경을 그린 거대한 진품 크리그호프19세기에 활동한 캐나다의 풍경화가 코넬리우스 크리그호프에 머물렀다. 퀘벡인 농부들이 수레에 짐을 싣고 있었고, 어느 오두막에서는 씩씩한 여자가 웃으면서 남자들에게 음식 바구니를 나르고 있었다.

수백 년 전의 가족과 마을 정경을 담은 따스하고 정겨운 그림이었다. 피니는 지금 이 자리에 있는 가족보다 그림 속의 가족이 더 마음에 드는 듯했다.

마리아나가 자리에서 일어나 모여 있는 사람들에게 다가왔다.

토머스와 샌드라가 카드를 가슴팍에 가져다 댔다. 마리아나는 「샤틀 렝」지를 집어 들고 읽었다. "한 조사에 따르면, 대다수 캐나다인들은 초 콜릿 퐁뒤에 찍어 먹기 가장 좋은 과일이 바나나라고 생각한다."

다시 침묵이 흘렀다.

마리아나는 어머니가 집어 든 초콜릿 트뤼플을 먹다 목이 막히는 광경을 상상했다.

"말도 안 되는 소리예요." 마찬가지로 트뤼플을 먹는 마담 피니를 지켜보던 샌드라가 말했다. "딸기가 최고지."

"난 항상 배와 초콜릿 조합을 좋아했지요. 특이하긴 해도 훌륭한 조합입니다. 그렇게 생각하지 않으십니까?" 토머스가 렌 마리에게 물었다. 렌 마리는 아무 말도 하지 않았다.

"다들 여기에 있었구나. 아무도 말을 안 해 줘서." 줄리아가 정원으로 이어지는 프렌치 도어를 통해 가볍게 걸어 들어왔다. "무슨 이야기들 하고 계셨어요?"

무슨 이유에서인지 그녀는 가마슈를 바라보았다.

"패스." 그가 말했다. 그는 그들이 무슨 이야기를 하고 있었는지 더이상 알 수 없었다.

"마길라가 그러는데 녹인 초콜릿에 가장 잘 어울리는 건 바나나라는 군." 토머스는 마리아나를 향해 고갯짓을 해 보였다. 그 몸짓 덕분에 한결 익살이 더해졌고, 가마슈 부부는 미소를 지으면서도 어리둥절한 표정을 교환했다.

"수사들이 초콜릿 입힌 블루베리는 안 만드나?" 줄리아가 물었다. "떠나기 전에 좀 사야겠는데."

이후 한동안 모두 게임은 잊은 채 과일과 초콜릿에 관해 논쟁을 벌였다. 결국 줄리아와 마리아나는 각자 구석 자리로 돌아갔다.

"패스." 다시 게임으로 돌아온 토머스가 선언했다.

넘겨요. 가마슈는 맞은편의 샌드라를 바라보며 메시지를 보냈다. 제발, 패스해요.

"다시 두 배로." 샌드라가 토머스를 노려보았다.

의사소통이 안 되는군. 가마슈는 생각했다.

"대체 무슨 생각을 하고 계셨던 거예요?" 가마슈가 카드를 내려놓는 모습을 보고 샌드라가 통통한 입술을 삐죽이며 말했다.

"위Oui 그러게, 아르망." 렌 마리가 미소 지었다. "그 패로 식스 노 트럼프를? 무슨 생각을 한 거야?"

가마슈는 자리에서 일어나 살짝 절을 했다. "전적으로 제 잘못입니다." 아내의 눈을 바라보는 깊은 갈색 눈이 즐거움으로 가득했다.

바보 노릇에도 이점은 있었다. 그는 다리를 뻗고 코냑을 홀짝인 다음 방 안을 걸었다. 방은 점점 더워지고 있었다. 일반적으로 퀘벡의 오후는 서늘해지는 편이지만 이날 밤은 달랐다. 그는 습기가 몰려오는 것을 느끼며 칼라와 타이를 느슨히 풀었다.

"아주 대담하시네요." 다시 크리그호프를 바라보는 가마슈 곁으로 줄리아가 다가오며 말했다. "옷을 벗으시게요?"

"하루 저녁에 당할 창피는 이미 다 당한 것 같습니다." 그는 세 사람이 브리지에 몰두하고 있는 테이블을 향해 고갯짓을 했다.

그는 벽난로 선반에 기대 장미 향기를 맡았다.

"아름답지 않나요? 여기 있는 모든 게 그렇지만요." 그녀가 벌써 그립다는 듯 아쉬워하는 목소리로 말했다. 그는 문득 스폿을 떠올리고 어쩌면 피니 일가에게 즐거운 저녁은 지금이 마지막일지도 모르겠다고 생각했다.

"실낙원." 그가 중얼거렸다.

"뭐라고 하셨죠?"

"아닙니다. 그냥 생각나서 한 말입니다."

"지옥을 지배하는 것과 천국을 섬기는 것 중 어느 쪽이 나을지 생각하고 계셨던 거예요?" 줄리아가 미소 지으며 물었다. 그는 웃음을 터뜨렸다. 그녀의 어머니와 마찬가지로 그녀는 놓치는 게 없었다. "제가 그 답을 알고 있어서 드리는 말씀이에요. 이건 엘리너 로즈네요." 그녀는 놀라며 꽃다발 속의 밝은 분홍색 꽃을 가리켰다. "세상에."

"오늘 저녁에 누가 그 장미 이야기를 했었습니다." 가마슈는 기억을 더듬었다.

"토머스요."

"그렇군요. 당신이 정원에서 그걸 찾았는지 궁금해했죠."

"우리끼리 하는 농담이에요. 아시겠지만 이 장미의 이름은 엘리너 루스벨트미국의 인권 운동가, 미국 32대 대통령 프랭클린 루스벨트의 배우자에게서 따왔죠."

"몰랐습니다."

"흠." 줄리아는 장미를 응시하다 고개를 끄덕였다. "처음에는 엘리너도 우쭐해했대요. 카탈로그에서 설명을 읽어 보기 전까지는요. 엘리너 루스벨트 장미. 화단bed에서는 볼품없지만 벽에 붙어 있을 때는 괜찮음

'bed'가 화단이라는 뜻과 침대라는 뜻을 모두 가지고 있는 데에서 착안한 성적인 말장난."

그들은 웃음을 터뜨렸고, 가마슈는 장미를 감상하며 줄리아의 인용을 음미했다. 하지만 왜 그게 줄리아를 향한 가족 간의 농담이 됐는지 궁금했다.

"커피 더 드시겠습니까?"

줄리아는 화들짝 놀랐다.

피에르가 은제 커피 주전자를 들고 문가에 서 있었다. 방 안 모든 사람에게 건넨 질문이었지만, 줄리아를 바라보며 얼굴을 살짝 붉히고 있었다. 방 저쪽에서 마리아나가 웅얼거렸다. "여기요." 지배인은 줄리아와 한 방에 있을 때마다 얼굴을 붉혔다. 그녀는 그 신호를 알고 있었다. 그녀는 평생 그런 신호와 더불어 살았다. 마리아나는 재미있는 이웃집 소녀였다. 차 안에서 몸을 더듬으며 입을 맞출 그런 상대. 하지만 모두가 결혼하고 싶어 하는 쪽은 줄리아였다. 심지어 지배인조차도.

이 순간 마리아나는 언니를 지켜보며 피가 얼굴로 솟구치는 것을 느꼈지만, 전혀 다른 이유 때문이었다. 그녀는 피에르가 커피를 따르는 모습을 보면서 액자에 든 커다란 크리그호프가 벽에서 떨어져 줄리아의 머리통을 박살 내는 광경을 상상했다.

"파트너 덕분에 어떻게 됐는지 좀 보세요." 토머스가 연달아 트릭을 따내자 샌드라가 신음을 흘렸다. 결국 세 사람은 테이블에서 일어났다. 토머스가 방에 있는 다른 그림들을 보고 있던 가마슈에게 다가왔다.

"저건 브리지트 노르망댕퀘벡 출신의 추상 미술가 작품이지요?" 토머스가 물었다.

"맞습니다. 환상적이군요. 아주 대담하고 아주 모던합니다. 몰리나리

이탈리아 혈통의 퀘벡 출신 추상화가 귀도 몰리나리, 리오펠르퀘벡 출신의 조각가이자 추상화가 장
폴 리오펠르를 보완하고 있습니다. 그러면서도 세 사람 모두 크리그호프의
전통을 토대로 작업하고 있지요."

"당신네 퀘벡 미술에 해박하시군요." 토머스가 살짝 놀라며 말했다.

"퀘벡 역사를 좋아하죠." 가마슈는 옛 풍경을 담은 그림을 향해 고갯
짓을 해 보였다.

"하지만 그것만으로는 다른 작가들까지 알 수 없을 텐데요?"

"절 시험하시는 겁니까, 무슈?" 가마슈는 살짝 세게 나가기로 했다.

"어쩌면요." 토머스는 시인했다. "독학자를 만나긴 쉽지 않으니."

"영국계의 포로가 된 독학자는요." 가마슈의 말에 토머스가 웃음을
터뜨렸다. 두 사람이 바라보고 있는 그림은 선이 미묘하게 어두운 베이
지 색으로 차분했다.

"사막 같군요." 가마슈가 말했다. "황량해요."

"아, 하지만 그건 오해하신 겁니다." 토머스가 말했다.

"또 시작이네." 마리아나가 말했다.

"식물 이야기는 적당히 해." 줄리아가 샌드라를 돌아보며 말했다. "오
빠가 아직도 그 얘길 해요?"

"하루에 한 번씩 꼬박꼬박요. 포기하세요."

"잘 시간이구나." 마담 피니가 말했다. 그녀의 남편이 소파에서 몸을
일으켰고, 나이 지긋한 부부는 자리를 떴다.

"사물은 보이는 것과 다르지요." 토머스가 그렇게 말하자 가마슈는
놀라서 그를 쳐다보았다. "사막은 말입니다. 황량해 보이긴 해도 실제
로는 생물들로 충만해요. 눈에 보이지 않을 뿐입니다. 잡아먹힐까 두려

워 숨어 있는 거지요. 남아프리카 사막에는 석초라는 이름의 식물이 있습니다. 녀석이 어떻게 살아가는지 짐작하시겠습니까?"

"어디 보자. 돌인 척해서?" 줄리아가 물었다. 토머스는 성난 표정으로 그녀를 쏘아보았다가 다시 매력적이고 너그러운 얼굴로 돌아왔다.

"네가 그 이야기를 잊지 않았다는 건 알겠구나."

"난 뭐든 잊어버리는 법이 없어, 토머스." 줄리아는 그렇게 말하고 자리에 앉았다. 가마슈는 그 광경을 모두 보고 있었다. 피니 가족은 좀처럼 서로에게 말을 건네는 법이 없지만, 일단 입을 열고 나면 말 속에 그로서는 알 수 없는 의미를 잔뜩 실어 보내는 듯했다.

토머스는 주저하다가 가마슈에게 시선을 돌렸다. 가마슈는 잠자리 생각이 간절했지만, 사실 그보다도 이 이야기가 끝나기를 간절히 바랐다.

"녀석은 돌인 척합니다." 토머스의 눈빛이 가마슈를 찌를 듯이 쏘아졌다. 거구의 사내는 갑자기 방금 들은 말에 어떤 의미가 있다는 사실을 깨닫고 상대의 시선을 되받았다. 무언가가 자신에게 전달되고 있었다. 하지만 그게 뭐지?

"살아남으려면 녀석은 숨어야 합니다. 자신이 아닌 다른 것인 척해야 하지요." 토머스가 말했다.

"그냥 식물일 뿐이야. 의도적으로 뭘 하진 않아." 마리아나가 말했다.

"교활한 법이지, 생존 본능이란 건." 줄리아가 말했다.

"그냥 식물일 뿐이야." 마리아나가 다시 말했다. "바보 같은 소리 마."

기발하군. 가마슈는 생각했다. 살해당할까 두려워서 실제 자신의 모습을 감히 드러내지 않는다니. 방금 토머스가 뭐라고 말했더라?

사물은 보이는 것과는 다르다. 가마슈는 그 말을 믿기 시작했다.

4

"오늘 저녁은 즐거웠어." 렌 마리가 차갑고 빳빳한 시트 속의 남편 곁으로 파고들며 말했다.

"나도." 그는 독서용 안경을 벗고 책을 침대 위에 엎었다. 따뜻한 저녁이었다. 건물 뒤편에 위치한 두 사람의 작은 방에는 주방용 정원 쪽으로 난 창문 하나뿐이었기에 외풍이 방 전체를 감싸 돌지는 않았지만 활짝 열린 창문으로 얇은 무명 커튼이 살포시 부풀어 올랐다. 침대 곁의 테이블에 놓인 등잔이 만들어 내는 원광을 제외한 나머지는 어둠 속에 묻혀 있었다. 통나무 벽에서는 나무 냄새가, 숲에서는 소나무 냄새가 났으며 창밖 허브 정원에서도 향기가 살짝 흘러들었다.

"이틀 후면 결혼기념일이네." 렌 마리가 말했다. "칠월 일일. 생각해 봐. 삼십오 년을 함께했다니. 우리가 그렇게 어렸나?"

"난 그랬지. 순수했고."

"불쌍해라. 나 때문에 무서웠어?"

"어쩌면 약간은. 하지만 이제는 극복했지."

렌 마리는 베개에 머리를 뉘었다. "아직 오지 않은 피니 가족들을 내일 만나게 될 일이 기대된다고는 말 못하겠어."

"스폿과 클레어. 스폿은 별명이겠지스폿은 점박이라는 뜻."

"그러길 바라자고."

가마슈는 다시 책을 들고 집중하려 애썼지만 눈을 뜨려고 힘을 주면 줄수록 눈꺼풀이 점점 무겁게 깜빡였다. 결국 그는 자신이 이길 수 있는 싸움이 아니며 이겨야 할 싸움도 아니라는 깨달음을 얻고 싸움을 포기했다. 그는 렌 마리에게 입을 맞추고 베개에 머리를 묻은 다음 창밖 피조물들의 합창과 옆에 있는 아내에게서 나는 향기 속에서 잠에 빠져들었다.

피에르 파트노드는 주방 문간에 서 있었다. 깨끗하고 질서정연했고 모든 것이 제자리에 있었다. 유리잔은 줄을 맞춰 세워 두었고, 은 식기는 천으로 감쌌고, 골회 자기는 사이마다 부드러운 티슈를 넣고 가지런히 쌓아 두었다. 어머니에게 배운 것이었다. 어머니는 그에게 질서란 곧 자유임을 가르쳐 주었다. 혼돈 속에 사는 것은 곧 감옥 속에 사는 것이었다. 질서는 마음을 해방시켜 다른 것으로 향할 수 있도록 해 주었다.
아버지에게서는 통솔력을 배웠다. 드물게 학교가 끝나고 아버지의 사무실에 가도 되는 날이 있었다. 그는 아버지가 전화를 거는 동안 향수와 담배 냄새를 맡으면서 아버지의 무릎에 앉아 있었다. 어린 시절에도 피에르는 자신이 몸단장을 하고 있다는 사실을 알았다. 다듬고, 모양을 잡고, 문지르고, 광을 냈다.
아버지가 계셨더라면 나에게 실망하셨을까? 고작 지배인이 됐다고? 그러셨을 것 같지는 않았다. 아버지가 나에게 원한 것은 오직 하나뿐이었다. 행복해지는 것.
그는 불을 끄고 텅 빈 식당을 가로질러 정원으로 가서 한 번 더 대리석 큐브를 바라보았다.

마리아나는 콧노래를 흥얼거리며 옷을 한 겹 한 겹 벗었다. 이따금 그녀는 옆에 있는 싱글베드를 돌아보았다. 빈은 잠이 들었거나 잠이 든 척하고 있었다.

"빈?" 그녀가 속삭였다. "빈, 자기 전에 엄마한테 뽀뽀해야지."

아이는 조용했다. 방 자체는 조용하지 않았다. 시계 소리들이 방바닥을 뒤덮다시피 하고 있었다. 째깍거리는 시계와 디지털시계, 전자시계와 태엽시계 들. 전부 오전 7시에 맞춰져 있었다. 모두 지난 몇 달 동안 매일 아침 그래 왔듯 그 시각을 향해 움직이고 있었다. 그 어느 때보다도 시계가 많아 보였다.

마리아나는 너무 지나친 게 아닌지 생각했다. 뭔가를 해야 하는 게 아닐까. 확실히 열 살짜리가 이러는 게 평범한 건 아니잖아? 1년 전 자명종 하나로 시작했던 것이 잡초처럼 만발하고 번져 방을 숨 막힐 듯 채우기에 이르렀다. 아침마다 일어나는 폭동은 상상을 초월했다. 자신의 기묘한 아이가 하루를 알리는 최후의 요란한 알람 하나까지 남김없이 끄는 소리가 자신의 방까지 들렸다.

확실히 그게 평범한 건 아니잖아?

하지만 빈은 많은 것이 평범하지 않은 아이였다. 이제 와서 심리학자를 찾아가는 건, 뭐랄까, 유달리 큰 해일을 뒤늦게 따라잡으려 애쓰는 것 같을 터였다. 마리아나는 빈의 손에서 책을 떼어 낸 다음 미소를 지으며 그것을 바닥에 놓았다. 그 책은 그녀가 어린 시절에 좋아했던 책이었고, 빈은 어떤 이야기를 가장 좋아할지 궁금했다. 율리시스? 판도라? 헤라클레스?

빈에게 입을 맞추려 몸을 숙이던 마리아나의 눈에 샹들리에와 낡은 전깃줄이 들어왔다. 자신들이 잠자는 동안 불꽃이 터져 잠자리 위로 휘황찬란한 호를 그리며 침대를 그을리다가 이내 불길이 솟구치는 광경이 눈에 선했다.

그녀는 뒤로 물러나 눈을 감고는 빈 주변에 보이지 않는 벽을 세웠다.

옳지, 이젠 안전해.

그녀는 불을 끄고 침대에 누웠다. 끈적거리는 몸이 축 늘어졌다. 어머니에게 가까이 있을수록 몸이 더 무겁게 느껴졌다. 마치 어머니에게는 자신만의 대기와 중력이 있는 듯했다. 내일이면 스폿이 도착할 테고, 그것이 시작될 터였다. 그리고 끝날 테고.

편안히 잠을 청하려 해 보았지만 후덥지근한 밤이라 이불이 몸에 달라붙었다. 그녀는 이불을 차 버렸다. 하지만 그녀와 수면 사이를 가로막는 것은 끈적거리는 열기나 코 고는 아이, 달라붙는 잠옷이 아니었다.

그것은 바나나였다.

왜 다들 항상 자신을 못살게 구는 걸까? 그리고 왜, 자신은 마흔일곱이 되도록 신경을 쓰고 있는 걸까?

그녀는 이제 축축해진 잠자리에서 시원한 곳을 찾으려 몸을 돌렸다. 바나나. 다시 그들의 웃음소리가 들렸다. 조롱 섞인 얼굴이 보였다.

내버려 둬. 그녀는 자신에게 애원했다. 그녀는 눈을 감고 바나나와, 머릿속에서 째깍 째깍 째깍거리는 시계 소리를 무시하려 애썼다.

줄리아 마틴은 화장대 앞에 앉아 한 줄짜리 진주 목걸이를 벗었다. 단순하면서도 우아한, 아버지가 열여덟 번째 생일 선물로 준 목걸이였다.

"숙녀는 언제나 다소곳해야 하는 법이란다, 줄리아. 숙녀는 절대 자신을 과시하는 게 아니야. 항상 다른 사람을 편안하게 해 주어야 해. 잊지 말거라."

그래서 그녀는 그렇게 했다. 아버지의 말을 듣는 순간 그것이 진실임을 알았다. 그동안 비틀대고 갈팡질팡했던 모든 일이며 10대 시절의 불확실과 고독이 일거에 무너져 내렸다. 그녀 앞에는 확실한 길이 뻗어 있었다. 좁은 길이기는 했지만 확실한 길이었다. 그녀가 느낀 안도감은 확고했다. 그녀는 목적을 찾았고 방향을 찾았다. 자신이 누구인지 알았고 무엇을 해야 하는지를 알았다. 다른 사람들을 편안하게 해 줄 것.

옷을 벗으면서 그녀는 그날 있었던 일을 검토하며 자신이 상처를 주었을지도 모를 사람들과 자신의 말, 어조, 태도 때문에 자신을 싫어했을지도 모를 사람들의 명단을 만들었다.

그리고 그녀는 상냥한 프랑스계 사람과 정원에서 나눈 대화에 대해 생각했다. 그는 자신이 담배 피우는 모습을 보았다. 나를 어떻게 생각했을까? 그런 다음 그녀는 젊은 웨이터와 시시덕거리며 술잔을 받았다. 술을 마시고, 담배를 피우고, 추파를 던졌다.

맙소사, 그는 내가 얄팍하고 나약한 사람이라고 생각할 거야.

내일은 더 잘하리라.

그녀는 목걸이를 부드럽고 푸른 벨벳 보관대 위에 새끼 뱀처럼 사려 놓고는 귀걸이를 빼면서 귀도 떼어 낼 수 있으면 좋겠다고 생각했다. 하지만 그러기에 너무 늦었다는 걸 알고 있었다.

엘리너 로즈. 다들 왜 그런 짓을 한 걸까? 세월이 한참 흘렀는데, 나는 그렇게 잘해 주려고 애썼는데, 왜 그 장미를 다시 꺼내 든 걸까?

내버려 둬. 그녀는 자신에게 애원했다. 상관없잖아. 장난이었던 거야. 그뿐이야.

하지만 말은 이미 그녀 속에 똬리를 틀었고, 떠날 줄을 몰랐다.

그 옆의 호수 방에서는 샌드라가 발코니에 서서 눈부신 별빛에 둘러
싸인 채 어떻게 하면 아침 식사 때 가장 좋은 자리를 차지할 수 있을지
생각하고 있었다. 항상 주문을 거듭 강조해야 하고, 더군다나 양도 가장
적은 게 틀림없는 서빙 순서 맨 뒤로 밀리는 게 지긋지긋했다.

그리고 그 아르망이라는 사람은 자신이 본 최악의 브리지 플레이어였
다. 왜 하필 그 사람과 한편이 된 거람? 직원들이 그 부부에게 알랑거리
는 건 아마도 그들이 프랑스계이기 때문이리라. 공평하지 않았다. 마누
아르 뒤편에 있는 가장 싼, 빗자루 창고 같은 방에나 묵는 사람들인데.
틀림없이 가게 주인이나 될 테고 아내는 청소부일 테지. 마누아르를 그
런 사람들과 공유한다는 건 옳지 못한 일 같았다. 그래도 그녀는 예의를
지켰다. 그 이상을 바라지는 못하겠지.

샌드라는 배가 고팠다. 화가 났다. 피곤했다. 내일이면 스폿이 도착
할 테고, 상황은 더 나빠질 것이다.

자신들의 화려한 방 안쪽에서 토머스는 아내의 뻣뻣한 등을 보았다.

그는 아름다운 여자와 결혼했고, 지금도 이렇게 거리를 두고 뒤에서
볼 때면 그녀는 사랑스러운 여자였다.

하지만 어째선지 최근 들어서는 그녀의 머리가 부풀어 오르고 나머지
부위는 쪼그라드는 것처럼 보여서, 자신이 이제 바람 빠진 구명조끼를
붙들고 있는 듯한 기분이 들었다. 더는 제 역할을 하지 못하는 부드럽고
물렁물렁한 오렌지색 구명조끼.

샌드라가 등을 돌리고 있는 사이에 그는 아버지가 열여덟 살 생일 선물로 준 오래된 커프스단추를 잽싸게 풀었다.

"이건 아버지가 내게 주신 거란다. 그리고 이젠 네게 물려줘야 할 때가 됐구나." 아버지는 그렇게 말했다. 토머스는 커프스단추를 받아 낡은 벨벳 파우치에 넣은 다음 아버지에게 상처가 되기를 바라며 무신경한 태도로 파우치를 주머니에 쑤셔 넣었다. 상처가 됐다는 걸 알 수 있었다.

아버지는 이후 다시는 그에게 어떤 것도 주지 않았다. 아무것도.

그는 커프스단추가 살짝 닳았다는 사실을 아무도 알아차리지 못했다는 사실에 감사하며 재빨리 낡은 재킷과 셔츠를 벗었다. 샌드라가 문으로 들어오고 있었다. 그는 아무렇지도 않게 곁에 있는 의자 위에 셔츠와 재킷을 던졌다.

"브리지 하면서 내 말에 토 달아 줘서 고맙다고는 못 하겠네." 그녀가 말했다.

"내가 그랬나?"

"그랬지. 가족들과 그 부부, 가게 주인과 그의 청소부 아내 앞에서."

"집을 청소한 건 그 여자 어머니였지." 토머스가 말했다.

"이거 봐. 지적하지 말고 얘기하게 놔둘 수 없어?"

"틀린 채로 있고 싶단 말이야?"

두 사람이 결혼 생활 내내 지겹게 걸어온 길이었다.

"알았어. 그래서 내가 뭐라고 했는데?" 결국 토머스가 물었다.

"무슨 소리 했는지 당신도 잘 알잖아. 녹인 초콜릿에는 배가 가장 잘 어울린다며."

"고작 그거야? 배?"

그는 멍청한 소리라는 듯이 말했지만 샌드라는 그렇지 않다는 것을 알고 있었다. 그것은 아주 중요한 문제였다. 극도로 중요했다.

"그래, 배. 난 딸기라고 했는데 당신은 배라고 했지."

실은 이제 그녀에게도 이 문제가 하찮게 들리기 시작했다. 좋지 않은 신호였다.

"내 생각이 그렇단 얘기잖아." 그가 말했다.

"제발 당신한테 의견이라는 게 있다는 것처럼 말하지 말아 줘."

따뜻한 초콜릿이 신선한 딸기 위에, 혹은 하다못해 배 위에라도 뚝뚝 떨어지는 이야기를 계속 하고 있노라니 콜라겐이 들어찬 그녀의 입에 침이 고였다. 혹시 호텔에서 베개 위에 놓아두곤 하는 작은 초콜릿이 있을까 싶어 주변을 살펴보았다. 침대 위 자신의 자리, 그의 자리, 베개, 침실용 테이블을 살펴보았다. 욕실로 뛰어들었다. 아무것도 없었다. 그녀는 세면대를 뚫어지게 바라보며 치약은 몇 칼로리일지 생각했다.

아무것도 없었다. 먹을 것이 아무것도 없었다. 손톱 뿌리에 쌓인 각피를 내려다보았지만, 그건 비상시를 위해 아껴 두고 있었다. 방으로 돌아온 샌드라는 토머스의 커프스단추가 닳은 것을 보고 어쩌다 그렇게 닳았는지 궁금히 여겼다. 분명 자주 만져서 닳은 것은 아닐 텐데.

"당신은 모두가 보는 앞에서 내게 창피를 줬어." 음식에 대한 갈망이 상처를 주고 싶은 갈망으로 옮겨 갔다. 그는 돌아보지 않았다. 그녀는 그냥 넘어가야 한다는 사실을 알고 있었지만 이미 늦은 뒤였다. 그녀는 모욕을 자근자근 씹었고, 찢어발겼고, 목구멍으로 넘겼다. 이제 모욕은 그녀의 일부였다.

"왜 당신은 항상 그러는 건데? 그깟 배 때문에? 한 번만이라도 그냥 맞장구 좀 쳐 주면 안 돼?"

그녀는 지난 두 달간 오직 하나만을 위해 잔가지와 베리와 빌어먹을 풀을 뜯어 먹으며 7킬로그램을 뺐다. 가족들이 자신이 얼마나 아름답고 날씬한지 말하게 되면 혹시 토머스도 그 사실을 알아차려 주지 않을까 싶어서였다. 어쩌면 그도 그렇게 생각해 줄지 모른다. 어쩌면 그가 나를 만져 줄지도 모른다. 그냥 만지기만. 사랑을 나누는 건 바라지도 않아. 그냥 만져만 줘.

그녀는 그것에 굶주려 있었다.

아이린 피니는 거울을 들여다보며 손을 들었다. 비누투성이 옷을 가까이 가져오다가 손을 멈추었다.

내일이면 스폿이 올 터였다. 그러면 모두가 모인다. 자신의 세계의 네 귀퉁이인 네 아이가.

아이린 피니는 나이가 지긋한 사람들이 대체로 그렇듯 세계가 실제로는 평평하다는 사실을 알고 있었다. 세계에는 시작과 끝이 있었다. 그리고 그녀는 그 가장자리에 이르러 있었다.

딱 한 가지만 더 하면 됐다. 내일.

아이린 피니는 거울에 비친 자신의 상을 응시했다. 그녀는 옷을 세면대 위에 올려놓고 문질렀다. 옆방에서는 버트 피니가 침대 시트를 꽉 쥔 채로 아내가 얼굴을 훔치며 숨죽여 우는 소리를 듣고 있었다.

아르망 가마슈는 갓 얼굴을 내민 햇빛이 미동도 없는 커튼을 통과해

한데 밀려난 침구와 땀에 젖은 몸 위로 쏟아지는 통에 잠에서 깨어났다. 발에 차인 이불은 젖은 공처럼 말려 침대 끝에 가 있었다. 옆에서 렌 마리가 깨어났다.

"몇 시야?" 그녀가 졸린 목소리로 물었다.

"여섯 시 삼십 분."

"아침?" 그녀는 한쪽 팔꿈치를 짚고 몸을 일으켰다. 그가 끄덕이며 미소 지었다. "그런데 벌써 이렇게 더워?" 그는 다시 고개를 끄덕였다. "끔찍한 날이 되겠네."

"어제 피에르도 그렇게 말하더군. 폭염이 온다고."

"이제야 왜 폭염이라는 표현을 쓰는지 알 것 같아." 렌 마리가 그의 젖은 팔의 궤적을 눈으로 좇으며 말했다. "샤워해야겠어."

"더 좋은 생각이 있는데."

잠시 후 두 사람은 선착장에 당도해 샌들을 발로 차 벗어 던지고 따뜻한 나무 표면 위에 둥지를 틀듯 수건을 내려놓았다. 가마슈와 렌 마리는 두 개의 태양과 두 개의 하늘이 있는 세상, 산과 숲이 무수히 늘어난 세상을 바라보았다. 호수는 유리가 아니라 거울이었다. 새가 맑은 하늘을 미끄러지듯 가로지르자 그 모습이 잔잔한 물 위에도 나타났다. 너무나도 완벽하게 둘로 나뉜 세상이었다. 벌새가 정원에서 붕붕거렸고 왕나비가 이 꽃에서 저 꽃으로 사뿐히 날아다녔다. 잠자리 두어 마리가 선착장 주변을 배회했다. 세상에 사람이라고는 렌 마리와 가마슈뿐이었다.

"당신이 먼저 해." 렌 마리가 말했다. 그녀는 이 모습을 보는 것을 좋아했다. 두 사람이 젊었을 때 그들의 아이들도 그랬다.

가마슈는 미소를 짓고 무릎을 구부렸다가 단단한 선착장을 박차고 몸을 허공으로 날렸다. 건너편 물가에 닿으려는 듯 팔을 쭉 편 모습이 순간 허공에 떠 있는 듯했다. 다이빙이라기보다 발사에 가까웠다. 물론 가마슈가 실제로 날 수 있는 것은 아니었기에 피할 수 없는 결과가 뒤를 이었다. 그는 요란하게 물을 튀기며 입수했다. 일순 숨이 멎을 정도로 물이 차가웠지만 다시 수면 위로 나올 즈음에는 상쾌했고 정신이 번쩍 들었다.

렌 마리는 그가 고개를 홱 젖혀 가상의 머리털에서 호수의 물을 털어내는 모습을 지켜보았다. 두 사람이 맨 처음 이곳에 왔을 때와 똑같은 모습이었다. 이후 수년을 그러다가 더는 그럴 필요가 없어졌지만, 그는 여전히 그렇게 했고, 그녀는 여전히 그 모습을 지켜보았으며, 그 모습은 여전히 그녀의 심장을 멎게 했다.

"들어와." 가마슈는 렌 마리가 다이빙하는 모습을 지켜보았다. 비록 항상 다리가 벌어졌고, 발끝을 모으는 법을 숙달하지 못해 발이 수면에 닿을 때면 한줄기 물보라가 일었지만, 그래도 우아했다. 그는 그녀가 물 위로 올라와 머리카락을 빛내며 햇빛을 마주 볼 때까지 기다렸다.

"물 튀었어?" 렌 마리가 물가로 밀려가는 파도에 맞서 선헤엄을 치면서 물었다.

"칼처럼 들어가던데. 당신이 다이빙한 줄도 모를 정도였어."

"이제 아침 식사 시간이야." 10분 후, 함께 사다리를 붙잡고 선착장으로 올라가며 렌 마리가 말했다.

가마슈는 햇볕을 받아 따뜻해진 수건을 그녀에게 건넸다. "뭘 먹을 생각이지?"

그들은 각자 자신이 먹을 말도 안 되는 양의 음식을 묘사하며 돌아갔다. 마누아르에 이르자 가마슈는 렌 마리를 건물 옆으로 데려갔다.

"보여 주고 싶은 게 있어."

그녀가 미소 지었다. "이미 봤는데."

"이건 아닐걸." 그는 싱긋 웃다가 이내 웃음을 멈추었다. 더는 둘만이 아니었다. 마누아르 건물 측면에서 누군가가 몸을 숙인 채 땅을 파고 있었다. 동작이 멈추더니 사람의 형체가 천천히 몸을 돌려 그들을 마주 보았다.

젊은 여자가 흙투성이가 된 채 서 있었다.

"어머, 안녕하세요." 그들보다는 여자가 더 놀란 듯했다. 너무 놀란 나머지 그녀는 마누아르의 전통을 따라 프랑스어를 쓰는 대신 영어로 말했다.

"안녕하세요." 렌 마리는 안심하라는 듯 미소를 지으며 영어로 말을 받았다.

"데졸레Désolée 죄송해요." 젊은 여자가 땀이 흐르는 얼굴을 닦다가 흙을 더 묻히며 말했다. 흙이 곧바로 진흙으로 변하는 바람에 살아 움직이는 진흙 조각상을 보는 것 같았다. "벌써 일어난 분이 있을 거라고는 생각하지 못했어요. 이때가 일하기엔 가장 좋은 시간이거든요. 전 여기 정원사 중 하나랍니다."

여자는 프랑스어로 바꿔 말했는데 억양이 살짝 강한 것을 빼면 유창했다. 무언가 달콤하고, 화학적이고, 익숙한 냄새가 훅 불어왔다. 살충제. 두 사람의 말벗은 살충제를 흠뻑 뒤집어쓰고 있었다. 퀘벡의 여름 냄새. 막 깎은 잔디와 살충제 냄새.

가마슈와 렌 마리는 눈길을 아래로 내렸다. 땅에 구멍이 여럿 파여 있었다. 여자는 두 사람의 시선을 좇았다.

"너무 더워지기 전에 저것들을 전부 옮겨 심으려고요." 그녀는 축 처진 식물들을 향해 손짓을 해 보였다. "어째선지 이 화단에 있는 꽃이 전부 시들고 있어요."

"저건 뭐예요?" 렌 마리는 더 이상 구멍을 바라보고 있지 않았다.

"저게 내가 당신에게 보여 주고 싶었던 거야." 가마슈가 말했다.

정원 곁, 숲에 살짝 숨은 자리에 거대한 대리석 큐브가 있었다. 적어도 이제는 물어볼 사람이 생겼다.

"전혀 모르겠어요." 가마슈의 질문에 정원사가 그렇게 답했다. "며칠 전에 커다란 트럭이 와서 놔두고 갔어요."

"이게 뭐죠?" 렌 마리가 손을 가져갔다.

"대리석이에요." 정원사가 두 사람을 따라 그것을 바라보았다.

"아, 결국." 마침내 렌 마리가 입을 열었다. "숲과 호수와 정원에 둘러싸인 이곳 마누아르 벨샤스에서 당신과 나는," 그녀는 그의 손을 잡았다. "이 근방에서 유일하게 부자연스러운 물건을 바라보고 있게 됐네."

그가 웃음을 터뜨렸다. "뭘 기대했어?"

그들은 정원사에게 인사를 건네고 아침 식사를 위해 옷을 갈아입으러 마누아르로 돌아갔다. 하지만 가마슈는 렌 마리가 대리석을 보고 간밤에 자신이 그랬던 것과 똑같은 반응을 보였다는 사실이 흥미롭다고 생각했다. 그것이 무엇이든 간에 그것은 부자연스러웠다.

테라스는 여기저기 그늘이 드리워진 덕분에 아직 타는 듯이 뜨겁지는 않았다. 하지만 정오 무렵이면 돌들이 석탄처럼 변할 터였다. 렌 마리와 가마슈는 챙 모자를 쓰고 있었다.

엘리엇이 카페오레와 아침 식사를 가져왔다. 렌 마리는 이스턴 타운십스 메이플 시럽을 블루베리 크레페에 부었고, 가마슈는 에그 베네딕트잉글리시 머핀을 반으로 갈라 그 위에 햄이나 베이컨, 수란, 홀랜다이즈 소스를 올린 아침 식사용 요리를 찔러 노른자가 홀랜다이즈 소스와 섞이게 했다. 이제 테라스는 피니 일가로 가득했다.

"별 상관은 없지만," 등 뒤에서 여자 목소리가 들렸다. "단풍나무 아래에 있는 멋진 테이블에 앉을 수 있다면 좋겠는데요."

"그 자리에는 이미 다른 손님이 계십니다, 마담." 피에르가 말했다.

"오, 그래요? 뭐, 중요한 문제는 아니니까."

버트 피니가 이미 빈과 함께 앉아 있었다. 둘 다 신문을 읽었다. 그는 만화를 보았고 빈은 부고란을 읽었다.

"걱정이 있는 표정이구나, 빈." 노인이 만화를 내리며 말했다.

"태어나는 사람보다 죽는 사람이 더 많은 것 같다는 거 아세요?" 빈이 부고란을 피니에게 건네며 말했다. 그는 그것을 받아 들고 엄숙하게 고개를 끄덕였다.

"그 말인즉 아직 살아 있는 우리 몫이 더 늘어난다는 얘기지." 그는 부고란을 다시 빈에게 돌려주었다.

"전 더 바라지 않는데요." 빈이 말했다.

"바라게 될 게다." 피니는 다시 만화를 들어 올렸다.

"아르망." 렌 마리가 부드러운 손을 그의 팔 위에 올렸다. 그녀가 간신히 알아들을 만한 목소리로 속삭였다. "빈이 남자애야, 여자애야?"

가마슈도 같은 문제를 다소나마 궁금히 여기고 있던 터라 다시 한 번 빈을 보았다. 아이는 드러그스토어에서 산 것처럼 보이는 안경을 끼었고, 어깨까지 내려오는 금발이 예쁘게 탄 얼굴을 감싸고 있었다.

그는 고개를 저었다.

"플로렌스 생각이 나는걸. 지난번에 왔을 때 플로렌스를 데리고 로리에 가를 걷는데 다들 손자가 참 잘생겼다고 하더군."

"플로렌스가 선보닛어린 여자아이가 쓰는 햇볕 가리개용 모자을 쓰고 있었어?"

"그랬지."

"사람들이 당신과 닮았대?"

"맞아, 그러던걸." 가마슈는 천재 아니냐는 듯 경탄을 담은 갈색 눈을 크게 뜨고 그녀를 바라보았다.

"어쩜. 하지만 플로렌스는 한 살이 갓 넘었잖아. 빈은 몇 살이나 될 것 같아?"

"글쎄. 아홉에서 열 살 정도? 부고란을 읽는 아이는 더 나이 들어 보이는 법이지."

"부고란은 노화를 촉진한다. 기억해 둬야겠네."

"잼 더 드릴까요?" 피에르가 수제 산딸기, 라즈베리, 블루베리 잼을 담은 새 단지를 가져와 바닥을 보이고 있는 그릇을 도로 채워 주었다. "더 필요한 거 없으십니까?"

"음, 질문이 하나 있습니다." 가마슈는 크루아상을 기울여 마누아르의 모퉁이를 가리켰다. "저쪽에 대리석 덩어리가 있던데요, 피에르. 그건 어디에 쓰는 겁니까?"

"아, 알아차리셨군요."

"우주에서도 보이겠더군요."

피에르가 고개를 끄덕였다. "체크인하셨을 때 마담 뒤부아가 아무 말 않던가요?"

렌 마리와 가마슈는 눈빛을 교환하고 고개를 가로저었다.

"그렇군요." 지배인은 약간 부끄러운 기색이었다. "마담 뒤부아에게 물으셔야 할 것 같습니다. 놀라게 해 드리려고 준비한 거라서요."

"즐거운 놀라움인가요?" 렌 마리가 물었다.

피에르는 잠시 생각했다. "확신하긴 어렵군요. 하지만 곧 아시게 될 겁니다."

5

아침을 먹은 후 가마슈는 파리에 있는 아들에게 전화를 걸었고, 마누 아르의 번호를 남겼다. 깊은 숲 속이라 휴대폰은 소용이 없었다.

낮이 그럭저럭 즐겁게 흘러가는 동안 온도는 느리면서도 꾸준히 상승 했고, 사람들은 뒤늦게 정말 더운 날임을 깨달았다. 직원들이 볕에 익어 가는 손님들을 위해 잔디밭과 정원 그늘진 곳을 찾아 애디론댁 의자와 긴 의자를 가져다 놓았다.

"스폿!"

외침이 후덥지근한 한낮을 가르며 아르망 가마슈의 휴식을 방해했다.

"이상하네." 렌 마리가 선글라스를 벗고 남편을 쳐다보며 말했다. "꼭 '불이야!'라고 외치는 것 같은 말투인걸."

가마슈는 책에 손가락을 끼우고 외침이 들려온 방향을 바라보았다. '스폿'이 어떻게 생겼을지 궁금했다. 귀가 펄럭일까? 실제로 점박이인 걸까?

토머스가 "스폿!"이라고 외치면서 재빠르게 잔디밭을 가로질러 머리가 희끗희끗하고 옷을 잘 차려입은 키 큰 사내에게 다가가고 있었다. 가마슈는 선글라스를 벗고 좀 더 자세히 관찰했다.

"평화와 고요는 이걸로 끝인가 보네." 렌 마리의 목소리에 아쉬움이 묻어났다. "끔찍한 스폿과 그보다 더 진절머리 나는 아내 클레어가 나타났어."

가마슈는 다시 안경을 쓰고 눈을 찡그리며 그들을 바라보았다. 눈에 보이는 광경을 믿을 수 없었다.

"왜 그래?" 렌 마리가 물었다.

"짐작도 못할 거야."

마누아르 벨샤스의 잔디밭 위에서 키 큰 두 형체가 만나고 있었다. 성공의 표본 토머스와 그의 동생 스폿이.

렌 마리가 그쪽을 살펴보았다. "하지만 저건……."

"그런 것 같아." 가마슈가 말했다.

"그럼 또 한 사람은……." 렌 마리는 경악을 금치 못했다.

"글쎄. 아, 저기 오는군."

머리가 헝클어진 사람의 형체가 마누아르의 모퉁이를 돌아 나타났다.

햇빛을 가리기 위해 쓴 모자가 제멋대로인 머리카락을 불완전하게나마 붙잡아 주고 있었다.

"클라라?" 렌 마리가 가마슈에게 속삭였다. "세상에, 아르망, 스폿과 클레어 피니가 피터와 클라라 모로라니. 기적 같은 일이야." 그녀는 기뻤다. 막을 길 없이 목전에 들이닥친 것만 같았던 재앙이 친구들로 바뀐 것이다.

이제 샌드라가 피터에게 인사를 건네고 토머스는 클라라를 포옹하고 있었다. 그의 팔에 안긴 그녀는 너무 작아 사라질 것 같았고, 포옹을 풀고 물러났을 때는 이전보다 더 머리가 헝클어져 있었다.

"좋아 보이네." 샌드라는 클라라를 훑어보며 엉덩이와 허벅지에 살이 붙었음을 알아차리고 기뻐했다. 어울리지 않는 줄무늬 반바지에 물방울무늬 웃옷도 그렇고. 저런 주제에 자칭 예술가라니. 샌드라는 기분이 한결 나아졌다.

"좋고말고요. 살이 빠지셨네요. 세상에, 어떻게 한 건지 좀 가르쳐 줘요. 나도 오 킬로그램 정도 빼면 좋겠는데."

"자기가?" 샌드라가 외쳤다. "절대 그러지 마."

두 여자는 팔짱을 끼고 가마슈 부부에게 소리가 닿지 않는 쪽으로 걸어갔다.

"피터." 토머스가 말했다.

"토머스." 피터가 말했다.

그들은 서로를 향해 무뚝뚝하게 고개를 끄덕였다.

"잘 사니?"

"더없이."

그들은 구두점이 필요 없는 신호를 주고받듯 말했다.

"형은?"

"좋지."

그들은 말에 필수 요소만 남기고 나머지를 쳐냈다. 조금 있으면 자음만 남으리라. 그리고 그다음에는 침묵만.

어른거리는 그늘 아래서 아르망 가마슈는 그 모습을 지켜보았다. 옛친구들을 보고 기뻐해야 한다는 사실을 알았고, 실제로 기뻤다. 하지만 시선을 내려 보니 팔뚝의 잔털이 곤두서 있었고, 누군가 차가운 입김으로 속삭이는 듯한 기분이 들었다.

햇살이 일렁이는 이 뜨거운 여름날, 이 깨끗하고 고요한 풍경 속에서, 사물은 눈에 보이는 것과 달랐다.

클라라는 맥주와 토마토 샌드위치를 가지고 테라스의 돌담으로 향했다. 토마토 씨가 그녀의 눈을 피해 새 면 블라우스 위에서 흘러내렸다. 그녀는 그늘 속으로 사라지고자 했다. 어차피 피터의 가족은 그녀에게 거의 신경을 쓰지 않았기 때문에 어려운 일이 아니었다. 그녀는 며느리고 동서일 뿐, 그 이상은 아니었다. 처음에는 그 점이 신경 쓰였지만 이제는 그것이 대단한 장점임을 알게 되었다.

그녀는 정원을 둘러보다 눈을 적절히 찌푸리고 보면 아담한 스리 파인스 마을에 있는 집에 돌아온 것 같은 기분을 느낄 수 있다는 사실을 깨달았다. 사실 집이 여기서 그렇게 멀지도 않았다. 산줄기만 넘으면 됐다. 하지만 지금 이 순간에는 그곳이 몹시 멀게 느껴졌다.

여름날 아침마다 그녀는 집에서 커피를 한 잔 따른 뒤 맨발로 집 뒤에 있는 벨라벨라 강까지 걸어가면서 길가에 핀 장미와 협죽도와 백합 냄새를 맡곤 했다. 햇빛이 부드럽게 내리쬐는 벤치에 앉아 커피를 홀짝이며 햇살 속에 금빛 은빛으로 반짝이는 강물의 최면에 빠진 채 잔잔히 흘러가는 강을 바라보았다. 그런 다음 스튜디오로 가서 오후 중반까지 그림을 그렸다. 이후에는 피터와 함께 맥주를 마시고 정원을 거닐거나 비스트로에서 친구들과 함께 와인을 마셨다. 조용하고 평온한 삶이었다. 그들에게 잘 맞는 삶이었다.

그러다 몇 주 전 어느 날 아침, 그녀는 평소처럼 우편함을 확인하러 갔다. 거기서 무시무시한 초대장을 발견했다. 녹슨 뚜껑을 열자 뚜껑이 비명을 질러 댔고, 손을 찔러 넣는 순간 안에 무엇이 있는지 보지 않고서도 알 수 있었다. 묵직한 벨럼 봉투가 만져졌다. 그녀는 그걸 그냥 파란 재활용 쓰레기통에 던져 넣어 무언가 유용한 것, 이를테면 화장지로라도 변하게 해 버리고 싶다는 유혹을 느꼈다. 하지만 그녀는 그렇게 하지 않았다. 대신 그녀는 가느다란 필체를 응시했다. 불길하게 갈겨쓴 글씨에서 온몸에 개미가 기어 다니는 듯한 기분이 전해지자 더는 견딜 수 없었다. 봉투를 찢어 열어 보니 안에는 마누아르 벨샤스에서 6월 말에 열리는 가족 모임에 초청하는 초청장이 들어 있었다. 평소보다 한 달 일렀고 스리 파인스에서 생 장 밥티스트6월 24일 세례요한의 탄생을 축하하는 퀘벡 주의 국경일 깃발을 내린 후 잔디 광장에서 7월 1일에 있을 연례 캐나다 연방 성립 기념일 축하를 준비하고 있을 시점이었다. 타이밍이 최악이라 자신은 빠져야겠다고 생각하던 순간, 문득 자신이 올해 아이들의 게임을 준비해야 한다는 사실이 떠올랐다. 아이들을 강아지라고 자기최면을 걸어야만 아이들과 어울릴 수 있는 클라라는 갑자기 갈등을 느꼈고, 피터에게 결정을 맡기기로 했다. 하지만 그 초청에는 무언가 다른 것이 포함되어 있었다. 모두가 모이고 나면 무언가 다른 일이 일어날 터였다. 그날 오후 피터가 스튜디오에서 나오자 클라라는 봉투를 건네고 그의 잘생긴 얼굴을 지켜보았다. 그녀가 사랑하는 얼굴이었고, 그녀가 지켜 주고 싶은 남자였다. 그리고 실제로 거의 모든 것을 상대로 지켜 줄 수 있었다. 하지만 그의 가족을 상대로는 아니었다. 그들은 안에서부터 공격해 들어왔고, 그녀로서도 거기서만큼은 그를 도울 수 없었다. 그녀는 그의 얼굴을 지켜보았다. 처음에는 이게 뭔가 하는 눈치였다가 이내 이해했다는 표정이 떠올랐다.

좋지 않은 모임이 될 터였다. 그럼에도 피터는 전화를 들고 어머니에게 전화를 걸어 그 몹쓸 초청을 받아들임으로써 클라라를 놀라게 했다.

그게 몇 주 전의 일이었다. 그리고 지금, 갑자기, 그 상황이 눈앞에 닥쳐 있었다.

클라라는 돌담 위에 홀로 앉아 다른 사람들이 눈이 멀어 버릴 것만 같은 햇빛 아래서 진토닉을 홀짝이는 모습을 바라보았다. 다들 일사병이나 피부암에 걸리는 모습을 보여 주고 싶은 것인지, 아무도 햇빛을 가릴 모자를 쓰지 않았다. 피터는 서서 어머니와 이야기를 나누고 있었다. 손으로 햇빛을 가리는 모습이 마치 영원히 경례를 하고 있는 것 같았다.

토머스는 위풍당당하고 우아해 보이는 반면, 샌드라는 무언가를 경계하는 듯했다. 그녀는 이쪽저쪽으로 눈길을 쏘아 보내며 음식의 양을 가늠하고 이리저리 오가는 웨이터들을 관찰하면서 누가 무엇을 먹고 있고 자신의 몫과 비교하여 어떤지 관찰했다.

테라스 반대쪽, 역시 그늘이 드리운 곳에 자리한 버트 피니의 모습이 막 클라라의 눈에 들어왔다. 그는 자기 아내를 바라보고 있는 듯했지만, 확실하지는 않았다. 그의 순례자 같은 눈과 마주치자 그녀는 시선을 돌렸다.

클라라는 시원한 맥주를 홀짝이며 땀에 젖은 자신의 굵은 머리카락을 그러쥐어 목에서 떼어 냈다. 그런 다음 머리카락을 펄럭이며 뒷덜미에 바람이 들어오게 했다. 그제야 그녀는 피터의 어머니가 자신을 바라보고 있다는 사실을 알아차렸다. 옅은 분홍빛이 도는 주름진 하얀 얼굴은 아름다웠고, 연푸른색 눈동자는 사려 깊고 다정해 보였다. 자신에게 다가오라고, 가까이 와서 몸을 숙여 보라고 손짓하는 아름다운 잉글리시 로즈 같았다. 그 깊숙한 곳에 말벌이 몸을 숨긴 채, 말벌이 가장 잘하는 일을 하기 위해 기다리고 있다는 사실을 알아차렸을 때는 이미 늦는다.

스물네 시간도 안 남았어. 클라라는 자신에게 말했다. **내일 아침만 먹고 갈 테니까.**

사슴파리가 땀에 젖은 이마 주변에서 붕붕거리는 통에 클라라는 팔을 세차게 휘두르다 돌담에 부딪혀 남은 샌드위치를 그 아래에 있는 화단에 떨어뜨리고 말았다. 어느 개미의 기도에 대한 응답이었다. 샌드위치에 깔린 개미만 빼고.

"클레어클레어는 클라라의 애칭는 여전하구나." 피터의 어머니가 말했다.

"어머니도 변함없으신걸요."

피터는 어머니처럼 정중한 목소리로 말하려 애썼고, 예의와 경멸 사이에서 완벽한 균형을 찾아냈다고 느꼈다. 그 균형은 너무 미묘해서 따지고 들 수도 없었고, 너무 명백해서 놓칠 수도 없었다.

뜨겁게 달아오른 테라스 맞은편에서 줄리아는 뜨거운 돌을 딛고 있는, 밑창이 얇은 샌들 속의 발이 타오르기 시작하는 것을 느꼈다.

"안녕, 피터." 그녀는 연기가 피어오르는 발을 마음속에서 지우고 테라스를 가로질러 동생을 향해 키스를 날려 보냈다. "보기 좋네."

"누나도."

정적.

"날씨가 좋은걸."

줄리아는 무언가 영리한 말, 무언가 위트 있고 지적인 말을 찾아 급속도로 텅 비어 가는 머릿속을 뒤졌다. 자신이 행복하다는 사실을 증명해 줄 만한 어떤 말, 자신의 삶이 그가 생각하는 것처럼 그렇게 파렴치하지 않다는 것을 보여 줄 만한 말을. 그녀는 말없이 자신에게 되뇌었다. **피터의 한결같은 자줏빛 여드름이 터졌다. 효과가 있었다.**

"데이비드는 어때?" 피터가 물었다.

"그 사람 알잖아." 줄리아가 가볍게 말했다. "뭐에든 적응하는 사람이니까."

"감옥에도? 그런데 누나는 여기 와 있네."

그녀는 그의 차분하고 잘생긴 얼굴을 살펴보았다. 모욕을 주기 위해 한 말일까? 가족들에게서 워낙 오래 떨어져 있었던 탓에 수련이 부족했다. 오래전에 은퇴했는데 느닷없이 비행기 밖으로 내던져진 공수부대원이 된 듯한 기분이 들었다.

나흘 전 이곳에 도착했을 때, 그녀는 상처받고 기진맥진해 있었다. 지난해 데이비드의 재판이라는 재난을 겪는 동안 미소, 공허한 칭찬, 예의를 남김없이 쥐어짰 냈다. 배신당하고 모욕당하고 벌거벗겨진 기분 속에서, 그녀는 상처를 치유하기 위해 집으로 돌아왔다. 마법처럼 신비로운 기억 속에 남아 있는 포근한 어머니와 키 크고 잘생긴 형제들에게로. 당연히 그들이 자신을 보살펴 주리라 생각하면서.

어째서인지 그녀는 자신이 애초에 그들을 떠났던 이유를 잊고 있었다. 하지만 이제 그녀는 돌아왔고, 기억도 돌아왔다.

"생각해 봐." 토머스가 말했다. "남편이 그 많은 돈을 훔쳤는데 너는 모르고 있었다니. 정말 끔찍한 일이야."

"토머스." 어머니가 고개를 살짝 가로저었다. 줄리아를 모욕했다고 꾸짖는 것이 아니라, 그런 이야기를 마누아르의 직원들 앞에서 꺼냈다고 꾸짖는 것이었다. 줄리아의 발밑에서 뜨거운 돌이 지글거리는 듯했다. 하지만 그녀는 미소를 지으며 자신을 가다듬었다.

"너희 아버지는." 피니 부인이 말을 꺼내려다가 입을 다물었다.

"말해요, 어머니." 줄리아는 무언가 오래되고 친숙한 것이 자기 속 깊은 곳에서 꼬리를 휘두르는 것을 느꼈다. 수십 년 동안 잠들어 있던 무언가가 꿈틀거리기 시작했다. "아버지가 뭐요?"

"아버지 기분이 어땠는지 알잖니."

"기분이 어떠셨는데요?"

"정말이지, 줄리아, 이런 이야기는 하지 않는 게 좋을 것 같구나." 줄리아의 어머니는 분홍빛 얼굴을 그녀에게 돌렸다. 얼굴에 부드러운 미소가 걸려 있었고, 두 손은 살짝 떨렸다. 어머니의 손길을 느껴 본 지 얼마나 됐더라?

"죄송해요." 줄리아가 말했다.

"점프해, 빈, 점프!"

클라라는 고개를 돌려 깔끔하게 깎은 잔디밭을 가로지르며 발이 거의 땅에 닿지 않을 만큼 펄쩍펄쩍 뛰어다니는 피터의 여동생과 그 뒤로 해변용 수건을 목에 묶은 채 웃음을 터뜨리며 달리는 빈을 바라보았다. 하지만 빈은 점프하지 않았다. 우리 착한 빈.

"휴." 잠시 후 테라스에 당도한 마리아나가 마치 스프링클러 사이를 뛰어다닌 것처럼 땀을 쏟아 내면서 숨을 헐떡였다. 그녀는 스카프 귀퉁이로 눈가를 훔쳤다. "빈이 점프했어요?" 그녀가 가족들에게 물었다. 토머스만이 경멸 섞인 웃음으로 반응했다.

열기와 습기 때문에 클라라는 브라 밑이 가려웠다. 그녀는 브라를 아래로 잡아당겼다. 고개를 들었을 때는 이미 늦었다. 피터의 어머니가 다시 자신을 바라보고 있었다. 마치 특별한 레이더가 달린 것만 같았다.

"작품은 어때?"

미처 예상하지 못한 질문이었다. 클라라는 그 질문이 피터를 향한 것이라고 생각하고 이제 가슴 사이에서 익어 버린 토마토 씨를 빼내는 데에 몰두하고 있었다.

"저요?" 고개를 들자 줄리아의 얼굴이 보였다. 그녀는 피터네 남매 중 가장 아는 바가 없는 사람이었다. 하지만 피터에게 들은 이야기가 있었기에 재빨리 경계심을 품었다. "그냥 뭐. 항상 아등바등하죠."

쉬운 대답, 그들이 기대할 만한 대답이었다. 클라라는 실패자였다. 자신을 예술가라고 부르지만 작품은 절대 팔지 못하는. 머리카락을 둥글게 부풀린 마네킹이나 녹아내리는 나무 같은 우스꽝스러운 작품이나 남기는.

"지난번에 한 전시에 관한 이야기 들었어. 평이 상당하던데."

클라라는 몸을 바로 하고 앉았다. 많은 사람들이 처음에는 그럭저럭 예의 바른 질문을 한다는 건 알고 있었다. 하지만 두 번째 질문을 던지는 사람은 드물었다.

어쩌면 줄리아는 진심인지도 몰랐다.

"자궁 전사 연작이었지?" 줄리아가 물었다. 클라라는 그녀의 얼굴에서 조롱의 기색을 찾아보려 했지만, 그런 기색은 없었다.

클라라는 고개를 끄덕였다. 확실히 그 연작은 경제적으로는 성공이었다고 할 수 없었지만 감정적으로는 대성공이었다. 자궁 전사 하나를 피터의 어머니에게 크리스마스 선물로 드릴까 생각해 보기도 했지만 그건 너무 앞서가는 일이겠다 싶었다.

"우리가 이야기하지 않았던가?" 피터가 미소를 지으며 다가왔다. 가족 모임에서는 절대 좋은 신호가 아니었다. 그들은 더 기만적으로 변할수록 더 많이 웃었다. 클라라는 그와 눈을 마주치려 애썼다.

"무슨 이야요?" 샌드라가 무언가 불쾌한 일이 다가오고 있다는 사실을 감지하며 물었다.

"클라라 작품에 관해서 말입니다."

"전 맥주 한 잔 더 마셔야겠어요." 클라라가 말했다. 아무도 신경 쓰지 않았다.

"작품이 어쨌기에?" 토머스가 물었다.

"아무것도 아녜요." 클라라가 말했다. "그냥 엉터리들뿐이죠. 아시잖아요. 항상 실험만 하는 거."

"갤러리에서 전시를 제안해 왔어."

"피터." 클라라가 다급히 끼어들었다. "그런 이야기까지 할 필요는 없을 것 같은데."

"하지만 다들 듣고 싶어 할걸." 피터가 말했다. 그가 손을 바지 주머니에서 빼내자 주머니가 빠져나와, 그렇지 않았더라면 완벽했을 그의 모습을 망쳐 놓고 있었다.

"클라라가 겸손해서 그래. 몬트리올의 포틴 갤러리에서 단독 전시회를 제안했어. 데니스 포틴이 직접 스리 파인스에 작품을 보러 왔지."

침묵.

클라라는 손톱이 손바닥을 파고들도록 손을 움켜쥐었다. 사슴파리 한 마리가 그녀의 귀 뒤쪽 부드럽고 창백한 살을 찾아내 물었다.

"굉장하구나." 피터의 어머니가 클라라에게 말했다. "이렇게 기쁠 수가 있다니."

클라라는 깜짝 놀라 시어머니를 돌아보았다. 귀를 믿을 수 없었다. 지금껏 항상 지독하게만 굴던 사람 아니었나? 내가 피터의 어머니를 부당하게 판단했던 걸까?

"보통은 너무 두꺼운 경우가 많은데."

클라라의 미소가 흔들렸다. 너무 두껍다니?

"진짜 마요네즈도 안 쓰고 말이지. 하지만 베로니크 주방장이 다시한 번 자신을 넘어섰구나. 오이 샌드위치 먹어 봤니, 클레어? 정말 맛있단다."

"맛있더라고요." 클라라는 미친 듯한 열의를 담아 동의했다.

"축하합니다, 클라라. 정말 좋은 소식이군요." 그 목소리는 사내답고, 명랑하고, 희미하게 낯익었다. "펠리시타시옹 Félicitations 축하합니다."

건장한 중년 남자가 우스운 모자를 쓴 채 잔디밭 건너편에서 성큼성큼 걸어왔다. 남자 곁에는 작고 우아한 여자가 남자와 똑같은 챙 모자를 쓰고 있었다.

"렌 마리?" 클라라는 자기 눈을 의심하며 그들을 뚫어져라 바라보았다. "피터, 저분 렌 마리야?"

피터는 입을 딱 벌린 채, 서둘러 계단을 올라오는 부부를 바라보고 있었다.

"오, 클라라, 정말 멋진 소식이에요." 렌 마리가 친구를 끌어안으며 말했다. 클라라는 장 파투에서 출시한 향수 조이의 향을 맡았고, 기분도 꼭 그와 같았다조이(Joy)는 기쁨이라는 뜻. 최후의 순간에 고문에서 구출된 기분이었다. 그녀는 포옹을 풀고 정말 렌 마리 가마슈가 맞는지 확인했다. 정말로, 그녀가 눈앞에서 미소를 머금고 있었다. 여전히 뒤에서 쏟아지는 적의 어린 눈길을 느낄 수 있었지만, 아무래도 상관없었다. 이제는.

아르망은 클라라의 두 뺨에 입을 맞추고 애정 어린 손길로 그녀의 팔을 쥐었다. "정말 잘된 일입니다. 데니스 포틴에게도요." 그는 테라스 위에 돌처럼 굳어 있는 얼굴들을 살펴보았다. "아마 아시겠지만 데니스 포틴은 몬트리올 최고의 미술품 중개인입니다. 대성공인 거지요."

"그런가요?" 피터의 어머니는 목소리에 멸시와 반감을 실어 보냈다. 마치 클라라의 성공이 부적절하다는 듯한 어조였다. 이렇게 의기양양한 감정을 드러내 보이는 것도 물론 부적절했다. 남의 가족사에 무례하게 끼어들다니. 그리고 아마 그중 최악은 피터가 빗자루 창고에서 지내는 사람들과 어울린다는, 놓칠 수 없는 증거가 나왔다는 것이리라. 그런 사람들과 함께 외진 산장에 틀어박혀 브리지를 하는 정도는 괜찮았다. 그야 교양 있는 사람다운 처신이었을 뿐이니까. 하지만 함께 어울릴 사람을 고르는 건 또 다른 문제였다.

가마슈는 피터에게 다가가 악수했다. "잘 지냈습니까?"

피터는 무언가 놀라운 것을 보았다는 듯한 눈길로 미소 짓는 가마슈를 바라보았다.

"아르망? 여기는 도대체 어떻게 오신 겁니까?"

"그게, 여긴 여관이잖습니까." 가마슈는 웃음을 터뜨렸다. "결혼기념일을 축하하러 왔습니다."

"오, 하느님 감사합니다." 클라라는 그렇게 말하며 렌 마리에게 다가섰다. 피터도 그들에게 다가가려 했지만, 등 뒤에서 작게 목청을 가다듬는 소리가 들려오자 걸음을 멈추었다.

"우리끼리는 나중에 이야기 나눌 수 있겠지요." 렌 마리가 제안했다. "일단 매력적인 가족분들과 함께 시간을 보내셔야 할 테니까요." 그녀는 클라라를 한 번 더 짧게 포옹했다. 클라라는 포옹을 풀고 싶지 않았지만, 결국 푼 다음 가마슈 부부가 잔디밭을 가로질러 호수로 걸어가는 모습을 지켜보았다. 물방울이 목을 따라 흘러내리는 것이 느껴졌다. 땀을 닦아 내려던 그녀는 손가락에 피가 묻어 있는 것을 보고 놀랐다.

6

마침내 1천 년 같던 점심 식사가 끝나고 피터의 가족들에게서 벗어날수 있게 된 클라라가 가장 먼저 하고 싶었던 일은 가마슈 부부를 찾아내는 것이었다.

"어머니는 우리가 여기 있었으면 하시는 모양이던데." 피터는 돌로된 테라스 위를 서성였다.

"제발." 그녀는 그에게 음모를 꾸미는 듯한 눈길을 보내면서 손을 내밀었다. "과감해지자고."

"하지만 이건 가족 모임이잖아." 피터도 그녀와 함께 가고 싶은 마음이 간절했다. 그녀의 손을 잡고 완벽하게 깔린 잔디 위를 내달려 친구들을 찾아가고 싶었다. 점심 내내 가족들이 말없이 식사하거나 주식 시장에 관해 논의하는 동안, 피터와 클라라는 한껏 들떠 가마슈 부부에 관해귓엣말을 주고받았다. "당신이 지금 당신 얼굴을 봐야 하는데." 피터가목소리를 낮추려 애쓰며 말했다. "꼭 위대하고 강력한 오즈를 만난 도러시 같아. 흥분해서 어쩔 줄 모르는 게."

"당신, 올리비에와 가브리랑 보내는 시간이 너무 많은 것 같아." 클라라가 미소 지으며 말했다. 전에는 한 번도 가족 모임에서 진심으로 미소를 지은 적이 없었다. 묘한 기분이었다. "게다가 당신도 깜짝 놀란 모습이 양철 나무꾼 같은걸. 가마슈 부부가 여기 와 있다는 게 믿겨? 슬쩍빠져나가서 오늘 오후에 그쪽이랑 같이 있어도 될까?"

"안 될 거 없겠지." 피터가 따뜻한 빵 뒤로 얼굴을 감추며 말했다. 가족들을 견뎌 내는 대신 친구들과 더불어 몇 시간을 죽일 생각을 하니 무척 안심이 됐다.

클라라는 손목시계를 보았다. 오후 2시. 스물한 시간 남았다. 11시에 잠자리에 들어 내일 아침 9시에 일어난다면 깨어 있는 동안 피터의 가족과 함께하는 시간은─그녀는 머릿속으로 암산해 보았다─열한 시간밖에 안 남았다. 이럭저럭 버틸 수 있을 것 같았다. 거기다 가마슈 부부와 두 시간을 보낸다면 아홉 시간밖에 안 남는다. 세상에, 거의 끝이 보이는 듯했다. 그러면 다시 자신들의 소박한 스리 파인스로 돌아갈 수 있었다. 내년에 또 초대장이 도착하기 전까지는.

그 생각은 하지 마.

하지만 지금 피터는 내심 예상했던 바대로 테라스에 나와 주저하고 있었다. 점심 식사 시간에도 그가 그러지 못하리라는 것을 알고 있었다. 그래도, 그럴 수 있는 척하는 건 즐거웠다. 감정적인 옷 입어 보기 놀이라고나 할까. 이번에는 용감한 사람인 척해 본 거였다.

하지만 물론 그는 결국 그럴 수 없었다. 그리고 클라라도 그를 두고 갈 수는 없었다. 그래서 그녀는 천천히 안으로 다시 들어갔다.

"당신 가족들한테 내 단독 전시회 이야기는 왜 한 거야?" 피터에게 그렇게 물은 다음, 그녀는 혹시 자신이 그에게 싸움을 걸고 싶어 하는 건지 생각해 보았다. 이곳에 남게 한 데에 대한 벌로.

"알아야 한다고 생각했어. 다들 항상 당신 작품을 무시했으니까."

"당신은 안 그렇고?" 그녀는 화가 났다.

"무슨 말을 그렇게 해?" 그는 상처받은 것처럼 보였고, 그녀는 자신이 상처를 주기 위해 그런 말을 했다는 사실을 알고 있었다. 그녀는 그가 그동안 쭉 자신을 지지해 왔다는 점을 지적하기를 기다렸다. 자신들의 머리 위에 지붕을 이었고, 음식을 가져다주었다고. 하지만 그는 침묵을 지켰고, 그것이 그녀를 더욱 짜증 나게 했다.

그가 그녀에게 고개를 돌렸을 때 그녀는 그의 뺨에 하얀 새처럼 묻어 있는 하얀 휘핑크림을 보았다. 남편에게 무엇이든 계획하지 않은 것이 달라붙어 있다는 사실이 몹시 기이해서 그것이 비행기라고 해도 괜찮겠다 싶었다. 그는 늘 너무나도 근사하고 아름다운 모습으로 다녔다. 옷은 구겨지는 법이 없었고, 바지 주름은 빳빳했으며, 절대 얼룩이 묻거나 흠이 생기지 않았다. 〈스타 트렉〉에 나온 그게 뭐더라? 견인 빔? 아냐, 그건 아닌데. 방어 막. 피터는 방어 막을 두르고 음식이나 음료, 혹은 사람들의 공격을 물리치며 삶을 통과해 나갔다. 클라라는 지금 그의 머릿속에서 작은 스코틀랜드인의 목소리스타 트렉 시리즈에서 우주선 엔터프라이즈호의 기관장 스카티를 연기한 배우 제임스 두한은 스코틀랜드 억양을 썼다가 이렇게 비명 지르고 있지는 않을지 궁금했다. "함장님. 방어 막이 내려갑니다. 방어 막을 올릴 수가 없습니다."

하지만 피터, 사랑하는 피터는 자기 얼굴에 묻은 작고 푹신하고 하얀 외계인의 존재를 깨닫지 못하고 있었다.

뭐라고 말해 주거나 하다못해 직접 닦아 주어야 한다는 걸 알았지만 그녀는 지긋지긋했다.

"왜 그러는데?" 그렇게 묻는 피터에게 염려하는 마음과 살짝 두려워하는 마음이 함께 나타났다. 대립은 그를 겁에 질리게 했다.

"포틴 갤러리 이야기는 가족들 약 오르라고 꺼낸 거잖아. 특히 토머스. 나랑은 상관없는 이야기였어. 당신은 내 작품을 무기로 사용했어."

선장님. 그녀가 무너지고 있습니다.

"어떻게 그런 말을 할 수가 있어?"

하지만 그의 목소리에는 확신이 없었다. 이 또한 거의 듣지 못했던 목소리였다.

"다시는 가족들하고 내 작품 이야기 하지 마. 아니, 아예 사적인 건 아무것도 이야기하지 마. 그 사람들은 관심도 없고 나만 아플 뿐이니까. 어쩌면 아파하지 말아야 하는 건지도 모르겠지만, 아프다고. 그래 줄 수 있어?"

그녀는 그의 바지 주머니가 여전히 뒤집혀 있는 것을 알아차렸다. 그녀가 지금껏 본 가장 불안한 광경 중 하나였다.

"미안해." 마침내 그가 말했다. "하지만 사실 토머스랑은 상관없어. 더는 아니야. 자라는 동안 형한테는 이골이 났어. 그건 줄리아 때문에 한 말이었어. 다시 보고 있자니 속이 뒤집혀서."

"그만하면 착하게 보이던데."

"우리 모두가 그렇지."

"스무 시간 더 남았어." 클라라는 손목시계를 보며 그렇게 말하고 손을 뻗어 그의 얼굴에서 휘핑크림을 닦아 냈다.

가마슈 부부는 오솔길을 걷던 중 자신들을 부르는 목소리를 듣고 멈춰 섰다.

"여기 계셨군요." 마담 뒤부아가 정원에서 딴 허브를 담은 바구니를 들고 숨을 몰아쉬며 말했다. "프론트 데스크에 쪽지를 남겨 뒀어요. 파리에서 아드님이 전화했어요. 저녁에는 외출할 계획이지만 나중에 다시 전화한대요."

"켈 도마주Quel dommage 그거 아쉽군요." 가마슈가 말했다. "저녁에 연락해 보지요. 메르시. 들어 드릴까요?" 그가 손을 내밀자 마누아르의 주인은 잠시 머뭇거리다 고마워하며 바구니를 건넸다.

"날도 더워지고 습기 때문에 몸이 지치네요." 그녀는 그렇게 말하고 돌아서더니 가마슈 부부가 깜짝 놀랄 만한 속도로 길을 따라 돌아가기 시작했다.

"마담 뒤부아." 가마슈는 120대 중반인 여인의 뒤를 거의 달리다시피 따라갔다. "묻고 싶은 게 있습니다."

그녀는 걸음을 멈추고 그를 기다렸다.

"대리석 큐브가 궁금하더군요."

"무슨 대리석 큐브요?"

"네?" 그가 말했다.

"네?" 마담 뒤부아가 말했다.

"저기 아래, 마누아르 반대편에 있는 커다란 덩어리 말입니다. 어젯밤에도 봤고 오늘 아침에 또 봤습니다. 젊은 정원사는 뭔지 모르겠다고 했고 피에르는 마담께 물어보라고 하더군요."

"아, 위oui 네, 그 대리석 덩어리." 마치 다른 대리석도 있다는 듯한 투였다. "그게, 운이 좋았지요. 우리가……." 그녀는 계속해서 뭐라고 중얼거리더니 다시 발걸음을 옮겼다.

"뭐라고 하셨는지 못 들었습니다."

"아. 알았어요." 그녀는 마치 그들이 정보를 캐내기 위해 자신을 고문이라도 한 것처럼 굴었다. "조각상을 위한 거예요."

"조각상이오? 정말요?" 렌 마리가 물었다. "무슨 조각상이오?"

"마담 피니의 남편분 조각상이오."

아르망 가마슈는 자신들이 사랑하는 마누아르 벨샤스의 정원 한가운데에 버트 피니의 대리석 조각상이 서 있는 모습을 그려 보았다. 영원히. 돌에 새겨진 그의 끔찍한 얼굴이 자신들을, 혹은 신만이 알 무언가를 영원히 바라보고 있는 모습을.

두 사람의 표정에 마담 뒤부아가 무언가를 깨달은 모양이었다.

"물론 지금 그분 말고요. 첫 번째 남편이오. 찰스 모로라는 분이죠. 저는 그분을 알았답니다. 좋은 분이셨지요."

그간 이 문제에 관해 별반 깊게 생각해 보지 않았던 가마슈 부부는 갑자기 많은 것이 이해되었다. 스폿 피니가 어떻게 피터 모로였는지. 그의 어머니는 재혼했다. 그녀는 모로에서 피니가 되었지만 자식들은 아무도 그 성을 따르지 않았다. 그들 모두를 피니 일가라고 생각하고 있었지만 사실은 그렇지 않았다. 그들은 모로 일가였다.

이로써 아버지를 기리는 모임에서 버트 피니가 무시당하는 것처럼 보였던 이유도 부분적으로나마 설명되었다.

"찰스 모로는 몇 년 전에 세상을 떠났지요." 클레망틴 뒤부아는 계속해서 설명했다. "심장 문제로요. 가족들이 오늘 오후 늦게 작은 제막식을 갖기로 했어요. 칵테일 시간 전이요. 조각상은 한 시간쯤 후에 도착할 예정이고요. 정원에 두면 근사하게 어울릴 거예요."

그녀는 가마슈 부부를 슬쩍 살폈다.

가마슈가 추측건대 대리석 받침의 크기를 고려하면 조각상은 거대할 터였다. 몇몇 나무보다도 크리라. 물론 다행히도 나무들은 계속 자랄 테고 조각상은 자라지 않을 테지만.

"조각상을 보셨습니까?" 가마슈가 태연한 목소리를 내려고 애쓰며 물었다.

"그럼요. 굉장히 커요. 물론 벌거벗었고, 머리에 화관을 쓰고, 작은 날개를 달았답니다. 진짜 대리석을 찾아서 다행이었지요."

가마슈는 눈을 휘둥그렇게 뜨고 눈썹을 치켜세웠다. 그러다 그녀의 미소가 눈에 들어왔다.

"못된 분 같으니." 그는 웃음을 터뜨렸고, 그녀도 쿡쿡 웃었다.

"내가 당신들에게 그런 일을 할 것 같아요? 난 이 장소를 사랑한답니다." 두 사람이 발길을 돌려 시원한 마누아르로 들어가는 여닫이 방충문까지 마담 뒤부아를 바래다줄 때 그녀가 말했다. "하지만 운영비가 너무 비싸지고 있어요. 올해는 새 난로도 마련해야 하고 지붕도 곧 다시 얹어야 할 테죠."

가마슈 부부는 고개를 젖히고 시간이 흐르는 사이 산화되어 녹색으로 변한 구리 지붕을 올려다보았다. 보는 것만으로도 가마슈는 현기증이 났다. 그는 지붕업자는 되지 못할 사람이었다.

"그 문제로 아베나키 직공과 이야기했어요. 처음에 마누아르를 지은 게 아베나키족이라는 거 아세요?"

"아니요, 몰랐습니다." 퀘벡 역사를 사랑하는 가마슈가 말했다. "벼락부자들이 지었으려니 했지요."

"돈은 그 사람들이 냈지만 지은 건 원주민과 퀘베쿠아들이었어요. 전에는 사냥하고 낚시하는 데 쓰는 산장이었지요. 오십 년 전에 남편과 제가 샀을 때는 버려져 있었고요. 다락에는 박제 동물 머리가 가득하더군요. 도살장 같았어요. 부끄러운 일이죠."

"피니 가족의 제안을 받아들이신 건 현명하신 선택입니다." 그는 미소 지었다. "그리고 피니 가족의 돈도요. 모든 것을 잃는 것보다야 정원에 찰스 모로를 두고 수리를 하시는 게 낫지요."

"벌거벗지는 않기를 바라자고요. 난 조각상 못 봤어요."

가마슈 부부는 그녀가 주방으로 걸어가는 모습을 바라보았다.

"뭐, 적어도 새들이 둥지를 틀 곳이 하나 더 생기겠군." 가마슈가 말했다.

"적어도 말이지." 렌 마리가 말했다.

가마슈 부부는 수영을 하러 내려갔다가 선착장 위에서 피터와 클라라를 발견했다.

"자, 이제 그간 어떻게 살았는지 얘기해 줘요. 일단 데니스 포틴이랑 클라라 작품 얘기부터." 렌 마리는 애디론댁 의자를 두드렸다. "하나도 빼놓지 말고요."

피터와 클라라는 스리 파인스 마을에서 그간 있었던 일들을 가마슈 부부에게 말했다. 그런 다음 계속되는 설득 끝에 클라라는 위대한 미술품 중개인이 그들의 누추한 집에 왕림하고, 파트너들과 함께 다시 방문하고, 그들이 클라라 모로가 과연 나이 마흔여덟에 이르러 떠오르고 있는 예술가인지, 그들이 후원하고 싶은 작가인지를 결정하는 동안 안달복달했던 이야기를 들려주었다. 예술계 사람이라면 누구나 데니스 포틴의 인정을 받는다는 것이 곧 예술계에서 인정을 받는다는 것임을 알고 있었다. 그러면 뭐든지 가능해진다는 사실도.

그런 다음, 수십 년간 아무라도 좋으니 자기 작품을 알아보게 하려고 노력해 온 끝에 클라라가 정말로 내년에 갤러리 포틴에서 단독 전시회를 열게 될 것이라는 믿기 어려운 소식이 전해졌다.

"그래서 기분이 어떻습니까?" 여자들에게서 물러나 피터와 함께 선착장 끝을 서성이던 가마슈가 조용히 물었다.

"굉장하죠."

가마슈는 고개를 끄덕이고 뒷짐을 진 채 멀리 호숫가를 내다보며 기다렸다. 그는 피터 모로를 알았다. 그가 점잖고 상냥하며 아내를 세상 무엇보다도 사랑하는 사람이라는 것을 알았다. 하지만 그는 또한 피터의 자아가 그의 사랑만큼이나 크다는 사실도 알고 있었다. 그건 어마어마한 크기였다.

"왜요?" 참기 힘들 만큼 침묵이 길어진 끝에 피터가 웃음을 터뜨렸다.

"전에는 당신이 성공한 쪽이었죠." 가마슈가 간단히 대답했다. 모르는 척할 필요는 없었다. "약간은 그런 기분이 드는 게 당연하겠죠……." 그는 적절한 말, 상냥한 말을 고르려 애썼다. "죽이고 싶다든가."

피터는 다시 웃음을 터뜨렸다가 그 웃음이 멀리 호숫가에서 확대되어 돌아오는 것을 듣고 깜짝 놀랐다.

"예술가를 아시는군요. 아마 아실 테지만 이 문제로 꽤 고생하기는 했습니다. 하지만 클라라가 저렇게 행복한 걸 보니……."

"제가 렌 마리처럼 사서가 된다면 과연 렌 마리가 좋아할지 모르겠군요." 가마슈는 고개를 돌려 자신의 아내가 동작을 곁들여 가며 클라라와 이야기를 나누는 모습을 보았다.

"두 분이 몬트리올 국립도서관에서 함께 일하면서 복도를 사이에 두고 적개심을 피워 올리시는 광경이 눈에 선한데요. 특히 경감님이 승진하셨을 때요."

"그런 일은 없을 겁니다. 전 철자에 약하거든요. 전화번호부에서 번호를 찾을 때마다 알파벳 노래를 불러야 합니다. 렌 마리는 그걸 보면 돌아 버리죠. 혹시 누군가를 죽이고 싶은 기분을 원하십니까? 사서들과 어울려 보세요." 가마슈가 털어놓았다. "내내 침묵 속에 지내는 사람들이잖습니까. 온갖 생각이 들겠죠."

웃음을 터뜨린 다음 여자들에게로 돌아가는 두 남자의 귀에 남은 하루를 어떻게 보낼 것인지 설명하는 렌 마리의 목소리가 들렸다.

"수영, 낮잠, 수영, 화이트 와인, 저녁 식사, 수영, 잠."

클라라는 감명받았다.

"한 주 내내 갈고닦았답니다." 렌 마리가 시인했다. "연습이 필요한 법이니까요. 두 사람은 뭐 해요?"

"보트, 제막식, 술 취하기, 창피당하기, 사과하기, 삐지기, 먹기, 잠자기. 이십 년간 가족 모임을 겪으며 갈고닦았죠. 제막식은 새롭지만요."

"아버님의 조각상입니까?" 가마슈가 피터에게 물었다.

"아버지죠. 저희 정원에 두는 것보다야 여기가 나을 테니."

"피터." 클라라가 부드럽게 말했다.

"그럼 우리 정원에 두는 게 좋겠어?" 피터가 물었다.

"아니, 하지만 난 당신 아버님을 잘 몰라. 아들처럼 웬만큼 잘생기시긴 했던데."

"난 아버지와는 완전히 달라." 말을 자르는 피터의 목소리가 너무나도 그답지 않아서 모두 놀랐다.

"아버님을 좋아하지 않습니까?" 가마슈가 물었다. 그 정도는 타당한 추측일 듯했다.

"아버지가 절 좋아한 만큼 저도 아버지를 좋아했지요. 보통 그렇게들 하지 않나요? 주는 만큼 받는 식으로? 아버지가 항상 했던 말입니다. 그러곤 아무것도 주지 않았죠."

침묵이 흘렀다.

"피터의 아버님께서 돌아가신 뒤에 어머님이 재혼하셨어요." 클라라가 설명했다. "버트 피니랑요."

"아버지 회사의 점원이었죠." 피터가 조약돌을 고요한 호수로 던지며 말했다.

클라라는 그가 점원보다는 더 높은 자리에 있었다는 걸 알았다. 하지만 지금은 남편의 말을 바로잡아 줄 때가 아니라는 것도 알았다.

"다 끝나고 나면 속이 시원할 겁니다. 우리가 제막식 전에 조각상을 미리 보지 않기를 어머니가 바라서 토머스가 다들 보트를 타자고 제안했지요." 그는 고개를 기울여 선착장에 매인 녹색 나무 보트를 가리켰다. 유달리 길었고 노 구멍이 두 쌍 있었다.

"베르세르퀘벡 주 베르세르에서 볼 수 있는 밑바닥이 평평한 보트네요." 렌 마리가 놀라워했다. 그녀가 오랫동안 보지 못한 배였다.

"맞습니다. 전에는 일곱 명이서 한 베르세르를 타고 지역 보트 경주에 나가곤 했죠. 토머스는 시간을 보내기에 좋을 거라고 생각하더군요. 아버지에 대한 일종의 예우로."

"토머스는 당신을 스폿이라고 부르던데요." 가마슈가 말했다.

"거의 평생을 그랬죠." 피터가 양손을 내밀었다. 렌 마리와 가마슈는 반지에 입이라도 맞출 기세로 몸을 숙였다. 하지만 반지 대신 보이는 것은 점들이었다. 얼룩.

"페인트군요." 렌 마리가 몸을 바로 하며 말했다. "테레빈유로 지우면 지워질 거예요."

"그래요?" 피터는 짐짓 놀랐다는 듯이 그렇게 말하고는 미소를 지었다. "새로 묻은 겁니다. 오늘 아침에 스튜디오에서요. 전 평생 손에, 얼굴에, 옷에, 머리카락에 이런 걸 묻히고 살았지요. 제가 어렸을 때 토머스가 그걸 보고 스폿이라고 부르기 시작했습니다."

"토머스를 피해 갈 수 있는 건 아무것도 없는 모양이군요." 가마슈가 말했다.

"타고난 재활용주의자지요." 피터가 동의했다. "대화나 사건을 기억해 뒀다가 수년이 지난 다음 상대를 공격하는 데에 써먹습니다. 재활용하고, 보복하고, 구역질 나게 하고. 우리의 토머스는 뭘 낭비하는 법이 없지요."

"스폿은 이제 알겠어요." 렌 마리가 말했다. "하지만 당신 동생 마리아나는 또 왜 그렇죠? 왜 마길라라고 부르는 거예요?"

"오, 걔가 어릴 때 보던 TV 프로그램 이름입니다. 〈고릴라 마길라〉. 걘 그 프로그램에 푹 빠졌습니다. 아버지는 그 프로그램 중간쯤 퇴근하시곤 했는데, 우리 모두 나와서 문간에서 당신을 맞이해야 한다고 고집하셨지요. 행복한 대가족처럼 말입니다. 마리아나는 항상 지하실에서 TV를 보고 있었습니다. 아버지가 소리를 질러 걜 불러야 했습니다. 걘 매일 밤 울면서 지하실 계단을 쿵쾅거리며 올라왔고요."

"그래서, 토머스는 고릴라 이름을 따 마길라라고 부르는 거고요?" 가마슈는 슬슬 토머스가 어떤 사람인지 이해하기 시작했다. 피터는 고개를 끄덕였다.

"그럼 당신은 그를 뭐라고 불렀습니까?"

"토머스요. 전 늘 가족 중에서 가장 창의적인 사람이었죠."

그들은 앉아서 선착장에 불어오는 산들바람을 음미했다. 클라라가 다시 지난봄 포틴이 자신의 스튜디오를 방문하여 자신들의 친구인 루스 자도의 초상화를 보았다는 이야기를 하는 동안 피터는 가만히 듣고 있었다. 루스 자도, 늙고 여윈 시인. 적의를 품고 고난에 시달려 온 눈부신 사람. 어째서인지 피터는 클라라가 그녀를 성모마리아로 그린 이유를 이해하고 싶지 않았다. 루스 자도는 당연히 이슬 맺힌 처녀가 아니었다. 그저 나이 들고 잊힌, 홀로 겁먹은 채 인생의 마지막 나날을 바라보고 있는 여자일 뿐.

그것은 피터가 본 가장 아름다운 작품이었다. 그는 그때까지 여러 걸작들 앞에 서 보았지만 그보다 더 비범한 작품은 본 적이 없었다. 그 작품은 깔끔하고 전문가답고 질서정연한 자신의 공간 옆, 거절당한 작품과 잡지와 뒤틀리고 메마른 오렌지 껍질로 들어찬 클라라의 작은 골방 스튜디오 안에 있었다.

하지만 그가 또다시, 평범한 사물을 알아볼 수 없을 정도로 확대하여 추상적으로 그린 후 '커튼'이나 '풀잎'이나 '수송' 같은 제목을 붙이는 동안, 클라라는 그녀의 작은 공간 안에 숨어 쭈글쭈글 쪼그라든 사납고 늙은 이웃의 얼굴에 깃든 신성함을 포착해 냈다. 혈관이 튀어나온 늙은 두 손은 빛바랜 푸른 로브를 움켜쥐고 앙상한 목까지 끌어 올렸다. 얼굴은 고통과 실망, 분노와 절망으로 가득했다. 눈만 빼고. 그것은 뚜렷하게 보이지 않았다. 작은 전조, 암시에 가까웠다.

그것은 그녀 눈 속의 가장 작은 점 속에 있었다. 그 커다란 캔버스 속에 클라라는 작은 점 하나, 얼룩 하나를 찍었다. 그리고 그 얼룩 속에 희망을 담았다.

정교한 솜씨였다.

그는 그녀의 결실이 기뻤다. 진심으로.

비명이 그들의 회상을 깨고 들어왔다. 모두들 즉시 몸을 일으켜 마누아르 쪽을 돌아보았다. 아르망 가마슈가 마누아르 쪽으로 발걸음을 옮기기 시작한 그 순간, 정원에서 작은 형체 하나가 튀어나왔다.

빈.

아이는 비명을 지르며 그들을 향해 잔디밭을 달려 내려왔다. 공포에 사로잡힌 걸음걸음마다 히스테리가 점점 더 심해졌고, 그 뒤로 수영용 수건이 펄럭였다. 그리고 누군가가 아이를 쫓고 있었다. 거리가 가까워짐에 따라 가마슈는 젊은 정원사의 모습을 알아보았다.

피터와 클라라, 가마슈와 렌 마리는 잔디밭으로 달려가 빈을 멈춰 세우기 위해 팔을 뻗었다. 이상하게도 아이는 그들을 피하고 싶어 하는 듯했지만, 피터가 빠져나가려는 아이를 붙잡았다.

"놔 줘요." 빈은 피터에게 위협이라도 느끼는 듯 그의 품 안에서 울부짖으며 버둥거렸다. 아이는 사나운 눈으로 마누아르를 돌아보았다.

잔디밭은 사람들로 가득했다. 모로 일가, 피니 부부, 그리고 몇몇 직원들까지 정원사의 뒤를 쫓아 잰걸음으로 다가오고 있었다.

"누굴 피해서 달아나는 거지, 빈?" 가마슈는 재빨리 무릎을 꿇고 아이의 떨리는 두 손을 잡았다. "날 보려무나, 애야." 그는 상냥하지만 단호하게 말했고, 빈은 그를 보았다. "누가 널 아프게 한 거니?"

그는 빈에게서 정직한 대답을 끌어낼 기회는 다른 사람들이 몰려오기 전밖에 없다는 걸 알고 있었다. 그들은 이미 목전까지 와 있었다. 그의 눈은 겁먹은 아이를 절대 떠나지 않았다.

"내 손주에게 무슨 짓을 한 거죠?"

너무 늦었다. 사람들이 도착했고, 가마슈가 고개를 들자 아이린 피니의 책망하는 얼굴이 눈에 들어왔다. 그녀가 강인한 여자임을 가마슈는 알고 있었다. 그는 강한 여성을 존경하고 존중하고 신뢰했다. 그는 그런 여성에게서 자랐으며, 그런 여성과 결혼했다. 하지만 그는 힘이란 딱딱함이 아니며, 강인한 여자와 남을 괴롭히는 사람은 완전히 다르다는 것도 알고 있었다. 그녀는 어느 쪽일까?

그는 이제 엄하고, 굽힐 줄 모르고, 답변을 요구하는 나이 든 여자를 바라보았다.

"빈에게서 떨어져요." 그녀가 명령했지만 가마슈는 그녀를 무시한 채 계속 무릎을 꿇고 있었다.

"무슨 일이 있었던 거니?" 그가 조용히 아이에게 물었다.

"제 잘못이 아니에요." 뒤에서 들려온 소리에 그가 고개를 돌리자 젊은 정원사가 서 있었다.

"보통 그 말은 자기 잘못이라는 뜻이지." 피니 부인이 말했다.

"아이린, 저 아가씨가 얘기하게 놔둬요. 이름이 뭐지요?" 버트 피니가 부드럽게 말했다.

"콜린이오." 정원사는 사나워 보이는 노인 곁에서 슬금슬금 물러나며 말했다. "말벌이었어요."

"그냥 벌이었어요." 빈이 코를 훌쩍였다. "올림퍼스 주변에서 말을 타다 쏘였어요."

"올림퍼스?" 피니 부인이 끼어들었다.

"대리석 덩어리요." 콜린이 말했다. "그리고 벌이 아니라 말벌이었어요. 아이가 차이를 몰라서 그래요."

가마슈는 무릎을 꿇은 채 큰 손을 내밀었다. 빈은 주저했다. 가족들이 벌과 말벌의 차이에 관해 옥신각신하는 동안 그는 세 군데 쏘인 자국을 살펴보았다. 상처는 붉게 부어올랐고 만져 보니 열이 있었다. 좀 더 자세히 들여다보자 작은 독낭이 달린 침이 피부 밑을 파고든 것이 보였다.

"칼라민 로션벌레 물린 곳 등에 가려움증을 없애기 위해 바르는 약 좀 가져다주겠습니까?" 그가 부탁하자 직원 중 하나가 잽싸게 잔디밭을 달려 올라갔다.

가마슈는 빈의 팔을 단단히 붙들고 재빨리 침과 독낭을 제거한 다음 알레르기 반응이 일어나는지 살피면서 아이를 안아 들고 차로 달려가 셔브룩 병원으로 갈 준비를 했다. 렌 마리를 보니 그녀도 같은 생각임이 분명했다.

한번 부모는 영원한 부모인 법.

팔은 부기가 가라앉지 않았지만 치명적이지는 않았다.

렌 마리는 복숭앗빛 액체가 담긴 병을 들고 먼저 상처에 뽀뽀한 다음 로션을 엷게 바르고 상처 주위를 닦았다. 주변에 모인 가족들은 이제 칼라민 로션이 효과가 있느냐를 두고 옥신각신이었다.

"소란은 여기까지." 피니 부인이 선언했다. 그녀는 주변을 둘러보다 보트를 발견하고 선착장으로 향했다. "자, 누가 어디에 앉을래?"

긴 논의 끝에 피터와 토머스가 모로들을 베르세르에 태우기 시작했다. 피터는 보트 안에, 토머스는 선착장에 섰고, 그들 사이로 피니 부인, 마리아나, 줄리아를 앉혔다. 빈은 남의 도움 없이 조심스럽게 보트로 기어들었다.

"내 차례야." 샌드라가 팔을 내밀었다. 토머스가 그녀를 피터에게 인도했다.

클라라가 앞으로 나와 머뭇거리는 피터에게 팔을 뻗었다.

"실례." 토머스가 클라라 옆을 지나치더니 베르세르에 올랐다. 토머스가 자리에 앉자 보트에 탄 모두가 남은 한 자리 앞에 서 있는 피터를 응시했다.

"어서 앉지 않으면 뒤집히겠구나." 피니 부인이 말했다.

피터는 앉았다.

클라라는 팔을 내렸다. 물그림자에는 세상에서 가장 못생긴 남자가 자신의 곁에 서 있는 모습이 어려 있었다.

"모두가 보트에 타는 건 아니지." 버트 피니는 베르세르가 선착장을 떠나는 광경을 바라보며 그렇게 말했다.

7

"정말 가고 싶었던 건 아니었어요." 클라라는 그렇게 말하고 렌 마리를 쳐다보았다. "하지만 피터에게 중요한 일인 것 같기에 가겠다고 했던 거죠. 차라리 잘된 건지도 몰라요."

"같이 가시겠습니까?" 가마슈는 마찬가지로 호수를 바라보고 있는 버트 피니에게 다가갔다. 피니는 고개를 돌려 가마슈를 응시했다. 으스스한 표정이며 기묘한 눈도 그렇거니와 상대를 오랫동안 빤히 쳐다보는, 사람을 당황하게 하는 눈빛이었다. 가마슈는 눈을 거두지 않았고, 마침내 피니의 입이 열리더니 어지러이 늘어선 누런 치아를 드러내며 미소 비슷한 것을 지었다.

"아니오, 메르시. 난 여기에 있으리다." 그는 선착장 끝으로 걸어갔다. "한 베르세르를 탄 일곱 명의 미친 모로라. 잘못될 일이 있겠소?"

가마슈는 챙 모자를 벗고 맹렬히 쏟아지는 햇볕을 느꼈다. 이보다 더 더운 날이 있었던가 싶었다. 이제는 숨이 막힐 지경이었다. 산들바람 한 점 없었고, 아무것도 흔들리지 않았으며, 태양은 무자비하게 내리쬐는데다 호수에 반사되어 더욱 넓게 퍼져 나갔다. 땀 때문에 셔츠가 피부에 달라붙었다. 그는 모자를 노인에게 건넸다.

버트 피니는 뒤집힐까 두려워하기라도 하듯 아주 느리게 몸을 돌렸다. 그러더니 껍질을 벗긴 나뭇가지 같은 늙은 손이 뻗어 나와 화사한 문양의 햇볕 차단용 모자를 잡았다.

"이건 선생 모자 아니오. 필요할 텐데."

"모자라기보다는 투구라고 생각하고 있습니다." 가마슈가 모자를 건네며 말했다. "피니 씨께 더 필요할 것 같군요."

피니는 빙그레 웃으며 모자를 받아 들고는 손가락으로 가볍게 쓰다듬었다. "햇볕용 투구라. 그럼 적은 누구요?"

"태양 아닐까요?"

"아마도 그럴 테지." 하지만 그는 확신하지 못하겠다는 듯한 표정으로 가마슈에게 고개를 끄덕여 보이고 위성 같은 머리 위에 모자를 얹은 뒤 다시 호수 쪽으로 몸을 돌렸다.

한 시간 후 피터가 햇볕에 벌게진 얼굴로 나타나 정원에서 그들과 합류했다. 클라라는 겉보기에는 기뻐하는 것 같았다. 그녀는 담담하게 처신하기로 결심했다. 기분이 어떤지 드러내지 않기로.

가마슈는 그에게 얼음이 미끄러져 내리는 차가운 맥주를 건넸다. 피터는 그것을 붉은 얼굴에 댔다가 가슴 위로 굴렸다.

"재미있었어?" 클라라가 물었다. "가족들하고도 좀 어울리고?"

"아주 나쁘지는 않았지." 피터가 맥주를 홀짝이며 말했다. "가라앉진 않았으니까."

"안 그런 것 같아?" 클라라는 그렇게 말하고 쿵쿵거리며 가 버렸다. 피터는 가마슈를 보더니 클라라의 뒤를 쫓았다. 그러나 마누아르 근처에 이르렀을 때, 허공에 떠 있는 것처럼 보이는 커다란 캔버스 천이 그의 시선을 붙들었다.

조각상이 도착했다. 그의 아버지가 도착했다. 피터는 멈춰 서서 그 모습을 바라보았다.

"세상에, 당신은 날 쫓아올 시간도 없을 만큼 가족들에게서 못 떠나는구나." 그녀는 자신과 피터와의 관계에 대한 모로 일가의 모든 의심이 사실이라는 것을 입증하고 있다는 것에도 아랑곳없이 마누아르 반대편에서 소리쳤다. 그녀는 불안정하고, 감정적이고, 신경질적이었다. 미쳤다. 하지만 그들도 마찬가지였다.

일곱 명의 미친 모로.

"제발, 클라라, 미안해. 내가 무슨 말을 할 수 있겠어?" 클라라를 따라잡은 피터가 말했다. 클라라는 아무 말도 하지 않았다. "오늘 난 정말 엉망이야. 내가 어떻게 해야 상황이 나아질 수 있을까?"

"장난해? 난 당신 어머니가 아냐. 나이를 쉰이나 먹고서 나보고 어떻게 해야 상황이 나아질 수 있겠느냐고? 당신이 망쳤으니까 당신이 알아내야지."

"정말 미안해. 우리 가족들은 돌았어. 당신에게 좀 더 일찍 말했어야 했는데."

피터의 미소가 너무나 소년 같아서 클라라의 마음이 대리석으로 변하지만 않았더라도 녹아내렸을 것 같았다. 침묵이 흘렀다.

"그게 다야?" 그녀가 말했다. "그게 사과야?"

"어떻게 해야 좋을지 모르겠어. 어떻게 해야 할지 알면 좋겠는데."

그는 망연자실하게 우두커니 서 있었다. 그녀가 화를 낼 때면 늘 그랬던 것처럼.

"정말 미안해." 그가 다시 말했다. "보트에 자리가 없었어."

"그 자리가 언제쯤 생기는데?"

"무슨 말인지 모르겠어."

"당신이 내릴 수도 있었잖아. 나랑 같이 있으면 됐잖아."

그는 마치 날개를 돋쳐 날 수 없느냐는 말을 듣기라도 한 것처럼 그녀를 바라보았다. 그녀도 알 수 있었다. 피터에게 그건 불가능을 요구하는 거나 다름없다는 사실을. 하지만 다른 한편으로 그녀는 피터 모로가 날 수 있다고 믿었다.

8

제막식은 짧고 엄숙했다. 모로 일가는 캔버스가 드리운 조각상을 마주 보고 반원을 그리며 앉았다. 늦은 오후였고 나무들이 긴 그림자를 드리웠다. 샌드라는 손을 휘저어 벌을 줄리아에게 보냈고, 줄리아는 다시 마리아나에게 보냈다.

가마슈와 렌 마리는 산장 옆에 있는 커다란 떡갈나무 아래 앉아 실례가 되지 않을 만한 거리를 두고 그 광경을 지켜보았다. 모로 가족은 메마른 눈과 땀에 젖은 이마를 가볍게 문질렀다.

조각상 옆에 서 있던 클레망틴 뒤부아가 아이린 피니에게 밧줄을 건네고 잡아당기는 시늉을 해 보였다.

가마슈 부부는 몸을 앞으로 숙였지만 모로 일가는 눈에 보이지 않을 정도로 살짝 몸을 젖혔다. 잠시 정적이 흘렀다. 가마슈는 혹시 피니 부인이 캔버스 덮개를 벗기기 주저하는 건 아닌지 궁금했다. 자신의 첫 남편을 드러내고 알리기 주저하는 건 아닌지.

노부인이 줄을 한 번 잡아당겼다. 그리고 다시 잡아당겼다. 마치 찰스 모로가 캔버스를 붙잡고 버티는 듯했다. 모습을 드러내고 싶지 않다는 듯이.

마침내, 줄을 홱 잡아당기자 캔버스가 흘러내렸다.

찰스 모로가 나타났다.

주방에서 저녁 식사를 준비하는 내내 조각상은 화제의 중심으로 떠올랐다. 베로니크 주방장은 들뜬 직원들을 진정시키고 주문에 집중하게 하려고 애썼지만 쉽지 않은 일이었다. 마침내 잠시 소란이 잦아들자, 그녀는 양에 곁들일 리덕션 소스_{재료를 걸쭉하게 졸여 만든 소스}를 저으면서 피에르가 자기 곁에서 디저트를 배열하는 틈을 타 그에게 말을 걸었다.

"어떻게 생겼어요?" 속삭이는 그녀의 목소리가 깊고 그윽했다.

"기대하곤 다르더군요. 못 봤습니까?"

"시간이 없었죠. 밤늦게 가서 슬쩍 볼까 싶네요. 많이 보기 흉하던가요? 애들은 겁먹은 것 같던데."

그녀는 젊은 웨이터와 주방 직원들을 흘끗 보았다. 삼삼오오 모인 가운데 몇몇은 들떠 이야기를 나누고 나머지는 캠프파이어 주위에 앉아 귀신 이야기라도 듣는 듯 눈을 크게 뜨고 숨을 죽였다. 그리고 유치하게 서로 겁을 주기도 하고 말이지. 피에르는 생각했다.

"봉Bon 좋아, 그 정도로 하지." 그가 손뼉을 쳤다. "이제 일하게."

그는 모진 목소리가 아닌, 직원들을 격려하는 목소리를 내기 위해 주의를 기울였다.

"진짜로 움직였다니까." 익숙한 목소리가 한 무리 속에서 흘러나왔다. 피에르가 돌아보자 엘리엇이 다른 일꾼들에게 둘러싸여 있는 모습이 눈에 들어왔다. 그들은 웃음을 터뜨렸다. "아냐, 정말이라니까."

"엘리엇, 그쯤 해 두게. 조각상은 움직이지 않아. 자네도 알잖나."

"물론 지배인님 말씀이 맞겠죠." 엘리엇이 말했다. 지배인이 뭔가 좀 멍청한 말을 하기라도 했다는 듯 은근슬쩍 거들먹거리는 어조였다.

"피에르." 베로니크 주방장이 뒤에서 속삭였다.

그는 미소를 잃지 않았다. "자네 또 냅킨을 말아 피운 건 아니겠지, 젊은이?"

다들 웃음을 터뜨렸고 엘리엇마저 미소를 흘렸다. 이내 웨이터장이 스윙도어를 밀고 나타나 활기차게 음식과 소스와 빵과 와인을 날랐다.

"잘했어요." 베로니크 주방장이 말했다.

"빌어먹을 엘리엇. 미안해요." 지배인은 그녀에게 사과의 눈빛을 보냈다. "하지만 녀석은 일부러 다른 친구들을 겁주고 있어요."

그녀는 골회 자기 단지에 새 설탕을 붓는 그의 손이 떨리는 것을 보고 놀랐다.

"설탕은 충분한가요?" 그녀는 그가 손에 들고 있는 빈 설탕 자루를 고갯짓으로 가리켰다.

"많이 있습니다. 떨어졌던 게 이상한 일이지요. 혹시……."

"왜요? 엘리엇? 걔가 왜 그러겠어요?"

지배인은 어깨를 으쓱했다. "이상한 일이 일어날 때면 틀림없이 녀석이 뒤에 있으니까요."

베로니크 주방장은 그 말을 부정할 수 없었다. 그들은 오랫동안 많은 젊은이들이 오고 가는 것을 보아 왔다. 수백 명을 가르쳤다. 하지만 엘리엇 같은 사람은 없었다.

그녀는 피에르를 보며 그가 아이들을 너무나도 아낀다고 생각했다. 마치 자기 자식처럼. 그리고 그녀는, 이번이 처음이 아니었지만, 그가 아버지가 되지 못해 얼마나 아쉬웠을지 궁금했다. 좋은 아버지가 되었을 텐데. 그는 이 아이들에게 훈련과 지도를 제공했다. 하지만 더 나아가 그는 안정적인 환경과 친절한 집도 제공했다. 주변에 아무것도 없는 이곳에서, 아이들은 필요한 것을 제공받았다. 좋은 음식, 따뜻한 잠자리, 발밑의 든든한 땅. 피에르는 자기 자식 갖기를 포기하는 대신 야생 가운데 집을 마련하고 다른 사람과 다른 사람의 자식들을 돌보았다. 그들 둘 다 그랬다. 하지만 거의 30년이 지난 지금, 마침내 피에르가 그중 한 아이를 너무 지나치게 몰아세우고 만 걸까? 베로니크 주방장은 자연을 사랑했고 자연에 관해 공부할 시간이 많았기에 때로는 무언가 부자연스러운 것이 자궁 밖으로, 숲 밖으로 기어 나온다는 사실을 알고 있었다. 그녀는 엘리엇에 대해 생각했고, 그 매력적이고 잘생긴 젊은이가 눈에 보이는 모습 그대로일지, 아니면 그 이상의 무엇이 있는 것인지 궁금했다.

"당신은 조각상 어땠어?" 렌 마리가 물었다. 가마슈 부부는 잔디밭에서 식후 코냑 에스프레소를 홀짝이고 있었다. 여기저기서 반짝이는 개똥벌레 외에는 사방에 밤이 드리웠다. 모로 가족은 여전히 안에서 거의 침묵을 지키며 식사 중이었기 때문에 가마슈 부부가 나머지 세상을 독차지할 수 있었다.

가마슈는 잠시 생각했다. "놀라웠지."

"나도." 그녀는 조각상이 서 있는 방향을 응시했다. 하지만 밤이 짙어 찰스 모로의 여위고 지친 얼굴은 볼 수 없었다. 잘생긴 사람이었다. 돌로 변했지만.

제막식 이후로는 꾸준히 바람이 불어왔다. 하지만 산들바람은 상쾌하다기보다 더 많은 열기와 습기를 몰고 오는 듯했다.

대응접실의 열린 창문을 통해 바흐가 흘러나왔다.

아르망은 타이를 느슨히 풀었다. "옳지. 이제 좀 낫군. 저거 봤어?"

그는 호수를 가리켰지만, 사실 그럴 필요는 없었다. 이렇게 어두운 밤에 치는 번개를 못 볼 리 없었다.

"번개네." 렌 마리가 말했다. "피에르가 옳았어. 폭풍이 오고 있어."

그녀의 남편은 입술을 달싹여 숫자를 읊조리며 빛과 소리 사이의 간격을 쟀다. 잠시 후 멀리서 낮은 우르릉 소리가 들려왔다. 소리가 점점 커지다가 터져 나왔고, 다시 조금 우르릉댔다.

"그래도 아직은 멀군." 그가 말했다. "우리 쪽을 비껴갈지도 몰라. 가끔은 폭풍이 골짜기에 갇히기도 하니까."

하지만 그는 폭풍이 자신들을 비껴가리라고 생각하지 않았다. 곧 고요하고 평화로웠던 모든 것이 혼란에 빠지리라.

"실낙원." 그가 중얼거렸다.

"마음은 마음이 곧 자기 자리랍니다, 무슈." 렌 마리가 말했다. "지옥을 천국으로 만들 수도 있고 천국을 지옥으로 만들 수도 있지. 여긴 천국이야. 항상 그럴 테고."

"여기가? 마누아르 벨샤스가?"

"아니." 그녀는 그에게 팔을 둘렀다. "여기가."

"이걸 대응접실로 가져다주게." 피에르는 커피와 드람뷰이_{스코틀랜드의 드}

람뷰이 주조 회사가 생산하는, 스카치위스키에 꿀과 허브 등을 첨가해 만든 술, 초콜릿을 담은 은

쟁반을 웨이터에게 건넸다. "마담 마틴께."

"나랑 바꾸자. 그거 내가 가져갈게." 문간에서 엘리엇이 쟁반을 향해
손을 내밀었다. "담배 피우러 정원으로 나가시는 걸 봤어. 네가 내 걸
맡아 줘. 모로 부인 거야."

"머리 하얀 분?" 웨이터가 기대하며 물었다.

"아니, 시무룩한 쪽." 엘리엇이 시인했다. "샌드라 모로." 웨이터의 표
정을 본 그가 목소리를 낮추었다. "이봐, 난 마틴 부인이 담배 피우러
가는 곳을 안단 말이야. 네가 찾으려면 한참을 헤매야 할걸."

"어디로 가는지 네가 어떻게 아는데?" 웨이터가 속삭였다.

"그냥 알아."

"이것 봐. 모로 부인한테 가는 건 사양이라고. 틀림없이 초콜릿을 더
가져오라거나, 다른 초콜릿을 가져오라거나, 더 큰 컵에 커피를 달라거
나 하면서 한 번 더 시킬걸. 됐네요."

웨이터가 쟁반을 내놓으려 들지 않자 엘리엇이 손을 뻗었다.

"무슨 일이지? 두 사람 다 왜 아직도 여기 있는 건가?"

고개를 들어 보니 지배인이 곁에 와 있었다. 지배인이 눈길을 아래로
향하자 두 웨이터의 네 손이 모두 줄리아 마틴에게 가져갈 은 쟁반 하나

를 붙들고 있는 모습이 보였다. 뒤쪽에서 베로니크 주방장이 쟁반에 소형 파티세리과자 및 케이크를 진열하길 멈추고 그들을 지켜보았다.

"엘리엇, 저게 자네 쟁반 아닌가?" 지배인은 오래된 소나무 식기대에 놓인 쟁반을 고개로 가리켰다.

"별일 아니잖아요? 그냥 바꾸는 건데."

"안 바꾼다니까." 웨이터가 그렇게 말하며 쟁반을 잡아당기는 통에 커피가 흘러넘쳤다.

"됐어, 그 정도로 해 두게. 새 쟁반과 커피를 준비하도록." 피에르가 웨이터에게 명령했다. "그리고 자넨 날 따라와."

그는 엘리엇을 데리고 주방 한 귀퉁이로 갔다. 쏟아지는 눈길을 피할 수는 없었지만 귀는 피할 수 있었다.

"이게 다 무슨 일인가? 자네와 마담 마틴 사이에 무슨 일이라도 있는 건가?"

"아닙니다."

"그럼 왜 이런 소란을 일으킨 거지?"

"그냥 모로 부인을 참을 수 없었을 뿐이에요."

피에르는 망설였다. 그건 이해할 수 있었다. 그도 그녀가 썩 마음에 들지 않았다. "그래도 우리 손님이잖나. 마음에 드는 사람들에게만 서빙할 수는 없지." 그는 젊은이에게 미소를 지었다.

"알겠습니다." 하지만 엘리엇은 미소로 대답하지 않았다.

"봉Bon 좋아. 그건 내가 가져가지."

그는 놀란 표정의 웨이터에게서 줄리아 마틴에게 갖다 줄, 새로 준비한 쟁반을 받아 들고 주방을 나갔다.

"노인네가 뭐래?" 엘리엇이 쟁반을 들고, 늦은 데다 커피가 식었다며 불평할 게 뻔한 샌드라 모로에게 가려는데 웨이트리스 하나가 물었다.

"나더러 줄리아 마틴에게 서빙하지 말라나." 엘리엇이 말했다. "자기가 하겠대. 그 여자 바라보는 눈길 봤어? 내가 보기엔 그 여자를 좋아하는 것 같아." 그가 어린애 같은 가성으로 노래 부르듯 말했다.

둘은 각자 쟁반을 들고 스윙도어를 통과했다. 엘리엇의 말을 들은 사람은 그의 생각보다 많았다. 베로니크 주방장이 마른 행주에 손을 닦고 문이 딸깍딸깍 앞뒤로 오가다가 마침내 멎을 때까지 지켜보았다.

"내일이면 집에 가요." 테라스에서 서재로 걸어가는 길에 클라라가 가마슈 부부에게 말했다. 잠시 후면 잠자리에 들고, 여덟 시간을 자고, 시댁 식구들과 아침을 먹은 다음 스리 파인스로 향하면 됐다. 정말이지 깨어 있는 동안 이곳 사람들과 함께 보내야 할 시간은 이제 두어 시간밖에 남지 않았다. 그녀는 몇 번째인지 모르게 또 손목시계를 확인했다. 겨우 열 시야? 어떻게 그럴 수가? 세상에, 모로 일가는 시간마저 멈추는 걸까? "언제 떠나세요?"

"아직 이틀 정도 남았어요." 렌 마리가 말했다. "결혼기념일을 축하하는 거니까요."

"참, 그랬죠." 클라라는 그걸 잊고 있었다는 사실에 부끄러움을 느꼈다. "축하드려요. 언제예요?"

"칠월 일일이면 삼십오 년이 돼요. 캐나다 연방 성립 기념일이죠."

"기억하기 쉽군요." 피터는 가마슈에게 감탄하는 듯한 미소를 지어 보였다.

"첫눈에 반하신 거예요?" 클라라가 렌 마리 곁에 앉았다.

"난 그랬죠."

"하지만 경감님은 아니셨고요?" 피터가 가마슈에게 물었다.

"나도 그랬어요. 렌 마리는 자기 가족을 말한 겁니다."

"설마. 두 분도 가족 문제가 있었어요? 시댁 쪽?" 클라라가 다른 사람의 불행에 관한 이야기를 듣고 싶은 간절한 마음을 담아 물었다.

"전혀요. 다들 좋은 분들이셨어요." 렌 마리가 말했다. "이이가 문제였죠."

그녀는 벽난로 선반에 몸을 기대면서 그가 보이지 않는 것처럼 남편 쪽으로 고갯짓을 했다.

"경감님이오? 무슨 일이 있었는데요?" 클라라가 물었다.

"그땐 제가 젊었다는 걸 기억해 주셔야 합니다." 그는 경고했다. "그리고 사랑에 빠져 있었고요. 게다가 세상 물정에도 밝지 못했지요."

"이거 재미있겠는데." 피터가 클라라에게 말했다.

"렌 마리가 어느 날 일요일 미사가 끝난 후 점심 식사에 초대했지요. 가족들과 함께하는 자리였죠. 가 보니 형제자매가 일흔세 명이더군요."

"아홉이에요." 아내가 그의 말을 바로잡았다.

"물론 저는 좋은 인상을 남기고 싶었지요. 그래서 그 주 내내 이 사람 어머니께 뭘 가지고 가면 좋을지 고민했습니다. 너무 크면 안 됐어요. 잘난 척하고 싶지는 않았으니까. 너무 작아서도 안 됐습니다. 싸구려처럼 보이고 싶지도 않았으니까. 잠을 이룰 수 없었습니다. 식욕도 달아나더군요. 그게 제 인생에서 가장 중요한 일이 돼 버렸습니다."

"뭘 가져가셨어요?" 클라라가 물었다.

"욕실용 매트요."

"설마." 피터가 말을 더듬었다. 가마슈가 할 말을 찾지 못하고 고개를 가로저었다. 다른 사람들이 폭소를 터뜨리자 그제야 목소리가 나왔다.

"그게," 그는 눈물을 닦았다. "결과가 나빴던 적이 없었거든요."

"유행에 뒤처지는 법도 없고요. 하지만 뭐랄까 주 느 세 쿠아je ne sai qoui 뭐라 말할 수 없는 어떤 것가 없잖아요?"

"이 사람의 선물 감각은 많이 늘었어요." 렌 마리가 인정했다.

"비누 그릇?" 클라라가 물었다.

"화장실 뚫어뻥?" 피터가 물었다.

"쉬쉬." 가마슈가 속삭였다. "그건 우리 금혼식 때 깜짝 선물로 주려던 거란 말입니다."

"정말 깜짝 선물이겠네요." 클라라가 웃음을 터뜨리며 말했다. "하지만 저희 선물은 화장실에서부터 출발하시면 안 돼요."

"제발, 그러지 마세요." 피터가 호흡을 가다듬으려 애쓰며 말했다.

"안 그러겠습니다." 가마슈가 피터의 팔을 움켜쥐었다. "자, 이제 두 사람 차례입니다."

"알았어요." 피터는 진정하고 드람뷰이를 한 모금 들이켰다. "처음 집을 떠나 학교에 다니게 됐을 때였습니다. 도착해서 양말이며 신발이며 바지 등을 전부 풀고 있는데 블레이저에 아버지의 필체로 적힌 쪽지가 꽂혀 있더군요. 이런 내용이었습니다. **공공 화장실에서는 절대로 첫 번째 칸을 사용하지 말거라.**"

피터는 다 자란 채 머리가 희끗희끗해져 가는 모습으로 서 있었지만, 가마슈의 눈에는 얼룩이 묻은 손으로 쪽지를 들고 있는 진지한 소년의 모습이 보였다. 소년은 성경 구절을 외우는 것처럼 그 쪽지를 외우고 있었다. 혹은 시를 외우는 것처럼.

영혼이 죽고 죽은 이가 그곳에서 숨 쉬는가?

아들에게 그런 내용을 적어 준 찰스 모로라는 사람은 어떤 사람이었을까? 가마슈는 피터에게 조각상에 관해 묻고 싶었지만 아직까지 기회가 없었다.

"좋은 충고네요." 렌 마리의 말에 다들 그녀를 쳐다보았다. "볼일이 급하면 어디로 가겠어요? 첫 번째 칸으로 들어가겠죠."

그녀는 더 설명할 필요를 느끼지 않았다.

피터는 지금껏 아버지가 뜻한 바를 헤아릴 수 없었지만 그것이 틀림없이 중요한 것이리라는 사실만은 마음 깊이 알고 있었기에 렌 마리의 말이 의심스러웠다.

그렇게 일상적인 이야기였을까? 결국 정말 실용적인 조언이었을 뿐일까? 어린 시절에도, 10대가 되어서도, 그리고 감히 인정하건대 성인이 되어서도, 그는 그것이 비밀 암호일 것이라고 공상해 왔다. 오직 자신에게만 주어진 암호. 자신에게 맡겨진 암호. 아버지가 주신. 보물로 이어지는 암호.

공공 화장실에서는 절대로 첫 번째 칸을 사용하지 말거라.

그는 그 말을 실천에 옮겨 왔다.

가마슈가 막 피터에게 조각상에 관한 의견을 물으려던 순간 토머스가 유유히 들어왔다.

"공공 화장실 이야기를 하고 있는 거냐?"

"화장실 이야기?" 마리아나가 샌드라와 함께 방 안으로 쓱 들어서며 물었다. "빈이 잠자리에 들어서 아쉽네. 열 살짜리 애가 좋아할 만한 대화인데."

"안녕하세요." 줄리아가 작은 에스프레소 잔을 들고 테라스 방충 문을 통해 들어왔다. "밖에 천둥 번개가 쳐요. 폭풍이 오고 있나 봐요."

"아닐걸." 토머스가 빈정거리듯 말했다. "피터가 화장실 이야기를 하고 있었어, 줄리아."

"그런 거 아냐." 피터가 재빨리 말했다.

줄리아가 그를 바라보았다.

"남자 화장실, 여자 화장실?" 마리아나가 과장되게 호기심을 드러내며 물었다.

"아마 남자 화장실이겠지." 토머스가 말했다.

"그만, 그만하면 됐잖아." 줄리아가 커피 잔을 카펫에 내던져 산산조각 냈다. 그 행동이 워낙 뜻밖인 데다 격렬해서 방 안에 있던 모두가 깜짝 놀랐다.

"그만하라고." 그녀가 쉿소리로 말했다. "이제 지긋지긋해."

"진정해라." 토머스가 말했다.

"오빠처럼? 내가 모를 것 같아?" 그녀는 미소를 지으려 했다. 혹은 이를 드러내려 했거나. "성공의 표본 토머스, 재능 있는 아들." 그녀가 낮게 야유하듯 말했다.

"그리고 너." 그녀는 마리아나를 돌아보았다. "고릴라 마길라. 정신 나간 너처럼 애도 정신 나갔더라. 빈. 빈? 무슨 이름이 그래? 무슨 애 이름이 그러냐고? 네가 그렇게 똑똑한 것 같아? 난 알아. 다 알아. 그리고 너. 네가 최악이야." 그녀는 피터에게 다가갔다. "이거 줘, 저거 줘,

그거 줘. 넌 네가 원하는 걸 위해서는 뭐든 박살 낼 인간이지. 아냐?"

"줄리아." 피터는 거의 숨도 못 쉴 지경이었다.

"다들 하나도 안 변했어. 잔인하고 욕심 많고. 공허하고. 겁쟁이에 위선자야. 다들 여기 와서 어머니한테 알랑거리지. 너희들은 아버지를 싫어했어. 아버지도 그걸 아셨고. 하지만 난 너희들이 모르는 걸 알고 있어." 이제 그녀는 피터를 마주 보고 얼굴을 들이대고 있었다. 그는 난로 위에 걸린 그림에 눈길을 고정한 채 움직이지 않았다. 크리그호프. 그는 그 선과 색깔 들은 이해했다. 누나의 히스테리는 헤아릴 수 없이 깊었고, 두려웠다.

"난 아빠의 비밀을 알아." 줄리아가 낮게 말했다. "그걸 알아내기 위해 평생을 너희들과 떨어져 있어야 했지만, 마침내 알아냈어. 그리고 이제 돌아온 거야. 난 알아."

그녀는 악의를 담고 빙긋 웃더니 방을 둘러보았다. 그녀의 눈이 마침내 가마슈 부부에게 이르렀다. 잠시 그녀는 당황한 듯 보였다. 그들을 봐서 놀랐다는 듯이.

"죄송해요." 그녀가 더듬거렸다. 마법은 깨어졌고, 분노는 사라졌다. 그녀는 자신이 만든 난장판을 내려다보았다. "죄송해요." 그녀는 무릎을 꿇고 유리 조각을 주웠다.

"아니, 그러지 마요." 렌 마리가 앞으로 나서며 말했다.

줄리아는 잔의 파편을 든 채 몸을 일으켰다. 손가락을 따라 가는 핏줄기가 흘러내렸다. "죄송해요."

눈에 눈물이 차올랐고 턱이 떨렸다. 분노는 전부 사그라졌다. 그녀는 몸을 돌려 목이 잘려 오래된 통나무 벽 위에 걸리다시피 한 가족들을 뒤로하고 방충 문 밖으로 달려 나갔다. 그들은 사냥당하고, 도륙당하고, 전시됐다.

"손가락을 베였던데." 렌 마리가 말했다. "붕대를 가져다줘야겠네요."

"심하게 다친 거 아니에요." 샌드라가 말했다. "괜찮을 거예요. 내버려 두세요."

"같이 가지." 가마슈가 문간 테이블 위에 있던 손전등을 집어 들었다. 그와 렌 마리는 손전등의 밝은 빛을 따라 테라스의 거친 돌을 지나 잔디밭으로 향했다. 빛과 흐느낌을 따라가자 줄리아가 숲 가장자리의 잔디밭 위에 앉아 있었다. 조각상 근처에.

"다 괜찮아요." 렌 마리는 무릎을 꿇고 그녀를 안아 주었다.

"전혀. 다. 괜찮지 않아요."

"손 이리 내 봐요."

저항할 기력을 잃은 줄리아가 손을 들어 올렸다. 렌 마리는 손을 살펴보았다. "다른 손 줘 봐요." 그녀는 줄리아의 손가락에서 작게 베인 상처를 발견하고 클리넥스로 피를 두드려 닦았다. "피가 멎고 있어요. 괜찮을 거예요."

줄리아가 웃음을 터뜨리자 콧물과 침이 튀었다. "그런 것 같으세요?"

"다들 화도 내고 소리도 지르고 진심이 아닌 말도 하는 법이죠." 렌 마리가 말했다.

줄리아는 가마슈가 건넨 손수건에 코를 풀었다.

"전 진심이었어요."

"그럼 할 필요가 없는 말이었다고 해 두죠."

"필요했어요." 그녀는 다시 내장을 쑤셔 넣고, 터진 부분을 봉합하고,

피부를 이식하고, 화장을 한 다음 파티용 드레스를 입었다.

"다들 절대 절 용서하지 않을 거예요." 그녀는 일어서서 옷을 가다듬고 눈물과 콧물을 닦았다. "모로들은 이런 일들을 좀처럼 잊지 않죠. 돌아온 게 실수였어요. 정말 바보 같은 짓이었죠." 그녀는 작게 웃음을 터뜨렸다. "내일 아침 식사 전에 떠날까 봐요."

"그러지 마요." 렌 마리가 말했다. "가족들과 이야기를 해 봐요. 보지도 않고 떠나면 상황이 더 나빠질걸요."

"대화가 도움이 될 거라고 생각하시는 거예요? 모로를 모르셔서 그래요. 말은 이미 너무 많이 했어요."

가마슈는 침묵을 지킨 채 보고 들었다. 그는 손전등을 들고 있었다. 불빛 속에서는 부자연스러울 정도로 창백하고 선이 거칠며 그늘진 그녀의 얼굴만이 보였다.

그는 모든 것에 빛을 비출 필요는 없다는 사실을 알고 있었다. 모든 진실을 말해야 할 필요는 없었다. 또 그녀가 옳다는 것도 알고 있었다. 그는 그녀가 방을 나갈 때 다른 사람들의 얼굴을 보았다. 그녀는 너무 많은 말을 했다. 그는 이해할 수도 없었고 볼 수도 없었지만 무언가 더러운 것이 막 드러났고, 살아났다는 것을 알았다.

9

몇 시간 후 가마슈는 귀청이 떨어져 나갈 것 같은 소리를 듣고 잠에서 깼다. 무언가 거대한 것이 주변을 찢어발기며 다가오는 듯한 소리였다. 그러더니 갑자기 굉음이 들렸다.

천둥. 머리 바로 위는 아니었지만 가까웠다.

온몸이 땀에 흠뻑 젖었고, 젖은 시트가 발에 뒤엉켜 있었다. 그는 일어나 조용히 목 주변과 얼굴에 찬물을 끼얹었다. 얼굴에서는 짠맛이 났고 까칠하게 자란 수염이 만져졌다. 그는 찌무룩한 열기 속에 잠시 안온함을 느꼈다.

"당신도 잘 못 잤어?"

"막 일어났어." 그는 다시 침대로 돌아갔다. 그는 흠뻑 젖은 베개를 뒤집어 시원한 베갯잇에 머리를 뉘었다. 하지만 그마저 얼마 지나지 않아 열이 오르면서 땀에 젖어 버렸다. 얼마 안 가 틀림없이 공기가 액체로 변하겠군.

"오." 렌 마리가 말했다.

"왜?"

"방금 시계가 꺼졌어." 그녀는 손을 뻗어 시계를 가리켰다. 그는 째깍거리는 소리에 귀를 기울였지만 아무것도 들리지 않았다. "불도 나갔고. 폭풍 때문에 전기가 끊겼나 봐."

가마슈는 다시 잠을 청하려 했지만, 한 이미지가 자꾸 뇌리를 파고들었다. 정원에 홀로 남은 채 번쩍이는 번갯불에 빛나는 찰스 모로의 이미지. 이내 그것은 암흑 속에 묻혔다.

그는 조각상이 도도하고 위압적이리라 예상했다. 하지만 캔버스 덮개가 흘러내리고 등장한 것은 더없이 놀라운 광경이었다.

물결치는 짙은 회색 조각상은 고개를 당당하게 치켜드는 대신 살짝 허리를 숙이고 있었다. 막 한 걸음을 내디디려는 듯 균형을 잃은 자세였다. 하지만 이 찰스 모로는 목적과 계획으로 가득한 존재가 아니었다. 상체를 수그린 회색빛 이 남자는 받침대 위에서 머뭇거리고 있었다.

캔버스가 땅에 흘러내리자 침묵이 흘렀고, 모로들은 다시 한 번 그들의 아버지를 바라보았다.

피니 부인이 조각상으로 다가갔다. 자식들도 한 사람씩 뒤를 이어 볼트에 끼운 너트처럼 조각상을 에워쌌다. 그런 다음 피니 부인이 다른 사람들을 돌아보았다.

"이제 한잔해야겠구나."

그걸로 끝이었다.

그들이 안으로 들어간 후, 가마슈와 렌 마리는 조각상에 다가가 잘생긴 얼굴을 올려다보았다. 곧게 뻗은 고결한 코. 높은 이마. 살짝 오므린 도톰한 입술. 가마슈가 생각하기에는 무언가를 판단하거나 뿌듯하게 회상에 잠겼다기보다 무언가 할 말이 있는 것 같았다. 하지만 가장 놀라운 부분은 눈이었다. 눈은 앞을 보고 있었고, 그 눈이 본 것이 이 사내를 돌로 만들었다.

찰스 모로는 무엇을 보았을까? 조각가는 왜 그것을 조각상에 반영한 걸까? 모로들의 진짜 기분은 어땠을까? 가마슈는 그중에서도 마지막 질문이 가장 어려우리라 생각했다.

순간 침실 안에 빛이 번뜩였다. 그는 본능적으로 수를 셌다. 일 일천,

이 일천one one thousand, two one thousand 영어권에서 시계가 없을 때 숫자 뒤에 '일천'을 넣어 수를 말하

는 동안 1초가 흘러가도록 함으로써 초를 세는 방식.

다시 하늘이 우르릉거렸고 꽹음이 울려 퍼졌다.

"천사들이 볼링을 하나 봐." 렌 마리가 말했다. "어머니가 그러셨지."

"내 답변보다 낫군. 난 사실 폭풍일 거라고 생각했거든."

"무식한 사람. 어떤 폭풍? 낙엽풍이야, 침엽풍이야?"

"그건 나무 분류 아냐?"

"난 당신이 적운수를 말하는 거라고 생각했지."

"아이디어가 있어." 그가 젖은 침대 밖으로 나가며 말했다.

몇 분 후, 그들은 가벼운 여름용 가운을 입고 살금살금 아래층으로 내려가 응접실을 지나 난간에 방충망을 두른 포치로 나갔다. 그들은 고리버들로 만든 흔들의자에 앉아 저 아래 호수에서부터 밀려오는 폭풍을 지켜보았다. 렌 마리는 과일 그릇에서 통통한 자주색 체리를 집었고, 가마슈는 잘 익은 배를 먹었다. 무엇이 오든 맞이할 준비가 돼 있었다. 혹은 그렇다고 생각했다.

갑자기 침묵이 산산이 깨졌고, 거센 바람이 나무 사이로 예리하게 파고들어 나뭇잎을 미친 듯이 흩날리면서 다가올 폭풍을 향해 희희낙락 박수를 보냈다. 가마슈는 호수의 소리도 들을 수 있었다. 파도가 선착장과 호숫가에 부딪쳤고, 폭풍이 다가옴에 따라 흰 물보라가 일었다. 가마슈와 렌 마리는 벼락이 점차 가까워지더니 만灣에 내리꽂히는 모습을 지켜보았다.

큰 녀석이었다. 바람이 포치를 때리자 방충망이 두 사람을 붙잡기라도 할 것처럼 안쪽으로 굽어 들어왔다.

순간 빛이 번쩍이며 호수와 산이 모습을 드러냈다. 다시 거대한 벼락이 호수 건너편 숲에 내리꽂히자 가마슈는 옆에서 렌 마리가 긴장하는 것이 느껴졌다.

"일 일천, 이⋯⋯."

어마어마한 천둥소리가 숫자를 세는 목소리를 묻어 버렸다. 폭풍은 채 3킬로미터도 떨어져 있지 않았고, 그들을 향해 곧장 다가오고 있었다. 가마슈는 마누아르에 피뢰침이 있는지 걱정스러웠다. 분명 있겠지. 없다면 오래전에 벼락을 맞고 타 버렸을 거야. 또다시 벼락 한 줄기가 만 건너편의 숲에 꽂혔고, 마치 거목이 무너지듯 귀청을 찢는 굉음이 들렸다.

"들어가는 게 좋을 것 같아." 렌 마리가 말했다. 그들이 일어나자마자 광풍이 불어닥치며 방충망을 두른 포치를 후려치고 비를 퍼부었다. 두 사람은 비틀거리며 안으로 들어갔다. 비에 푹 젖었고 몸이 살짝 오들거렸다.

"세상에, 깜짝 놀랐어요." 작고 떨리는 목소리가 말했다.

"마담 뒤부아, 데졸레désolée 미안해요." 렌 마리가 말했다. 그 뒤에 이어진 대화가 또 한 번의 천둥 번개에 묻혔다. 그러나 번쩍이는 빛 속에서 가마슈 부부는 사람의 형체들이 유령처럼 대응접실을 가로지르며 뛰어다니는 광경을 보았다. 흡사 폭풍이 마누아르를 저승으로 몰고 온 듯했다.

이윽고 작은 광점들이 방 안에 나타나기 시작했다. 창문에는 비가 억수같이 쏟아졌고, 바람이 노한 듯 문을 두드리는 소리가 들렸다.

광점들이 한데 모이기 시작하자 피에르, 엘리엇, 정원사 콜린과 그 밖에 손전등을 찾은 몇몇 사람들의 모습이 눈에 들어왔다. 잠시 후 그들은 무리를 지어 다니며 폭풍용 덧창을 내리고 문과 창문을 잠갔다. 이제 번개와 천둥 사이에 초를 셀 여유가 없었다. 폭풍은 산 사이에 붙들려 빠져나가지 못하고 있었다. 폭풍은 마누아르를 두들기고 또 두들겼다. 가마슈와 렌 마리도 직원들을 거들었고, 그들은 이내 통나무 산장 안에 갇힌 신세가 되었다.

"피뢰침이 있습니까?" 가마슈가 마담 뒤부아에게 물었다.

"있어요." 하지만 대답과는 달리 흔들리는 빛 속으로 보이는 그녀의 표정에는 확신이 없어 보였다.

피터와 클라라가 일행에 합류했고, 잠시 후에는 토머스와 샌드라도 나타났다. 나머지 손님과 직원들은 깊이 잠이 들었거나 너무 무서워 꼼짝달싹 못했다.

이후 한 시간가량 거대한 통나무들이 몸을 떨었고, 창문이 덜컹거렸고, 구리 지붕이 쿵쾅거렸다. 하지만 마누아르는 견뎌 냈다.

폭풍은 숲 속 더 깊숙한 곳에 있는 다른 피조물들에게 겁을 주러 자리를 옮겼다. 가마슈 부부는 다시 잠자리에 들었고, 창문을 열어 폭풍이 사과의 표시로 남겨 놓고 간 시원한 산들바람을 들였다.

아침에는 전력이 복구되었지만 태양은 그렇지 않았다. 날이 흐렸고 비가 부슬부슬 내렸다. 가마슈 부부는 캐나다식 등살 베이컨과 커피, 그리고 진흙이 풍기는 향기의 유혹에 느지막이 일어났다. 폭우가 지나간 뒤 퀘벡의 시골에서 나는 냄새였다. 두 사람은 식당에서 다른 사람들과 합류하며 고개를 끄덕여 인사했다.

카페오레에 야생 블루베리와 메이플 시럽을 얹은 와플을 주문한 가마슈 부부는 종일 빗속에서 빈둥댈 채비를 마치고 식당에 자리를 잡았다. 하지만 와플이 막 나왔을 때, 멀리서 어떤 소리가 들렸다. 전혀 예상하지 못했던 소리라서 가마슈는 한발 늦게야 그 정체를 알아차렸다.

비명이었다.

사람들이 서로 바라보고 있는 동안, 그는 부리나케 일어나 식당을 성큼성큼 가로질러 갔다. 피에르가 따라붙었고, 렌 마리가 남편에게 시선을 고정한 채 따랐다.

가마슈는 복도에서 걸음을 멈추었다.

다시 날카로운 비명이 들렸다.

"위층입니다." 피에르가 말했다.

가마슈는 고개를 끄덕이고 한 번에 두 계단씩 계단을 올랐다. 꼭대기에 이르렀을 때 다시 비명이 들렸다.

"이 위에는 뭐가 있습니까?"

"다락입니다. 책장 뒤에 계단이 숨어 있지요. 이쪽입니다." 그들은 피에르를 따라 붙박이 책장이 있는 살짝 넓은 복도로 갔다. 한 귀퉁이가 입을 벌리고 있었다. 가마슈는 위를 주의 깊게 살폈다. 어둑한 가운데 먼지가 쌓인 낡은 계단이 있었다.

"여기 계십시오."

"아르망?" 렌 마리가 무어라 말하려 했지만 그가 손을 드는 것을 보고 입을 다물었다. 그는 계단을 달려 올라가더니 모퉁이 너머로 사라졌다.

알전구 하나가 좌우로 흔들렸다. 전구가 던지는 희미한 빛 속에 먼지가 부옇게 일었고, 서까래에는 거미줄이 걸려 있었다. 거미 냄새가 났다. 가마슈는 애써 걸음을 멈추고 귀를 기울였다. 자신의 심장이 쿵쾅거리는 소리 외에는 아무 소리도 들리지 않았다. 발을 내딛자 마룻바닥이 삐걱거렸다. 뒤쪽에서 다시 날카로운 비명이 터져 나왔다. 그는 몸을 돌려 어두워진 방 안으로 뛰어들었다. 어느 쪽으로든 뛸 수 있도록 자세를 낮춘 채 방 안을 노려보았다. 목이 조여 왔다.

수백 개의 눈동자가 그를 응시하고 있었다. 이어 머리가 보였다. 그리고 또 다른 머리. 잘려 나간 머리에 달린 눈들이 그를 노려보고 있었다. 핑핑 도는 그의 머리가 그 정체를 알아차린 순간, 무언가가 구석에서 그를 향해 튀어나오는 바람에 그는 균형을 잃고 넘어질 뻔했다.

빈이 흐느끼며 매달렸고, 작은 손가락이 가마슈의 허벅지로 파고들었다. 그는 손가락을 떼어 내고는 아이를 품 안에 꼭 안았다.

"무슨 일이니? 다른 사람이 여기 있니? 빈, 얘기를 해 주려무나."

"괴, 괴, 괴물이오." 빈이 두 눈에 두려움을 가득 담은 채 속삭였다. "여기서 나가야 해요. 제발요."

가마슈는 빈을 들어 올렸지만 아이는 마치 데기라도 한 듯 비명을 질러 대며 팔 안에서 몸부림쳤다. 그는 빈을 도로 내려놓은 다음 작은 손을 쥐고 함께 계단을 달려 내려갔다. 사람들이 모여 있었다.

"또 당신이군요. 이번엔 빈에게 무슨 짓을 한 거죠?" 마리아나가 아이를 낚아채며 따져 물었다.

"빈이 머리들을 발견한 건가요?" 마담 뒤부아가 물었다. 가마슈는 고개를 끄덕였다. 노부인은 무릎을 꿇고 주름진 손으로 빈의 들썩이는 작은 등을 쓰다듬었다.

"정말 미안하구나, 빈. 내 잘못이야. 그건 그냥 장식품이란다. 동물 머리지. 누가 오래전에 쏴서 박제로 만들어 둔 거야. 무서워 보이기는 할 테지만 널 다치게 할 수는 없단다."

"당연히 다치게 할 수 없지." 또 다른 앙상한 손이 빈의 등을 만지자 아이의 몸이 뻣뻣해졌다. "자, 눈물 그쳐야지, 빈. 마담 뒤부아께서 다 설명해 주셨잖니. 뭐라고 해야 하지?"

"메르시, 마담 뒤부아." 울먹이는 목소리였다.

"아니지, 빈. 함부로 다락에 들어간 데에 대해 사과해야지. 거기 들어가면 안 된다는 걸 알고 있었잖아. 너도 그 정도는 알 만한 나이잖아."

"농, 스 네 파 네세세르Non, ce n'est pas nécessaire 아니, 그러실 필요 없어요." 마담 뒤부아가 손사래를 쳤지만 초주검이 될 만큼 놀라게 한 것에 대해 아이가 사과하기 전까지는 아무도 자리를 뜨지 않으리라는 것이 분명했다. 결국 빈은 사과했다.

모든 것이 정상으로 돌아갔고, 몇 분 후 가마슈 부부는 방충망을 두른 포치의 고리버들 흔들의자에 앉아 있었다. 비 내리는 여름 낮에는 무언가 몹시 평화로운 구석이 있었다. 끔찍한 열기와 습기가 지나가고 난 다음 꾸준히 내리는 가벼운 빗줄기는 상쾌함을 북돋웠다. 호수는 잔잔한 가운데 작은 돌풍이 수면에 흔적을 남겼다. 렌 마리가 십자말풀이를 하는 동안 가마슈는 방충망을 두른 포치 밖을 바라보며 꾸준히 지붕을 두드리고 나무에서 잔디로 떨어지는 빗소리에 귀를 기울였다. 멀리서 오 캐나다 새정식 명칭은 흰목참새로. 울음소리가 캐나다 국가인 '오 캐나다'의 첫 소절과 닮았다고 하여 이런 별명이 붙었다와 까마귀 소리가 들렸다. 아니면 갈까마귀인가? 가마슈는 아비 새사람 웃음소리 같은 소리를 내는 새를 빼고는 새 울음소리를 그리 잘 구별하지 못했다. 하지만 이 새소리는 지금껏 한 번도 들어 본 적이 없었다.

그는 머리를 기울이고 좀 더 유심히 새소리를 들었다. 그런 다음 자리에서 일어났다.

새소리가 아니었다. 울부짖음, 비명이었다.

"또 빈일 거예요." 샌드라가 포치로 들어서며 말했다.

"관심을 끌고 싶은 게지." 대응접실에서 토머스가 말했다. 가마슈는 그들을 무시하고 복도로 들어서다가 빈과 마주쳤다.

"네가 낸 소리가 아니었니?" 가마슈는 그렇게 물었지만 답을 이미 알고 있었다. 빈은 그를 빤히 쳐다보았다.

또다시, 더욱 발작적인 비명 소리가 들렸다.

"세상에, 무슨 소리지요?" 피에르가 주방 문간에 나타났다. 그는 빈을 보고, 다시 가마슈를 보았다.

"밖에서 나는 소리예요." 렌 마리가 말했다.

가마슈와 지배인은 우산을 챙길 겨를도 없이 빗속으로 뛰쳐나갔다.

"저는 이쪽으로 가겠습니다." 피에르가 직원용 오두막을 가리키며 소리쳤다.

"아니, 기다려요." 가마슈가 다시 손을 들어 올리자 피에르가 죽은 듯 멈춰 섰다. 피에르는 이 남자가 남에게 명령을 내리고 남이 자기 명령을 따르는 상황에 익숙한 사람이었다는 것을 깨달았다. 그들은 빗물이 얼굴을 타고 흘러내리고 얇은 옷이 몸에 달라붙을 동안 영겁의 시간이 흐른 것처럼 오래 그렇게 서 있었다.

비명은 더 들리지 않았다. 하지만 잠시 후, 가마슈는 어떤 소리를 들었다.

"이쪽입니다."

그의 긴 다리가 빠르게 자연석을 깐 산책로를 지나 물웅덩이가 생긴 산장 모퉁이를 돌자 피에르가 첨벙거리고 미끄러지며 그 뒤를 쫓았다.

정원사 콜린이 빗물이 흐르는 얼굴에 손을 대고 흠뻑 젖은 잔디밭에 서 있었다. 그녀는 흐느끼고 있었고, 가마슈는 그녀가 말벌에 얼굴을 쏘인 거라고 생각했지만 가까이 다가가자 그녀의 눈이 보였다. 눈은 겁에 질린 채 무언가를 바라보고 있었다.

그녀의 시선을 따라간 가마슈도 그것을 보았다. 마누아르의 모퉁이를 돈 순간 바로 알아차리지 못했던 게 이상할 정도였다.

찰스 모로의 조각상이 결국 주저하던 발걸음을 내디뎠다. 거대한 돌로 된 사내는 어떻게 해선지 대좌를 벗어나 넘어져 있었다. 이제 그는 부드럽고 비에 흠뻑 젖은 땅속에 깊이 박혀 있었다. 하지만 무언가가 추락에 제동을 건 탓에 생각만큼 그렇게 깊이 박히지는 않았다. 그의 아래로 간신히 보이는 것은 그의 딸 줄리아였다.

10

지배인은 우두커니 멈춰 섰다.

"오, 맙소사." 그가 토해 내듯 말했다.

가마슈는 찰스 모로처럼 굳어 버린 콜린을 바라보았다. 두 손으로 얼굴을 가렸고, 툭 튀어나온 파란 눈은 비에 젖은 손가락 사이를 내다보고 있었다.

"저쪽으로 가요." 가마슈가 그녀 앞에 서서 시야를 가리고 부드럽지만 단호하게 말했다.

그녀의 입술이 달싹였으나 무슨 말을 하는지 알아들을 수 없었다. 그는 가까이 몸을 기울였다.

"도와주세요."

"괜찮아요. 우리가 여기 있습니다." 그는 그렇게 말하고 피에르와 눈을 마주쳤다.

"콜린." 지배인이 그녀의 팔 위에 손을 얹었다. 그녀의 눈이 깜빡이더니 초점이 돌아왔다.

"도와주세요. 저분을 도와 드려야 해요."

"도와 드릴 겁니다." 가마슈가 안심시키듯 말했다. 그는 지배인과 함께 비를 뚫고 주방 뒷문까지 그녀를 데려다주었다.

"그녀를 데리고 들어가십시오." 가마슈가 피에르에게 지시했다. "베로니크 주방장에게 뜨겁고 달콤한 차를 끓여 달라고 하세요. 아예 여러 주전자를 만들어 달라고 해 두는 편이 좋겠군요. 앞으로 필요할 겁니다. 얼그레이로요."

"주 콩프렁Je comprends 알겠습니다." 피에르가 말했다. "사람들에게는 뭐라고 말할까요?"

가마슈는 망설였다. "사람이 죽었다고만 하고 누구인지는 말씀하지 마십시오. 다들 밖으로 나오지 않도록 해 주시고요. 직원들을 모아 주실

수 있습니까?"

"어렵지 않습니다. 오늘 같은 날은 대개 본관에서 잡일을 합니다."

"좋습니다. 본관에 있게 두세요. 그리고 경찰에 연락해 주십시오."

"다코르D'accord 알겠습니다. 가족들은 어떻게 할까요?"

"제가 말하겠습니다."

문이 닫히고, 가는 빗줄기 속에 아르망 가마슈만 남았다. 그는 다시 줄리아 마틴에게 돌아갔다. 그는 무릎을 꿇고 손을 뻗어 그녀를 만져 보았다. 차갑고 딱딱했다. 입과 눈은 놀란 채 벌어져 있었다. 가마슈는 빗방울이 눈동자에 떨어지는 것을 보고 그녀가 눈을 깜빡이기를 반쯤 기대했다. 그는 그녀를 대신해 눈을 몇 차례 깜빡이고 그녀의 시신을 마저 훑어보았다. 다리는 조각상에 깔려 보이지 않았으나 두 팔은 아버지를 껴안듯 활짝 벌리고 있었다.

가마슈는 족히 1분은 그렇게 서 있었다. 빗물이 코와 턱과 손에서 뚝뚝 떨어졌고, 칼라 속으로도 흘러들었다. 그는 줄리아 마틴의 놀란 얼굴을 바라보며 슬픔으로 가득 찬 찰스 모로의 얼굴을 생각했다. 그러고는 마지막으로 살짝 고개를 돌려, 처음 봤을 때 비석을 연상케 했던 하얀 대리석 큐브를 바라보았다. 어떻게 이 커다란 조각상이 떨어진 걸까?

그가 돌아왔을 때 렌 마리와 빈은 마누아르의 복도에 앉아 아이 스파이I Spy 아이들 중 한 명이 사물의 첫 글자를 말하면 나머지 아이들이 그것을 추측해 내는 놀이 게임을 하고 있었다. 렌 마리는 그의 얼굴을 흘끗 보고 자신이 지금 알아야 할 내용을 전부 알았다.

"빈, 네 책 가져와서 같이 읽을까?"

"네." 아이는 가마슈를 뜯어보더니 복도를 나섰다. 빈이 위층으로 달려 올라간 후, 가마슈는 서재로 아내를 데려가 상황을 전부 설명하며 전화로 다가갔다.

"하지만 어떻게?" 즉시 핵심 문제를 간파한 그녀가 물었다.

"모르겠어, 아직은. 위, 봉주르Oui, bonjour 여보세요. 장 기?"

"또 조언을 구하려고 전화하신 건 아니죠, 경감님? 결국 경감님 스스로 알아내셔야 할 거라니까요."

"그것 참 끔찍한 생각이네만, 자네 도움이 필요하네."

장 기 보부아르는 자신의 오랜 상사가 사교적인 전화를 건 것이 아님을 알아차렸다. 그의 목소리는 날카로웠고, 가마슈는 그가 책상 위에 올려놓고 있던 발을 부리나케 내리는 소리를 거의 들을 수 있었다.

"무슨 일입니까?"

가마슈는 간략히 세부 사항을 전달했다.

"마누아르 벨샤스에서요? 메, 세 앵크르와야블Mais, c'est incroyable 그거 놀랍군요. 거긴 퀘벡 최고의 오베르주인데요."

가마슈는 사람들이, 심지어 전문가들조차도, 프레테침구류, 가운 등 고급 리넨 제품으로 유명한 이탈리아의 섬유 회사 시트와 훌륭한 와인 목록이 죽음을 막아준다고 생각하는 것을 볼 때마다 놀라웠다.

"살해당한 겁니까?"

그것이 두 번째 질문이었다. 사건 현장에 도착해 줄리아 마틴의 시체를 보자마자 아르망 가마슈에게 그림자를 드리우기 시작한 질문은 두 가지였다. 조각상은 어떻게 넘어졌고, 이것은 살인인가?

"모르겠네."

"곧 알게 되겠죠. 지금 가겠습니다."

가마슈는 손목시계를 보았다. 11시 10분 전이었다. 보부아르와 나머지 팀원들이 몬트리올에서 출발하면 12시 30분쯤 도착할 터였다. 마누아르 벨샤스는 몬트리올 남부, 미국 국경과 가까운 이스턴 타운십스라는 지역에 숨어 있었다. 국경이 워낙 가까워 안개 낀 그날 아침 가마슈가 바라본 산 중 일부는 버몬트 주에 속해 있었다.

"아르망? 차 소리를 들은 것 같은데."

아마 지역 경찰이겠지. 그는 지배인의 도움에 감사하며 그렇게 생각했다.

"메르시." 그가 렌 마리에게 미소를 짓고 복도로 나가려는데 그녀가 붙잡았다.

"가족들은?"

그녀가 걱정스러운 표정을 지을 만도 했다. 피니 부인이 웨이터를 통해서나, 혹은 더 나쁘게는 직접 바깥을 돌아다니다 딸에 관해 알게 된다면 상상만 해도 끔찍했다.

"경관들에게 지시만 내리고 바로 들어올게."

"난 들어가서 다들 괜찮은지 보고 있을게."

가마슈는 렌 마리가 결의에 찬 걸음걸이로 잠시 후면 인생이 영원히 바뀌게 될 사람들로 가득 찬 방 안으로 들어가는 모습을 지켜보았다. 조용히 서재에 남아 있을 수도 있었고, 그렇게 하더라도 그녀를 탓할 사람은 없었을 테지만 렌 마리 가마슈는 잠시 후면 슬픔에 휩싸이게 될 방으로 들어가는 편을 선택했다. 그런 결정을 내릴 사람은 많지 않았다.

가마슈는 재빨리 밖으로 나가 경관들에게 자신을 소개했다. 경관들은 숲 한가운데에서 명성이 자자한 경찰청 수사관을 만나게 됐다는 사실에 놀랐다. 그는 경관들에게 지시를 내린 다음 그중 한 사람에게 자신을 따라오라고 손짓하면서 모로 가족에게 이야기를 전하기 위해 건물 안으로 들어갔다.

"문제가 생겼습니다. 나쁜 소식입니다."

아르망 가마슈는 나쁜 소식을 질질 끄는 것이 친절이 아님을 알고 있었다.

하지만 그는 다른 것도 알고 있었다.

만약 이것이 살인이라면 범인은 거의 틀림없이 방 안의 누군가일 터였다. 그는 동정심에 휘말리지 않고 동정심 때문에 눈이 머는 일도 없었다. 그는 이야기를 하는 동안 사람들을 주의 깊게 관찰했다.

"마담." 가마슈는 오늘 자 「몬트리올 가제트」를 접어 무릎 위에 올린 채 휠체어에 차분히 앉아 있던 피니 부인을 돌아보았다. 그녀의 몸이 뻣뻣해지는 것이 보였다. 그녀의 눈이 재빨리 방 안을 둘러보았다. 그는 그녀의 민첩한 머릿속을 읽을 수 있었다. 여기 누가 있고 누가 없지?

"사망자가 발생했습니다." 가마슈는 조용히, 또박또박 말했다. 그는 자신의 말이 이 여자에게 미칠 영향에 관해 환상을 품지 않았다. 그 말은 조각상처럼 무겁고 치명적이었다.

"줄리아." 그녀가 이름을 토해 냈다. 사라진 아이. 이곳에 없는 아이.

"그렇습니다."

그녀의 입술이 벌어졌고, 두 눈이 가마슈의 눈을 살피며 이것이 사실이 아닐지도 모른다는 탈출구를, 뒷문을, 힌트를 찾아 헤맸다. 하지만 그는 눈을 깜빡이지 않았다. 그의 갈색 눈은 흔들림 없이 침착하고 확고했다.

"뭐요?"

토머스 모로는 서 있었다. 고함을 지른 것은 아니었다. 입 밖으로 내뱉은 말이 방을 가로질러 가마슈를 향해 흘러들었다.

뭐. 곧 누군가가 어떻게와 언제와 어디서도 물을 터였다. 그리고 마지막으로 가장 중요한 질문도. 왜.

"줄리아가?" 피터 모로가 자리에 선 채로 물었다. 옆에서 클라라가 그의 손을 잡고 있었다. "죽어요?"

"그 애에게 가 봐야겠어요." 피니 부인이 일어서자 「가제트」가 맥없이 바닥으로 흘러내렸다. 그것은 비명이나 마찬가지였다. 피니 씨는 휘청거리며 일어나 몸을 꼿꼿이 세웠다. 그는 손을 내밀었다가 이내 손을 거두었다.

"아이린." 그는 다시 손을 내밀었고, 가마슈는 버트 피니가 온 힘을 다해 손을 마저 내밀길 기원했다. 하지만 앙상한 손은 얼마 가지 않아 다시 멈추더니 결국 회색 바지 곁으로 떨어졌다.

"어떻게 아시죠?" 마리아나가 끼어들었다. 그녀도 이제는 일어나 있었다. "의사도 아니시지 않나요? 죽은 게 아닐지도 몰라요."

그녀는 벌겋게 달아오른 얼굴로 두 주먹을 꼭 쥐고 가마슈에게 다가갔다.

"마리아나." 여전히 권위를 잃지 않은 그 목소리가 곧장 돌진해 오던 여자를 멈춰 세웠다.

"하지만 엄마……"

"사실을 말씀하신 거야." 피니 부인은 다시 몸을 돌려 눈앞에 있는 커다랗고 확신에 찬 사내를 바라보았다. "어떻게 된 거지요?"

"어떻게 누나가 죽을 수 있단 말입니까?" 피터가 물었다.

가마슈는 충격이 걷히고 있음을 알아차렸다. 그들은 보통 50대 후반의 건강해 보이는 여자가 그냥 죽지는 않는다는 사실을 깨닫기 시작하고 있었다.

"동맥류인가요?" 마리아나가 물었다.

"사고입니까?" 토머스가 말했다. "계단에서 굴렀습니까?"

"조각상이 넘어졌습니다." 가마슈는 그들을 유심히 살펴보며 말했다. "조각상에 치였습니다."

모로 가족은 그들이 가장 잘하는 것을 했다. 그들은 침묵에 빠졌다.

"아버지가?" 마침내 토머스가 입을 열었다.

"유감입니다." 가마슈는 피니 부인을 바라보았다. 그녀는 박제처럼 시선을 되받았다. "지금은 경찰이 함께 있습니다. 혼자가 아닙니다."

"내가 가 봐야 해요."

"경찰이 접근을 막고 있습니다. 아직은 안 됩니다." 그가 말했다.

"상관없어요. 난 보게 해 줄 거예요."

가마슈는 그녀 앞에 서서 눈을 들여다보았다. "아니요, 마담. 죄송하지만 부인이라도 안 됩니다."

그녀는 증오를 담아 그를 쏘아보았다. 그가 종종 받곤 하는 눈빛이었고, 이해할 수 있는 눈빛이었다. 그보다 더 나쁠 수도 있다는 것 또한 알고 있었다.

가마슈는 슬픔에 잠긴 사람들을 두고 렌 마리와 함께 방을 나왔지만 경관에게는 모퉁이에 가 있으라고 조용히 손짓했다.

장 기 보부아르 경위는 차에서 내려 하늘을 바라보았다. 한없는 회색이었다. 앞으로도 한동안은 비가 내릴 터였다. 그는 자신의 구두를 내려다보았다. 가죽 구두. 유명 브랜드 바지. 캐주얼 리넨 셔츠. 완벽하군. 빌어먹을 아무것도 없는 곳에서 살인이 터지다니. 그것도 빗속에서. 진흙탕에서. 그는 자신의 뺨을 찰싹 때렸다. 그리고 벌레까지. 손바닥에 납작해진 모기의 사체와 핏자국이 남았다.

빌어먹게 완벽하군.

이자벨 라스코트 형사는 우산을 펴고 보부아르에게도 하나를 건넸다. 그는 거절했다. 여기까지 온 것만도 이미 나빴는데 메리 포핀스처럼 보이고 싶지 않았다.

아르망 가마슈 경감이 오베르주에서 나와 손을 흔들었다. 보부아르는 손을 마주 흔들다가 이마를 찰싹 쳤다. 가마슈는 그게 벌레 때문이기를 기원했다. 보부아르 옆에서 라코스트 형사가 우산을 들고 걸어오고 있었다. 20대 후반인 그녀는 기혼이었으며 이미 두 아이의 어머니였다. 대다수 퀘베쿠아들처럼 그녀도 가무잡잡하고 작은 몸집에 자연스러운 세련미와 자신감을 갖추었다. 블라우스와 바지는 고무장화를 신은 와중에도 실용성과 수아녜soignée 자신을 공들여 가꾸는를 겸비하고 있었다.

"살뤼, 파트롱Salut, Patron 안녕하세요, 경감님." 그녀가 말했다. "시체는 어떻게 발견하신 거예요?"

"여기 묵고 있었네." 그가 두 사람 사이에 섰다. "피해자는 마누아르의 손님이야."

"할인을 받길 바랍니다." 보부아르가 말했다. 그들은 산장의 모퉁이를 돌았고, 가마슈가 지방 경관들을 소개했다.

"누군가 나온 사람 있나?" 그가 물었다. 곁에 있는 보부아르가 현장을 보고 싶어 조바심을 내며 그쪽을 바라보고 있었다.

"나이 든 여자 한 분이 나오셨습니다." 젊은 여자 경관이 말했다.

"영국계?" 가마슈가 물었다.

"아니요, 경감님. 프랑스계였습니다. 저희에게 차를 주시더군요."

"키가 크고 목소리가 낮던가?"

"네, 그분입니다. 사실 좀 낯이 익다고 생각했습니다." 경관 중 하나가 말했다. "셔브룩에서 본 적이 있는 게 아닌가 싶습니다."

가마슈는 고개를 끄덕였다. 셔브룩은 마누아르에서 가장 가까운 마을로, 분견대의 거점이었다.

"여기 주방장 베로니크 랑글로와겠군. 현장에 관심을 보이는 것 같던가?" 가마슈는 경관들이 노란 테이프로 둘러놓은 현장을 살펴보았다.

"누군들 안 그럴까요?" 젊은 여자 경관이 웃었다.

"자네 말이 맞아." 그는 조용히 말했다. 그는 침울하고도 다정한 눈으로 그녀를 쳐다보았다. "저기에 몇 시간 전만 해도 살아 있었던 여자가 있었네. 사고일 수도 있고 살인일 수도 있지만, 어느 쪽이든 지금 여기는 웃을 만한 시간도 장소도 아닐세. 적어도 아직은."

"죄송합니다."

"자넨 무심하거나 냉소적이기엔 너무 젊지. 나도 그렇고." 그는 미소를 지었다. "감정에 솔직한 건 부끄러운 일이 아닐세. 사실 그게 우리의 가장 큰 이점이지."

"알겠습니다." 젊은 경관은 자신의 엉덩이라도 걷어차고 싶은 심정이었다. 천성이 감정에 솔직하긴 했지만 그런 기질을 숨기고 무심한 태도로 일관한다면 이 명망 높은 살인수사반 반장에게 깊은 인상을 남길 수 있으리라 생각했었다. 틀린 생각이었다.

가마슈는 현장으로 몸을 돌렸다. 곁에서 보부아르가 몸을 부르르 떠는 게 거의 느껴졌다. 긴장을 늦추는 법이 없는 보부아르 경위는 감정보다 사실을 신뢰하는 수사반의 2인자로 두뇌 회전이 빠른 우두머리 개였다. 그는 좀처럼 놓치는 것이 없었다. 아마 볼 수 없는 것들을 빼고는.

라코스트 형사도 현장을 바라보고 있었다. 하지만 보부아르와 달리 그녀는 더없이 평온함을 유지할 수 있었다. 그녀는 팀의 사냥꾼이었다. 은밀하고 조용하게 관찰하는.

그렇다면 가마슈는? 그는 자신이 사냥개도 아니고 사냥꾼도 아님을 알고 있었다. 아르망 가마슈는 탐험가였다. 그는 다른 모두의 앞에 서서 지도에 나오지 않은 미지의 영역으로 나아갔다. 그는 사물의 가장자리에 이끌렸다. 나이 든 선원만이 아는 장소로 가 '이 너머에 괴물이 있으니 주의하라'고 경고했다.

아르망 가마슈 경감은 그런 곳에서 만날 법한 사람이었다.

그는 저 너머로 들어가 이성적이고 온화하고 웃음 짓는 온갖 사람들 깊은 곳에 숨은 괴물을 찾아냈다. 그는 그들이 가기 두려워하는 곳까지 나아갔다. 아르망 가마슈는 끈적끈적한 흔적을 따라 사람의 정신 깊숙한 곳을 파고들었고, 인간다움이 거의 남아 있지 않은 그 옹송그린 구석에서 살인자를 찾아냈다.

그의 팀은 완벽에 가까운 성과를 자랑했으며, 그것은 공상과 소망에서 사실을 분류해 냄으로써 얻은 결과였다. 단서와 증거를 수집한 결과였다. 그리고 감정도.

아르망 가마슈는 명망 높은 퀘벡 경찰청 대부분의 수사관들이 절대로 이해하지 못하는 사실을 알고 있었다. 살인은 몹시 인간적인 행위였다. 살해당한 사람과 살해한 사람. 최후의 일격을 날리도록 하는 힘은 변덕이나 사건 자체가 아니었다. 감정이었다. 한때 건강하고 인간적이었던 것이 끔찍해지고 부풀어 오르다 마침내 파묻힌다. 그러나 그것은 평안이 아니다. 그것은 종종 거기에 수십 년 동안 묻혀 자신을 갉아먹고 음울하고 불만 가득한 것으로 자라난다. 마침내 모든 인간적인 규범에서 자유롭게 될 때까지. 양심도, 두려움도, 사회 관습도 그것을 담아 둘 수 없었다. 그런 일이 일어나면 지옥이 펼쳐졌다. 그리고 한 인간이 살인자로 변했다.

그러면 아르망 가마슈와 그의 팀은 살인자를 찾아다녔다.

하지만 마누아르 벨샤스의 이 사건은 살인이었을까? 가마슈는 알지 못했다. 하지만 여기에서 무언가 부자연스러운 일이 일어났다는 사실은 알았다.

"이거 안에 갖다 드려, 실 부 플레s'il vous plaît 부탁할게." 쟁반들을 가리키는 베로니크 주방장의 커다랗고 불그레한 손이 살짝 떨렸다. "그리고 거기에 있는 것들을 가져오고. 다들 새 차를 원하실 테니."

그녀는 그것이 거짓말이라는 것을 알았다. 그 가족들이 원하는 것은 그들이 다시는 가질 수 없는 것이었다. 하지만 그녀가 그들에게 줄 수 있는 것은 차뿐이었다. 그래서 그녀는 차를 끓였다. 끓이고 또 끓였다.

엘리엇은 아무와도 눈을 마주치지 않으려고 애썼다. 그는 아무것도 듣지 못한 척하려고 노력했는데, 실제로 콜린이 내는, 코를 훌쩍이고 쿵쿵거리는 소리를 생각하면 그럴 법도 한 일이었다. 콜린의 머리에는 콧물로 가득한 것 같았다. 그것도 너무 많이.

"제 잘못 아니에요." 그녀가 더듬거리며 1백 번째로 말했다.

"아니고말고." 클레망틴 뒤부아가 커다란 가슴으로 그녀를 끌어안고 허드슨즈 베이 담요캐나다의 대형 유통 업체 허드슨즈 베이에서 판매하는 담요로 가장자리에 줄무늬가 있어 크기를 쉽게 알아볼 수 있는 것이 특징이다로 젊은 정원사를 다시 포근히 덮어 주면서 말했다. "아무도 너를 탓하지 않아."

콜린은 부드러운 가슴 속에 꼭 안겼다.

"사방에 개미들이 있었어요." 딸꾹질이 나와 그녀는 몸을 뒤로 뺐지만 마담 뒤부아의 꽃무늬 드레스 어깨에 가느다란 침 자국이 남았다.

"당신과 당신." 베로니크 주방장이 딱딱하지 않은 목소리로 엘리엇과 루이즈를 가리키며 말했다. 오랫동안 기다렸다가는 차가 너무 진해질 터였다. 그녀는 웨이터들이 젊으며, 죽음에 대한 경험이 없다는 사실을 알았다. 자신과는 달리. 모로 가족의 시중을 들라고 그들을 보내는 건 상황이 가장 좋을 때라도 충분히 나쁜 일이었거니와, 지금은 가장 좋은 때와는 한참 거리가 멀었다. 비탄으로 가득 찬 방은 분노로 가득 찬 방보다 나쁜 법이었다. 분노는 서의 날마다 만나며, 흡수하거나 무시하는 법을 배우며 익숙해지는 감정이었다. 아니면 피하거나. 하지만 비탄은 피할 길이 없었다. 비탄은 결국 당신을 찾아내고야 만다. 그것은 사람들이 가장 두려워하는 것이었다. 상실도 슬픔도 아니다. 그런 것들을 정리한 다음에 찾아오는 것이었다. 비탄은 그렇게 찾아왔다.

직원들은 안락의자에 앉거나 조리대에 올라앉거나 벽에 기댄 채로 커피나 차를 홀짝이며 서로 위로했다. 어림짐작을 담은 소곤거림, 가설, 흥분 어린 추측이 방 안 가득했다. 지배인은 콜린을 데리고 들어온 뒤 그들에게 그녀를 달래고 마른 옷을 가져다주라고 한 다음 나머지 직원들을 전부 불러 모았다. 모로 가족이 소식을 들은 다음에야 그는 고용인들에게도 소식을 전했다.

마담 마틴이 죽었다. 조각상에 깔려서.

모두가 숨을 들이켰고, 몇몇은 놀라움을 표했지만 비명을 토해 낸 사람은 한 명뿐이었다. 피에르가 방을 둘러보았지만 누구인지 알 수 없었다. 하지만 그 소리가 자신을 놀라게 했다는 것은 알았다.

드디어 보부아르 경위가 구덩이를 들여다보았다. 다만 그것은 구덩이라고는 할 수 없었다. 사람이 안을 채우고 있었으니까. 눈을 크게 뜨고 놀라 죽은 여자의 가슴에 조각상이 박혀 있었다.

"맙소사." 그는 머리를 가로젓고 팔을 때려 흑파리 한 마리를 잡았다. 시야 가장자리로 라코스트 형사가 몸을 숙이며 라텍스 장갑을 끼는 모습이 들어왔다.

이곳이 그들의 새 사무실이었다.

이후 몇 분에 걸쳐 트럭과 다른 팀원들이 더 도착했고, 현장 조사가 본격적으로 시작됐다. 아르망 가마슈는 보부아르가 감식반을 안내하는 동안 모든 과정을 자세히 살폈다.

"어떻게 생각하세요, 반장님?" 라코스트가 장갑을 벗고 가마슈의 우산 아래로 들어왔다. "살해당한 건가요?"

가마슈는 고개를 저었다. 답이 궁했다. 그때 대응접실에서 모로 가족 곁에 있으라고 지시했던 젊은 지역 경관이 흥분한 기색으로 나타났다.

"좋은 소식입니다, 경감님. 가능한 한 빨리 아시고 싶을 것 같아서요. 용의자를 찾은 것 같습니다."

"잘했네. 누구지?"

"가족들은 처음에는 조용했습니다만 잠시 후 그중 두 사람이 귓속말을 주고받더군요. 예술 하는 사람 말고, 다른 두 남매가요. 그들은 만약 이게 살인이라면 살인자는 둘 중 하나일 수밖에 없다고 확신하는 것 같더군요."

"정말인가?" 보부아르가 물었다. 생각했던 것보다 더 일찍 문명으로 돌아갈 수 있을지도 모르겠다 싶었다.

"위." 경관은 수첩을 보며 말했다. "가게 주인과 그의 청소부 아내랍니다. 이름이 아르망이랑 렌 마리 뭐라고 하고요. 둘 다 투숙객입니다."

보부아르가 소리 없이 히죽거렸고, 라코스트는 황급히 몸을 돌렸다.

"역시 의심했던 대로군요." 보부아르가 말했다. "조용히 따라오시겠습니까?"

"반장님이 그리울 거예요." 라코스트 형사가 말했다.

가마슈는 살짝 미소를 짓고 고개를 절레절레 저었다.

일곱 명의 미친 모로.

여섯 명.

11

"피터." 클라라가 속삭였다.

그녀는 그가 마누아르의 편지지와 연필을 가져와 머리를 수그린 채 가지런히 난 편지지 줄 사이에 연필로 선을 그리며 무아지경에 빠진 모습을 지켜보았다. 그 일은 석 잔의 마티니가 가져다준 편안함처럼 최면에 걸린 듯한 편안함을 가져다주었다. 기분은 좋았지만 멍해서일 뿐이었다. 클라라마저 그 분위기에 빠져들었다. 그 무엇도 침묵과 침통한 슬픔으로 가득한 방에서 빠져나갈 수 없었다.

대응접실 저편에서 토머스도 반백이 된 머리를 숙이고 있었다. 피아노 위로. 느린 음률이 머뭇거렸지만 잠시 후 클라라는 무슨 곡인지 알아차렸다. 이번만큼은 바흐가 아니었다. 베토벤이었다. 〈엘리제를 위하여〉. 활발하고 산뜻한 곡이었다. 상대적으로 연주하기도 쉬웠다. 클라라도 처음 몇 소절은 그럭저럭 칠 줄 알았다.

하지만 토머스 모로는 그 곡을 장송곡처럼 연주했다. 숨어 있는 곡조를 찾아내듯 음 하나하나를 사냥했다. 그 선율이 비탄에 찬 방을 아픔으로 가득 채우자 끝내 클라라의 눈에 눈물이 맺혔다. 눈물을 감추려 애쓰느라 눈이 화끈거렸지만 결국 눈물이 흘러나왔다.

마리아나가 책을 읽는 빈 옆에 앉아 빈의 어깨에 숄을 걸친 팔을 두르고 있는 동안 샌드라는 쇼트브레드 쿠키를 아작거리며 하나씩 해치워 나갔다. 지금은 다들 침묵에 잠겨 있었지만 몇 분 전까지만 해도 토머스, 샌드라, 마리아나는 한데 모여 귓엣말을 주고받았다. 클라라가 조의를 표하려고 다가가자 그들은 입을 다물고 그녀를 의심스러운 눈길로 쳐다보았다. 그래서 클라라는 자리를 옮겼다.

그녀는 모두가 보트에 타는 건 아니라고 생각했다. 하지만 HMCS개나다 군함에 붙이는 명칭 모로호는 침몰하고 있었다. 클라라조차 알 수 있었다. 그 배는 제트기 시대의 증기선이었다. 그들은 실력 중심 사회를 살아가는 구시대의 상류층이었다. 경보가 울리고 있었다. 하지만 그녀의 사랑스럽고 사려 깊은 남편 피터마저도 잔해에 매달려 있었다.

클라라는 모로 일가가 알지 못하는 것을 알고 있었다. 그들은 아직 알지 못했다. 그들이 그날 아침 여자 형제이자 딸보다 더한 것을 잃었다는 사실을. 경찰이 문 앞에 와 있었고, 모로 가족은 그간 그들을 떠나니게 해 주었던 망상이 뭐든 간에 그것을 잃기 직전이었다. 그걸 잃고 나면 그들도 다른 사람과 똑같아지리라.

피터의 어머니는 곧은 자세로 소파에 앉아 미동도 하지 않았다. 노려볼 뿐이었다.

클라라는 자신이 뭔가 말을 해야 하는 것일지 고민했다. 뭐라도 해야 하나? 머리에 쥐가 나도록 생각했다. 분명 막 딸을 잃은 이 노부인을 위로할 방법이 뭔가 있을 텐데.

뭐지? 뭐지?

문이 열리고 아르망 가마슈가 나타났다. 음악이 멈추었고 피터마저 고개를 들었다. 가마슈 뒤로 보부아르 경위, 라코스트 형사, 그리고 예의 젊은 경관이 있었다.

"이 개자식." 토머스가 갑자기 일어서는 바람에 피아노 의자가 넘어졌다.

그가 가마슈에게 다가갔다.

"토머스." 그의 어머니가 명령조로 말했다. 그는 걸음을 멈추었다. 피니 부인이 자리에서 일어나 방 한가운데로 걸어 나왔다. "이 사람을 체포하신 건가요?" 그녀가 가마슈 쪽으로 고갯짓을 하며 보부아르에게 말했다.

"가마슈 경감님을 소개해 드리겠습니다. 퀘벡 경찰청 살인수사반 반장님이십니다." 보부아르가 말했다.

피터와 클라라를 제외한 나머지 모로 가족들은 위대한 이의 등장을 기대하며 열린 문을 바라보았다. 천천히, 고통스럽게, 그들의 시선이 다시 돌아왔다. 그들 앞에 있는 커다란 사내에게로. 가게 주인에게로.

"이 사람이?" 마리아나가 말했다.

"이거 지금 농담인 건가요?" 단어를 내뱉을 때마다 샌드라의 입에서 쇼트브레드 부스러기가 튀어나와 카펫 위에 떨어졌다.

"봉주르." 그가 정중하게 허리를 숙여 인사했다. "유감스럽게도 저를 두고 한 말이 맞습니다."

"당신이 경찰이라고?" 토머스는 주요 용의자가 경감으로 돌변했다는 사실을 받아들이려 애쓰며 말했다. "왜 얘기하지 않은 겁니까?

"상관없는 문제라고 생각했습니다. 우리는 같은 투숙객이었을 뿐이니까요. 오늘 아침 전까지는 말입니다." 그는 피니 부인을 돌아보았다. "아직도 따님을 보고 싶으십니까? 아까는 현장을 보존해야 했기에 허락해 드릴 수 없었습니다. 하지만 주의하셔야 할 것이······."

"경고는 필요 없어요, 경감님. 보기 좋은 광경이 아니리란 건 알고 있으니까. 줄리아에게 안내해 주세요."

피니 부인은 단호한 걸음걸이로 가마슈를 지나쳤고, 클라라는 비탄에 빠진 상황에서조차 태도를 바꾸는 그녀의 능력에 경탄했다. 여전히 입을 벌리고 의심의 눈초리를 던지고 있는 토머스와 마리아나와 달리 그녀는 가마슈가 경감이라는 사실을 받아들였다. 또한 그들 중 처음으로 줄리아가 정말로 죽었다는 사실을 받아들인 것처럼 보였다. 하지만 이건 너무 빠르다고 클라라는 생각했다.

가마슈는 피니 부인이 문으로 가는 모습을 바라보았다. 하지만 그는 더 이상 의심하지 않았다. 그는 그날 아침 자신이 줄리아에 관한 소식을 알리기 직전에 그녀의 시선이 새처럼 방 안을 날아다니며 누가 있고 누가 없는지 살피는 것을 보았다. 어느 자식이 사랑을 받았고, 이제는 없는지. 그는 그녀가 감추고 있는 것을 보았다.

"나머지 분들은 이 자리에 남아 주시기 바랍니다." 가마슈는 그렇게 말했지만 어차피 움직이는 사람은 아무도 없었다. 버트 피니만 빼고.

그는 가마슈에게서 한 발 떨어진 채 눈길을 등잔과 책장에 고정하고 있었다. "미안하지만 나도 꼭 가야겠소." 노인이 말했다.

가마슈는 망설였다. 겁을 먹어 잿빛이 된 그 얼굴은 거의 인간 같지 않았다. 하지만 그 행동은 고귀했다. 그는 고개를 끄덕였다.

그들은 젊은 경관을 남겨 놓고 방을 나섰고, 가마슈는 어느 쪽이 더 섬뜩한 역할을 맡게 된 것인지 궁금했다.

노란 리본이 원을 그리고 있는 곳에 다가갔을 때, 다시 〈엘리제를 위하여〉의 음률이 들렸다. 비는 거의 그쳤고, 산중에는 안개가 걸려 있었다. 모든 것이 회녹색 빛을 띠었고, 음률 사이로 나뭇잎 위에 빗방울이 떨어지는 소리가 들렸다.

가마슈는 현장 팀에게 피니 부인이 딸을 다 볼 때까지 자리를 비켜 달라고 명령을 내려 두었다. 이제 그들은 숲 가장자리에서 반원을 그리고 서서 너무나도 작은 분홍빛 노부인이 땅에 난 구덩이를 향해 걸어가는 모습을 바라보고 있었다.

다가가는 동안 피니 부인의 눈에 들어오는 것은 화사하게 펄럭이는 경찰 리본뿐이었다. 노란색. 줄리아가 좋아하는 색깔이었다. 그녀는 여성스러운 아이였다. 몸치장을 좋아했고, 공상과 화장을 좋아했고, 신발과 모자를 좋아했던 딸이었다. 관심을 좋아했다.

이내 피니 부인은 숲에서 사람들이 반원을 그린 채 그녀를 바라보고 있는 모습을 보았다. 그리고 그들 위 멍들고 부어오른 하늘을.

불쌍한 줄리아.

구덩이가 가까워지자 아이린 피니는 걸음을 늦추었다. 그녀는 공허에 대해 알지 못했고, 공허에 관해 생각해 본 적도 없는 여자였다. 생각을 해 봤어야 했다는 깨달음이 너무 늦게야 찾아들었다. 그녀는 그제야 공허란 텅 빈 것이 아님을 알게 되었다. 심지어 지금 이렇게 여러 발짝 떨어져 있는 자리에서도 속삭임이 들려왔다. 공허는 무언가를 알고 싶어 했다.

당신은 무얼 믿지?

바로 그것이 공허를 채우고 있었다. 질문과 대답이.

아이린 피니는 걸음을 멈추었다. 아직 자신이 대면해야 할 것과 마주할 준비가 되지 않았다. 그녀는 버트를 기다렸다. 그에게 눈길을 주지는 않았지만 그의 존재를 느끼면서 그녀는 한 발을 더 내디뎠다. 한 발만 더 나아가면 보이리라.

그녀는 주저하다가 발걸음을 내디뎠다.

그녀가 본 것은 눈을 곧장 지나쳐 가슴 속에 바로 들어와 꽂혔다. 그 순간 그녀는 비탄을 넘어서서 괴로움도, 상실도, 수난도 존재하지 않는 황무지 속으로 쓰러졌다.

그녀는 숨을 한 번 내쉬었다. 그리고 한 번 더.

그녀는 그 숨을 이용해 자신이 기억하는 유일한 기도를 읊조렸다.

이제 제가 잠들려 하오니
주여 저의 영혼을 지켜 주소서.

그녀는 줄리아가 내뻗은 손을 보았다. 자신들의 첫 번째 집에 있던 낡은 주방 개수대 안에 마련한 작은 욕조 속에서 통통하고 젖은 손가락들이 엄지를 말아 쥐는 모습을 보았다. 자신과 찰스의 첫 번째 집이었다. 찰스, 무슨 짓을 한 거야?

제가 깨어나기 전에 죽어야 한다면
주께서 제 영혼을 거두어 가소서.

그녀는 공허 속으로 저녁 기도를 바쳤지만 너무 늦었다. 공허는 줄리아를 데려갔고, 이제는 자신도 데려갔다. 그녀는 고개를 들어 반원을 그리고 선 사람들의 얼굴을 바라보았는데 얼굴이 바뀌어 있었다. 복사한 듯 생기 없는 표정들이었다. 조금도 진짜 같지 않았다. 숲, 잔디밭, 그녀 곁에 있던 가마슈 경감, 심지어 버트도. 모두가 사라져 버렸다. 더는 진짜 같지 않았다.

당신이 믿는 게 뭐지?

아무것도.

마누아르 안까지 그들을 바래다주는 동안 가마슈는 혼자 생각할 시간이 필요할 피니 부인을 존중해 침묵을 지켰다. 그런 다음 그는 크레인이 도착했는지 확인하기 위해 현장으로 돌아갔다.

"검시관님 오시네요." 라코스트가 바지와 가벼운 여름옷을 입고 고무장화를 신은 30대 초반의 여성을 고개로 가리켜 보였다.

"해리스 박사님." 가마슈는 손을 흔든 다음 다시 조각상을 옮기는 광경으로 시선을 돌렸다.

보부아르는 작업을 지휘하는 틈틈이 흑파리를 쫓았다. 그 때문에 지시가 혼란스러워져 크레인 운전사가 크레인 방향을 잘못 알아듣고 두 번이나 조각상을 다시 줄리아 마틴 위에 떨어뜨릴 뻔했다.

"빌어먹을 벌레들." 보부아르는 으르렁거리며 다른 곳에서 꾸준히 체계적으로 작업에 열중하고 있는 다른 팀원들을 둘러보았다. "나만 성가신 거야? 나 참." 그는 사슴파리를 잡기 위해 자기 머리 한쪽을 후려쳤다. 놓쳤다.

"봉주르." 가마슈가 검시관을 향해 고개를 숙였다. 샤론 해리스가 미소 지으며 작게 인사했다. 그녀는 경감이 살해 현장에서 예의를 지키고자 하며, 시신이 있을 경우 특히 그렇다는 사실을 알고 있었다. 드문 태도였다. 대개 살해 현장에는 잘난 척하는 인간들과 자신이 본 것에 두려움을 느낀 사람들의 소름 끼치는 논평들로 가득했고, 그들은 빈정거림과 무례한 언사가 괴물을 몰아낼 수 있다고 믿었다. 하지만 이들은 그러지 않았다.

가마슈 경감은 두려움을 느낄지언정 그 두려움과 맞서 일어설 용기를 지닌 사람들을 팀원으로 선택했다.

그의 곁에 서서 조각상이 땅에서 빠져나오는 모습과 그 아래 있는 여자를 지켜보면서 그녀는 희미한 장미 향수와 백단향 냄새를 맡았다. 그의 냄새. 그녀는 고개를 돌려 잠시 경감의 강인한 옆얼굴을 바라보았다. 평온하면서도 주의를 게을리하지 않는 얼굴.

그에게는 옛 시절의 예의가 남아 있어서, 자신과는 고작 20년 차이가 날까 말까 한데도 마치 할아버지와 함께 있는 듯한 기분이 들었다. 조각상이 허공에 뜬 채 트럭 짐칸 위쪽으로 옮겨 가자, 해리스 박사는 장갑을 끼고 현장으로 다가갔다.

이보다 더 심한 광경도 본 적이 있었다. 훨씬 심한 광경도. 운명 외에는 누구도 잘못하지 않았기에 절대로 복수할 수 없는 끔찍한 죽음들. 그녀는 이 죽음도 그럴지 모른다고 생각하며 뭉개진 시신을 본 다음 조각상을 돌아보았다. 그리고 받침대를.

그녀는 무릎을 꿇고 상처를 검사했다.

"사망한 지 열두 시간, 어쩌면 그 이상이겠네요. 물론 비 때문에 확인이 더 어려워요."

"어째서죠?" 라코스트가 물었다.

"벌레가 없으니까요. 시신에 달라붙은 벌레의 수와 종류를 보면 사망자가 죽은 지 얼마나 됐는지 알아볼 수 있죠. 하지만 폭우 때문에 벌레들이 집에만 있었어요. 벌레들은 고양이 같거든요. 비를 싫어하죠. 이제 비가 그쳤으니……."

그녀는 미친 듯이 춤을 추며 자신을 때리고 있는 보부아르 쪽을 건너다보았다.

"자요." 그녀가 상처 한 군데를 가리켰다. "보이세요?"

라코스트가 들여다보았다. 그녀가 옳았다. 막 날아다니기 시작한 몇 마리를 제외하면 벌레가 없었다.

"이건 흥미로운데요." 해리스 박사가 말했다. "이걸 보세요."

손가락 끝에 갈색 얼룩이 묻어 있었다. 라코스트는 몸을 더 가까이 숙였다.

"흙인가요?" 그녀가 물었다.

"흙이죠."

라코스트는 당황하여 눈썹을 치켜세웠지만 아무 말도 하지 않았다. 몇 분 후 검시관이 일어나 경감에게 걸어갔다.

"어떻게 죽었는지 알겠어요."

"조각상입니까?" 가마슈가 물었다.

"아마도요." 검시관이 고개를 돌려 허공에 뜬 조각상을 돌아보더니 그 받침대를 보며 말했다.

"그게 더 흥미로운 질문입니다." 가마슈가 그녀의 마음을 읽으며 말했다.

"간밤에 폭풍이 대단했잖아요." 해리스 박사가 말했다. "폭풍에 넘어졌을 수도 있겠죠."

"파리 때문에 돌겠군요." 보부아르가 일행에 합류했다. 흑파리를 뭉개며 생긴 작은 흔적들이 주근깨처럼 얼굴에 가득했다. "파리들이 물지 않나요?"

"아니. 정신력에 달린 문제야. 다 자네 생각하기 나름이네, 경위."

그 말이 옳다는 건 보부아르도 알았다. 막 흑파리 한 떼가 그의 입으로 들어갔고, 그중 몇은 콧속으로 올라간 게 분명했다. 갑자기 귀에서 붕붕거리는 소리가 들리는 것이 뇌졸중이 일어나고 있거나 막 사슴파리가 날아든 모양이었다.

제발, 사고이기를. 바비큐랑 맥주가 가득한 냉장고와 스포츠 채널이 있는 집으로 나를 인도하기를. 그리고 에어컨도.

그는 새끼손가락으로 귀를 후볐지만 붕붕 소리가 더 깊은 곳으로 이동할 뿐이었다.

찰스 모로가 더러운 트럭 위에 내려앉았다. 그는 옆으로 누워 팔을 뻗고 있었고, 슬픈 얼굴은 자신의 혈육으로 물들어 있었다.

가마슈는 홀로 땅에 난 구덩이 가장자리로 걸어갔다. 구덩이를 내려다보는 그를 모두가 지켜보았다. 천천히 쥔 오른손을 빼고 움직임은 없었다.

그런 다음 그가 팀원에게 손짓을 했고, 갑자기 증거를 모으느라 부산한 움직임이 일었다. 가마슈가 커다란 화물 트럭으로 돌아가자 장 기 보부아르가 지휘를 맡았다.

"받침대에 조각상을 올린 사람이 당신입니까?"

"아닙니다, 경감님. 올린 날이 언제였지요?" 기사가 셔브룩의 경찰 분견대까지 이송할 수 있도록 찰스 모로를 고정하고 덮으며 물었다.

"어제, 이른 오후였습니다."

"전 비번이었습니다. 멤프리메이고그 호수에서 낚시 중이었죠. 사진과 잡은 물고기도 보여 드릴 수 있어요. 면허도 있고요."

"그 말을 믿습니다." 가마슈는 안심하라는 듯 미소를 지었다. "당신 회사의 다른 기사가 맡았을 수도 있을까요?"

"물어보지요."

잠시 후 기사가 돌아왔다.

"파견 팀에 연락해서 사장님과 통화했습니다. 조각상을 직접 옮기셨다던데요. 마누아르와는 거래가 많은지라 마담 뒤부아의 연락을 받고 특별히 신경 써서 해 드리기로 하셨답니다. 사장님만큼 잘하는 사람도 없죠."

말투에 빈정거림이 제법 묻어났다. 이 기사는 사장이 일을 제대로 망친 것으로 밝혀지더라도 개의치 않을 게 분명했다. 그리고 자신이 그것을 지적하는 데 도움이 된다면 더욱 좋아할 터였다.

"그의 이름과 있는 곳을 알 수 있을까요?"

기사는 소유주의 이름에 밑줄이 그어진 명함을 기쁘게 건넸다.

"한 시간 후에 서브룩 경찰 분견대에서 저랑 뵙자고 전해 주십시오."

"경감님?" 기사가 다시 트럭에 타고 막 출발했을 때 해리스 박사가 다가왔다.

"폭풍이 이런 일을 할 수 있었을까요?" 그는 번개와, 조각상 위에서 볼링을 하거나 울부짖던, 혹은 조각상을 밀어뜨렸던 성난 천사들을 떠올리며 물었다.

"조각상을 넘어뜨리는 거요? 어쩌면요. 하지만 그러지 않았어요."

검시관을 돌아보는 가마슈의 갈색 눈에 놀라움이 어렸다. "어떻게 그렇게 확신하십니까?"

그녀는 손가락을 들어 보였다. 그의 곁에서 라코스트 형사가 얼굴을 찡그렸다. 그 손가락은 그냥 손가락이 아닌, '그' 손가락이었다. 가마슈가 눈썹을 치켜 올리며 싱긋 웃었다. 그러고는 눈썹을 내려뜨리고 몸을 더 가까이 기울여 손가락에 묻은 갈색 얼룩을 살펴보았다.

"이게 시체 밑에 있었어요. 시체를 옮기면 더 보실 수 있을 거예요."

"흙 같군요." 가마슈가 말했다.

"맞아요." 해리스 박사가 말했다. "흙이죠. 진흙이 아니라요."

경감은 여전히 어리둥절한 표정이었다. "그게 무슨 뜻입니까?"

"폭풍이 그녀를 죽인 게 아니라는 뜻이죠. 그녀는 폭풍이 불기 전에 그 자리에 있었어요. 그녀 밑의 땅은 말라 있어요."

가마슈는 조용히 정보를 흡수했다.

"폭풍이 불기 전에 조각상이 넘어져 그녀를 덮쳤다는 말씀이십니까?"

"바로 그거예요, 경감님. 땅이 말라 있어요. 그게 어떻게 넘어졌는지는 모르겠지만 폭풍 탓은 아니었어요."

그들은 자신들 옆을 천천히 조심스럽게 지나가는 트럭을 바라보았다. 지역 경찰 소속 경관 하나가 조수석에 앉아 있었고, 크레인 기사가 운전대를 잡았다. 그들은 흙길을 따라서 굽이를 돌아 울창한 숲 속으로 사라졌다.

"폭풍이 언제 들이닥쳤죠?" 검시관과 자신 모두에게 던지는 질문이었다. 그녀는 침묵을 지키며 생각하는 척했다. 자신이 9시에 마들렌 쿠키와 다이어트 콜라와 「코스모_{패션 잡지}「코스모폴리탄」를 가지고 잠자리에 들었다는 정보를 나서서 털어놓을 생각은 없었다. 한밤중에 일어나서 보니 집이 흔들리고 전기가 나가 있었다.

"기상대에 전화해 보죠. 그쪽에서 모른다면 지배인이 알 겁니다." 그는 그렇게 말하고 다시 구덩이로 걸어갔다. 구덩이를 들여다본 그는 처음부터 알아차려야 했을 사실을 깨달았다. 그녀가 입고 있는 옷을 간밤에 본 기억이 났다.

레인코트가 없었다. 모자도 없었다. 우산도 없었다.

비가 오지 않았다.

그녀는 폭풍이 치기 전에 죽었다.

"몸에 다른 상처는 없습니까?"

"없는 것 같아요. 오늘 오후에 검시해 보고 알려 드릴게요. 옮기기 전에 더 하실 말씀 있으신가요?"

"경위?" 가마슈가 부르자 보부아르가 흙투성이 바지에 손을 닦으며 다가왔다.

"아뇨, 저흰 끝났습니다. 흙투성이네요." 그는 자기 손을 바라보며 외과의가 '세균투성이'라고 할 때 쓸 법한 말투로 말했다. 흙, 풀, 진흙, 곤충은 보부아르에게 자연스럽지 않았다. 그에게는 향수와 고급 실크 혼방이 필수 요소였다.

"그러고 보니 생각나는군." 가마슈가 말했다. "근처에 벌인지 말벌인지의 둥지가 있네. 조심하게."

"라코스트, 둥지 봤어?" 보부아르가 고개를 홱 돌렸지만 라코스트는 계속해서 죽은 여자를 바라보았다. 그녀는 자신을 줄리아의 입장에 놓아 보고 있었다. 몸을 돌렸다. 조각상이 불가능한, 생각지도 못한 일을 하는 것을 본다. 조각상이 자신에게 떨어져 내리는 것을 본다. 라코스트 형사는 손바닥을 앞으로 하여 두 손을 들어 올리고 팔꿈치를 몸에 붙여 충격에 대비했다. 조각상을 밀친다.

그게 본능적인 움직임이었다.

하지만 줄리아 마틴은 팔을 활짝 벌리고 있었다.

반장이 그녀 곁을 지나쳐 받침대 앞에 섰다. 그는 팔을 뻗어 젖은 대리석 위를 만져 보았다. 표면은 완벽하고 깨끗했다. 하지만 그건 불가능했다. 몇 톤은 되는 조각상이라면 찍히거나 긁히거나 파인 자국이 생겼을 터였다. 그러나 표면에는 아무런 흔적도 없었다.

마치 조각상이 놓였던 적이 없는 것 같았다. 가마슈는 그것이 자신의 상상력을 부추기는 생각임을 알고 있었다. 하지만 그는 또한 이 살인자를 잡으려면 상상력이 필요하다는 것도 알았다. 살인자가 있었다. 아르망 가마슈는 그 사실을 의심하지 않았다. 아무리 공상을 즐긴다고는 해도 조각상이 스스로 받침대에서 걸어 내려오지 않았다는 것쯤은 알았다. 마법이 한 일이 아니라면, 폭풍이 한 일이 아니라면, 다른 무언가가 한 일이었다. 누군가가 한 일이었다.

누군가가 어떻게 해선가 수 톤에 이르는 거대한 조각상이 넘어지게 했다. 줄리아 마틴 위로 내려앉게 했다.

그녀는 살해낭했다. 누가 그랬는지 알 수 없었고, 어떻게 했는지는 도저히 알 수 없었다.

하지만 알아낼 것이다.

12

아르망 가마슈는 이제껏 한 번도 마누아르의 주방에 들어가 본 적이 없었지만, 그곳이 크며 바닥과 조리대는 윤이 흐르는 어두운 색 나무로 되어 있고 주방용 기구가 스테인리스제라는 사실에 놀라지 않았다. 이 오래된 산장의 다른 구역과 마찬가지로 주방도 매우 오래된 것과 매우 새로운 것이 뒤섞여 있었다. 바질과 고수, 갓 구운 빵과 갈아 놓은 진한 커피 냄새가 났다.

그가 들어서자 엉덩이들이 조리대에서 내려왔고, 칼 소리가 멈췄으며, 낮은 대화 소리가 잦아들었다.

가마슈는 즉시 산장 소유주인 마담 뒤부아 곁에 앉아 있는 콜린에게 다가갔다.

"괜찮습니까?" 그가 물었다.

그녀는 고개를 끄덕였다. 눈물 자국에 통통 부은 얼굴이었지만 안정을 되찾은 모습이었다.

"다행입니다. 상당히 끔찍한 광경이었지요. 나도 많이 놀랐습니다."

그녀는 모두가 들을 수 있도록 큰 목소리로 말해 준 그에게 미소로 감사를 표했다.

가마슈는 방 안 사람들을 향해 돌아섰다.

"저는 퀘벡 경찰청 살인수사반 반장 아르망 가마슈 경감입니다."

"부아이용-Voyons 거봐." 큰 속삭임이 들렸다. "내가 그렇다고 했잖아."

여기저기서 "이런 맙소사." 하는 소리도 들렸다.

"아시다시피 사망자가 발생했습니다. 정원에 있던 조각상이 떨어져 마담 마틴을 쳤지요."

젊고, 흥분한 얼굴들이 그에게 주목했다.

그는 놀라운 소식을 전하는 중에도 자연스러운 권위를 발휘하여 사람들을 안심시키려 했다. "우리는 마담 마틴이 살해당했다고 믿습니다."

경악 어린 침묵이 흘렀다. 경찰에 몸담은 이래 거의 매일 보아 왔던 전환의 순간이었다. 그는 종종 사람들을 한쪽 물가에서 반대편으로 실어 나르는 사공이 된 듯한 기분을 느꼈다. 익숙할지라도 험난했던 비탄과 충격의 영역에서 축복받은 소수만이 방문하는 저승으로. 사람들이 의도적으로 서로를 죽인 물가로.

다들 안전한 거리를 두고 텔레비전과 신문을 통해 그 세계를 보았다. 다들 그 다른 세상이 존재한다는 사실은 알고 있었다. 이제 그들은 그 세상 안에 있었다.

가마슈는 조금 전까지만 해도 자신들이 안전하다고 생각했던 주방 안으로 두려움과 의혹이 스며들자 젊고 생기 넘치던 얼굴들이 살짝 굳는 모습을 지켜보았다. 이제 이 젊은이들은 어쩌면 그들의 부모조차 제대로 알지 못할 것을 알게 되었다.

어떤 곳도 안전하지 않다는 것을.

"그녀는 어젯밤, 폭풍이 치기 직전에 살해당했습니다. 여러분 중 커피 시간이 끝난 후 마담 마틴을 보신 분 있습니까? 열 시 삼십 분 정도였을 텐데요."

왼쪽 멀찍이서 움직임이 있었다. 그는 콜린과 마담 뒤부아가 테이블에 앉아 있는 모습을 힐끗 보았다. 젊은 웨이터 엘리엇이 그들 곁에 서 있었고, 그 뒤에 또 누군가가 서 있었다. 나이와 복장을 통해 짐작건대 저 유명한 주방장 베로니크임이 틀림없었다.

그중 한 사람이 움직였다. 그게 범죄는 아니었지만 경악하여 미동도 하지 않는 다른 사람들과 달리, 그들 중 한 사람은 몸을 움직일 수 있었다. 누구였을까?

"물론 모두와 면담을 나누게 될 텐데요, 분명히 해 두고 싶은 게 있습니다. 정직하게 대답하셔야 합니다. 무언가를 보셨다면, 그게 뭐든 저희에게 말씀해 주셔야 합니다."

침묵이 이어졌다.

"저는 날마다 살인자를 찾아다니고, 대개는 찾아냅니다. 그게 저희 팀과 제가 하는 일입니다. 그게 저희가 할 일이죠. 여러분이 하실 일은 알고 있는 모든 것을, 중요하지 않다고 생각하는 것까지 전부 말씀해 주시는 겁니다."

"틀렸어요." 엘리엇이 앞으로 나섰다.

"엘리엇." 지배인도 앞으로 나서며 주의를 주었지만 가마슈는 손을 들어 그를 제지하고 젊은이를 돌아보았다.

"우리가 할 일은 테이블 옆에서 시중을 들고 잠자리를 준비하고 음료를 서빙하는 거예요. 우리를 모욕하고 가구처럼 취급하는 사람들에게 웃어 주는 거고요. 당신이 살인자를 찾아내도록 돕는 건 우리가 할 일이 아니고, 계속 그런 사람들에게 시중을 드는 것도 내가 받는 봉급 가지고는 어림도 없어요. 그렇잖아." 그는 다른 직원들을 향해 말했다. "그중 누군가가 그 여자를 죽였다고. 그런 사람들 옆에 계속 남아서 서빙하고 싫어? 그게 말이 돼?"

"엘리엇." 지배인이 다시 말했다. "그 정도로 해 두게. 자네 마음이 불편한 건 이해하네. 우리 모두……."

"자네 소리 좀 하지 마요." 엘리엇이 벌컥 화를 냈다. "이 가련한 양반아. 이 사람들은 당신한테 고마워하지 않을 거라고요. 절대 안 그래. 당신이 누군지도 모를걸요. 지난 수년간 여길 왔다지만 누구 하나 당신 성이라도 물어보는 사람이 있던가요? 당신이 떠나고 다른 사람이 대신 들어오면 알아차리기나 할 것 같아요? 그 사람들한테 당신은 아무것도 아니라고요. 그런데 그런 사람들한테 오이 샌드위치나 먹여 주겠다고 목숨을 걸어요? 그리고 우리도 똑같이 하라고요?"

그의 얼굴이 타는 듯 붉어졌다.

"그게 우리가 할 일이네." 지배인이 다시 말했다.

"우리가 할 일은 그저 일하다 죽는 것뿐이다. 그런 거예요?" 엘리엇은 조롱하듯 경례를 해 보였다.

"피에르 파트노드는 훌륭한 사람이야." 베로니크 주방장의 말은 엘리엇을 향하고 있었지만 모두를 겨냥한 것이었다. "피에르에게 배우면 너도 잘할 수 있게 될 거야, 엘리엇. 그리고 첫 번째 교훈은 누가 네 편인지를 알아야 한다는 거야. 그리고 누가 네 편이 아닌지도."

"지네가 한 말이 맞네." 지배인이 엘리엇에게 말했다. "나는 남아서 손님들에게 오이 샌드위치든, 아니면 다른 뭐가 됐든 손님들이 원하는 음식, 베로니크 주방장이 만드는 음식을 대접할 걸세. 행복한 마음으로 그렇게 할 거야. 가끔씩 무례하고 무심하고 모욕적인 손님들도 있지. 그건 그 사람들 문제지, 내 문제는 아니야. 여기 오는 모든 사람은 정중한 대우를 받네. 그건 그런 대우를 받을 만한 사람들이라서가 아니라 그게 우리가 할 일이기 때문이야. 그리고 나는 내 일을 잘한다네. 그 사람들이 우리 손님인 건 맞아. 하지만 우리 윗사람은 아니지. 한 번만 더 그런 식으로 고래고래 소리를 질렀다간 여기 남을 걱정은 안 해도 될 걸세." 그는 나머지 사람들을 돌아보았다. "혹시 떠나고 싶은 사람이 있다면 이해하네. 나는 남겠네만."

"나도 마찬가지야." 베로니크 주방장이 말했다.

가마슈는 콜린이 슬쩍 엘리엇에게 눈길을 던졌다가 다시 지배인을 보는 것을 알아차렸다.

"직원들이 사직하는 것은 상관없습니다, 지배인님." 대화를 흥미롭게 지켜보고 있던 가마슈가 말했다. "하지만 떠나는 건 마음대로가 아닙니다. 여러분은 적어도 앞으로 며칠간은 마누아르에 머물러야 합니다." 그는 사람들이 자신의 말을 이해할 때까지 기다렸다가 안심하라는 듯 미소를 지어 보였다. "기왕 남을 거라면 돈을 버는 편이 낫겠죠."

여기저기서 고개를 끄덕이며 수긍하는 모습이 보였다. 베로니크 주방장이 도마로 가서 허브 다발을 주방 직원 두 명에게 건넸고, 이내 로즈메리 향기가 퍼졌다. 낮은 대화가 오가기 시작했다. 몇몇 직원들이 장난스럽게 엘리엇을 밀쳤다. 하지만 젊은이는 아직 분노를 거두고 쾌활하게 굴 만한 기분이 아니었다.

가마슈 경감은 주방을 나서며 자신이 목격한 광경에 관해 생각했다. 그는 분노 뒤에는 두려움이 있다는 것을 알고 있었다. 그 젊은 웨이터는 무언가를 몹시 두려워하고 있었다.

"결국 살인이었네, 아르망." 렌 마리가 못 믿겠다는 듯 고개를 저으며 말했다. 서재에는 두 사람뿐이었고, 가마슈가 막 상황을 설명한 참이었다. "하지만 누가 어떻게 맨손으로 그 조각상을 넘어뜨릴 수 있었을까?"

"모로 가족도 같은 걸 알고 싶어 하더군요." 보부아르가 라코스트와 방으로 들어서며 말했다. "막 살인인 것 같다고 이야기한 참입니다."

"그랬더니?" 가마슈가 물었다.

"아시잖습니까. 한순간엔 믿다가도 잠시 뒤에는 못 믿고. 그 사람들을 탓할 수는 없겠죠. 대응접실 밖으로는 나가도 되지만 부지 밖으로는 나갈 수 없다고 말해 뒀습니다. 물론 범행 현장은 접근 금지고요. 피터와 클라라 모로가 뵙고 싶다더군요." 보부아르가 경감에게 말했다.

"좋아. 나도 두 사람과 이야기하고 싶네. 자네가 아는 걸 말해 보게."

라코스트 형사는 렌 마리 맞은편에 있는 윙체어에, 두 남자는 가죽 소파에 함께 앉았다. 보부아르가 고개를 숙이고 자신의 수첩을 들여다보았고, 그 위로 가마슈가 상체를 숙여 두 사람의 머리가 거의 닿을 듯했다. 렌 마리 눈에는 어쩐지 러시아 마트료시카 인형 같았다. 크고 강인한 아르망이 더 작고 젊은 보부아르를 거의 보호하듯 감싸고 있었다.

아르망이 사건 현장을 지휘하는 동안 그녀는 아들 다니엘과 통화했었다. 다니엘은 아이 이름에 관해 아버지와 이야기하고 싶어 했다. 자신과 마찬가지로 아들은 오노레라는 이름이 아버지에게 어떤 의미인지 알고 있었다. 그는 아버지의 마음을 상하게 할 생각은 추호도 없었지만 그 이름으로 정하겠다는 결심이 확고했다. 하지만 아르망은 또 한 명의 오노레 가마슈를 어떻게 생각할까? 그것도 자신의 손자 이름이 그렇다면?

"모로 가족은 어젯밤에 뭘 했다고 하던가?" 가마슈가 물었다.

보부아르가 수첩을 뒤적였다. "저녁 식사 시간까지는 다들 한 테이블에 있었다고 합니다. 식사가 끝난 후에는 흩어졌고요. 피터와 클라라는이곳에서 술을 마셨다더군요. 두 분과 함께 있었다던데요."

"거의 그랬어요." 렌 마리가 말했다. "우리는 테라스에 있었죠. 하지만 창문으로 두 사람이 보였어요."

보부아르는 고개를 끄덕였다. 그는 명확한 것이 좋았다.

"무슈 피니와 마담 피니는 저녁 식사 자리에 남아 커피를 마셨어요." 이자벨 라코스트가 이야기를 받았다. "토머스와 샌드라 모로는 대응접실로 갔고요. 토머스는 피아노를 연주하고 마리아나는 위층에서 아이를돌봤죠."

"빈." 렌 마리가 말했다.

"빈?" 보부아르가 물었다. "무슨 빈bean '콩'이라는 뜻이오?"

"빈 모로겠죠, 아마."

그들은 당황한 듯 마주 보았다가 이내 렌 마리가 미소를 지었다.

"아이 이름이 빈이에요." 그녀는 철자를 불러 주며 설명했다.

"커피콩 같은 거 말입니까?" 그가 물었다.

"그렇게 말하고 싶다면요." 렌 마리가 말했다.

그는 그러고 싶지 않았다. 그는 이 모든 걸 집어치우고 싶었다. 안 그래도 장 기 보부아르는 영국계가 대부분 미친 게 아닌가 의심하던 차였다. 이제 빈이라는 녀석이 그 의심을 입증해 주고 있었다. 도대체 누가자기 자식한테 콩 이름을 따다 붙인단 말인가?

"줄리아는?" 가마슈가 물었다. "지난밤 줄리아의 행적에 대해서는 뭐라고 하던가?"

"토머스와 샌드라 모로 말로는 산책을 하러 정원에 나갔다고 하던데요." 라코스트가 말했다.

"정원 쪽에서 방충 문을 통해 서재로 들어왔어요." 렌 마리가 기억을 되새겼다. "그때쯤엔 우리 모두 여기 있었죠. 토머스와 샌드라 모로가 우리와 합류했고, 마리아나도 마찬가지였어요. 피니 부부는 막 자러 간 참이었고요."

"자러 들어간 게 줄리아가 나타나기 전이었는지, 후였는지 기억나?" 가마슈가 아내에게 물었다.

두 사람은 서로 바라보다가 이내 고개를 저었다.

"기억이 안 나." 렌 마리가 말했다. "중요한 문제야?"

"살인 직전의 행적은 항상 중요하지."

"하지만 정말 그 사람들이 줄리아를 죽였다고 생각하는 건 아니겠지?" 렌 마리는 그렇게 물은 다음 부하들이 보는 앞에서 남편에게 의구심을 표한 것을 후회했다. 하지만 그는 신경 쓰지 않는 듯했다.

"그보다 더 이상한 일이 일어나곤 하지." 그녀는 그의 말이 옳다는 것을 알았다.

"경감님이 보시기에 줄리아 마틴은 어떻던가요?" 라코스트가 물었다.

"우아하고 세련되고 교양 있는 사람이었지. 자조하는 태도가 있었고 매력적이기도 했는데, 자기가 그렇다는 걸 알고 있더군. 이렇게 말해도 괜찮을까?" 그가 아내를 돌아보며 묻자 그녀가 고개를 끄덕였다. "아주 예의 발랐어. 나머지 가족들과는 반대였지. 예의가 지나칠 정도였네. 아주 착하고 상냥했고, 자신도 그런 인상을 남기고 싶어 한다는 생각이 들더군."

"다들 그렇지 않나요?" 라코스트가 물었다.

"대부분의 사람들이 좋은 인상을 남기고 싶어 하는 건 사실이야. 우리는 예의 바르게 행동하라고 배우니까. 하지만 줄리아 마틴에게 그건 소망만은 아니었네. 그래야만 할 필요가 있는 것처럼 보였지."

"내가 받은 인상도 그랬어." 렌 마리가 말했다. "하지만 내가 보기에 그 사람에게는 어딘가 꾸미는 듯한 태도가 있었어. 당신에게 한 이야기 있잖아. 첫 일에 관한 이야기 말이야."

가마슈는 보부아르와 라코스트에게 줄리아의 첫 일과 그에 대한 그녀 어머니의 반응에 관한 이야기를 들려주었다.

"딸에게 그런 소리를 하다니, 끔찍하네요." 라코스트가 말했다. "얌전하고 우아하게 있는 것 말고 인생에서 맡을 역할이 하나도 없는 것처럼 얘기하다니."

"정말 끔찍한 말이었죠." 렌 마리가 동의했다. "잠자코 받아들였다간 사람이 망가질 만한 말이에요. 하지만 줄리아는 왜 그 이야기를 사십 년이 지난 지금까지 하고 있는 걸까요?"

"왜라고 생각해?" 가마슈가 물었다.

"글쎄, 난 줄리아가 그 이야기를 우리가 아니라 당신에게 했다는 사실이 흥미로워. 하지만 뭐, 난 남자가 아니니까."

"흥미로운 이야기인데." 가마슈가 말했다. "무슨 뜻이야?"

"내 생각에 줄리아는 다른 많은 여자들이 그렇듯이 남자들 옆에 있을 때는 다르게 행동했던 것 같아. 그리고 남자들에게는 힘든 처지에 놓인 여자에게 동정심을 표하는 회로가 내장돼 있지. 당신조차 말이야. 줄리아는 유약했어. 하지만 자신의 유약함을 이용할 줄도 알았다고 봐. 아마 평생을 그랬을 테지. 내 생각에 줄리아의 비극은 자존감이 낮다는 데에 있지 않았던 것 같아. 물론 실제로 자존감이 낮았다는 데에는 나도 동감이지만. 줄리아의 비극은 항상 자신을 구원해 줄 남자를 찾아냈다는 데에 있었어. 한 번도 스스로 자신을 구원할 필요가 없었단 거지. 자신이 그럴 수 있다는 것도 결코 알지 못했고."

"제가 듣기론 곧 그걸 깨닫게 될 참이었던 것 같던데요." 라코스트가 말했다. 그녀는 렌 마리 가마슈가 한 말을 완벽하게 이해할 수 있었다. "남편을 떠나 새 삶을 시작하고 있었으니까요."

"잘도 그랬겠군." 보부아르가 말했다. "수백만 달러와 함께 말이야. 그걸 자립 테스트라고 하긴 어렵지. 그 여자가 지금 서부 어디에서 형을 살고 있다는 보험업자랑 결혼한 그 줄리아 마틴입니까?"

"맞네." 가마슈가 말했다.

"그러고 나서 줄리아가 맨 처음으로 한 일이 뭐였죠?" 렌 마리가 물었다. "여기로 온 거였죠. 가족에게로요. 다시 한 번 다른 사람이 자신을 도와주길 바랐던 거예요."

"그런 거였을까?" 가마슈의 물음은 자신에게 던지는 질문에 가까웠다. "가족들에게서 다른 무언가를 찾고 있었던 게 아닐까?"

"예를 들면요?" 보부아르가 물었다.

"모르겠네. 어쩌면 내가 그녀에게 속았는지도 모르겠지만 그녀가 여기에 왔다는 사실 뒤에는 뭔가 다른 게 있다는 느낌을 받았네. 그녀도 분명 자기 가족이 자신에게 도움이 될 만한 가족이 아니라는 건 알고 있었을 거야. 과연 도움을 바라고 왔을지 모르겠군."

"복수였을까?" 렌 마리가 물었다. "어젯밤 기억해?"

그녀는 보부아르 경위와 라코스트 형사에게 줄리아와 형제들 사이에서 일어난 일에 관해 말해 주었다.

"분풀이를 하러 왔다고 생각하시는 겁니까?" 보부아르가 물었다. "범죄를 저지른 남편에게는 꺼지라고 말했고, 이제는 어머니와 다른 가족들에게 그렇게 말할 차례였다?"

"모르겠어요." 렌 마리가 시인했다. "문제는 줄리아의 폭발이 계획한 것도, 예상했던 것도 아닌 듯했다는 거죠."

"정말 그랬는지 궁금한걸." 가마슈가 말했다. 이전에는 그 문제에 관해서 생각해 본 적이 없었지만, 이제는 궁금했다. "가족 중 한 사람이 줄리아를 도발해서 폭발하게 했을 수도 있을까? 가족만큼 당사자를 잘 아는 사람도 없을 테니까 말이야."

"그때 무슨 이야기를 하고 계셨어요?" 라코스트가 물었다.

"화장실 이야기." 가마슈가 말했다.

"화장실이오?" 보부아르가 물었다. 그는 자신을 둘러싼 환경에 약간 겁을 내고 있었지만, 만약 부자들과 경찰청 상관들이 휴가철에 하는 얘기가 그런 거라면, 나 참, 자신도 어울릴 자신이 있었다.

문이 열리고 클레망틴 뒤부아가 뒤뚱거리며 들어왔다. 그 뒤로 지배인과 직원 둘이 쟁반을 들고 따라왔다.

"간식이 필요하실 것 같아서요." 산장 주인이 말했다. "모로 가족에게도 먹을 것과 마실 것을 가져다 드렸어요."

"어떻던가요?" 가마슈가 물었다.

"꽤 상심하셨더군요. 경감님을 뵙고 싶어들 하시던데요."

가마슈는 여린 민트 잎과 둥글게 말린 레몬 껍질이 떠 있고 거품이 인

차가운 수프가 담긴 쟁반을 내려다보았다. 또 다른 쟁반 위에는 로스트 비프, 훈제 연어, 토마토, 브리 치즈를 얹은 오픈 샌드위치를 담은 접시들이 있었다. 마지막 쟁반에는 진저비어, 스프루스 비어_{가문비나무 수액을 발효시켜 빚은 술}, 진저에일, 맥주, 그리고 도수가 낮은 화이트 와인이 담긴, 얼음을 채운 와인 통이 있었다.

"메르시." 그는 진저비어를 선택하고 지배인을 돌아보았다. "어젯밤 폭풍이 언제 치기 시작했지요? 아십니까?"

"글쎄요, 제가 마지막으로 건물을 둘러보고 막 잠자리에 들었을 때였죠. 커다란 천둥소리 때문에 잠에서 깼습니다. 침대에서 뛰쳐나오다시피 했어요. 라디오 시계를 보니 한 시 몇 분인가 됐더군요. 그리고 전기가 나갔습니다."

"잠자리에 드시기 전에 누구든 보셨습니까?" 수프 한 접시와 로스트 비프 샌드위치를 골라 커다란 가죽 윙체어에 막 몸을 내맡긴 보부아르가 물었다.

지배인은 고개를 저었다. "깨어 있는 사람은 아무도 없었습니다."

가마슈는 그 말이 사실이 아님을 알았다. 누군가는 깨어 있었다.

"저도 폭풍 때문에 깼어요." 마담 뒤부아가 말했다. "문이랑 창문이 전부 다 잘 닫혀 있는지 확인하고 덧창을 확실히 해 둘 겸 일어났죠. 피에르와 직원 몇이 이미 뛰어다니고 있었어요. 두 분도 거기 계셨죠. 도와주셨고요."

"조금 거든 정도였죠. 창문과 문은 전부 닫혀 있었습니까?"

"제가 잠자리에 들기 전에는 닫혀 있었습니다." 피에르가 말했다. "마지막으로 돌면서 확인했습니다."

"하지만 폭풍이 치자 일부는 바람에 열렸지요." 가마슈는 쿵쿵 소리를 떠올렸다. "창문과 문이 잠겨 있었습니까?"

"아니요." 마담 뒤부아가 시인했다. "저희는 절대 문과 창문을 잠그지 않아요. 피에르는 몇 년째 잠가야 한다고 주장하고 있지만 제가 조금 꺼려서."

"고집불통이십니다." 지배인이 말했다.

"약간은 그럴지도 모르죠. 하지만 한 번도 문제가 없었고 주변에 아무것도 없잖아요. 누가 침입하겠어요? 곰이?"

"세상이 달라졌어요." 피에르가 말했다.

"이제는 그 말을 믿겠네요."

"그랬더라도 달라지는 건 없었을 겁니다." 가마슈가 말했다. "아무리 문을 잠가 뒀어도 줄리아 마틴은 여전히 죽었을 겁니다."

"범인이 누구든 간에 이미 들어와 있었으니까요." 마담 뒤부아가 말했다. "어젯밤 여기서 일어난 일은 규칙에 어긋나요."

그 말이 너무나도 기이했던 탓에 배가 고파 죽을 지경이었던 보부아르마저 로스트비프를 얹은 바게트를 한 입 더 베어 물려다 멈추었다.

"여기에 살생을 금하는 규칙이 있습니까?" 그가 물었다.

"있어요. 남편과 내가 벨샤스를 샀을 때 숲과 협정을 맺었지요. 자연사가 아닌 죽음은 허용하지 않기로요. 쥐는 산 채로 잡아서 풀어 줘요. 겨울에는 새에게 먹이를 주고 다람쥐와 얼룩 다람쥐도 환영하죠. 사냥은 금지고 낚시조차 안 돼요. 우리는 이 땅에 발을 들인 모든 것이 안전할 것이라는 협정을 맺었어요."

"과도한 약속이군요." 가마슈가 말했다.

"그럴지도요." 그녀는 작게 미소를 지었다. "하지만 진심이었어요. 그 어떤 것도 우리 손으로든 여기 사는 다른 어떤 이의 손을 통해서든 의도적으로 죽이지는 않겠다고요. 우리 다락에는 피조물들이 서로를 적대시했을 때 어떤 일이 일어나는지를 되새기게 해 주는 물건들이 가득하죠. 그것 때문에 불쌍한 아이가 놀라 죽을 뻔했지만 우리 모두가 그걸 두려워했어야 해요. 하지만 우리는 자라면서 거기에 익숙해졌고 목숨 빼앗는 일을 참아 내게 됐죠. 하지만 여기서는 허락하지 않아요. 누가 한 짓인지 여러분이 찾아내셔야 해요. 한 가지만큼은 확실히 알고 있으니까요. 한 번 뭔가를 살해한 사람은 또 살해한다는 걸요."

그녀가 힘차게 고개를 끄덕이고 방을 나서자 피에르가 조용히 그 뒤를 따랐다.

가마슈는 문이 닫히는 모습을 지켜보았다. 그도 같은 사실을 알고 있었다.

13

"모로 부인, 점심 좀 드시겠어요?"
"아니, 클레어, 사양하마."

나이 든 여인은 소파 위 그녀의 남편 곁에 척추가 녹아내리기라도 한 것처럼 앉아 있었다. 클라라가 내민 작은 쟁반 위에는 마요네즈, 종잇장처럼 얇게 썬 오이, 식초에 절인 양파를 곁들인 졸인 연어 한 조각이 담겨 있었다. 피터의 어머니가 좋아하는 점심거리 중 하나였다. 대접할 것이라고는 간단한 샌드위치밖에 없는 상황에서 두 사람의 집을 방문한 그녀가 부탁한 음식이었기에 알고 있었다. 생활고에 시달리는 두 예술가가 연어를 찾아 뛰어다닐 일은 흔치 않았다.

보통 모로 부인이 자신을 클레어라고 부르면 클라라는 부아가 치밀었다. 처음 10년 동안은 피터의 어머니가 귀가 좋지 않거나 정말 자기 이름을 클레어라고 생각하는 줄로만 알았다. 피터와의 결혼 생활이 두 번째 10년에 접어들었을 때 클라라는 시어머니가 자기 이름을 아주 잘 알고 있다는 사실을 깨달았다. 시어머니는 클라라의 직업도 잘 알고 있었다. 비록 자꾸만 어느 가상의 신발 가게를 들먹이며 하는 일이 어떠냐고 묻곤 했지만. 물론 피터가 실제로 어머니에게 클라라가 신발 가게에서 일한다고 말했을 가능성도 있었다. 그녀는 모로 가족에게 무엇이든 가능하다는 사실을 알고 있었다. 특히 서로에게 진실을 감추는 일이라면.

"마실 거라도 드릴까요?" 클라라가 물었다.

"나는 우리 남편이 챙겨 줄 게다. 고맙구나."

클라라는 물러났다. 손목시계를 보았다. 정오가 지났다. 곧 떠날 수 있을까? 그런 생각을 하는 자신이 싫었지만, 여기 있기는 그보다 더 싫었다. 그리고 그보다 더욱 싫은 생각도 있었다. 줄리아의 죽음이 무척 성가시다는 생각이었다. 성가신 정도가 아니라 골치 아프기 짝이 없었다. 이런. 말해 버렸네.

클라라는 집에 가고 싶었다. 자신만의 물건과 자신만의 친구들에게 둘러싸이고 싶었다. 단독 전시회 작업을 하고 싶었다. 평화롭게.

기분이 똥 같았다.

뒤를 돌아보자 눈을 감은 버트 피니가 보였다.

자고 있었다.

처자고 있다니. 우리는 이 비극을 받아들이려 애쓰고 있는데 낮잠을 자고 있다니. 클라라는 테라스로 피터를 불러내려고 입을 열었다. 신선한 공기가 간절했다. 안개 속의 짧은 산책은 어떨까. 이 숨 막힐 듯한 분위기에서 벗어날 수만 있다면 뭐든 좋았다.

하지만 피터는 또다시 떠나 버렸다. 자기만의 세계로. 그는 연필의 움직임에만 집중했다. 예술이 그의 온전한 정신 상태를 고양시켰다. 그가 원하지 않는 한 아무 일도 일어나지 않는 유일한 곳. 연필 선은 오직 그의 의지에 따라 나타나고 사라졌다.

하지만 그 구명보트가 감옥선으로 바뀐다면? 그 약이 몸에 해가 된다면? 자신이 사랑하는 점잖고 상처받은 남편은 너무 멀리 달아나 버린 걸까?

그걸 뭐라고 하더라? 클라라는 스리 파인스에서 친구 머나 랜더스와 나눈 대화를 기억해 내려 애썼다. 전직 심리학자였던 머나는 가끔씩 그런 이야기를 했다. 망상에 빠진 사람들, 외부와 단절된 사람들에 대해.

미친 사람들.

아냐. 그녀는 그 낱말 조각을 황급히 치웠다. 피터는 상처받고 아픈 사람이었지만 돈을 벌어다 줄 뿐만 아니라 아픔까지 달래 주는 대응 기제를 찾아내는 데 뛰어난 사람이기도 했다. 그는 캐나다에서 가장 존중

받는 예술가 중 하나였다. 모두가 그를 존중했다. 그의 가족들만 빼고.

모로 부인에게는 돈이 넘쳐 났지만 그녀는 한 번도 자기 아들의 그림을 산 적이 없었다. 자신들이 굶다시피 할 때조차 그랬다. 돈을 주겠다고 제안한 적은 있었지만 피터는 그 지뢰를 피했다.

클라라는 피아노 쪽으로 어슬렁어슬렁 걸어가는 마리아나 모로를 지켜보았다. 토머스는 피아노에서 물러나 지금은 신문을 읽고 있었다. 마리아나는 피아노 앞에 앉아 숄을 어깨에 홱 두르고는 두 손을 건반 위에 올려놓았다.

이거 재밌겠네. 클라라는 뚱땅거리는 소리를 기다리며 생각했다. 터질 듯한 침묵만 깰 수 있다면 뭐든 좋았다. 마리아나의 손이 허공을 맴돌며 마치 공기로 된 피아노를 치듯 살포시 위아래로 움직였다. 맙소사. 클라라는 속으로 소리를 질렀다. 이 사람들은 진짜로 할 수 있는 게 하나도 없는 건가?

클라라는 방 안을 둘러보다가 빈이 혼자 있는 것을 발견했다.

"뭘 읽고 있니?" 그녀는 창가 자리에 앉은 진지한 소년에게 다가가 물었다.

빈은 클라라에게 책을 보여 주었다. 『모든 어린이가 알아야 할 신화』.

"멋지다. 서재에서 찾은 거야?"

"아뇨. 엄마가 주셨어요. 엄마 책이었대요. 보세요." 빈이 클라라에게 첫 장을 보여 주었다. 글귀가 적혀 있었다. **마리아나의 생일을 축하하며. 엄마 아빠로부터.**

클라라는 다시 눈물이 눈을 찌르는 것을 느꼈다. 빈은 그런 그녀를 쳐다보았다.

"미안." 클라라는 쿠션으로 눈을 닦으며 말했다. "바보 같지."

하지만 클라라는 자신이 왜 울었는지 알고 있었다. 줄리아를 위해서도, 모로 부인을 위해서도 아니었다. 그녀는 모로 가족 모두를 위해 울었지만, 그중에서도 주로 선물을 주며 '로부터'라고 쓴 부모들을 위해 울었다. 한 번도 아이를 가져 본 적이 없기에 한 번도 아이를 잃은 적이 없는 부모들을 위해 울었다.

"괜찮으세요?" 빈이 물었다.

빈을 위로하려던 게 클라라의 의도였었다.

"그냥 너무 슬퍼서." 클라라가 말했다. "네 이모 일은 유감이야. 넌 어떠니? 괜찮아?"

빈의 입이 열리자 음악이 흘러나왔다. 그 순간에는 그렇게 보였다.

클라라는 고개를 돌려 피아노 쪽을 바라보았다. 마리아나가 건반 위로 손을 떨어뜨렸고, 두 손이 더없이 놀라운 일을 해내고 있었다. 두 손은 음을 정확히 찾아가고 있었다. 올바른 순서로. 깜짝 놀랄 만큼 훌륭한 음악이었다. 유려하고 격정적이며 자연스러웠다.

근사한 일이었지만, 또한 모로 가족다운 일이기도 했다. 진즉 알았어야 했다. 재능 없는 오빠는 훌륭한 화가였다. 엉망인 여동생은 피아노의 대가였다. 그럼 토머스는? 클라라는 항상 그가 보이는 그대로일 거라고 짐작해 왔다. 토론토에 사는 성공한 회사 중역. 하지만 이 가족은 속임수로 먹고살았다. 진짜 그는 어떤 사람일까?

클라라는 주변을 둘러보다 문간에서 마리아나를 바라보고 있는 가마슈 경감을 발견했다.

음악이 멎었다.

"여러분께 최소한 하루는 더 마누아르에 머물러야 한다고 말씀드리려던 참이었습니다. 어쩌면 더 길어질 수도 있고요."

"물론입니다." 토머스가 말했다.

"고맙습니다." 경감이 말했다. "현재 증거를 수집 중입니다. 오늘 중으로 저희 수사관 한 사람이 여러분을 각자 면담할 겁니다. 그때까지는 부지 내를 자유롭게 돌아다니셔도 좋습니다. 이야기를 좀 하고 싶은데, 같이 갈까요?"

그의 손짓에 피터가 자리에서 일어났다.

"우리가 먼저 하고 싶은데요." 샌드라가 말했다. 그녀의 눈이 근심스럽게 피터와 가마슈 사이를 오갔다.

"왜죠?"

그녀는 이 질문에 놀란 기색이었다. "이유가 있어야 하나요?"

"이유가 있다면 도움이 되겠지요. 급한 이유가 있으시다면 경위에게 부인 먼저 뵈라고 말하겠습니다. 이유가 있습니까?"

평생토록 너무 많은 급한 이유들에 짓눌리며 납작해져 온 샌드라는 아무 말도 하지 못했다.

"경위와는 이야기하고 싶지 않습니다." 토머스가 말했다. "경감님과 이야기하고 싶습니다."

"감사한 말씀입니다만 보부아르 경위가 여러분과 면담할 겁니다. 라코스트 형사를 더 선호하시지 않는다면요."

"그럼 걔는 왜 경감님과 함께 갑니까?" 토머스가 고개로 피터를 홱 가리켜 보였다.

"이건 경쟁이 아닙니다."

토머스 모로는 상대를 움츠러들게 할 때 사용하는 눈빛으로 가마슈를 노려보았다. 자존심을 봉급과 교환한 비서들이나 너무 어려서 상사와 깡패를 구별하지 못하는 수습사원들을 상대로 갈고닦은 눈빛이었다.

방충 문으로 향하면서 가마슈는 모로 가족을 돌아보았다. 그들은 활인화活人畵 분장한 사람들이 자세를 취하고 정지한 채 살아 있는 그림처럼 보이게 하는 표현 양식처럼 자신을 노려보고 있었다. 가마슈는 언젠가는 살인자가 그 그림 밖으로 걸어 나오리라는 것을 알았다. 그리고 가마슈는 그를 기다릴 터였다.

이자벨 라코스트 형사는 지역 분견대에서 온 경관들을 편성하고 임무를 할당했다. 첫 번째 팀은 직원들의 방과 별채를, 두 번째 팀은 마누아르 수색을 맡았고, 그녀의 팀은 객실을 맡았다.

그녀는 경관들에게 주의를 주었다. 자신들은 증거를 찾고 있기도 했지만, 동시에 살인자 또한 찾고 있었다. 살인자가 부지 내에 숨어 있을 수도 있었다. 그럴 것 같지는 않았지만 그래도 가능한 일이었다. 라코스트 형사는 천성적으로나 훈련을 통해서나 조심성이 많은 사람이었다. 지금 수색을 지휘하는 그녀의 마음에는 괴물이 침대 밑이나 옷장에서 기다리고 있을지 모른다는 경각심이 함께하고 있었다.

"마리아나 모로?"

보부아르 경위는 치과 조무사가 된 기분으로 대응접실에 들어섰다. **충전 치료 하실 시간입니다.** 그리고 그들 역시 치과 환자의 눈으로 그를 바라보았다. 이름이 불린 사람은 두려움에 떨었고, 더 기다려야 하는 사람은 짜증을 냈다.

"우리는요?" 샌드라가 자리에서 일어서며 물었다. "우리가 먼저 해도 된다던데요."

"위Oui 그렇습니까?" 보부아르가 말했다. 아무도 자신에게 그런 언질을 준 적이 없었지만 이유를 알 것 같았다. "마드무아젤 모로부터 하기로 하죠. 그래야 얼른 끝내고 저……." 보부아르는 창가 자리에서 책을 읽고 있는 매력적인 금발 아이를 보았다. "저 아이 곁에 계실 수 있을 테니까요."

그는 마리아나를 서재로 데려가 자신이 가져다 둔 딱딱한 의자에 앉혔다. 고문이라고 할 수는 없었지만 용의자가 너무 편안한 것은 싫었다. 게다가 자신이 커다란 가죽 의자를 차지하고 싶기도 했고.

"마드무아젤 모로……," 그가 입을 열었다.

"어머, 여긴 샌드위치가 있네요. 우리 건 다 떨어졌는데." 마리아나는 자리에서 일어나 묻지도 않고 커다란 토마토와 두껍게 썬 메이플 햄을 얹은 샌드위치 하나를 집었다.

"언니분 일은 유감입니다." 보부아르는 그녀의 뚱뚱하고 욕심 많은 입이 너무 바빠 대답하기 어려운 시점을 골라 불편한 말을 해치웠다. 보아하니 당신은 유감스럽지 않은 모양이지만이라는 뉘앙스가 전해졌으면 했다. 하지만 그녀가 음식을 입에 쑤셔 넣는 모습을 보고 있자니 조롱이 너무 미묘했나 보다는 생각이 들었다. 그는 이 여자가 마음에 들지 않았다. 모로 일가를 통틀어서, 아까 그 성급한 여자까지 포함해서, 이 여자가 가장 마음에 들지 않았다. 샌드라는 이해할 수 있었다. 자신도 기다리는 걸 싫어하니까. 자신 역시 다른 사람들이 먼저 대접받는 꼴이 싫었다. 특히 자신이 그들보다 먼저 도착했을 경우에는. 사람들이 식료품점에서 새치기를 하거나 고속도로에서 끼어드는 것이 싫었다.

보부아르는 사람들이 공정하게 행동하기를 기대했다. 규칙은 질서를 뜻했다. 규칙이 없다면 사람들은 서로를 죽일 터였다. 새치기를 하거나 장애인용 주차 구역에 주차하거나 승강기 안에서 담배를 피우면서 다툼이 시작된다. 그리고 살인으로 끝난다.

물론 너무 나간 생각이라는 건 인정했지만, 그래도 연장선상에 있는 이야기였다. 과거를 돌아보면 아마도 살인자란 언제나 자신이 남들보다 더 우월하다고 생각하면서 규칙을 깨는 사람이었으리라. 보부아르는 규칙을 깨는 사람들을 좋아하지 않았다. 그런 사람이 자주색과 초록색과 진홍색이 섞인 숄을 두르고 빈이라는 이름의 아이를 두었다면 특히 싫었다.

"전 언니를 잘 알지 못했어요." 마리아나는 음식물을 삼키고 쟁반에서 스프루스 비어를 들며 말했다. "마셔도 될까요?"

그러나 그녀는 그가 뭐라고 말하기도 전에 이미 캔을 땄다.

"고마워요. 왝." 그녀는 음료를 거의 뱉을 뻔했다. "맙소사. 이거 마신 사람이 제가 처음인 걸까요? 이거 만든 사람들은 마셔 보지도 않았나? 나무 맛이 나는데요."

그녀는 혀에서 무언가를 지우려고 애쓰는 고양이처럼 입을 벌렸다 다물었다.

"역겨운 맛이네요. 한 모금 드셔 보실래요?" 그녀는 보부아르 쪽으로 캔을 기울였다. 그는 눈을 가늘게 떴고, 그녀의 사랑스럽지 않은 얼굴이 싱긋 웃고 있는 모습에 놀랐다.

불쌍한 여자 같으니. 너무 매력적인 가족 속에서 너무 못생기게 태어나다니. 그는 모로 가족을 좋아하지는 않았지만, 적어도 그들이 잘생겼다는 건 알 수 있었다. 심지어 죽은 여자도 박살 났을지언정 일종의 아름다움을 간직하고 있었다. 이 여자는 전체를 통틀어 봐도 아름다운 부분이 하나도 없었다.

"싫어요?" 그녀는 다시 한 모금 마시고 얼굴을 찌푸렸지만 캔을 내려놓지는 않았다.

"언니와는 얼마나 잘 아는 사이셨죠?"

"언니는 저보다 열 살 위였고, 제가 열두 살도 되기 전에 집을 나갔어요. 우린 별로 공통점이 없었죠. 언니는 남자애들을 좋아했고, 전 만화를 좋아했고."

"언니의 죽음이 유감스럽지 않으신 듯하군요. 슬퍼하시는 것 같지도 않은데요."

"난 위선자들로 이루어진 가족에서 자랐어요, 경위님. 난 그런 사람들이 되지 않겠다고 결심했죠. 내 감정을 감추지 않겠다고요."

"숨길 감정이 없다면 쉬운 일이겠지요."

그 말이 마리아나의 말문을 막았다. 보부아르가 점수를 땄지만 심문에서는 지고 있었다. 수사관 쪽에서 말을 많이 한다는 것은 결코 좋은 신호가 아니었다.

"왜 모든 감정을 드러내시죠?"

미소를 짓고 있던 그녀의 얼굴이 심각해졌다. 그렇다고 더 매력적으로 변한 것은 아니었다. 이제 그녀는 침울하고 추해 보였다. "난 디즈니월드에서 자랐어요. 밖에서 보면 근사하죠. 그러라고 지었고. 하지만 안에서 보면 모든 게 기계적이에요. 뭐가 진짜인지 알 수가 없죠. 예절도 너무 많고, 미소도 너무 많아요. 난 미소를 무서워하며 자랐어요. 말다툼은 전혀 없었지만 격려의 말도 전혀 없었죠. 다들 실제로는 어떤 기분인지 알 방법이 없었어요. 우리는 각자 비밀을 지켰어요. 아직도 그렇죠. 나만 빼고요. 난 거의 모든 것에 대해 솔직해요."

단어 하나가 얼마나 중요해질 수 있는지.

"거의라고 하신 건 무슨 뜻입니까?"

"글쎄요. 우리 가족에게 모든 걸 다 이야기하는 건 바보짓이죠."

그녀는 갑자기 추파에 가까운 수줍은 척을 했다. 욕지기가 났다.

"가족에게 어떤 이야기를 안 하셨죠?"

"사소한 거예요. 내 생업 같은 거."

"무슨 일을 하시는데요?"

"난 건축가예요. 집을 설계하죠."

보부아르는 그녀가 어떤 유형의 집을 디자인하는지 알 것 같았다. 화려하고 반짝이고 커다란, 인상적인 집일 테지. 으리으리하지만 누구도 실제로 생활할 수는 없는 집.

"또 무슨 이야기를 안 하십니까?"

그녀는 뜸을 들이며 주변을 둘러보더니 상체를 앞으로 숙였다.

"빈이오."

"아이 말씀이십니까?"

그녀가 고개를 끄덕였다.

"빈에 대해 뭘요?" 보부아르의 펜이 수첩 위를 맴돌았다.

"가족에게 얘기하지 않았어요."

"아버지가 누구인지를요?" 그는 심문의 기본 원칙을 깨뜨렸다. 자기 질문에 자기가 대답하고 말았다. 그녀는 고개를 젓고 미소를 지었다.

"그거야 당연히 얘기 안 했죠. 답이 없으니까." 수수께끼 같은 말이었다. "내가 얘기하지 않은 건 빈이 뭐냐는 거예요."

보부아르는 온몸이 차가워지는 것을 느꼈다.

"빈은 뭡니까?"

"바로 그거예요. 경위님도 모르시잖아요. 하지만 빈도 이제 사춘기가 가까워졌으니 곧 눈에 보일 테죠."

보부아르는 잠시 후에야 그녀가 한 말의 뜻을 깨달았다. 그의 손에서 펜이 떨어져 테이블 위를 구르다 바닥에 깔린 카펫에 떨어졌다.

"가족들에게 빈이 아들인지 딸인지 이야기하지 않았단 겁니까?"

마리아나는 고개를 끄덕이고 스프루스 비어를 길게 한 모금 마셨다.

"그렇게까지 맛이 나쁘진 않네요. 뭐든 익숙해지기 마련인가 봐요."

보부아르는 그 말이 의심스러웠다. 경감과 함께 15년 동안 살인 사건을 수사해 왔지만 영국계들의 광기에는 전혀 익숙해지지 않았다. 그 광기에는 바닥도, 목적도 없는 것 같았다. 도대체 어떤 피조물이 자기 아이의 성별을 비밀로 한단 말인가?

"내가 받은 양육 방식에 대한 작은 오마주랍니다, 경위님. 빈은 내 아이이자 내 비밀이에요. 뭐든 다 안다는 듯이 구는 가족들 사이에서 그 사람들이 모르는 걸 안다는 게 얼마나 기분 좋은 일인지 설명할 방법이 없네요."

정신 나간 영국놈들. 내가 그런 짓을 했다간 어머니가 밀방망이로 날 두들겨 패셨으리라.

"가족들이 빈에게 그냥 물어볼 수도 있지 않습니까?"

그녀가 깔깔거리며 웃자 보부아르 앞에 있는 소나무 테이블에 토마토 얼룩이 점점이 흩뿌려졌다.

"농담하세요? 모로 집안 사람이 질문을 한다고요? 자기가 무식하다는 걸 실토한다고요?" 그녀가 음모를 꾸미듯 몸을 앞으로 숙이자 보부아르는 저항감을 느끼면서도 그녀를 따라 몸을 기울였다. "그게 이 비밀의 멋진 점이에요. 저 사람들의 오만이 내 최고의 무기인 거죠."

보부아르는 다시 상체를 뒤로 뺐다. 구역질이 났다. 여자가, 어머니가, 어떻게 그런 짓을 할 수 있단 말인가? 내 어머니라면 나를 위해 죽음이나 살인도 불사할 것이었다. 그게 자연스럽지 않은가. 자신의 앞에 있는 이것은 부자연스러웠다.

"더는 비밀이 아니게 되면 어떻게 하실 겁니까, 마드무아젤? 빈이 사춘기가 되거나 어느 날 자발적으로 이야기를 한다면요?" 그는 빈의 성별이 뭔지 죽어도 묻지 않기로 했다. 자신이 그 문제에 신경 쓰고 있음을 알려 그녀에게 만족감을 안겨 줄 생각은 없었다.

"뭐, 그래도 늘 빈의 이름으로 그 여자를 괴롭힐 수 있으니까요."

"그 여자?"

"제 어머니요."

보부아르는 이 여자를 제대로 바라볼 수 없었다. 자기가 낳은 생물학 병기를 이용해 자기 어머니를 겨냥하겠다니. 죽었어야 할 모로는 그 모로가 아니었다는 생각이 들기 시작했다.

"왜 누군가가 언니를 죽이고 싶어 했을까요?"

"누군가라는 건 우리 중 하나를 뜻하는 거겠죠?"

그건 사실상 질문이 아니었고, 보부아르는 조용히 있는 편을 택했다.

"날 보지 마요. 난 언니를 죽일 만큼 잘 알지도 못했으니까. 언니는 삼십 년도 넘게 떨어져 있었다고요. 하지만 경위님께 한 가지는 말씀드리죠. 언니가 아무리 자기가 원한 만큼 우리랑 멀리 떨어져 있었다 한들 언니도 결국 모로였어요. 모로는 거짓말을 하고 비밀을 간직해요. 그게 우리의 화폐죠. 모로를 믿지 마세요, 경위님. 그들이 하는 말은 한 마디도 믿지 마세요."

그녀가 한 말 중에서 믿기 어렵지 않은 말은 그게 처음이었다.

"줄리아는 아버지와 사이가 틀어졌었습니다." 피터가 말했다. "어쩌다 그랬는지는 모르고요."

"궁금하지 않았습니까?" 가마슈가 물었다. 장신의 두 남자는 벨샤스의 젖은 잔디밭을 내려가 호숫가에 이르러 발길을 멈추었다. 그들은 청회색 호수와 건너편 기슭을 가린 안개를 바라보았다. 새들이 나와 곤충을 찾아다녔고, 이따금 주변을 배회하는 아비 새의 울음소리가 호수를 가로질러 들려왔다.

피터는 경직된 미소를 지었다. "저희 집에서는 호기심이 보답받지 못했습니다. 호기심은 무례한 것으로 간주됐죠. 질문을 하는 것도 무례하고, 너무 크게 웃거나 너무 오래 웃는 것도 무례하고, 우는 것도 무례하고, 반박하는 것도 무례했습니다. 그래요, 저는 궁금하지 않았습니다."

"줄리아가 집을 떠났을 때가 이십 대 초반이었다고 했지요. 토머스는 몇 살 위였을 테고, 당신은 몇 살이었습니까?"

"열여덟 살이오." 피터가 말했다.

"정확히 기억하는군요."

"아시다시피 전 정확한 사람입니다." 이번에는 진짜 미소를 지으며 피터가 말했다. 그는 다시 숨을 쉬기 시작했고, 자신을 되찾기 시작했다. 그는 아래를 내려다보다가 셔츠에 부스러기가 묻은 것을 발견하고 깜짝 놀랐다. 그는 부스러기를 턴 다음 조약돌을 한 줌 집어 들었다. "줄리아는 오늘을 좋아했을 텐데요." 그가 물수제비를 뜨며 말했다.

"어째서죠?" 가마슈가 물었다.

"날씨가 밴쿠버 같으니까요. 누나는 제게 날씨가 얼마나 침울한지 이야기하곤 했죠. 그게 자기한테 맞는다더군요."

"줄리아가 침울해했습니까?"

피터는 조약돌이 네 번 튀어 오르다 가라앉는 모습을 지켜보았다. "그랬죠. 하지만 전 항상 누나를 스물한 살로 기억합니다. 떠난 뒤에는 많이 보지 못했습니다."

"왜 그랬지요?" 가마슈는 자신의 친구를 자세히 살펴보았다. 친구를 살인 사건의 관계자로 조사한다는 건 당연히 난점이 뒤따르는 일이었다. 하지만 이점도 있었다. 상대가 무언가를 숨기면 알아차릴 수 있다든가 같은.

"우린 그렇게 가까운 사이가 아니었습니다. 가끔씩 어머니가 돌아가시고 나면 어떻게 될지 궁금해집니다. 우린 어머니 때문에 모이죠. 그렇지 않으면 꼼짝도 안 합니다."

"어쩌면 가족들이 한데 뭉치게 될지도 모르지요."

"어쩌면요. 그러면 다행이고요. 하지만 그럴 것 같진 않습니다. 저는 줄리아를 보러 온 게 아니지만 줄리아도 우리를 보러 온 건 아니었습니다. 누나는 우리를 잊고 밴쿠버에서 데이비드와 행복해했습니다. 그리고 솔직히 저도 누나 생각은 몇 달, 몇 년에 한 번 정도나 했으니까요."

"누나를 상기시킨 게 뭡니까?"

"네?"

"무엇 때문에 그녀를 떠올렸을까요? 누나 생각을 몇 년에 한 번 정도 했다고 하셨는데, 무엇이 그녀를 머릿속으로 불러들였습니까?"

"딱히 뭐 없습니다."

"그냥 대화나 하자고 하는 이야기가 아니라는 건 아시겠죠. 중요치 않게 보일지 몰라도 이건 중요한 질문들입니다."

가마슈는 그답지 않게 엄하게 말했다. 그의 말처럼 피터는 자신이 퀘벡 경찰청의 살인수사반 반장과 대화하고 있다는 사실을 잊고 있었다.

"죄송합니다. 왜 제가 누나를 떠올리게 됐냐고요?" 그는 그 문제에 관해 생각해 보았고, 답이 무엇인지 깨닫는 순간 꼬집힌 듯한 기분을 느꼈다. "누나가 전화를 하거나 편지를 썼을 테니까요. 사방에서 엽서가 날아들었습니다. 누나와 데이비드는 여행을 많이 다녔죠."

"당신에게 연락을 취했군요." 가마슈가 말했다.

"뭔가 원하는 게 있을 때만요. 누나가 착하고 상냥해 보였을지는 몰라도 몹시 약삭빨랐습니다. 거의 항상 자기가 원하는 걸 손에 넣었죠."

"그럼 그녀는 뭘 원했을까요? 분명 돈은 아니었을 텐데요."

"네, 돈이야 많이 있었으니까요. 제 생각에 누나는 그냥 상처를 주고 싶었던 것 같습니다. 우리가 죄책감을 느끼게 하고 싶었던 거죠. 그건 누나가 하는 작은 게임 같은 거였습니다. 가끔씩 카드를 보내거나 전화를 걸어와서 항상 우리에게 먼저 행동에 나선 사람이 자기라는 걸 각인시키죠. 우리는 누나에게 빚을 지는 거고요. 미묘한 얘기지만 우리 모로

들은 미묘함을 빼면 아무것도 아닙니다."

가마슈는 그가 생각하는 것만큼 미묘하진 않다고 생각했다.

"우리는 탐욕스러운 가족입니다, 가마슈. 탐욕스럽고 잔인하기까지 하죠. 저도 압니다. 제가 왜 클라라와 스리 파인스에서 살겠습니까? 가능한 한 멀리 떨어지려고 그런 겁니다. 저는 거기서 구원을 봅니다. 그럼 줄리아는? 줄리아에 대해 알고 싶으십니까?" 그는 철 빛 물속으로 있는 힘껏 돌을 던졌다. "누나는 우리 중에서 가장 잔인하고 가장 탐욕스러웠습니다."

샌드라는 담배를 눌러 끄고 미소를 지으며 자신의 바지를 매만졌다. 바지가 꽉 끼었지만 시골 공기가 옷을 줄어들게 한다는 것을 알고 있었다. 그녀는 다시 마누아르로 들어갔다. 식당은 비어 있었다. 식당 저쪽 끝에 디저트 쟁반이 있었다.

그런데 어떤 움직임이 그녀의 눈길을 사로잡았다.

빈.

저 애가 여기서 뭘 하고 있었던 걸까? 아마 제일 맛있는 디저트를 훔쳐 먹고 있었겠지.

둘은 서로 마주 보았고, 샌드라는 빈의 손에서 무언가 하얀 것이 빛나는 것을 알아차렸다. 그녀는 가까이 다가갔다.

쿠키였다. 초콜릿을 입힌 마시멜로 쿠키로 초콜릿은 갉아 먹었고, 마시멜로와 비스킷과 죄지은 표정으로 쿠키를 들고 있는 아이만 남았다.

"빈, 뭘 하고 있었지?"

"아무것도 아녜요."

"그 말은 뭔가를 했다는 뜻이지. 어서 말해."

바로 그때 어떤 물체가 두 사람 사이의 바닥으로 떨어져 튀어 올랐다. 샌드라는 위를 올려다보았다. 높은 천장 여기저기, 오래된 단풍나무 들보와 들보 사이, 혹은 들보 위에 쿠키가 있었다. 빈은 마시멜로를 핥은 다음 쿠키를 천장에 던져 붙이고 있었다.

쿠키가 별자리를 그리고 있었다.

한 통 반은 붙어 있을 듯했다.

샌드라는 이 기묘한 아이를 엄한 눈빛으로 노려보았다. 그런 다음 막 입을 열어 아이를 꾸짖으려던 순간, 무언가 다른 것이 튀어나왔다. 웃음. 웃음이 작게 튀어나왔고, 또 튀어나왔다. 꾸지람을 각오하고 있던 빈은 놀란 표정이었다. 하지만 아이를 꾸짖을 참이었다가 웃음을 터뜨리게 된 샌드라만큼 놀라지는 않았다.

"하나 드려요?"

빈이 쿠키 상자를 내밀자 샌드라가 하나를 꺼냈다.

"이러케 해요, 이러케." 빈이 쿠키에 씌운 초콜릿 고깔을 빨아 먹으며 말했다. "그런 다음 핥아요." 빈은 쿠키를 핥았다. "그런 다음 던져요."

빈은 촉촉해진 쿠키를 천장을 향해 던졌다. 샌드라는 숨을 멈추고 쿠키가 달라붙는지 지켜보았다. 붙었다.

"해 보세요. 제가 시범을 보여 드릴게요."

빈은 타고난 선생처럼 인내심을 갖고 쿠키를 천장에 붙이는 방법을 알기 쉽게 가르쳐 주었다. 거기다 샌드라에게도 천부적인 재능이 있었던 덕분에 얼마 지나지 않아 식당 천장은 벼락부자들이나 아베나키족이나 마담 뒤부아는 꿈도 꾸지 못했던 방음재로 뒤덮이게 되었다.

샌드라는 자신이 왜 들어왔는지 잊어버린 채 미소를 지으며 식당을 나섰다. 그녀는 아이를 원한 적이 없었다. 일이 너무 많았다. 하지만 가끔 특이한 아이, 상냥한 아이와 함께 있을 때면 아픔을 느꼈다. 저 뚱뚱하고 멍청하고 게으른 마리아나가 아이를 가지게 됐다는 건 상상조차 할 수 없는 일이었다. 샌드라는 빈이 제정신이 아니라고 생각하며 위안을 느꼈다. 하지만 그러다가도 가끔씩 빈을 미워해야 한다는 걸 잊어버렸다. 그러면 끔찍한 일이 벌어졌다.

"어디 있었어요?" 샌드라가 돌아오자 마리아나가 물었다. "경찰이 보자네요."

"산책하고 있었지요. 피터가 그 경감과 얘기하는 걸 들었는데 참 이상한 소리를 하더군요." 그녀는 시어머니가 있다는 것을 깨닫고 목소리를 살짝 높였다. "어머님께서 돌아가시면 참 다행일 거라고 하던데요."

"설마." 마리아나가 명백히 기뻐하는 모습으로 말했다. "정말요?"

"그것 말고도 더 있어요. 줄리아는 탐욕스럽고 잔인하다고 했어요. 생각해 봐요. 줄리아가 떠난 지 얼마 되지도 않았는데 벌써부터 험담을 늘어놓다니. 그것도 낯선 사람에게요. 하지만 내가 잘못 들은 건지도 모르죠."

"뭐라고?" 방 건너편에 있던 피니 부인이 부드러운 분홍빛 얼굴을 돌려 두 사람 쪽을 바라보았다.

"진심으로 한 말은 아닐 거예요. 제가 한 말은 잊어버리세요."

"줄리아가 탐욕스럽고 잔인하다고 했다고?"

모로 부인의 눈에 또다시 딸의 내뻗은 하얀 손이 보였다. 그런 해를 입히다니, 참으로 찰스다웠다. 특히 줄리아를 상대로. 하지만 그는 자신들 모두에게 해를 입혔다.

그리고 이제 피터가 제 아버지가 했던 일을 잇고 있었다.

"그런 말은 못 참는다. 줄리아는 내 자식들 가운데 가장 상냥하고 가장 세심한 아이였어. 물론 가장 다정했고."

"죄송해요." 샌드라가 말했다. 그녀는 자신의 말이 진심으로 느껴지기 시작했다.

"누가 동생분을 죽이고 싶어 했을까요?"

보부아르의 맞은편에는 야생에서조차 명령권을 거머쥔 사내 토머스 모로가 앉아 있었다. 그는 리넨 바지를 매만지고 매력적인 미소를 지어 보였다.

"줄리아는 사랑스러운 여자였습니다. 죽기를 바란 사람은 아무도 없었을 겁니다."

"왜 없죠?"

"왜냐고 물으셔야 하는 거 아닙니까?" 그는 그렇게 되받긴 했지만 어안이 벙벙해졌다.

"왜죠?"

"네?" 토머스는 이제 멍해진 채 되물었다. "이것 봐요, 말도 안 되는 소리 마요. 내 동생은 죽었지만 살해당했을 리는 없습니다."

"왜 없습니까?"

도로 제자리로군. 보부아르는 목격자를 흔들어 놓는 것이 즐거웠다.

"이보세요, 그 앤 대부분 밴쿠버에서 살았어요. 누군가 그 애를 죽이고 싶어 할 만큼 화가 났다고 해도 그 사람은 여기가 아니라 밴쿠버에 있을 거란 말입니다. 아무것도 없는 첩첩산중에 있을 리가 있나."

"선생님은 여기 계십니다."

"그건 대체 무슨 소립니까?"

"간밤에 무슨 일이 있었는지 다 들었습니다. 바로 이 방에서 말입니다. 저게 그 커피 자국이겠군요." 그는 걸어가 바닥을 내려다보았다. 이미 찾아 뒀던 자국이었지만 보부아르는 이렇게 '갑작스러운' 발견이라는 극적인 연출을 좋아했다.

"그 앤 제정신이 아니었어요. 상심한 상태였습니다."

"뭣 때문에 상심했죠?"

"종일 정신 못 차리고 있었어요. 아버지 조각상 제막식이 있었으니까. 줄리아는 예전에 아버지와 사이가 멀어졌죠. 다들 조각상을 보고 많은 생각이 들었겠지만 줄리아는 특히 더했을 겁니다. 그 애한텐 힘든 시간이었죠. 대중에 노출된 채 골치 아픈 이혼을 치른 직후였습니다. 아시겠지만 그 애 남편은 데이비드 마틴이었습니다."

토머스는 청회색 눈을 보부아르에게 옮겨 그가 자기 말을 제대로 이해했는지 확인했다. 보부아르는 데이비드 마틴에 관해서 이미 알고 있었지만 모로의 태도가 호기심을 자극했다. 그의 말투에는 악의 섞인 기쁨과 자부심이 담겨 있었다. 자기 동생이 인생을 망치고 사기꾼과 결혼했다는 기쁨과, 그 사기꾼이 그 모든 돈을 갚은 다음에도 여전히 캐나다에서 가장 부유한 사람 중 하나라는 자부심이었다.

"누가 동생분이 죽기를 바랐을까요?"

"그런 사람 없습니다. 이건 행복한 가족 모임이었습니다. 그 애가 죽길 바란 사람은 없었습니다."

보부아르는 천천히 고개를 돌려 안개 낀 바깥을 내다보며 침묵을 지켰다. 심지어 모로라고 해도 그의 행동이 의미하는 바를 놓칠 수는 없었다. 저 창문 바깥의 땅에 생긴 구덩이는 토머스 모로의 말이 거짓이라고 말하고 있었다.

그들이 하는 말은 한 마디도 믿지 마세요. 마리아나 모로는 그렇게 말했다. 보부아르는 믿지 않았다.

"줄리아에게 아이가 있었습니까?" 피터와 함께 숲에서 나온 가마슈가 천천히 마누아르로 돌아가는 길에 물었다.

"없었습니다. 노력해 봤는지조차 모르겠습니다. 우린 아이들에게 좋은 대가족은 아니지요." 피터가 말했다. "우린 아이들을 먹어 치우죠."

가마슈는 그 말이 주위를 둘러싼 안개에 스며들기를 기다렸다. "아버님의 조각상에 대해서는 어떻게 생각합니까?"

피터는 느닷없는 흐름에 당황하지 않았다. "아무런 생각도 해 보지 않았습니다. 아무런 반응도 하지 않았습니다."

"그럴 수는 없습니다. 예술가로서라도 의견은 있겠지요."

"아, 네, 예술가로서. 그래요. 가치는 알겠습니다. 조각한 사람에게 꽤 솜씨가 있다는 건 분명합니다. 나쁘지 않았어요. 하지만 아버지를 만난 적은 없는 사람이더군요."

가마슈는 잠자코 계속 걸었다. 커다란 두 손은 뒷짐을 지고 눈으로는 젖은 발과 점점 커져 오는 마누아르를 번갈아 바라보았다.

"아버지는 그런 모습이었던 적이 없습니다. 슬픔인지 뭔지 모를 그런 표정은 지은 적이 없었죠. 늘 노려볼 뿐이었습니다. 그리고 절대로, 절대로 몸을 수그리지 않았어요. 아버지는 거대했고, 또⋯⋯." 피터는 세계를 스케치라도 하듯 두 팔로 말을 대신했다. "거대했어요. 아버지가 줄리아를 죽였습니다."

"조각상이 줄리아를 죽였죠."

"아니, 누나가 떠나기 전에 말입니다. 아버지가 누나를 죽였죠. 영혼을 빼앗은 다음 누나를 짓밟았어요. 우리 모두를 짓밟았습니다. 죽는다는 게 그런 거 아닙니까? 왜 우리 중 누구도 아이를 갖지 않을까요? 롤모델을 보세요. 경감님이라면 가지시겠습니까?"

"아이가 하나 있지요. 빈."

피터가 헛기침을 했다.

다시, 가마슈는 침묵을 지켰다.

"빈은 점프하지 않습니다."

가마슈는 동행에게서 나온 예기치 못한 말의 조합에 붙들려 걸음을 멈추었다.

'빈은 점프하지 않는다.'

"다시 말씀해 주시겠습니까?" 그가 물었다.

"빈은 점프하지 않습니다." 피터가 반복했다.

뜻이 안 통하기로 따지자면 '토스터 그림 자전거'라고 말한 거나 마찬가지였다.

"무슨 뜻이지요?" 가마슈는 갑자기 몹시 멍청해진 기분을 느끼며 물었다.

"빈은 땅에서 벗어나지 못합니다."

아르망 가마슈는 뼛속 깊이 축축한 한기를 느꼈다.

"빈의 두 발은 한 번도 땅을 벗어난 적이 없습니다. 적어도 두 발이 함께는요. 점프를 하지 못하거나 하지 않는 겁니다."

빈은 점프를 할 수 없다. 아르망 가마슈는 생각에 잠겼다. 대체 어떤 가족이 그토록 땅에 묶인 아이를 낳는 걸까? 진흙탕 같은 가족. 빈은 어떻게 흥분을 표현할까? 기쁨은? 하지만 아이에 대해서, 그리고 가족에 대해서 생각하는 동안 그는 자신의 답을 구했다. 지금껏, 지난 10년 동안은, 문제가 된 적이 없던 사안에 대한.

아르망 가마슈는 마누아르로 돌아가자마자 아들에게 전화하기로 결심했다.

14

"다니엘?"

"안녕, 아버지, 앙펭enfin 드디어. 아버지가 내 상상 속의 존재였던 건 아닐까 생각하던 차였어요."

가마슈는 웃음을 터뜨렸다. "네 엄마랑 난 마누아르 벨샤스에 있단다. 통신의 요충지라고 하기는 어려운 곳이지."

그렇게 말하면서 그는 서재의 프렌치 도어 바깥의 민트 빛으로 젖은 잔디밭을 지나 그 너머에 있는 안개 낀 호수까지 내다보았다. 포근한 구름이 숲 위로 낮게 깔려 있었다. 새와 곤충 소리가 들렸고, 이따금 양식 송어나 농어가 첨벙거리며 뛰어오르는 소리가 들렸다. 그리고 왱왱거리는 사이렌 소리며 짜증 어린 경적 소리도 들을 수 있었다.

파리.

빛의 도시가 야생과 뒤섞이고 있었다. 가마슈는 자신들이 참 대단한 세상에서 살고 있다고 생각했다.

"여긴 오후 아홉 시예요. 거기는 몇 시예요?" 다니엘이 물었다.

"세 시 다 됐다. 플로렌스는 자고 있니?"

"부끄러운 얘기지만 저희 다 잠자리에 들었어요. 아, 파리란." 다니엘의 웃음소리가 나직하고 편안하게 울렸다. "하지만 드디어 연결이 돼서 다행이에요. 아, 잠깐만요, 다른 방으로 가서 받을게요."

가마슈의 눈앞에 생제르맹 데 프레의 자그마한 아파트에 있는 다니엘의 모습이 선했다. 다른 방으로 옮긴다고 해서 다니엘의 프라이버시나 다니엘의 아내와 아이의 숙면이 보장되지는 않으리라.

"아르망?" 렌 마리가 서재 문 옆에 서 있었다. 짐꾼이 그녀가 싼 가방을 막 차로 실어 나르는 중이었다. 논의 끝에 아르망은 그녀에게 벨샤스에서 떠나 달라고 부탁했었다.

"물론 당신이 원한다면 그렇게 할게." 렌 마리는 그렇게 말했다. 하지만 그녀는 그의 얼굴을 살펴보았다. 그녀는 그가 수사 중인 모습을 한 번도 본 적이 없었다. 비록 그가 항상 자기 일에 관해 이야기하며 자신의 의견을 구하기는 했지만. 대다수 동료들과는 달리 가마슈는 아내에게 아무것도 숨기지 않았다. 자기 인생의 그토록 큰 부분을 아내에게 숨기고도 둘 사이에 아무런 지장이 없으리라고 생각하지 않았다. 그에겐 어떤 경력보다도 그녀가 더 소중했다.

"당신이 여기 없으면 내 걱정이 좀 덜할 거야." 그가 말했다.

"이해해." 그녀는 실제로 이해했다. 두 사람의 역할이 반대였다면 그녀도 같은 기분이었으리라. "하지만 너무 멀리 안 가도 돼?"

"부지 외곽에 작은 텐트를 치고 지내려고?"

"역시 직감이 대단한걸." 그녀가 말했다. "난 스리 파인스를 생각하고 있었어."

"좋은 생각이군. 바로 가브리에게 연락해서 당신이 비앤비B&B Bed and Breakfast 아침 식사를 제공하는 여관에 묵도록 해 두지."

"아니, 당신은 누가 줄리아를 죽였는지 찾아. 비앤비에 연락하는 건 내가 할게."

그리고 이제 그녀는 떠날 준비를 마쳤다. 준비를 마쳤지만 행복하지는 않았다. 그가 수사의 첫 단계를 처리해 나가는 모습을 지켜보고 있노라니 가슴에 통증이 느껴졌다. 부하들은 그를 무척 존경했고, 분견대에서 온 경관들은 그를 공경하다 못해 두려워할 지경이라 그가 분위기를 풀어 주어야 했다. 그러나 너무 편하게 해 주지는 않았다. 그녀는 남편이 자연스럽게 상황을 주도하는 모습을 지켜보았다. 누군가가 책임을 맡아야 한다는 사실을 그녀도 알았고 그도 알았다. 그는 직위 이전에 체질적으로 타고난 리더였다.

그녀는 이전까지는 한 번도 그런 모습을 직접 본 적이 없었고, 그래서 자신이 친밀하게 알고 있던 남자가 완전히 새로운 면모를 드러내는 광경을 놀라워하며 지켜보았다. 그가 쉽게 명령을 내리는 것은 그가 존경

받고 있기 때문이었다. 그에게 속았다고 생각하는 기색이 역력한 모로 가족만이 예외였다. 그들은 줄리아의 죽음보다도 그에게 속았다는 생각에 더 언짢아하는 것처럼 보였다.

하지만 아르망은 늘 사람들이 죽음에 대해 서로 다른 방식으로 반응하며, 따라서 갑작스럽고 폭력적인 죽음을 맞이한 사람들을 평가하는 것은 어리석고, 그들이 하는 행동을 평가하는 것은 더욱 어리석다고 말했다. 그럴 때 사람들은 제정신이 아니니까.

하지만 렌 마리는 내심 그 말에 의문을 품었다. 사실은 위기에 처한 사람들이 하는 행동이야말로 그 사람의 본색을 보여 주는 게 아닐까. 그게 사회화를 통해 꾸민 태도를 벗겨 낸 본연의 모습이 아닐까. 모든 것이 뜻대로 돌아갈 때는 품위를 지키는 것이 쉬웠다. 난장판 속에서 품위를 지키는 것은 완전히 다른 문제였다.

그녀의 남편은 날마다 일부러 난장판 속으로 들어갔고, 품위를 지켰다. 모로 가족에게도 같은 말을 할 수 있을지는 의심스러웠다.

그녀는 그를 방해했다. 그녀는 그가 전화 통화 중인 것을 보고 방을 나서려 했다. 그때 로슬린이라는 단어가 들렸다.

그는 다니엘에게 이야기하고 있었고, 며느리의 안부를 묻고 있었다. 렌 마리는 그간 아르망에게 다니엘에 관해 이야기하려 했지만 적절한 기회가 없었고, 이제는 너무 늦어 버렸다. 그녀는 문간에 서서 두근거리는 심장을 안고 가마슈의 목소리를 들었다.

"엄마가 저희가 고른 이름에 관해 이야기하셨다고 들었어요. 여자애면 주느비에브라고 하고……."

"아름다운 이름이야." 가마슈가 말했다.

"저희도 그렇게 생각해요. 하지만 저희 생각에는 남자애 이름도 아름다운 것 같아요. 오노레."

가마슈는 그 이름을 들었을 때 어색한 침묵이 흐르지 않게 하자고 다짐했었다. 어색한 침묵이 흘렀다.

영혼이 죽고 죽은 이가 그곳에서 숨 쉬나니
그는 한 번도 자신에게 이리 말한 적 없었노라
"이곳은 나의 땅, 내가 나고 자란 땅이니!"

그의 머릿속에서 언제나 나직하고 차분한 목소리로 들려오는 그 옛시의 구절들이 공허를 채워 주었다. 그는 커다란 손을 무언가를 붙잡듯이 가볍게 쥐었다.

타국의 물가를 떠돌다
발걸음을 집으로 돌렸을 때도
그 심장 몸 안에서 타오른 적 없느뇨?

다니엘은 이미 파리에, 머나먼 곳에 있었지만 그는 다니엘이 자신을 더욱 먼 곳으로 내몰 수도 있는 아주 심각한 실수를 저지를 위기에 직면했다는 기분이 들었다.

"그건 최선의 선택은 아닌 것 같구나."

"왜요?" 항변하는 목소리가 아니라 호기심 어린 목소리였다.

"너도 예전 일을 알잖니."

"저도 들었지만 그건 예전 일이잖아요, 아버지. 오노레 가마슈는 좋은 사람에게 붙일 만한 좋은 이름이에요. 그건 아버지가 누구보다도 잘 알잖아요."

"그건 맞는 말이야." 가마슈는 살짝 불안을 느꼈다. 다니엘은 물러서지 않았다. "하지만 난 항상 친절하지만은 않은 세상에 어떤 일이 일어날 수 있는지 누구보다 잘 안다."

"우리 세상은 우리가 만드는 거라고 가르쳐 주신 분이 아버지죠. 저희를 키우면서 들려주셨던 밀턴의 인용구가 뭐였죠?

마음은 마음이 곧 자기 자리이니. 그 안에서
지옥을 천국으로, 천국을 지옥으로도 만들 수 있는 법.

그게 아버지의 믿음이고, 저도 마찬가지예요. 공원에서 산책했던 거 기억하세요? 아니와 저를 데려가는 내내 시를 낭송하셨잖아요. 그게 아버지가 가장 좋아하는 시였어요. 저도 그렇고요."

산책을 하면서 잡은 작고 통통한 손가락들 때문에 자신의 손이 거대하게 느껴졌던 것을 떠올리자 가마슈는 목에서 무언가가 끓어오르는 듯했다. 손은 잡고 있다기보다는 잡혀 있는 쪽에 가까웠다.

"곧 언젠가 제 차례가 될 거예요. 저는 플로렌스와 오노레를 몽 루아얄 공원으로 데려가 산책하는 내내 시를 떠벌리겠죠."

"떠벌리다니? 강하지만 음악적인 목소리로 낭송한다는 뜻이겠지?"

"그럼요. 영혼이 죽고 죽은 이가 그곳에서 숨 쉬나니. 그 시 기억하세요?"

"기억한다."

"제게 가르치셨던 모든 시를 아이들에게 가르쳐 줄 거예요. 밀턴도, 마음은 마음이 자기 자리이며 우리가 우리의 현실을 만들고 우리의 세상을 만든다는 것도요. 걱정하지 마세요." 말을 잇는 다니엘의 목소리는 이성과 인내로 가득했다. "오노레는 세상이 자기 두 귀 사이에서 시작되며 그 세상을 만드는 건 자기 몫이라는 걸 알게 될 거예요. 그리고 제가 그랬듯 그 이름이 얼마나 아름다운 이름인지 배우게 될 거예요."

"아니야, 다니엘. 넌 실수를 하고 있는 거야." 결국 말해 버렸다. 이것만은 말하지 말자고 다짐했는데. 하지만 다니엘이 사실을 직시하게 해야 했고, 좋은 의도로 비극적인 실수를 저지르지 않도록 막아야만 했다.

눈가에서 움직임이 보였다. 렌 마리가 방 안으로 발을 들여놓았다. 그는 그녀를 쳐다보았다. 그녀의 몸은 차분했지만 두 눈은 놀람과 염려로 가득했다. 그래도 해야만 하는 일이었다. 부모 노릇을 하려면 때로는 자리에서 일어나 환영받지 못할 일을 해야 할 때도 있었다. 질책을 각오하고. 다니엘이 아들 이름을 오노레라고 붙이도록 놔둘 수는 없었다.

"아버지가 다르게 반응하시기를 기대했는데요."

"어떻게 그러겠니? 아무것도 바뀌지 않았는데."

"시대가 바뀌었잖아요. 오래전 일이에요. 수십 년은 됐죠. 이제 마음에서 놓으셔야죠."

"난 많은 걸 봤다. 고집 센 부모가 아이에게 어떤 일을 할 수 있는지를 봤어. 아이들이 너무 깊은 상처를 입어서……." 점프조차 하지 못하는 걸 봤지. 그는 하마터면 그렇게 말할 뻔했다. 그 아이들은 땅에서 발을 뗀 적이 없었다. 기쁨에 겨워 펄쩍펄쩍 뛰지 못하고, 줄넘기를 하지 못하고, 선착장에서 뛰어내리지 못하고, 사랑하고 신뢰하는 부모의 팔에 매달리지 못한다.

"제가 제 자식에게 상처를 준다고 비난하시는 거예요?" 다니엘의 목소리는 더 이상 이성과 인내로 가득하지 않았다. "정말 제가 제 아들에게 상처를 준다고 말씀하시는 거냐고요? 애가 아직 태어나지도 않았는데 벌써 저를 탓하시는 거예요? 아직도 절 멍청이로 보시는 거죠?"

"다니엘, 진정해라. 난 한 번도 널 멍청하다고 생각한 적 없다. 너도 알 게다."

방 저편에서 렌 마리가 숨을 들이켜는 소리가 들렸다.

"아버지가 옳죠. 항상 옳죠. 아버지는 제가 모르는 걸 알고 제가 못 본 걸 봤으니까 아버지가 옳아야 하는 거겠죠. 이제는 제가 일부러 이름을 가지고 애 인생을 망칠 거라는 것까지도 아시나 보네요."

"이미 힘든 게 인생인데 아이에게 욕먹고 괴롭힘당할 이름까지 붙여 줄 필요는 없잖니."

"네, 그럴지도 모르죠. 하지만 그 이름 덕분에 긍지와 자부심을 가질 수도……."

"어떤 이름이든 간에 자부심을 갖게 될 게다. 아이에게 핸디캡을 주지 마라."

"오노레가 선천적인 장애일 거라고 생각하시는 거예요?" 다니엘의 목소리가 위험할 정도로 멀어졌다.

"그런 말은 안 했다." 가마슈는 말을 주워 담으려 했지만 너무 나갔다는 걸 알고 있었다. "저기, 이 문제는 만나서 이야기하자꾸나. 혹시 내가 너더러 일부러 네 아이에게 상처를 준다고 말하는 것처럼 들렸다면 미안하다. 네가 그러지 않으리라는 건 알아. 넌 훌륭한 부모고……."

"그렇게 생각하신다니 다행이네요."

"네게서 태어난 아이라면 누구든 행운이지. 하지만 넌 내가 어떻게 느끼는지를 물었고, 물론 내가 틀렸을 수도 있다만, 내 생각에는 네 아들에게 오노레라는 이름을 붙이는 건 공정하지 못한 일 같구나."

"전화해 주셔서 고마워요." 다니엘은 전화를 끊었다.

가마슈는 수화기를 귀에 댄 채 멍하니 서 있었다. 내가 그렇게까지 잘못했던 걸까?

"안 좋았어?" 렌 마리가 물었다.

"충분히." 가마슈는 수화기를 내려놓았다. "하지만 풀게 될 거야."

그는 정말 걱정하지 않았다. 딸 아니와 마찬가지로 다니엘과도 가끔 말다툼은 있었다. 의견이 일치하지 않는 건 자연스러운 일이라고 자신에게 말했다. 하지만 이번에는 달랐다. 그는 자신도 알고 있는 영역에서 아들에게 상처를 주었다. 그는 아버지로서의 아들의 자질을 의심했다.

"아, 오셨군요."

보부아르가 커다란 상자를 옮기고 있는 기술반원을 아슬아슬하게 피해 방으로 활기차게 들어왔다. "라코스트 형사가 막 객실 수색을 끝냈습니다. 건물 전체를 뒤졌죠. 아무것도 안 나왔습니다. 전 토머스, 마리아나와 이야기를 했고, 막 샌드라와도 이야기를 끝냈습니다. 아무래도 〈월튼네 사람들대공황기와 제2차 세계대전을 배경으로 시골에 사는 화목한 가족의 이야기를 다룬 1970년대 미국 TV 드라마〉 같지는 않더군요."

장비가 들어오자 오래된 통나무 서재가 현대식 수사본부로 바뀌었다. 책상이 치워졌고, 컴퓨터가 연결됐고, 이젤 위에 칠판과 특대판 종이가 얹혀, 보부아르 경위가 모은 사실들과 증인 명단과 동선 차트를 기록할 준비를 마쳤다. 증거품 목록과 단서도.

"문제가 있습니다, 경감님." 컴퓨터 옆에 무릎을 꿇고 있는 기술반원이 한 말이었다.

"곧 가겠네. 비앤비에는 연락했어?"

"다 준비됐어." 렌 마리가 말했다.

"경위, 같이 가겠나? 마담 가마슈와 스리 파인스에 갔다가 셔브룩 분견대로 갈 걸세. 한 시간 후에 거기서 크레인 기사를 만나기로 했네."

"기꺼이요." 보부아르가 이젤을 바로잡고 상자에서 매직 마커를 꺼내며 말했다.

"문제가 뭔가?" 가마슈가 기술반원에게 다가섰다.

"이 장소요. 오랫동안 배선을 바꾸지 않아서요. 이걸 연결할 수 있을지 모르겠습니다." 그녀는 컴퓨터 플러그를 들어 보였다.

"제가 지배인을 찾아보죠." 보부아르는 식당으로 향했다.

망할 놈의 시골 같으니. 주변에 아무것도 없잖아. 그는 지금까지는 제법 잘 버텨 왔다. 모기며 흑파리며 눈에 보이지 않는 녀석들을 무시하려 애썼다. 적어도 몬트리올에서는 달려드는 게 보이기라도 하지. 자동차랄지. 트럭이랄지. 마약 하는 애들이랄지. 큰 것들 말이다. 여기서는 모든 것이 숨어 있거나 무언가를 감추고 있었다. 피를 빠는 작은 벌레, 거미, 뱀, 숲 속의 동물들. 나무 기둥으로 만든 벽 속에서 전선이 썩어 간단다. 원 세상에. 프레드 플린스톤석기시대를 배경으로 한 TV 애니메이션 〈고인돌 가족 플린스톤〉의 주인공의 동굴에서 현대식 살인 사건 수사를 진행하려 애쓰는 꼴이었다.

"봉주르?" 그가 큰 소리로 말했다. 아무도 대답하지 않았다.

"누구 있습니까?" 주방 안으로 머리를 들이밀었다. 비어 있었다.

"누구 없어요?" 뭐야, 낮잠 시간인가? 나가서 저녁거리를 사냥하고 있나 보군. 그는 문을 활짝 열고 주방으로 들어갔다.

"아, 안녕하세요. 제가 도와 드릴 일이라도?"

저음의 노래를 부르는 듯한 목소리가 커다란 냉동실 안에서 흘러나왔다. 이어 한 여자가 구이용 고기를 들고 걸어 나왔다. 하얀 앞치마를 목에 걸어 두툼한 허리에 묶고 있었다. 앞치마는 간단하고 겉치레가 없었다. 귀여운 글씨 같은 것도 적혀 있지 않았다. 그녀가 그를 향해 성큼성큼 다가와 날카로운 눈으로 뭘 하고 있느냐고 물었다. 그녀는 보부아르가 보기에 적어도 180센티미터는 넘는 듯했다. 젊음이나 날씬함과는 한참 거리가 있었다. 검은색과 흰색이 섞인 짧은 곱슬머리는 그녀에게 어울리지 않았다. 손은 커다랗고 투박했다.

"제가 도와 드릴 일이라도?" 그런 일이 있다면 집어삼키기라도 할 것 같은 목소리였다.

보부아르는 상대를 바라보았다.

"무슨 문제라도 있나요?" 구이용 고기가 단풍나무 도마 위에 털썩 떨어지는 순간 으르렁거리는 목소리가 물었다.

보부아르는 온몸이 따끔거렸다. 바라보는 걸 그만두려 했지만 그만둘 수 없었다. 심장이 줄달음질 칠 것 같았지만, 실제로는 느려지는 게 느껴졌다. 진정해. 무언가가 일어났고, 모든 긴장과 과도한 에너지와 고집이 사라졌다.

그는 진정했다.

"제가 아는 분인가요?" 그녀가 물었다.

"죄송합니다." 그는 앞으로 나아갔다. "저는 보부아르 경위라고 합니다. 장 기 보부아르요. 경찰입니다."

"그렇군요. 알아뵀어야 했는데."

"왜죠? 절 아십니까?" 그는 기대를 품고 물었다.

"아뇨, 마담 마틴이 살해당했다는 걸 아니까요."

그는 실망했다. 그는 그녀가 자신을 알기를 바랐다. 자신이 갑자기 느꼈던 그 친숙함을 설명해 주기를 바랐다. 그 친숙함이 불안했다.

보부아르는 자신을 불안하게 만든 여자를 살펴보았다. 틀림없이 거의 예순은 됐을 테고, 떡갈나무 같은 몸집에 움직임은 화물차 운전사 같았고, 목소리는 튜바를 집어삼킨 듯했다.

"누구십니까?" 그는 간신히 생각에서 빠져나왔다.

"전 여기 주방장이에요. 베로니크 랑글로와죠."

베로니크 랑글로와. 예쁜 이름이었지만 아무 의미 없었다. 분명 이 여자와 아는 사이 같았는데.

"제가 도와 드릴 일이 있나요?" 그녀가 물었다.

그녀가 도울 수 있는 일? 생각해라, 이 녀석아, 생각해.

"지배인을 찾고 있습니다."

"아마 저쪽에 있을 거예요." 그녀는 주방 밖으로 나가는 더블 스윙도어를 가리켰다. 보부아르는 고맙다고 말한 다음 어질어질한 기분으로 주방을 나섰다.

프렌치 도어 사이로 지배인이 바깥의 휑뎅그렁한 테라스에서 한 웨이터에게 이야기하고 있는 모습이 보였다.

"이 일이 그렇게 어렵다고 생각하나? 여름 내내 나무를 심거나 광산에서 일하거나 묘지에서 잔디를 깎아 보게."

"이것 보세요. 난 지배인님이 내 나이 때 뭘 했든 상관 안 해요. 관심 없다고요. 내가 아는 건 줄리아 마틴이 죽었고 누군가 그녀를 죽였다는 것뿐이에요."

"그녀의 죽음에 관해 아는 게 있나, 엘리엇?"

침묵이 흘렀다.

"어리석게 굴지 말게, 자네. 뭔가 아는 게 있다면……."

"있다고 해도 말할 것 같아요? 그녀는 점잖은 사람이었고 누군가 그런 사람을 죽였어요. 내가 아는 건 그것뿐이에요."

"거짓말을 하는군. 그녀와 함께 시간을 보내지 않았나?"

"시간? 뭐라고요? 지배인님이 준 여가 시간 갖고요? 하루에 열두 시간을 일하는데 누구랑 보낼 시간이 어딨어요?"

"평생을 불평만 하며 살 생각인가?"

"인생 나름이죠. 지배인님은 평생을 참견만 하며 살 겁니까?"

엘리엇은 몸을 돌려 쿵쿵거리며 멀어졌다. 보부아르는 지배인이 보는 사람이 없다고 생각할 때 어떻게 행동할지 궁금해하며 가만히 있었다.

피에르 파트노드는 대화를 들은 사람이 아무도 없다는 사실에 감사해하며 엘리엇의 뒷모습을 노려보았다. 자신이 여름철에 했던 일들을 이야기한 건 실수였구나 싶었다. 하지만 이미 늦은 뒤였다. 그 옛날 아버지가 회의실에서 심각한 표정을 띤 사람들을 둘러보며 했던 말이 떠올랐다.

"누구에게나 두 번째 기회는 있네. 하지만 세 번째는 없어."

아버지는 그날 한 사람을 해고했다. 피에르는 그 광경을 보았다. 끔찍했다.

이번이 엘리엇의 세 번째 기회였다. 그는 엘리엇을 해고해야 했다. 수사가 끝나고 경찰이 가면. 지금이야 어차피 엘리엇이 주변에 있어야 할테니 해고해 봐야 소용없었다. 지배인에게는 사람을 해고한 경험이 많지 않았지만, 해고할 때면 그는 항상 그날의 회의실과 아버지를 떠올렸다. 그리고 아버지가 나중에 했던 일도.

해고 후 수년이 지나고, 아버지는 자신이 해고한 사람이 회사를 차릴 수 있도록 조용히 자기 돈 수십만을 투자해 주었다.

결국 세 번째 기회도 주었던 셈이다. 하지만 그건 아버지가 자신보다 더 상냥한 사람이었기 때문인지도 모른다는 생각이 들었다.

몸을 돌리던 피에르는 문 너머에서 자신을 지켜보는 남자를 보고 흠칫했다. 하지만 이내 돌 테라스로 나오는 경위를 향해 손을 흔들었다.

"경위님과 다른 분들이 쓰실 방을 준비해 뒀습니다. 경감님 방과 멀지 않은 본관으로 마련했습니다."

보부아르는 모기 한 마리를 찰싹 때렸다. 더 많은 모기가 몰려왔다.

"메르시, 파트롱Merci, Patron 고맙습니다. 지배인님. 대단한 녀석이로군요." 보부아르가 멀어져 가는 엘리엇의 등을 가리키며 말했다.

"들으셨습니까? 죄송합니다. 그냥 기분이 상해서 저러는 겁니다."

보부아르는 녀석을 때리지 않은 지배인이 용감하다고 생각했지만, 이제는 어쩌면 피에르 파트노드가 나약하여 어린애들마저 자신을 함부로 대하도록 내버려 두고 있을 뿐인 건 아닌지 의심스러웠다. 보부아르는 나약함이 싫었다. 살인자들은 나약했다.

가마슈, 렌 마리와 보부아르는 지배인과 기술반원들이 전력 문제를 해결하도록 맡겨 두고 스리 파인스로 향했다. 보부아르는 뒷좌석에 앉았다. 엄마와 아빠 뒤에. 제법 마음에 드는 생각이었다. 주방장을 만난 뒤로 이상하게 느긋한 기분이 들었다.

"마누아르의 주방장을 아십니까?" 그는 별생각 없이 물었다.

"그 남자는 만나 본 적이 없는 것 같네요." 렌 마리가 말했다.

"여자입니다." 보부아르가 말했다. "베로니크 랑글로와라는 이름이죠." 이름을 말하는 것만으로도 마음이 차분해졌다. 정말 기묘한 느낌이었다.

렌 마리는 고개를 저었다. "아르망?"

"오늘 아침에 처음 만났지."

"만난 적이 없다는 게 이상하네." 렌 마리가 말했다. "주방장들은 손님에게 칭찬받는 걸 좋아한다고 생각했는데. 우리가 만났는데 잊어버린 건 아닐까?"

"장담하는데 쉽게 잊어버릴 만한 사람이 아니야." 가마슈는 몸집이 크고 자신감이 넘치는 여자를 떠올리며 말했다. "돌아갈 때쯤이면 라코스트 형사가 직원들과 면담을 마쳤을 테지. 그럼 우리보다 주방장에 관해 더 잘 알 테고. 그런데 난 그 사람을 전부터 알았던 것 같은 기분이 들더군."

"저도요." 보부아르가 앞좌석에 앉은 두 사람 사이로 상체를 내밀며 말했다. "길을 걷다가 무슨 냄새를 맡는 순간 다른 장소에 온 것 같다는 기분이 들 때가 있지 않습니까? 냄새를 타고 다른 곳으로 실려 간 것처럼요."

상대가 경감이 아니었다면 보부아르는 그런 말을 하는 자신이 바보 같다고 느꼈을 것이다.

"있지. 하지만 그것만이 아니야." 가마슈가 말했다. "감정도 같이 딸려 오지. 갑자기 우울해진다든가 편안해진다든가 침착해진다든가. 냄새 외에는 아무런 이유도 없는데 말이야."

"위, 세 사Oui, c'est ça 네. 바로 그겁니다. 특히 감정이 핵심이죠. 주방에 들어갔을 때 그런 기분을 느꼈습니다."

"그냥 주방 냄새 때문이었다고 생각해요?" 렌 마리가 물었다.

보부아르는 고민했다. "아니요. 주방장을 보기 전까지는 그런 기분이 아니었습니다. 주방장 때문이었죠. 손에 잡힐 듯 잡히지 않는 게 참 답답하더군요. 하지만 전 분명히 그 여자를 압니다."

"그래서 기분이 어땠는데요?" 마담 가마슈가 물었다.

"안도감을 느꼈습니다."

그리고 웃음을 터뜨리고 싶은 열망에 휩싸이기도 했었다. 가슴속에서 일종의 기쁨이 솟아올랐었다.

볼보가 진흙투성이 길을 헤치고 스리 파인스 마을로 향하는 동안 그는 이 문제에 관해 생각했다.

15

볼보는 언덕 꼭대기에 이르러 멈춰 섰다. 세 사람은 차에서 내려 언덕 가장자리로 다가가 작은 마을을 내려다보았다. 마을은 숲이 울창한 언덕과 산으로 둘러싸인 아늑한 계곡 안에 자리하고 있었다.

가마슈는 여름의 스리 파인스를 한 번도 본 적이 없었다. 단풍나무, 사과나무, 떡갈나무 잎사귀 들이 마을 잔디 광장 주변에 있는 오래된 집들을 살짝 가렸다. 하지만 아름다움을 반쯤 감추면 더욱 아름다워지듯 마을이 한층 더 매혹적으로 보였다. 스리 파인스는 자신의 모습을 서서히 드러내는 마을이었고, 인내심을 갖고 기다릴 줄 아는 사람, 비스트로의 빛바랜 안락의자에 조용히 앉아 친자노이탈리아의 주조 업체이자 그곳에서 생산하는 베르무트 술의 이름나 카페오레를 마시며 이 고색창연한 마을의 변화하는 얼굴을 지켜볼 줄 아는 사람만이 그 모습을 볼 수 있었다.

오른편으로 교회의 흰 첨탑이 솟아 있었고, 방앗간용 저수지에서 쏟아져 나온 벨라벨라 강물이 집과 가게들 뒤편으로 구불구불 흘러갔다.

가게들이 잔디 광장 저쪽 끝 작은 벽돌담으로 둘러싸인 곳에 반원을 그리며 자리하고 있었다. 새 책과 헌책을 모두 취급하는 머나의 서점, 선명한 파란색과 흰색 파라솔이 인도에 늘어선 의자와 테이블을 가려주는 올리비에의 비스트로편안한 분위기의 작은 식당. 그 옆은 사라의 불랑제리빵집. 나이 들었지만 허리가 꼿꼿한 여자가 축 늘어진 그물 가방을 들고 다리를 절뚝이며 막 불랑제리를 나서고 있었다. 그 뒤를 오리 한 마리가 따라다녔다.

"루스." 가마슈는 고개를 끄덕였다. 오리 로사가 결정적인 증거였다. 그들은 늙고 적의 어린 시인이 잡화점으로 들어가는 모습을 지켜보았다. 로사는 밖에서 기다렸다.

"서두르면 안 만날 수 있겠군요." 보부아르가 차로 돌아가며 말했다.

"하지만 안 만나고 싶지 않은걸요." 렌 마리가 말했다. "마누아르에서 루스에게 전화했어요. 오늘 오후에 같이 차를 마시기로 했지요."

보부아르는 이것이 그녀의 마지막 모습이라는 듯한 눈길로 마담 가마슈를 바라보았다. 잠시 후면 그녀는 루스 자도에게 잡아먹힐 터였다. 착한 사람들을 잘게 부수어 시詩로 바꿔 놓는 여자에게.

마을 사람들은 개를 산책시키거나 심부름을 하거나, 좀 더 정확하게는 심부름을 핑계 삼아 어슬렁거렸다. 챙 넓은 원예용 모자와 장갑과 고무장화를 갖추고 축축한 정원에 무릎을 꿇은 채 꽃다발에 쓸 장미를 자르는 사람들도 있었다. 집마다 화단에 꽃이 무성했다. 계획도 없었고, 새로운 품종도 없었고, 최신 원예학의 산물도 없었다. 제1차 세계대전 참전 용사가 고향에 돌아와 정원에서 보았을 법한 식물 외에는 아무것도 없었다. 스리 파인스도 변화는 했지만, 느리게 변화했다.

세 사람은 차로 돌아와 천천히 물랭 길을 내려가다 가브리의 비앤비 앞에 멈추었다. 30대 중반의 몸집이 크고 머리가 헝클어진 남자가 널따란 현관에서 그들을 기다리고 있었다는 듯 서 있었다.

"살뤼, 메 자미Salut, mes amis 안녕, 친구들." 그는 나무 계단을 내려와 모두에게, 심지어 보부아르에게조차 애정 어린 포옹을 하고 양 볼에 입을 맞춘 다음 가마슈에게서 렌 마리의 가방을 받아 들었다. "돌아오신 걸 환영합니다."

"메르시, 파트롱Merci, Parton 고마워요. 주인장." 가마슈는 미소 지었다. 이 작은 마을에 다시 오게 되어 기뻤다.

"피터 누나의 소식을 듣고 올리비에와 제가 얼마나 안타까워했는지 몰라요." 가브리가 렌 마리에게 방을 보여 주며 말했다. 방은 따뜻하고 매력적이었다. 침대는 어둡고 진한 빛깔의 목재였고, 침구는 깨끗하고 호사스러운 흰색이었다. "두 사람은 어떻게 지내고 있어요?"

"충격이 컸지요." 가마슈가 말했다. "하지만 극복하고 있습니다." 달리 뭐라고 말할 수 있겠는가?

"끔찍한 일이에요." 몸집 큰 사내가 고개를 가로저었다. "클라라가 전화해서 제게 가방을 좀 꾸려 달라고 하더군요. 좀 스트레스를 받는 듯한 목소리였죠. 클로그나막신이나 단단한 가죽신을 신고 발을 구르며 추는 민속춤 추세요?" 그는 렌 마리에게 그렇게 물으면서 탭댄스와 켈트댄스를 뒤섞은 듯한 투박한 옛 춤을 흉내 냈다.

무슨 뜻으로 하는 질문인지 명확하지 않았기에 그녀는 그를 빤히 쳐다보았다.

"한 번도 안 춰 봤어요."

"아이고 이런, 틀림없이 좋아하실 거예요. 이틀 후 캐나다 연방 성립 기념일에 마을 광장에서 축하 파티를 열고 다 같이 클로그 시범을 보여요. 제가 당신 이름도 올려 뒀답니다."

"나, 살인자가 있는 곳으로 다시 데려가 줘." 몇 분 후 렌 마리는 차를 탄 가마슈에게 작별 키스를 하며 남편의 귀에 속삭였다. 그에게서 옅은 장미수와 백단향 냄새가 났다. 차가 멀어지는 동안 그녀는 여전히 그의 냄새가 빚어낸 세계, 아늑하고 상냥하고 차분한 세계, 클로그가 없는 세계 속에서 손을 흔들었다.

아르망 가마슈 경감은 셔브룩에 있는 경찰서를 찾아가 자신을 소개했다. "증거물을 보관한 곳으로 바로 안내해 줄 수 있을까?"

데스크 뒤에 있던 경관이 벌떡 일어났다. "네, 경감님. 조각상은 이쪽에 있습니다."

그들은 경관을 따라 경찰서 뒤쪽의 넓은 주차장으로 갔다. 찰스 모로는 술을 거하게 시키려는 듯한 모양새로 벽에 몸을 기대고 있었다. 다른 경관이 조각상 앞에 의자를 두고 앉아 지키고 있었다.

"아무도 손대지 못하도록 확실히 해 두는 편이 좋겠다고 생각했습니다. 혈흔과 흙 샘플을 채취하셨다는 건 압니다. 샘플은 감식반으로 보냈습니다만 혹시 몰라서 조금 더 채취해 뒀습니다."

"아주 철저하군." 가마슈가 말했다. 발걸음 소리가 주차장의 콘크리트 바닥을 타고 메아리쳤다. 가마슈는 찰스 모로가 자신들을 기다리고 있었다는 인상을 받았다.

가마슈는 조각상을 지키고 있던 경관에게 고개를 끄덕이고 물러가게 한 다음 손을 뻗어 돌로 된 몸통을 만져 보았다. 그는 자신이 무엇을 기대했는지 알지 못한 채 조각상을 붙들고 서 있었다. 희미한 맥박 같은 걸 기대했던 걸까.

그리고 가마슈는 정말로 예기치 못했던 것을 느꼈다. 그는 이번에는 모로의 팔로 손을 옮겨 위아래로 만져 보았다.

"장 기, 이걸 보게."

보부아르가 가까이 몸을 숙였다. "뭡니까?"

"느껴 보게."

보부아르는 반장의 손이 있던 자리에 자신의 손을 갖다 댔다. 차가울 줄 알았는데 마치 구두쇠 찰스 모로가 반장에게서 온기를 빨아들이기라도 한 것처럼 따뜻했다.

하지만 다른 것도 느껴졌다. 보부아르는 눈살을 찌푸리며 모로의 몸통을 어루만졌다. 그러다가 다시 코가 조각상에 닿을 만큼 몸을 가까이 숙였다.

"이건 돌이 아니군요." 마침내 그가 말했다.

"나도 그렇게 생각하네." 가마슈가 물러나며 말했다.

찰스 모로는 회색이었다. 어떤 부분은 짙은 회색이고 또 어떤 부분은 옅은 회색이었다. 표면에는 낮은 파도 같은 기복이 있었다. 가마슈는 처음에 그것이 조각가가 어떻게 해선가 불어넣은 효과이리라 생각했지만, 조각상을 만지고 자세히 살펴보니 원래 재질이 그렇다는 것을 알 수 있었다. 늘어진 피부와 마찬가지로 그 기복은 찰스 모로를 조각한 원료의 특성이었다. 마치 진짜 사람, 거인이 굳어져 조각상이 된 것 같았다.

"이게 뭐죠? 무엇으로 만든 거죠?"

"모르겠네." 가마슈가 말했다. 이번 사건에서 여러 차례 되풀이하고 있는 말이었다. 그는 찰스 모로의 얼굴을 올려다보았다. 그런 다음 다시 한 걸음 물러섰다.

얼굴에는 아직도 흙과 풀이 조금 묻어 있었다. 흡사 죽은 사람을 파낸 것 같았다. 하지만 흙 밑의 얼굴에는 확고한 결의가 어려 있었다. 살아 있었다. 손바닥이 보이도록 옆구리께에 두 팔을 댄 모습이 마치 무언가를 잃어버린 것처럼 보였다. 이제는 말라붙은 핏자국이 찰스 모로의 머리와 손을 칠하고 있었다. 걸음을 살짝 내딛는 동작은 주저하는 듯했다.

부분 부분 뜯어보자면 퉁하고, 조급하고, 탐욕스럽고, 틀림없이 남의 관심을 바라는 남자이리라는 인상을 주었다.

하지만 가마슈는 전체적인 모습 앞에 완전히 다른 인상을 받았다. 부분을 합쳐 놓고 보니 갈망, 슬픔, 체념이 결의와 뒤섞여 있었다. 제막식에서 캔버스 덮개를 젖힌 순간 찰스 모로에게서 받았던 인상과 똑같은 느낌이었다. 그리고 지금 가마슈는 과거 파리에서 자주 찾았던 정원에서 느꼈던 것과 같은 인상에 사로잡혔다.

대다수 방문객들은 루브르 박물관, 튈일리 궁전, 에펠탑을 찾았지만 아르망 가마슈는 어느 작은 박물관 뒤편의 조용한 정원을 찾았다.

그곳에서 그는 오래전에 죽은 사람들에게 경의를 표했다.

그곳이 오귀스트 로댕 박물관이었기 때문이었다. 아르망 가마슈는 그곳에 〈칼레의 시민〉을 보러 갔다.

"이 조각상을 보고 떠오르는 것 없나?"

"공포 영화요. 당장이라도 살아날 것만 같군요." 보부아르가 말했다.

가마슈는 미소를 지었다. 이 조각상에는 무언가 초자연적인 느낌이 있었다. 게다가 사람까지 죽었다.

"〈레 부르주아 드 칼레Les Bourgeois de Calais〉에 관해 들어 본 적 있나? 〈칼레의 시민〉."

보부아르는 생각하는 척했다.

"농Non 아니요." 슬슬 나올 때가 됐다 싶던 차였다. 그래도 경감님이 시를 읊기 시작한 건 아니니까. 아직은.

"이 사람을 보자니 그들이 생각나는군." 가마슈는 다시 물러섰다. "오 귀스트 로댕이 조각한 사람들이지. 파리의 로댕 박물관에 있지만, 혹시 보고 싶다면 몬트리올의 조형예술 박물관 밖에도 있다네."

보부아르는 그 말을 농담으로 받아들였다.

"로댕은 백 년쯤 전에 살았던 사람이지만 이야기 자체는 훨씬 더 오래 전인 1347년으로 거슬러 올라가지."

가마슈의 말은 보부아르의 주의를 사로잡았다. 반장의 나직하고 사색 적인 목소리는 옛날이야기를 들려주는 듯했고, 사건이 보부아르의 눈앞 에서 펼쳐지는 것 같았다.

약 7백 년 전의 칼레 항구. 활기 넘치고 부유한 전략적 요충지. 프랑 스인과 영국인 사이에 백년 전쟁이 벌어졌던 시절. 물론 당시에는 백년 전쟁이라고 불리지 않았고 그냥 전쟁이었다. 프랑스의 중요한 항구였던 칼레는 영국 에드워드 3세의 막강한 군대에 포위당했다. 프랑스의 필리 프 6세가 구하러 오리라 여겼던 도시 사람들은 포위 상태에 개의치 않 고 적응해 나갔다. 하지만 며칠이 몇 주가 되고 또 몇 달이 되면서 희망 의 끈은 끊어질 듯 가늘어졌다. 그리고 임계점을 넘어섰다. 마침내 기아 飢餓가 문 앞에 당도했고, 성문을 지나 집 안으로 들어왔다. 그래도 그들 은 구원의 손길이 오리라 믿으며 버텼다. 자신들이 잊히지는, 버림받지 는 않았으리라 믿었다.

결국 에드워드 3세가 제안을 해 왔다. 그는 가장 명망 높은 시민 여섯 명이 투항한다면 칼레의 안전을 보장하겠다고 했다. 대신 여섯 명은 처 형당할 운명이었다. 그는 여섯 명이 모든 옷가지를 벗고 목에 밧줄을 건 채 도시로 들어가는 열쇠를 들고 성문에 자진해서 나타나야 한다고 명령했다.

장 기 보부아르는 창백하게 질린 얼굴로 자신이라면 어떻게 했을지 상상했다. 나라면 앞으로 나섰을까? 뒷걸음치며 고개를 돌렸을까? 시민들이 느꼈을 공포를, 선택의 공포를 상상할 수 있었다. 경감의 이야기를 듣는 것만으로도 가슴속에서 심장이 쿵쾅거렸다. 어떤 공포 영화보다도 더 끔찍했다. 이건 실화였다.

"어떻게 됐죠?" 보부아르가 속삭이듯 물었다.

"칼레에서 가장 부유한 사람 중 한 명인 외스타슈 드 생피에르라는 사람이 자진해서 나섰네. 그리고 다섯 명이 뒤를 따랐지. 그들은 속옷까지 벗고 밧줄로 만든 올가미를 목에 두른 다음 성문 밖으로 나갔네."

"봉 디유Bon dieu 하느님 맙소사." 보부아르가 속삭였다.

하느님 맙소사지. 가마슈는 다시 찰스 모로를 바라보며 동의했다.

"로댕은 그들이 성문에 서서 투항하던 그 순간을 조각으로 남겼네."

보부아르는 조각이 어떻게 생겼을지 상상해 보고자 했다. 그는 바스티유 감옥 습격, 전쟁, 승리를 기념하는 대표적인 프랑스 미술품을 많이 보아 왔다. 날개 달린 천사, 풍만하고 힘을 북돋아 주는 여자들, 의지 강한 남자들. 하지만 경감이 이 조각상 때문에 그 사람들을 떠올렸다면, 그 작품은 자신이 이전에 본 그 무엇과도 닮지 않았으리라.

"일반적인 조각상은 아니겠군요?" 보부아르는 그렇게 말하면서 몬트리올 조형예술 박물관이 어디 있는지 알아보게 될지도 모르겠다고 생각했다.

"그래, 흔히 볼 수 있는 전쟁 기념 조각상과는 다르지. 그들은 영웅적이지 않아. 체념했고, 심지어 겁먹은 것처럼 보이기까지 하지."

보부아르는 그 모습을 상상할 수 있었다. "하지만 그래서 더 영웅적인 것 아닙니까?" 그가 물었다.

"나도 그렇게 생각하네." 가마슈는 그렇게 말하며 찰스 모로를 돌아보았다. 옷을 입고 있었고, 사슬이나 밧줄이나 올가미도 없었다. 적어도 눈에 보이지는 않았다. 하지만 아르망 가마슈는 찰스 모로가 칼레의 시민들만큼이나 단단히 묶여 있음을 알았다. 밧줄과 사슬로 무언가에 묶여 있었다.

찰스 모로가 저토록 슬픈 눈으로 바라보고 있던 것은 무엇이었을까?

크레인 회사 사장이 안내 데스크에서 기다리고 있었다. 작고 어깨가 떡 벌어진 모습이 조각상 받침대 같았다. 짧은 진회색 머리카락이 꼿꼿하게 서 있었다. 이날을 비롯해 지난 30년 동안 날마다 안전모에 눌려 생긴 붉은 자국이 이마를 가로지르고 있었다.

"아시겠지만 제 잘못이 아닙니다." 그가 넓적한 손을 내밀며 말했다.

"압니다." 가마슈는 그렇게 말하며 악수를 나누고 자신과 보부아르를 소개했다. "저희는 살인 사건이라고 보고 있습니다."

"타바르나클르Tabernacle 원 세상에." 사내는 그렇게 외치고 땀이 송골송골한 이마를 닦았다. "정말입니까? 직원들이 들으면 난리 나겠는데요."

"무슨 일이 일어났는지 직원에게 들으셨습니까?" 사내와 함께 주차장으로 가는 길에 보부아르가 물었다.

"그 녀석은 머저리입니다. 블록이 움직여 조각상이 떨어졌다군요. 헛소리라고 해 줬죠. 받침은 단단했어요. 지하 동결선지하수가 날씨의 영향을 받아 얼어붙는 깊이. 그 아래로는 온도가 영상을 유지한다 아래로 백팔십 센티미터를 파고

224 살인하는 돌

소나 튜브땅속으로 콘크리트 등을 부어 기둥을 박기 위해 사용하는 속이 빈 관를 묻은 다음 콘크리트를 부어 기초를 다졌는데 움직일 리가 없죠. 무슨 얘긴지 아시겠습니까?"

"설명해 주십시오." 가마슈가 말했다.

"건설을 할 때는 말입니다, 지하 동결선 아래로 최소한 백팔십 센티미터를 파야 합니다. 안 그러면 뭘 짓든 간에 봄에 땅이 풀리면서 뒤틀릴 수 있거든요. 아시겠습니까?"

가마슈는 크레인 기사가 상사에 대해 한 말을 이해할 수 있었다. 이 남자는 타고난 설명꾼이었다. 타고난 선생은 아니었지만.

"마누아르의 마담 뒤부아는 뭐든지 제대로 하지 않으면 안 된다고 하시는 분이죠. 전 그런 게 좋습니다. 저도 마찬가지거든요. 게다가 마담 뒤부아는 건축에 대해 좀 아는 편입니다." 그가 할 수 있는 최대한의 찬사였다.

"그래서 뭘 하셨습니까?" 보부아르가 물었다.

"부아이용Voyons, 자, 콘돔 계속 끼고 계세요. 곧 나오니까. 마담 뒤부아가 조각상이 넘어지지 않도록 소나 튜브를 박아 달라고 하시기에 그렇게 했죠. 그게 한 달쯤 전의 일입니다. 받침대는 아직 겨울도 안 났어요. 움직였을 리가 없죠."

"관을 묻으셨군요." 보부아르가 말했다. "그다음엔요?"

보부아르는 살인 사건 수사란 "그런 다음엔 어떻게 됐죠?"라고 반복해서 묻는 과정이라고 생각했다. 물론 그에 대한 대답을 듣는 것도.

"콘크리트를 붓고 한 주를 기다렸습니다. 굳었지요. 그런 다음 그 망할 받침대를 놓았고, 어제 제가 조각상을 올렸습니다. 무지막지하게 크더군요. 조심스럽게 들어 올려야 했습니다."

두 사람은 이후 15분 동안 그가 한 일이 얼마나 어려웠는지에 관한 설명을 들었다. 보부아르는 머릿속으로 어젯밤 야구 경기를 되짚어 보았고, 이내가 자신의 외박에 대해 또 화를 낼 것인지 생각해 보았으며, 건물 관리인과 작은 말다툼을 벌였다.

가마슈는 설명을 들었다.

"조각상을 올려놓으실 때 현장에 누가 있었습니까?"

"마담 뒤부아랑 다른 사람 하나 더요."

"지배인인 피에르 파트노드 말입니까?"

"누군지는 몰라요. 사십 대에 머리카락은 검고 옷을 겹겹이 껴입었더군요. 틀림없이 더워서 죽을 지경이었을 겁니다."

"또 다른 사람은요?"

"보러 온 사람은 많았습니다. 정원 일 하던 꼬맹이들도 몇인가 보고 있었죠. 가장 어려운 건 조각상을 정확하게 놓는 겁니다. 엉뚱한 곳을 바라보면 곤란하니까요." 크레인 기사는 웃음을 터뜨리고 다시 조각상의 위치 조정에 관한 독백을 5분가량 늘어놓았다. 보부아르는 피에르 카르댕과 파리에서의 한바탕 쇼핑에 관한 공상을 즐겼다. 하지만 그러다 보니 칼레 사람들이 떠올랐고, 그것이 다시 찰스 모로로 이어지면서 결국 이 장황한 설명꾼에게 돌아오게 되었다.

"……마담 뒤부아가 주신 캔버스를 덮은 다음 떠났죠."

"조각상이 어떻게 받침대에서 떨어질 수 있었을까요?"

가마슈는 여타 질문과 다름없는 태도로 질문을 던졌지만 방 안의 모두는 그것이야말로 핵심 질문임을 알았다. 기사의 눈길이 잠시 조각상에 머물렀다가 돌아왔다.

"제가 아는 방법은 기계를 이용하는 것뿐이죠." 그는 자신의 대답에 만족하지 못했고, 그래서 죄책감을 느끼는 듯했다. "전 안 그랬습니다."

"그건 저희도 압니다. 하지만 누가 그랬을까요? 혹시 기계를 사용하지 않았다면 어떻게 했을까요?"

"기계를 사용했는지도 모르죠. 거기에 크레인이 있었는지도 모르고요. 제 것이 아닌 다른 사람 걸로요. 어쩌면요."

"그것도 가능하지요. 하지만 그랬다면 줄리아 마틴이 알아차렸을 겁니다."

그들은 고개를 끄덕였다.

"조각상에 대해 어떻게 생각하십니까?" 가마슈가 물었다. 보부아르는 그를 놀랍다는 듯 쳐다보았다. 크레인 기사가 뭐라고 생각하든 누가 신경 쓴단 말인가? 빌어먹을 받침대에 묻는 거나 마찬가지지.

크레인 기사도 놀란 기색이었지만, 그는 그에 대해 생각해 보았다.

"제 정원에 두고 싶을 것 같진 않아요. 좀 슬프잖습니까? 전 행복한 걸 좋아해서요."

"픽시 같은?" 보부아르가 물었다.

"그래요, 픽시나 페어리픽시는 영국 및 북유럽 설화에 등장하는 작고 장난기 많은 요정이며, 페어리는 문화적 기원, 크기, 성격이 훨씬 다양한 정령에 가까운 존재지만 둘 다 요정을 뜻하는 말로 쓰인다 같은 거." 크레인 기사가 말했다. "사람들은 둘이 같은 거라고 생각하지만 둘은 같지 않죠."

맙소사, 픽시와 페어리에 대한 설교만은 아니기를.

가마슈가 보부아르에게 경고의 눈빛을 보냈다.

"물론, 새는 좀 낫습니다만."

새?

가마슈와 보부아르가 서로 바라보았다.

"무슨 새 말씀이십니까, 무슈?" 가마슈가 물었다.

"어깨에 있는 거 말입니다."

어깨?

크레인 기사는 두 사람이 당황하는 것을 알아차렸다.

"저기 위에요." 그가 진흙 묻은 부츠로 뚜벅뚜벅 소리를 내며 콘크리트 바닥을 걸어갔다. 그는 조각상 앞에 멈춰 서서 가리켰다.

"아무것도 안 보이는데요." 보부아르가 역시 고개를 젓고 있는 가마슈에게 말했다.

"보려면 가까이 가야 해요." 크레인 기사는 주차장을 둘러보았다. 그가 사다리를 발견하여 가져오자 보부아르가 올라갔다.

"맞네요. 여기에 새 조각이 있습니다." 그가 위에서 외쳤다.

가마슈는 조용히 한숨을 내쉬었다. 크레인 기사가 헛것을 보았기를 기대했는데. 아니었다. 새는 있을 수밖에 없었고, 그렇다면 모로의 발 위에 있을 리는 없었다. 보부아르가 내려왔고, 가마슈는 자신이 직접 봐야 한다는 사실을 의식하며 사다리를 노려보았다.

"도와 드릴까요?" 보부아르가 아직 그의 공포증을 발견하지 못한 사람답게 가벼운 태도로 실실 웃으며 물었다.

"농, 메르시Non, merci 고맙지만 됐네." 가마슈는 미소를 지으려고 했지만 자신이 미친 사람처럼 보이리라는 것을 알았다. 눈이 활활 타오르고, 손이 살짝 떨리고, 입술은 여전히 거짓 미소를 지으려고 애쓰는 가운데 그는 사다리를 오르기 시작했다. 두 단, 세 단, 네 단. 높다고는 할 수 없는 높이였지만 그 정도로 충분했다. 어쩌면 빈처럼 나도 땅에서 떠나기를 두려워하는 모양이로군. 그는 놀라 생각했다.

그는 찰스 모로를 마주하고 그 음침한 얼굴을 노려보았다. 그런 다음 눈을 내리자, 바로 거기 왼쪽 어깨에 작은 새 한 마리가 새겨져 있었다. 하지만 그 새는 뭔가 이상했다. 온몸의 신경이 어서 내려가라고 사정했다. 불안의 물결이 밀려오는 것이 느껴졌고, 그냥 손을 놓고 사다리에서 떨어져 버릴까 싶었다. 보부아르에게 떨어지는 거야. 그를 뭉개는 거지. 모로가 줄리아를 뭉갰듯이.

"괜찮으세요?" 보부아르는 이제 살짝 걱정 어린 목소리였다.

가마슈는 새를 보기 위해 집중력을 짜냈다. 그런 다음 그는 보았다.

더는 태연자약한 척할 필요가 없어진 가마슈는 허둥지둥 사다리를 내려왔다. 마지막 두 단에 이르러 뛰어내렸다가 크레인 기사의 발 위에 우아하지 못하게 착지했다.

"저게 무슨 새인지 아십니까?" 가마슈가 물었다.

"당연히 모르죠. 새가 그냥 새죠 뭐. 어치가 아니란 것밖에 몰라요."

"그게 중요합니까?" 경감이 절대로 이유 없는 질문을 하지 않는다는 사실을 알고 있는 보부아르가 물었다.

"발이 없더군."

"깜빡했나 보죠." 기사의 의견이었다.

"아니면 그게 작가 서명 아닐까요?" 보부아르가 말했다. "어떤 작가들은 눈을 절대 그리지 않는 것처럼요."

"〈고아 애니미국의 만화가 해럴드 그레이가 연재한 만화로, 그레이는 인물의 눈에 눈동자를 그려 넣지 않았다〉처럼 말이군요." 크레인 기사가 말했다. "어쩌면 이 친구는 발을 안 그리는 걸지도요."

세 사람 모두 시선을 아래로 내렸다. 찰스 모로에게는 발이 있었다.

그들은 사다리를 치운 다음 문으로 향했다.

"거기에 새가 왜 있는 걸까요?" 크레인 기사가 물었다.

"모르겠습니다." 가마슈가 말했다. "작가에게 물어봐야겠군요."

"행운을 빕니다." 기사가 얼굴을 찌푸렸다.

"그건 무슨 뜻입니까?" 보부아르가 물었다.

크레인 기사는 불편한 기색이었다. 보부아르는 픽시와 페어리를 좋아한다는 사실을 숨김없이 인정하는 사람을 불편하게 만들 만한 일이 뭐가 있을지 궁금했다.

크레인 기사는 걸음을 멈추고 두 사람을 바라보았다. 젊은 쪽은 족제비처럼 자신을 노려보고 있었다. 언제든 덤비겠다는 기세로. 하지만 나이 든 쪽, 희끗희끗한 콧수염을 기르고 벗어져 가는 머리에 상냥하고 영리한 눈빛을 한 쪽은 조용했다. 그리고 자신의 말을 들어 주었다. 그는 어깨를 활짝 펴고 가마슈를 향해 말했다.

"마담 뒤부아가 어제 아침에 조각상을 가져다 달라며 주소를 주셨죠. 생 펠리시앵 뒤 락에서요. 도착하고 한참 시간이 남았습니다. 제가 좀 그렇거든요. 커피숍에 가서……."

또 시작이군. 보부아르는 그렇게 생각하며 선 채로 자세를 바꾸었다.

크레인 기사는 잠시 말을 멈추었다가 내뱉었다. "그러다가 아틀리에로 가지러 갔습니다. 조각상을 말이죠. 마담 뒤부아는 거기가 작가 스튜디오라고 하셨는데, 아니더군요."

그는 다시 말을 멈추었다.

"계속하세요." 가마슈가 조용히 말했다.

"거긴 묘지였습니다."

16

베로니크 랑글로와는 저녁에 쓸 리덕션 소스를 준비 중이었다. 거의 5시로 예정보다 늦어지고 있었고, 이 젊은 경찰청 형사가 계속 질문을 던진다면 더욱 늦어질 전망이었다.

따뜻한 주방 안의 소나무를 다듬어 만든 테이블 앞에 앉은 이자벨 라코스트 형사는 자리를 뜨고 싶지 않았다. 주방에는 더없이 근사한 갖가지 향기가 감돌았는데, 무엇보다 마음이 차분해지는 냄새가 났다. 분주함으로 가득한 장소치고는 묘하다는 생각이 들었다. 빳빳한 흰색 앞치마를 두른 주방 보조들은 허브를 자르고, 주방 정원에서 따 오거나 지역의 유기농 농부인 무슈 파제가 가져다준 때 이른 채소를 씻고 있었다. 그들은 굽고, 치대고, 속을 채우고, 저었다. 닥터 수스_{미국의 작가, 삽화가, 만화가 시어도어 수스 게이즐이 어린이용 책을 쓸 때 사용한 필명}의 책에서 흔히 볼 수 있는 광경이었다.

그리고 라코스트 형사는 자신이 할 일을 했다. 그녀는 캐물었다.

지금까지 그녀는 실외에서 일하는 직원들과 전부 면담했다. 그들은 이제 다시 드넓게 뻗은 잔디밭을 다듬고 끝없는 화단에서 잡초를 뽑고 있었다. 이곳에는 그런 직원들이 득시글거렸다. 다들 젊고 도우려는 열망에 차 있었다.

그녀가 현재 면담 중인 피에르 파트노드는 거의 매년 직원을 바꾸며, 따라서 그들 대부분 교육이 필요했다는 설명을 막 마친 참이었다.

"직원들을 붙잡는 데에 어려움을 겪고 계시나요?" 그녀가 물었다.

"메, 농Mais, non 그건 아니에요." 마담 뒤부아가 말했다. 라코스트 형사는 이미 면담을 마친 그녀에게 가도 좋다고 했지만 노부인은 의자에 남은 사과 한 알처럼 계속 자리를 지켰다. "젊은이들 대다수는 학교로 돌아가거든요. 그리고 우리는 새 직원을 원한답니다."

"왜죠? 그러면 일이 상당히 늘 텐데요."

"그렇습니다." 지배인이 동의했다.

"이것 좀 드셔 보세요." 베로니크 주방장이 나무 숟가락을 코밑에 들이밀자 그가 입술을 내밀며 입을 맞추듯 살짝만 가져다 댔다. 라코스트는 그것이 전에도 수없이 해 본 기계적인 동작임을 알아차렸다.

"완벽하군요." 그가 말했다.

"부아이용Voyons 그것 봐, 항상 그렇게 말한다니까요." 주방장이 웃음을 터뜨렸다.

"그야 항상 완벽하니까요. 완벽한 것밖에 못하잖습니까."

"그렇지 않아요."

라코스트 형사는 주방장이 기뻐한다는 것을 알 수 있었다. 그것 말고도 뭔가 더 있는 걸까? 숟가락이 그의 입술에 닿는 순간 뭔가가 있었을까? 그녀조차 그걸 느낄 수 있었다. 친밀감.

하지만 원래 요리란 친밀한 행위였다. 기교와 창조의 행위였다. 자신은 요리를 좋아하지 않았지만 요리가 얼마나 감각적일 수 있는지는 알고 있었다. 방금 매우 사적이고 매우 친밀한 순간을 목격한 것 같은 기분이 들었다.

그녀는 주방장을 새로운 눈으로 보게 되었다.

젊은 조수들 위에 군림하고 선 그녀는 앞치마로 감싼 몸통이 워낙 굵어 마치 남의 몸을 빌려 쓰고 있는 것처럼 움직임이 불편해 보일 정도였다. 그녀는 바닥이 고무로 된 실용적인 신발을 신고 있었고, 소박한 스커트와 지나치게 평범한 블라우스를 입고 있었다. 진회색 머리카락은 당근을 자르는 것만큼이나 무덤덤하게 잘려 있었다. 화장기 없는 얼굴은 적어도 예순, 혹은 그 이상 되어 보였다. 그리고 뱃고동 같은 목소리로 말했다.

그럼에도 그녀에겐 분명 어딘가 매력적인 데가 있었다. 이자벨 라코스트는 그것을 느낄 수 있었다. 주방장과 자고 싶다거나 그녀의 숟가락을 핥고 싶다는 얘기는 아니었다. 하지만 그녀는 주방장이 창조한 이 주방이라는 작은 세계를 떠나고 싶지 않았다. 어쩌면 그녀가 자신의 몸과 얼굴과 투박한 버릇을 전혀 의식하지 못한다는 사실이 일종의 상쾌함을 가져다주었기 때문이리라.

마담 뒤부아는 정반대였다. 그녀는 퀘벡의 야생 속에서조차 통통하고 차분하며 정갈하고 아름다운 모습을 유지했다.

하지만 두 여자 모두 진짜였다.

그리고 베로니크 랑글로와 주방장에게는 무언가 다른 것도 있어. 라코스트는 그녀가 상냥하면서도 꼼꼼하게 어린 조수의 기술을 교정해 주는 모습을 지켜보며 생각했다. 그녀에게서는 차분하고 질서정연한 감각이 느껴졌다. 그녀는 평온해 보였다.

어린 조수는 그녀에게 이끌렸다. 피에르 파트노드가 그렇듯이. 심지어 주인인 마담 뒤부아마저 그렇듯이.

"죽은 남편이 약속한 거랍니다." 마담 뒤부아가 설명했다. "그이는 젊은 시절 캐나다를 여행하면서 호텔에서 일하며 먹고살았어요. 일을 배운 적이 없는 아이가 구할 수 있는 유일한 직업이었죠. 게다가 그이는 영어도 못했어요. 하지만 퀘벡으로 돌아왔을 때는 영어를 아주 잘하게 됐죠. 억양은 항상 도드라졌지만, 그래도 평생 영어를 잊지 않았어요. 그이는 항상 자신에게 일과 말을 가르쳐 준 호텔 주인들에게 고마워했답니다. 그때부터 그이는 자신의 오베르주를 열고 젊은 사람들에게 자신이 받았던 대로 해 주겠다는 꿈을 품었지요."

라코스트는 그게 마누아르의 또 다른 구성 요소라고 생각했다.

이곳은 용의자로 가득했다. 씩씩거리며 침묵을 지키는 모로 가족으로 가득했다. 하지만 그 이상으로, 이곳에는 안도감이 가득했다. 마치 건물 자체가 한숨을 쉬듯 안도감을 불어넣는 것만 같았다. 손님들은 긴장을 풀고, 젊은이들은 고생스러울 수도 있었을 직장에서 뜻밖의 집을 발견했다. 마누아르 벨샤스의 자재는 나무와 윗가지일지 몰라도 그것들을 묶는 것은 감사하는 마음이었다. 그것이 가혹한 요인들에 맞서는 강력한 단열재였다. 이곳에는 돌아가며 프랑스어와 침대 정리법과 리덕션 소스 만드는 법과 카누 수리법을 배우는 젊은이들이 가득했다. 프랑스어 가정법까지 사랑하지는 못할망정 퀘벡의 사랑을 품고 자라나 프린스 에드워드 섬과 앨버타와 그 외 캐나다의 여러 지역으로 돌아가게 될 젊은이들이.

"그럼 직원들은 전부 영국계인가요?" 라코스트 형사가 물었다. 지금까지 면담한 직원들이 영국계라는 건 알고 있었다. 비록 그중 몇몇이 프랑스어로 면담을 진행할 수 있다는 자신감을 내비치기는 했지만.

"거의 다 그렇습니다." 피에르가 말했다. "싱크대 곁에 있는 다이앤은 뉴펀들랜드 출신이고 웨이터 중 엘리엇은 브리티시컬럼비아 출신이지요. 물론 대다수는 온타리오 출신입니다. 거기가 가장 가까우니까요. 영국인도 좀 있고 미국인도 몇 명 있습니다. 상당수가 여기에서 전에 일한 적이 있는 아이들의 형제자매들이지요."

베로니크 주방장은 아이스티를 긴 잔에 담아 먼저 파트노드에게 건넸다. 그녀의 손이 굳이 그의 손을 스치고 지나갔지만, 지배인은 깨닫지 못한 듯했다. 그러나 라코스트 형사는 그것을 간과하지 않았다.

"이제는 아들딸들도 오고 있답니다." 마담 뒤부아는 그렇게 말하면서 능숙한 손길로 테이블 위에 놓인 꽃병에서 시들어 가는 금어초를 잘라 내었다.

"우리가 아이들을 잘 돌봐 줄 거라고 믿는 게지요." 지배인은 그렇게 말하다가 그날 있었던 사건을 떠올리고 멈칫했다. 뉴브런즈윅에서 온 콜린은 빗속에 서서 크고 젖은 두 손으로 감정이 적나라하게 드러난 얼굴을 가리고 있었다. 피에르는 그녀의 비명이 영원히 자신을 따라다니리라는 사실을 알았다. 자신이 맡은 직원 중 하나가, 자신의 아이 중 하나가 공포에 사로잡혔다. 그로서는 예상할 수 없었던 일이었지만, 그래도 그는 책임을 느꼈다.

"여기에는 얼마나 계셨지요?" 라코스트 형사가 피에르에게 물었다.

"이십 년쯤 됐습니다."

"어림잡아 말고요." 라코스트가 지적했다. "정확히 말씀해 주세요."

지배인은 곰곰이 생각해 보았다. "학교를 마치고 바로 왔습니다. 원래는 여름 동안만 하기로 했었는데 떠나지 않았지요."

그는 미소를 지었다. 라코스트는 이전에는 그런 모습을 본 적이 없음을 깨달았다. 그는 항상 무척 근엄하게만 보였다. 물론 그녀가 그를 알게 된 건 한 손님이 그의 호텔에서 잔인하게 살해당한 뒤 불과 몇 시간 동안에 지나지 않았다. 웃을 기회가 많았을 리 없었다. 하지만 지금 그는 웃고 있었다.

가식 없이 매력적인 미소였다. 라코스트가 매력적인 남자라고 할 만한 사람은 아니었다. 파티에서 상대로 점찍거나 방 건너편에서도 알아볼 법한 사람은 아니었다. 피에르는 호리호리했고, 중키에, 고상하다고 할 만큼 예의가 발랐다. 타고난 지배인처럼 처신이 분명했다. 혹은 타고난 갑부처럼.

그에게는 어떤 능숙함 같은 것이 있었다. 그녀는 그가 어른임을 깨달았다. 그녀가 아는 많은 사람들이 그렇듯 어른의 옷을 입은 아이가 아닌 진짜 어른이었다. 이 사람은 성숙했다. 곁에 있으면 마음이 편안해졌다.

피에르는 가마슈 경감이 살인수사반을 운영하듯 마누아르를 운영했다. 마누아르 벨샤스에는 질서, 고요, 온기가 있었고, 이는 마누아르를 운영하는 세 어른에게서 뿜어져 나와 그곳에서 일하는 어린 성인들을 감화했다. 라코스트는 그들이 세 사람에게서 배우는 것이 다른 언어만이 아님을 알았다. 그녀가 가마슈 경감에게서 배우는 것이 살인 사건 수사만이 아닌 것과 마찬가지였다.

"여기 오신 지 얼마나 되셨죠?" 그녀는 다시 물었다.

"이십사 년 됐군요." 피에르는 그 숫자에 놀랐다.

"주방장이 오신 때와 비슷한 시기군요."

"그런가요?"

"여기 오시기 전부터 서로 아셨나요?" 그녀는 지배인에게 물었다.

"누구요? 마담 뒤부아?"

"아뇨, 베로니크 주방장이오."

"베로니크 주방장?" 어리둥절해하는 그의 모습에 라코스트 형사는 갑자기 깨달았다. 그녀는 빠르고 능숙한 손놀림으로 고기를 깍둑썰기하고 있는 크고 강인한 주방장을 흘끗 보았다.

그녀를 향한 동정심에 심장이 죄어 왔다. 얼마나 오랫동안 이런 기분을 느꼈던 걸까? 마사위피 호수 가장자리의 이 통나무 산장에서 자신의 감정을 받아 주지 않는 남자와 사반세기를 살아왔던 걸까? 그런 경험이 사람에게 어떤 영향을 미칠까? 그처럼 오랜 세월에 걸친 고립된 사랑에는 어떤 일이 생길까? 사랑이 다른 것으로 바뀌기도 할까?

살인도 가능하게 하는 무언가로?

"좀 어때?"

클라라는 남편에게 팔을 둘렀다. 그는 고개를 숙여 그녀에게 입 맞췄다. 저녁 식사를 위해 옷을 갈아입으러 온 지금에 와서야 처음으로 대화를 나눌 기회가 생겼다.

"실감이 안 나." 피터는 기진맥진한 모습으로 의자에 털썩 주저앉았다. 보부아르가 가브리가 보낸 가방을 두고 갔지만 가방 안에는 속옷, 양말, 스카치위스키와 감자 칩뿐이었다. 옷이라고 할 만한 건 없었다.

"W. C. 필즈_{술꾼으로 유명했던 미국의 코미디언}에게 짐을 싸 달라고 한 거나 마찬가지지." 깨끗한 속옷 차림으로 클라라와 감자 칩을 먹고 스카치위스키를 마시며 피터가 말했다. 하지만 사실 기분이 좋았다.

가브리가 가방에 넣은 카라밀크 바를 먹던 클라라는 카라밀크가 스카치위스키와 상당히 잘 어울린다는 사실을 발견했다.

"피터, 어젯밤 줄리아가 당신 아버지의 비밀을 알아냈다고 했던 건 무슨 뜻이었을까?"

"그냥 떠들어 댄 것뿐이야. 다른 사람들을 불편하게 하려고. 아무런 의미도 없어."

"그럴까."

"클라라, 그냥 잊어버려." 피터는 몸을 일으켜 자신들이 가져온 가방을 뒤적였다. 간밤에 입었던 셔츠와 바지를 꺼냈다. 불행히도 다시는 입을 일이 없을 거라는 생각에 아무렇게나 구겨서 쑤셔 넣어 둔 상태였다.

"아르망 가마슈가 여기 있어서 정말 다행이야." 클라라가 자신에게 있는 가장 좋은 옷인 연푸른색 리넨 드레스를 바라보며 말했다. 그 옷은 시어서커_{줄무늬 혹은 체크무늬로 주름이 잡혀 있는 가벼운 무명천}로 지은 옷처럼 꾸깃꾸깃했다.

"그래, 운도 좋지."

"왜 그런 말을 해?"

피터는 클라라를 돌아보았다. 그의 머리카락과 옷은 헝클어져 있었다. "누군가 줄리아를 죽였어. 가마슈가 범인을 찾아낼 테고."

"그러길 바라야지."

둘은 서로를 쳐다보았다. 긴장이나 적의를 담은 눈빛이 아니라 서로 상대의 설명을 기다리는 눈빛이었다.

"아, 이제야 이해했어." 클라라가 말했다. 정말로 이해했다. 아르망 가마슈는 누가 피터의 누나를 죽였는지 찾아내리라. 왜 진즉 그 생각을 하지 못했던 걸까? 줄리아가 살해당했다는 사실에 낚여 충격적인 사건 자체에만 매달려 있었다. 왜 그랬느냐는 질문에서 미처 벗어나지 못했다. 누가 그랬느냐는 질문으로 나아가지 못했다.

"정말 미안해." 평상시에는 차분하고 깔끔했던 남편이 무너져 내리고 있었다. 속을 채운 것이 비어져 나오고 있었다. 그녀는 가방 바닥에서 넥타이를 찾아 주려 애쓰며 피터를 바라보았다.

"찾았어." 피터가 넥타이를 집어 들었다. 올가미 같았다.

문 몇 개를 지난 곳에서는 마리아나 모로가 거울에 비친 자신의 모습을 바라보고 있었다. 어제는 거기서 자유로운 영혼과 창조적이고 기운차고 나이를 거부하는 여자를 보았다. 어밀리아 에어하트여성 최초로 대서양 단독 횡단 비행에 성공한 미국의 비행사로, 세계일주 비행을 시도하던 중 실종되었다와 이사도라 던컨현대 무용에 선구적인 역할을 한 미국의 무용수로, 목에 맨 스카프가 자동차 바퀴에 빨려 들어가 질식사했다을 합쳐 놓은 듯한 모습이었다. 물론 두 사람이 지상으로 추락하기 전의 모습 말이다. 마리아나는 한 번 더 스카프를 목에 휘감아 잡아당겼다. 목을 조르면 어떤 기분일까 싶었다.

지금 거울 속에는 꽁꽁 싸이고 갇힌 다른 누군가가 보였다. 피곤한 사람. 지친 사람. 늙은 사람. 줄리아처럼 늙지는 않았지만 어쨌든 줄리아는 이제 나이도 먹지 않을 테니까. 망할 년. 항상 앞서갔지. 결혼도 잘했고, 부자에다 날씬했고. 가족에게서도 벗어났고. 이제는 나이까지 먹지 않는다니.

망할 줄리아.

분명 어제와는 다른 누군가가 거울 속에서 어밀리아와 이사도라와 함께 자신을 싸매고 있었다. 너무나도 얇은 막 너머로 슬쩍 바깥을 내다보는 누군가가.

마리아나는 머리에 스카프를 묶으면서 식당에 있는 커다란 철제 샹들리에가 모두의 머리 위로 떨어지는 모습을 상상했다. 물론 빈은 빼고.

"그걸 꼭 입어야겠어?" 토머스가 아내에게 물었다.

그녀의 차림새는 완벽했지만, 그건 중요하지 않았다. 그건 중요했던 적이 없었다.

"왜 안 돼?" 그녀는 거울 속의 자신을 바라보며 말했다. "좀 어둡긴 해도 우아한 옷인데."

"적절하지 않잖아."

그는 옷이 문제가 아니라는 뉘앙스를 전달해 냈다. 딱히 샌드라가 문제도 아니었다. 그녀가 받은 교육이 문제였다. 그녀의 잘못이 아니었다. 정말이야. 여보.

뉘앙스는 말을 멈추는 데에 담겨 있었다. 말 자체가 아니라 말을 주저하는 순간에. 샌드라는 처음 몇 년간 자신이 너무 예민할 뿐이라는 토머스의 말에 동의하면서 이를 무시했다. 그러다가 몇 년간은 자신을 바꿔 보려고, 충분히 날씬하고 세련되고 우아해지려고 노력했다.

그러다가 심리 상담을 받았고, 이후 몇 년간은 맞서 싸웠다.

그러다가 그녀는 항복했다. 그러고는 다른 사람에게 분풀이를 하기 시작했다.

토머스는 다시 커프스단추와 씨름했다. 커다란 손가락으로 조그마한 은빛 죔쇠를 더듬었다. 커프스단추가 전보다 더 작아진 것 같았다. 긴장이 치솟는 것이 느껴졌다. 스트레스가 발가락에서부터 다리를 타고 올라와 둔부를 지나 가슴속에서 폭발했다.

왜 이 커프스단추가 들어가질 않지? 뭐가 잘못된 거야?

오늘 밤에는 커프스단추가 필요했다. 그건 자신의 십자가이자 부적이며 토끼 발_{북미권에서는 토끼 발이 행운을 가져다준다고 믿는다}이었고, 말뚝과 망치와 마늘이었다.

커프스단추는 자신을 보호해 주었고, 다른 사람들에게 자신이 누구인지를 알려 주었다.

장남. 아버지가 가장 아꼈던 아들.

마침내 구멍에 커프스단추를 끼워 잠그고 보니, 빛나는 단추 옆으로 해진 소매가 보였다. 둘은 복도로 걸어 나갔다. 토머스는 흥분해 있었고, 샌드라는 식당 천장에 붙어 별처럼 반짝이는 쿠키를 떠올리며 희색이 만면했다.

"안 그래도 될 것 같아, 여보." 버트 피니가 아내 뒤에서 서성이며 말했다. "오늘 밤에는 말이야. 다들 이해해 주겠지."

그녀는 헐렁한 드레스 차림에 귀걸이와 진주 목걸이를 착용했다. 딱

하나가 빠져 있었다.

화장.

"정말이지." 그가 뻗은 손이 그녀의 허리에 거의 닿을 뻔했지만 제때에 멈췄다. 두 사람의 눈이 욕실에 있는 차가운 거울 속에서 마주쳤다. 그의 둥글납작한 코는 얽은 자국이 있는 데다 정맥이 보였고, 숱이 적은 머리카락은 헝클어져 있었으며, 입은 이를 씹다가 미처 삼키지 못한 것처럼 치아로 가득했다. 하지만 이 순간만큼 두 눈은 거의 청아하다 싶을 정도로 확고했다. 그리고 그 눈이 그녀를 주시했다.

"해야 해." 그녀가 말했다. "줄리아를 위해서."

그녀는 보드랍고 둥근 패드에 파운데이션을 살짝 묻혔다. 손을 올리려다 거울에 비친 자신의 모습을 보고 순간 멈칫했지만 다시 가면을 쓰기 시작했다.

아이린 피니는 마침내 자신이 무엇을 믿는지 깨달았다. 그녀는 줄리아가 자식들 중 가장 상냥하고, 가장 다정하며, 가장 너그럽다는 것을 믿었다. 그녀는 줄리아도 자신을 사랑했고, 오로지 자신과 함께하기 위해 돌아왔다는 걸 믿었다. 그녀는 줄리아가 죽지 않았더라면 서로 삶을 공유했으리라는 사실을 믿었다. 사랑하는 어머니와 사랑하는 딸로서.

마침내, 실망시키지도 않고 사라지지도 않을 아이가 생겼다.

흉포한 손놀림으로 얼굴에 화장을 하면서 아이린 피니는 자식이 남긴 공허를 채워 나갔다. 그 자식은 사랑했지만 잃어버린 자식이 아니라 잃어버린 뒤에야 사랑하게 된 자식이었다.

빈 모로는 홀로 테이블에 앉아 있었다. 기다리고 있었다. 하지만 혼자가 아니고 외롭지도 않았다. 빈은 헤라클레스, 율리시스, 제우스, 헤라를 데려왔다. 그리고 페가수스도.

마누아르 벨샤스의 식당에서 홀로, 발을 땅에 굳건히 디딘 채, 빈은 앞다리를 들며 일어서는 강인한 종마 위에 올라탔다. 그들은 함께 벨샤스의 잔디밭을 내달렸고, 잔디밭이 호수로 변하는 경계에 이르자 페가수스가 날아올랐다. 그들은 함께 산장을 돌아보고 호수를 건너 산으로 향했다. 빈은 돌고 솟구치고 선회하면서 저 높은 곳의 햇빛 찬란한 침묵 속을 날았다.

17

서재 구석 창가에 테이블이 마련되었고, 거기서 경찰 셋이 식사를 했다. 그들은 저녁 식사를 위해 옷을 차려입지 않았지만, 수사 중에는 항상 슈트 차림인 가마슈 경감은 지금도 마찬가지였다.

다양한 코스 요리가 나오는 동안 그들은 수사한 내용을 검토했다.

"현재 우리는 줄리아 마틴이 어젯밤 폭풍이 치기 조금 전에 살해됐다고 믿고 있네. 그렇다면 대강 자정에서 오전 한 시 전일 거야. 맞나?" 가마슈가 찬 오이 라즈베리 수프를 홀짝이며 물었다. 수프에는 딜_{허브의 일종}

이 조금 들어 있었다. 레몬 약간이랑 무언가 달콤한 것도.

꿀이군. 그는 깨달았다.

"위. 피에르 파트노드가 제게 기상관측기를 보여 주었어요. 그가 관측한 내용과 캐나다 기상청에 연락해 본 결과를 비교하면 그 무렵 비가 왔다고 할 수 있을 것 같아요." 라코스트 형사가 비시수아즈 감자와 파, 생크림으로 만들어 차갑게 내는 수프를 홀짝이며 가마슈의 말을 확인해 주었다.

"봉Bon 좋아. 알로Alors 그럼, 그때 사람들은 뭘 하고 있었지?" 가마슈의 진한 갈색 눈이 라코스트에게서 보부아르에게로 옮겨 갔다.

"피터와 클라라 모로는 경감님이 방을 나가시고 잠시 뒤에 잠자리에 들었습니다." 보부아르가 옆에 놓아둔 수첩을 참고하며 말했다. "피니 부부는 이미 올라간 뒤였고요. 여자 종업원이 보고 인사를 건넸다고 합니다. 참, 피터와 클라라를 본 사람은 없습니다. 토머스와 샌드라 모로는 동생 마리아나와 함께 여기 서재에 남아서 이십 분 정도 제막식에 관해 이야기를 나누다가 마찬가지로 잠자리에 들었습니다."

"세 사람 다?" 가마슈가 물었다.

"토머스와 샌드라 모로는 바로 올라갔지만 마리아나는 조금 더 남아 있었습니다. 술을 한 잔 더 마시고 음악을 들었다는군요. 지배인이 서빙을 맡고 그녀가 잠자리에 들 때까지 기다렸습니다. 그때가 열두 시 십 분쯤 됩니다."

"좋아." 경감이 말했다. 이제 그들은 사건의 뼈대를 알아 나가고 있었다. 윤곽, 사실, 누가 언제 무엇을 했는지를. 혹은 적어도 누가 무엇을 했다고 말하는지를. 하지만 더 많은 것이 필요했다. 훨씬 많은 것이. 살과 피가 필요했다.

"줄리아 마틴에 관해 알아내야 하네." 가마슈가 말했다. "밴쿠버에서 어떻게 살았는지, 데이비드 마틴과는 어떻게 만났는지. 관심사는 뭐였는지. 전부 다."

"마틴은 보험 업계에 있었습니다." 보부아르가 말했다. "줄리아는 틀림없이 잔뜩 보험을 들어 뒀을 테죠."

가마슈는 흥미를 갖고 보부아르를 바라보았다.

"자네 말이 맞을 것 같군. 확인하기는 쉬울 거야."

보부아르는 눈썹을 치켜세운 다음 가마슈 너머를 바라보았다. 편안한 큰 소파와 가죽 의자를 정리한 지금, 서재 가운데에는 테이블 여러 개가 모여 있었다. 테이블 주변에 실용적인 의자 세 개가 놓여 있었고, 의자 앞에는 각각 가지런히 정돈된 메모장과 펜이 마련돼 있었다.

이것이 컴퓨터 문제에 대해 라코스트가 내놓은 해결책이었다. 컴퓨터는 없었다. 전화기조차 없었다. 대신 각자 펜 하나와 메모장 하나를 받았다.

"그럼 메시지를 전달할 비둘기 훈련을 시작하죠. 가만있자, 그럴 필요까지야. 아마 근처에 조랑말 속달 우편 영업소가 있을 겁니다." 보부아르가 말했다.

"이보게 젊은이, 내가 자네만 했을 때는……," 가마슈가 말라비틀어진 목소리로 말했다.

"연기로 신호를 보냈다는 얘긴 그만두시죠." 보부아르가 말했다.

"방법을 찾을 수 있을 걸세." 가마슈는 미소를 지었다. "어젯밤으로 돌아가 보지. 가족들은 여기에 모였어." 가마슈는 테이블에서 일어나 벽난로 곁으로 걸어갔다. "줄리아가 들어오기 전에 우리는 이야기를 하고 있었지."

가마슈는 머릿속에서 다시 상황을 그려 보았다. 모두가 눈앞에 선했다. 토머스가 동생에게 자신들의 대화에 관한, 겉보기에는 무해한 발언을 던졌다. 그러자 마리아나가 무언가를 물었고, 토머스가 대답했다.

"그는 줄리아에게 우리가 남자 화장실에 관해 이야기하고 있었다고 했지." 가마슈가 말했다.

"그러셨나요?" 라코스트가 물었다.

"상관있나?" 보부아르가 말했다. "남자 화장실이든 여자 화장실이든 다 똑같은데."

"그런 생각을 하는 사람이 체포당하는 법이죠." 라코스트가 말했다.

"그들에게는 상관이 있는 듯했네." 가마슈가 말했다. "특별히 어느 화장실이라고 하지는 않았어. 그냥 공공 화장실에 관한 이야기였지."

잠시 방 안에 침묵이 흘렀다.

"남자 화장실이오?" 라코스트가 눈썹을 모으며 생각에 잠겼다. "그것 때문에 줄리아가 폭발했다고요? 이해가 안 되는데요. 무해한 이야기 같은데."

가마슈는 고개를 끄덕였다. "나도 그렇게 생각하네만, 그렇지 않았어. 우리는 줄리아가 왜 그렇게 반응했는지 알아내야 하네."

"알아낼 겁니다." 다들 다시 자리에 앉을 때 라코스트가 말했다.

"잊어버리지 않게 돌에 새겨 두는 게 좋겠군." 보부아르가 말했다. "여기 어디 파피루스도 있었던 것 같은데."

"자넨 직원들을 면담했지." 가마슈가 라코스트에게 말했다. "더운 밤이었는데, 직원 중 누군가 수영하러 밖에 나갔을 수도 있을까?"

"그러다 뭔가를 목격했고요? 물어봤지만 그랬다는 사람은 없더군요."

가마슈는 고개를 끄덕였다. 그가 가장 걱정했던 점이 바로 그것이었다. 젊은 직원 가운데 누군가가 무언가를 보고도 너무 겁을 먹어 나서지 않거나 '일러바치기' 싫어하는 것. 혹은 그 정보를 가지고 뭔가 어리석은 짓을 하거나. 이미 경고는 했지만 그는 젊은이들의 두뇌에는 충고나 경고를 받아들일 공간이 없다는 사실을 알고 있었다.

"사건 현장 근처에서 말벌 둥지를 발견했나?" 가마슈가 물었다.

"아니요." 라코스트가 말했다. "하지만 모두에게 주의는 줬습니다. 아직까지는 아무 문제 없었고요. 어쩌면 폭풍에 쓸려 나갔는지도 모르죠. 하지만 객실을 수색하다가 흥미로운 걸 발견했습니다. 줄리아 마틴의 방에서요." 그녀는 일어나 닳은 노란 벨벳 리본으로 묶인 편지 뭉치를 가져왔다

"지문 채취를 했으니까 걱정 마세요." 그녀는 반장이 뭉치에 손대기를 주저하는 모습을 보고 말했다. "침대 옆 서랍에 있었어요. 그리고 이것도 발견했죠."

그녀는 봉투에서 구겨진 마누아르 벨샤스 편지지 두 장을 꺼냈다.

"더럽군." 가마슈가 편지지 조각을 집어 들며 말했다. "이것들도 서랍 안에 있었나?"

"아니요, 벽난로 쇠살대에서 찾았어요. 뭉쳐서 던져 넣었겠죠."

"더운 밤이라 불도 피우지 않았는데? 왜 그냥 휴지통에 넣지 않았을까? 방에 휴지통은 있던가?"

"아, 네. 드라이클리닝한 옷을 싸고 있던 비닐을 벗겨서 버렸더군요."

가마슈는 종이 두 장을 편 다음 레드 와인을 홀짝이며 읽었다.

대화 즐거웠어요. 고마워요. 도움이 됐어요.

그리고 또 한 장.

정말 친절하세요. 제가 한 말 아무에게도 하지 않을 거라고 믿어요. 제가 곤란해질 수도 있어요!

글자는 신중하게 블록체로 적혀 있었다.

"사본을 만들어 필적 감정을 맡겼지만 복사한 거라 아무래도 감정이 더 어렵겠죠." 라코스트가 말했다.

메인 코스가 들어오자 경감은 리넨 냅킨으로 그 종이를 덮었다. 그는 바닷가재, 보부아르는 필레미뇽, 라코스트는 근사한 도버 서대기가자미류였다.

"둘 다 같은 사람이 썼다고 할 수 있을까?" 가마슈가 물었다.

보부아르와 라코스트는 다시 종이를 살펴보았지만 답은 명백했다.

"위." 보부아르가 스테이크 한 조각을 잘라 입에 넣으며 말했다. 그는 베로니크 주방장이 베아르네즈 소스달걀노른자, 졸인 식초를 버터와 섞어 만든 소스로, 굽거나 삶은 고기 또는 생선에 곁들인다를 저으며 고기를 다루는 모습을 상상했다. 자신이 먹게 되리라는 것을 알면서.

"훌륭한 식사였습니다." 얼마 후 접시를 치우고 치즈 쟁반을 가져온 웨이터에게 가마슈가 말했다. "베로니크 주방장이 어디서 요리를 배웠는지 궁금하군요."

보부아르가 몸을 앞으로 내밀었다.

"안 배웠어요. 적어도 정식으로는요." 라코스트 형사가 몇 시간 전 살인 사건에 관해 면담했던 웨이터를 향해 미소를 지으며 말했다. "오늘 오후에 얘기해 봤어요. 나이는 예순하나. 정식으로 요리를 배운 적은 없지만 어머니에게서 요리법을 배웠고 여기저기 돌아다니면서 익힌 것도 있대요."

"결혼한 적은 없고?" 가마슈가 물었다.

"없어요. 여기 왔을 때는 삼십 대 후반이었고요. 여기서 반평생을 보냈죠. 하지만 뭔가 더 있어요. 이건 제 직감인데요."

"말해 보게." 가마슈가 말했다. 그는 라코스트 형사의 직감을 믿었다. 보부아르는 믿지 않았다. 그는 자신의 직감조차 믿지 않았다.

"기숙학교나 수녀원이나 군대처럼 사람들이 한정된 곳에서 함께 생활하고 일하는 폐쇄된 공동체에서는 일이 생긴다는 거 아시죠?"

가마슈는 의자 등받이에 몸을 기대며 고개를 끄덕였다.

"애들이야 이곳에 있었던 시간이 몇 주나 몇 달밖에 안 될 테지만, 어른들은 몇 년, 몇십 년을 여기에 있었어요. 외롭게. 셋이서만. 해마다."

"밀실 공포증이라도 생겼다는 거야?" 대화의 흐름을 탐탁잖게 여긴 보부아르가 따져 물었다. 가마슈는 그를 쳐다보았지만 아무 말도 하지 않았다.

"호숫가에서 오랫동안 함께 산 사람들에게는 이상한 일도 일어난다는 거죠. 여긴 통나무 오두막이잖아요. 아무리 크고 아무리 아름답다고 해도요. 고립돼 있긴 마찬가지예요."

"한밤의 태양 아래 벌어진 기이한 일들이 있나니

황금을 갈구한 자들이 한 일이라영국계 캐나다 시인 로버트 서비스의 시 「샘 맥기의 화장」**."**

두 사람은 가마슈를 쳐다보았다. 반장이 시를 읊었을 때 보부아르가 그 시 덕분에 상황을 명확히 이해하는 경우는 드물었다.

"갈구?" 라코스트가 말했다. 그녀는 반장이 읊는 시를 듣기 좋아하는 편이었다.

"나도 자네 의견에 동감일세." 가마슈가 미소 지었다. "로버트 서비스도 마찬가지였을 거야. 외딴 호숫가에서는 기이한 일들이 벌어지지. 어젯밤 이곳에서 기이한 일이 벌어졌어."

"황금을 갈구한 자들이 한 일이라고요?" 보부아르가 물었다.

"거의 항상 그렇지." 가마슈는 그렇게 말한 다음 라코스트에게 계속하라는 신호로 고개를 끄덕였다.

"제 생각에 베로니크 랑글로와는 누군가를 향해 감정을 품어 왔던 것 같아요. 아주 강한 감정을요."

가마슈는 다시 상체를 앞으로 내밀었다.

사람을 죽이는 것은 총알이나 칼날이나 얼굴에 날린 주먹이 아니었다. 사람을 죽이는 것은 감정이었다. 너무 오랫동안 남아 있던 감정. 때로는 추위 속에 얼어붙은 감정. 때로는 묻힌 채 악취가 진동하는 감정. 그리고 때로는 호숫가에 고립된 감정. 자라서 늙고 기묘해진 감정.

"정말?" 보부아르도 몸을 앞으로 내밀었다.

"웃지 마세요. 나이 차가 크니까."

두 사람 다 웃을 기분은 아닌 듯했다.

"전 그녀가 지배인을 사랑한다고 생각해요." 라코스트가 말했다.

클라라는 모로 가족이 자신들은 불쾌한 존재이면서도 불쾌한 일을 피하는 능력에서는 올림포스의 신들과 다를 바 없다고 생각해 왔다. 하지만 그녀도 설마 그들이 딸이자 누이의 살인 사건을 무시할 수 있을 줄은 몰랐다.

하지만 지금까지 그들은 수프 코스 내내 줄리아에 관해서는 한 마디도 하지 않았다. 물론 클라라도 직접 그 이야기를 입에 올리고 싶어 안달이 난 것은 아니었지만.

"빵 더 드실 분? 줄리아가 참 안됐어요."

그런 말을 어떻게 하겠는가?

"와인 더 드실 분?" 토머스가 병을 기울여 보였다. 클라라는 거절했지만 피터는 받았다. 테이블 맞은편에서 모로 부인이 생선용 포크를 가지런히 놓고 있었다. 그녀도 대화에 참여하기는 했지만 잘못된 해석이나 발음 혹은 뻔한 실수를 지적하는 것 외에는 흥미가 없어 보였다.

"기분은 좀 어떠세요?" 클라라가 말했다.

대화가 잦아든 순간 터져 나온 그 말에 버트 피니와 빈을 제외한 모두가 그녀를 돌아보았다. 그 둘은 창밖을 내다보고 있었다.

"지금 나한테 말하는 거니?" 시어머니가 물었다.

클라라는 그 어조가 아니면 눈빛 때문이라도 자기 피부가 얇게 저며졌을 거라고 확신했다.

"끔찍한 하루였잖아요." 클라라는 도대체 어디서 이런 자살 충동이 샘솟았을까 의아해하며 말했다. 어쩌면 모로 가족이 옳은지도 몰랐다. 어쩌면 말해 봐야 더 나빠지기만 할지도. 갑자기 자신이 이 작고 슬픔에 잠긴 노부인을 채찍질하는 사디스트가 된 것 같았다. 딸의 끔찍한 죽음을 억지로 직시하게 하다니. 그것에 관해 억지로 이야기하게 하다니. 비시수아즈를 앞에 두고.

이제 지나친 쪽이 누구지?

하지만 너무 늦었다. 질문은 던져졌다. 그녀는 자신을 딸의 살인자라도 되는 양 바라보는 피터의 어머니를 보았다. 클라라는 시선을 내렸다.

"줄리아를 떠올리고 있었단다." 모로 부인이 말했다. "그 애가 얼마나 아름다웠는지. 얼마나 상냥하고 다정했는지. 물어 줘서 고맙구나, 클레어. 우리 애들 중에서도 물어야겠다고 생각한 사람이 있었으면 좋으련만. 하지만 쟤들은 미국 정치와 최근 국립 미술관 전시에 관한 이야기를 더 좋아하는 것 같구나. 넌 네 누나보다 그런 것들에 더 관심이 있니?"

형편없는 인간이 된 듯한 기분을 느끼던 클라라는 영웅이 된 듯한 기분을 느끼다가 다시 형편없는 인간으로 돌아왔다. 그녀는 테이블 맞은편에 있는 피터를 바라보았다. 그의 머리카락은 양옆으로 뻗쳤고, 마음의 양식이라도 되는 양 셔츠 앞자락에는 수프가 점점이 흘러 있었다.

"하긴 줄리아는 너희 중에서 늘 가장 세심했지. 네가 경감에게 줄리아가 탐욕스럽고 잔인했다고 말한 것도 이해한다."

그녀의 온화한 연푸른색 눈동자가 피터에게 꽂혔다. 이제 이곳에는 미동도 없었다. 웨이터들마저 감히 다가오지 못하는 눈치였다.

"그런 말 한 적 없어요." 피터가 얼굴을 붉히며 말을 더듬었다. "누가 그러던가요?"

"그리고 내가 죽는다면 다행일 거라고 말했다지."

이제 헉하는 소리가 들렸고, 클라라는 자신을 포함한 모두가 충격에 숨을 들이켰음을 깨달았다. 그녀는 마침내 한 배에 탔다. 끝내주는 타이밍에.

모로 부인은 와인 잔의 손잡이를 만지작거렸다.

"그런 말을 했니, 피터?"

"아뇨, 안 했어요, 어머니. 그런 말 한 적 없어요."

"난 네가 언제 거짓말을 하는지 안단다. 항상 알지."

클라라는 그건 어려운 일이 아니라고 생각했다. 그녀와 함께 있을 때면 다들 항상 거짓말을 했으니까. 그녀가 그렇게 가르쳤다. 자식들의 어디를 누르면 반응하는지 어머니는 전부 알고 있었다. 왜 아니겠는가. 버튼을 설치한 사람이 그녀였으니.

피터는 지금 거짓말을 하고 있었다. 클라라는 알고 있었고, 피터의 어머니도 알고 있었다. 지배인도 알고 있었다. 버트 피니가 바라보고 있는 얼룩 다람쥐도 아마 알고 있을 터였다.

"제가 그런 말을 할 리 없잖아요." 피터가 다시 말했다. 어머니가 그를 노려보았다.

"넌 한 번도 날 실망시킨 적이 없지. 난 항상 네가 아무것도 이루지 못할 거라는 걸 알았어. 심지어 클레어도 너보다 더 성공했잖니. 데니스 포틴과 단독 전시회를 열다니. 넌 단독 전시회를 한 적이나 있니?"

"모로 부인." 클라라가 말했다. 이제 한계였다. "그건 부당한 말씀이세요. 아드님은 훌륭한 사람이고, 재능 있는 예술가고, 사랑받는 남편이에요. 친구도 많고 아름다운 집도 있죠. 그리고 자기를 사랑해 주는 아내도 있고요. 그리고 제 이름은 클라라예요." 그녀는 테이블 너머로 노부인을 노려보았다. "클레어가 아니라."

"그리고 내 이름은 피니 부인이란다. 넌 지난 십오 년 동안 날 모로 부인이라고 불렀지. 내가 결혼하고 한참 지난 후에도 말이야. 그게 얼마나 모욕적인지 아니?"

클라라는 머리가 멍해져 입을 다물었다. 그녀의 말이 맞았다. 피터의 어머니가 이제 피니 부인이라는 생각은 한 번도 떠오른 적이 없었다. 항상 그저 모로 부인이었다.

어쩌다 이렇게 된 거지? 피터의 어머니를 위로하려고 말을 꺼냈는데 이제는 고함을 지르고 있었다.

"죄송해요." 그녀가 말했다. "그 말씀이 맞아요."

그 순간, 그녀는 그날 아침 젊은 정원사가 보았던 것만큼이나 끔찍한 것을 보았다. 하지만 클라라가 본 것은 으스러진 중년 여자가 아니라 으스러진 노년의 여자였다. 자신 앞에서, 그들 모두 앞에서 피터의 어머니는 얼굴을 두 손에 파묻고 울기 시작했다.

마리아나가 천장이 무너져 내린 것처럼 비명을 지르며 펄쩍 뛰어올랐다. 적어도 그녀의 위에서 무언가가 떨어졌다가 튀어 오르긴 했다.

쿠키였다.

하늘은 마시멜로로 만들어졌고, 이제 그 하늘이 떨어지고 있었다.

가마슈 경감은 커피를 마시면서 독서 안경을 끼고 편지 뭉치를 읽어 나갔다. 다 읽은 편지는 보부아르에게 넘겼다. 잠시 후, 그는 안경을 내리고 창밖을 응시했다.

그는 줄리아 마틴을 알아 가기 시작했다. 그녀에 관한 사실을, 그녀의 역사를. 두꺼운 편지지를 손에 들고 있노라니 부자가 된 기분이었다.

오후 9시가 다 되어 가는데도 아직 밝았다. 갓 하지를 넘긴 시점이었다. 1년 중 낮이 가장 긴 날. 안개가 사라지고 있었지만 고요한 호수 위에는 살짝 남아 있었다. 구름이 흩어지고 빨간빛과 자줏빛 기운이 하늘에 어렸다. 장려한 일몰이 펼쳐질 모양이었다.

"어떻게 생각하나?" 그가 안경으로 편지 뭉치를 두드리며 물었다.

"제가 본 연애편지 모음 중 가장 괴상하군요." 보부아르가 말했다. "왜 이걸 가지고 있었을까요?"

라코스트 형사가 편지와 벨벳 리본을 집어 들었다.

"무슨 이유였는지는 몰라도 아주 소중했나 보죠. 소중한 정도를 넘어서서 없어서는 안 됐다든가. 워낙 중요해서 간직하고 있던 거죠. 하지만……."

그녀는 말끝을 흐렸다. 가마슈는 그녀가 어떤 기분인지 알 수 있었다. 편지는 30년에 걸쳐 모은 것들이었고, 파티나 무도회나 선물에 대한 감사 인사를 모아 놓았을 뿐인 듯했다. 다양한 사람들이 줄리아 마틴의 친절에 대해 이야기하고 있었다.

진짜 연애편지라고 할 만한 것은 하나도 없었다. 그녀의 아버지는 그녀에게 타이를 선물해 줘서 고맙다고 썼다. 그녀의 남편이 결혼하기 전에 함께 저녁 식사를 하자고 청한 오래된 편지도 있었다. 기쁨과 찬사가 담긴 편지였다. 모든 편지가 그랬다. 애정과 감사와 정중함이 깃들어 있었다. 하지만 그것뿐이었다.

"이걸 왜 가지고 있었을까?" 가마슈가 혼잣말을 하듯 중얼거렸다. 그러고는 좀 더 최근에 쓴, 벽난로 쇠살대에서 발견된 구겨진 쪽지를 집어 들었다. "그리고 이건 왜 버렸을까?"

쪽지를 다시 읽던 중 무언가 뇌리를 스치는 것이 있었다.

"이 쪽지에서 뭔가 이상한 점을 느끼지 못했나?" 그는 쪽지 하나를 가리켰다.

정말 친절하세요. 제가 한 말 아무에게도 하지 않을 거라고 믿어요. 제가 곤란해질 수도 있어요!

보부아르와 라코스트가 쪽지를 살펴보았지만 아무것도 발견하지 못했다.

"단어 말고 문장부호 말일세." 가마슈가 말했다. "느낌표군."

두 사람이 멍하니 그를 바라보았고, 그는 미소를 지었다. 그러나 그는 거기에 뭔가가 있다는 것을 알았다. 뭔가 중요한 것이 있었다. 곧잘 그렇듯, 메시지는 단어 안에 있지 않고 단어를 쓴 방식에 담겨 있었다.

"수색 중에 찾은 게 있어요." 라코스트 형사가 테이블에서 일어서며 말했다. "모로 가족이 저녁 식사를 마치기 전에 보여 드리고 싶어요."

세 사람은 계단을 올라가 객실로 향했다. 이자벨 라코스트는 그들을 정원이 내려다보이는 방으로 이끌었다. 그녀는 노크를 한 다음 잠시 기다렸다가 문을 열었다.

가마슈와 보부아르는 발걸음을 내딛다가 멈춰 섰다.

"이런 거 보신 적 있으세요?" 라코스트 형사가 물었다.

가마슈는 고개를 저었다. 물론 30년 동안 수사관으로 일하면서 이보다 더 불편하고, 무섭고, 그로테스크한 것을 본 적은 있었다. 하지만 이런 건 본 적이 없었다.

"왜 애한테 시계가 이렇게 많은 걸까요?" 보부아르가 마리아나와 빈모로의 방을 둘러보며 말했다. 방바닥이 온통 시계로 가득했다.

"빈의 시계라는 건 어떻게 아나?" 가마슈가 물었다.

"맛이 간 녀석이니까요. 이름이 빈인 데다 아무도 자기가 남자인지 여자인지 모른다면 그럴 법도 하지 않습니까?"

두 사람이 그를 바라보았다. 그는 아직 그 이야기를 두 사람에게 하기 전이었다.

"무슨 뜻이죠?" 라코스트가 물었다.

"마리아나 모로는 빈의 성별을 비밀로 하고 있어."

"자기 어머니한테도요?"

"특히 자기 어머니한테. 모두한테. 완전 돈 거 아냐?"

가마슈는 미키 마우스 시계를 집어 들고 고개를 끄덕였다. 부모가 아이들에게 하는 짓이란. 그는 방을 둘러보고 째깍거리는 시계 소리를 들으며 생각했다. 미키 마우스를 살펴본 다음 다른 시계를 몇 개 더 집어 들었다.

빈은 왜 시계를 전부 아침 일곱 시에 맞춰 뒀을까?

18

피터 모로는 노란 리본 바로 바깥쪽에 홀로 서 있었다. 땅에는 줄리아 크기로 파인 자국이 나 있었다.

생전에 줄리아는 가족들을 갈기갈기 찢어 놓았고, 이제는 죽어서도 그러고 있다. 이기적이고 탐욕스럽고, 그래, 잔인했다. 한 마디 한 마디 전부 진심이었다.

어머니는 줄리아를 위해 울었다. 줄리아에 관해서는 좋은 말밖에 하지 않았다. 줄리아는 완벽한 줄리아, 아름다운 줄리아, 상냥하고 다정한 줄리아가 되었다. 어머니 곁을 지키고 보살펴 드린 사람이 누구였는데? 어머니를 찾아뵙고 함께 저녁을 들었던 사람이 누구였는데? 어머니에게 전화를 걸고 카드와 선물을 보낸 사람이 누구였는데?

그는 구덩이를 바라보며 무언가 느끼려고 해 보았다. 소녀 시절의 줄리아를 기억해 내려고 애썼다. 자신의 누나를. 그녀는 사내애들 사이에서 태어났다. 두 전쟁 사이에서 태어난 거나 다름없었다. 서로를 집어삼키려 드는 남자 형제 사이에 끼여 짓밟히고 찢겼다. 그들은 중간에 끼인 그녀를 뭉개고 내리밟았다. 납작하게.

그리고 이제 아버지마저 그랬다.

평생 그들 넷뿐이었다. 토머스, 줄리아, 피터, 마리아나. 네 개의 바퀴, 네 개의 벽, 네 개의 계절, 네 개의 요소, 지구의 네 귀퉁이.

하지만 이제 그들은 셋이었다. 이전까지 그들의 세계는 기이했을망정 적어도 자신들에게는 이치에 맞았다. 그중 한 귀퉁이가 제거되면 어떤 일이 벌어질까?

지옥도가 펼쳐지리라. 오늘 밤 들은 것은 그 시작을 알리는 첫 번째 나팔 소리였다. 어머니의 울음소리.

"피터?"

그는 고개를 돌려 남에게 얼굴을 보여 줄 엄두를 내지 못한 채 가만히 서 있었다.

"제가 여기 있어도 괜찮습니까?" 그가 물었다.

"더 가까이 가지만 않으면요. 하지만 그야 이미 알고 있겠죠." 가마슈가 말했다.

그들은 현장을 바라보았지만 실제로 두 사람의 눈이 가닿은 것은 단단한 대리석으로 만든 받침대였다. 가마슈는 신선한 공기를 마시며 저녁을 소화시키고 자신들이 수집한 증거를 정리해 보기 위해 정원에 나왔다. 하지만 무엇보다 그는 이곳에 다시 와서 하얀 블록을 보고 싶었다. 처음에 묘비로 오해했던 것. 그리고 이제는 묘비가 된 것.

하지만 그를 곤혹스럽게 하는 문제는 왜 블록이 상하지 않았느냐는 것이었다. 위에 조각상을 올렸던 흔적이 전혀 없었고, 조각상에 긁혀 나간 부분도 없었다. 긁힌 자국 하나, 흠집 하나 없었다. 완벽했다. 그건 불가능했다.

"어렸을 때 어머니께서 이야기책을 읽어 주곤 하셨죠." 피터가 말했다. "아버지는 피아노를 치셨고, 우리는 소파 위에 서로 달라붙어 앉았고, 어머니는 책을 읽어 주셨습니다. 우리가 가장 좋아했던 책은 늘 신화에 관한 책이었죠. 아직도 거의 다 기억납니다. 제우스, 율리시스. 토머스는 율리시스를 무척 좋아했어요. 항상 읽어 달라고 했죠. 로터스 나무 열매를 먹은 사람들과 사이렌에 관한 이야기를 듣고 또 들었습니다."

"그리고 스킬라와 카리브디스 이야기도요." 가마슈가 말했다. "저도 좋아했습니다. 배를 소용돌이로 몰고 갈 것인가 아니면 머리 여섯 달린 괴물에게 몰고 갈 것인가를 두고 끔찍한 양자택일의 기로에 직면한 율리시스."

"결국 괴물을 선택했고 그 때문에 부하 여섯이 죽었죠. 부하들이 죽었지만 그는 항해를 계속했고요." 피터가 말했다.

"당신이라면 어떻게 했을 것 같습니까?" 가마슈가 물었다. 그는 그 신화를 잘 알고 있었다. 트로이 전쟁에서 돌아가는 율리시스는 길고 위험천만한 여정을 겪는다. 집으로 가기 위해서. 그는 끔찍한 해협을 마주한다. 한쪽에는 모든 배와 사람을 빨아들이는 소용돌이. 그리고 반대편에는 스킬라. 머리가 여섯 개 달린 괴물. 이쪽을 택하면 배에 탄 모두가 틀림없이 죽음을 맞이하게 되고, 저쪽을 택하면 부하 여섯 명이 확실히 죽는다.

어느 길을 택해야 하나?

피터는 그 순간 눈물이 솟구치는 것을 느꼈다. 형제들에게 으스러지고, 어머니에게 으스러지고, 남편에게 으스러진 여린 줄리아를 향한 눈물이었다. 그리고 결국 집에 돌아온 순간, 그녀는 자신이 신뢰하던 유일한 남자에게 으스러졌다. 그녀의 율리시스. 그녀의 아버지에게.

하지만 그의 눈물은 주로 자신을 향한 것이었다. 그는 그날 누나를 잃었다. 하지만 더 나쁜 사실, 훨씬 나쁜 사실은 그가 어머니를 잃었다고 느꼈다는 것이었다. 죽은 누나는 완벽했지만 자신은 괴물이라고 결론을 내린 어머니.

"좀 걷죠." 가마슈는 그렇게 말했고, 두 사람은 움푹 팬 땅과 그 곁에 놓인 차갑고 하얀 큐브에서 등을 돌렸다. 가마슈는 뒷짐을 졌다. 그들은 말없이 잔디밭을 가로질러 호수로 걸어갔다. 해가 막 지면서 저녁 하늘을 휘황찬란한 빛깔로 채우고 있었다. 매 순간 자줏빛과 분홍빛과 금빛으로 변화하는 듯했다.

두 사람은 걸음을 멈추고 그 광경을 바라보았다.

"책을 읽어 주는 어머님 주변에 둘러앉은 가족이라, 아름다운 이미지군요."

"잘못 들으셨군요. 어머니 주변에 둘러앉은 게 아닙니다. 우리는 소파에 앉았죠. 넷 모두가요. 어머니는 방 저편에 있는 당신 윙체어에 앉으셨고."

비로소 모로들을 한 가족으로 보이게 해 주었던, 자연스럽고 따사롭기까지 한 이미지가 갑자기 사라졌다. 일몰처럼 그 이미지는 무언가 다른 것으로 바뀌고 말았다. 더 어두운 무언가로.

따로 모여 앉아, 꼿꼿하고 바른 자세로 끔찍한 선택에 관한 이야기를 읽어 주는 어머니를 해협 저편에서 바라보는 네 명의 어린아이들. 그리고 죽음에 관한 이야기.

"토머스는 율리시스에 관한 이야기를 가장 좋아했다고 했죠. 당신이 가장 좋아한 이야기는 뭐였습니까?"

피터는 줄리아가 죽은 자리 너머 우뚝 서 있던 네모난 하얀 대리석을 생각하고 있었다. 네 개의 모퉁이, 네 개의 벽.

"판도라의 상자요." 그가 말했다.

가마슈는 일몰에서 고개를 돌려 피터를 바라보았다. "뭔가 마음에 걸리는 게 있습니까?"

"누나가 살해당한 것 말고 말입니까?"

"네, 그래요. 내겐 말해도 됩니다."

"그런가요? 제가 오늘 오후 경감님께 했던 얘기를 누군가가 어머니께 전했습니다. 그래요, 놀라신 것 같군요. 하지만 제 기분이 어땠는지 상상이 되십니까? 진실을 말하라기에 말씀드린 덕분에 가족들에게 걷어차여 내쫓기다시피 했습니다. 경감님 인생은 항상 쉬웠겠죠. 자신감도 충분하고. 늘 어디에나 어울리고. 지식인 가족들 사이에서 예술가가 돼 보시죠. 음악가 가족들 사이에서 음치가 돼 보시든가요. 수업 들어가는 내내 다른 애들도 아니고, '스폿, 스폿' 하며 외치는 자기 형 때문에 놀림거리가 돼 보시라고요."

피터는 마지막 인내심이 끊어지는 것을 느꼈다. 그는 가마슈에게 경고하고 싶었다. 도망치라고, 자신에게서 달아나라고, 폭주가 가라앉을 때까지 숲 속에 숨어 있으라고 말하고 싶었다. 온몸을 비틀며 악취를 풍기는 무장한 탈주자가 눈앞의 모든 것을 불태우고 폭행한 다음 다른 표적으로 옮겨 갈 때까지. 하지만 이미 너무 늦었다. 게다가 자기 앞에 있는 사람은 절대 도망갈 사람이 아니었다.

모로들은 도망쳐서 냉소와 음울한 빈정거림 뒤에 숨었다.

이 사람은 자기 자리를 지키고 서 있었다.

"아버님은요?" 가마슈가 물었다. 그는 피터가 자기 얼굴에 침을 튀긴 적이 없다는 듯 태연자약했다. "뭐라고 하시던가요?"

"아버지요? 뭐라고 하셨는지 이미 아시잖습니까. 공공 화장실에서는 첫 번째 칸은 쓰지 마라. 열 살짜리 애한테 그따위 소리를 지껄이는 인간이 어디 있습니까? 우리가 배운 교훈 중에 또 뭐가 있는지 아십니까? 세 번째 세대를 조심해라."

"그건 무슨 뜻이지요?"

"첫 번째 세대는 돈을 벌고, 두 번째 세대는 앞 세대의 희생을 보았기에 돈 귀한 줄을 알지만 세 번째 세대는 낭비해 버린다는 뜻입니다. 우리가 세 번째 세댑니다. 우리 넷이오. 아버지는 우리를 증오했습니다. 우리가 당신 돈을 훔치고 집안을 망칠 거라고 생각하셨죠. 우리를 망칠까 봐 워낙 걱정이 심해서 절대 뭘 주는 법이 없었습니다. 멍청한 조언 외에는 말이죠. 말. 그게 전부였습니다."

가마슈가 본 돌 얼굴에 새겨져 있던 짐이 그것이었을까? 희생이 아니라 두려움이었을까? 찰스 모로는 자기 자식들이 자신을 배신할까 봐 두려워했던 걸까? 그는 자신이 두려워했던 바로 그런 존재를 만들어 내고야 말았던 걸까? 행복하지 않고, 사랑하지 않고, 감사하지 않는 아이들을? 아버지에게서 훔치고, 서로를 살해할 수 있는 아이들을?

"누가 누나를 죽인 것 같습니까?"

피터가 하던 생각에서 돌아와 다시 입을 열기까지 1분이 걸렸다.

"버트 피니라고 생각합니다."

"왜 그가 줄리아를 죽였을까요?" 이제는 거의 날이 저물었다.

"돈 때문이죠. 항상 돈 때문이죠. 분명 보험금 수혜자는 어머니일 겁니다. 그 사람은 돈 때문에 어머니와 결혼했고, 이젠 원래 꿈꾸던 것보다 더 많은 돈을 받게 될 테죠."

그들은 계속해서 선착장으로 내려가 비바람에 단련된 회색빛 나무 마루 위에 비스듬하게 누워 있는 두 개의 애디론댁 의자로 다가갔다. 피터는 진이 빠진 상태였다. 두 사람의 발소리가 널빤지를 타고 울렸고, 물이 선착장에 가볍게 찰싹거렸다.

그들이 다가가자 의자 하나가 움직였다. 그들은 멈춰 섰다.

나무 의자가 눈앞에서 일어서더니 마지막 햇빛을 받아 실루엣을 드리웠다.

"무슈 가마슈?" 의자가 말했다.

"위." 피터가 손을 내밀어 그를 잡아끌려 했지만 가마슈는 발걸음을 내디뎠다.

　"아르망 가마슈? 그게 이름이라고 하셨소?"

　"위."

　"당신 아버지를 알지." 버트 피니가 말했다. "이름이 오노레였지. 오노레 가마슈."

19

　폭탄을 떨어뜨린 후, 버트 피니는 더는 한 마디도 않은 채 두 사람 곁을 홱 지나쳐 가 버렸다.

　"그가 한 말이 무슨 뜻이죠?" 피터가 물었다. "그가 경감님 아버지를 안다고요?"

　"비슷한 연배니까요." 가마슈의 머리가 핑핑 돌았다. 그는 머리를 주운 다음 선착장에 떨어진 심장도 주워 몸에 도로 쑤셔 넣었다.

　"아버님께서 저 사람을 언급하신 적이 있습니까? 버트 피니를?" 피터는 자신이 누구를 말하는지 가마슈가 모를 거라는 듯 그렇게 덧붙였다.

　"아버지는 제가 어렸을 때 돌아가셨습니다."

　"살해당하셨습니까?" 피터가 물었다.

가마슈가 그를 돌아보았다. "살해요? 왜 그렇게 생각한 겁니까?"

자신을 감추기 위해 가마슈의 사적인 영역을 캐묻던 피터는 한 걸음 물러났다. "글쎄요, 경감님이 강력반에 계시기도 하고, 혹시나 해서……." 피터의 목소리가 잦아들었다. 이내 침묵이 흐르고 잔잔하게 찰랑이는 물소리만 들렸다. "젊어서 돌아가셨겠군요." 피터가 마침내 입을 열었다.

"서른여덟이셨습니다." 그리고 5개월, 그리고 14일.

피터는 고개를 끄덕였다. 자리를 뜨고 싶은 마음이 간절했지만, 그는 커다란 사내가 호수를 바라보는 동안 곁을 지켰다.

그리고 7시간. 그리고 23분.

모든 빛이 사라지자 두 사람은 말없이 마누아르로 돌아갔다.

다음 날 아침 5시 30분에 가마슈의 자명종이 울렸다. 샤워를 마친 그는 옷을 입고 수첩을 챙겨 나갔다. 막 떠오른 여름 해가 레이스 커튼을 친 창문에 어른거렸다. 호수 건너편에서 들리는 아비 새 울음소리를 제외하면 사위가 적막했다.

넓은 계단을 내려가던 중 주방에서 무슨 소리가 들렸다. 고개를 들이밀어 보니 젊은 여자 하나와 웨이터 엘리엇이 일하는 중이었다. 청년은 접시를 배열했고 여자는 오븐에 빵을 넣었다. 진한 커피 냄새가 났다.

"봉주르, 무슈 란스펙퇴르Bonjour, monsieur l'inspecteur 안녕하세요, 경감님." 여자가 영어 억양이 강하게 묻어나는 프랑스어로 말했다. 가마슈는 갓 들어왔나 보다고 생각했다. "일찍 일어나셨네요."

"두 분도요. 이렇게 이른 시간부터 열심이시군요. 커피 한 잔 마실 수 있겠습니까?" 그가 프랑스어로 천천히 또박또박 말했다.

"아베크 플레지르Avec plaisir 기꺼이요." 여자가 오렌지 주스를 따라 주었고, 가마슈는 그 잔을 받았다.

"메르시." 그는 그렇게 말한 다음 주방을 나섰다.

"무슈 가마슈." 방충 문을 열고 날이 밝아 오는 바깥으로 나서는데 뒤에서 부르는 소리가 들렸다. "이걸 원하셨던 것 같은데요."

가마슈가 걸음을 멈추자 엘리엇이 커피를 담은 보덤 커피포트와 크림, 각설탕, 컵 두 개를 얹은 쟁반을 들고 다가왔다. 따뜻한 크루아상과 잼이 담긴 바구니도 있었다.

"아까 그 아가씨 서스캐처원 출신이에요. 온 지 얼마 안 됐어요. 마음씨는 착한데, 보시다시피." 세상 물정에 밝은 엘리엇이 어깨를 으쓱해 보였다. 그는 평정심을 되찾았거나 최소한 매력은 되찾은 듯했고, 지배인과 다투었음에도 계속 일하기로 마음을 다잡은 모양이었다. 하지만 가마슈는 그가 진심으로 받아들인 부분이 얼마나 되며 시늉만 하는 부분은 또 얼마나 되는지 궁금했다.

벌새 한 마리가 쌩하고 날아가 디기탈리스 앞에 자리를 잡았다.

"메르시." 경감은 미소를 지은 다음 쟁반을 향해 손을 내밀었다.

"실 부 플레S'il vous plaît 괜찮습니다." 엘리엇이 말했다. "제가 들게요. 어디에 앉으시겠어요?" 그는 황량한 테라스를 둘러보았다.

"그게, 실은 선착장으로 갈 생각이었네."

두 사람은 잔디밭을 가로질렀다. 두 사람의 발이 아침 이슬 사이로 길을 내었다. 세상이 배고파하며 잠에서 깨어났다. 얼룩 다람쥐들이 쪼르르 달리다 나무 밑에서 낑낑거렸고, 새들은 깡충 뛰며 지저귀었고, 곤충들은 뒤편에서 조용히 붕붕거렸다. 엘리엇은 쟁반을 두 번째 애디론댁 의자의 팔걸이에 올려놓은 뒤 우아한 골회 자기 컵에 커피를 따르고 몸을 돌려 자리를 뜨려고 했다.

"한 가지 묻고 싶은 게 있네."

깔끔한 흰 재킷 속에 든 나긋나긋한 등이 뻣뻣하게 굳은 걸까? 엘리엇은 잠시 멈칫했다가 몸을 돌렸다. 잘생긴 얼굴 위에 기대 어린 미소가 걸려 있었다.

"마담 마틴을 어떻게 생각했나?"

"생각이오? 제가 여기서 하는 일이라곤 테이블 옆에서 시중을 들고 청소하는 게 전부입니다. 생각은 하지 않아요."

미소는 여전했지만 가마슈는 앞서 한 질문에 대한 답을 알아냈다. 매력적인 외관 밑에 분노가 끓고 있었다.

"날 가지고 장난하지 말게, 자네." 가마슈의 목소리는 변함이 없었지만 그 안에 경고를 잔뜩 담고 있었다.

"그분은 손님이셨고 전 여기 고용인인걸요. 예의 바른 분이셨죠."

"얘기도 해 봤나?"

이제 엘리엇은 정말로 머뭇거렸고 얼굴도 살짝 달아올랐다. 가마슈는 시간이 지나고 나면 그 홍조가 사라지리라는 것을 알고 있었다. 자만 대신 자신감이 들어찰 것이었다. 당혹감을 극복할 것이었다. 그리고 훨씬 덜 매력적인 사람이 될 것이었다.

"예의 바른 분이셨어요." 그는 그렇게 반복했다가 그 말이 얼마나 설득력 없게 들리는지 알아차린 모양이었다. "여기서 일하는 건 마음에 드는지, 여름이 끝나고 나면 뭘 할 계획인지, 그런 걸 알고 싶어 하셨어요. 손님들은 대개 직원을 보지 않고, 저희도 거리를 두라고 배우죠. 하지만 마담 마틴은 눈길을 주셨어요."

가마슈는 보이지 않는 세상이라는 것이 있을지 궁금했다. 작게 줄어든 사람들이 만나는 곳, 그들이 서로를 알아보는 곳이 있을까? 그가 줄리아 마틴에 관해 한 가지 아는 것이 있다면, 그녀 역시 보이지 않는 사람이었다는 것이었다. 다른 사람들이 대화에서 배제하는 사람, 식료품점 줄에서 새치기당하는 사람, 손을 쳐들고 흔들어도 채용 과정에서 무시당하는 사람.

줄리아 마틴은 그 모두에 해당했을지 몰라도 이 청년은 보이지 않는 사람이라고는 할 수 없었다. 그래, 두 사람에게 뭔가 공통점이 있다고 하더라도 그건 아니었다. 이내 문득 떠오르는 것이 있었다.

"자네와 마담 마틴에게는 공통점이 있었지." 그가 말했다.

엘리엇은 침묵을 지킨 채 선착장에 서 있었다.

"두 사람 모두 브리티시컬럼비아에서 왔지."

"그런가요? 그런 얘기는 안 해 봐서요."

그는 거짓말을 하고 있었다. 연습이 필요한 기술인데 꽤 잘 해냈다. 하지만 그는 눈을 돌리는 대신 가마슈의 눈을 마주 보았다. 너무 오래. 너무 뚫어져라.

"커피 고맙네." 가마슈가 침묵을 깨뜨렸다. 엘리엇은 당황했으나 미소를 짓고 자리를 떴다. 가마슈는 멀어져 가는 엘리엇을 바라보며 그가 한 말에 관해 생각했다. 마담 마틴은 눈길을 주셨어요. 아마도 사실이었을 거라는 생각이 들었다.

그것이 그녀를 죽인 걸까? 과거에 묻혀 있던 무언가가 아니라 새롭고 활발한 무언가가? 그리고 치명적이기도 한 무언가가? 그녀가 이곳 마누아르에서 봤거나 들은 무언가가?

가마슈는 목조 선착장에 놓인 의자에 몸을 묻고 커피를 홀짝이며 호수와 주변의 산림을 둘러보았다. 섬세한 컵을 커다란 두 손으로 감싸고 생각이 이리저리 떠돌도록 내버려 두었다. 사건에 집중하는 대신 마음을 열고 비우고자 했다. 그런 다음 무엇이 떠오르는지 보았다.

발 없는 새가 떠올랐다. 그리고 율리시스와 소용돌이, 괴물 스킬라가 떠올랐다. 하얀 받침대도 떠올랐다.

땅에 붙들리고 다락 속의 박제 머리 사이에 갇힌 어린 빈이 보였다. 아이보다 전리품에 더 관심을 가졌던 모로 가족들의 머리인지도 몰랐다. 전부 머리만 남은 채 박제되어 눈길을 던지고 있다.

하지만 가마슈가 주로 생각한 것은 이 사건 전체를 굽어보고 있는 찰스 모로였다. 단단하고, 짐을 진 채 묶여 있는.

"내가 있으면 방해가 되겠소?"

가마슈는 의자에 앉은 채 몸을 틀었다. 버트 피니가 선착장이 시작되는 부근의 물가에 서 있었다. 가마슈는 의자에서 몸을 일으켜 쟁반을 옮기며 옆자리를 가리켜 보였다. 무슈 피니는 처음 인형을 부리는 사람에게 인형으로 부려진 듯 팔다리를 흐느적거리며 절룩이면서 다가왔다. 그래도 그는 꼿꼿하게 서 있었다. 노력하는 기색이 역력했다.

"앉으시죠." 가마슈가 의자를 가리켰다.

"서는 쪽이 낫소."

노인은 경감보다 작았지만 많이 차이가 나지 않았고, 가마슈는 그가 나이와 중력이 붙들기 이전에는 더 컸으리라 짐작했다. 이제 버트 피니는 더욱 몸을 곧추세우고 가마슈를 응시했다. 눈빛은 아침처럼 고집스럽지 않았고, 코도 덜 빨갰다. 아니면 페인트가 벗겨지거나 찌그러진 차에 익숙해지듯 그에게 익숙해졌는지도 모르리라. 가마슈는 피니의 앙상한 목에 망원경이 닻처럼 걸려 있다는 사실을 처음으로 깨달았다.

"어젯밤에 나 때문에 선생이 놀랐던 모양이오. 그러려던 건 아니었는데." 피니는 가마슈를 정면으로 바라보았다. 혹은 여기저기 떠돌던 눈이 잠시 가마슈에게 멎었거나.

"사실 놀랐습니다."

"미안하오."

그 말이 워낙 품위 있고 간명해서 가마슈는 잠시 할 말을 잃었다.

"사람들이 제 아버지에 대해 이야기하는 걸 들은 게 오랜만이었습니다. 개인적으로 아셨습니까?" 가마슈는 다시 의자를 가리켰고, 이번에는 피니도 자리에 앉았다.

"커피 드시겠습니까?"

"그래요. 블랙으로."

가마슈는 무슈 피니에게 커피를 따라 주고 자신의 컵도 다시 채운 후 크루아상이 든 바구니를 가져와 자기 의자의 널찍한 팔걸이에 얹은 다음 크루아상 하나를 꺼내 예정에 없던 손님에게 권했다.

"그 사람과는 전쟁 끝 무렵에 만났소."

"포로셨습니까?"

피니의 입이 뒤틀렸다. 가마슈가 보기에는 미소인 것 같았다. 피니는 잠시 물을 바라보더니 눈을 감았다. 가마슈는 기다렸다.

"아니오, 경감. 난 포로였던 적이 없소. 포로 신세는 내가 받아들이지 않았을 게요."

"선택의 여지가 없는 사람들도 있습니다, 무슈."

"그렇게 생각하시오?"

"제 아버지를 어떻게 아십니까?"

"막 몬트리올로 돌아왔는데 아버님께서 연설을 하고 계시더군. 나도 한 번 들어 봤소. 아주 열정적이셨지. 끝나고 말을 걸었다가 안면을 트게 됐고. 죽었다는 얘길 듣고 무척 유감이었소. 교통사고였지요?"

"어머니와 함께요."

아르망 가마슈는 중립적인 목소리를 내는 훈련을 해 왔다. 뉴스를 전달하듯이. 사실만을. 오래전 일이었다. 40년도 전의 일이었다. 이제는 아버지가 죽어 있었던 시간이 살아 있었던 시간보다 길었다. 어머니도 마찬가지였다.

하지만 따뜻한 나무 팔걸이에서 슬며시 올라간 가마슈의 오른손은 보다 큰 어떤 손을 가볍게 잡듯 허공을 움켜쥐었다.

"끔찍한 일이군." 피니가 말했다. 그들은 조용히 앉아 각자 생각에 잠겼다. 호수 위의 안개는 서서히 증발하고 있었고, 이따금 새가 벌레를 찾아 수면을 스치듯 지나갔다. 가마슈는 이 과묵한 남자와 단둘이 있으며 느끼는 편안함에 놀랐다. 이 남자는 아버지를 아는데도 대다수 사람이 꺼내는 그 이야기를 아직 꺼내지 않고 있었다. 가마슈는 아버지가 살아 있었더라면 이 남자와 나이가 거의 같을 것이라는 사실을 깨달았다.

"우리만의 세상인 것 같구려. 그렇지 않소?" 피니가 말했다. "난 하루 중 이 시간을 좋아한다오. 앉아서 생각에 잠기는 게 정말 즐거워."

"아니면 생각을 않는 것도요." 가마슈의 말에 두 사람 모두 미소를 지었다. "어젯밤에도 여기에 오셨지요. 생각하실 게 많습니까?"

"그래요. 나는 수를 셈하러 여기에 온다오. 그러기에 적합한 장소지."

가마슈가 보기에 계산에는 부적합한 장소 같았다. 게다가 피니는 수첩이나 장부를 갖고 있는 것 같지도 않았다. 피터가 간밤에 뭐라고 했더라? 늙은 회계사가 돈을 위해 자기 어머니와 결혼하고 역시 돈을 위해 줄리아를 죽였다고 했다. 그리고 지금, 노인은 외진 호수의 선착장에 앉아 계산을 하고 있었다. 가마슈는 나이가 든다고 탐욕이 줄어들지 않는다는 것을 알고 있었다. 굳이 따지자면 나이가 들수록 탐욕은 커져 갔다. 자신이 충분히 가지지 못했다는 두려움 때문에. 아직 하지 못한 것에 대한 두려움 때문에. 궁핍하게 죽어 가는 것에 대한 두려움 때문에. 하지만 그가 세고 있었던 것은 돈이 아닐지도 몰랐다. 새인지도 몰랐다.

"새를 관찰하십니까?"

"그렇다오." 피니는 손을 들어 쌍안경을 가리켰다. "발견한 새 목록이 꽤 된다오. 참새는 물론 홍관조도. 검은 볏 직박구리랑 흰 목 직박구리도 있지. 근사한 이름이야. 여기 있는 새는 전에 웬만큼 다 봤지만 뭘 보게 될지는 모르는 법이니까."

그들은 굶주린 파리를 쫓아내며 커피를 마시고 크루아상을 먹었다. 날개와 선명한 몸통에 햇빛을 받은 잠자리가 선착장 주변의 물 위를 우아하게 반짝이며 스치듯 날아다녔다.

"혹시 발 없는 새를 아십니까?"

"발이 없다고?" 피니는 웃음을 터뜨리는 대신 곰곰이 질문을 되새겼다. "왜 새에 발이 없을까?"

"글쎄 왜일까요?" 가마슈는 설명을 덧붙이지 않기로 했다. "양녀분을 누가 죽였다고 생각하십니까?"

"찰스 말고 말이오?"

가마슈는 침묵을 지켰다.

"우린 참 곤란한 가족이라오, 경감. 복잡한 가족이지."

"지난번에 '한 베르세르를 탄 일곱 명의 미친 모로'라고 하셨지요."

"내가 그랬던가?"

"무슨 뜻으로 하신 말씀입니까? 아니면 그냥 뒤에 남게 되어 화가 나셨던 겁니까?"

가마슈의 바람대로 그 질문은 지금껏 완벽하게 평정을 유지하고 있던 노인을 자극했다. 이제 그는 자리에 앉은 채 고개를 돌려 가마슈를 바라보았다. 하지만 성가시다는 표정은 아니었다. 즐거운 듯했다.

"클라라에게 모두가 배에 타는 건 아니라고 말했던 기억은 나는구려. 모두가 배에 타고 싶어 하는 건 아니라는 말은 하지 않았지만."

"가족이잖습니까, 무슈 피니. 거기서 배제되고 계시고요. 괴롭지 않으십니까?"

"딸이 깔려 죽는 건 괴롭지. 아버지를, 어머니를 잃는 것도 괴롭고. 온갖 것이 괴로운 법이라오. 밀려나 물가에 서 있게 되는 건 거기에 속하지 않아요. 특히 이 물가라면."

"환경이 문제가 아니지요." 가마슈는 나직이 말했다. "내부가 문제지. 몸이 더없이 아름다운 장소에 서 계신들 영혼이 으스러진다면 무슨 소용이겠습니까. 배제당하고 기피 대상이 되는 건 작은 일이 아닙니다."

"나도 지극히 공감하는 바요." 피니는 애디론댁 의자에 다시 몸을 깊숙이 파묻었다. 오 캐나다 새 두 마리가 서로를 향해 지저귀며 호수를 가로질러 날았다. 7시가 막 지났다.

지금쯤 빈의 자명종들이 울렸으리라.

"헨리 데이비드 소로와 랠프 월도 에머슨두 사람 모두 미국의 시인이자 사상가이 친구였다는 것 아셨소?"

"몰랐습니다." 가마슈의 시선은 정면을 향해 있었지만 귀는 피니의 이야기를 주의 깊게 듣고 있었다.

"친구였다오. 소로는 전에 자유를 침해한다고 여겨진 정부의 어떤 법에 항의하다가 감옥에 갇혔지. 에머슨이 면회를 가서 말했다오. '헨리, 어쩌다 여기 들어오게 된 건가?' 소로가 뭐라고 대답했는지 아시오?"

"모르겠군요." 가마슈가 말했다.

"랠프, 어쩌다 그 바깥에 있게 된 건가?"

잠시 후 피니는 숨이 막히는 듯한 소리를 냈다. 가마슈는 돌아보았다. 웃음소리였다. 부드러운, 거의 들리지 않을 정도의 킬킬거림.

"가족들이 미쳤다고 하셨지요. 무슨 뜻이셨습니까?"

"그거야 그저 내가 보기에 그렇다는 것뿐이오. 하지만 난 전에도 미친 사람을 만난 적이 있고, 그에 관해 생각도 꽤 했지. 우리가 광기라고 부르는 게 뭐요?"

가마슈는 이제 피니가 수사적으로 질문을 던진다는 사실을 깨달아 가고 있었다.

"대답 안 할 거요?"

가마슈는 자신을 향해 슬쩍 웃었다. "대답하길 바라십니까? 광기란 현실과의 접촉을 잃고 자신만의 세계를 창조해 그 안에서 살아가는 거지요."

"맞소. 하지만 가끔은 그게 가장 제정신일 수도 있지. 살아남는 유일한 방법이 그것일 경우에는. 학대당한 사람들, 특히 아이들이 그렇지."

가마슈는 피니가 그걸 어떻게 아는 것인지 궁금했다.

"정신을 놓는 거요. 그게 항상 나쁜 일은 아니라오. 하지만 광기를 설명하는 다른 표현도 있소."

가마슈의 왼편으로 퍼덕거리는 움직임이 눈에 들어왔다. 돌아보니 빈이 잔디밭을 달려 내려가고 있었다. **도망치는 걸까?** 하지만 잠시 후 그는 아이가 도망치는 것도 달아나는 것도 아니었다는 사실을 깨달았다.

"지각이 없다는 표현이 있지." 피니는 말했다.

빈은 말처럼 질주하고 있었다. 뒤로 커다란 욕실용 수건이 펄럭였다.

"모로 가족은 미쳤소." 피니는 아이를 의식하지 못했거나 그런 모습에 익숙해진 듯 계속 말을 이어 나갔다. "지각이 없기 때문이지. 그들은 자기 머릿속에서만 살고 밖에서 흘러드는 정보에는 전혀 신경을 쓰지 않소."

"피터 모로는 예술가일 뿐만 아니라 재능 있는 예술가입니다." 가마슈가 말했다. "제정신이 아니라면 그 정도로 훌륭한 예술가가 될 수 없습니다."

"재능은 있지." 피니가 동의했다. "하지만 그 애가 생각을 멈추고 그냥 자기 자신으로만 남는다면 얼마나 나아지겠소? 듣고, 냄새 맡고, 느끼기 시작한다면?"

피니는 이제는 식어 버린 커피를 홀짝였다. 가마슈는 슬슬 일어나야 한다는 것을 알면서도 계속 머무르며 이 터무니없을 정도로 못생긴 남자와 함께하는 시간을 즐겼다.

"처음 의도적으로 무언가를 죽였을 때가 기억나는군."

워낙 예기치 못했던 발언이라 가마슈는 어쩌다 이런 말이 나왔나 싶은 마음에 고개를 돌려 나무로 깎아 만든 듯한 노인을 쳐다보았다. 버트 피니는 울퉁불퉁한 손가락으로 한 지점을 가리켰다. 낚시꾼 하나가 이른 아침 홀로 보트를 타고 떠다니며 조용히 낚싯줄을 던지고 있었다.

휙. 퐁당. 낚싯줄이 천천히 되감기자 멀리서 빈의 시계처럼 째깍거리는 소리가 들렸다.

"열 살쯤이었나, 형이랑 같이 다람쥐를 사냥하러 갔소. 형은 아버지 소총을 가져갔고 나는 형의 총을 가져갔지. 형이 총을 쏘는 건 웬만큼 봤는데 나는 그때까지 직접 쏴 본 적은 없었소. 우리는 몰래 집을 나가 숲으로 들어갔소. 지금 같은 아침이었지. 부모들은 자고 애들은 장난을 치고 싶어 일어나고. 우리는 나무 사이를 내달리고 땅에 몸을 던지면서 적군과 싸우는 시늉을 했소. 참호전 말이오."

가마슈는 노인이 몸통을 틀며 거의 80년 전에 했던 동작을 흉내 내는 모습을 지켜보았다.

"그러다 형이 조용히 하라고 하면서 뭔가를 가리키더군. 얼룩 다람쥐 두 마리가 나무 밑에서 놀고 있었소. 형은 내 소총을 가리켰소. 난 총을 들고, 겨누고, 쐈소."

휙. 퐁당. 째깍, 째깍, 째깍.

"잡았지."

가마슈를 돌아보는 버트 피니의 눈은 이제 사방팔방으로 희번덕거렸다. 이런 사람이 뭔가를 쏠 수 있다는 사실을 상상하기 어려웠다.

"형은 환호성을 터뜨렸고 나는 신나서 달려갔소. 무척 자랑스러웠지.

아버지에게 말하고 싶어서 안달이 나더군. 하지만 녀석은 죽지 않았소. 치명상을 입은 건 알 수 있었소. 녀석은 울부짖으면서 허공을 긁어 대다가 이내 늘어져 낑낑거렸소. 그때 무슨 소리가 들리기에 살펴봤지. 다른 얼룩 다람쥐가 지켜보고 있더군."

"어떻게 하셨습니까?" 가마슈가 물었다.

"다시 쐈소. 죽였지."

"무언가를 죽인 건 그게 마지막이셨습니까?"

"꽤 오랫동안은 그랬소. 아버지는 그 뒤로 내가 당신과 함께 사냥을 가지 않는다며 실망하셨지. 난 이유를 말씀드리지 않았소. 어쩌면 말씀 드려야 했는지도 모르겠군."

그들은 보트에 탄 사람을 바라보았고, 가마슈는 호수 건너 오두막에서 나온 사람이라고 추측했다.

"하지만 난 결국 다시 살생을 하고야 말았지." 피니가 말했다.

빈이 다시 질주하더니 숲 속으로 사라졌다.

"**오, 나 지상의 몹쓸 유대에서 풀려나**캐나다 공군 소속 비행사이자 시인이었던 존 길레스피 매기 주니어의 시 「고공비행」 중," 욕실용 수건이 마지막으로 한 번 더 펄럭이고는 숲 속으로 사라지는 모습을 바라보며 피니가 말했다.

"그게 몹쓸 유대인가요?" 가마슈가 물었다.

"어떤 사람들에게는." 피니는 빈이 있던 자리를 계속해서 바라보며 말했다.

낚싯대가 갑자기 휘자 낚시꾼이 놀라서 몸을 뒤로 기울이며 줄을 감기 시작하는 통에 보트가 살짝 흔들렸다. 낚싯줄은 비명을 지르며 저항했다.

가마슈와 피니는 물고기가 머리를 제대로 튕기길 기대하며 그 광경을 지켜보았다. 물고기가 자기 입을 찢고 있는 바늘에서 벗어나기를.

"찰스 모로와는 잘 아는 사이셨습니까?"

"절친한 친구였소." 피니는 마지못해 호수 위의 광경에서 눈을 뗐다. "학창 시절 내내 함께였지. 학교를 마치고 나면 연락이 끊기는 사람들도 더러 있소만 찰스는 아니었소. 좋은 친구였지. 녀석에게는 우정이 중요했어."

"어떤 사람이었나요?"

"단호했소. 자기가 뭘 원하는지 알았고 대개는 얻어 냈지."

"뭘 원했지요?"

"돈, 권력, 명성. 흔히 원하는 것들." 피니는 다시 낚시꾼과 휘어진 낚싯대로 시선을 돌렸다. "그는 열심히 일해서 건실한 회사를 세웠소. 사실 공정하게 말하자면 가문의 회사를 물려받은 거지만. 작지만 명망 있는 투자 회사였소. 하지만 찰스는 그 회사를 뭔가 다른 것으로 키워 냈소. 캐나다 전역에 사무실을 개설했지. 의욕이 넘치는 친구였어."

"회사 이름이 뭡니까?"

"모로 증권Morrow Securities. 어느 날 그가 출근해서는 어린 피터가 아빠 총은 어디 있느냐고 물었다며 웃던 게 기억나는군. 아빠가 보안security 요원인 줄 알았던 게요. 그렇지 않다는 걸 알고는 무척 실망했지."

"그 밑에서 일하셨습니까?"

"평생. 그는 결국 회사를 팔았소."

"왜 아이들에게 물려주지 않았지요?"

버트 피니는 처음으로 불편한 기색을 내비쳤다.

낚시꾼은 뜰채를 들고 뱃전으로 몸을 기울여 뜰채를 물에 담그고 있었다.

"그는 그러길 바랐던 것 같지만 그에 적합한 아이가 없다고 생각했소. 피터는 너무 상상력이 풍부해서 그 상상력이 그 아이를 죽일지도 모른다고 찰스가 그러더군. 피터라면 기꺼이 시도는 하려고 했을 거라고 믿긴 했지만 말이오. 그는 그 아이의 신의와 남을 돕고자 하는 태도를 아꼈소. 참으로 상냥한 아이라고 늘 말했지. 줄리아는 이미 브리티시컬럼비아로 떠나 데이비드 마틴과 약혼한 상태였소. 찰스가 불쌍한 줄리아의 남편과는 거의 시간을 보내지 않았던 터라 그쪽은 애초에 논외였지. 마리아나? 글쎄, 언젠가는 할 수 있으리라고 믿었지. 그는 항상 그애가 자식 중에서 가장 마음가짐이 바르다고 말했소. 머리가 가장 좋지는 않더라도 말이지. 마음가짐은 최고라고. 하지만 그 아인 인생을 즐기느라 너무 바빴소."

"토머스는요?"

"아, 토머스. 찰스는 그 애가 영리하고 빈틈없다고 생각했소. 둘 다 중요한 자질이지."

"그런데요?"

"그런데 그는 그 애에게 부족한 게 있다고 생각했소."

"그게 뭐였죠?"

"연민."

가마슈는 이를 곰곰이 생각했다. "회사 중역을 선택할 때 가장 먼저 보게 되는 자질은 아닌 것 같습니다만."

"하지만 아들의 자질로는 그렇지. 찰스는 토머스를 그리 가까이 두고 싶어 하지 않았소."

가마슈는 고개를 끄덕였다. 마침내 피니에게서 말을 이끌어 냈지만 피니는 자신이 물어봐 주기를, 밀어붙이길 바랐던 건 아닐까? 피니가 여기 앉아 있는 것이 그 때문은 아니었을까? 경감을 자신의 양아들 쪽으로 몰고 가기 위해서?

"찰스 모로는 언제 죽었습니까?"

"십팔 년 전이오. 나도 함께 있었지. 병원에 데려갔을 때는 이미 숨진 뒤였소. 심장마비로."

"그리고 그의 아내와 결혼하셨군요." 가마슈는 그 말이 비난이 아니라 중립적으로 들리기를 바랐다. 실제로도 비난이 아니라 그저 질문일 뿐이었다. 하지만 그는 죄책감 어린 마음은 남의 말을 거칠게 걸러 내어 의도하지 않은 것까지 듣는다는 사실 또한 알고 있었다.

"그랬지. 나는 그녀를 평생 사랑했다오."

두 사람은 호수를 바라보았다. 낚시꾼의 뜰채 속에서 무언가가 몸부림쳤다. 통통하고 빛나는 것이었다. 그들이 지켜보는 가운데 낚시꾼은 그것의 입에서 조심스럽게 바늘을 빼낸 다음 꼬리를 잡고 높이 치켜들었다.

가마슈는 미소를 지었다. 호수 건너편 오두막에서 사는 사람은 물고기를 놓아주려 하고 있었다. 은빛을 흩뿌리는 물고기가 아래로 급강하하더니 보트 옆면을 때렸다.

낚시꾼은 물고기를 죽였다.

20

아르망 가마슈는 애디론댁 의자에 앉은 버트 피니를 뒤로하고 선착장을 떠났다. 잔디밭에 이른 경감은 질주하는 아이의 흔적을 찾아 주변을 둘러보았다. 하지만 잔디밭에는 아무도 없었고 고요했다.

그의 손목시계는 7시 30분을 가리키고 있었다. 빈은 마누아르로 돌아간 걸까?

그가 그토록 일찍 일어났던 것은 빈이 왜 그런 짓을 하는지 알아보기 위해서였다. 지금 그는 피니와의 대화에 정신이 팔려 아이를 놓치고 말았다. 옳은 선택을 한 걸까?

가마슈는 산장에서 몸을 돌려 마사위피 호수를 따라 숲 속으로 난 오솔길에 발을 들였다. 날은 따뜻했고, 지배인의 예보 없이도 앞으로 더워지리라는 것을 알 수 있었다. 폭풍이 오기 전처럼 숨 막히는 열기와 습기를 동반한 더위는 아닐 테지만, 그래도 더울 것이다. 너무 오래 주시했다간 눈을 멀게 할 것 같은 태양이 벌써부터 호수 위에서 이글거렸다.

"꿈꾸어라, 꿈꾸어라." 가느다란 노랫소리가 나무 사이로 흘러나왔다. 가마슈는 고개를 돌리고 나뭇잎이 가득해서 상대적으로 어두운 숲 속으로 시선을 집중했다.

"꿈꾸어라, 꿈꾸어라." 높은 목소리가 거의 비명을 지를 듯이 올라갔다. 길에서 벗어나 나무뿌리와 흔들리는 바위를 디디며 나가던 그는 몇 차례 발목을 접질릴 뻔했다. 하지만 그의 커다란 몸뚱이가 살아 있는 나무 사이를 누비고 죽은 나무들을 헤치며 나아가자 공터가 나타났다. 놀라운 공간이었다.

울창한 숲 한가운데에 원형으로 널찍하게 펼쳐진 공터에는 인동과 클로버가 자라고 있었다. 어떻게 이런 곳을 모를 수 있었는지 의아했다. 냄새만 따라왔더라도 찾아냈을 텐데. 거의 역겨울 정도로 달콤한 냄새였다. 청각이 도움이 됐을지도 몰랐다.

공터는 붕붕거렸다. 더 자세히 관찰해 보니 작고 화사하고 여린 꽃이 흔들리는 모습이 눈에 들어왔다. 공터는 벌로 북적였다. 벌들은 꽃이 만발한 덤불 주위를 들락거렸다.

"꿈꾸어라." 흔들리는 덤불 건너편에서 예의 목소리가 노래를 불렀다. 가마슈는 조심스럽게 접근하기로 마음먹고 공터 주변을 돌다가 둥근 공터 한가운데에 놓인 나무 상자 여섯 개를 발견했다.

벌통. 꿀벌들은 아침을 먹고 있었다. 마누아르 벨샤스에는 자체 양봉장이 있었다.

가마슈는 멀찍이 떨어져 수천 마리의 꿀벌에 등을 돌리고 한 번 더 숲속을 살펴보았다. 나무둥치 사이를 스치고 지나가는 색깔이 눈에 띄었다. 색깔은 다시 멈춰 섰다.

가마슈는 부산스레 숲을 헤치고 나아가다 몇 미터 떨어지지 않은 곳에서 빈을 발견했다. 아이는 땅에 심기기라도 한 양 발을 벌리고 서 있었다. 무릎을 살짝 구부리고 머리를 뒤로 젖히고 두 손은 무언가를 들고 있는 것처럼 앞으로 내어 꼭 쥐었다.

그리고 미소를 짓고 있었다. 아니, 그냥 미소가 아닌 빛나는 미소를.

"꿈꾸어라, 꿈꾸어라." 빈은 음정이 맞지 않는 목소리로 노래를 불렀다. 하지만 목소리는 음악보다 더욱 풍성한 무언가로 가득 차 있었다. 더없는 행복으로.

모로 가족 중에서 가마슈에게 즐거움, 기쁨, 황홀함에 찬 얼굴을 보여 준 사람은 빈이 처음이었다.

가마슈 자신이 그런 것들을 매일 느꼈기에 알아볼 수 있었다. 하지만 그는 이곳에서, 숲 한가운데에서, 모로 가족의 일원에게서 그런 것들을 발견하리라고는 기대하지 않았다. 더구나 주변으로 밀려나고, 소외되고, 무시당한 이 아이에게서. 이름을 채소에서 따온, 성별이 없는, 땅에 뿌리박힌 아이에게서. 빈은 재난을 맞이할 운명인 것 같았다. 고속도로 옆의 강아지. 하지만 점프도 하지 못하는 이 아이는 그보다 훨씬 더 중요한 것을 할 수 있었다. 빈은 환희에 젖을 줄 알았다.

가마슈는 오랫동안 최면에 걸린 듯 아이를 지켜보았다. 그는 빈의 양 귀에서 가늘고 하얀 선이 내려와 주머니 속으로 들어가 있는 것을 알아차렸다. 아이팟일까? 무언가가 연주회를 열어 그에게 들려주고 있었다. 그는 루이 암스트롱이 「성 제임스 병원 블루스」를 부르는 소리를 들었고, 이어 비틀스의 「렛 잇 비Let It Be」를 들었다. 비록 '레터 BLetter B'에 가깝게 들리기는 했지만. 그런 다음 가사가 없는 어떤 음률이 흘러나오자 빈은 여러 가지 동작을 취하며 날뛰고 흥얼거렸다. 때때로 빈은 난폭하게 뒷발질을 했다가 앞으로 몸을 동그랗게 구부렸다.

마침내 가마슈는 빈이 안전하다는 사실에 만족하며 조용히 물러났다. 안전한 것보다 더 나았다. 겉으로 보아서는 믿기 힘들었지만 빈은 제정신이었다.

이자벨 라코스트 형사는 노란 경찰 테이프 곁에 서서 줄리아 마틴이 삶의 마지막 순간을 보내고 죽은 장소를 내려다보았다. 어제 줄리아처럼 뭉개졌던 잔디가 도로 솟아나 꼿꼿하게 서 있었다. 사람은 잔디처럼 비와 햇빛으로 원기를 회복하지 못한다는 사실이 안타까웠다. 다시 살아날 수 없다는 사실이. 하지만 어떤 상처들은 너무 치명적이었다.

시체의 모습이 라코스트의 머릿속에 자꾸 어른거렸다. 그녀는 수년간 강력반에 있었고, 그보다 훨씬 끔찍한 시체도 보았다. 하지만 그녀를 불편하게 한 것은 피해자의 얼굴이 보내는 눈길이 아니었고, 심지어 가슴에 파묻힌 조각상도 아니었다. 그녀를 불편하게 한 것은 줄리아의 팔이었다. 활짝 벌린 두 팔.

그녀는 그 자세를 알고 있었다. 그녀는 어머니를 방문할 때마다 그 자세를 보았다. 몬트리올 동쪽 끝 수수한 집의 계단 위에 어머니가 서 있었다. 늘 신중을 기해 깔끔하고 적절한 차림을 한 어머니. 그녀의 가족들이 차를 세우면 어머니는 문을 열고 문 바로 안쪽에 서서 그녀의 가족들을 기다렸다. 어머니는 현관 층층대로 걸어 나와 그녀의 가족들이 주차하는 모습을 보고, 이내 이자벨이 차에서 내리면 어머니의 얼굴에 미소가 번졌다. 그리고 어머니의 팔이 딸을 반기며 활짝 열렸다. 그것은 그녀의 어머니가 자신의 심장을 딸에게 드러내기라도 하는 것처럼 자신도 모르게 하는 행동이었다. 그러면 이자벨 라코스트는 발걸음을 내딛고 점점 속력을 높이다 마침내 그 늙은 팔에 안겼다. 안전함. 집.

라코스트의 아이들이 길을 내달려 그녀의 벌린 팔 안으로 파고들 때 그녀 역시 같은 행동을 했다.

줄리아가 죽기 직전에 취한 것은 바로 그런 몸짓이었다. 다가오는 상대를 환영했던 걸까? 거대한 조각상이 자기 위로 기울어지는데 왜 팔을 활짝 벌렸던 걸까?

라코스트 형사는 눈을 감고 줄리아를 느껴 보고자 했다. 마지막 순간에 찾아온 공포가 아닌, 그녀의 정신과 영혼을 느끼고자 했다. 수사 때마다 라코스트는 조용히 사건 현장을 찾아가 홀로 섰다. 죽은 사람에게 말을 건네고 싶었다. 그리고 지금 침묵 속에서, 라코스트는 자신들이 당신의 목숨을 앗아 간 자를 찾아내겠다고 줄리아 마틴에게 장담했다. 아르망 가마슈와 그의 팀은 당신이 평안히 잠들 때까지 쉬지 않을 거라고.

지금까지 그들은 완벽에 가까운 성과를 자랑했고, 그녀는 오직 몇몇 영혼에게만 사과해야 했다. 이번이 그 경우에 해당하게 될까? 이 시점에서 부정적인 생각을 품고 싶지는 않았지만, 이 사건은 라코스트를 불편하게 했다. 모로 가족이 불편했다. 하지만 그 이상으로, 걸어 다니는 조각상이 불편했다.

눈을 뜨자 잔디밭을 가로질러 걸어가는 반장의 모습이 보였다. 벌레가 붕붕거리는 소리와 새들의 지저귐 위로 그가 바리톤으로 흥얼거리는 노랫소리가 들려왔다.

"레터 B, 레터 B."

장 기 보부아르는 자다 깨다를 반복했었다. 간밤에 그는 브리티시컬럼비아에 전화를 넣어 몇 가지 흥미로운 답변을 얻은 뒤 하지 말아야 할 일을 했었다. 잠자리에 들거나 서재로 가서 메모장에 메모를 하는 대신 그는 주방으로 향했었다.

젊은 직원 몇은 자리에 앉아 음식을 먹고 있었고, 나머지는 청소 중이었다. 보부아르가 도착했을 때 피에르 파트노드가 바삐 들어왔다. 순간 보부아르에게 머물렀던 베로니크 주방장의 이목이 옮겨 갔다. 보부아르의 기분도 변했다. 부푼 가슴을 안고 또다시 그녀 곁에서 웃음을 터뜨리거나 적어도 미소를 짓고 싶은 기분을 느끼던 차였다. 그로서는 좀처럼 느껴 본 적 없는 기쁨이었다. 하지만 그녀의 관심이 지배인에게로 옮겨 가자 그의 기분도 따라 바뀌었다. 경위는 분노가 차오르는 것을 느끼고 깜짝 놀랐다. 괴로웠다. 그녀는 자신을 보게 되어 기쁜 듯했지만 지배인을 보았을 때 더욱 기뻐 보였다.

왜 아니겠어? 보부아르는 자신에게 말했다. **당연한 거잖아.**

하지만 파트노드를 향한 베로니크 주방장의 미소를 보자 그런 합리적인 생각은 솟아난 적의에 가로막혀 튕겨 나갔다.

평생 다른 사람 시중이나 드는 사람은 어떤 사람일까? 그는 생각했다. **나약한 사람이지.** 보부아르는 나약함을 싫어했다. 그런 사람을 불신했다. 그는 살인자들이 나약하다는 것을 알고 있었다. 그러고 보니 지배인이 달리 보였다.

"봉주르, 경위님." 지배인이 행주에 손을 닦으며 말했다. "필요하신 게 있습니까?"

"커피랑 작은 디저트를 먹을 수 있을까 해서요." 그는 그렇게 말하면서 고개를 돌려 베로니크 주방장을 바라보았다. 뺨이 살짝 달아올랐다.

"봉, 파르페Bon, parfait 마침 잘됐네요." 그녀가 말했다. "무슈 파트노드를 위해 푸아 엘렌시럽에 절인 배 위에 아이스크림과 크림, 시럽 등을 곁들여 내는 디저트을 자르고 있었는데요. 좀 드시겠어요?"

보부아르의 심장이 두근거리는 동시에 위축되며 주먹으로 가슴을 압박하고 싶을 만큼 날카로운 통증을 안겼다. "도와 드릴까요?"

"주방에서 주방장을 돕는 법은 없지요." 피에르가 웃으며 말했다. "커피 여기 있습니다."

보부아르는 마지못해 커피를 받아 들었다. 이런 만남을 기대했던 게 아니었다. 베로니크 주방장은 여기 혼자 있어야 했다. 설거지를 하면서. 그녀가 닦은 그릇을 자신이 행주로 훔쳤을 터였다. 집에서 식사를 마친 경감이 그러는 모습을 천 번은 보았듯이. 자신의 집과는 달랐다. 아내와 TV 앞에서 식사를 하고 나면 아내는 접시를 가져가 식기세척기에 쑤셔 넣었다.

자신이 접시를 닦으면 베로니크 주방장이 자리를 권했을 터였다. 그녀는 자신들이 마실 커피를 따르고, 그녀와 초콜릿 무스를 먹으며 오늘 하루에 대해 이야기했으리라.

지배인과 여드름 난 영국계 꼬맹이 다섯과 함께 앉는 것은 상상조차 하지 못했다.

베로니크 주방장은 그들 각자에게 푸아 엘렌을 한 조각씩 주었다. 보부아르는 그녀가 거의 자줏빛이 다 되어 가는 통통한 라즈베리와 쿨리 <small>과일, 채소 혹은 조개류를 압착해서 거르거나 줄여 만든 걸쭉한 소스</small>를 얹는 모습을 지켜보았다. 하나가 다른 것들보다 컸다. 과일도 더 많았고 커스터드도 더 많았다. 다크 초콜릿 베이스에 얹힌 배 파이가 더 풍성했다.

그녀는 그들 앞에 접시를 놓았다. 더 큰 것은 지배인 앞에.

장 기 보부아르는 온몸이 차가워지는 것을 느꼈었다. 더운 여름 저녁 뜨거운 주방에서 온몸이 얼어붙는 느낌이었다.

밝고 상쾌하고 따뜻한 아침인 지금, 그는 감정에 취했던 것처럼 숙취를 느꼈다. 취기가 돌고 구역질이 났다. 그러나 여전히 그는 넓은 계단을 내려가며 다시 한 번 주방으로 통하는 문으로 이끌리는 자신을 느꼈다. 그는 바깥에 잠시 섰다. 몸을 돌려 식당이나 서재로 가거나 차를 타고 집으로 가서 아내와 사랑을 나누고 싶었다.

문이 갑자기 열리면서 보부아르의 얼굴을 때렸다.

그는 넘어지면서도 혹시 문을 연 사람이 베로니크일까 싶어 머리끝과 혀끝까지 차오른 욕설을 안간힘을 써서 도로 삼켰다. 어떤 이유에선지 그녀 곁에서는 욕을 할 수 없었다. 그는 통증에 눈을 질끈 감으며 부리나케 손을 들어 코를 만져 보았다. 손가락 사이로 무언가가 흘러내렸다.

"오, 맙소사. 정말 죄송합니다."

지배인이었다.

보부아르의 눈과 입이 동시에 벌어졌다. "샬리스Chalice 제기랄, 이것 좀 봐요." 손을 내려다보니 피로 뒤덮여 있었다. 갑자기 머리가 살짝 어지러웠다.

"제가 부축해 드리죠." 보부아르는 자신의 팔을 붙드는 지배인을 뿌리쳤다.

"타바르낙Tabernac 썅! 손대지 마요!" 그가 욕설과 피를 쏟아 내며 코맹맹이 소리로 외쳤다.

"그 사람 잘못이 아니에요."

보부아르는 이게 현실이 아니길 바라며 우두커니 섰다.

"식사 시간에 주방 문 바로 앞에 서 있으면 안 되죠. 무슈 파트노드는 자기 일을 한 것뿐이에요."

뱃고동 같은 목소리를 모르려야 모를 수가 없었고, 어조도 마찬가지였다. 자신이 아끼는 사람을 변호하는 여인. 피 흘리는 경찰보다는 지배인에 대한 공격을 더 신경 쓰는 여자의 목소리였다. 그 사실이 단단한 문에 부드러운 코를 부딪힌 것보다 훨씬 더 아팠다. 보부아르가 고개를 돌려보니 베로니크 주방장이 두툼한 손에 종이 다발을 들고 우뚝 서 있었다. 그녀의 목소리는 가톨릭 학교 시절 자신이 유별나게 어리석은 짓을 저질렀을 때 선생님이 내던 목소리처럼 딱딱하고 비판적이었다.

샬리스, 내가 샬리스라고 말했던가? 게다가 타바르낙? 이제는 정말로 욕지기가 났다.

"데졸레Désolé 미안합니다." 그가 턱을 타고 흐르는 피를 손으로 받으며 말했다. "미안합니다."

"무슨 일인가?"

보부아르가 돌아보니 가마슈가 문을 통과하고 있었다. 그는 안도감을 느꼈다. 가마슈와 한 방에 있을 때면 늘 그랬다.

"제 잘못입니다." 피에르가 말했다. "제가 문을 열다가 경위님을 쳤습니다."

"무슨 일이지요?" 마담 뒤부아가 걱정 어린 얼굴로 뒤뚱거리며 다가왔다.

"괜찮나?" 가마슈가 보부아르의 눈을 들여다보았다. 젊은이는 고개를 끄덕였다. 가마슈는 경위에게 손수건을 건네고 수건을 갖다 달라고 부탁했다. 잠시 후 그는 크고 흔들림 없는 손가락으로 보부아르의 코와 이마와 턱을 찔러 보며 상처를 확인했다.

"괜찮아. 심하지는 않군. 코는 부러지지 않았고 멍만 들었네."

보부아르는 지배인을 향해 증오 어린 눈길을 쏘아 보냈다. 보부아르는 왠지 지배인이 일부러 그랬으리라는 걸 알았다. 왠지.

자리를 뜬 보부아르는 얼굴을 씻은 다음 영웅적인 하키 선수나 링에서 다친 권투 선수처럼 보이기를 바라며 거울을 보았다. 그의 눈에 보이는 것은 얼간이였다. 빌어먹을 얼간이. 그는 옷을 갈아입고 아침 식사를 위해 식당에 모인 사람들을 마주했다. 모로 가족은 한쪽 모퉁이에, 경찰은 다른 쪽 모퉁이에 모여 있었다.

"좀 낫나?" 가마슈가 물었다.

"별거 아닙니다." 보부아르는 라코스트의 즐거워하는 표정을 보고 다들 자신이 무슨 짓을 했는지 아는 걸까 생각했다. 카페오레가 나왔고, 그들은 식사를 주문했다.

"뭘 알아냈나?" 가마슈는 먼저 라코스트에게 물었다.

"줄리아 마틴이 공공 화장실에 관한 이야기를 듣고 왜 폭발했는지 궁금해하셨죠? 어젯밤에 마리아나 모로에게 물어봤어요. 줄리아는 아버지와 그 문제로 크게 다툰 적이 있는 모양이에요."

"화장실 때문에?"

"네. 그게 줄리아가 브리티시컬럼비아로 간 이유였어요. 누군가 리츠 호텔 남자 화장실 문에다 줄리아 모로가 잘 빨아 준다고 썼나 봐요. 심지어 전화번호까지요. 가족들이 쓰는 전화번호를요."

보부아르는 얼굴을 찌푸렸다. 모로네 아빠 엄마가 어떻게 반응했을지 상상이 됐다. 남자들이 시시때때로 전화를 걸어 한 번 빨아 주는 데에 얼마냐고 물었으리라.

"찰스 모로는 직접 낙서를 보기까지 했던 모양이에요. 누가 했는지는 몰라도 장소를 제대로 골랐죠. 오이스터 바 아세요?"

가마슈는 고개를 끄덕였다. 지금은 문을 닫았지만 예전에 몬트리올의 영국계들이 수 세대에 걸쳐 즐겨 찾던 칵테일 바였다. 리츠 호텔 지하에 있었다.

"줄리아 모로는 잘 빨아 준다라는 말이 오이스터 바 남자 화장실에 적혀 있었어요. 마리아나 말로는 아버지가 그걸 본 데다 친구들이 그걸 보고 웃는 걸 듣기까지 했다더군요. 찰스 모로는 분개했죠."

"누가 적은 건가?" 가마슈가 물었다.

"모르겠어요." 라코스트가 대답했다. 미처 마리아나에게 물어볼 생각을 하지 못했다.

아침 식사가 나왔다. 경감은 시금치를 넣은 스크램블드에그와 브리 치즈. 달걀 위에 메이플 시럽에 절인 베이컨을 얹었고, 과일 샐러드 약간이 접시를 장식했다. 라코스트는 에그 베네딕트를 주문했으며 보부아르는 메뉴에서 가장 푸짐한 요리를 주문했다. 앞에 놓인 접시에 크레페, 달걀, 소시지, 돼지 엉덩이 살 베이컨이 수북이 쌓여 있었다.

웨이터가 수제 산딸기 및 블루베리 잼과 꿀을 담은 쟁반 옆에 크루아 상을 담은 바구니를 두고 갔다.

"누군가 줄리아에게 앙심을 품은 거죠." 라코스트의 포크에서 홀랜다 이즈 소스가 뚝뚝 떨어졌다. "거절당해 실망한 남자애들이 자기를 받아 주지 않는 여자애들에게 걸레라는 딱지를 붙이곤 하니까요."

"여자아이에겐 끔찍한 일이야." 가마슈는 가냘픈 줄리아를 떠올리며 말했다. "그때가 몇 살이었지? 스물?"

"스물둘이오." 라코스트가 말했다.

"혹시 토머스가 쓴 건 아닐까?" 가마슈가 말했다.

"왜 하필 토머스죠?" 보부아르가 물었다.

"전화번호를 알고, 찰스 모로의 습관을 알고, 줄리아를 아는 누군가일 테니까. 그리고 잔인한 사람이어야겠지."

"마리아나는 자기들 모두 잔인하다고 했습니다." 보부아르가 말했다.

"토머스였을 수도 있겠죠." 라코스트는 오븐에서 갓 나와 아직 따뜻한 크루아상을 집어 들고 벌린 다음 황금빛 꿀을 펴 발랐다. "하지만 삼십오 년 전이잖아요. 어릴 때 한 일로 그 사람을 판단할 수는 없죠."

"그 말은 맞아. 하지만 토머스는 줄리아에게 우리가 남자 화장실에 관해 이야기하고 있다고 거짓말을 했지. 우린 그런 이야기는 하지 않네. 우린 화장실 일반에 관해 이야기하고 있었어. 토머스는 줄리아가 반응하기를 바랐던 거지. 그가 상처를 주고 싶어 했다는 걸 이제는 알겠군. 그리고 실제로 상처를 주었고. 토머스는 아직도 잔인해."

"그 사람에겐 그냥 농담이었는지도 모르죠. 가족 간에는 자기들끼리만 통하는 농담이 많잖습니까." 보부아르가 말했다.

"농담은 재미있지." 가마슈가 말했다. "하지만 그건 상처를 주려고 한 말이었네."

"그것도 일종의 학대죠." 라코스트의 말에 곁에 앉은 보부아르가 신음을 흘렸다. 그녀는 그를 돌아보았다. "여자 얼굴을 주먹으로 때리는 것만 학대인 줄 아세요?"

"이봐, 나도 언어 학대, 감정 학대에 관해 알고 이해도 한다고." 보부아르는 진심이었다. "하지만 어디까지가 학대지? 몇 년 전 일로 동생을 놀린 게 학대야?"

"지난 일을 잘 잊지 않는 가족들도 있지." 가마슈가 말했다. "특히 작은 일을."

그는 숟가락으로 꿀을 떠서 따뜻한 크루아상 위에 흘렸다. 맛을 본 그가 미소를 지었다.

향기로운 여름 꽃의 맛이 났다.

"마리아나 말로는 줄리아가 정말 그랬는지에 관해 아버지는 개의치 않았지만 다들 그 말을 믿었대요." 라코스트가 말했다.

"그래서 줄리아가 떠났다고?" 가마슈가 말했다. "작은 일이 아니라는 건 아네만 집을 떠나 대륙을 횡단할 만한 문제라고 할 수 있을까?"

"마음을 다친 거죠." 라코스트가 말했다. "저 같으면 날마다 몸이 멍드는 편을 택하겠어요."

보부아르는 코가 욱신거렸지만 그녀의 말이 맞다는 걸 알고 있었다.

가마슈는 고개를 끄덕이며 당시 상황을 상상해 보았다. 평생 잘못된 곳에 발 한번 들인 적이 없었을 줄리아가 갑자기 몬트리올 영국계 사회 전체 앞에 모욕을 당했다. 크지 않을지도 모르고 겉보기만큼 힘 있는 사회가 아니었을지 몰라도 모로 일가가 사는 곳이었다. 거기서 줄리아 모로는 갑자기 걸레로 낙인찍혔다. 모욕당했다.

하지만 그게 최악이 아니었다. 찰스 모로는 줄리아를 변호하는 대신 올곧고 강직하게, 지금과 다름없이 요지부동인 모습으로 그녀를 함께 공격했거나, 적어도 그녀를 변호하는 데에 실패했다. 그녀는 그를 사랑했지만, 그는 옆으로 물러나 하이에나들에게 그녀를 넘겨주었다.

줄리아 모로는 떠났다. 가능한 한 가족들로부터 멀리. 브리티시컬럼비아로. 아버지가 인정하지 않는 데이비드 마틴이라는 사내와 결혼했다. 이혼했다. 그런 다음 집으로 왔다. 그리고 살해당했다.

"어젯밤 피터와 이야기를 나눴네." 가마슈는 피터와 나눈 대화를 들려주었다.

"그러니까 버트 피니가 줄리아를 죽였다고 생각한다는 거군요." 라코스트가 말했다. "보험 때문에요?"

"좋아요, 버트 피니가 죽였다고 치죠." 메이플 시럽을 흘려 가며 짭짜름한 소시지 한 조각을 삼킨 다음 보부아르가 말했다. "여러 번 말했지만, 그는 백오십 살쯤 됐습니다. 나이가 몸무게보다 많을 거라고요. 그런 사람이 어떻게 받침대에서 그 큰 조각상을 떨어뜨렸겠습니까? 애가 그랬다고 하는 거나 마찬가집니다."

가마슈는 포크 한가득 스크램블드에그를 얹어 브리 치즈와 함께 먹은 다음 창밖을 바라보았다. 보부아르 말이 맞았다. 어쨌든 피터나 토머스가 그랬다는 것도 설득력이 없기는 마찬가지였다. 자신들은 불가능한 살인을 상대하고 있었다. 찰스 모로를 30센티미터 이상 밀어 넘어뜨리는 건 둘째 치고 조금이나마 움직일 수 있는 사람조차 없었다. 그리고 움직였다고 하더라도 시간이 걸렸을 테고 소리도 났으리라. 줄리아가 가만히 서서 당하고 있었을 리 없었다. 하지만 찰스 모로는 다른 가족들과 마찬가지로 침묵을 지켰다.

게다가 조각상이 대리석에서 밀려났다면 소리만 나는 게 아니라 긁힌 자국과 흠도 생겼을 테지만 대리석 표면은 깨끗했다.

불가능했다. 모든 것이 불가능했다. 그런데도 그런 일이 일어났다.

문득 다른 생각이 떠올라 가마슈는 모로 가족을 건너다보았다. 빈은 그런 일을 할 수 없었다. 피니도 할 수 없었다. 마담 피나 마리아나도, 심지어 남자들도 할 수 없었다. 혼자는 할 수 없었다.

하지만 함께라면?

"줄리아의 보험에 관해서는 피터가 잘못 알았습니다." 보부아르가 말했다. 그는 아침 식사 시간 내내 자신이 가져온 소식을 전할 시간만을 기다려 온 터였다. 그는 마지막 크레페 조각으로 메이플 시럽을 닦아 냈다. "마담 피니는 딸의 보험금 수령자가 아닙니다."

"그럼 누구죠?" 라코스트가 물었다.

"아무도 아냐. 줄리아는 보험에 들지 않았어." 하. 보부아르는 두 사람의 얼굴에 떠오른 표정을 음미했다. 그에게는 밤사이 이 뜻밖의 소식을 받아들일 만한 여유가 있었다. 캐나다에서 가장 부유한 보험회사 중역의 아내가 보험에 들지 않았다고?

"자네가 데이비드 마틴과 이야기를 해 보게." 잠시 생각에 잠겼던 가마슈가 말했다.

"밴쿠버에 있는 변호사에게 연락했습니다. 정오까지는 이야기할 수 있을 겁니다."

"오노레 가마슈?"

그 이름이 조용한 방 안을 쏜살같이 가로질러 그들의 테이블에 닿았다. 보부아르와 라코스트가 고개를 홱 치켜들고 모로 가족이 앉은 자리를 바라보았다. 마담 피니가 부드럽고 매력적인 얼굴에 미소를 머금고 그들을 바라보고 있었다.

"그러니까 오노레 가마슈가 그의 아버지라고? 어쩐지 이름이 귀에 익다 했지."

"어머니, 조용히 하세요." 피터가 테이블로 몸을 숙이며 말했다.

"뭐? 난 아무 말도 안 했다." 그녀의 목소리는 계속해서 식당을 꿰뚫었다. "게다가 부끄러워해야 하는 건 내가 아니잖니."

보부아르는 반장을 돌아보았다.

아르망 가마슈는 묘한 미소를 띠고 있었다. 거의 안도하는 것처럼 보였다.

21

클라라는 테이블에서 물러났다. 들을 만큼 들었다. 피터의 어머니에게 동정심을 느껴 보려고 노력했고, 연민과 인내를 가지려고 노력했다. 하지만 정말이지, 빌어먹을 여자, 빌어먹을 가족. 클라라는 발을 구르며 잔디밭을 가로질렀다.

화가 날 때면 늘 그렇듯 심장이 달음질치고 손이 떨렸다. 물론 뇌도 돌아가지 않았다. 뇌는 심장과 함께 자신을 무방비 상태로 내버려 둔 채 겁쟁이처럼 도망가 버렸다. 다시 한 번 모로 가족에게 자신이 막돼먹은 멍청이임을 증명한 것이다. 아침 식사 자리를 일찍 뜨는 것은 무례한 일이고 다른 사람을 모욕하는 것은 그렇지 않은 모양이었다.

모로 가족은 남에 관한 이야기를 일부러 당사자에게 들리도록 말하더라도 예의에 어긋나지 않는다는 자신들만의 특별한 규약이 있다고 믿는 것 같았다.

"저렇게 못생긴 아기는 처음 보지 않니?"

"뚱뚱하면 흰옷은 입지 말아야지."

"쟤는 노려보는 상만 아니면 더 예쁠 텐데."

마지막 것은 클라라가 결혼식 날 아버지의 팔을 잡고 미소를 머금으며 기쁜 마음으로 입장하던 중 들은 말이었다.

모로 가족은 딱 맞는 방법을 골라 잘못된 말을 하는 데에는 선수였다. 그들은 늘 무심한 태도로 말을 던졌다. 그리고 자신들이 그런 말을 들으면 속상하고, 불쾌하고, 당황스럽다는 듯 굴었다.

모욕을 당한 클라라가 도리어 사과를 했던 게 몇 번이던가?

방금 모로 부인이 가마슈의 아버지에 관해서 한 말은 클라라가 이제껏 들었던 말만큼이나 모욕적이었다.

"괜찮네, 장 기." 몇 분 후 찰스 모로를 만든 사람을 찾으러 차를 몰고 거친 흙길을 따라 지역 공동묘지로 향하던 도중 가마슈가 말했다. "난 익숙하네. 버트 피니가 전쟁 끝 무렵에 아버지와 알았다고 얘기하더군. 그가 아내에게 뭐라고 했겠지."

"그런 말을 해서는 안 되죠."

"자네도 알다시피 내 아버지 이야기는 비밀이 아닐세." 경감은 보부아르를 돌아보았다. 보부아르는 감히 상관을 쳐다보지 못한 채 길만 똑바로 바라보고 있었다.

"죄송합니다. 사람들이 뭐라고 생각하는지 알고 있다 보니."

"오래전 일이고, 난 진실을 알고 있네."

하지만 앞을 바라보는 보부아르의 귀에는 곁에 있는 사내의 말 외에도 마담 피니의 동글동글하고 점잔 빼는 목소리와 더불어 자신과 모두의 머릿속에 각인된 단어가 들려왔다. 그 단어는 오노레 가마슈라는 이름에 영원히 따라붙을 것 같았다.

겁쟁이.

"클라라, 괜찮아?"

피터가 부리나케 잔디밭을 가로질러 왔다.

"당신이 당신 어머니한테 말한 거겠지?" 클라라가 그를 쏘아보며 말했다. 피터의 머리카락은 몇 번씩 손으로 들쑤신 듯 사방으로 뻗쳐 있었다. 셔츠는 바지 밖으로 빠져나왔고, 바지에는 크루아상 부스러기가 묻어 있었다. 그는 말없이 서 있었다. "제발, 피터, 당신은 대체 언제쯤 어머니에게 맞설 건데?"

"뭐? 당신에 대해 얘기하신 건 아니잖아."

"그래, 하지만 자기 친구를 모욕하고 계셨잖아. 가마슈는 어머니가 하신 소리를 다 들었어. 들으라고 한 얘기였으니까."

"당신도 듣고만 있었잖아."

"그래, 그랬지." 클라라는 테이블보 자락이 자신의 허리춤에 끼여 있던 바람에 아침 식사 자리에서 벌컥 일어나자 식기들이 왈칵 흔들리던 모습을 떠올렸다.

모두의 눈이 그녀에게 꽂혔다. 해 버려. 눈들은 그렇게 말하는 듯했다. 또 창피한 짓을 저질러 보라고.

물론 클라라는 그렇게 했다. 그녀는 항상 그랬다. 그녀는 "하루만 더,

딱 하루만 더."와 "상관없어, 상관없어."라는 주문으로 자신을 무장해 왔다. 자신의 주변에 하얀 보호용 빛을 두르고 타협해 왔다. 하지만 결국 모로 가족의 맹공에 모든 것이 허사로 돌아갔고, 그녀는 서서 사시나무 떨듯 몸을 떨며 그들을 상대해야 했다. 분개하고, 경악하고, 충격을 받아 멍해진 채로.

그리고 오늘 아침, 모로 부인이 가족들에게 그 이야기를 낱낱이 설명해 주었을 때, 또 그런 일이 벌어졌다.

"너희들은 그 이야기 한 번도 못 들었니?"

"무슨 이야기요?" 토머스가 신이 나서 물었다. 피터마저 이야기를 간질히 듣고 싶어 하는 눈치였다. 덕분에 그를 향하던 압박이 누그러졌다.

"말씀해 주세요." 피터는 자신이 빠져나갈 수 있도록 가마슈를 불속에 던져 넣으며 말했다.

"아이린." 버트 피니가 엄한 목소리로 말했다. "오래전 일이잖아. 역사나 다름없는 얘기를."

"중요한 일이야, 버트. 애들도 알아야 한다고." 그녀가 다시 그들에게 고개를 돌렸고, 클라라는, 신이여 저를 용서하시길, 호기심이 일었다.

아이린 피니는 테이블에 모여 앉은 자식들을 바라보았다. 그녀는 밤새 내내 잠이 오게 해 달라고 빌고, 기도하고, 흥정했다. 망각을 내려 달라고. 몇 시간만이라도 이 상실에서 벗어나게 해 달라고.

그리고 오늘 아침, 부드럽고 분홍빛이 도는 푸석푸석한 뺨을 베개에 댄 채 눈을 뜬 순간, 그녀는 다시 한 번 딸을 잃었다. 줄리아. 줄리아는 이제 가고 없지만 그녀는 실망도 함께 가지고 떠났다. 더는 생일이 잊히는 일도 없고, 오지 않을 전화를 기다리는 공허한 일요일도 없으리라.

적어도 줄리아가 또다시 자신에게 상처를 입힐 일은 없으리라. 줄리아는 안전했다. 이제는 안심하고 사랑할 수 있었다. 공허가 토해 낸 것이 바로 그것이었다. 죽은 딸. 하지만 사랑받는 딸. 마침내. 안심하고 사랑해도 되는 누군가. 물론 죽기야 했지. 하지만 모든 것을 가질 수야 없는 법이니까.

그러고는 버트가 아침 산책에서 멋진 선물을 들고 돌아왔다. 다른 생각거리를.

오노레 가마슈. 어찌된 일인지 공허는 그도 함께 토해 냈다. 그리고 그의 아들도.

"전쟁 직전에 있었던 일이란다. 다들 히틀러를 막아야 한다는 건 알고 있었지. 캐나다가 영국과 합세할 거라는 것도 기정사실이었고. 하지만 그때 이 가마슈라는 사람이 전쟁에 반대하는 연설을 하기 시작했단다. 그는 캐나다가 전쟁에서 발을 빼야 한다고 말했어. 폭력으로 선을 이룬 적은 없었다고 말이야. 언변이 아주 훌륭했지. 학식도 풍부했고."

그녀는 돌고래가 라발 대학교를 졸업하기라도 했다는 듯이 놀랍다는 투로 말했다.

"위험했지." 그녀는 남편에게 동의를 구했다. "내 말이 틀려?"

"그 친구는 자기가 하는 말을 믿었어."

"그건 그 사람이 그만큼 더 위험했다는 얘기밖에 안 돼. 그는 많은 사람을 설득했지. 얼마 안 가 거리에서 반전 시위가 일어났어."

"어떻게 됐지요?" 샌드라가 물었다. 그녀는 위를 올려다보았다. 천장은 매끄러웠다. 마누아르의 직원들은 일언반구도 없이 천장을 깨끗하게 청소했다. 쿠키 하나 남김없이. 샌드라는 빈이 들인 공을 떠올리며 애석해했다. 하지만 빈은 개의치 않는 것처럼 보였다. 사실, 빈도 이야기에 사로잡혀 있었다.

"캐나다는 참전을 늦췄어."

"일주일뿐이었어." 피니가 말했다.

"늦을 만큼 늦은 거지. 수치스러운 일이었단다. 영국은 이미 선전포고를 했고 독일은 유럽을 유린하고 있었어. 잘못을 저지른 거지."

"잘못이긴 했지." 피니는 애석하다는 듯 동의했다.

"전부 그 가마슈라는 사람 때문이었어. 선전포고 후에도 그 사람은 많은 퀘벡 사람들을 설득해서 양심적 병역거부자로 돌아서게 했어. 양심적이라니." 그녀는 혐오감을 담아 말했다. "양심과는 상관없는 일이었어. 비겁함뿐이었지."

그녀의 목소리가 높아지면서 문장은 무기가 되었고 마지막 단어는 총검이 되었다. 그리고 방 건너편에, 인간 표적이 있었다.

"그 친구도 유럽에 갔어." 피니가 말했다.

"적십자와 함께였지. 전선에는 나서지 않았어. 자기 목숨을 건 적은 없었던 거야."

"의무대에도 영웅은 많았어. 용감한 사람들이었지."

"하지만 오노레 가마슈는 아니었고." 아이린 피니가 말했다.

클라라는 피니가 그녀의 말에 반박하기를 기다렸다. 피터를 돌아보니 그는 수염으로 거칠거칠한 뺨에 잼을 묻힌 채 눈을 내리깔고 있었다. 토머스와 샌드라와 마리아나는 눈을 반짝이고 있었다. 먹잇감에 달려드는 하이에나처럼. 빈은? 아이는 작은 의자에 앉아 두 발을 바닥에 굳게 디딘 채 『모든 어린이가 알아야 할 신화』를 꼭 쥐고 있었다.

클라라가 일어서자 테이블보가 딸려 올라왔다. 피터는 당황한 기색이었다. 꼴사나운 모습을 보이는 것이 고통을 유발하는 것보다 더 나빴다. 그녀는 떨리는 손으로 테이블보를 잡아챘다. 눈에는 분노로 눈물이 차올랐다. 하지만 모로 부인의 눈에 깃든 만족감은 알아볼 수 있었다.

클라라가 비틀거리며 가마슈를 지나쳐 삐걱거리는 방충 문을 열고 식당을 빠져나가자 말들이 그녀 뒤를 쫓아 바깥까지 따라 나왔다.

"오노레 가마슈는 겁쟁이었어."

"무슈 펠티에?"

"위Oui 네." 서까래 너머에서 외치는 소리가 들렸다.

"제 이름은 아르망 가마슈입니다. 퀘벡 경찰청 소속입니다. 살인수사반이오."

보부아르는 조각가의 얼굴을 보고 싶었다. 체포를 제외하면 그는 수사 과정 중 이 순간을 가장 좋아했다. 살인수사반 경찰들이 와 있다는 사실을 깨달은 사람들의 얼굴을 지켜보는 것이 좋았다. 그것도 저 유명한 퀘벡 경찰청에서.

하지만 그의 기쁨은 거부당했다. 펠티에는 보이지 않고, 저 높은 곳의 목소리로만 존재했다.

"조각상 때문에 오셨겠군." 육체 없는 목소리가 들려왔다. 또 다른 실망. 보부아르는 섬뜩한 세부 사항을 전달할 때 사람들이 창백하게 질려가는 모습을 좋아했다.

"그렇습니다. 내려와 주시겠습니까?"

"무척 바쁩니다. 새로 주문이 들어와서."

"그쪽으로 올라가도 되겠습니까?" 가마슈는 나무 서까래 위에 있는 사내를 보기 위해 목을 길게 빼며 물었다.

"당연히 안 되지요. 지금 넘어지지 않게 나무 조각을 밧줄로 묶는 중입니다."

가마슈와 보부아르는 눈빛을 교환했다. 그럼 조각상이 넘어지긴 한다는 얘기로군. 그렇게 간단한 문제였을까?

처음 보부아르의 눈에 들어온 것은 낡은 헛간 저쪽 벽을 거미처럼 휘적휘적 내려오는 앙상한 남자의 모습이었다. 보부아르는 남자가 가볍게 바닥에 내려선 뒤에야 밧줄로 만든 간이 사다리가 있음을 깨달았다. 그가 같은 광경을 보고 있던 가마슈를 돌아보니 그는 사람이 그런 곳을 오르내릴 수 있다는 사실에 눈이 휘둥그레져 있었다.

이브 펠티에는 거의 수척하다 싶은 모습이었다. 헐렁한 하얀 반바지에 앙상한 가슴과 갈비뼈를 거의 가려 주지 못하는 더러운 러닝셔츠를 입고 있었다. 하지만 두 팔은 거대했다. 뽀빠이처럼 생긴 사람이었다.

"이브 펠티에요." 그는 손을 내밀며 강한 타운십스 억양으로 말했다. 망치와 악수하는 기분이었다. 금속으로 만들어진 인간 같았다. 온몸이 가늘고 단단하고 땀으로 빛났다. 헛간은 답답하고 더웠다. 바람 한 점 없었고, 널빤지 사이로 쏟아지는 햇살 속에 먼지가 부옇게 일었다.

오래된 건초와 콘크리트, 땀 냄새가 났다.

보부아르는 몸을 더 곧게 세우고 부드러운 가죽 구두와 깔끔한 리넨 셔츠 차림으로나마 좀 더 남자답게 보이려 애썼다.

나에겐 총이 있지. 그가 자신에게 말했다. **내겐 총이 있고 이자에겐 없다고.**

색다른 형태의 위협이었다. 경감을 흘끗 보니 더할 나위 없이 평온한 기색이었다.

"무슨 일 있으셨소?" 조각가가 보부아르의 얼굴을 가리키며 물었다.

가마슈가 없었더라면 보부아르는 고아들로 가득했던 불타는 건물이며, 임신한 여자를 치기 직전에 자신이 멈춰 세운 폭주 자동차며, 맨손으로 무장 해제시킨 살인자에 관한 이야기들을 늘어놓았으리라.

그는 침묵을 지키기로 했고, 자신의 영웅적 업적을 남자의 상상에 맡겼다.

"문에라도 부딪힌 얼굴이시로군." 펠티에는 그렇게 말하고 몸을 돌려 두 사람에게 헛간을 보여 준 다음 마당으로 나갔다. 묘지는 아니었지만 마당 바로 옆에 커다란 묘지가 있었다.

"고객들입니다." 그가 나무 울타리 너머에 있는 묘비들을 가리키며 웃었다. 그는 담배 한 대를 말아 침을 바르고 누런 입에 쑤셔 넣었다. "이 짓을 안 하면 먹고살 수가 있어야지요. 안 해도 되면 좋겠지만 예술가 된다고 청구서 지불할 돈이 생기는 건 아니니까."

그는 담배를 한 모금 길게 빨더니 기침을 하고 침을 뱉었다.

보부아르는 이보다 더 예술가 같지 않은 사람을 찾기도 힘들 거라고 생각했다.

"사람들은 날 고용해 저런 것들을 만들라고 하지요." 펠티에는 기념비와 묘비들을 향해 손을 휘휘 저었다. 그들은 어슬렁어슬렁 묘지 문을 통과했다. 여기저기에 날개 달린 천사들이 내려와 있었다. 나이 들어 날개가 해진 천사들이었다.

가마슈는 걸음을 멈추고 그 광경을 음미했다.

조용하고 평화로웠다. 하지만 동시에 활기차 보였다. 곳곳에서 남자

혹은 여자가 나무 뒤를 거닐고 있었다. 정말로 움직이지 않을 뿐이었다. 다들 제자리에 붙박여 있었지만 어째선지 생기가 넘쳤다. 전부 조각상이었다.

가마슈는 고개를 돌려 자신들의 가이드를 바라보았다. 왜소한 사내는 혀에서 담배 찌꺼기 한 가닥을 떼어 내고 있었다.

"다 직접 만드신 겁니까?"

"천사들만 빼고. 난 천사들은 안 합니다. 시도는 해 봤는데 안 됩디다. 항상 날개가 너무 크게 나왔지요. 사람들이 머리를 부딪힌다고 불평하지 뭡니까."

이 말에 보부아르가 웃음을 터뜨렸다. 조각가가 따라 웃었고, 가마슈도 미소 지었다.

조각상들은 크기도 분위기도 각양각색이었다. 어떤 것들은 평온과 기쁨으로 가득했고, 어떤 것들은 장난치고 있는 듯했으며, 또 어떤 것들은 고통이나 비탄에 잠긴 듯했다. 겉보기에는 단단한 느낌이 없었고, 살짝 단단한 기미만 느껴졌다.

"무엇으로 만드신 겁니까?" 보부아르가 물었다. 대다수는 검고 부드럽고 광택이 났다.

"대리석이오. 여기서 멀지 않은 곳에서 채취한 거지."

"하지만 찰스 모로는 이런 걸로 만들지 않으셨더군요." 가마슈가 말했다.

"그래요, 그 사람은 다른 걸로 만들었지요. 원래는 대리석으로 만들 생각이었는데 다른 사람들이 그 사람에 대해 말하는 걸 듣고 마음을 바꾼 겁니다."

"누구랑 대화하셨습니까?"

"부인, 자식들. 하지만 가장 많은 이야기를 나눈 사람은 여기 직접 찾아온 그 못생긴 남자였지요. 내가 그 양반을 조각했다면 불평이 들어왔을 거요." 그는 웃음을 터뜨렸다. "하지만 뭐, 그래도 만들지도 몰라요. 날 위해서."

"버트 피니 말입니까?" 가마슈는 확인을 위해 다시 물었다. 펠티에는 고개를 끄덕이고 꽁초를 튀겨 잔디밭에 버렸다. 보부아르는 꽁초를 밟았다.

"아마 오실 것 같다 싶어서 내 메모를 찾아봤지요. 보고 싶어요?"

"실 부 플레S'il vous plaît 부탁합니다." 메모를 좋아하는 보부아르가 말했다. 그들은 다시 어슬렁어슬렁 헛간으로 돌아갔다. 활기찬 묘지에 비해 헛간은 우울해 보였다. 보부아르가 메모를 읽는 동안 가마슈와 조각가는 나무로 된 낮은 여물통에 앉았다.

"조각은 보통 어떻게 시작하십니까?"

"당사자를 만나지 않으면 어렵지요. 저기 있던 사람들 중 상당수는 내가 실제로 알았던 사람들입니다." 그는 건성으로 묘지 쪽을 손짓해 보였다. "작은 마을에서라면 가능하지요. 하지만 모로는 못 만나 봤습니다. 그래서 말했다시피 가족들이랑 얘기하고 사진도 봤어요. 그 못생긴 양반이 이것저것 가져옵디다. 꽤 흥미롭더군요. 그런 다음 어떤 사람인지 알겠다 싶을 때까지 그런 것들을 숙성시키지요. 그러다 어느 날 눈을 떠 보면 이제 알겠다 싶어요. 그러면 조각을 시작합니다."

"찰스 모로에 관해서는 뭘 '알겠다' 싶으셨습니까?"

펠티에는 못이 박인 손가락을 만지작거리며 생각했다.

"저기 있는 조각상들, 저 묘지에 있는 거, 봤지요?"

가마슈는 고개를 끄덕였다.

"크기가 다 같지 않지요. 어떤 사람들은 큰 걸 사고, 어떤 사람들은 작은 걸 사고. 가끔은 예산에 따라 달라지기도 하지만 대개는 죄책감에 따라 달라지는 겁니다."

그는 미소를 지었다. 찰스 모로는 거대했다.

"사람들이 그를 그리워하지 않는다는 인상이 느껴지더군요. 조각상은 그 사람보다는 자기들을 위한 거라는 인상이 말입니다. 애도를 대신해 줄 물건이랄까."

그거였다. 그토록 간단했다. 그의 말이 허공을 떠돌다 햇살 속의 메마른 먼지 사이로 섞여 들었다.

더 나쁠 게 있을까? 죽은 다음 그리움의 대상이 되지 않는 것.

찰스 모로도 그런 경우일까. 가마슈는 궁금했다.

"그 가족들은 저명이니 존경 같은 말을 썼고, 메일로 그 양반이 지낸 이사회 목록도 보내 줬지요. 이러다 은행 잔고까지 알려 주는 게 아닐까 기대될 정도로 말입니다. 하지만 애정은 없습디다. 그 양반이 불쌍해지 더군요. 난 그 양반이 어떤 사람인지 물어보려고 했지요. 아버지, 남편, 뭐 그런 거 말입니다."

"그랬더니 뭐라던가요?"

"질문이 불쾌하다는 투였지요. 그런 건 내 알 바 아니라는 식으로 말입니다. 말했듯이 그 사람을 알지 못하면 조각하기가 아주 어려워요. 거의 의뢰를 거절할 뻔했지요. 보수가 워낙 좋아서 껌뻑 죽을 지경이었는 데도 말입니다. 그러던 차에 이 못생긴 양반이 나타난 겁니다. 그 양반은 프랑스어를 거의 하지 못했고 나는 영어를 잘 못해요. 〈슛, 골인퀘벡의 아이스하키 팀을 소재로 한 TV 드라마〉이나 보는 정도지. 하지만 우린 죽이 맞았어요. 그게 거의 이 년 전 얘깁니다. 난 생각을 해 본 다음 그 양반을 조각하기로 했지요."

"하지만 누굴 조각하신 겁니까? 찰스 모로입니까, 버트 피니입니까?"

이브 펠티에가 웃었다. "어쩌면 나 자신을 조각했는지도 모르지요."

가마슈는 미소를 지었다. "아마 모든 작품에 선생의 일부가 들어 있을 테지요."

"그야 그렇지만 그 조각상에는 아마 조금 더 들어갔을 겁니다. 어렵고 힘든 작업이었지요. 찰스 모로는 자기 가족들에게도 이방인이었어요. 그들은 그 사람의 겉은 알았지만 속은 몰랐지요. 그 못생긴 양반은 그의 속을 알았고. 적어도 난 그 양반이 알았다고 생각합니다. 그 양반은 나에게 음악을 사랑했고, 학교 하키 팀에서 뛰었고, 하키 선수가 되고 싶어 했지만 집안 사업을 물려받기로 한 남자에 관해 얘기해 줬어요. 돈과 지위에 넘어간 거겠죠. 내가 아니라 그 못생긴 양반이 한 말입니다. 그 자아하며. 대단한 폭군이지요. 이건 그 양반이 아니라 내가 하는 말입니다." 그는 가마슈에게 미소를 지어 보였다. "다행히 조각가가 되면 자기 자아를 돌아보게 되지요."

"경찰관이 되는 것도 해 보실 만할 겁니다."

"조각 모델 해 보셨습니까?"

가마슈는 웃음을 터뜨렸다. "한 번도요."

"해 보고 싶으시면 찾아오십시오."

"채석장에 대리석이 충분한지 모르겠군요." 가마슈는 말했다. "그래서 찰스 모로는 무엇으로 만드신 겁니까?"

"자, 그것 참 흥미로운 질문입니다. 뭔가 특별한 게 필요했고 돈은 문제가 되지 않았습니다. 그래서 이것저것 찾아보다가 마침내 작년에 이전까지는 존재한다는 말만 들었지 한 번도 본 적이 없었던 걸 발견해 냈지요."

헛간 저편에서 보부아르 경위가 수첩을 내리고 귀를 기울였다.

"나무였습니다." 여윈 조각가가 말했다.

가마슈는 갖가지 것을 상상했지만 그것만은 예상에 없는 답변이었다.

"나무요?"

펠티에가 끄덕였다. 가마슈는 손을 뻗어 진흙과 풀과 피를 피해 찰스모로를 어루만지던 기억을 되살렸다. 다시금 우둘투둘하고 단단한 회색표면이 느껴졌다. 늘어진 피부 같았다. 하지만 돌처럼 단단했다.

"나무였군요." 그가 조각가를 돌아보며 말했다. "화석으로 변한 나무였군요."

"브리티시컬럼비아에서 공수해 왔습니다. 규화목이었죠."

라코스트 형사는 검시관과의 통화를 마치고 메모를 한 다음 증거물을 담은 금고를 열었다. 증거물은 많지 않았다. 그녀는 노란 리본으로 묶은 편지 뭉치와 마누아르 벨샤스 편지지에 쓴 구겨진 쪽지 두 장을 꺼냈다. 구겨진 쪽지를 편 그녀는 거기서 시작하기로 했다.

그녀는 먼저 커다란 데스크 뒤에서 손님들에게 전화를 걸어 그들이 한 예약을 취소하는 중인 마담 뒤부아를 찾았다. 1, 2분 후 작은 손이 수화기를 내려놓았다.

"사실대로 말하지 않으려고 애쓰고 있답니다." 마담이 설명했다.

"무슨 말씀이시죠?"

"불이 났었다고요."

마담 뒤부아는 라코스트 형사의 놀란 얼굴을 보며 동의한다는 듯이 고개를 끄덕였다. "그편이 더 나을지도 몰라요. 번거롭긴 해도 다행히 작은 불이었죠."

"다행이네요." 라코스트는 데스크 위의 요금표를 흘끗 내려다보고 눈썹을 치켜세웠다. "언젠가 남편과 함께 다시 오고 싶네요. 금혼식 때나 되려나요."

"기다리고 있을게요."

라코스트 형사는 그녀라면 정말 그럴지도 모르겠다고 생각했다. "줄리아 마틴의 방 쇠살대에서 이걸 발견했는데요." 그녀는 종잇조각을 건넸다. "누가 쓴 것 같으세요?"

종잇조각 두 개가 두 여자 사이의 데스크 위에 놓였다.

대화 즐거웠어요. 고마워요. 도움이 됐어요.

정말 친절하세요. 제가 한 말 아무에게도 하지 않을 거라고 믿어요. 제가 곤란해질 수도 있어요!

"아마 모로 가족 중 한 사람이겠죠?"

"어쩌면요." 라코스트는 반장이 한 말에 관해 생각해 보았다. 느낌표에 관해서. 아침나절 대부분을 그에 관해 생각하며 보냈다. 그리고 깨달았다.

"물론 단어들이야 누구라도 쓸 수 있었을 거예요." 라코스트는 마담 뒤부아의 말에 동의했다. "하지만 이건 아니죠."

그녀는 느낌표를 가리켰다. 나이 든 주인은 종이를 내려다보았다가 다시 고개를 들었다. 정중하지만 확신은 없는 표정이었다.

"모로 가족 중 누군가가 느낌표를 쓰는 걸 상상하실 수 있나요?"

뜻밖의 질문에 마담 뒤부아는 잠시 생각해 보고 고개를 내저었다. 그렇다면 선택은 하나뿐이었다.

"직원이군요." 그녀가 마지못해 말했다.

"어쩌면요. 하지만 누구일까요?"

"방을 담당했던 직원을 불러오죠." 마담 뒤부아는 무전기를 이용해 베스라는 이름의 아가씨를 데스크로 호출했다.

"아시겠지만 다들 어리고 대개는 이런 일을 해 본 적이 없어요. 무엇이 적절한 행동인지 이해하는 데에는 시간이 걸리고, 특히 손님의 의중이 명확하지 않으면 더 그래요. 저희는 손님과 너무 가까워지지 말라고 하고 있어요. 설령 손님이 그런 걸 바란다고 하더라도요. 특히 그럴 때는요."

꽤 기다린 뒤에야 활기차고 자신감 넘쳐 보이지만 지금은 다소 걱정스러운 빛을 띤 금발의 아가씨가 나타났다.

"데졸레Désolée 죄송해요." 그녀의 말에는 희미한 프랑스 억양이 묻어났다. "호수실의 마담 모로께서 말을 거셔서요. 그분은 마담에게도 한마디 하고 싶은 모양이에요."

주인은 지친 기색이었다. "또 불평인가요?"

베스는 끄덕였다. "올케분 방이 본인 방보다 먼저 청소됐는데 왜 그런지 알고 싶으시대요. 산장의 어느 쪽 끝에서 청소를 시작하느냐에 따라 다르다고 설명해 드렸어요. 그리고 방이 너무 덥다고 하시네요."

"그건 무슈 파트노드 쪽에서 담당하는 일이라고 말씀드렸겠지요?"

베스는 미소 지었다. "다음번에는 그렇게 말씀드릴게요."

"봉Bon 좋아요. 베스, 이분은 라코스트 형사님이세요. 줄리아 마틴의 죽음을 수사하고 계시죠. 몇 가지 물어볼 게 있으시다네요."

여자는 불안해 보였다. "전 아무 짓도 안 했어요."

내 잘못이 아니야. 라코스트는 생각했다. 징징대는 아이. 그리고 미성숙한 아이. 그래도 라코스트는 이 아이가 가여웠다. 채 스물도 되지 않아 보이는데 살인 용의자로 심문당하는 처지였으니까. 언젠가는 굉장한 이야깃거리가 될 테지만 적어도 오늘은 아니었다.

"뭘 했으리라고 생각하는 건 아니에요." 라코스트가 유창한 영어로 말했다. 여자는 말의 내용과 언어 모두에 안심한 듯 살짝 긴장을 풀었다. "다만 이걸 봐 줬으면 해요."

베스는 그렇게 했고, 이내 어리둥절한 표정으로 고개를 들었다.

"뭘 원하시는지 모르겠는데요."

"당신이 이걸 썼나요?"

그녀는 깜짝 놀란 모습이었다. "아뇨. 제가 왜 그러겠어요?"

"마틴 부인의 방 쇠살대를 점검했나요?"

"자세히 보지는 않았어요. 어떤 손님들은 여름에도 불을 피우시죠. 로맨틱하다고요. 그래서 제가 따로 불을 피울 필요는 없는지 한 번 훑어보는 버릇이 생겼어요. 부인은 불을 피우시지 않았고요. 모로 가족은 아무도 불을 피우지 않았어요."

"거기 뭔가 들어 있었다면 알아봤을 것 같나요?"

"뭐가 들어갔느냐에 따라서요. 폭스바겐이나 소파가 들어갔다면 알아봤겠죠."

라코스트는 예기치 못한 유머에 미소를 지었다. 여자는 갑자기 자신이 스물이라는 사실을 자각한 듯했다. 막 자신에게 맞는 방식을 찾은 것이다. 무례함과 비굴함 사이를 오가기. "이게 뭉쳐져 있었다면 어땠을까요?" 라코스트는 데스크 위의 종이를 가리켰다.

베스는 종이를 바라보며 생각에 잠겼다. "알아봤을 수도 있을 것 같네요."

"그럼 봤다면 어떻게 했을까요?"

"치웠겠지요."

그녀는 베스가 사실대로 이야기하고 있다고 생각했다. 마누아르가 게으른 일꾼들을 둘 것 같지는 않았다. 문제는 베스가 종이를 알아봤을지, 아니면 오래전에 떠난 투숙객들이 버린 종이가 며칠, 몇 주씩 그렇게 남아 있었을지였다.

하지만 라코스트는 다른 투숙객들이 그랬다고는 생각하지 않았다.

왜 줄리아는 다른 쓰레기는 쓰레기통에 넣었으면서 이것들은 쇠살대에 던져 넣었을까? 그건 방을 어지르는 짓과 비슷했다. 라코스트 형사가 보기에 모로 가족은 자신들을 그보다는 더 나은 사람으로 여기는 듯했다. 살인을 저지를망정 방을 어지를 사람들은 아니었다. 게다가 줄리아 마틴은 지나칠 정도로 예의 바른 걸 빼면 남는 게 없을 사람이었다.

그러므로 그녀가 그곳에 종이 뭉치를 넣은 게 아니라면, 다른 누군가가 한 일이었다. 하지만 누가?

그리고 왜?

가마슈, 보부아르, 조각가 펠티에는 쏟아지는 열기가 조금이나마 누 그러지는 것에 감사하며 커다란 나무 그늘 아래 앉았다. 보부아르가 목 을 찰싹 때리자 손에 핏자국과 작고 검은 다리가 묻어났다. 그는 자신이 벌레 시체로 뒤덮여 있음을 알았다. 그 정도면 다른 벌레들이 메시지를 받아들일 거라고 사람들은 생각할 테지. 하지만 아마도 그게 흑파리가 세계를 지배하지 못하는 이유이리라. 그래, 고통은 주지만 거기까지다.

보부아르는 팔을 찰싹 때렸다.

어느 묘비 곁 잎사귀가 시들어 누렇게 변해 가는 장미 덤불은 물이 필 요해 보였다. 펠티에는 가마슈의 시선을 좇았다.

"머지않아 저리될 거라고 생각했지요. 심을 때 가족들에게 경고하려 고 해 봤습니다만."

"여기선 장미가 잘 자라지 못합니까?" 가마슈가 물었다.

"이제는요. 이제는 뭐든 자라지 않을 겁니다. 이십오 년 됐어요."

보부아르는 몇십 년 동안 시멘트 가루를 들이마신 탓에 사내의 뇌가 이상해진 게 아닐까 생각했다.

"뭐가 말입니까?" 가마슈가 물었다.

"이 나무요. 검은호두나무지요." 조각가는 망치를 다루는 손을 끌어 다 주름진 나무껍질 위에 올려놓았다. "스물다섯 살 먹었습니다."

"그래서요?" 보부아르는 어서 본론이 나오기를 바라며 물었다.

"그 정도 수령이 되는 검은호두나무 주변에는 아무것도 자라지 않는 단 얘기요."

가마슈도 손을 뻗어 나무를 만져 보았다. "왜 그렇지요?"

"모릅니다. 나뭇잎이나 껍질에서 뭔가 독성 물질이 떨어진다거나 그렇겠지요. 하지만 이십오 년이 되기 전에는 괜찮아요. 그 이후에만 다른 것들을 죽이지요."

가마슈는 회색빛 몸통에서 손을 거두고 다시 묘지로 시선을 돌렸다. 햇살이 죽음을 부르는 나무의 나뭇잎 사이로 쏟아져 얼룩을 그렸다.

"조각상의 어깨에 새를 새기셨더군요."

"그랬죠."

"푸쿠아Pourquoi 왜죠?"

"싫으시던가요?"

"매력적이면서도 몹시 은밀하더군요. 거의 찾지 말라고 새겨 놓은 것 같았습니다."

"내가 왜 그랬겠습니까, 경감님?"

"모르겠군요, 무슈 펠티에. 누군가 부탁했을 경우를 제외하면요."

두 남자는 서로 바라보았다. 둘 사이의 공기가 갑자기 작은 여름 폭풍처럼 마찰을 일으켰다.

"부탁한 사람은 없었습니다." 마침내 조각가가 입을 열었다. "저걸 살펴보던 중," 그는 보부아르의 손에 들린 구겨진 서류를 가리켰다. "새 그림이 눈에 들어오더군요. 아주 단순하면서도 아주 아름다웠습니다. 난 그걸 모로에게 새겨 넣었지요. 경감님 말씀대로 은밀하게요. 작은 선물이랄까요."

그는 한 손으로 다른 손을 긁고 있는 자신의 두 손을 내려다보았다.

"나는 찰스 모로를 퍽 좋아하게 됐습니다. 그 양반과 함께할 뭔가가 있으면 좋겠다 싶었지요. 덜 외롭도록 말입니다. 그 양반이 생전에 가까이 두던 걸로."

"발 없는 새요?" 보부아르가 말했다.

"저기에 그림이 있소." 그는 다시 마닐라 폴더를 가리켰다.

보부아르가 폴더를 가마슈에게 건네면서 말했다. "여기서 그런 건 못 봤습니다."

가마슈는 폴더를 닫았다. 그는 보부아르의 말을 믿었다.

인생의 다른 모든 것들이 그렇듯 사람들은 자신이 가질 수 없는 것을 가장 원하기 마련이었다. 가마슈 경감은 갑자기 진심으로 새 그림을 원하게 되었다.

보부아르는 손목시계를 흘끗 보았다. 거의 정오였다. 데이비드 마틴의 전화를 받으려면 돌아가야 했다. 점심도 먹어야 했고.

그는 조심스럽게 얼굴을 만지며 그녀가 자신의 욕설을 용서해 주기를 희망했다. 그녀는 몹시 충격받은 표정이었다. 물론 주방 사람들도 욕을 하겠지? 그의 아내는 그랬다.

"찰스 모로를 조각하신 걸 보고 로댕을 떠올렸습니다." 가마슈가 말했다. "어느 작품인지 짐작하시겠습니까?"

"〈빅토르 위고〉가 아니라는 건 확실하고. 〈지옥의 문〉이려나?"

하지만 그건 별생각 없이 한 말임이 분명했다. 이내 생각에 잠긴 조각가는 잠시 후 나직이 말했다. "〈칼레의 시민〉?"

가마슈는 고개를 끄덕였다.

"메르시, 파트롱Merci, Patron 고맙군요, 경감님." 작고 호리호리한 사내는 가마슈에게 살짝 절을 해 보였다. "하지만 로댕이 그 양반을 만들었다면 나머지 가족들은 자코메티가 만들었을 겁니다."

가마슈는 철사처럼 가늘고 긴 조각상을 주로 제작한 그 스위스 작가를 알고 있었지만 펠티에의 말이 무슨 뜻인지 알 수 없었다.

"자코메티는 항상 거대한 돌덩어리에서 시작했지요." 펠티에가 설명했다. "그런 다음 깎고 또 깎았어요. 어울리지 않는 것, 들어맞지 않는 건 뭐든 다듬고 갈고 쪼아 냈지요. 때로는 너무 다듬은 나머지 아무것도 남아나질 않았답니다. 조각이 완전히 사라져 버렸죠. 남은 건 먼지뿐이었고."

그제야 이해한 가마슈가 미소를 지었다.

겉으로 모로 가족은 건강해 보였고, 심지어 매력적이기까지 했다. 하지만 자신을 깎아내리지 않고서는 그 많은 사람들을 깎아내릴 수 없는 법이다. 그리고 모로 가족의 속은 전부 사라졌다. 비어 버렸다.

하지만 가마슈는 조각가의 말이 옳은지 확신할 수 없었다. 그는 그들 모두에게 칼레의 시민들이 아주 조금은 남아 있을 거라고 생각했다. 그의 눈에는 모로 가족 전부가 기대와 반감, 비밀에 눌린 채 쇠사슬로 한데 묶여 터덜터덜 걷는 것처럼 보였다. 요구. 탐욕. 그리고 증오도. 오랜 살인 수사 경험을 통해 가마슈는 증오에 관한 한 가지 사실을 알게 되었다. 증오는 자신이 증오하는 사람과 자신을 하나로 묶는다. 살인은 증오에서 비롯하는 것이 아니라 끔찍한 자유의 행위였다. 마침내 짐을 벗어던지기 위한 행위였다.

모로 가족은 짐을 지고 있었다.

그리고 그중 하나가 자유로워지고자 했다. 살인을 통해서.

하지만 살인자는 어떻게 그럴 수 있었을까?

"조각상은 받침대에서 어떻게 떨어지는 겁니까?" 그가 펠티에에게 물었다.

"언제 물으시려나 했지요. 따라오시죠."

그들은 묘지 더 깊숙이 들어가 어린아이의 조각상에 이르렀다.

"십 년 전에 만든 겁니다. 앙투아네트 가뇽. 자동차 사고로 죽었죠."

그들은 빛을 받으며 노니는 어린아이를 바라보았다. 늘 어리고 영원히 행복한 아이. 가마슈는 아이의 부모가 찾아오곤 하는지, 모퉁이를 돌아 이 조각상을 볼 때마다 그들의 심장이 멎는지 궁금했다.

"넘어뜨려 봐요." 펠티에가 보부아르에게 말했다.

경위는 주저했다. 묘비를 넘어뜨린다는 생각만으로도 역겨웠다. 더구나 어린아이를.

"해 봐요." 조각가가 말했다. 여전히 보부아르는 망설였다.

"제가 해 보지요." 가마슈는 앞으로 나서 작은 조각상에 몸을 기대면서 아이가 밀려나거나 넘어지기를 기대했다.

소녀상은 꼼짝도 하지 않았다.

가마슈는 더 세게 밀다가 아예 등을 기대고 밀쳤다. 온몸에서 땀이 쏟아졌다. 여전히 아무 일도 없었다. 결국 그는 밀기를 멈추고 손수건으로 이마를 닦으며 펠티에를 돌아보았다.

"제자리에 고정된 겁니까? 받침대 중앙에 봉을 박아 넣는 식으로?"

"아뇨. 그냥 무거운 겁니다. 보기보다 훨씬 무겁지요. 대리석은 그렇습니다. 그리고 규화목은 그보다 더 무겁습니다."

가마슈는 크기와 무게 모두 찰스 모로의 4분의 1쯤 될 듯한 조각상을 바라보았다.

"한 사람이 찰스 모로의 조각상을 움직일 수 없다면 여러 사람은 가능할까요?"

"어림짐작으로 풋볼 선수 스무 명은 필요할 겁니다."

모로 가족은 그 정도는 아니었다.

"한 가지 더 있습니다." 차로 돌아가는 길에 가마슈가 물었다. "대리석 받침대에 흔적이 없었습니다."

펠티에는 걸음을 멈추었다. "무슨 말씀이신지."

"위에 흔적이 없었다고요." 가마슈는 상대의 얼굴을 지켜보며 말했다. 처음으로 진심으로 혼란스러워하는 표정이 떠올랐다. "완벽하더군요. 윤이 날 정도였습니다."

"옆면을 말씀하시는 거겠죠."

"아니요, 윗면 말입니다. 찰스 보로가 서 있던 곳이오."

"그건 불가능합니다. 대리석 위에 조각상을 올려놓기만 해도 흔적이 남을 겁니다." 그는 가마슈가 충분히 가까이에서 살펴보지 않은 탓이라고 말하려다가 이 위엄 있고 조용한 사내라면 자세히 살펴보았으리라 판단했다. 대신 그는 머리를 저었다.

"그래서 조각상은 어떻게 하면 떨어지는 겁니까?" 보부아르가 재차 물었다.

펠티에는 두 손바닥을 푸른 하늘로 젖혔다.

"그건 무슨 뜻입니까?" 문득 신경질이 난 보부아르가 물었다. "신이 줄리아 마틴을 죽였다고요?"

"신은 연쇄살인범이니까요." 펠티에가 웃음기 없이 말했다. 잠시 생각한 후 그는 다시 입을 열었다. "소식을 들은 다음 나도 같은 질문을 해 봤습니다. 그만한 크기의 조각상을 받침대에서 떨어뜨리는 방법은 제가 알기로는 밧줄과 윈치를 이용하는 것뿐입니다. 로댕 시절에도 그렇게 했지요. 그 방법으로 떨어뜨린 게 아닌 건 확실합니까?"

그가 쳐다보자 가마슈가 고개를 저었다. 펠티에가 고개를 끄덕였다.

"그럼 신뿐이군요."

차에 타면서 보부아르가 가마슈에게 속삭였다. "체포는 경감님이 하시죠."

펠티에는 도로 헛간으로 들어갔고, 보부아르는 기어를 넣었다.

"잠깐, 잠깐만요."

두 사람은 백미러를 보았다. 조각가가 종이 한 장을 흔들며 쫓아오고 있었다.

"이걸 찾았어요." 그는 그것을 가마슈 쪽 창문으로 밀어 넣었다. "게시판에 핀으로 꽂아 뒀습니다. 거기다 둔 걸 깜빡했군요."

가마슈와 보부아르는 노랗고 주름진 종잇장을 바라보았다. 종이 위에는 발 없는 새가 간단하게 연필로 그려져 있었다.

피터 모로라는 서명이 있었다.

22

"오빠 찾아서 다행이야." 마리아나가 비틀거리며 오빠를 따라잡았다. "얘기 좀 해. 난 아냐, 오빠가 경찰한테 한 얘길 어머니한테 이른 거. 샌드라가 그랬어."

피터는 그녀를 쳐다보았다. 그녀는 늘 울보에 수다쟁이였다.

"망할 샌드라." 마리아나가 그와 나란히 걸음을 옮기며 말했다. "항상 남의 뒤통수를 치지. 그리고 토미스가 어떻게 변했나 봐. 역겨워졌어. 우린 어떡하지?" 그녀가 발걸음을 멈추고 속삭였다.

"무슨 뜻이야?"

"누군가 줄리아를 죽였잖아. 난 아니고, 오빠도 아니라고 생각해. 그럼 둘 중 하나잖아. 둘이 줄리아를 죽였다면 우리도 죽일 거야."

"말도 안 되는 소리 마."

"그냥 하는 소리가 아냐." 그녀는 발끈했다. "이 모든 짓거리가 지긋지긋해. 가족 모임도 지긋지긋하고. 매번 더 나빠져. 아직까진 이번이 최악이야."

"그러길 바라자."

"난 돌아오지 않을 거야." 그녀가 덤불에서 꽃 한 송이를 잡아당기며 말했다. "앞으론 세상 어떤 것도 날 이런 모임에 데려올 수 없을 거야. 전부 지긋지긋해. 마음에도 없는 말들 하며. 네, 어머니. 아니요, 어머니. 뭐 좀 가져다 드릴까요, 어머니? 그 꼬부랑 할망구가 어떻게 생각하든 누가 신경이나 쓰느냐고? 아마 오래전에 우리 전부 상속 대상에서 제외했을 거야. 토머스 말로는 피니가 그렇게 시켰을 거래. 그럼 우리가 왜 신경을 써야 하지?"

"우리 어머니니까?"

마리아나가 그를 바라보며 계속해서 꽃을 훑었다.

"예전에 그렇게 생각한 적이 있었지." 피터가 말했다. "아이가 생기면 어머니에게 좀 더 공감하게 될 거라고."

"맞아. 덕분에 나는 우리 가정생활이 얼마나 끔찍했는지 알게 됐지."

"뭐, 그래도 어머니가 아버지보다는 나은 편이었잖아."

"그렇게 생각해?" 마리아나가 말했다. "아버진 적어도 우리 말은 들으셨잖아."

"그래. 그런 다음 엿을 먹이셨지. 아버지는 우리가 뭘 원하는지 안 다음 우리를 무시했어. 우리가 크리스마스 선물로 새 스키를 원했던 때 기억나? 아버지는 우리한테 벙어리장갑을 줬지. 스키장을 살 수도 있는 사람이 벙어리장갑을 줬다고. 왜 그랬겠어?"

마리아나가 고개를 끄덕였다. 그녀도 기억했다. "하지만 적어도 아빠 그런 걸 주기 전에 우유 냄새라도 풍겨 주지. 엄마는 그런 적도 없어."

그는 우유 냄새를 풍기고 목욕물을 준비하고 그들을 위해 뜨거운 음식을 호호 불어 식혀 주었다. 다들 모두 그게 역겨운 짓이라고 생각했다. 하지만 수십 년 동안 새로운 생각이라곤 떠오른 적이 없었던 그녀의 머릿속 한구석에서 낯설고 새로운 생각이 생겨나기 시작했다.

"내가 집을 떠났을 때 내 슈트케이스에 아빠가 쓴 쪽지가 있었던 거 알아?" 그녀가 또 다른 오래된 기억을 헤집으며 말했다.

피터는 놀랍고 두려운 눈길로 그녀를 쳐다보았다. 자신만의 것이었던 작은 조각 하나를 잃게 될까 봐 두려웠다. 암호를, 퍼즐을. 아버지가 주신 특별한 신호를.

공공 화장실에서는 절대로 첫 번째 칸을 사용하지 말거라.

"빈은 남자야, 여자야?" 그는 그 질문이 마리아나의 화제를 돌려 주리라는 것을 알았다.

그녀는 주저하다 미끼를 물었다. "내가 그걸 왜 얘기해야 하지? 게다가 오빤 어머니한테 말할 거잖아."

어머니는 그 문제를 두고 마리아나를 들볶길 수년 전에 그만두었다. 이제는 자신에게 손자가 있는지 손녀가 있는지 신경 쓰지 않는다는 듯 침묵했다. 하지만 마리아나는 자신의 어머니를 알았고, 어머니가 무언가를 알지 못한다는 사실이 어머니를 죽이고 있다는 것을 알았다. 좀 더 서둘러 주면 좋을 텐데.

"당연히 말 안 하지. 어서 말해 봐."

물론 피터에게 말해서는 안 된다는 것쯤은 마리아나도 알고 있었다. 스폿에게는.

피터는 마리아나가 생각하는 모습을 지켜보았다. 솔직히 그는 빈이 동물이든 식물이든 광물이든 상관없었다. 그저 동생이 입을 다물고 아버지가 자신에게만 남겨 준 유일한 것을 훔쳐가지 않기를 바랄 따름이었다.

하지만 피터는 너무 늦었다는 것을 알았다. 아버지는 자식들 모두에게 같은 쪽지를 쓴 게 틀림없었고, 피터는 다시 한 번 바보가 된 느낌이었다. 40년 동안 그는 그 문장을 끌어안고 자신이 특별하다고 생각해 왔다. 아버지가 자신을 사랑했고 가장 믿었기 때문에 비밀리에 선택받은 거라고. **공공 화장실에서는 절대로 첫 번째 칸을 사용하지 말거라.** 그 마법이 이 순간 전부 사라져 버렸다. 그냥 멍청하게만 들렸다. 뭐, 마침내 놓아 버릴 수 있게 된 건지도 모르지.

그는 몸을 돌려 발을 쿵쿵거리며 클라라를 찾아 나섰다.

"피터." 동생이 그를 불렀다. 그는 마지못해 몸을 돌렸다. "바지에 잼 묻었다." 그녀는 손짓을 해 보였다.

그는 발걸음을 돌렸다.

그녀는 그가 멀어져 가는 모습을 지켜보며 아버지가 남긴 쪽지를 떠올렸다. 외우고 있었고, 피터에게 막 화해의 표시로 말해 주려고 했던 쪽지. 하지만 그는 그것을 거절했다. 다른 모든 도움을 거절했듯이.

철물점에서는 우유를 구할 수 없다.

아버지가 딸에게 하는 말이라기에는 묘한 말이었다. 뻔한 소리 같았다. 게다가 슈퍼마켓에 가면 한 통로에서는 우유를, 다음 통로에서는 망치를 찾을 수 있었다. 하지만 거기까지 생각이 미쳤을 즈음 그녀는 이미 암호를 풀고 아버지가 자신에게 하고자 했던 말을 알아냈다. 막 피터에게 해 주려던 말을.

철물점에서는 우유를 구할 수 없다.

그러니 줄 수 없는 것을 달라고 하지 마라. 그리고 주어진 것을 찾아라. 그녀의 눈앞에 음식이 꽂힌 포크와, 자신들에게 좀처럼 미소 짓지 않던 얇은 입술이 호호 입김을 불어 주는 모습이 보였다.

라코스트 형사는 마사위피 호숫가를 따라 걸었다. 더운 날이었고, 물에 반사되어 아른거리는 햇빛 때문에 더욱 더웠다. 그녀는 주변을 흘끗 돌아보았다. 아무도 없었다. 그녀는 얇은 여름용 드레스를 벗어 던지고 샌들을 차 버린 후 수첩과 펜을 잔디밭에 내려놓은 다음 물로 뛰어드는 자신을 상상했다. 땀에 젖은 몸이 물보라를 일으키며 물속으로 들어가면 얼마나 상쾌할지 상상했다.

생각하니 더욱 괴로워져서 그녀는 샌들을 벗고 얕은 물가를 걸으며 발에 닿는 시원한 물을 느끼면서 자신을 달랬다.

그러던 중 호수 쪽으로 튀어나온 바위에 앉아 있는 클라라 모로가 눈에 띄었다. 라코스트 형사는 걸음을 멈추고 바라보았다. 실용적인 챙 모자 아래로 보이는 클라라 모로의 머리카락은 단정했다. 반바지와 셔츠도 깔끔했고, 얼굴에도 무언가가 묻은 자국이나 얼룩, 페이스트리 부스러기는 보이지 않았다. 흠 하나 없이 말쑥한 모습이었다. 라코스트가 알아보기 어려울 정도였다.

라코스트는 물에서 나와 잔디에 발을 닦고 다시 샌들을 신었다. 그녀가 목청을 가다듬자 클라라가 흠칫 놀라 돌아보았다.

"봉주르." 클라라가 손을 흔들며 미소 지었다. "이쪽으로 오세요." 클라라가 곁에 있는 납작한 돌을 두드렸고 이자벨 라코스트는 호숫가를 따라 바위로 향했다. 엉덩이 밑의 돌이 따뜻했다.

"방해해서 미안해요."

"전혀요. 그냥 다음 작품을 만드는 중이었어요."

라코스트는 스케치북을 찾아 주변을 둘러보았다. 아무것도 없었다. 연필조차 없었다.

"정말요? 보기에는 꼭……," 그녀는 말을 멈추었지만 이미 늦은 다음이었다.

클라라가 웃음을 터뜨렸다. "아무것도 안 하는 것 같다고요? 괜찮아요. 대개는 그렇게 생각하니까. 창조와 나태가 똑같이 생겼다는 건 참 안타까운 일이에요."

"이걸 그리실 건가요?" 라코스트가 주변 풍경을 가리켰다.

"그럴 것 같진 않아요. 모로 부인을 그릴까 하고 있었어요…… 피니 부인인가. 아무튼." 클라라는 웃었다. "그게 제 전문 분야가 될지도 모르겠네요. 한을 품은 여자들. 처음에는 루스였고 이제는 피터의 어머니라니."

하지만 그녀는 항상 셋을 묶어 그렸다. 모질고 늙은 세 번째 여자는 누가 될까? 그녀는 그것이 자신은 아니기를 바랐지만, 때로는 자신이 그 방향으로 흘러가고 있음을 느낄 수 있었다. 그런 이유로 그들에게 매혹된 걸까? 어쩌면 자신의 교양 있고 고분고분한 외양 안에 위축되고 비판적이며 고루하고 부정적인 일면이 숨어 있는지도 몰랐다.

"자궁 전사戰士라는 연작을 그리셨죠." 라코스트가 말했다. "젊은 여성들을 그린 작품요. 그건 말하자면 그 대척점인지도 모르죠."

"자궁 절제切除 연작이라고도 할 수 있겠네요." 클라라에게는 세 가지 은총이라는 연작도 있었다. 믿음, 소망, 사랑. 이 연작에는 어떤 이름이 붙을까? 오만, 절망, 탐욕? 비탄자들.

"몇 가지 질문을 해도 될까요?" 라코스트 형사가 물었다.

"하세요."

"줄리아 마틴이 죽었다는 말을 들었을 때 어떤 생각이 들었죠?"

"놀라서 멍했어요. 다른 사람들처럼요. 전 그게 사고라고 생각했어요. 아직도 어떤 면에서는 그렇고요. 어떻게 그 조각상이 떨어졌는지 모르겠어요."

"저희도 몰라요." 라코스트는 시인했다. "줄리아가 죽은 날 밤에 서재에서 다툼이 있었다던데요."

"그랬죠."

"그게 줄리아의 죽음과 관련이 있을 거라고 생각하세요?"

"우연처럼 보이기는 해요." 클라라는 마지못해 인정했다. "전 모로 가족을 이십오 년 동안 봐 왔어요. 화가 날수록 조용해지는 사람들이죠. 수십 년간 제대로 된 말은 하지도 않았고요."

라코스트는 그 말을 믿을 수 있었다.

"하지만 줄리아는 출가인이었어요. 색달랐죠. 아니, 그건 아니에요. 정말 색달랐다기보다는 거리가 있었죠. 멀리 떠났으니까. 전 항상 모로 가족에게 폴리에틸렌 막 같은 게 있다고 생각해요. 어릴 때 그 안에 담긴 거죠. 아킬레스처럼. 자신들을 보호하기 위해서요. 큰 압력을 견디고 머리부터 떨어져도 괜찮도록요. 그리고 일 년에 한 번씩 그걸 보충하기 위해 어머니 가까이에 가야 하는 거예요. 모든 걸 닦아서 광을 내고 다시 단단해지는 거죠. 하지만 줄리아는 너무 오랫동안 떨어져 있어서 칠했던 것이 닳아 버렸어요. 며칠 버티기는 했지만 결국 금이 가고 말았죠. 제대로 폭발한 거예요. 그래서 마음에도 없었던 말을 한 거고요."

"경감님은 전부 진심이었다는 인상을 받으셨어요."

클라라는 놀랐고, 그에 관해 생각했다.

"진심이었을 수도 있지만, 그렇다고 해서 줄리아가 말한 게 진실이라는 뜻은 아니죠."

라코스트는 고개를 끄덕이고 수첩을 확인했다. 이것은 민감한 부분이었다.

"줄리아는 당신 남편이 가족 중에서 최악이라고 비난했어요. 그러니까," 그녀는 메모를 읽었다. "잔인하고, 탐욕스럽고, 공허하다고요."

클라라가 입을 열었지만 라코스트가 손을 들어 제지했다. "더 있어요. 줄리아는 그가 자신이 원하는 걸 위해서는 뭐든 박살 낼 인간이라고 했어요." 라코스트는 고개를 들었다. "우리가 아는 피터 모로처럼 들리지는 않는데요. 무슨 뜻이었을까요?"

"그냥 그이에게 상처를 주려던 것뿐이었어요."

"상처를 줬나요?"

"피터는 줄리아와 그렇게 가깝지 않았어요. 그런 의견에 그렇게 신경 썼을 것 같진 않아요."

"그게 가능할까요?" 라코스트가 물었다. "신경 쓰지 않는다는 말이야 다들 하지만 그들은 가족이에요. 어떤 면에서는 신경이 쓰였을 것 같지 않나요?"

"상대를 죽일 정도로요?"

라코스트는 아무 말도 하지 않았다.

"모로 가족은 서로 상처 주는 데에 익숙해요. 보통은 좀 더 미묘하게 하지만요. 눈 뭉치 속에 돌을 넣는다든지, 잘 나가다가 뒤통수를 친다든지. 대비할 수가 없어요. 안전하다 싶을 때 날아들죠."

"줄리아는 스트레스가 심할 때 돌아왔죠. 가족과 함께 있으려고." 라코스트가 말했다. "분명히 자신이 안전하다고 생각했겠죠. 하지만 그중 한 사람이 줄리아를 덮쳤죠."

클라라는 아무 말도 하지 않았다.

"누가 그랬다고 생각하세요?" 라코스트가 물었다.

"피터는 아니에요." 클라라가 말했다. 라코스트는 그녀를 응시하다가 고개를 끄덕이고 수첩을 덮었다.

"줄리아 마틴이 한 말이 하나 더 있어요." 라코스트가 자리에서 일어서며 말했다. "마침내 아버지의 비밀을 알아냈다고 했죠. 그건 무슨 뜻이었을까요?"

클라라는 어깨를 으쓱했다. "저도 피터에게 똑같은 걸 물어봤어요. 그냥 줄리아가 정신이 나가서 상처를 주려고 했던 것뿐이라고 생각하더군요. 사람들은 그러기도 하잖아요. 오늘 아침 모로 부인이 경감님에 관해 끔찍한 거짓말을 한 것처럼요."

"경감님에 관한 이야기가 아니라 경감님 아버지에 관한 이야기였죠."

"하지만 경감님께 상처를 입히려는 말이었어요."

"어쩌면요. 하지만 경감님은 쉽게 상처받는 분이 아네요. 그리고 잘못 아신 게 있어요. 부인이 오노레 가마슈에 관해 한 말은 전부 사실이에요. 그는 겁쟁이였죠."

가마슈와 보부아르가 마누아르 벨샤스에 막 도착했을 때 브리티시컬럼비아의 너나이모 교도소에서 전화가 왔다.

"저 안에서 받으셔야 해요." 마담 뒤부아가 작은 사무실을 가리키며 말했다. 보부아르는 고맙다고 말하고 한 번도 사용한 적이 없는 것 같은 책상 뒤에 앉았다. 주인장은 업무 활동의 중심부에 자리하는 편을 선호하는 게 분명했다.

"무슈 데이비드 마틴?"

"위."

"전 아내분의 죽음에 관해 전화드렸습니다."

"아내입니다. 아직 이혼하지 않았습니다. 별거 중이었을 뿐입니다."

보부아르는 그가 틀림없이 모로 가족과 잘 어울렸을 거라고 생각했다. 어울리는 사람이었으니까 결국 교도소에 들어갔을 테지.

"상심이 크시겠습니다."

의례적으로 한 말이었는데 남자의 대답은 의외였다.

"고맙습니다. 줄리아가 떠났다니 믿기질 않습니다." 진심으로 슬퍼하는 목소리였다. 그런 사람은 그가 처음이었다. "제가 뭘 도와 드리면 되겠습니까?"

"부인에 관한 모든 걸 알아야 합니다. 어떻게 만나셨는지, 언제 만나셨는지, 가족들과는 얼마나 아는 사이셨는지. 뭐든지요."

"모로 가족과는 잘 알지 못했습니다. 제가 몬트리올로 돌아갔을 때는 만났습니다만, 그마저도 점점 횟수가 줄어들었습니다. 줄리아가 지난 일에 대해 무척 상심했다는 걸 알고 있었으니까요."

"무슨 일 말씀이시죠?"

"그게, 아버지가 줄리아를 집 밖으로 내쫓았던 일 말입니다."

"저희는 부인께서 떠나셨다고 들었습니다."

상대는 잠시 망설였다. "네, 아마 그 말이 맞겠지만, 때로는 다른 사람들이 인생을 지옥으로 바꿔 놓는 바람에 선택의 여지가 없을 때도 있으니까요."

"찰스 모로가 딸의 인생을 지옥으로 바꿔 놨다고요? 어떻게요?"

"그는 어떤 악랄한 소문을 믿었습니다. 사실 정말로 믿었는지도 확신할 수는 없습니다만." 데이비드 마틴은 갑자기 진이 빠진 듯했다. "누군가 줄리아에 관한 고약한 낙서를 했고, 아버지가 그걸 보고 무척 화를 냈습니다."

"적힌 게 진짜였나요?"

그는 그 이야기를 알았지만 이 남자의 이야기를 듣고 싶었다.

"줄리아가 잘 빨아 준다는 내용이었죠." 목소리에 실린 혐오감은 뚜렷했다. "줄리아를 만나 보셨더라면 말도 안 되는 소리라는 걸 아셨을 겁니다. 줄리아는 우아하고 상냥했습니다. 숙녀였지요. 옛날식 표현이라는 건 압니다만, 그 표현이 딱 맞습니다. 항상 다른 사람을 편안하게 해 주었죠. 그리고 아버지를 아꼈습니다. 그래서 아버지의 반응이 그렇게 큰 상처로 남았던 거지요."

"어머니는요? 어머니와의 관계는 어땠습니까?"

데이비드 마틴은 웃음을 터뜨렸다. "줄리아가 어머니에게서 더 멀리 갈수록, 더 오래 떠나 있을수록 사이는 더 나았습니다. 공간과 시간 모두에서 말이지요. 모로 가족만의 상대성 이론이랄까." 하지만 그는 재미있어하는 기색이 아니었다.

"자녀는 없으십니까?"

"없습니다. 노력은 해 봤습니다만 줄리아는 그렇게 열심인 것 같지 않더군요. 저를 위해 노력은 했지만 줄리아가 진심으로 원하지 않는다는 걸 깨달은 뒤로는 저도 고집하지 않았습니다. 줄리아는 상처가 많은 사람이었습니다, 경위님. 전 제가 상황을 나아지게 해 줄 수 있을 거라고 생각했는데, 결국 이 꼴이군요."

"그 많은 돈을 훔치고 그 많은 사람들의 삶을 망가뜨린 게 아내 때문이라고 말씀하시는 건 아니겠죠?"

"아닙니다. 그건 탐욕 때문이었죠." 그는 인정했다.

"그렇게 탐욕이 크셨다면 왜 아내에게 보험을 들게 하지 않았죠?"

다시 망설임이 이어졌다.

"줄리아가 죽는 건 상상할 수 없었으니까요. 저보다 먼저는요. 제가 나이가 더 많으니 제가 먼저 갔어야죠. 제가 먼저 가고 싶었습니다. 줄리아의 죽음을 대가로 돈을 받을 수는 없었을 겁니다."

"아내분의 유언장 내용을 아십니까?"

"새 유언장을 작성했을지도 모르겠습니다만," 마틴이 목청을 가다듬자 다시 목소리가 강해졌다. "마지막으로 들었을 때는 전 재산을 제게 넘긴다고 했습니다. 자선단체 기부금을 제하고요."

"이를테면?"

"오, 아동 병원, 동물 보호소, 지역 도서관 같은 곳이었습니다. 딱히 큰 곳은 없었습니다."

"가족들에게 가는 건 전혀 없고요?"

"없었습니다. 그 사람들도 기대하진 않았을 거라고 생각합니다만, 또 모르는 일이지요."

"아내분께서 갖고 계신 돈이 얼마나 됐습니까?"

"글쎄요, 더 가질 수도 있었지만 아버지가 대부분의 돈을 아내에게 남기고 떠났습니다. 자식들은 자신을 망치기 충분할 정도만 받았고요."

목소리에 경멸감이 뚜렷했다.

"무슨 뜻이지요?"

"찰스 모로는 자기 자식들이 가문의 재산을 탕진하고 말 거라는 공포 속에 살았습니다."

"세 번째 세대를 조심하라. 위Oui 네, 저도 들었습니다." 보부아르가 말했다.

"그 사람 아버지가 한 말이라는데, 그 사람도 믿었지요. 아이들은 각자 아버지에게서 백만 정도를 물려받았습니다. 피터만 빼고요." 마틴이 덧붙였다. "피터는 유산을 거부했습니다."

"쿠아Quoi 어째서요?"

"그래요, 바보 같은 짓이지요. 피터는 유산을 집안에 반납했고, 형제자매들과 어머니가 나눠 가졌습니다."

무척 놀라운 이야기라 보부아르의 가공할 두뇌가 잠시 정지할 지경이었다. 어떻게 백만 달러를 거절할 수가 있지? 그는 그 돈이면 뭘 할 수 있을지 생각하는 자신이 싫었고, 자기라면 무엇 때문에 그 돈을 거절했을지 상상조차 할 수 없었다.

"왜죠?"라는 말밖에 나오지 않았다. 다행히 그걸로 충분했다.

쿡쿡 웃는 소리가 대륙을 가로질러 전해졌다. "물은 적은 없지만 짐작은 됩니다. 복수죠. 제 생각에 피터는 아버지가 틀렸다는 걸 증명하고 싶었을 겁니다. 자식들 중 자신은 그의 재산에 관심이 없었다는 걸요."

"하지만 아버지는 죽었습니다." 보부아르는 이해할 수 없었다.

"가족이란 복잡한 거니까요." 데이비드 마틴이 말했다.

"저희 가족도 복잡합니다, 무슈. 이건 그냥 괴상한 거죠."

보부아르는 괴상한 것이 싫었다.

"아내분과는 어떻게 만나셨습니까?"

"무도회에서요. 줄리아는 거기서 가장 아름다운 여자였고, 지금껏 어느 방에서든 가장 아름다운 여자였습니다. 저는 사랑에 빠져 몬트리올로 돌아가 줄리아의 아버지에게 결혼을 허락해 달라고 했지요. 그는 그러라고 했습니다. 그리 자애로운 태도는 아니었습니다. 그 뒤로는 딱히 교류가 없었지요. 사실 두 사람을 화해시키려고 노력한 적도 있습니다만 그 가족을 직접 만나 본 뒤로는 저도 열의를 잃었습니다."

"아내분을 누가 죽였을 거라고 생각하십니까?" 물어봐서 나쁠 건 없겠지.

"솔직히 모르겠습니다. 하지만 리츠 호텔 남자 화장실에 그 끔찍한 말을 쓴 게 누구인지는 생각하는 바가 있습니다."

보부아르는 아마 토머스 모로가 한 짓일 거라고 생각하고 있었기 때문에 다음에 이어질 말에는 별로 관심이 없었다.

"동생 피터입니다."

보부아르는 갑자기 관심이 생겼다.

피터는 노크도 하지 않고 형의 방에 성큼 들어섰다. 강하게, 자신감 있게 나가는 편이 최선이다.

"늦었구나. 세상에, 꼴이 엉망이야. 네 아내는 널 챙겨 주지도 않는다니? 그림을 그리느라 너무 바쁜 모양이군. 너보다 훨씬 더 성공한 아내를 둔 기분은 어때?"

두두두두두두. 피터는 우두커니 서 있었다. 정신을 차린 후 그는 이것이 클라라를 옹호할 기회임을, 이 우쭐거리고 알랑거리고 미소 짓는 숙적에게 그녀가 어떻게 자신의 삶을 구해 주었으며 자신에게 사랑을 주었는지 말해 줄 기회임을 깨달았다. 그녀가 얼마나 뛰어나고 상냥한지를. 그는 토머스에게—

"그럴 줄 알았어." 토머스가 피터에게 방으로 들어오라고 손짓하며 말했다.

말문이 막힌 피터는 토머스가 시키는 대로 방 안으로 들어서면서 주위를 둘러보았다. 자신의 방보다 훨씬 더 화려했다. 침대에는 캐노피가 있었고, 소파는 발코니와 호수에 면해 있었다. 거대한 장식장이 방의 규모 때문에 작아 보일 지경이었다. 하지만 피터의 눈은 거기서 가장 작은 것을 발견했다. 침대 옆 테이블 위에 놓인 것을.

커프스단추. 보라고 놓아둔 것임을 피터는 알았다.

"우리가 뭔가를 해야 해, 스폿."

"무슨 소리야?" 피터는 경각심을 느끼는 한편 셔츠에 떨어진 부스러기를 발견하고 재빨리 털어 냈다.

"누군가 줄리아를 죽였고 그 멍청한 형사는 우리 중 하나가 범인이라고 생각해."

이번에는 가마슈를 옹호할 기회였다. 토머스에게 그가 얼마나 비범하고, 영리하고, 용감하고, 상냥한 사람인지 말할 기회였다.

"어머니는 그가 자기 아버지의 잘못을 벌충하려 든다고 생각해." 토머스가 말했다. "배신자이자 겁쟁이를 아버지로 둔다는 건 힘든 일일 테지. 우리 아버지야 어떻게 말하더라도 최소한 겁쟁이는 아니었잖아. 깡패였을지는 몰라도 겁쟁이는 아니지."

"깡패들은 겁쟁이야." 피터가 말했다.

"그렇게 말하면 네 아버지가 깡패이자 겁쟁이가 되는 셈인데. 그게 그렇게 좋은 말은 아니잖냐, 피터. 네게 친구가 있다는 게 신기하구나. 하지만 너에 관한 잡담이나 하자고 널 여기 부른 건 아냐. 줄리아에 관한 이야기니까 집중 좀 해 다오. 누가 죽인 건지는 분명해."

"피니." 다시 목소리를 회복한 피터가 말했다.

"잘 맞혔어." 토머스는 피터에게서 등을 돌리고 창밖을 내다보았다. "그 사람이 우리에게 도움이 안 됐다는 건 아냐."

"뭐라고?"

"솔직해지자고. 계산해 본 적이 없다고 말하려는 건 아니겠지? 사 빼기 일은?"

그의 목소리는 피터더러 수사적인 질문에 답하라고 꼬드기고 있었다.

"무슨 소리를 하는 거야?"

"네가 이렇게 둔하지는 않을 텐데?"

"어머니가 전 재산을 피니에게 남길지도 모르지." 피터가 말했다. "줄리아가 죽는다고 해서 우리가 받을 유산이 커지는 건 아냐. 어차피 난 상관없어. 아버지 유산을 거절한 사람이 누구인지 기억해? 돈은 나한테 의미 없어."

피터는 토머스가 그 말을 부정할 수 없다는 걸 알았다. 1백만 달러를 내준 대가로 얻은, 이론의 여지 없는 사실이었다. 그를 형제자매들과는 다른 사람으로 구분 지어 주는 사실이었다. 그들은 그가 유산을 거부했다는 걸 알았지만 진정한 모로답게 아무 말도 하지 않았다. 그리고 피터역시 아무 말도 하지 않았다. 바로 이런 순간을 위해 말을 아껴 두고 있었다.

"그러지 말자고." 토머스는 분별력이 뚝뚝 묻어나는 목소리로 말했다. "돈이 네게 아무 의미도 없었다면 유산을 받았겠지."

"틀렸어." 피터는 그렇게 말했지만 그를 받치고 있던 단단한 기반이 흔들렸다. 유산을 내놓은 대가, 자신과 클라라의 안정을 대가로 산 땅은 결국 아무런 쓸모도 없었다. 그는 가라앉고 있었다.

"스폿은 줄리아의 죽음이 우리를 더 부유하게 해 준다는 사실에 관심이 없다고?" 마리아나가 노크도 없이 들어오며 말했다. "상속자는 셋." 그녀는 노래를 불렀다.

"늦었구나, 마길라." 토머스가 말했다.

"안심되지 않아? 언젠가 부자가 될 거라는 걸 안다는 게?" 마리아나가 속삭였다. 피터의 코에 그녀의 퀴퀴한 향수와 파우더와 땀 냄새가 풍겼다. 그녀에게서는 부패의 냄새가 났다.

"난 그런 거 관심 없어. 관심 있었던 적도 없고."

"그런 말이 가마슈에게는 통할지도 모르지. 어쩌면 클라라에게도 통할지 모르고." 토머스가 말했다. "하지만 우린 널 알아, 스폿. 우린 좋은 물건을 좋아하지." 그는 방을 둘러보았다. "네 방은 틀림없이 여기에 비하면 소박하겠지."

그랬다.

"하지만 여전히 우리 중에서 오빠가 가장 탐욕스러워." 마리아나가 큰오빠의 생각을 마무리했다.

"그렇지 않아." 피터가 목소리를 높였다.

"아하." 토머스는 동생에게 손가락을 까닥이고는 그 손가락을 입술 위로 갖다 댔다.

"그렇고말고." 마리아나가 말했다. "우리가 오빠를 왜 스폿이라고 부르는데?"

피터가 놀란 눈으로 그녀를 돌아보았다. 그는 두 손을 들어 거기 새겨진 물감 얼룩을 보여 주었다.

"그림 때문이잖아." 하지만 피터는 그들의 눈에서 자신이 잘못 알고 있었음을 볼 수 있었다. 평생 잘못 알고 있었다. 정말 그랬을까? 내내 진실을 알면서도 부정했던 건 아니고?

"우리가 널 스폿이라고 부른 건 네가 아버지 주변을 졸졸 따라다녔기 때문이었어." 토머스가 평온한 목소리로 이 가공할 사실을 설명했다. "강아지처럼 말이야."

"강아지는 뭘 바라게?" 마리아나가 물었다.

"애정." 토머스가 말했다. "그리고 어루만짐. 남이 자기를 껴안고 자기가 얼마나 멋진지 말해 주기를 바라지. 하지만 아버지가 네게 했던 말로는 부족했지. 넌 전부를 원했어. 아버지가 가진 애정 한 움큼까지 전부 다. 넌 아버지가 줄리아에게 관심을 보이면 싫어했지. 피터, 넌 그때도 탐욕스러웠고 지금도 탐욕스러워. 사랑, 관심, 칭찬, 스폿 잘했어, 스폿. 그리고 아버지가 돌아가신 뒤에는 어머니에게 돌아섰지. 사랑해 주세요, 사랑해 주세요, 사랑해 주세요, 제발요오오오."

"그리고 오빠는 우리가 어머니에게서 원하는 건 돈뿐이라고 우리를 비난했어. 우리는 최소한 어머니가 줄 수 있는 걸 원했지." 마리아나가 말했다.

"틀렸어." 피터는 폭발했다. 분노가 몹시 거세게 터져 나왔던 탓에 그는 방이 떨리고 흔들리고 무너지리라 생각했다. "난 두 분에게서 아무것도 원하지 않았어. 아무것도."

고함 소리가 워낙 커서 마지막 말은 거의 들리지 않았다. 성대가 뜯겨 나간 것만 같았다. 그는 던질 것을 찾아 방을 둘러보았다. 마리아나는 겁에 질린 채 자신을 바라보고 있었다. 마음에 들었다. 하지만 토머스는? 토머스는 미소를 짓고 있었다.

피터는 그에게 다가갔다. 마침내 그 얼굴에서 미소를 지워 버릴 방법을 알았다.

"날 죽이고 싶지, 그렇지?" 토머스가 오히려 피터에게 다가서며 말했다. "난 알았지. 네가 불안정한 놈이라는 걸 늘 알았지. 다들 줄리아나 마리아나가 그렇다고 생각했지만……."

"잠깐–"

"하지만 항상 조용한 애들이 그렇지. 그 따분하고 작은 마을에 사는 네 이웃들이 내일 CBC캐나다 국영방송에 나와서 그렇게 말하지 않을까? 항상 착하고 평범하게만 보였는데요. 거친 말 한 번 안 하고, 불평 한 번 없고. 날 발코니에서 집어 던질 거냐, 피터? 그럼 상속인이 둘밖에 안 남겠군. 그 정도면 충분해? 아니면 마리아나도 걱정해야 할까? 모든 애정에다 모든 돈까지. 어머니 젖줄을 차지해야지."

피터는 자신이 고개를 젖히고 입을 벌려 토사물을 쏟아 내듯 불길을 토하는 광경을 상상할 수 있었다. 발끝에서 시작해 온몸을 통한 분노가 발사되어 주변의 모든 것을 박살 내고 있었다. 그는 나가사키요 히로시마였고, 비키니 섬이자 체르노빌이었다. 모든 것을 절멸할 터였다.

대신 그는 입을 다물고 목과 가슴에 남은 쓰라린 불길을 느꼈다. 그는 분노를 도로 밀어 넣어 저 밑에 처박아 두려 분투했다. 화와 질투와 두려움과 증오, 증오, 증오와 함께.

하지만 판도라의 상자는 닫히지 않을 터였다. 다시는. 악마들은 이미 탈출해서 마누아르 벨샤스 주변을 맴돌며 먹이를 먹고 자라나고 있었다. 그리고 죽이고 있었다.

피터는 뒤틀리고 초췌한 얼굴로 마리아나를 돌아보았다.

"난 강아지일지 몰라도 넌 그보다 훨씬 못한 거잖아, 마길라."

그는 마지막 말을 두려움 어린 그녀의 얼굴을 향해 내뱉었다. 그녀가 두려워하는 모습을 보니 좋았다. 그런 다음 토머스를 돌아보았다.

"마길라와 스폿이라." 그가 의기양양해하는 얼굴을 향해 말했다. "우리가 형을 뭐라고 불렀는지 알아?"

토머스는 다음 말을 기다렸다.

"아무것도. 형은 그때도 지금도 우리한테 아무것도 아냐. 아무것도."

피터는 근래 그 어느 때보다도 평온한 마음으로 방을 나섰다. 하지만 그는 그것이 자신은 뒷좌석에 몸을 기대고 있었고, 다른 무언가가 운전을 하고 있기 때문이라는 것을 알았다. 부패하고 냄새나고 끔찍한 무언가가. 평생 숨어 있던 그 무언가. 놈이 마침내 주도권을 쥐었다.

23

아르망 가마슈는 정오에 단풍나무가 드리운 작은 그늘에 서서 다시 한 번 하얀 대리석 큐브를 바라보았다. 노란 경찰 테이프가 펄럭였고 잔디밭에는 아직도 몹쓸 구덩이가 남아 있었다.

그녀는 왜 살해당했을까? 줄리아 마틴의 죽음으로 이득을 보는 사람은 누구일까?

이제 그녀가 죽은 지 이틀이 다 되어 가는데 아직도 어떻게는 고사하고 왜 살해당했는지도 알지 못했다. 무언가가 자신에게 다가오는 것을 느낀 그는 뒷짐을 진 채 미동도 없이 서서 기다렸다.

"오, 봉주르."

경감에게 다가온 사람은 정원사 콜린이었다.

"한창 생각 중이신가 봐요. 전 나중에 다시 와도 돼요."

하지만 그녀는 떠나기를 망설이는 듯했다. 그는 미소를 짓고 잔디밭에 선 그녀에게 다가갔다. 둘은 잠시 줄리아 마틴이 죽은 자리를 바라보았다. 가마슈는 아무 말도 하지 않은 채 콜린이 무슨 말을 꺼낼지 호기심을 품고 기다렸다. 잠시 후 그녀가 대리석 큐브를 향해 손짓했다.

"개미들은 사라졌어요. 다행이에요. 개미 때문에 악몽을 꾸고 있었거든요."

"날이 갈수록 잠자리가 더 편해질 겁니다." 가마슈가 말했다.

콜린은 고개를 끄덕이고 슬픈 얼굴로 꽃들을 바라보았다.

"얘들이 어떻게 지내나 보러 왔어요. 더 일찍 옮겨 심었어야 했는데."

가마슈는 꽃을 바라보았다. 대다수가 시들어 있었다. 살리기엔 너무 늦었다.

문득 떠오르는 것이 있었다. 훨씬 일찍 떠올렸어야 했던 생각이었다.

"그날 아침에는 왜 여기 나와 있었지요?"

"정원 일 때문에요."

그는 그녀를 뜯어보았다. "하지만 비가 내리고 있었습니다. 억수로 쏟아졌죠. 다른 사람들은 아무도 밖에서 일하지 않았습니다. 당신은 왜 나왔습니까?"

그녀의 눈이 살짝 커졌나? 뺨이 갑자기 달아올랐나? 콜린이 얼굴을 붉히곤 한다는 건 알았다. 조금만 관심을 보여도 뺨이 달아올랐다. 너무 의미를 두지 않는 편이 좋으리라. 그렇지만 그녀는 갑자기 죄책감을 느끼며 뭔가를 숨기는 것처럼 보였다.

"정원 일을 하고 있었어요." 그녀는 자신의 말을 고집했다. "축축하고 시원할 때 식물을 옮겨 심는 게 제일 좋거든요. 그러면 살 확률이 높아지죠. 이 아이들을 살리려면 가능한 한 뭐든 해 줘야 할 것 같았어요."

둘은 다시 시들어 가는 꽃들을 바라보았다.

"다른 직원들은 다들 안에서 쉬고 있었습니다." 그는 밀어붙였다. "비가 내리는 와중에 일하기로 했다는 건 믿기 어렵군요."

"전 그랬어요."

"왜죠, 콜린? 말해 봐요."

그의 목소리가 워낙 합리적이고 인내심 있게 들려서 거의 대답이 나올 뻔했다. 하지만 그녀는 마지막 순간에 이르러 입을 다물었다. 커다란 사내는 꾸짖거나 다그치는 대신 그냥 기다렸다.

콜린의 입술이 살짝 떨렸고, 이어 턱에 잔주름이 잡히고 눈이 가늘어졌다. 그녀가 아래를 내려다보자 곧게 뻗은 머리가 커튼처럼 드리워져 얼굴을 감추었다. 그 사이로 새어 나온 것은 흐느낌이었다.

"여기선. 다들. 저를. 안 좋아해요." 그녀는 헐떡이며 단어를 내뱉으려 안간힘을 썼다. 흐느끼며 두 손을 얼굴로 가져가 빤히 보이는 눈물을 감추려 했다. 가마슈는 지금 그녀의 모습이 며칠 전의 모습과 똑같다는 사실을 깨달았다. 바로 이곳에서. 마침내 흐느낌이 잦아들자 가마슈는 조용히 손수건을 건넸다.

"메르시." 그녀가 헐떡이는 숨을 고르며 더듬더듬 말했다.

"사람들은 당신을 좋아합니다, 콜린."

그녀가 눈을 들어 그의 눈을 바라보았다.

"나는 눈으로 보고 귀로 듣습니다." 그가 말을 이어 나갔다. "사람들을 읽지요. 내가 하는 일이 그런 겁니다. 듣고 있습니까?"

그녀는 고개를 끄덕였다.

"젊은 아가씨들은 당신을 좋아합니다. 이 모든 고통 덕분에 생긴 좋은 일이 한 가지 있다면 그건 당신이 여기서 진짜 친구들을 찾게 됐다는 점일 겁니다."

"그럴 테죠." 콜린은 다시 아래를 내려다보았다. 가마슈는 그제야 이해했다.

"몇 살이지요?"

"열여덟이오."

"내겐 딸이 있습니다. 아니라고요. 스물여섯이지요. 지금은 결혼했는데, 물론 남편을 사랑하기는 하지만 그가 그 애의 첫사랑은 아니었습니다. 그 앤 어느 여름 골프장에서 일하다가 첫사랑을 만났어요. 두 사람 다 캐디였지요."

콜린의 눈은 땅에 붙박여 있었고, 스니커를 신은 발은 잔디를 툭툭 건드렸다.

"아니는 조너선을 포함해 넷이서 캐디 일을 하려고 애썼지만, 그는 관심이 없었습니다. 조너선에게는 따로 어울리는 친구들이 있었고, 아니는 매일 밤 울면서 집에 돌아오곤 했지요. 나더러 가서 얘기 좀 해 보라고 부탁한 적도 있습니다. 총이라도 보여 주라고 말이지요."

그녀는 살짝 미소를 머금었다.

가마슈의 미소가 사그라졌다. "난 그때가 그 아이 인생에서 가장 고통스러운 때였다고 생각합니다. 아마 그 아이도 똑같이 얘기할 겁니다. 누군가를 완전히 사랑하면서도 상대가 자신과 같은 마음이 아니라는 걸 안다는 건 끔찍하지요. 무척 외로운 일입니다."

콜린은 고개를 끄덕이고는 다시 고개를 숙여 공처럼 말아 쥔 손수건에 대고 조용히 울었다. 가마슈는 그녀가 안정을 되찾을 때까지 기다렸다. 그녀가 질척해진 사각형의 천 조각을 내밀었지만 그는 받지 않았다.

"그 사람은 다른 사람을 사랑해요. 항상 그 여자를 따라다니면서 그 여자에 관한 모든 걸 알고 싶어 했죠. 어디 출신인지, 고향은 어땠는지. 저한테 물어봐 줬으면 했던 걸 전부 그 여자에게 묻고 있었어요."

"그런 일로 마음고생하지 않는 편이 좋아요." 그는 다정하지만 단호하게 말했다. 그는 자신이 운이 좋다는 걸 알았다. 첫사랑과 결혼했으니까. 하지만 보답받지 못한 사랑이 어떤 일을 할 수 있는지 익히 보았다.

그녀의 한숨이 워낙 무거웠기에 눈앞에 죽은 꽃들의 꽃잎이 흩날릴 것만 같았다.

젊은 정원사가 떠난 후, 가마슈는 서재로 가서 점심을 먹고 팀원들을 만나기 위해 테라스로 천천히 돌아갔다. 그런데 돌아가던 도중 선착장에 서서 호수를 바라보는 피터 모로의 모습이 눈에 들어왔다.

피터에게 질문이 있었다. 둘만 있는 데서 묻고 싶은 질문이었다.

가마슈는 경로를 바꿔 선착장으로 향하던 중 피터가 팔을 뒤로 뻗었다가 호수에 무언가를 던지는 모습을 보았다. 잠시 후 풍덩 소리가 들렸고, 고요한 수면 위에 원 두 개가 나타났다. 피터는 갑자기 몸을 돌려 성큼성큼 선착장을 벗어났다. 발이 판자 위에서 쿵쾅거렸다. 고개를 숙인 피터는 가마슈 경감 근처에 이를 때까지 그의 존재를 깨닫지도 못했다.

"아, 경감님이시군요." 피터는 흠칫 놀랐을 뿐, 딱히 기뻐하는 기색이 아니었다. 가마슈는 제대로 면도하지 않은 얼굴과 구겨지고 일부가 삐져나온 셔츠, 바지에 묻은 얼룩을 알아차렸다. 예의와 복장이 똑같이 너덜너덜했다.

"괜찮습니까?"

"아무렴요." 빈정거림을 못 알아차릴 수 없었다.

"초췌해 보입니다."

"막 누나를 잃었는데 어쩌겠습니까?"

"그 말이 맞군요." 가마슈가 말했다. "제 생각이 짧았습니다."

피터는 안도한 듯했다.

"아니, 제가 죄송합니다." 그는 손을 들어 까끌까끌한 얼굴을 만졌다. 평소처럼 깨끗하게 면도된 얼굴이 만져지지 않자 놀란 기색이었다. "힘든 때라서요."

"호수에는 뭘 던진 겁니까?"

긴장을 누그러뜨리자고 한 말이었는데 역효과를 일으켰다. 피터는 다시 경계심을 보이며 성난 눈길을 희번덕거렸다.

"꼭 모든 걸 아셔야 합니까? 경감님 주변에선 사생활은 없는 겁니까? 아버님께서 예의를 가르쳐 주지 않으신 모양이군요."

그는 쿵쿵거리며 마누아르로 향하다가 갑자기 방향을 바꾸었다. 가마슈의 눈에 그 이유가 보였다. 토머스 모로가 산장에서 부리나케 뛰쳐나와 석조 테라스를 가로질러 잔디밭으로 달려왔다.

"그걸 어쩔 거냐? 피터, 널 죽일 테다."

피터가 달리기 시작하자 추격이 펼쳐졌다. 모로 가족에게 달리는 습관이 없음은 분명했고, 한쪽이 상대를 해치려 들고 다른 쪽이 겁에 질리지 않았더라면 중년의 후반부에 이른 두 남자가 잘 다듬어진 잔디밭 위에서 오스트레일리아식 풋볼 선수처럼 만나 서로를 우아하지 못하게 쫓아다니는 광경은 우습게 보였을 것이다.

뛰는 데에 익숙한 가마슈는 막 피터에게 태클을 걸려던 토머스를 가로막았다. 토머스는 가마슈의 팔 안에서 몸부림쳤고, 갑자기 보부아르가 나타나 역시 토머스를 붙들어 결국 땅에 쓰러뜨렸다. 토머스는 재빨리 일어나 이제 경감 뒤에 숨어 있는 피터에게 다시 달려들려 했다.

"그만하세요." 가마슈가 토머스의 양어깨를 붙들며 말했다. 목소리에 실린 권위가 주먹보다 더 효과적으로 토머스를 멈춰 세웠다.

"내놔, 피터." 토머스는 가마슈 뒤에 웅크린 피터의 눈을 마주 보려 애쓰며 으르렁거렸다. "맹세코 널 죽여 버릴 거야."

"그만해요." 경감이 말했다. "물러서십시오, 모로 씨."

그의 낮은 목소리는 단호하고 차분했고 복종을 요구했다.

토머스 모로는 물러났다.

"무슨 일입니까?" 가마슈는 형제를 번갈아 보았다. 시야 가장자리로 라코스트가 보였다. 그녀와 보부아르가 두 형제 뒤에 각각 자리를 잡고 필요할 경우 붙잡을 태세를 갖췄다. 피터의 어머니를 대동하고 비틀비틀 잔디밭을 내려오는 버트 피니의 모습도 보였다. 그들은 가마슈의 시야에서 벗어나 피터 뒤쪽에 섰다.

"이 녀석이 내 커프스단추를 가져갔습니다." 토머스가 떨리는 손가락으로 피터를 가리켰지만, 그의 눈은 동생 뒤쪽을 보고 있었다. 자신들의 어머니를.

"말도 안 돼. 내가 왜 그러겠어?"

"정말 내가 그 말에 대답하길 바라는 건 아니겠지, 스폿? 네가 훔쳤잖아. 네가 오기 전에는 방에 있었는데 지금은 없어졌어."

"사실이니?" 피터 뒤쪽에서 나온 목소리가 대답을 재촉했다.

피터의 표정이 분노에서 체념으로 바뀌었고, 그는 천천히 눈을 감았다. 그런 다음 그는 몸을 돌려 어머니를 마주했다.

"저한테 없어요."

피니 부인은 그를 노려보다가 천천히 고개를 가로저었다. "왜지? 왜 우리에게 이런 짓을 하는 거니, 피터? 내가 얼마나 더 견딜 수 있을지 모르겠구나. 막 딸을 잃었는데 네가 생각하는 거라고는 토머스와 싸움질하는 것뿐이니?"

"어머니." 피터는 앞으로 나서려다 발길을 멈추었다.

"널 위해 기도하마."

그것은 그녀가 구제불능의 사람들에게 쓰려고 남겨 둔 모욕이었고, 피터도 그걸 알았다.

"가자꾸나, 토머스. 저 아이에게 가족보다 커프스단추가 더 중요하다 면 가지라고 하려무나. 내가 새로 사 주마."

"그게 중요한 게 아니에요, 어머니." 토머스가 어머니 곁으로 다가가 며 말했다.

"그래, 네게는 아니겠지." 피니 부인은 한쪽에 남편을, 다른 쪽에는 아들을 대동하고 다시 마누아르로 걸어 올라갔다. 피터는 뒤에 남았다.

그는 옷매무새를 가지런히 하려다 포기하고 완전히 움직임을 멈췄다. 긴장증에 걸린 것처럼 보였다.

"얘기 좀 하죠." 가마슈는 피터의 팔꿈치를 잡고 숲으로 이끌어 시원 하고 평화로운 그늘 속으로 들어갔다. 그는 피터를 벤치에 앉힌 다음 그 옆에 앉았다. "당신이 그걸 호수에 버렸지요."

질문이 아니었다. 피터는 다시 거짓말을 하지 않아도 된다는 사실에 거의 안도감을 느꼈다.

"왜 그랬습니까?"

피터는 고개를 젓고 어깨를 으쓱했다. 말이 너무 무겁게 느껴졌다. 만 들어 내기에는 너무 버거운 짐 같았다. 하지만 가마슈는 기다렸다. 그는 인내심 있는 사람이었다. 아버지가 가르쳐 준 것이었다. 시와 인내, 그 리고 그 밖의 많은 것들도.

"토머스는 항상 그걸 하고 다녔습니다." 피터가 마침내 입을 열고 무 릎 사이에 힘없이 모아 쥔 자신의 손을 바라보며 말했다. "언젠가 클라라가 그것들이 꼭 원더우먼의 팔찌 같다고 했죠. 그게 뭔지 아십니까?"

가마슈는 실제로 알았다. 딸을 둔 덕분에 생긴 또 하나의 이점이었다. 그는 두 팔을 올려 손목을 교차해 보였다. 피터가 살짝 미소 지었다.

"그게 힘과 수호력의 원천이라는 게 클라라의 이론이었죠. 모두들 그런 걸 갖고 있지만, 그게 모로 가족보다 더 분명한 경우는 없다더군요. 마리아나는 숄을 두르고, 토머스는 커프스단추를 하고, 클라라는 주문을 외우고, 어머니는 화장을 하죠. 클라라는 그걸 '가면'이라고 부르죠."

"그럼 당신은요?"

피터는 두 손을 들어 올렸다. "이 물감이 지워지지 않는 게 이상하다고 생각하지 않으셨습니까?"

가마슈는 그에 관해 생각해 본 적이 없었지만 이제 생각해 보니 과연 그랬다. 노력만 하면 어떤 물감이든 손에서 지워지는 법이다. 영원히 얼룩을 남기는 물감은 없다.

"가족 모임이 가까워지면서 손을 씻을 때 테레빈유를 쓰는 대신 보통 비누를 썼습니다. 그러면 유화 물감이 남지요. 가족 모임이 끝나고 스리 파인스로 돌아가면 지울 겁니다."

스리 파인스로 돌아가면. 가마슈는 평화로운 마을의 모습을 떠올렸다. 안전한 곳.

"힘과 수호력이오?"

피터는 고개를 끄덕였다. "토머스든 마리아나든 어머니든 누구든 절 공격하면 저는 제 손을 내려다봅니다." 그는 지금 그렇게 하고 있었다. "그러면 제가 잘하는 게 한 가지는 있다는 사실이 떠오르죠. 가족 중 누구보다도 잘하는 것이오." **클라라만 빼고.** 머릿속에서 목소리가 속삭였다. 클라라가 너보다 더 나은 예술가야. "이젠 먹히지 않을지도 모르겠군요."

"그래서 토머스의 부적도 없애 버리고 싶었던 겁니까?"

피터는 아무 말도 하지 않았다. 그것이 진실에 가까웠다.

가마슈는 재킷의 가슴에 달린 주머니에서 조심스럽게 접어 둔 낡은 종이 한 장을 꺼냈다. 피터가 손을 내밀었지만 가마슈는 이런 귀한 것을 믿고 맡길 수는 없다는 듯 손을 뺐다.

피터의 손이 허공에 걸렸다.

"어디서 구하신 겁니까?"

분노나 비난과는 거리가 멀었고 궁금증만 가득한 목소리였다. 마치 수주, 수개월을 꿈꾸고 찾아 헤맸던 해적의 보물 지도를 보게 된 어린 소년과 같은 목소리였다. 혹은 수년을 찾아 헤맨 어른이거나.

"아버님의 조각상을 만든 예술가에게서요."

피터는 듣는 둥 마는 둥 그림을 뚫어져라 바라보았다. 머리를 오만하게 기울이고 두 눈을 빛내는 고귀하고 생동감 넘치는 새였다. 누런 종이 밖으로 날아가 버릴 것 같았다. 하지만 그런 생동감에도 불구하고 새는 미완성이었다. 새에게는 발이 없었다.

"당신이 이걸 그렸죠." 피터의 깊은 몽상을 깨뜨리고 싶지 않았던 가마슈가 나직이 말했다.

피터는 그림 속으로 들어가 완전히 사라져 버린 것 같았다. 어디로 갔든 좋은 곳에 있는 모양이었다. 피터는 미소를 짓고 있었다. 얼굴이 며칠 만에 처음으로 풀어졌다.

"이걸 그렸을 때는 어렸겠군요." 가마슈가 운을 띄웠다.

"그랬죠." 마침내 피터가 대답했다. "아마 여덟 살이었을 겁니다. 아버지 생신 기념으로 그렸죠."

"여덟 살 때 이걸 그렸다고요?" 이제는 가마슈가 그림을 쳐다볼 차례였다. 단순하고 우아했고, 피카소의 저 유명한 비둘기 그림과 다르지 않았다. 거의 한 획으로만 그린 그림이었다. 하지만 피터는 비행을, 생명력을, 호기심을 포착해 냈다.

"**오, 나 지상의 몹쓸 유대에서 풀려나**," 가마슈가 속삭였다.

자유.

피터는 한때 자신이 날았음을 알았다. 세상이 너무 무거워지기 전까지는. 이제 그의 작품은 비행하는 대신 반대로 향했다.

그는 다시 새를 쳐다보았다. 종이를 대어 베끼지 않고 혼자 힘으로 그린 첫 그림이었다. 그는 그것을 아버지에게 드렸고, 아버지는 그를 들어 올려 안아 준 다음 그를 데리고 식사 중이던 식당 안을 돌면서 생판 모르는 사람들에게 그 그림을 보여 주었다. 어머니가 만류했지만, 이미 피터에게는 두 가지 중독증이 생긴 뒤였다. 예술 중독과 칭찬 중독. 그중에서도 특히 아버지의 칭찬과 승인에 대한 중독.

"아버지께서 돌아가셨을 때 어머니께 그걸 돌려 달라고 말씀드렸죠." 피터가 그림을 가리키며 말했다. "어머닌 아버지가 그걸 버리셨다고 하셨어요." 피터는 가마슈의 눈을 들여다보았다. "이걸 어디서 찾으셨다고 하셨지요?"

"아버님의 조각상을 만든 조각가에게서요. 아버님은 이걸 간직하고 계셨습니다. 이게 뭡니까?"

"그냥 새입니다. 특별할 건 없어요."

"발이 없습니다."

"여덟 살짜리에게 뭘 바라십니까?"

"진실을 원합니다. 지금 당신은 내게 거짓말을 하고 있는 것 같군요."

가마슈는 이성을 잃는 일이 거의 없었고, 지금도 그렇지 않았지만 그의 목소리에는 모로라고 해도 놓칠 수 없는 경고의 날이 서 있었다.

"사십 년 전에 그린 새 그림 갖고 제가 왜 거짓말을 하겠습니까?"

"그건 모르겠지만 거짓말이라는 건 압니다. 이건 무슨 샙니까?"

"참새나 울새겠죠. 저도 모릅니다."

피터의 목소리에 짜증이 섞였다. 가마슈는 갑자기 일어나 종이를 도로 접어 조심스럽게 가슴에 달린 주머니에 넣었다.

"내가 진실을 알아내리라는 걸 알 겁니다. 왜 날 막으려는 겁니까?"

피터는 고개를 젓고 계속 앉아 있었다. 가마슈는 자리를 뜨려다가 자신이 묻고자 했던 질문을 떠올렸다.

"다들 부적이나 주문이 있다고 했죠. 클라라가 힘과 수호력이라고 했던 거 말입니다. 줄리아의 것은 뭔지 말하지 않았습니다."

피터는 어깨를 으쓱했다. "모릅니다."

"제발, 피터."

"정말입니다." 피터는 일어서서 가마슈를 마주 보았다. "전 줄리아를 잘 몰랐습니다. 가족 모임에도 거의 오지 않았고요. 이번이 예외였죠."

가마슈는 계속 피터를 응시하다 몸을 돌려 시원한 그늘에서 나갔다.

"잠깐만요." 피터가 그를 불렀다. 가마슈는 걸음을 멈추고 피터가 오기를 기다렸다. "저기, 이건 말해 둬야겠습니다. 제가 그 커프스단추를 훔쳐 호수에 버린 건 그게 아버지가 토머스에게 주신 거였기 때문이었습니다. 장남에게서 장남에게로 물려 온 거지요. 전 항상 아버지가 그걸 제게 주실지도 모른다고 생각하곤 했습니다. 바보 같은 생각이란 건 알지만, 그러길 바랐지요. 아무튼 아버지는 그러지 않으셨습니다. 전 그 커프스단추가 토머스에게 얼마나 소중한지 알았습니다."

피터는 망설였지만 내친김에 다 말해 버렸다. 절벽 밖으로 발을 내딛는 기분이었다.

"토머스에게는 가장 중요한 물건이었습니다. 난 토머스에게 상처를 주고 싶었습니다."

"내 아버지에 관해 말해서 내게 상처를 주고 싶어 했던 것처럼?"

"그건 죄송합니다."

가마슈는 자기 앞에 선 헝클어진 차림의 사내를 응시했다. "조심해요, 피터. 당신은 바른 영혼을 지니고 있지만 바른 영혼도 휘청거리는 법이고, 때로는 넘어지기도 합니다. 그러다가 일어나지 못하는 경우도 있습니다."

24

누가 이득을 보는가?

보부아르는 특대판 종이 위에 아주 크고, 아주 또박또박하고, 아주 빨간 대문자로 그렇게 적었다. 그는 본능적으로 매직 마커를 코밑에 대고 냄새를 맡으며 자신이 쓴 글씨를 살펴보았다.

이게 예술이지. 예술이 아니더라도 아름다운 건 분명했다. 그 글씨는 체계와 질서를 대변했고, 둘 모두 경위를 열광케 하는 것이었다. 곧 이름, 동기, 단서, 행적에 관한 목록을 작성할 것이다. 그것들을 전부 연결할 것이다. 몇몇은 막다른 길일 테고, 몇몇은 어두컴컴한 골목일 테지만 다른 몇몇은 고속도로일 테고, 자신들은 그 단서를 따라 빠르게 목적지에 도착하리라.

보부아르는 어두운 색 나무로 된 책상에 팔꿈치를 괴고, 커다란 손가락은 깍지를 끼고, 눈은 생각에 잠긴 채 주의를 집중하고 있는 경감을 건너다보았다.

그다음은?

하지만 보부아르는 답을 알고 있었다. 기지旣知의 세계가 허용하는 데까지 나아갔다면, 그와 라코스트와 다른 수사관들이 더는 눈길을 뻗지 못한다면, 가마슈 경감이 나섰다. 그는 미지의 세계로 들어섰다. 그곳이 살인자들이 도사리고 있는 곳이기 때문이었다. 그들은 다른 사람들과 똑같은 햇빛이나 보슬비 속에서 걷고, 똑같은 잔디나 콘크리트를 밟으며, 심지어 똑같은 언어로 말하는 것처럼 보일지도 몰랐다. 하지만 실제로는 그렇지 않았다. 가마슈 경감은 다른 사람들이 좀처럼 가지 못하는 곳까지 기꺼이 나아갔다. 그리고 그는 절대로, 단 한 번도 그들에게 자신을 따라오라고 하지 않았다. 다만 자신이 길을 찾을 수 있도록 도와달라고 할 뿐이었다.

두 사람 모두 언젠가는 보부아르가 앞으로 나서게 되리라는 것을 알고 있었다. 그리고 두 사람 모두 가마슈가 찾은 불타고 황폐한 곳이 살인자만의 자리가 아니라는 것을 알고 있었다. 아르망 가마슈가 그곳에 갈 수 있는 이유는 그곳이 그에게 완전히 낯선 곳이 아니기 때문이었다. 그는 자신의 불탄 자리를 보았고, 자신의 머리와 마음속에 자리한 친숙하고 편안한 길을 벗어나 어둠 속에서 곪아 가는 것이 무엇인지 보았기에 그 사실을 알고 있었다.

그리고 언젠가 장 기 보부아르도 자신의 괴물을 보고 난 다음 다른 괴물들을 알아볼 수 있을 터였다. 어쩌면 오늘이 그날이고 이번 사건이 그 사건인지도 몰랐다.

보부아르는 그렇기를 바랐다.

이제 그는 뚜껑을 덮은 매직 마커를 입에 물고 그것이 커다랗고 빨간 시가인 양 질겅이면서 기대감 어린 제목 빼고는 아무것도 적혀 있지 않은 종이를 바라보았다.

누가 이득을 보는가?

"데이비드 마틴은 보겠죠." 라코스트 형사가 말했다. "이혼 수당을 안 내도 될 테니까."

보부아르는 그 이름과 이유를 썼다. 그는 **증인 한 명 감소**라고도 썼다.

"무슨 뜻인가?" 경감이 물었다.

"데이비드의 재판에서 줄리아가 증언을 했습니다만 기본적으로 자신은 남편 사업에 관해서는 아무것도 모른다고 했죠. 하지만 그게 진실이 아니라면요? 전 모로 가족들이 그렇게 똑똑하지 않다고 봅니다. 사실 너무 냉청해서 자기들이 똑똑한 술 알고 있죠. 하지만 그들은 교활합니다. 그리고 줄리아는 사업 얘기를 나누는 집안에서 자랐고 아버지를 아껐으니까, 아마 사업에도 관심을 기울였을 겁니다."

그는 꼬리에 꼬리를 물고 이어지는 생각을 붙잡기 위해 말을 멈추었다. 틀림없이 이것이 어디론가 이어진다는 확신이 있었다. 동료들은 기다렸다. 문 두드리는 소리가 나자 그는 가서 문을 열었다.

점심 식사.

"안녕, 엘리엇." 반장의 인사에 나긋나긋한 청년이 버섯 소테와 양파 캐러멜을 얹은 바비큐 스테이크 샌드위치를 건넸다.

"봉주르, 파트롱Bonjour, Patron 안녕하세요. 경감님." 젊은이는 미소를 지은 다음 퍽 기뻐 보이는 라코스트를 향해 활짝 웃었다.

그는 그녀 앞에 바닷가재 샐러드를 내려놓았다. 보부아르에게는 햄버거와 감자튀김을 내려놓았다. 지난 20분 동안 그들은 정원에 있는 커다란 바비큐 그릴을 데우는 숯 냄새와 더불어 석탄과 점화 액체에서 풍기는 여름 특유의 냄새를 맡았다. 보부아르의 입에는 침이 마를 새가 없었다. 게다가 땀까지 흘리고 있노라니 차가운 맥주를 주문해야겠다는 생각이 들었다. 탈수 현상을 막기 위해서라도. 반장은 좋은 생각이라고 했고, 라코스트도 동감이었다. 잠시 후 세 사람 각자에게 성에가 낀 높은 잔에 담긴 맥주가 주어졌다.

프렌치 도어 밖을 내다보던 보부아르의 눈에 바비큐 그릴에서 모로 가족의 것으로 추정되는 스테이크와 새우를 접시에 담아 지나가는 지배인의 모습이 들어왔다.

"그래서 자네 말은?" 경감은 보부아르를 쳐다보고 있었다.

보부아르는 버거를 든 채 종이로 다가갔다.

"다코르D'accord 자, 남편을 볼까요. 그가 내내 여기 있는 것처럼 느껴지지 않습니까?" 보부아르가 말했다. "그러니까, 살인이 일어나기 전에도 사람들이 그에 관해서 얘기했고, 줄리아의 남편이 누구였는지 반장님과 마담 가마슈에게 말했다고 했습니다. 마치 모로 가족은 자신들이 그를 사랑하는지 증오하는지 확신하지 못했던 것처럼 들립니다."

"그 말이 맞네." 가마슈가 말했다. "그는 초대받지 않은 손님이었지."

보부아르는 아마 어디서 인용한 표현이리라 생각하며 더 덧붙이지 않았다. 그렇더라도 상황을 잘 말해 주는 표현이었다. 꼭 원하지도 않았고, 기대하지도 않았으며, 경계하거나 대비하지도 않았던 사람. 그러므로 유리한 점을 지닌 사람.

"무척 많은 것들이 데이비드 마틴과 이어집니다." 보부아르는 마틴의 이름에 동그라미를 그렸다. 아직까지는 종이에 적힌 유일한 이름이었기 때문에 쉬운 일이었다. "줄리아가 여기에 온 건 순전히 이혼 때문이었습니다."

"그리고 그가 유죄 판결을 받았기 때문이었죠." 라코스트가 말했다. "그나저나 어떤 사건이었죠?"

둘 다 가마슈를 돌아보았다.

"몇 개월 전에 신문에서 읽은 거라 다시 확인해 봐야 할 거네만, 데이비드 마틴은 로열 보험회사를 경영했네. 해양 보험이 전문인 유서 깊고 자부심 강한 캐나다 회사지. 내가 기억하기로는 한 세기도 더 전에 노바 스코샤에서 창립했지만 환태평양 지역의 해운업이 증가하면서 밴쿠버로 이전했어."

"해운만 담당했나요?"

"마틴이 맡은 뒤로는 아니었네. 내 기억이 맞다면 그는 두 가지를 했지. 그는 건설과 기간산업으로 사업을 확장했네. 하지만 그가 한 가장 빼어난 일이자 그의 몰락을 자초한 일은 위험 요소를 분산한 거였네. 그는 파트너Partner라는 걸 만들었지."

"그 사람이 파트너를 둔 최초의 사업가는 아닐 텐데요." 라코스트가 웃었다.

"날카로운 지적이야." 가마슈도 마주 웃었다. "하지만 그가 만든 파트너는 대문자 P를 써서 표기했네. 일종의 피라미드 수법이긴 하지만 전적으로 합법이야. 적어도 처음엔 그랬지. 가령 교량 사업 같은 것에 보험을 판 다음 여러 회사를 모아 위험을 나눠 맡게 하는 거야. 그 회사들은 다시 이익을 더 작은 회사들에 나눠 주고, 작은 회사들은 개인 투자자에게 팔고. 참여자는 전부 로열 파트너라고 불렸네."

"그 사람들은 대가로 뭘 얻는 거죠?" 라코스트는 바닷가재 샐러드도 잊은 채 물었다. 그녀는 이런 식의 복잡다단한 거래에 매료되곤 했다.

"돈을 낼 필요가 없었지." 가마슈는 기억을 더듬으며 라코스트 쪽으로 몸을 기울였다. "그리고 보험사 이윤을 나눴네. 그게 상당했지. 파트너 대다수가 몇 배는 더 부자가 됐어."

"대신?" 보부아르가 말했다.

"대신 손실이 생기면 자신들이 부담한다는 보증을 서야 했지."

보부아르는 갈피를 잡을 수 없었다. 하지만 라코스트는 이해했다.

"알겠어요. 데이비드는 이윤 일부를 내주고 모든 위험을 팔아 치운 거군요. 수익을 벌고 있었던 데다가 아무리 큰 보험금 청구가 들어와도 전혀 부담이 없었던 거네요."

"정확하네. 몇 년간은 그게 먹혀서 가장 규모가 작은 파트너까지 모두가 큰돈을 벌었지. 사람들은 기를 쓰고 투자에 나섰어."

"경감님도요?" 보부아르가 물었다.

"제의는 받았지만 거절했네."

"현명하셨네요." 라코스트가 말했다.

"그렇게 생각하고 싶지만, 실은 그저 겁이 났을 뿐이야. 나는 그 사업에 관해 이야기할 수 있고, 어느 정도 이해한다고 생각하지만 솔직히 모르겠네. 내가 이해했던 건 뭔가 잘못됐다간 망한다는 것뿐이었지."

"그리고 결국 뭔가가 잘못됐군요?" 라코스트가 물었다.

"담배였네. 로열 보험사가 마틴 체제 아래서 처음 사업 확장에 나선 영역 가운데 하나가 담배 회사에 대한 보험이었지. 그 거래로 막대한 돈을 벌었네. 어마어마했지. 하지만 십 년 전 오리건 주에 사는 한 여자가 폐기종이 생긴 뒤 주빌리 담배 회사를 고소했네. 그 여자는 예순이었지. 가족력도 있었어. 어머니가 같은 병으로 죽었지. 처음에는 담배 회사가 승소하고 여자는 죽었네만 남편이 소송을 더 끌고 가서 결국 집단소송으로 발전했고, 이 년 전 대법원에서 주빌리 담배 회사에 책임이 있다는 판결을 내렸네."

서재 문이 열리고 샌드라 모로가 들어섰다. 보부아르는 잽싸게 목록 앞에 섰고, 가마슈는 일어나 그녀를 맞이하러 갔다.

"저희가 도와 드릴 게 있습니까?"

"아니, 괜찮아요. 그냥 책 한 권 골라 읽으려고 왔어요."

그녀는 경감 곁을 돌아가려고 했지만 그가 앞을 가로막고 섰다.

"비켜 주시겠어요?" 그녀의 목소리는 냉랭했다.

"죄송합니다만 마담, 손님들은 이제 이 방을 쓰실 수 없습니다. 분명히 말씀드렸다고 생각했는데요. 그러지 않았다면 혼란을 드려 정말 죄송하지만 저희가 여길 본부로 사용해야 합니다."

"본부요? 말씀이 참 거창하시네요. 우린 돈을 내고 온 손님이에요. 난 이 방을 사용하는 데에도 돈을 냈다고요."

"그건 불가능합니다." 가마슈의 목소리는 단호하면서도 친근했다. "불만이신 걸 이해하고 지금이 어려우신 때라는 것도 압니다만 다른 곳으로 가셔야겠습니다."

그녀가 경감에게 내보인 증오의 표정은 그간 살아오면서 몇 차례 그런 표정을 주거나 받은 경험이 있는 보부아르마저 놀랄 지경이었다.

"안녕히 가십시오, 마담 모로." 그는 팔을 뻗어 문을 가리켰다.

그녀는 그를 자세히 들여다보았다.

"난 당신 같은 타입을 알아. 항상 제일 좋은 것만 가져가지. 당신은 쥐꼬리만 한 권력을 가진 보잘것없는 남자고, 그게 당신을 깡패로 만든 거야. 그런 걸 어디서 배운 걸까 몰라."

그녀는 방을 나갔다.

보부아르는 고개를 저었다. 영국계가 벌인 이 난장판이 이보다 더 괴상해질 수는 없을 거라고 생각하던 참이었는데 샌드라 모로가 이런 짓을 벌인 것이다.

"어디까지 이야기했지?" 가마슈는 다시 자리에 앉아 맥주를 한 모금 마시며 말했다.

"담배요." 라코스트는 샌드라 모로의 작고 거친 모욕이 얕은 상처라도 남기지 않았을까 싶어 반장을 살펴보았다. 하지만 반장은 전혀 신경 쓰지 않는 듯했다.

"주빌리 담배 소송." 보부아르가 말했다. "담배 회사들이 담배에 넣는 지랄맞은 것들에 관한 이야기가 쏟아졌죠. 저희 어머니는 보도를 보시곤 실제로 담배를 끊으셨죠."

"현명하신 분이군." 가마슈가 말했다. "많은 사람이 끊었지."

"그럼 그게 위기를 가져온 겁니까?" 다시 갈피를 잡지 못한 보부아르가 물었다.

"아니, 그들은 그냥 시장을 개발도상국으로 돌렸네. 마틴의 집을 무너뜨린 건 그들이 문제가 생겼다는 걸 안 이후에도 한참 동안 파트너십을 팔아 담배 회사 건의 손실을 만회하려고 했다는 사실이 발각됐기 때문이었네. 수천 명이 패가망신했지. 소액 투자자들이 말이야."

보부아르와 라코스트는 침묵한 채 이에 관해 생각했다. 보부아르는 감옥에 있는 마틴과 이야기를 나눠 보았던 만큼 퍽 놀랐다. 그는 의도적으로 그렇게 많은 사람의 신세를 망칠 사람처럼 보이지 않았다. 소액 투자자들을. 엄마와 아빠들을. 하지만 그는 그런 일을 했다. 탐욕. 그것이야말로 진짜 간수였다.

"모로 가족 가운데 누군가, 찰스 모로라도, 파트너였을 가능성은 없을까요?" 라코스트가 물었다. "큰돈을 잃었는지도 모르죠."

"데이비드 마틴은 모로 가족 재산이 이천만 정도는 될 거라고 했어."

"달러로요?" 라코스트가 말했다.

"아니, 개 비스킷으로. 당연히 달러지." 보부아르가 말했다.

"하지만 그 일이 있기 전에는 수억이었는지도 모르지. 자네가 알아봐 주겠나?" 가마슈가 라코스트에게 말했다.

이내 모든 투숙객이 용의자 목록에 올랐다.

"아무래도 용의자를 좁혔다고 하긴 어렵죠?" 보부아르가 힘없이 미소를 지었다. "모두에게 기회가 있었고, 모두에게 서로를 죽일 만한 동기가 있는 것 같은데요."

"줄리아는 아버지의 비밀을 밝혀냈다고 했어요." 라코스트가 말했다. "전 그게 중요하다고 생각해요. 그에 대해 클라라에게도 물어봤죠."

"그랬더니?" 가마슈는 호기심을 느꼈다.

"도움이 안 되더군요. 사실 도움을 주지 않으려고 한다는 인상도 약간 들었어요."

"그래?"

보부아르는 목록을 응시했다. 이윽고 다른 게시판으로 눈을 돌렸다. 거기에는 증거, 사실, 증언 목록이 있었다. 남자 화장실의 낙서. 쇠살대에서 찾아낸 쪽지 두 장이 압정으로 고정되어 있었고, 그 옆에는 발 없는 새가 있었다.

그리고 일련의 질문이 적혀 있었다.

폭풍은 중요했는가?

줄리아가 아버지에 관해 알아낸 것은 무엇인가?

누가 쇠살대에서 찾은 쪽지를 썼는가?

왜 줄리아는 오래전에 받은 감사 편지를 간직하고 있었는가?

누가 남자 화장실에 낙서를 했는가? 그게 중요한가?

'누가'가 들어간 질문이 많았다. '왜'도. 하지만 한 단어만은 종이 위에 홀로 남아 있었다.

어떻게.

어떻게 조각상이 떨어졌는가? 그 밑에는 아무 말도 적혀 있지 않았다. 짐작조차 없었다.

"아, 목록에 이름을 하나 더 추가해야겠군요." 보부아르는 다른 이름 보다 살짝 큰 글씨로 이름을 적어 넣었다.

"피에르 파트노드? 지배인요?" 라코스트가 말했다.

"당연히 그 남자지." 보부아르가 말했다.

"왜지?" 가마슈가 물었다.

"그게, 그는 자정 즈음에 테라스에 나와 있었습니다. 조각상 세우는 걸 도왔으니 넘어지도록 뭔가 해 뒀을지도 모릅니다. 어렸을 때 묘지에서 일했다니 조각상에 관해 아는 게 있을 겁니다."

"어쩌면 세우는 법을 알 수도 있었겠지." 가마슈가 타당하다는 듯 말했다. "하지만 내리는 법은 아닐 거야. 아마 조각상 주변의 잔디 깎는 법만 배웠겠지."

"그는 모든 방에 출입할 수 있습니다." 보부아르는 너무 논쟁하는 듯한 어조로 말하지 않도록 주의를 기울였다. "그가 쪽지를 썼을 수도 있죠. 아니면 아예 쪽지를 줄리아에게 주지 않았을지도 모릅니다. 그냥 쓴 다음 구겨서 쇠살대에 던져 넣고 우리가 찾아내게 한 건지도 모르죠."

두 사람은 보부아르의 영감이 폭발하는 광경을 말없이 지켜보았다.

"일부러 말입니다." 보부아르는 강조했다. 둘은 계속 지켜보았다. "수사 방향을 오도하려고요. 왜요, 충분한 용의자잖습니까. 어디에든 있고 아무도 보지 않는 사람이니까요."

"집사가 범인이라고 주장하는 건 아니겠지?" 가마슈가 말했다.

"집사가 아니면 가게 주인과 청소부 아닙니다." 보부아르는 그렇게 말하고 벌쭉 웃었다.

문이 열리자 세 사람이 모두 돌아보았다. 엘리엇이 신선하고 달콤한 딸기를 담은 쟁반을 들고 서 있었다.

"막 딴 겁니다. 그리고 크렘 프레슈유산균을 첨가하여 톡 쏘는 맛이 나도록 발효시킨 크림도요." 그는 이자벨 라코스트에게 미소를 지으며 기름을 칠한 듯 매끄러운 발음을 선보였다. "근처 수도원에서 만든 겁니다."

그 말마저 섹시하게 들렸다.

그들은 딸기를 먹으며 목록을 바라보았다. 마침내 보부아르가 그릇에 남은 진한 크림을 닦아 먹은 다음 일어서서 다시 목록으로 걸어갔다. 그는 그중 하나를 두드렸다.

"이게 중요한가요?"

누가 남자 화장실에 낙서를 했는가? 그게 중요한가?

"그럴 수도 있지. 왜 그러나?" 가마슈가 물었다.

"그게, 데이비드 마틴이 통화 끝날 무렵 그걸 누가 했는지 자기는 알 것 같다고 하더군요."

"우리도 알아요." 라코스트가 말했다. "토머스 모로요."

"아니, 줄리아의 남편은 피터가 그랬다고 생각해."

보부아르와 라코스트는 사람들의 성장 배경과 행적을 조사하며 남은 오후를 보냈다. 아르망 가마슈는 마담 뒤부아를 찾아 나섰는데, 그리 오래 걸리거나 까다로운 수색은 아니었다. 그녀는 항상 그렇듯 접수처 가운데에 있는 빛나는 나무 데스크에 앉아 있었다. 그늘 속에서도 26도나 되는 기온쯤은 아랑곳하지 않는 모습이었다.

그는 맞은편에 놓인 안락의자에 앉았다. 그녀가 독서용 안경을 벗고 미소를 지었다.

"뭘 도와 드릴까요, 경감님?"

"알쏭달쏭한 게 있어서요."

"저도 알아요. 누가 저희 손님을 죽였냐는 거죠."

"그것도 그렇지만 왜 조각상을 그 자리에서 세우셨는지 궁금합니다."

"아, 아주 좋은 질문이에요. 흥미진진한 답변이 있답니다." 그녀는 자리에서 일어나며 미소 지었다. 그녀는 그가 자신을 따라오지 않기라도 할 것 같다는 듯이 "쉬베무아Suivez-moi 절 따라오세요."라고 말했다. 널찍한 판자가 깔린 마루를 지나 방충 문 밖으로 나서자 문이 찰칵 소리를 내며 등 뒤에서 닫혔다. 두 사람은 베란다로 나갔다. 베란다는 그늘 덕분에 최악의 햇볕은 면했지만 그래도 여전히 뜨거웠다. 그녀가 포치 가장자리에 있는 화분 곁을 뒤뚱뒤뚱 지나치면서 입을 열자 가마슈는 흥미진진한 사연을 한 마디도 놓치지 않기 위해 상체를 숙였다.

"마담 피니가 처음 조각상 건을 꺼냈을 때는 거절했어요. 찰스 모로가 죽고 얼마 안 되었을 때였죠. 물론 그때는 아직 마담 모로였고요. 두 사람은 여기 곧잘 오는 편이라 저와도 꽤 아는 사이였어요."

"찰스 모로는 어떤 사람이었습니까?"

"제가 아는 타입이었죠. 저라면 그 사람과는 절대 결혼하지 않았을 거예요. 일과 사회와 옳고 그름에 너무 꽁꽁 싸여 있는 사람이었죠. 물론 여기서 옳고 그름이란 도덕적인 걸 말하는 게 아니라 디저트 포크나 감사장이나 적절한 옷차림 같은 걸 말하는 거예요."

"죄송하지만 그건 전부 당신에게도 중요한 것들일 텐데요."

"제가 원하기 때문에 중요한 거죠, 경감님. 하지만 전 경감님께서 줄무늬 셔츠나 물방울무늬 넥타이를 입고 나타나신다고 해도 갈아입고 오시라고 하진 않을 거예요. 무슈 모로라면 그랬을걸요. 아니면 적어도 자기가 그걸 언짢게 생각한다는 걸 상대방이 알아차릴 수밖에 없게 했을 거예요. 그는 쉽게 언짢아하는 사람이었죠. 자기가 지켜야 할 자리에 대한 생각이 매우 확고했어요. 그리고 다른 사람들에 대해서도요." 그녀는 그에게 미소를 지었다.

"하지만 사람이 한 가지 면만 있는 건 아니지요. 그리고 당신은 모로 부부를 꽤 안다고 하셨죠."

"아주 영리하시네요. 그래서 경찰청 총책임자로 임명되신 거겠죠."

"살인수사반 책임자일 뿐입니다."

"언젠간 그렇게 될 거예요, 무슈. 취임 선서swearing-in 하실 때 갈게요."

"오시면 마담 가마슈가 욕swearing을 하고 있을 겁니다."

그녀는 커다란 단풍나무가 설 자리를 내어 주느라 목재를 잘라 낸 베란다 끝에 이르러 발길을 멈추었다. 그녀는 그를 돌아보았다.

"전 찰스 모로를 좋아했어요. 거만한 사람이기는 했어도 유머 감각이 있었고 좋은 친구도 많았죠. 어떤 친구가 있느냐 혹은 없느냐에 따라 그 사람에 대해 많은 걸 알 수 있는 법이에요. 서로에게 가장 좋은 면만 보여 주는지, 아니면 항상 뒷공론을 일삼아 다른 이들과의 사이를 찢어 놓는지. 상처를 잊지 않고 되새기는지. 찰스 모로는 뒷공론을 경멸했어요. 그리고 그 사람과 가장 친한 친구는 버트 피니였죠. 그게 많은 걸 시사한다고 봐요, 아 몽 아비à mon avis 제 생각에는요. 무슈 피니에게 임자만 없었어도 제가 그 사람이랑 결혼했을걸요."

마담 뒤부아는 이 놀라운 선언을 하는 와중에도 몸을 돌리거나 눈을 떨구거나 하다못해 도전적인 눈길을 쏘아 보내지도 않았다. 그저 진심 어린 모습으로 보였다.

"왜죠?" 가마슈가 물었다.

"전 자기 셈에 능숙한 남자가 좋거든요."

"오늘 아침 선착장에서도 그러고 계시더군요."

"아마 지금도 그러고 있을걸요. 셀 게 많으니까."

"이천만쯤 되나 봅니다."

"정말요? 그렇게 많아요? 좋은 신랑감이네." 그녀는 그렇게 말하고 웃음을 터뜨렸다.

가마슈는 그녀 너머의 그늘과, 침침한 가운데에서도 빛을 뿜어내는 흰 대리석을 바라보았다. 그녀가 그의 시선을 좇았다.

"결국 동의하셨죠. 조각상 말입니다. 돈이 필요하셨군요."

"처음에 모로 가족은 조각상을 저 화단 중 한 군데에 세워야 한다고 주장했어요." 그녀는 산장과 호수 사이에 늘어선 장미와 백합을 가리켰다. "하지만 전 거절했죠. 그 조각상이 걸작이라고 해도 저기 놓으면 거슬릴 테고, 솔직히 모로 가족이 걸작을 만들 것 같지도 않았으니까요. 눈치채셨을지도 모르겠지만, 모로 가족은 미니멀리스트라고는 할 수 없어요."

"맥시멀리스트에 가깝다고 해야겠지요."

"그래서 한참 논의한 끝에 이 자리로 결정했어요. 은밀하니까."

"숨어 있다는 말씀이십니까?"

"그것도 있고요. 그리고 운이 따른다면 숲이 찰스 모로 주변에서 자라나 이십 년 후에는 그를 집어삼켜 주겠죠."

"당신이 그렇게 되도록 두시지는 않을 것 같군요, 마담."

그녀는 약간 슬픈 듯한 미소를 지었다. "그래요, 그 말이 맞아요. 불쌍한 찰스는 살아생전에 험한 꼴을 많이 봤죠. 그래요, 여기서는 좋은 가정을 꾸렸을 거예요. 자기 딸을 죽이지 않았다면요."

어중간하게 떨어진 곳에서 피에르가 젊은 직원 한 사람과 이야기를 나누는 모습이 보였다. 엘리엇처럼 보이긴 했지만 그는 두 사람에게서 등을 돌리고 있었다. 하지만 피에르는 두 사람을 보고 손을 흔들었다.

"친구 이야기를 하셨는데요." 가마슈가 말했다. "이렇게 공동체와 멀리 떨어진 곳에 계시려면 힘드실 때도 있겠군요."

"무슈 파트노드를 생각하시는 건가요?"

"그리고 당신도요. 그리고 베로니크 주방장도. 다른 사람들은 왔다 간다고 알고 있습니다. 저기 엘리엇 같은 젊은 직원들은요."

그가 고개를 돌렸고, 이제는 엘리엇임을 분명하게 알 수 있었다. 지배인과 다투고 있는 것처럼 보였다.

"여러 철 있다 가는 사람들도 있지만, 그 말씀이 맞아요. 일 년 넘게 있는 사람은 거의 없지요. 우리가 직원들과 우정을 맺는 것도 아니고요. 그보다는 선생과 제자나 멘토와 죄수의 관계라고 해야겠지요."

그녀는 미소 지었다. 그녀가 이곳을 감옥으로 생각하지 않는다는 건 분명했지만 몇몇 아이들이, 어쩌면 콜린이, 이곳을 그렇게 여기는 것을 이해할 수 있었다. 그리고 탈출하고 싶어 안달이 난 것도.

"외로워지실 때도 있습니까?"

"저요? 전혀요. 제겐 남편이 있으니까요. 그이는 벽에, 카펫에, 꽃에, 어디에나 있어요. 이 단풍나무에도 있지요." 그녀는 작은 분홍빛 손을 코끼리만 한 몸통에 얹었다. "육십 년 전에 우리가 심은 거예요. 전 항상 그이와 이야기를 나누고 매일 밤 그이 곁에 파고들지요. 한 번도 외로웠던 적은 없어요."

"저분은요?" 가마슈는 파트노드를 가리켰다.

"처음 왔을 때는 이렇게 오래 있을 줄 몰랐다는 걸 인정해야겠네요. 고된 일에는 익숙하지 않은 사람이었죠. 하지만 그런 일이 잘 맞았어요. 쿠뢰르 뒤 부아의 피가 흐르는 게 틀림없어요. 야생에 정을 붙이게 됐죠. 그리고 예의도 나무랄 데 없이 훌륭해서 이전 지배인이 냉큼 피에르를 후계자로 삼았답니다. 그런 다음 베로니크가 나타나서 우리의 작은 가족이 완성됐죠."

"피에르는 엘리엇 때문에 어려움을 겪는 것 같던데요." 가마슈가 말했다.

"불쌍한 피에르. 유감스럽게도 저 젊은이는 여기 오자마자 피에르에게 골칫거리였던 것 같아요. 사월쯤 왔는데 그때부터 지금껏 말썽만 일으키더군요."

"왜 두고 계십니까?"

"저 아이에게 우리가 필요하니까요. 저 앤 좋은 일꾼이고, 프랑스어도 빨리 배웠어요. 하지만 자기 수양을 하고 자존감을 키울 필요가 있어요. 저 아이는 싸움을 일으키거나 추파를 던지면서 관심을 요구하죠."

"제게 추파를 던졌던 건지도 모르겠군요."

"경감님이 먼저 시작하셨겠죠." 그녀의 말에 그가 웃었다. "그렇게 하지 않아도 되고 자신의 모습 그대로면 충분하다는 걸 배우게 될 거예요. 그리고 그걸 피에르에게서 배우겠죠. 아마 오늘은 아닌 모양이지만."

그들은 심란한 기색이 역력한 얼굴로 쿵쿵거리며 흙길을 올라가는 엘리엇을 바라보았다. 지배인은 그가 가는 모습을 지켜보다가 천천히 몸을 돌려 깊은 생각에 잠긴 채 왔던 길로 돌아갔다. 때때로 까다로운 하급자를 상대해야 하는 상사로서 가마슈는 그에게 동정심을 느꼈다. 그리고 청년에게도.

"라코스트 형사는 관찰력과 직감이 뛰어납니다." 그는 자신의 동행을 돌아보았다. "베로니크 주방장이 피에르를 사랑한다고 믿더군요."

"죄송하지만 경감님, 그걸 알기 위해 관찰력과 직감이 뛰어날 필요까진 없을 것 같네요. 물론 라코스트 형사님은 둘 다 갖추고 계시겠지만요. 베로니크는 오랫동안 피에르를 사랑해 왔어요. 그리고 피에르는, 불쌍하게도 그걸 모르고요."

"그 때문에 곤란한 일이 생길까 봐 걱정되지 않으십니까?"

"처음에는 그랬죠." 그녀는 인정했다. "하지만 처음 십 년이 지난 뒤엔 마음을 놓았어요. 솔직히 베로니크가 여기 남아 있는 건 그 때문이고, 베로니크는 훌륭한 주방장이거든요. 하지만 베로니크는 절대 자기 감정을 행동으로 옮기지 않을 거예요. 난 알아요. 베로니크는 사랑하는 것만으로 충분한 만족을 얻는 보기 드문 여자니까요. 보답을 필요로 하지 않아요."

"아니면 그저 두려운 건지도요." 가마슈는 넌지시 말해 보았다.

클레망틴 뒤부아가 프랑스인처럼 과장되게 어깨를 으쓱했다. "세 포시블C'est possible 그럴 수도 있겠죠."

"하지만 피에르가 떠난다면 어떻게 될까요?"

"안 떠날 거예요."

"어떻게 확신하시죠?"

"갈 곳이 없으니까요. 우리가 왜 여기에서 이렇게 행복한지 아시나요, 무슈? 그건 여기가 막다른 곳에 있는 집이기 때문이에요. 우린 다른 곳을 전부 시도해 봤지만 맞지 않았어요. 여기는 맞아요. 여기선 소속감을 느껴요. 일하러 오는 아이들조차 특별해요. 탐색자들이죠. 그리고 그 아이들은 자기가 선택한 만큼 머무르고요. 언젠가는 그중 몇이 영원히 남기로 결심할 거예요. 저처럼. 피에르와 베로니크처럼. 그럼 저도 갈 수 있겠죠."

아르망 가마슈는 남편에게 손을 올리고 있는 작고 쭈글쭈글한 여자를 내려다보았다. 그런 다음 그는 빛나는 호수를 응시했다. 잔디밭 쪽으로 움직임이 보였다. 아이린 피니가 버트를 대동하고 천천히 잔디밭을 가로질러 걷고 있었다. 그녀 뒤를 토머스, 마리아나, 그리고 맨 마지막으로 피터가 따라가고 있었다.

"찰스 모로는 훌륭한 피아니스트였답니다." 마담 뒤부아가 말했다. "그냥 기교만 있는 게 아니라 대단한 혼을 담아 연주했어요. 우린 비가 내리는 오후엔 몇 시간이고 앉아서 그가 연주하는 걸 들었죠. 그는 항상 아이린이 일종의 메이저 코드고 아이들이 화음이라고 했어요."

가마슈는 그들이 어머니 뒤로 넓게 퍼지는 모습을 지켜보았다. 그는 어쩌면 어머니의 코드가 살짝 어긋났으며, 화음들이 그것을 증폭하고 있을 뿐인 게 아닐까 생각했다.

또 다른 형체가 잠깐 모습을 드러냈다가 숲 속으로 사라졌다. 작업복, 장갑, 장화, 후드를 갖춘 거대하고 우람한 형체였다. 머리가 납작하고 몸이 듬직한 것이 프랑켄슈타인의 괴물 같았다.

"악마도 제 말 하면 온다더니." 마담 뒤부아의 말에 가마슈는 팔에 소름이 돋는 것을 느꼈다.

"네?"

"저기요, 숲 속으로 사라진 거요."

"악마입니까?"

마담 뒤부아는 재미있어 죽겠다는 듯한 표정이었다. "그러면 좋겠지만 아니에요. 실은 그 반대에 가깝죠. 베로니크 주방장이에요."

"햇빛 가리개가 굉장하군요."

"방충복이에요. 베로니크가 우리 양봉가거든요. 차에 쓸 꿀을 채취하러 가는 거죠."

"그리고 가구에 쓸 밀랍도요." 가마슈는 웃으며 말했다.

마누아르 벨샤스에서 수십 년 묵은 커피, 훈연, 그리고 인동 냄새가 나는 건 그 때문이었다.

25

마리아나 모로는 대응접실에서 평화를 만끽하며 피아노 건반을 뚱땅거렸다.

부자, 그녀는 언젠가 부자가 될 참이었다. 엄마가 모든 것을 그 피니에게 넘겨주고, 그가 모든 것을 웬 고양이 보호소 같은 곳에 넘기지만 않는다면. 뭐, 그녀는 할 수 있는 한 최선을 다했다. 적어도 아이는 낳았으니까. 그녀는 빈을 건너다보았다.

이제는 아이 이름을 빈으로 지은 것이 후회됐다. 대체 무슨 생각이었을까? 리버River 강가 더 나았을 텐데. 아니면 새먼Salmon 연어이나. 아니면 새먼 리버나. 아니, 너무 평범해.

빈은 틀림없이 실수였다. 마리아나의 어머니는 처음에는 하나뿐인 손주에게 채소 이름이 붙었다는 사실에 경악했다. 마리아나가 빈을 세례 받게 했던 것도 신부가 하느님은 말할 것도 없고 모든 신도 앞에서 빈 모로라는 이름을 선언하는 소리를 어머니가 들을 수밖에 없도록 하기 위해서였을 뿐이었다.

영광스러운 순간이었다.

하지만 그녀의 어머니는 마리아나가 생각했던 것보다 더 회복력이 강했다. 신종 슈퍼버그 같았다. 그녀는 이름에 면역이 되어 있었다.

에이오터Aorta 대동맥는 어땠을까. 에이오터 모로. 아니면 버프Burp 트림.

젠장, 그거면 완벽했을 텐데.

"이제 신도들과 하느님 앞에서 너에게 버프 모로라는 이름으로 세례를 주노라."

또 기회를 놓친 셈이었다. 어쩌면 너무 늦지 않았는지도 몰랐다.

"빈, 애야. 엄마한테 오렴."

마리아나가 피아노 의자를 두드리자 아이가 걸어와 기대섰다. 마리아나가 의자를 좀 더 강하게 두드렸지만 빈은 꿈쩍도 하지 않았다.

"어서, 빈. 올라와야지. 엄마 옆에 앉으렴."

빈은 탁탁 두드리는 소리를 무시하고 대신 늘 가지고 다니는 책을 내려다보았다.

"엄마, 날아다니는 말 본 적 있어요?"

"딱 한 번 봤단다. 모로코에서 어느 유별나게 즐거웠던 파티가 끝난 다음이었지. 페어리동성애자라는 뜻이 있다도 몇 마리 봤는걸."

"스콧 아저씨랑 데릭 아저씨 말이에요?"

"그래. 둘 다 가끔씩 날아다니잖니. 하지만 두 사람 다 종마라고 부를 수는 없을 것 같구나."

빈이 고개를 끄덕였다.

"빈, 너는 네 이름이 마음에 드니? 그러니까, 엄마가 바꿔 주면 좋지 않을까?" 그녀는 진지한 아이를 바라보았다. "넌 왜 점프를 안 하니?"

엄마가 화제를 돌리는 데에 익숙한 빈이 어려움 없이 대화를 따라갔다. "왜 해야 하는데요?"

"다들 하잖아. 그래서 우리한테 무릎이랑 아치가 있는 발바닥이 있는 거고. 그리고 발목도. 너 있잖아, 발목은 작은 날개란다."

그녀는 손가락으로 퍼덕이는 시늉을 해 보았지만 빈은 미심쩍다는 얼굴이었다.

"날개처럼 생기진 않았는데요. 뼈처럼 생겼잖아요."

"네 건 떨어졌나 보다. 하도 안 쓰니까. 그러기도 해."

"점프는 엄마가 내 몫까지 다 하는 것 같은데요. 전 여기가 좋아요. 바다요."

"너 어떻게 하면 엄마가 행복해할지 아니? 네 이름을 바꿀 수 있으면 행복할 거야. 어떻게 생각해?"

빈은 어깨를 으쓱했다. "그렇겠죠. 하지만 빈보다 더 이상한 이름으로 바꾸진 않을 거죠?"

작은 눈이 가늘어졌다.

클라미디아Chlamydia 성병의 일종 모로.

무척 예쁜 이름이었다. 어쩌면 너무 예쁜 건지도. 적합하지 않았다. 곧 모두가 빈이 남자애인지 여자애인지 알게 될 테고, 그 작은 비밀은 사라지고 말리라. 어머니를 화나게 하는 최선의 방법은 하나뿐인 손주에게 정말 우스꽝스러운 이름을 붙여 주는 것뿐이었다.

마리아나는 자기 가족 기준으로 보더라도 기묘한 아이를 바라보았다.

시필리스Syphilis 매독.

마리아나는 미소 지었다. 완벽했다.

시필리스 모로. 광기를 부르리니.

장 기 보부아르는 서재의 자기 의자에 기대 앉아 주변을 둘러보았다. 주변 환경을 완전히 받아들인 것은 아니었지만 편안한 기분이었다. 평소 같았으면 그는 컴퓨터에 메모를 남기고, 메시지를 확인하고, 메시지를 보내고, 웹서핑을 하고 있었으리라. 구글링을.

하지만 여기에는 컴퓨터가 없었다. 펜과 종이뿐이었다. 그는 펜을 잘근잘근 씹으며 시선을 앞에 둔 채 머릿속으로 정보를 연결했다.

그는 누가 줄리아에게 쪽지를 썼는지 알아내기 위해 오후 내내 필적 샘플을 검토했다. 누군가 그녀에게 접근해 왔다. 그 고독한 여자에 관해 모은 얼마 안 되는 정보에 따르면, 그녀는 그런 접근에 응하지 않고는 못 배길 사람이었다.

그것이 그녀를 죽였을까? 그녀는 자신의 욕구 때문에 살해된 걸까?

보부아르에게도 자신만의 욕구가 있었다. 처음 한 시간 반 동안 그는 한 용의자에게만 집중했다. 일을 저지른 사람은 그자가 분명했다. 피에르 파트노드. 사방에 널린 그의 필적을 찾는 데에는 아무런 어려움이 없었다. 메뉴에 관한 메모, 직원 근무 순서 일람, 근무 평가서와 그가 밤은 딸기가 아니며^{'밤이 쌀쌀하다'는 뜻의 프랑스어를 배울 때 사람들이 흔히 하는 실수로 '쌀쌀하다'를 '딸기'로 자주 착각한다} 불타는 생쥐는 메뉴에 없다는 것을 가르치려 애쓰면서 젊은 직원들에게 낸 프랑스어 시험 문제에 이르기까지. 지배인이 쓰지 않은 것은 줄리아 마틴에게 보낸 쪽지뿐인 것 같았다.

하지만 한 시간을 더 연구하고, 비교하고, 전시한 나비 표본 옆에 있던 구식 돋보기를 가져와 들여다본 끝에 보부아르는 답을 알아냈다. 누가 줄리아에게 쪽지를 썼는지는 의심의 여지가 없었다.

버트 피니는 커튼을 쳐 햇빛을 가린 후 낮잠을 자기 위해 옷을 벗는 아내를 지켜보았다. 그는 매일 자신의 행운에 놀라지 않는 순간이 없었다. 그는 탐욕스러운 꿈을 넘어설 만큼 부유했다.

그는 인내심이 강했다. 그건 오래전부터 알고 있었다. 그리고 그 인내심은 보답을 받았다. 기꺼이 그녀의 뒤치다꺼리도 할 수 있었다. 덕분에 원하던 걸 얻었으니까. 그는 그녀가 바닥에 떨어뜨린 옷을 주워 모으면서 이 가냘픈 여자가 통증 탓에 낸 작은 신음 소리를 못 들은 척하려 노력했다. 그녀는 무척 많은 것을 느꼈지만 자신이 느낀 것 대부분을 드러내지 않았다. 두 사람이 딱 한 번 말다툼을 한 것은 그가 자식들에게 모든 것을 이야기하자고 그녀를 설득하려 했을 때였다. 그녀는 거절했다.

이제 어두운 방 한가운데에 발가벗은 채 선 아이린 피니의 뺨에 눈물이 흘러내렸다. 그는 곧 눈물이 그치리라는 것을 알았다. 항상 그랬다. 하지만 최근 들어서는 이전보다 더 오래 걸렸다.

"왜 그래?" 그는 질문을 내뱉자마자 그게 얼마나 우스꽝스럽게 들리는지 깨달았다.

"아무것도 아니야."

"말해 봐." 그는 그녀의 슬립과 브래지어와 속옷을 주워 들며 그녀의 얼굴을 올려다보았다.

"냄새 때문이야."

그 말이 맞을지도 몰랐지만, 그는 그것 말고도 뭔가가 더 있다고 생각했다.

아이린 모로는 마누아르 벨샤스의 세면대 앞에 서서 젊은 분홍빛 두 손으로 미지근한 물을 받아 줄리아에게 부었다. 작은 줄리아. 이미 목욕을 마치고 커다란 흰 수건에 싸여 찰스의 품에 안겨 있는 토머스보다 훨씬 더 작았다. 이제 토머스의 동생 차례였다. 마누아르에서 배정해 준 그들의 방은 그녀가 소녀 시절에 왔을 때와 변함이 없었다. 똑같은 수도꼭지, 똑같은 검은 고무마개, 물에 뜨는 똑같은 아이보리 비누.

이제 그녀는 아이가 딱딱한 수도꼭지에 부딪히지 않도록 주의하면서 손에서 빠져나가지 않게 단단히 붙들고 세면대에 뉘었다. 신뢰로 가득한 두 눈에 순한 비누 한 방울 들어가지 않도록 조심했다.

통증만 아니었어도 완벽했을 뻔했다. 훗날 신경통이라는 진단이 나왔지만, 당시 의사들은 찰스에게 여자들이 흔히 겪는 문제라고만 말했다.

그는 그들의 말을 믿었다. 그녀도 그랬다. 토머스를 낳은 다음까지는. 하지만 줄리아를 낳은 뒤로는 통증이 심해져 몸에 다른 사람 손이 닿는 것조차 견딜 수 없었다. 하지만 그녀는 결코 찰스에게 그 통증을 인정하지 않았다. 빅토리아 시대 사람이던 부모님은 그녀에게 두 가지를 단단히 일렀다. 남편 말에 반드시 복종해야 한다는 것과 약한 모습을 보여서는 안 된다는 것. 특히 저런 남편에게는.

그래서 그녀는 자신의 아름다운 아이를 씻기며 울었다. 찰스는 그 눈물을 기쁨의 눈물로 오해했다. 그녀는 오해를 내버려 두었다.

이제 줄리아는 사라졌고, 찰스도 사라졌고, 기쁨이라는 위장마저 사라졌으며, 더는 기뻐하는 척하지도 않았다.

남은 것이라고는 통증과 세면대와 낡은 수도꼭지와 아이보리 비누의 향기뿐이었다.

"봉주르, 클로그의 여왕님이십니까?"

"위, 세 라 렌 뒤 클로깅Oui, c'est la reine du clogging 그래, 클로그의 여왕이야." 명랑한 목소리가 전화를 타고 전해졌다. 목소리는 멀게 들렸지만 호수 반대편에 자리한 산줄기만 넘으면 그녀가 있었다. 바로 옆 골짜기에.

"마구간지기니?" 렌 마리가 물었다.

"위, 마드무아젤Oui, mademoiselle 네, 여왕 마마." 가마슈는 웃음이 터질 것 같았다. "당신의 핸섬한 남편이 아주 중요한 정부 일로 불려 가셨다고요."

"실은 알코올중독자 치료소에 있다. 반복한다. 남편에게 들킬 위험 없음."

이런 건 그녀가 그보다 훨씬 잘했다. 먼저 웃음을 터뜨리는 사람은 항상 가마슈였고, 지금도 그랬다.

"보고 싶었어." 그는 목소리를 낮추려 애쓰지 않았다. 누가 듣든 상관없었다. "오늘 밤 여기서 저녁 같이 먹겠어? 내가 한 시간 후에 데리러 가지."

약속을 잡고 나가기 전에 팀원들이 들어왔다. 티타임이었고, 그들은 훌륭한 골회 자기 잔과 받침, 섬세한 깔개가 깔린 작은 접시에 맞게 자리를 잡고 앉았다. 앞의 테이블에는 살인 사건에 관한 메모와 빵 껍질을 잘라 낸 오이 샌드위치가 놓여 있었다. 용의자 목록과 에클레르. 증거 약간에 쿠키 약간.

"내가 어머니 할까?" 가마슈가 물었다.

보부아르는 경감이 이보다 더 이상한 말을 하는 것도 들었던 터라 잠자코 고개를 끄덕였다. 이자벨 라코스트가 미소를 지으며 말했다. "실부 플레S'il vous plaît 부탁드려요."

그가 차를 따르고 그들은 음식을 들었다. 보부아르는 자기 몫을 확실히 챙길 수 있도록 수를 세었다.

그들은 먹으면서 이야기를 나누었다.

"자, 성장 배경은 입수했어요." 이자벨 라코스트가 말했다. "먼저 샌드라 모로, 결혼 전 성은 켄트. 부유한 집안이에요. 아버지는 은행가, 어머니는 자원봉사 활동에 참여했죠. 몬트리올에서 태어나고 자랐어요. 양친 모두 사망했고요. 상속자들에게 분배를 전부 마치고 세금까지 낸 다음 남은 유산은 그리 많진 않았어요. 그녀는 토론토의 보드민 데이비스가 경영하는 회사에서 경영 긴설턴트로 일하고 있어요. 전무죠."

가마슈는 눈썹을 치켜세웠다.

"생각하시는 것만큼 그렇게 대단한 건 아니에요. 부사장 빼면 거의 다 전무라고 부르고 있거든요. 유리 천장_{능력이 있는 사람이 성별이나 인종 등의 이유} _{로 조직 내 고위직에 오르지 못하는 상황을 가리키는 표현}에 이른 지 좀 된 모양이에요.

남편 토머스 모로. 몬트리올의 맨틀 사립학교에 다닌 후 맥길 대학교로 진학. 일반 예술 학위는 간신히 따냈지만 스포츠 팀에는 몇 군데 들었었어요. 토론토의 드럼 앤드 미첼 투자회사에 취업했고 아직도 거기 있습니다."

"성공의 본보기로군." 보부아르가 말했다.

"실은 아니에요." 라코스트가 말했다. "하지만 그가 말하는 걸 들어 보면 그렇게 생각하게 되죠."

"가족들 전부 그렇게 말하던데." 보부아르가 말했다. "다들 토머스를 두고 성공했다고 하잖아. 뭔가 숨기는 게 있는 거야?"

"사실 그렇게 큰 비밀도 아니긴 한데요. 사무실이라야 칸막이뿐이고 몇백만 달러어치 사업을 하기는 하지만 그건 투자 업계에서는 아무것도 아닌 거나 다름없어요."

"몇백만 달러를 버는 게 아니고?"

"턱도 없어요. 그건 고객들 돈이죠. 가장 최근에 제출한 소득 신고서를 보면 작년에 번 돈은 칠만육천 달러예요."

"그런데 토론토에 산다고?" 보부아르가 물었다. 토론토는 말도 안 되게 비싼 도시였다. 라코스트는 고개를 끄덕였다.

"빚이 있나?"

"조사한 바로는 없어요. 샌드라 모로가 토머스보다 많이 벌어요. 작년 수입이 십이만 달러였죠. 그러니까 둘이 합치면 이십만 달러 가까이 돼요. 그리고 조사하신 것처럼 아버지에게서 백만 달러가 넘는 유산을 물려받았고요. 그게 몇 년 전이니까 분명 얼마 남지 않았을 거예요. 더 조사해 볼게요.

피터와 클라라는 우리가 알죠. 스리 파인스에 작은 집을 소유하고 있어요. 피터는 캐나다 왕립 예술 아카데미 회원이에요. 무척 명예로운 자리지만 명예로만 먹고살 순 없죠. 몇 년 전 클라라가 이웃에게서 돈을 물려받기 전까지는 근근이 먹고사는 처지였어요. 이제는 여유가 생겼지만 그래도 부유한 것과는 거리가 멀죠. 생활은 검소해요. 피터는 최근 몇 년 동안 개인 전시회가 없었지만, 전시회를 열면 항상 전부 팔렸어요. 피터의 작품은 하나당 만 달러 정도 돼요."

"클라라 작품은?" 보부아르가 물었다.

"그건 좀 말하기 어려워요. 최근까지만 해도 클라라는 자기 작품을 캐나디언 타이어 화폐캐나다의 유통업체 캐나디언 타이어에서 발행하는 화폐 형태의 쿠폰를 받고 팔았어요."

가마슈는 가게에서 물건을 구입할 때마다 주는 모노폴리보드 게임용 돈처럼 생긴 신용화폐 다발을 떠올리며 미소 지었다. 그의 자동차 앞좌석 사물함에도 한 뭉치가 있었다. 살 수 있을 때 진품 클라라 모로를 한 점 사 두는 게 좋을지도 모르겠다 싶었다.

"하지만 이제는 클라라의 작품도 관심을 모으기 시작하고 있죠." 라코스트가 말을 이었다. "아시다시피 곧 큰 단독 전시회를 앞두고 있으니까요."

"그럼 이제 마리아나 모로 차례로군." 보부아르가 우아하게 차를 홀짝이며 말했다. 그는 베로니크 주방장이 말라 늘어진 찻잎을 집어 어여

뺀 꽃무늬 주전자에 넣은 다음 커다란 철제 주전자를 들어 끓는 물을 따르는 모습을 상상했다. 자신을 위해서. 자신이 마실 차라는 걸 알고 한 주먹 더 넣을지도 몰랐다. 오이 샌드위치에서 빵 껍질도 잘라 내고.

"네, 마리아나 모로요." 라코스트는 수첩을 넘겼다. "역시 토론토에서 살아요. 로즈데일이라는 지역이죠. 웨스트마운트몬트리올 근교의 부촌 같은 곳인가 봐요. 무척 비싼 동네죠."

"이혼했나?" 보부아르가 물었다.

"결혼한 적이 없어요. 이게 흥미로운 부분인데요. 마리아나는 자수성가했어요. 자기 회사를 갖고 있죠. 건축가예요. 학교를 졸업하자마자 크게 성공했어요. 졸업 작품으로 작고 에너지 효율이 좋은 저렴한 집을 설계했죠. 못생긴 콘크리트 블록으로 지은 그런 집이 아니라 꽤 근사한 집이에요. 소득이 적은 사람들도 부끄러워할 필요 없는 집이오. 그걸로 떼돈을 벌었어요."

보부아르는 코웃음 쳤다. 가난한 사람들을 상대로 돈을 버는 모로를 믿으라고.

"그녀는 세계 곳곳을 돌아다녀요." 라코스트는 설명을 이어 나갔다. "프랑스어, 이탈리아어, 스페인어, 중국어를 할 줄 알고요. 돈을 어마어마하게 벌죠. 최근에 작성한 세무 신고서를 보면 작년 수입이 이백만 달러를 훌쩍 넘어요. 자기가 신고한 것만 그 정도죠."

"잠깐만." 보부아르는 에클레르를 먹다 숨이 막힐 뻔했다. "온몸을 스카프로 칭칭 두르고 이리저리 돌아다니면서 뭘 하든 늦는 그 여자가 자수성가한 백만장자라고?"

"자기 아버지보다도 더 성공했죠." 라코스트는 고개를 끄덕였다. 그녀는 내심 즐거웠다. 모로 가족 중 가장 주변으로 밀려나 있는 사람이 사실은 가장 성공한 사람이라고 생각하니 즐거웠다.

"애 아버지는 누구인지 아나?" 보부아르가 물었다.

라코스트는 고개를 저었다. "없는지도 모르죠. 처녀 수태일지도."

그녀는 보부아르의 머릿속을 헤집어 놓는 게 좋았다.

"그게 사실이 아니라는 건 내가 보장할 수 있을 것 같은데." 그렇게 말한 보부아르는 가마슈의 표정을 보고 능글맞은 웃음을 거두었다. "설마 그걸 믿는다고 말씀하시려는 건 아니죠, 경감님? 전 공식 보고서에 그런 말을 쓸 생각은 없습니다. 용의자, 토머스, 피터, 마리아나, 아 그렇지, 재림 예수."

"처음 오신 분은 믿잖아요? 재림은 왜 못 믿죠?" 라코스트 형사가 말했다.

"이거 보라고." 그가 툴툴거렸다. "정말 빈이라는 이름이 붙은 꼬맹이가 재림 예수라는 걸 나보고 믿으란 거야?"

"콩은 씨앗이지." 가마슈가 말했다. "믿음에 대한 오래된 알레고리이기도 하고. 난 빈이 아주 특별한 아이라고 생각하네. 빈에게는 불가능한 게 없어."

"남자애인지 여자애인지 말하는 것만 빼고요." 보부아르가 울컥하며 말했다.

"그게 중요한가?"

"살인 사건 수사에서는 모든 비밀이 중요하다는 점에서 보면 그것도 중요하죠."

가마슈는 천천히 고개를 끄덕였다. "그 말이 맞아. 보통 하루 정도 지

나면 누가 진짜고 누가 가짜인지가 분명해지지. 그런데 이번 사건에서
는 갈수록 더 혼란스러워지는군. 토머스가 사막에 있는 식물 이야기를
했지. 그 식물이 자신을 있는 그대로 드러내면 포식자가 잡아먹을 거야.
그래서 변장을 하고 본성을 숨기는 법을 배운 거지. 모로 가족도 마찬가
지네. 무슨 이유에서인지 어느 시점에서 진짜 자신을, 진짜 생각하고 느
끼는 바를 감추는 법을 배운 거야. 그들은 모든 면에서 보이는 것과는
다르네."

"피터와 클라라만 빼고요." 라코스트 형사가 말했다. "두 사람은 용의
자가 아니겠죠."

가마슈는 찬찬히 그녀를 살펴보았다.

"스리 파인스에서 일어난 첫 번째 사건 기억하나? 미스 제인 닐 살인
사건?"

두 사람은 고개를 끄덕였다. 그들은 그 사건을 통해 모로 부부를 처음
만났었다.

"체포를 한 뒤에도 기분이 석연찮더군."

"범인을 잘못 체포했다고 생각하시는 겁니까?" 보부아르가 경악하며
물었다.

"아니, 범인은 잡았지. 그건 의심의 여지가 없네. 하지만 나는 스리
파인스에 살인을 저지를 수 있는 사람이 또 있다고 느꼈네. 지켜봐야 할
사람이 있다고 말이야."

"클라라요." 라코스트가 말했다. 감정적이고, 기분파에, 열정적인 사
람. 그런 성격이면 잘못될 가능성이 컸다.

"아니, 피터. 다른 사람과 동떨어져 있고, 복잡하고, 겉으로는 너무나

평온하고 차분해 보이지만 속에서 무슨 일이 벌어지고 있는지 알 수 없는 사람."

"뭐, 적어도 제게는 좋은 소식이 있습니다." 보부아르가 말했다. "이걸 누가 썼는지 알겠습니다." 그는 줄리아 방의 쇠살대에서 찾아낸 구겨진 쪽지를 들어 올렸다. "엘리엇입니다."

"웨이터요?" 라코스트가 놀라 물었다.

보부아르는 고개를 끄덕이고 엘리엇의 필적 샘플을 쪽지 옆에 놓았다. 가마슈는 독서용 안경을 쓰고 상체를 숙였다. 그런 다음 다시 똑바로 앉았다.

"잘했네."

"제가 얘기해 볼까요?"

가마슈는 잠시 생각하다 고개를 가로저었다. "아니, 그 전에 먼저 몇 가지 더 맞춰 보고 싶군. 하지만 흥미로운걸."

"더 있습니다." 보부아르가 말했다. "엘리엇은 밴쿠버 출신인 데다 줄리아, 데이비드 마틴과 같은 동네에 살았습니다. 엘리엇의 부모가 그들을 알지도 모릅니다."

"조사해 보게." 가마슈는 아내를 데리러 가기 위해 문으로 향했다.

엘리엇 번은 마담 뒤부아가 정해 놓은 경계를 깨뜨린 듯했다. 젊은 엘리엇이 외롭고 의지할 데 없는 줄리아 마틴을 정복했던 걸까? 그는 무엇을 원했을까? 연상의 연인? 관심? 어쩌면 자신의 상사인 지배인을 마침내 제대로 화나게 하고 싶었는지도 몰랐다.

아니면 흔히 그렇듯 진실은 그보다 더 간단했을까? 돈을 원했던 걸까? 박봉에 시중드는 게 지겨웠던 걸까? 줄리아에게 돈을 얻어 낸 다음 그녀를 죽였던 걸까?

서재 출입문에 이르러 그는 걸음을 멈추고 게시판에 걸어 둔 종이와 그 위에 적힌 커다랗고 빨간 글씨를 돌아보았다.

누가 이득을 보는가?

그는 줄리아의 죽음으로 이득을 보지 않은 사람이 누구일지 궁금해지기 시작했다.

26

렌 마리는 포크를 내려놓고 안락의자에 몸을 기댔다. 피에르가 딸기 쇼트케이크 부스러기밖에 남지 않은 접시를 잽싸게 치운 다음 더 필요한 게 있느냐고 물었다.

"차 한 잔 부탁드려요." 피에르가 자리를 뜨자 그녀는 팔을 뻗어 남편의 손을 쥐었다. 사건을 수사 중인 그의 모습을 보는 건 드문 일이었다. 그녀는 도착해서 보부아르 경위와 라코스트 형사에게 인사를 건넸었다. 그런 다음 두 사람은 빳빳한 하얀 리넨과 신선한 꽃과 반짝이는 은 식기와 유리 식기로 치장한 식당으로 어슬렁어슬렁 들어섰다.

웨이터가 가마슈의 앞에 에스프레소를, 렌 마리 앞에는 찻주전자를 내려놓았다.

"마누아르에서 직접 꿀을 만든다는 거 알고 있었어?" 아르망이 그녀의 찻잔 옆 단지에 든 호박색 액체를 보고 물었다.

"그래? 대단하네."

렌 마리는 평소에 꿀을 넣지 않지만 이번에는 자신의 선더볼트 다르질링에 넣어 보기로 마음먹고 새끼손가락을 꿀에 담갔다가 찻잔에 넣고 저었다.

"세 보C'est beau 좋은데. 익숙한 맛이네. 먹어 봐."

그도 손가락을 넣었다.

그녀는 눈을 가늘게 뜨고 그 꿀의 정체를 알아내려 애썼다. 물론 그는 그녀가 맛보고 있는 것이 무엇인지 알았지만 그녀가 맞히는지 보고 싶었다.

"포기하는 거야?" 그가 물었다. 그녀가 고개를 끄덕이자 그는 답을 말해 주었다.

"인동?" 그녀가 미소를 지었다. "근사하네. 나중에 그 공터 좀 보여주겠어?"

"기꺼이. 가구도 밀랍으로 광을 내더군."

대화를 나누면서 가마슈는 모로 가족이 테이블에 앉아 있음을 알아차렸다. 그러나 피터와 클라라는 평소 앉던 자리에 있지 않았다. 그들은 빈과 함께 저쪽 끝으로 밀려나 있었다.

"안녕하세요." 식사를 마치고 산책하러 나가는 길에 렌 마리가 말했다. "두 사람 잘 지냈나요?"

하지만 보기만 해도 알 수 있었다. 파리하고 불편해 보이는 피터는 형클어진 옷차림에 머리도 엉망이었다. 클라라는 단추를 다 채운 채 흠잡을 곳 없이 말쑥했다. 렌 마리는 둘 중 어느 쪽 때문에 더 당황스러운지 알 수 없었다.

"아시잖아요." 클라라는 어깨를 으쓱였다. "스리 파인스는 어때요?" 환상의 왕국에 관해 묻기라도 하듯 아련한 목소리였다. "캐나다 연방 성립 기념일 준비는 다 됐대요?"

"네, 내일이죠."

"정말입니까?" 피터가 고개를 들었다. 두 사람 다 시간이 흘러가는 것도 모르고 있었다.

"내일 가 보려고 합니다." 가마슈가 말했다. "같이 가겠습니까? 제 감독하에요."

그는 피터가 매우 안도하고 감사해하는 모습을 보고 곧 눈물을 쏟아낼 거라고 생각했다.

"그렇구나. 두 분 결혼기념일이죠." 클라라가 말했다. "게다가 클로그 경연 대회에서 재능 있는 신인이 베일을 벗는다는 얘기도 들었어요."

가마슈는 아내를 돌아보았다. "그럼 가브리가 그냥 농담한 게 아니었나 보군?"

"슬프게도 아니었어."

가마슈 부부는 약속을 잡은 다음 몸을 돌려 정원으로 향했다.

"잠깐, 아르망." 렌 마리가 그의 팔에 손을 얹었다. "잠깐 들어가서 주방장에게 찬사를 보내도 될까? 꼭 좀 만나 보고 싶어. 불편해할까?"

가마슈는 그에 대해 생각했다. "피에르에게 물어봐야 할 것 같아. 문제가 될 것 같지는 않지만 모를 일이지. 식칼을 피해야 할 상황은 피하고 싶으니까."

"클로그 댄스 수업이 딱 그래. 루스가 코치야."

가마슈는 피에르의 시선을 끌려 했지만 지배인은 모로 가족에게 설명 혹은 사과를 하느라 바빴다.

"그냥 들어가 보지 뭐." 가마슈가 렌 마리의 손을 잡았고, 두 사람은 회전문을 밀고 들어갔다.

그곳은 혼돈 그 자체였다. 하지만 잠시 벽에 찰싹 달라붙어 있자니 쟁반에 잔과 접시를 얹고 균형을 맞추며 부리나케 오가는 웨이터들의 발레가 눈에 들어왔다. 그 모습은 전혀 혼란스럽지 않았고, 노도와 같이 쏟아지는 강물에 더 가까웠다. 미칠 듯한 움직임이었지만 동시에 자연스러웠다.

"저 사람이야?" 렌 마리가 북적이는 방 건너편을 향해 고갯짓했다. 감히 손가락으로 가리킬 엄두는 나지 않았다.

"맞아."

베로니크 주방장은 하얀 주방장 모자를 쓰고 전신을 가리는 앞치마를 두른 채 커다란 칼을 휘둘렀다. 두 사람에게서 등을 돌리고 있었다. 이내 그녀가 뒤를 돌아 두 사람을 보았다. 그녀의 움직임이 멎었다.

"우리가 그리 반갑진 않나 본데." 렌 마리는 그렇게 속삭이면서 미소를 짓고는 성가시다는 기색이 뚜렷한 주방장에게 이건 다 남편 탓이라는 신호를 보내려 애썼다.

"나가자고. 내가 앞장서지." 그가 그렇게 말했고, 두 사람은 잽싸게 밖으로 나갔다.

"민망하네." 밖으로 나온 렌 마리가 웃음을 터뜨렸다. "내가 당신이라면 이제부터는 음식을 조심할 거야.”

“보부아르 경위에게 먼저 맛을 보라고 하지.” 그가 미소를 지었다. 베로니크 주방장의 반응은 의외였다. 이전의 그녀는 별반 스트레스를 받지 않고 주방을 지휘하는 것처럼 보였다. 오늘 밤에는 기분이 좋지 않은 모양이었다.

“있잖아, 그녀를 전에 만난 적이 있는 것 같아.” 렌 마리가 남편의 팔에 팔을 끼고 든든한 힘을 느끼며 말했다. “아마 여기 어딘가에서.”

“그녀가 벌통을 관리하기도 하니까 그럴 때 봤는지도 모르지.”

“그렇지만.” 달콤한 모란 향기를 맡은 뒤 기운을 되찾은 렌 마리가 말했다. “상당히 눈에 띄는 사람인걸. 저런 사람은 잊기 힘든데.”

정원에서는 새로 일군 흙과 장미 냄새가 났다. 그녀는 간간이 주방 정원에서 나는 희미한 허브 향을 맡았다. 하지만 그녀가 열망한 냄새, 남편에게 기대며 맡은 냄새는 백단향 냄새였다. 냄새가 그의 몸에서 흘러나오는 듯 그가 뿌린 향수보다 더 진했다. 매 계절 그런 냄새였다. 사랑과 안정감과 소속감의 냄새였다. 우정과 편안함과 평화의 향수였다.

“저길 봐.” 그가 밤하늘을 가리켰다. “바바_{프랑스 작가 장 드 브루노프가 쓴 동화책 바바 시리즈를 바탕으로 한 캐나다 TV 애니메이션에 등장하는 코끼리 캐릭터}야.”

그가 손가락을 움직여 그녀에게 별들 사이에 자리한 코끼리 모양을 그려 보였다.

“확실해? 땡땡_{벨기에 작가 에르제의 만화 땡땡 시리즈의 주인공}을 더 닮았는데.”

“코끼리 코가 있는데?”

“뭘 가리키는 거예요?”

어둠 속에서 작은 목소리가 들려왔다. 어둠 속을 자세히 들여다보는 가마슈 부부 앞에 빈이 책을 들고 나타났다.

"안녕, 빈." 렌 마리가 허리를 숙여 아이를 안았다. "그냥 별을 보며 모양을 살피고 있었단다."

"오." 아이는 실망한 기색이었다.

"우리가 뭘 보고 있다고 생각했니?" 가마슈도 무릎을 꿇었다.

"아무것도 아녜요."

가마슈 부부는 잠시 침묵했다가 이내 렌 마리가 책을 가리켰다. "뭘 읽고 있니?"

"아무것도 아녜요."

"난 해적에 관한 책을 읽곤 했지." 가마슈가 말했다. "눈에 안대를 하고 어깨에 테디 베어를 올린 다음," 빈이 웃었다. "칼 대신 작대기를 구해 찼지. 몇 시간이고 그렇게 놀았단다."

크고 위엄 있는 사내는 적과 싸우는 시늉을 하며 자기 앞으로 팔을 휘둘렀다.

"남자애들이란." 렌 마리가 말했다. "난 『녹원의 천사』였어. 내 말을 타고 대장애물 경마 경주에 나갔지."

그녀는 가상의 말고삐를 쥔 다음 고개를 숙이고 상체를 앞으로 기울여 높다란 울타리를 뛰어넘었다. 가마슈가 어둠 속에서 미소를 짓다가 고개를 끄덕였다.

전에도 그런 자세를 본 적이 있었다. 최근에.

"네 책 좀 봐도 되겠니?" 그는 손을 내밀지 않고 묻기만 했다. 잠시 후 아이가 책을 건넸다. 빈이 움켜쥐고 있던 자리가 따뜻했고, 가마슈는 양장 책 표지에서 빈의 손가락 자국이 남긴 작은 자국을 느꼈다.

"모든 어린이가 알아야 할 신화." 그는 제목을 읽은 다음 표지를 넘겼다. "어머니 책이니?"

빈이 고개를 끄덕였다.

가마슈는 책을 펴서 책장이 자연스럽게 벌어지도록 했다. 그는 빈을 쳐다보았다.

"페가수스 이야기구나. 밤하늘의 페가수스를 보여 줄까?"

빈의 눈이 휘둥그레졌다. "하늘에 있어요?"

"있지." 가마슈는 다시 무릎을 꿇고 하늘을 가리켰다. "반짝이는 별 네 개 보이니?" 그는 자신의 뺨을 아이의 부드럽고 따뜻한 뺨에 댔다. 그가 빈의 손을 들어 올리자 빈은 주저하다가 이내 긴장을 풀고 가마슈를 따라 하늘을 가리켰다. 빈이 고개를 끄덕였다.

"저게 몸통이란다. 그리고 그 아래로 저게 다리고."

"날고 있진 않잖아요." 빈이 실망하며 말했다.

"그래, 풀을 뜯으면서 쉬고 있지." 가마슈가 말했다. "가장 훌륭한 동물에게도 휴식은 필요하니까. 페가수스는 솟아오르고 달리고 미끄러지는 법을 알아. 하지만 평온을 누리는 법도 안단다."

세 사람은 한동안 별을 바라보다가 고요한 정원을 거닐며 각자 보낸 하루에 관해 이야기했다. 이윽고 잠자리에 들기 전에 마실 핫 초콜릿을 부탁하기로 마음먹은 빈이 안으로 들어갔다.

가마슈 부부는 다시 팔짱을 끼고 산책을 했고, 이내 돌아가기 위해 방향을 돌렸다.

"누가 줄리아 모로를 죽였는지 알아?" 오래된 산장에 가까워졌을 무렵 렌 마리가 물었다.

"아직은 몰라." 가마슈가 나직이 말했다. "하지만 가까워지고 있어. 누가 쪽지를 썼는지 알아냈고, 단서와 사실도 모았지."

"장 기가 무척 행복해하겠네."

"얼마나 좋아하는지 상상도 못할걸." 마음속에 여러 항목이 나열된 종이의 모습이 떠올랐다. 그리고 또 단서와 사실이 없는 항목, 가설이나 추정조차 없는 항목이 떠올랐다.

어떻게.

두 사람은 산장 모퉁이를 돌면서 본능적으로 하얀 대리석 큐브에 시선을 던졌다. 그때 한 형체가 산장 귀퉁이에서 떨어져 나왔다. 통나무 하나가 몸을 일으켜 숲 속으로 돌아갈 작정이라도 한 듯한 광경이었다. 달빛 아래서 그들은 그림자가 잔디밭을 가로지르는 모습을 지켜보았지만 그림자는 어두운 숲으로 향하는 대신 호수 쪽으로 방향을 틀었다.

버트 피니의 발걸음 소리가 나무 선착장을 타고 울리다 멎었다. 아르망 가마슈는 렌 마리에게 피니와 자신의 아버지에 관해 이야기했다.

"그리고 저 사람이 다른 사람들한테 말했고?"

그녀 곁에서 아르망이 고개를 끄덕였다. 그녀는 별을 올려다보았다.

"다니엘이랑은 다시 얘기해 봤어?"

"내일 전화할 거야. 마음을 가라앉힐 시간을 주고 싶어."

"그 애한테 시간을 준다고?"

"우리 둘 다에게. 하지만 전화는 할 거야."

돌아가기 전에 그들은 취침 인사를 하기 위해 서재에 들렀다.

"그리고 내일 잊지 말고 경감에게 베로니크 주방장이 채취한 꿀 한 단지 챙기라고 해 주세요." 그녀가 보부아르에게 부탁했다.

"주방장이 채취한 꿀이라고요?"

"양봉가도 겸한대요. 대단한 여자예요."

보부아르는 동의했다.

차를 타고 돌아가던 중 렌 마리는 이전에 어디에서 베로니크 주방장을 봤는지 기억해 냈다. 더없이 이례적이고 예기치 못한 곳이었다. 그녀가 미소를 지으며 입을 여는 순간 가마슈가 캐나다 연방 성립 기념일 축제에 관해 물었고, 이내 그녀는 마을 사람들이 준비한 축제에 관해 설명을 하고 있었다.

차에서 내린 뒤에야 그녀는 그에게 이야기하는 걸 깜빡했다는 사실을 깨달았지만 다음 날에는 잊지 않기로 마음먹었다.

가마슈가 마누아르로 돌아왔을 때 라코스트 형사는 아이들과 통화 중이었고 장 기 보부아르는 책들로 둘러싸인 소파에 앉아 에스프레소를 홀짝이고 있었다. 양봉에 관한 책들이었다.

가마슈는 책장을 둘러보았고, 잠시 후에는 그도 에스프레소, 코냑, 그리고 그가 고른 책 한 무더기와 함께 자리를 잡았다.

"둥지마다 여왕벌은 한 마리뿐인 거 아셨습니까?" 보부아르가 물었다. 몇 분 후 그는 또 다른 소식으로 경감의 독서를 방해했다. "말벌이나 여왕벌은 침을 여러 차례 찌를 수 있지만 일벌은 한 번밖에 찌르지 못한다는 거 아셨습니까? 독낭은 꿀벌에게만 있고요. 놀랍지 않으세요? 찌르면 침이 몸에서 뜯겨 나와 찔린 상대의 몸에 남는대요. 벌은 죽는 거죠. 여왕벌과 둥지를 위해 목숨을 포기하는 거예요. 자기가 죽는다는 걸 알고 하는 일인지 모르겠군요."

"궁금하군." 가마슈는 사실 궁금하지 않았다. 그는 다시 책으로 돌아갔고, 보부아르도 그랬다.

"꿀벌이 전 세계의 꽃가루 매개자라는 거 아셨습니까?"

꼭 여섯 살짜리와 지내는 것 같았다.

보부아르는 책을 내리고 맞은편 소파에 앉아 시를 읽고 있는 경감을 쳐다보았다.

"꿀벌이 없으면 우리 전부 굶어 죽는답니다. 놀랍지 않으세요?"

잠시 보부아르는 벨샤스로 이사하여 베로니크를 도와 꿀벌 제국을 확장하는 상상을 했다. 함께 세계를 구하리라. 레지옹 도뇌르 훈장을 받겠지. 두 사람을 기리는 노래가 쓰일 테고.

가마슈는 책을 내리고 창밖을 응시했다. 보이는 것은 창에 비친 자신과 보부아르의 모습뿐이었다. 유령 같은 두 사내가 여름밤에 책을 읽고 있었다.

"벌집이 공격받으면 벌은 공을 만들어서 여왕을 보호한답니다. 아름답지 않습니까?"

"아름답군." 가마슈는 고개를 끄덕이고 다시 책으로 돌아갔다. 보부아르의 귓가에 이따금 시를 읊는 반장의 목소리가 들렸다.

오, 나 지상의 몹쓸 유대에서 풀려나,

웃음으로 자은 날개를 달고 하늘에서 춤추며

태양을 향해 올라가…… 백 가지 일을 하였노라

그대는 꿈꾸지 못했을 일을.

보부아르는 고개를 들고 반장을 보았다. 눈을 감고 고개를 젖힌 채였지만 입술이 움직이며 한 구절을 읊고 있었다.

위로, 길고 광희光晞에 차 타오르는 푸른 빛 위로
나는 바람이 쓸고 간 자리 위에 올랐노라……
종달새도, 독수리마저도 난 적 없는 그곳에.

"어디에 나온 시죠?" 보부아르가 물었다.
"이차 세계대전 당시의 젊은 캐나다 비행기 조종사가 지은 「고공비행」이라는 시네."
"그래요? 비행을 정말 좋아했나 보군요. 벌도 비행을 좋아한답니다. 필요하다면 먹이를 구하러 장거리 비행도 할 수 있지만, 될 수 있으면 벌집 근처에 머문다는군요."
"그는 죽었네." 가마슈가 말했다.
"네?"
"이 시인은 살해당했네. 격추당했어. 레이건 대통령이 챌린저호 참사 후에 이 시를 인용했지." 하지만 보부아르는 다시 벌에 빠져든 후였다.
잠시 후 가마슈는 얇은 가죽 장정 시집을 내려놓고 다음 책을 집어 들었다. 피터슨이 쓴 휴대용 북미 조류 도감이었다.
그들은 한 시간을 더 함께 앉아 있었다. 침묵 사이사이로 보부아르의 벌에 관한 안내가 끼어들었다.
마침내 잠자리에 들 시간이 되어 보부아르가 인사하고 나간 뒤, 가마슈는 마지막으로 조용한 정원을 산책하며 별을 올려다보았다.

그리고, 조용히 치솟는 마음 가운데 나는
저 높이 아무도 가지 않은 성역을 디디고
손을 내밀어 신의 얼굴을 만졌노라.

27

선선하고 안개가 낀 가운데 7월 1일 캐나다 연방 성립 기념일이 밝았
다. 비가 올 것 같았다. 아르망 가마슈는 아침 식사 자리 너머로 아이린
피니를 바라보았다. 그들 사이에는 그녀의 얼그레이 찻주전자와 그의
카페오레가 놓여 있었다. 뒤쪽에서는 웨이터들이 아침 뷔페를 차렸다.

"내 딸은 언제 묻을 수 있나요, 경감님?"

"검시관에게 연락해서 알려 드리겠습니다, 마담. 아마 하루 이틀이면
인도해 드릴 겁니다. 장례식은 어디서 치르실 겁니까?"

그녀가 예상하지 못한 질문이었다. 가족에 관한 질문이라면 예상했었
다. 자신에 관한 질문 또한 거의 확신할 수 있었다. 가족의 내력, 약혼
자들, 심지어 기분에 관해서도. 그녀는 대화가 아닌 심문을 각오했었다.

"그게 경감님과 상관이 있나요?"

"있습니다. 우리는 자신의 선택에 따라 모습을 드러내지요. 부인의

따님을 죽인 사람을 찾을 유일한 방법은 그가 직접 모습을 드러내는 것뿐입니다."

"이상한 분이시군요." 마담 피니가 이상한 것을 좋아하지 않는다는 건 분명했다. "정말로 살해당한 피해자가 묻히는 장소가 단서가 될 거라고 생각하시는 건가요?"

"모든 것이 단서입니다. 시신이 묻히는 장소는 특히 그렇습니다."

"하지만 저한테 묻고 계시잖아요. 날 의심하신다는 뜻인가요?"

그의 앞에 있는 여자는 조금도 위축되지 않았고, 오히려 그더러 자신을 압박해 보라고 도발하다시피 했다.

"그렇습니다."

그녀의 눈이 살짝 가늘어졌다. "거짓말을 하시는군요. 여든다섯 살 먹은 여자가 몇 톤짜리 조각상을 밀어서 자기 딸을 죽였을 거라고 의심하지는 않으시겠죠. 하지만 뭐, 현실 감각을 잃으셨을 수도 있으니까. 집안 내력인가 보죠."

"어쩌면요. 솔직히 말씀드리자면 부인이 그러셨을 가능성이나 다른 누군가가 그랬을 가능성이나 거기서 거깁니다. 여러분 중 누구도 찰스 모로를 받침대에서 밀어낼 수는 없었습니다. 그런데도 그런 일이 일어났지요. 이런 말씀 드려서 죄송하군요."

그녀가 품위를 잃어 갈수록 그는 점점 더 품위 있게 굴었다. 그녀는 빠른 속도로 몹시 고약해져 갔다. 그녀가 극도로 예의를 갖추면서도 과도하게 공격적일 수 있는 부류임을 아는 경감으로서는 놀라운 일이 아니었다.

"고마워요." 그녀는 젊은 웨이터에게 미소를 지은 다음 얼음장처럼 차가운 눈을 가마슈에게 돌렸다. "계속해 보세요. 내가 내 딸을 죽였다고 비난하고 계셨죠."

"그렇지 않습니다." 그는 상체를 앞으로 기울였다. 그녀의 사적인 영역을 침범할 정도는 아니었지만 위협을 가하기에는 충분한 거리였다. "왜 그런 말씀을 하십니까? 누가 그런 짓을 했는지 알아내길 간절히 원치 않으시리라고는 생각할 수 없습니다. 그렇다면 왜 저를 도와주지 않으시는 겁니까?"

그가 평온하고 이성적인 목소리로 호기심에 차 물었다.

그녀는 이제 분노를 뿜어내고 있었다. 가마슈는 얼굴이 끓어오르고 데는 듯한 기분을 느꼈다. 그는 왜 모로가의 자식들 중 누구도 이 정도로 가까이 그녀에게 다가간 적이 없는지 알게 되었다. 그리고 문득 이렇게 가까이 다가간 버트 피니라는 사람이 궁금해졌다.

"난 도우려고 노력하고 있어요. 합리적인 질문을 하시면 대답을 해드리죠."

가마슈는 천천히 몸을 뒤로 기대며 그녀를 쳐다보았다. 가는 주름이 거미줄처럼 새겨진 그녀의 얼굴은 막 깨졌지만 아직 흩어지지 않은 유리잔 같았다. 두 뺨에 작게 분홍빛으로 달아오른 부분이 그녀를 더욱 사랑스럽고 섬약하게 보이도록 해 주었다. 그는 여기에 넘어간 불쌍한 영혼이 몇이나 될지 궁금했다.

"합리적인 질문이란 뭘까요?"

이 또한 그녀를 놀라게 했다.

"내 아이들에 관해서 묻는다거나, 다들 어떻게 자랐는지 묻는다거나. 아시겠지만 부족함 없이 자란 아이들이에요. 교육이든 스포츠든. 겨울에는 스키 여행, 여름에는 테니스와 요트. 우리가 걔들에게 이런저런 것들을 줬을 거라고 생각하시는 거 알아요." 그녀가 설탕 단지를 들어 올렸다가 쾅 하고 내려놓자 설탕으로 된 간헐천이 솟아올랐다가 괴불나무 테이블 위로 내려앉았다. "실제로 우리는 그랬지요. 나는 그랬어요. 하지만 우리는 아이들에게 사랑도 줬어요. 걔들은 자기가 사랑받고 있다는 걸 알았어요."

"그걸 어떻게 알았을까요?"

"또 바보 같은 질문이군요. 아니까 아는 거죠. 말로 듣고. 눈으로도 보고. 그걸 느끼지 못했다면 그건 걔들 문제죠. 걔들이 뭐라던가요?"

"사랑에 관해서는 이야기하지 않았습니다만, 저도 묻지 않았습니다."

"나한테는 물으면서 걔들한테는 안 물었다고요? 다 어미 탓이라 이건가요?"

"오해하셨군요, 마담. 제가 누군가를 탓하게 되면 알려 드리겠습니다. 지금은 그냥 질문을 하고 있을 뿐입니다. 그리고 사랑을 언급하신건 부인이지, 제가 아닙니다. 하지만 흥미로운 질문이긴 하군요. 자녀분들이 서로를 사랑한다고 생각하십니까?"

"당연히 사랑하죠."

"하지만 자녀분들은 서로 남남이기도 하죠. 굳이 형사가 아니더라도 자녀분들이 서로를 좀처럼 견디지 못한다는 걸 알 수 있을 겁니다. 친했던 적이 있기는 합니까?"

"줄리아가 떠나기 전에는 그랬죠. 우린 게임을 하곤 했어요. 단어 게임이오. 두운 맞추기 게임주어진 단어와 앞 글자가 같은 다른 단어를 연결하여 말이 되는 문장을 만드는 게임 같은 거. 그리고 난 아이들에게 책도 읽어 줬답니다."

"피터가 이야기하더군요. 아직도 그때를 기억하고 있습니다."

"피터는 고마워할 줄 모르는 애예요. 걔가 경감님께 한 얘기 들었어요. 내가 죽는 편이 낫겠다고 했다지요."

"그런 말 한 적 없습니다. 가족 관계에 관해 이야기하던 중에 부인께서 돌아가신 후에도 자녀분들이 서로를 만나겠느냐는 이야기가 나왔지요. 피터는 서로 더 가까워질 수도 있다고 했습니다."

"그래요? 그건 왜죠?"

딱딱거리는 말투였지만 가마슈는 그녀가 정말로 궁금해하고 있음을 감지했다.

"지금은 자녀분들이 부인을, 부인만을 보러 오는 거니까요. 서로를 경쟁 상대로 생각하죠. 하지만 부인께서 가신 뒤에는……,"

"죽는다고 하시죠, 경감님. 죽는다는 뜻이죠?"

"부인께서 돌아가신 뒤에는 자녀분들이 서로 만나거나 만나지 말아야 할 이유를 찾아야 할 테지요. 가족은 사라지거나 더 가까워질 겁니다. 피터가 한 말은 그런 뜻이었습니다."

"아시겠지만 줄리아가 애들 중 제일이었어요." 그녀는 그렇게 말하면서 그를 쳐다보지도 않은 채 설탕 단지를 자신이 쏟은 설탕 위에 놓고 앞뒤로 밀고 당겼다. "상냥하고 다정했지요. 거의 아무것도 바라지 않았어요. 그리고 항상 숙녀다웠지요. 그 애 아버지와 나는 아이들 모두에게 그렇게 꼬마 숙녀가 되고 신사가 되는 법을 가르쳤어요. 하지만 줄리아만이 이해했죠. 품행이 방정했어요."

"저도 봤습니다. 제 아버지는 항상 신사는 다른 사람을 편안하게 해준다고 말씀하셨지요."

"그렇게 많은 사람에게 상처를 입힌 사람이 했다기에는 우스운 말이 군요. 그 사람은 자기는 편안하게 있으면서 다른 사람들이 싸우게 했잖아요. 그렇게 비난받는 아버지를 둔 기분은 어떤가요?"

가마슈는 그녀의 눈길을 마주 보다가 황금빛 호수와 선착장으로 내려가는 잔디밭을 응시했다. 그리고 자기 몫을 셈하고 있는 늙고 못생긴 남자도. 자신의 아버지를 알았던 남자. 피니에게 아버지에 관해 묻고 싶은 마음이 간절했다. 경찰차가 왔을 때 가마슈는 열한 살이었다. 그는 부드러운 뺨을 까끌까끌한 소파 뒤에 대고 창밖을 내다보고 있었다. 부모님을 기다리면서. 조만간 집에 오실 터였다. 하지만 귀가가 늦어졌다.

그는 그 차가 부모님의 차가 아님을 알았다. 소리가 약간 달랐던 걸까? 전조등이 젖혀진 정도가 달랐던가? 아니면 다른 무언가가 그에게 부모님이 아니라고 말해 주었던 걸까? 그는 몬트리올 경찰이 차에서 내려 모자를 쓰고 잠시 멈칫했다가 진입로를 따라 걸어오는 모습을 지켜보았다.

모든 것이 아주 느리게 진행되었다.

그의 할머니도 차가 도착해서 전조등 불빛이 창문에 비치는 것을 보았고, 그의 부모를 맞이하러 문으로 향했다.

천천히, 천천히, 그는 할머니가 걸어가 문고리로 손을 뻗는 광경을 보았다. 그는 움직이려고, 무언가를 말하려고, 할머니를 말리려고 했다. 그러나 세상이 느렸다면, 그는 아예 정지해 있었다.

그는 그저 입을 벌린 채 보고만 있었다.

노크 소리가 들렸다. 날카롭게 두들기는 소리가 아니라 무언가 더 불길한 소리였다. 거의 문을 긁다시피 부드럽게 어루만지는 듯한 소리였다. 그는 문을 열기도 전에 할머니의 낯빛이 바뀌는 것을 보았다. 부모님이라면 당연히 노크를 하지 않으셨을 테지? 그는 그제야 할머니에게 뛰어가 이러한 상황을 집에 들이지 못하도록 막으려 했다. 하지만 막을 방도는 없었다.

경관이 입을 열기도 전에 할머니는 아르망의 얼굴을 치마폭에 묻었고, 그래서 지금까지도 그는 자신을 숨 막히게 했던 좀약 냄새를 맡을 수 있었다. 그리고 마치 그가 쓰러지지 않게 하려는 듯 등에 가만히 얹혀 있던 할머니의 커다랗고 강인한 손도 느껴졌다.

어린 시절 내내, 10대 시절 내내, 그리고 20대가 되도록 아르망 가마슈는 왜 신이 두 분을 함께 데려갔는지 궁금해했다. 자신을 위해 한 분쯤 남겨 둘 수는 없었을까? 그것은 자신을 위한 요구나 서투르고 생각 없는 신을 향한 비난이 아닌 수수께끼에 가까운 물음이었다.

하지만 그는 렌 마리를 찾고, 사랑하고, 결혼하고, 매일 더 사랑하면서 답을 발견했다. 그제야 그는 한 분을 놔둔 채 한 분만 데려가지 않은 신이 얼마나 친절한지 알게 되었다. 자신을 위해서도.

그의 눈이 호수에서 벗어나, 다시 앞에 있는 노부인에게로 돌아왔다. 막 자신의 아픔을 그에게 몽땅 쏟아 낸 사람에게로.

그는 상냥한 눈길로 그녀를 바라보았다. 그것이 그녀를 혼란스럽게 하거나 더욱 화가 나게 하리라는 것을 알고 있었기 때문이 아니라, 자신에게는 상실을 받아들일 시간이 있었음을 알았기 때문이었다. 반면 그녀의 상실은 갓 생겨난 것이었다.

비탄은 날카로운 단검의 모양을 띠었고 날은 안으로 향해 있었다. 그것은 갓 찾아온 상실과 오랜 슬픔으로 만들어졌다. 정제되고 버려졌으며 때때로 광택이 났다. 아이린 피니는 딸의 죽음을 취하여 거기에 권리와 실망과 특권과 자존심으로 점철된 긴 생애를 더했다. 그리고 그녀가 만들어 낸 단검은 그녀의 속을 베어 내는 데에서 잠시 벗어나 지금은 바깥을 향해 있었다. 아르망 가마슈를 향하고 있었다.

"전 아버지를 사랑했고 지금도 사랑합니다. 간단한 이야기죠."

"그럴 자격이 없는 사람이에요. 미안하지만 그게 진실이니 할 말은 해야겠군요. 진실이 경감님을 자유롭게 해 줄 거예요." 그녀는 거의 미안해하는 것처럼 보였다.

"그 말씀을 믿습니다. 하지만 부인을 자유롭게 해 줄 것은 다른 사람에 관한 진실이 아니라 부인 자신에 관한 진실이리라는 것도 믿습니다."

이제 그녀는 발끈했다.

"해방이 필요한 사람은 내가 아니에요, 가마슈 씨. 당신은 아버지를 똑바로 보기를 거부하고 있어요. 거짓말과 더불어 살고 있어요. 난 그 사람을 알았어요. 그 사람은 겁쟁이고 반역자였어요. 그 사실을 빨리 받아들일수록 더 빨리 자신의 삶을 꾸려 갈 수 있게 될 거예요. 그 사람이 한 짓은 야비했어요. 그 사람은 당신의 사랑을 받을 자격이 없어요."

"우린 모두 사랑을 받을 자격이 있습니다. 그리고 때로는 관용도요."

"관용이라고요? 자비를, 용서를 말하는 건가요?" 그녀의 말은 욕설처럼, 저주처럼 들렸다. "난 줄리아를 죽인 사람을 절대 용서하지 않을 겁니다. 그리고 그 사람이 사면이라도 받는다면……." 그녀는 손을 떨며 잡고 있던 설탕 단지를 놓았다. 잠시 후 그녀의 목소리가 안정을 되찾았다. "아시다시피 우린 이미 너무 많은 시간을 잃었어요. 데이비드 마틴이 훔쳐 갔죠. 그 사람은 우리 고향에 와서 결혼하고 싶어 하지도 않았

어요. 밴쿠버에서 결혼하겠다고 고집했지요. 그리고 그 애를 거기 붙잡
아 뒀어요."

"그녀의 의지에 반해서 말씀이십니까?"

그녀는 망설였다. "그 사람은 그 애를 떼어 놨어요. 우릴 증오했죠.
특히 찰스를."

"왜죠?"

"찰스는 자기가 감당하기에 너무 똑똑했으니까. 그이는 데이비드가
어떤 종류의 인간인지 알았어요. 신사는 아니었죠." 그녀는 거의 미소
를 짓다시피 했다. "항상 꿍꿍이가 있었고 항상 남을 등쳐 먹을 궁리를
했죠. 줄리아와 찰스는 사이가 틀어졌었어요. 그것도 들으셨겠죠?"

그녀는 고개를 들고 교활한 푸른 눈으로 그를 뜯어보았다. 그는 고개
를 끄덕였다.

"그럼 줄리아가 얼마나 예민한 아이였는지 아시겠네요. 그때는 너무
예민했죠. 걘 집을 떠나자마자 데이비드 마틴을 만났어요. 마틴은 그 애
아버지가 금융업자 찰스 모로라는 걸 알고는, 뭐랄까, 어서 화해시키지
못해서 안달을 냈죠. 찰스도 처음에는 신나했지만 이내 마틴이 바라는
건 자기 꿍꿍이에 그가 투자하는 것뿐이라는 게 분명해졌어요. 찰스는
대번에 거절했죠."

"거래와 화해 모두 실패한 겁니까?"

"아뇨, 거래는 남의 말에 더 잘 속는 다른 투자자들 덕분에 성사됐어
요. 하지만 결국 그 사람은 모든 걸 잃고 다시 시작해야 했죠. 그는 줄리
아에게 끊임없이 우리에 대한 험담을 해 댔어요. 그 애가 우리한테서 완
전히 돌아서게 만들었죠. 특히 그 애 아버지에게서요."

"하지만 그건 데이비드 마틴 때문에 시작된 일이 아니었습니다. 그보다 훨씬 전부터 시작된 일이었죠. 리츠 호텔 남자 화장실 벽에 적힌 비방 때문에요."

"그것도 아는군요? 그건 거짓말이에요. 추잡한 말이죠. 목적은 하나뿐이었어요. 찰스에게 상처를 입히고 그이와 줄리아를 갈라놓는 거요."

"누가 그런 걸 원했을까요?"

"우린 결국 알아내지 못했어요."

"의심 가는 사람은 있습니까?"

그녀는 망설였다. "있더라도 나만 알고 있겠어요. 내가 흔한 험담꾼 같나요?"

"부인의 가족이 공격을 받았다면 부인과 남편분께서는 맞서 싸우셨을 거라고 생각합니다. 그리고 누가 그런 짓을 했는지 알아내기 위해 무슨 일이든 하셨겠지요."

"찰스도 노력은 했어요." 그녀는 인정했다. "의심 가는 사람들은 있었지만 행동에 나설 수는 없었죠."

"가족과 가까운 사람이었습니까?"

"이 대화는 여기까지예요." 그녀는 자리에서 일어났지만 그 전에 가마슈는 그녀의 눈길이 다른 곳을 향한 것 같다고 생각했다. 잔디밭을. 호수를. 못생긴 사내가 선착장에 낀 안개에 거의 뒤덮여 있다시피 했다.

가마슈가 막 선착장에 발을 디뎠을 때, 작은 형체 하나가 쏜살같이 그를 지나쳐 잔디밭을 가로지르며 달렸다. 빈이 뒤로 스파이더맨 수건을 나부끼고 두 손으로 고삐를 쥔 채 날듯이 내달리고 있었다. 가쁜 숨을 내쉬며 속삭이듯 '레터 B, 레터 B.' 노래를 불렀는데, 간신히 노래라고 할 수 있을 정도였고 간신히 들리는 정도였다. 아이는 환희에 가득 차 잔디밭을 달리다 숲 속으로 사라졌다.

"뭔가 보이십니까?" 가마슈는 피니에게 그렇게 물으며 쌍안경을 향해 고갯짓했다.

"더는 뭘 보려고 하지 않는다오." 피니가 시인했다. "뭔가 특이한 일이 있을 때를 대비해서 가지고 다니는 거지. 빈이 내게 페가수스가 있는지 봐 달라고 했는데, 방금 그 애를 본 것 같구려."

피니가 이제는 텅 빈 잔디밭을 고개로 가리키자 가마슈는 미소를 지었다.

"하지만 새는 더 이상 찾지 않는다오. 자꾸 잊어버려."

"흰털발제비라는 새가 있습니다." 가마슈가 커다란 두 손을 뒷짐 진 채 잔물결이 이는 호수를 바라보며 말했다. 구름이 서서히 몰려오고 있었다. "흥미로운 새지요. 문장紋章으로 많이 쓰였습니다. 진취와 근면을 뜻하는 것으로 알려졌지요. 또 흰털발제비는 넷째 아이를 뜻하기도 합니다."

"그렇소?" 피니는 계속 호수를 바라보고 있었지만 게으른 눈이 활기를 띠며 여기저기를 힐끔거렸다.

"네, 어젯밤에 영국과 프랑스의 백년 전쟁에 관한 책을 찾아봤습니다. 당시에는 어느 가문에서든 첫째 아들이 유산을 물려받고, 둘째를 교회에 바치고, 셋째는 잘하면 조건 좋은 결혼을 할 수도 있었지만 넷째는 어땠을까요? 넷째는 자기 길을 알아서 개척하는 수밖에 없었습니다."

"힘든 시절이었구려."

"휜털발제비에게는요. 그러고 보니 찰스 모로가 자기 자식들에 관해 가장 두려워했던 것이 떠오르더군요. 마침 그에게도 자식이 넷이었지요. 그는 자식들이 가문의 재산을 탕진할까 봐 두려워했습니다."

"어리석은 사람이었지. 다른 사람에게는 늘 친절하고 관대했지만 제 자식들에게는 가혹했어."

"그렇게 생각하십니까? 제가 생각하는 바를 말씀드리지요. 네, 찰스 모로는 자기 아버지에게서 다음 세대를 조심하라는 말을 들었고 그 말을 믿었습니다. 어리석은 결정이었습니다. 하지만 아들은 아버지를 믿는 경향이 있으니까요. 그래서 찰스는 또 다른 결정을 내렸습니다. 이번에는 현명한 결정이었죠. 제 생각에 그는 아이들에게 돈이 아닌 다른 것, 다른 부를 주기로 결심했던 것 같습니다. 아이들이 낭비할 수 없는 것을요. 그는 아내와 친구들에게는 부와 선물을 잔뜩 안겼지만," 피니는 자신에게 고개를 살짝 숙이는 가마슈를 보았다. "그걸 자식들에게는 주지 않기로 했습니다. 대신 그는 사랑을 주었습니다."

가마슈는 수염이 까칠한 피니의 얼굴에서 밧줄 같은 근육이 꿈틀거리는 것을 보았다.

"아시겠지만 그는 부에 대해 많은 생각을 했소." 마침내 피니가 입을 열었다. "어떤 면에서는 집착했다고 할 수도 있겠지. 그는 돈으로 살 수 있는 것을 알아내려고 했소. 결국 정말 알아내지는 못했지만. 그나마 깨달은 거라곤 자신은 돈이 없으면 비참해질 것이라는 것 정도였소. 하지만 정말일까?" 그는 일그러진 얼굴을 가마슈에게 돌렸다. "그는 돈이 있어서 비참했소. 결국에는 돈밖에 생각하지 못했지. 자신에게 돈이 충분한지, 누군가가 자기 돈을 훔치려고 하는 건 아닌지, 아이들이 돈을 탕진하지는 않을지. 아주 지루한 대화에나 어울리는 생각들이지."

"그런데도 선생님께서는 여기 앉아 숫자를 셈하고 계시는군요."

"맞는 말이오. 하지만 나는 혼자서만 하지, 남에게 강요하지 않소."

가마슈는 그게 정말일지 궁금했다. 줄리아의 죽음으로 이 남자의 계산은 한결 흥미로워졌을 터였다. 줄리아 살해는 강요라고 볼 수 있었다.

"그럼 그가 인색했기 때문이거나, 현명한 찰스 모로가 아이들에게 돈 대신 애정을 보여 주기로 결심했기 때문이거나겠군요." 경감이 말을 이었다.

"아시겠지만 찰스는 맥길 대학교에 다녔소. 거기 하키 팀에서 뛰었지. 맥길 마틀릿츠흰털발제비들." 피니는 그가 그 팀에 들어갈 만한 사람이었다는 듯 잠시 말이 없었다. "그는 아이들에게 시합 이야기를 잔뜩 해 주었는데, 자기가 얼음에 미끄러지거나 패스를 놓치거나 펜스에 처박혔던 것들에 대해 이야기했소. 전부 자기가 실수한 이야기였지. 아이들에게 넘어져도 괜찮고 실패해도 괜찮다는 걸 알려 주기 위함이었소."

"아이들이 넘어지는 걸 싫어했습니까?" 가마슈는 물었다.

"대부분의 사람들이 그렇지만 모로의 자식들은 유독 그런 편이었소. 그래서 어떤 위험도 무릅쓰지 않았지. 위험을 무릅쓰는 사람은 마리아 나뿐이었소."

"넷째 아이." 가마슈가 말했다.

"공교롭게도 그렇소. 하지만 그 아이들 중에서 피터가 가장 유약했소. 그 앤 예술가의 영혼에 은행가의 기질을 지녔지. 그렇게 자신과 갈등하려면 참 스트레스 많은 인생을 살 게요."

"줄리아는 사망한 날 밤에 피터를 위선자라고 비난했습니다." 가마슈가 회상했다.

"유감스럽지만 그 애들은 전부 그렇소. 토머스는 피터의 반대지. 은행가의 영혼을 지녔지만 기질은 예술가요. 감정이 짓눌려 있지. 그래서 그 애 음악이 그렇게 정확한 거라오."

"하지만 기쁨은 없습니다." 가마슈가 말했다. "마리아나의 음악과는 달리."

피니는 아무 말도 하지 않았다.

"그런데 흰털발제비의 가장 흥미로운 점을 말씀드리지 않았군요." 가마슈가 말했다. "흰털발제비를 그릴 땐 항상 발을 그리지 않는답니다."

이 말에 노인이 끙 소리를 냈고 가마슈는 그가 어디 아픈지 궁금했다.

"조각가 펠티에가 찰스 모로의 조각상에 흰털발제비 한 마리를 새겼습니다." 가마슈는 계속 설명했다. "피터가 똑같은 걸 아버지에게 그려 드렸었죠."

피니는 고개를 끄덕이고 한숨을 내쉬었다. "그 그림 기억하오. 찰스는 그걸 보물처럼 아꼈지. 항상 가지고 다녔어."

"줄리아도 그걸 아버지에게서 배웠습니다." 가마슈가 말했다. "찰스는 소중한 물건 몇 가지를 지니고 다녔고, 딸도 똑같이 했습니다. 그녀는 항상 편지 꾸러미를 가지고 다녔지요. 무미하고 따분하다고까지 할 수 있을 편지였지만 그녀에게는 그게 수호 부적이자 자신이 사랑받는다는 증거였습니다. 자신이 사랑받지 못한다는 기분이 들 때면 꺼내서 읽었겠지요. 아마 자주 그랬을 거라고 생각합니다."

피터는 자신들 모두에게 갑옷이 있다고 말했다. 줄리아의 갑옷은 바로 그것이었다. 낡아 해진 감사장 뭉치.

"찰스가 선생님의 가장 친한 친구였다는 사실은 알지만 이런 말씀 드리는 걸 용서하십시오." 가마슈는 그의 심중을 읽는다는 게 거의 불가능하다는 사실을 알았지만 노인의 얼굴을 보기 위해 자리에 앉았다. "그가 아이들을 사랑했다고 말씀하셨지만 사랑으로 보답받지는 못했던 것 같더군요. 무슈 펠티에는 가족들이 찰스 모로를 그다지 그리워하지 않는다는 인상을 받았다고 했습니다."

"경감은 아직 모로 가족을 모르는군. 그렇지 않소? 안다고 생각하지만 몰라. 아니면 그런 말은 절대 하지 않았을 테지."

적의 없이 온화한 목소리였지만, 거기 담긴 질책은 뚜렷했다.

"조각가의 말을 옮겼을 뿐입니다."

둘은 함께 잠자리들이 선착장 주변을 붕붕거리며 날아다니는 모습을 지켜보았다.

"흰털발제비의 특징이 하나 더 있습니다." 가마슈가 말했다.

"그렇소?"

"왜 그 새를 항상 발이 없는 모습으로 그리는지 아십니까?"

피니는 침묵을 지켰다.

"천국으로 가는 중이기 때문이죠. 전설에 따르면 흰털발제비는 절대 땅을 밟지 않고 항상 날아다닌다더군요. 저는 찰스 모로가 아이들에게 그걸 주고 싶어 했을 거라고 믿습니다. 아이들이 솟아오르기를 원했다고. 천국은 아니더라도 최소한 행복은 찾기를 바랐을 거라고요. **오, 나 지상의 몹쓸 유대에서 풀려나.**" 가마슈가 말했다. "처음 대화를 나누었을 때 「고공비행」을 인용하셨지요."

"찰스가 좋아한 시였소. 그는 전쟁 때 해군 비행사였지. **웃음으로 자은**

날개를 달고 하늘에서 춤추며. 아름다운 시야."

피니는 주변의 호수를, 숲을, 산을 둘러보았다. 그는 입을 열었다가 다물었다. 가마슈는 기다렸다. 마침내 그가 말을 꺼냈다.

"경감은 아버지를 무척 닮았군."

세상 속으로 나온 그 말은 모여드는 구름과 물과 선착장과 따뜻해지는 두 사람의 얼굴로 쏟아지는 햇살 속에 섞여 들었다. 그 말은 빛나는 물결과 위아래로 노니는 날벌레와 나비와 새와 어른거리는 나뭇잎 속에 섞여 들었다.

아르망 가마슈는 눈을 감고 그림자 깊숙이 걸어 들어갔다. 그의 모든 경험과 기억이 살아 숨 쉬는, 그가 만났던 모든 사람과 그가 했거나 생각했거나 말했던 모든 것이 기다리고 있는 롱하우스_{길고 좁은 건물로 북아메리카 인디언 부족들의 전통 가옥} 속으로 걸어 들어갔다. 그는 곧장 맨 뒤편으로 향했고, 거기에는 방이 하나 있었다. 문은 닫혀 있었지만 잠겨 있지는 않았다. 그가 감히 한번도 들어가 보지 못했던 방이었다. 문 아래로 흘러나오는 것은 악취도, 어둠도, 끔찍한 위협의 신음도 아니었다. 그보다 훨씬 더 무서운 것이었다.

문 아래로는 불빛이 새어 나왔다.

그는 그 안에 부모님이 계신다는 것을 알고 있었다. 어린 아르망이 모셔 둔 장소. 안전 무사하게. 완벽하게. 비난, 조롱, 다 안다는 듯한 미소로부터 멀리 떨어진 곳에.

아르망의 평생에 걸쳐 오노레는 빛 속에서 살았다. 도전받지 않은 채.

세상 사람들이 '겁쟁이', '반역자'라고 속삭일지라도 그의 아들은 미소 지을 수 있었다. 아버지는 안전했다. 갇힌 채로.

아르망은 손을 뻗어 문에 가져다 댔다.

맨 끝 방, 맨 마지막 문. 그 마지막 미답의 영역에는 무시무시한 미움이나 쓰라림, 악취 나는 분노가 없었다. 거기에는 사랑이 있었다. 맹목적이고 아름다운 사랑이.

아르망 가마슈가 미세하게 밀자 문이 활짝 열렸다.

"제 아버지는 어떤 분이셨습니까?"

피니는 입을 열기 전에 잠시 침묵했다.

"겁쟁이였소. 어쨌든 경감도 아실 테지. 정말 겁쟁이였다오. 미친 영국계들이 난리 치면서 하는 말만은 아니오."

"저도 압니다." 가마슈의 목소리는 자신이 생각했던 것보다 더 단단했다.

"나중에 어떻게 됐는지는 아시오?"

가마슈는 고개를 끄덕였다. "사실들을 압니다."

그는 다시 롱하우스 안쪽으로 내달려 자신을 바라보고 깜짝 놀라는 기억들을 지나치면서 절박한 심정으로 자신이 어리석게 문을 열어 버리고 만 방으로 향했다. 하지만 너무 늦었다. 문은 열렸고 빛은 달아났다.

이제 그는 세상에서 가장 보기 흉한 얼굴을 응시하고 있었다.

"오노레 가마슈와 나는 무척 다른 삶을 살았소. 정반대에 서는 경우도 무척 잦았지. 하지만 그는 더없이 비범한 일을 했소. 내가 절대 잊지 못하는 일, 지금까지도 간직하고 있는 일이지. 아버님께서 뭘 하셨는지 아시오?"

버트 피니는 경감을 보지 않고 이야기했지만, 가마슈는 그가 자신을 꼼꼼히 뜯어보고 있다는 인상을 받았다.

"그는 마음을 바꿨소." 피니가 말했다.

그는 힘들게 자리에서 일어나 벗어진 머리를 손수건으로 닦고 가마슈가 준 챙 모자를 고쳐 썼다. 똑바로 서서 한껏 몸을 펴고 마찬가지로 이제 자리에서 일어나 자신 위에 우뚝 선 가마슈를 마주 보았다. 피니는 아무 말도 하지 않은 채 처다볼 뿐이었다. 못생기고 일그러진 얼굴에 미소가 어렸고, 그는 손을 뻗어 가마슈의 팔을 만졌다. 가마슈가 평생 주고받았던 접촉이었다. 하지만 거기 담긴 친밀감 때문에 그 손길이 거의 폭행처럼 느껴졌다. 피니는 가마슈에게 눈길을 고정했다가 다시 몸을 돌려 천천히 선착장을 따라 호숫가로 나아갔다.

"제게 거짓말을 하셨습니다, 무슈." 가마슈가 그의 등에 대고 말했다.

노인은 걸음을 멈춘 채 가만히 있다가 몸을 돌리고 그림자 탓에 한층 밝게 보이는 햇살에 눈을 찡그렸다. 그는 떨리는 손을 들어 이마에 대고는 가마슈를 마주 보았다.

"놀라신 모양이구려, 경감. 당연히 사람들은 늘 경감에게 거짓말을 할 터인데."

"옳으신 말씀입니다. 제가 놀란 건 거짓말 자체가 아니라 선생님께서 거짓말을 하시기로 한 부분 때문입니다."

"그러시오? 그게 뭐였소?"

"어제 팀원들에게 이 사건과 관련된 모든 사람의 배경을 조사해 보라고 했습니다……."

"매우 현명하시군."

"메르시. 선생님은 말씀하신 그대로시더군요. 몬트리올 노트르담 드 그라스의 평범한 환경에서 자라셨지요. 회계사셨죠. 전쟁이 끝난 뒤에는 여기저기서 일하셨지만 갑자기 일을 찾는 사람이 많아져 일자리는 드물었습니다. 오랜 친구인 찰스가 선생님을 고용했고, 그 뒤로 쭉 거기 남으셨지요. 매우 충실하게."

"좋은 친구와 함께하는 좋은 일이었으니까."

"하지만 포로였던 적은 없다고 말씀하셨지요."

"실제로 그런 적이 없었으니까."

"하지만 있었습니다, 무슈. 병무 기록을 보니 일본군이 침공했을 당시 버마에 계셨더군요. 사로잡히셨지요."

그는 버마 전역戰域의 생존자에게, 잔인한 전투와 극악무도하고 비인간적인 수감 생활에서 살아남은 사람에게 말하고 있었다. 거의 아무도 살아남지 못했다. 하지만 이 사람은 살아남았다. 그는 나머지 사람들에게서 세월을 훔치기라도 한 것처럼 아흔이 다 되도록 살았다. 그는 살아서 결혼했고, 의붓자식을 들였고, 어느 여름날 아침 선착장에 평화로이 서서 살인에 관해 논의하고 있었다.

"거의 다가가셨군, 경감. 얼마나 가까이 다가갔는지 아실는지 모르겠소. 하지만 아직도 알아내셔야 할 게 좀 있구려."

그 말을 끝으로 버트 피니는 몸을 돌리고 잔디밭에 올라 어디인지는 몰라도 그와 같은 사람들이 가는 곳으로 느릿느릿 발걸음을 옮겼다.

아르망 가마슈는 여전히 팔에 남아 있는 늙고 쇠약한 손길을 느끼며 그 모습을 지켜보았다. 그는 이내 눈을 감고 고개를 하늘로 향한 채 더 큰 손을 잡기 위해 오른손을 살짝 들어 올렸다.

그는 호수를 향해 중얼거렸다. **오, 나 지상의 몹쓸 유대에서 풀려나.**

28

가마슈는 수제 그래놀라귀리, 보리 등의 곡물과 견과류, 말린 과일 등이 든 시리얼 또는 바의 형태로 먹는 아침 식사용 음식으로 아침을 가볍게 먹은 다음 장 기 보부아르가 거의 벌통 하나 분량의 꿀을 먹는 모습을 지켜보았다.

"꿀벌이 벌집 위에서 날개를 퍼덕여 수분을 증발시킨다는 거 아셨습니까?" 보부아르는 입안 가득 씹고 있는 벌집에서 밀랍 맛이 나지 않는 척하려 애쓰며 말했다. "그래서 꿀이 그렇게 달콤하고 진한 거죠."

이자벨 라코스트는 버터 크루아상에 신선한 라즈베리 잼을 바른 다음 보부아르를 뇌가 아주 작은 곰인 양 쳐다보았다.

"우리 딸이 일 학년 수업에서 꿀에 관한 숙제를 한 적이 있죠." 그녀가 말했다. "벌이 꿀을 먹은 다음 다시 토해 낸다는 거 아세요? 토하고 또 토해요. 그렇게 꿀이 만들어지는 거죠. 우리 애는 그걸 벌의 구토라고 하더라고요."

벌집 조각을 담은 채 황금빛 액체를 뚝뚝 흘리던 숟가락이 멈칫했다. 하지만 결국 경배의 마음이 승리했고, 숟가락이 보부아르의 입 속으로 들어갔다. 베로니크 주방장의 손길이 닿은 것이라면 뭐든 괜찮았다. 벌의 구토라고 해도. 호박색에 가까운 진한 액체를 먹고 있노라니 편안함이 찾아들었다. 그 커다랗고 볼품없는 여자 곁에 있으면 보살핌을 받는다는 기분이 들었고 안정감이 느껴졌다. 그는 그것이 사랑이 아닌지 궁금했다. 그리고 왜 아내 이니드에게는 이런 기분을 느끼지 못했는지도 궁금했다. 하지만 그는 그런 생각에 얽매이기 전에 거기서 물러났다.

"오후 중반쯤 돌아오겠네." 몇 분 후 가마슈가 문간에서 말했다. "집에 불내지 말고."

"마담 가마슈께 안부 전해 주세요." 라코스트가 말했다.

"결혼기념일 축하드립니다." 보부아르가 손을 내밀어 반장에게 악수를 청하며 말했다. 가마슈는 그 손을 필요 이상으로 오래 붙잡고 있었다. 보부아르의 입가에 작은 밀랍 조각이 묻어 있었다.

가마슈는 끈적거리는 손을 내려놓았다.

"같이 가세." 두 사람은 단단한 흙이 깔린 진입로를 따라 차까지 걸어갔다. 가마슈는 고개를 돌려 자신의 부관에게 말했다

"조심하게."

"무슨 말씀이십니까?" 순간 보부아르의 경각심이 고개를 들었다.

"무슨 말인지 알 걸세. 이 일은 눈이 멀지 않더라도 이미 어렵고 위험한 일이야."

"전 눈멀지 않았습니다."

"멀었네. 자네도 알다시피. 자네는 베로니크 랑글로와에게 집착하고 있어. 그 여자의 무엇 때문에 그러는 건가, 장 기?"

"집착하는 게 아니라 존경하는 것뿐입니다." 그 말에는 경고의 날이 서 있었다.

가마슈는 꿈쩍도 하지 않았다. 대신 그는 더없이 단정하고 더없이 완벽하게 성장한, 혼란에 빠진 젊은이를 지그시 응시했다. 가마슈는 그를 이처럼 재능 있는 수사관으로 만든 것이 바로 그 혼란이라는 사실을 알고 있었다. 물론 사실을 모으고 배열하는 능력도 빼어났지만, 보부아르

가 다른 사람들의 불편함을 알아차리는 것은 그 자신이 불편함을 느낄 줄 아는 덕분이었다.

"이니드는 어쩔 셈인가?"

"제 아내가 뭐요? 무슨 말씀을 하시는 겁니까?"

"내게 거짓말 말게." 가마슈는 경고했다. 용의자들의 거짓말이야 예상하는 바였지만, 팀원의 거짓말은 절대 넘어갈 수 없었다. 보부아르도 이를 알았기에 망설였다.

"처음 베로니크 주방장에게 어떤 감정을 느끼기는 했지만 그건 말도 안 되는 얘깁니다. 그녀를 보세요. 제 나이의 거의 두 배입니다. 절 매료하기는 해도 그 이상은 아닙니다."

그는 몇 마디 말로 자신의 감정을 배신했고 경감에게 거짓말을 했다.

가마슈는 깊게 숨을 들이쉬고 계속해서 젊은이를 응시했다. 이윽고 그는 손을 뻗어 그의 팔을 잡았다.

"부끄러워할 건 전혀 없지만 조심해야 할 게 많네. 조심하게. 베로니크 랑글로와는 용의자고, 자네가 그녀에게 품은 감정이 자네를 눈멀게 할까 두렵네."

가마슈가 손을 내린 순간 보부아르는 아이처럼 그의 품에 안기고 싶은 마음이 간절했다. 그 충동이 자신을 집어삼킬 것만 같아서 몹시 놀랍고 부끄러웠다. 마치 단호한 손길이 등을 떠밀어 이 강력하고 위엄 있는 사내에게 다가가도록 하는 것 같았다.

"전 그 여자에게 아무 감정도 없습니다." 그의 목소리는 딱딱했다.

"장 기, 내게 거짓말하는 건 그렇다 치고, 자신에게 거짓말은 말길 바라네." 가마슈는 잠시 그를 응시했다.

"안녕하세요." 명랑한 목소리가 진입로 아래쪽에서 들려왔다.

두 사람이 돌아보자 클라라와 피터가 다가오고 있었다. 클라라는 두 사람의 얼굴을 보고 머뭇거렸다.

"저희가 방해가 됐나요?"

"전혀요. 막 가려던 참이었습니다." 보부아르는 반장에게서 등을 돌리고 잽싸게 걸어가 버렸다.

"저희가 방해되지 않은 게 확실한가요?" 가마슈의 볼보를 타고 스리 파인스로 향하는 길에 클라라가 물었다.

"네, 얘기가 막 끝난 참이었습니다. 메르시. 집에 갈 생각을 하니 기대됩니까?"

남은 길 동안 그들은 날씨와 시골과 마을 사람들에 관해 즐겁게 이야기를 나누었다. 사건과 그들이 남겨 두고 온 모로 가족에 관한 이야기는 입에 올리지 않았다. 마침내 차가 언덕 꼭대기에 이르렀고, 그들 아래 잔디 광장을 중심으로 작은 길이 컴퍼스처럼, 혹은 햇살처럼 뻗은 스리 파인스가 펼쳐졌다.

그들은 천천히, 조심스럽게 차를 몰아 언덕을 내려왔다. 마을 사람들이 집에서 몰려나왔고, 수영복을 입은 볕에 그은 아이들이 조심성 없이 길을 건너 잔디 광장으로 내달렸으며, 개들이 폴짝이며 그 뒤를 따랐다. 한쪽에 작은 무대가 세워졌고, 바비큐 구덩이에서는 이미 연기가 피어오르고 있었다.

"여기서 내려 주세요." 가마슈의 차가 광장을 굽어보는 가브리와 올리비에의 비앤비에 이르자 클라라가 말했다. "우린 걸어갈게요."

그럴 필요가 없는데도 그녀는 잔디 광장 건너편에 자리한, 빨간 벽돌로 된 자신들의 작은 집을 가리켰다. 가마슈는 그 집을 잘 알고 있었다. 집 앞 낮은 돌담 위로 장미 덤불이 굽어 나왔고, 두 사람이 걷는 길을 따라 늘어선 사과나무에는 이파리가 무성했다. 집 옆의 덩굴시렁은 스위트피로 빽빽했다. 그가 차에서 내리기도 전에 렌 마리가 비앤비에서 나왔다. 그녀는 피터와 클라라에게 손을 흔들어 보이고는 서둘러 계단을 내려와 가마슈의 품에 안겼다.

그들은 집에 와 있었다. 가마슈는 항상 자신이 약간 달팽이 같다고 느꼈다. 집을 등에 지고 다니는 대신 품 안에 안고 다니는 달팽이.

"결혼기념일 축하해." 그녀가 말했다.

"주아이요 아니베르세르Joyeux anniversaire 결혼기념일 축하해." 그가 그렇게 말하며 그녀의 손에 카드를 쥐어 주었다. 그녀는 그를 탁 트인 포치에 설치된 그네 의자로 이끌었다. 그녀는 앉았지만 그는 의자를 바라보다가 눈길을 들어 의자를 붙들고 있는, 판자 지붕에 박힌 갈고리를 살펴보았다.

"가브리랑 올리비에는 종일 여기 앉아서 마을을 지켜본다고. 그 둘이 어떻게 그렇게 아는 게 많다고 생각해?" 그녀가 옆자리를 두드렸다. "버텨 줄 거야."

가마슈는 그렇게 푸짐하고 활달한 주인장을 버텨 준다면 자신도 버텨 줄 거라고 생각했다. 의자는 버텨 주었다.

렌 마리는 두꺼운 수제 카드 봉투를 양 손바닥 사이에 놓고 눌러 본 다음 봉투를 열었다.

사랑해. 그렇게 적혀 있었다. 그리고 그 옆에는 웃는 얼굴이 그려져 있었다.

"당신이 직접 그린 거야?" 그녀가 물었다.

"내가 그린 거지." 그는 그걸 준비하느라 거의 밤을 새웠다는 말은 하지 않았다. 시를 쓰고 또 썼다가 전부 찢어 버렸다. 자신의 감정을 그 세 글자로 정제해 낼 때까지. 그리고 그 바보 같은 그림이랑.

그것이 그가 할 수 있는 최선이었다.

"고마워, 아르망." 그녀는 그에게 입을 맞췄다. 그녀는 주머니에 카드를 넣었다. 집에 가면 그 카드는 정확히 똑같은 내용을 담은 서른네 장의 다른 카드를 만나게 되리라. 그녀의 보물이었다.

잠시 후 두 사람은 손을 맞잡고 잔디 광장을 걸으면서 동이 트기 전 속을 채워 허브와 호일로 감싸 땅에 묻은 양고기 오 쥐고기에서 나온 즙을 이용해 만든 소스를 함께 대접하는 고기 요리 주위의 발갛게 타오르는 호박색 불을 돌보는 사람들에게 손을 흔들었다. 퀘벡 전통 명절 음식인 메쉬. 캐나다 연방 성립 기념일을 위한.

"봉주르, 파트롱Bonjour, Patron 안녕하세요, 경감님." 가브리가 가마슈의 어깨를 탁 치고 양 볼에 입을 맞추었다. "오늘 한꺼번에 두 가지를 기념한다면서요. 캐나다 연방 성립 기념일과 두 분 결혼기념일요."

가브리의 파트너이자 동네 비스트로 주인인 올리비에가 합류했다.

"펠리시타시옹Félicitations 축하드려요." 올리비에는 미소를 지었다. 가브리가 커다랗고 야단스럽고 텁수룩한 반면 올리비에는 단정하고 차분했다. 둘 다 30대 중반이었고 스트레스를 덜 받는 삶을 위해 스리 파인스로 이주했다.

"오, 젠장." 늙고 까랑까랑한 목소리가 축하 인사를 꿰뚫고 들려왔다. "클루소영화 핑크 팬더 시리즈의 주인공인 어리숙한 프랑스 경찰는 아니겠지."

"여기 대령했쇼옵니다, 마담." 가마슈는 루스에게 절을 해 보이며 자신이 낼 수 있는 가장 강한 파리지앵 억양으로 말했다. "쥐 원숭이는 허과받으신 겁니까⟨핑크 팬더의 귀환⟩에서 클루소가 허가 없이 원숭이를 대동한 채 음악을 연주하는 거리의 악사와 입씨름하는 대목을 빗대어 말한 것?" 그는 나이 든 시인의 뒤를 뒤뚱뒤뚱 따라오는 오리를 가리켰다.

루스는 그를 노려보았지만 의지와 반하게 입가가 조금 씰룩였다.

"따라와라, 로사." 그녀가 꽥꽥거리는 오리에게 말했다. "이 녀석도 술을 마시거든."

"돌아오시니까 좋죠?" 올리비에가 가마슈와 렌 마리에게 아이스티를 건넸다.

가마슈가 미소를 지었다. "항상요."

그들은 마을을 거닐다 비스트로 바깥 인도에 펼쳐진 카페 테이블에 이르러 걸음을 멈추고 아이들이 벌이는 경주를 지켜보았다.

피터와 클라라가 합류해 함께 음료를 마셨다. 피터는 벌써 한결 차분해진 모습이었다.

"결혼기념일 축하드려요." 클라라가 자신의 진저비어를 들었다. 다들 잔을 부딪쳤다.

"꼭 부탁하고 싶었던 게 있는데요." 렌 마리가 테이블 위로 몸을 숙이며 클라라의 손에 자신의 따뜻한 손을 올려놓았다. "당신의 최신작을 볼 수 있을까요? 루스를 그린 그림을?"

"보여 드리고말고요. 언제요?"

"지금 당장은 어때요, 마 벨ma belle 어여쁜 양반?"

두 여자는 잔을 비운 다음 자리를 떴다. 피터와 가마슈는 그들이 문을 지나 구부러진 길을 따라 집으로 향하는 모습을 지켜보았다.

"묻고 싶은 게 있습니다, 피터. 좀 걸을까요?"

피터는 갑자기 교장실로 불려 가는 기분을 느끼며 고개를 끄덕였다. 두 사람은 함께 잔디 광장을 가로지른 다음 말없이 약속이라도 한 듯 물 랭 길을 올라 초록 잎사귀가 지붕처럼 우거진 고요한 흙길을 따라 거닐 었다.

"누나에 관한 낙서가 적힌 칸이 몇 번째 칸이었는지 압니까?"

갑작스럽게 느껴질 법한 질문이었지만 피터는 질문을 예상하고 있었 다. 기다리고 있었다. 오랜 세월 동안. 누군가 결국 물으리라는 것을 알고 있었다.

그가 말없이 몇 발을 더 내딛자 마을에서 들려오는 웃음소리가 등 뒤 로 사라졌다.

"두 번째 칸이었을 겁니다." 피터가 마침내 샌들을 신은 자신의 발을 내려다보면서 말했다.

가마슈는 잠시 침묵을 지키다 입을 열었다.

"누가 낙서를 했습니까?"

피터가 평생 피해 다니던 구멍이었다. 구멍이 커져 큰 골이 되었고, 그는 안을 들여다보지 않으려고, 빠지지 않으려고 멀리 돌아 피해 다녔 다. 이제 그 구멍이 바로 앞에 열려 있었다. 도처에 어두운 속을 드러낸 구멍이 아가리를 벌리고 있었다. 구멍은 사라지지 않고 커질 뿐이었다.

거짓말을 할 수도 있다는 건 알았다. 하지만 피곤했다.

"제가 했습니다."

평생토록 그는 이 순간 어떤 기분이 들지 궁금했다. 안도하게 될까? 시인하는 순간 죽는 걸까? 물리적으로 죽지야 않겠지만 자신이 공들여

쌓아 온 피터는 죽는 걸까? 품위 있고, 친절하고, 온화한 피터. 자신은 누나에게 그런 짓을 저지른 끔찍하고 형편없는 존재로 대체되는 걸까?

"왜 그랬습니까?" 가마슈가 물었다.

피터는 감히 걸음을 멈추지 못했고, 그를 쳐다보지 못했다.

왜? 왜 그랬을까? 너무 오래전 일이었다. 그는 화장실 칸으로 몰래 들어가던 기억을 떠올렸다. 깨끗한 초록 금속 문과 아직도 그를 숨 막히게 하는 살균제 냄새를 떠올릴 수 있었다. 그는 매직 마커를 가져갔고, 그 마커로 마술을 부렸다. 그는 누나를 사라지게 만들었다. 그리고 다섯 단어만으로 두 사람 모두의 인생을 바꾸어 놓았다.

줄리아 모로는 잘 빨아 준다.

"줄리아에게 화가 났습니다. 아버지께 알랑거려서요."

"당신은 누나를 질투했지요. 자연스러운 감정입니다. 그런 감정은 시간이 지나면 사라졌을 겁니다."

하지만 그를 다독이는 그 말이 더 괴로웠다. 왜 수십 년 전에는 아무도 그런 말을 해 주지 않았을까? 형제자매를 미워하는 건 잘못된 게 아니라고. 시간이 지나면 사라질 거라고.

미움은 사라지지 않고 남았다. 그리고 커져 갔다. 죄책감이 곪아 썩어 들어가면서 가슴 깊숙이 자리한 구멍을 먹어 치웠다. 그리고 마침내, 지금 그는 곤두박질치는 기분을 느꼈다.

"줄리아가 당신이 그랬다는 걸 알아차렸습니까, 피터? 그녀가 모두에게 하려던 말이 그거였나요?"

피터는 걸음을 멈추고 경감을 쳐다보았다. "그 말을 못 하게 하려고 내가 누나를 죽였다고 말씀하시는 겁니까?"

그는 믿을 수 없다는 듯이 말하려 애썼다.

"난 당신이 비밀을 지키기 위해서라면 뭐든 했을 거라고 생각합니다. 가족이 비웃음을 사고 분열하게 된 책임이 당신에게 있다는 걸 당신 어머님께서 아셨다면, 글쎄요, 어떻게 하셨을지는 신만이 알 테지요. 유언장에서 당신 이름을 빼셨을지도 모릅니다. 사실, 분명히 가능한 일이라고 생각합니다. 당신은 삼십 년 전에 했던 실수 때문에 수백만 달러를 잃을 수도 있었죠."

"제가 그런 걸 신경이나 쓸 거라고 생각하십니까? 어머니는 제게 수 년간 돈을 뿌렸지만 저는 전부 돌려 드렸습니다. 전부요. 아버지가 남기신 유산까지요. 전 아무것도 원하지 않았습니다."

"왜죠?" 가마슈가 물었다.

"왜냐뇨? 경감님이라면 성인이 되고 한참 뒤에도 부모님께 돈을 받으시겠습니까? 아, 하긴, 깜빡했군요. 부모님이 없으셨지."

가마슈는 그를 빤히 쳐다보았다. 피터는 잠시 후 눈을 내리깔았다.

"조심해요." 가마슈는 속삭였다. "남에게 상처 주는 게 습관이 되고 있군요. 아픔을 주변에 퍼뜨린다고 해서 자신의 고통이 줄어드는 건 아닙니다. 오히려 그 반대지요."

피터는 반항하듯 눈을 들었다.

"내 질문은 아직도 유효합니다, 피터. 이건 친구 간의 즐거운 잡담이 아닙니다. 이건 살인 사건 수사고 난 모든 걸 알아낼 겁니다. 왜 어머니가 제안한 돈을 거절했지요?"

"전 다 컸고 혼자 힘으로 서고 싶었으니까요. 저는 토머스와 마리아나가 머리를 조아리고 허리를 숙여 가며 돈을 긁어모으는 꼴을 봤습니다. 엄마는 토머스에게 집을 사 줬고 마리아나에게는 사업용 종잣돈을 줬죠."

"안 될 거 있습니까? 어머니는 돈이 있습니다. 뭐가 문제인지 모르겠군요."

"토머스와 마리아나는 돈의 노예였습니다. 엄마의 노예였죠. 둘은 사치와 편안함을 사랑했습니다. 클라라와 저는 근근이 먹고살았고요. 수년간 우린 난방비도 간신히 내는 처지였습니다. 하지만 적어도 우리는 자유로웠죠."

"그런가요? 당신도 그들만큼이나 돈에 집착했다고 볼 수 있지 않을까요?" 그는 화를 내며 말을 자르려는 피터를 손을 들어 제지했다. "그렇지 않았다면 당신은 때때로 돈을 받았겠죠. 토머스와 마리아나는 돈을 원했습니다. 당신은 원하지 않았고요. 하지만 돈은 여전히 당신의 삶을 좌우하고 있습니다. 어머니가 여전히 당신의 삶을 좌우하고 있지요."

"사돈 남 말 하시는군요. 자신이나 돌아보지 그러십니까? 경찰이 되어 아버지가 거부했던 총을 든 꼴은 얼마나 애처롭습니까? 지금 보상 심리에 기대는 게 누굽니까? 아버지가 겁쟁이로 유명했다더니 아들도 유명하군요. 용감하기로요. 적어도 제 어머니는 살아 있기라도 합니다. 당신 아버지는 죽은 지 한참 됐는데 아직도 당신을 좌우하고 있군요."

가마슈의 미소가 피터를 더욱 화나게 했다. 그 말은 비장의 한 수였다. 상황이 절박해지면 꺼내 쓰려고 남겨 두었던 마지막 일격이었다.

그가 폭탄을 떨어뜨렸건만 히로시마는 조금도 동요하지 않은 채 멀쩡히 남아 미소까지 짓고 있었다.

"난 아버지를 사랑합니다, 피터. 겁쟁이셨을망정 훌륭한 아버지셨고,

훌륭한 사람이셨습니다. 다른 사람들 눈에는 그렇지 않더라도 제 눈에는 그렇습니다. 아버지 이야기를 알고 있습니까?"

"어머니께 들었습니다." 그가 뚱한 목소리로 말했다.

"뭐라고 하시던가요?"

"오노레 가마슈는 프랑스계 캐나다인들을 결집해서 이차 세계대전에 반대하고 캐나다가 참전을 주저하게 한 데다 퀘벡 젊은이 수천 명이 입대하지 않도록 설득했다고요. 자신은 적십자에 지원해서 싸우지 않아도 됐고."

가마슈는 고개를 끄덕였다. "맞는 말씀입니다. 그 뒤에 어떻게 됐는지도 말씀하시던가요?"

"아니요, 그건 경감님께서 하셨죠. 아버님과 어머님께서 교통사고로 돌아가셨다고."

"하지만 두 사건 사이에는 긴 세월이 놓여 있지요. 전쟁 막바지에 영국군은 베르겐 벨젠이라는 곳으로 진군했습니다. 당신도 들어 봤을 겁니다."

두 사람은 다시 그늘진 오솔길을 따라 걸으며 향긋한 여름 공기 속을 나아갔다.

피터는 아무 말도 하지 않았다.

"아버지가 소속된 적십자단은 새로이 해방된 수용소로 진입하는 임무를 맡고 있었습니다. 그곳에서 자신이 보게 될 광경을 각오하고 있던 사람은 아무도 없었습니다. 베르겐 벨젠에서 아버지는 인간이 저지를 수 있는 극한의 공포를 보셨죠. 그리고 아버지는 자신의 실수를 깨달으셨습니다. 아버지는 오지 않는 도움을 기다렸던 사람들의 눈 속에서 당신의 실수를 발견하셨습니다. 세상은 무슨 일이 벌어지고 있는지 알면서도 서두르지 않았지요. 아버지가 제게 당시 이야기를 해 주시기 시작한 건 제가 여덟 살 때였습니다. 아버지는 베르겐 벨젠에 들어서자마자 당신이 틀렸음을 깨달으셨습니다. 이 전쟁에 반대해서는 안 되었다는 걸요. 물론 아버지는 평화를 사랑하는 사람이셨습니다. 하지만 아버지는 싸우는 게 무서웠다는 것도 인정하셨어야 했습니다. 그리고 베르겐 벨젠의 사람들과 마주하는 순간, 아버지는 자신이 겁쟁이임을 깨달으셨지요. 그래서 아버지는 집으로 돌아와 사과했습니다."

피터는 계속 걸었다. 얼굴에는 우쭐한 미소가 들러붙어 있었다. 그는 충격을 감추기 위해 조심스럽게 그 미소를 유지했다. 아무도 그에게 이런 이야기는 해 주지 않았다. 이야기를 들려주었던 어머니도 오노레 가마슈가 마음을 바꾸었다는 말은 해 주지 않았다.

"아버지는 교회, 유대교 회당, 공공 집회, 국회 연단에 올라서서 사과하셨습니다. 아버지는 난민들이 삶을 재건할 수 있도록 수년에 걸쳐 기금을 마련하고 조력 단체를 조직하셨습니다. 아버지는 베르겐 벨젠에서 만난 한 여자가 캐나다에 와서 우리와 함께 살 수 있도록 후원하셨습니다. 그녀의 이름은 조라입니다. 조라는 제 할머니가 되었고, 부모님이 돌아가신 뒤 저를 키워 주셨습니다. 조라는 제게 인생은 계속되며 제게는 선택권이 있다는 걸 가르쳐 주셨습니다. 더 이상 제게 없는 것에 대해 한탄하든가, 남아 있는 것에 감사하든가. 제게 꼼지락대며 피해 버릴 수 없는 롤모델이 있어서 다행이었지요. 죽음의 수용소에서 살아남은 사람을 상대로 논쟁할 수는 없지 않겠습니까?"

가마슈는 싱긋 웃기까지 했고, 피터는 특권을 있는 대로 다 지니고도 행복하지 않은 자신과는 달리 악몽을 있는 대로 다 겪고도 행복해하는 이 사내에게 경탄했다.

그들은 단풍나무 터널을 빠져나와 구름이 끼어 흐릿한 빛 속으로 들어섰다. 두 사람 모두 걸음을 멈추었다. 바이올린 소리가 들렸다.

"렌 마리의 춤을 놓치고 싶지 않군요." 가마슈가 말했다.

그들은 돌아가기 시작했다.

"경감님 말씀이 맞습니다. 저는 제가 남자 화장실에 쓴 낙서를 아버지가 보시리라는 걸 알고 있었습니다. 첫 번째 칸은 절대 이용하지 않으시리라는 걸 알았기 때문에 두 번째 칸에 썼죠. 아버지뿐만 아니라 아버지의 친구들도 낙서를 봤습니다."

발걸음이 제자리에 멈추다시피 느려졌다.

"끔찍한 다툼이 있었고, 줄리아는 떠났습니다. 아마 아실 테지만 줄리아는 아버지를 사랑했고, 아버지가 자신을 사랑해 주지 않는 것을 용서할 수 없었습니다. 물론 아버지는 줄리아를 사랑했습니다. 그게 문제였죠. 줄리아를 너무 사랑한 나머지 그 일을 배신이라고 느끼셨던 겁니다. 가족을 배신한 게 아니라 당신을 배신했다고요. 자신의 어여쁜 딸이 말입니다."

이제 그들은 멈춰 섰다. 가마슈는 아무 말도 하지 않았다. 결국 피터가 말을 이었다.

"일부러 그런 겁니다. 아버지가 줄리아를 싫어하시도록요. 전 경쟁을 원하지 않았습니다. 아버지를 독차지하고 싶었죠. 그리고 줄리아는 절 놀려 댔습니다. 전 누나보다 어렸지만, 나이 차이가 크지 않았습니다. 사춘기였죠. 열여덟 살이오. 뭘 하든 어색하고 둔한 시기죠."

"여드름도 나고요."

피터는 경악한 눈길로 가마슈를 바라보았다.

"어떻게 아셨습니까? 토머스가 말했습니까?"

가마슈는 고개를 가로저었다. "피터의 한결같은 자줏빛 여드름이 터졌다."

피터는 날카롭게 숨을 들이켰다. 그 긴 세월이 흘렀는데도 여전히 뼈 사이로 칼날이 파고드는 듯했다.

"어디서 들으셨습니까?"

"줄리아에게서요." 가마슈는 그렇게 말하며 피터를 유심히 살폈다. "어느 날 저녁 식사를 마치고 정원에 있다가 누군가 무슨 말을 되풀이하는 소리를 들었습니다. 피터의 한결같은 자줏빛……."

"알겠습니다." 피터가 그의 말을 끊었다. "그게 뭔지 아십니까?"

"당신의 누나는 어린 시절에 하던 게임이라고 설명했지만, 제가 그 의미를 제대로 이해한 건 오늘 아침 당신 어머니가 당신들이 어린 시절에 아버지와 단어 게임을 했다는 말씀을 하셨을 때였습니다. 두운 맞추기 게임이오."

피터는 고개를 끄덕였다.

"아버지는 아마 그걸 통해 우리에게 가족 같은 분위기를 느끼게 해 주시려고 했던 모양이지만, 정반대의 효과가 났지요. 우리는 경쟁하게 됐습니다. 우리는 게임에서 이기면 상으로 아버지의 사랑을 받는다고 생각했습니다. 괴로운 게임이었지요. 게다가 당시 저는 여드름이 아주 심했습니다. 저는 줄리아에게 내가 쓸 만한 크림을 아느냐고 물었습니다. 줄리아는 제게 크림을 주었고, 그날 밤 게임이 벌어졌습니다. 한결같은 자줏빛 여드름perpetually purple pimple. 저는 '터졌다popped'고 말하면서 제가 이겼다고 생각했습니다. 하지만 줄리아가 피터의Peter's라고 말했습니다. 피터의 한결같은 자줏빛 여드름이 터졌다. 아버지는 환호성을 지르며 줄리아를 안았습니다. 난리를 치셨죠. 줄리아가 이겼습니다."

그 광경이 가마슈의 눈에 선했다. 어리고 어리숙하고 예술가 기질이 있는 피터가 누나에게 배신당하고 아버지에게 비웃음을 사는 광경이.

"그래서 복수를 계획했군요." 가마슈가 말했다.

"저는 낙서를 했습니다. 맙소사, 제가 무슨 짓을 한 건지 믿을 수가 없군요. 바보 같은 게임 하나 때문이라니. 줄리아의 입에서 튀어나온 말 한마디 때문에. 줄리아가 진심으로 한 말도 아니었을 텐데요. 그건 아무것도 아니었습니다. 아무것도요."

"거의 항상 그렇지요." 가마슈가 말했다. "너무 작아서 다른 사람 눈에는 보이지조차 않습니다. 너무 작아서 다가오는 게 보이지도 않는 것들이 사람 속을 파고들어 박살 내지요."

피터는 한숨을 쉬었다.

그들은 물랭 길 정상에 섰다. 일군의 바이올린 연주자들이 멀리서 부드럽고 아름다운 선율을 연주하기 시작하고 있었다. 무대 옆에서는 루스가 뜻밖에도 우아한 손놀림으로 음악에 맞춰 울퉁불퉁한 지팡이를 저었다. 무대 위에는 댄서들이 줄을 지어 서 있었다. 앞줄에는 아이들이, 가운데에는 여자들이, 건장한 남자들은 뒤에. 음악이 열기와 박자를 더해 가고 1분쯤 후 바이올린 연주자들의 팔이 번쩍번쩍 오르내리며 미친 듯이 활을 켜 대자 흥겹고 자유분방한 음악이 퍼지는 가운데 댄서들의 발놀림이 점점 더 격해지다가 발이 하나 되어 바닥을 구르고 두드렸다.

하지만 그 춤은 상체를 뻣뻣하게 세우고 두 팔을 죽은 나뭇가지처럼 옆구리에 붙인 채 추는 전통적인 아이리시 댄스와는 달랐다. 루스 자도의 지팡이에 맞추어 춤추고 돌고 함성을 지르고 웃음을 터뜨리면서도 항상 리듬을 유지하는 댄서들의 모습은 데르비시이슬람교 수피파의 수도자들을 일컫는 말이며, 그들은 의식을 위해 회전 춤을 춘다에 더 가까웠다. 구르는 발에 무대가 흔들렸고, 음파가 땅을 타고 마을에 있는 모든 사람의 몸을 관통하여 물랭 길까지 올라와 두 사람의 가슴에 울려 퍼졌다.

이윽고 춤이 멎었다. 정적이 흘렀다. 그러고는 웃음소리가 시작됐고, 박수가 터져 나와 침묵을 메웠다.

피터와 가마슈는 물랭 길에서 내려와 마지막 행사인 클로그 경연 대회에 딱 맞추어 도착했다. 여덟 살짜리 아이들이 나서는 자리였다. 그리고 렌 마리도. 댄서들은 바이올린 연주자들의 느린 아일랜드 왈츠에 맞추어 발을 더듬거렸다. 작은 아이 하나가 슬그머니 무대 앞으로 나와 자기만의 스텝을 밟았다. 루스가 지팡이를 두들겨 신호를 보냈지만, 아이는 지휘를 알아차리지 못하는 듯했다.

결국 가마슈가 기립 박수를 보냈고, 클라라와 가브리, 그리고 급기야 피터까지 박수에 동참했다.

"어땠어요?" 렌 마리가 소풍용 테이블에 앉은 사람들과 합류하며 물었다. "솔직하게 말해야 해요."

"훌륭했어." 가마슈가 그녀를 안아 주었다.

"눈물이 났어요." 가브리가 말했다.

"오 번이 무대를 독차지하지만 않았어도 더 나았을 거야." 렌 마리가 몸을 기울여 활짝 웃고 있는 어린아이를 가리키며 속삭였다.

"내가 걷어차고 올까?" 가마슈가 말했다.

"아무도 안 볼 때까지 기다리는 게 좋겠어." 그의 아내가 충고했다.

아이는 옆에 있는 소풍용 테이블에 앉자마자 한 방향으로 콜라를 엎질렀고, 다른 방향으로는 소금 통을 쓰러뜨렸다. 아이 어머니는 5번에게 소금을 집어 어깨 너머로 던지게 했다. 가마슈는 흥미를 갖고 그 광경을 바라보았다. 피터가 햄버거와 저민 숯불 구이 양고기와 피라미드처럼 쌓인 옥수수를 담은 서빙용 접시를 가져왔고, 올리비에는 맥주와 연분홍색 레모네이드를 담은 접시를 들고 왔다.

"어머나, 케스크 튀 페qu'est-ce que tu fais 너 뭐 하는 거니? 사방에서 개미가 노리고 있잖아. 말벌이 와서 널 쏠 거야."

엄마가 어질러진 테이블 처리는 다른 사람에게 맡기고 5번의 팔을 잡아끌어 다른 테이블로 향했다.

"다들 이번 주를 위해 돌아왔네요." 올리비에가 찬 맥주를 길게 들이 켠 다음 모여든 사람들을 살피며 말했다. "생 장 밥티스트의 날 직전에 와서 캐나다 연방 성립 기념일이 끝날 때까지 머무는 거죠."

"지난주 생 장 밥티스트의 날은 어떻게 축하했습니까?" 가마슈가 물었다.

"바이올린 연주와 클로그와 바비큐로요." 가브리가 말했다.

"오 번은 방문객인가요? 전에는 본 적이 없는데." 렌 마리가 말했다.

"누구요?" 올리비에는 렌 마리가 자신의 클로그 상대를 고갯짓으로 가리키자 웃음을 터뜨렸다. "아, 쟤요. 쟨 위니펙에서 왔답니다. 오 번이라고 부르세요? 우린 똥싸개라고 부르는데."

"간단하게요." 가브리가 말했다. "셰어나 마돈나처럼."

"아니면 가브리처럼요." 렌 마리가 말했다. "그나저나 가브리라는 이름은 한 번도 들어 본 적이 없어요. 가브리엘의 약칭이에요?"

"맞아요."

"하지만 보통 가브리엘은 줄여서 개비라고 부르지 않나요?"

"전 보통 가브리엘이 아니에요." 가브리가 말했다.

"미안해요, 몽 보mon beau 우리 미남 아저씨." 렌 마리가 손을 뻗어 상심한 거한을 다독였다. "가브리가 그렇다는 얘기는 아니었어요. 난 항상 저 유명한 가브리엘을 좋아했답니다. 대천사 가브리엘 말이에요."

이 말이 어떻게 해선가 가브리의 깃털을 어루만져 주었다. 렌 마리는 순간 가브리의 등에 실제로 커다랗고 강인한 회색 날개가 돋아난 듯한 상상에 사로잡혀 깜짝 놀랐다.

"아시겠지만 우리에겐 다니엘이라는 아들이 있어요. 딸아이는 아니고요. 영어로도 프랑스어로도 읽을 수 있는 이름을 골랐지요. 가브리엘도 마찬가지예요."

"세 브레C'est vrai 맞아요." 가브리가 말했다. "전 가브리엘이 좋았지만 학교에선 모두가 절 개비Gaby 얼간이라는 뜻이 있다라고 불렀죠. 그건 싫었어요. 그래서 저만의 이름을 만든 거죠. 가브리라고. 부알라Voilà 짜잔."

"자기를 개비라고 불렀다니, 믿기 어려운걸." 올리비에가 미소 지으며 말했다.

"그러게." 가브리는 빈정거림을 받아 주지 않았다. 하지만 잠시 후 재미있어하는 렌 마리의 눈빛을 보고 그는 자신이 일부러 그런 척하는 만큼 분위기 파악을 못하거나 눈치가 없지 않음을 확신했다.

그들 모두는 똥싸개가 코아티쿡 아이스크림퀘벡 주 코아티쿡 시에 있는 코아티쿡

유업에서 생산하는 아이스크림을 핥고, 소금을 더 쏟고, 또다시 테이블 너머로 콜라 캔을 밀치는 모습을 지켜보았다. 소금 위를 미끄러지다 요철에 부딪힌 콜라 캔은 테이블 아래로 떨어졌다. 아이는 울기 시작했다. 엄마는 아이를 달랜 다음 쏟아진 소금을 집어 아이의 어깨 너머로 뿌렸다. 행운을 위해. 가마슈는 아이가 자리를 엉망으로 만들 때마다 그의 어머니가 자리를 옮기지 않고 그 아이에게 치우도록 가르치는 것만이 5번에게 찾아올 수 있는 유일한 행운이라고 생각했다.

가마슈는 그들이 처음 앉았던 소풍용 테이블을 건너다보았다. 역시나 달콤한 콜라 웅덩이 주변에 개미와 말벌이 들끓고 있었다.

"햄버거 먹을래, 아르망?" 렌 마리는 햄버거를 내밀다가 손을 내렸다. 그녀는 남편의 얼굴에 떠오른 표정을 알아보았다. 그가 무언가를 본 것이다. 그녀도 같은 방향을 보았지만 빈 소풍용 테이블과 말벌 몇 마리뿐이었다.

하지만 그는 살인을 보았다.

그는 개미와 벌과 조각상과 검은호두나무와 캐나다 연방 성립 기념일과 거기에 쌓을 이루는 생 장 밥티스트의 날을 보았다. 그는 여름철 일자리와 탐욕과 줄리아 모로를 뭉개기 위해 수십 년을 기다렸을 사악함을 보았다.

그리고 그는 마침내 마지막 난에 써넣을 것을 찾아냈다.

어떻게.

어떻게 아버지가 받침대에서 걸어 나와 딸을 뭉갰는지.

29

아르망 가마슈가 아내에게 막 작별의 입맞춤을 했을 때 굵은 빗방울이 철퍼덕 떨어졌다. 캐나다 연방 성립 기념일에는 안개나 분위기 있는 보슬비는 어울리지 않았다. 실하고 원숙하며 물기가 가득한 비가 어울리는 날이었다.

"알아냈구나." 그가 그녀를 껴안자 그녀가 그의 귀에 대고 속삭였다.

그는 뒤로 물러선 다음 고개를 끄덕였다.

피터와 클라라는 전선으로 돌아가는 전쟁 신경증을 앓는 전쟁 베테랑 같은 모습으로 볼보에 올랐다. 피터의 머리카락이 벌써 삐쳐 있었다.

"잠깐만." 렌 마리가 운전석 문을 여는 아르망을 향해 외쳤다. 그녀는 사방에 떨어지는 빗방울을 무시한 채 남편을 잠시 옆으로 데려갔다. "말하는 걸 깜빡했어. 베로니크 주방장을 어디서 봤는지 생각났어. 당신도 봤어. 틀림없이."

그녀가 말하자 그는 놀라 눈을 동그랗게 떴다. 물론 그녀의 말이 옳았다. 애매모호하게 마음을 괴롭히던 많은 것들이 갑자기 아귀가 맞아떨어졌다. 은둔한 세계 최상급 요리사. 젊은 영국계 직원들. 더 위의 연배도 없고 프랑스계도 아닌 직원들. 그녀가 손님을 환영하지 않는 이유. 그리고 그녀가 1년 내내 외딴 호숫가에서 사는 이유.

"메르시, 마 벨Merci, ma belle 고마워, 내 사랑." 그는 그녀에게 다시 입을 맞추고 차로 돌아갔고, 차는 다시 길로 돌아갔다. 마누아르 벨샤스로.

비포장도로의 마지막 모퉁이를 돌자 앞 유리 와이퍼 너머로 오래된 통나무 산장이 보였고, 구불구불한 진입로에 세워진 경찰차 한 대가 보였다. 가까이 갈수록 경찰차가 늘어났다. 일부는 주 경찰에서 왔고, 일부는 시 경찰에서 왔다. 왕립 캐나다 산악 경찰 트럭도 한 대 있었다. 진입로는 뒤죽박죽 세워 둔 차량으로 가득했다.

차 안의 잡담이 멎었고, 무거운 침묵이 흐르는 가운데 와이퍼만이 딸깍딸깍 소리를 냈다. 가마슈의 얼굴이 엄하고 딱딱하고 주의 깊게 변했다. 세 사람은 빗속을 내달려 마누아르의 접수실로 들어섰다.

"봉 디유Bon Dieu 맙소사, 오셔서 다행이에요." 키 작은 마담 뒤부아가 말했다. "다들 대응접실에 있어요."

가마슈는 서둘러 발걸음을 옮겼다.

문이 열리자 모두의 눈길이 그에게 쏟아졌다. 한가운데에 선 장 기 보부아르가 모로 가족, 아마도 전원으로 짐작되는 마누아르의 직원들, 그리고 각양각색의 제복을 입은 남녀 경찰관들에게 둘러싸여 있었다. 벽난로 선반 위에는 거대한 군용 지도가 걸려 있었다.

"봉Bon 자." 보부아르가 말했다. "이분이 누군지 아실 겁니다. 퀘벡 경찰청 살인수사반 반장 아르망 가마슈 경감님입니다."

수군거리는 소리와 끄덕임이 이어졌다. 몇몇 경관들은 경례를 했다. 가마슈가 고개를 까딱했다.

"무슨 일인가?" 가마슈가 물었다.

"엘리엇 번이 사라졌습니다." 보부아르가 말했다. "아침과 점심 식사 시간 사이에 그 사실을 알았습니다."

"누가 신고했지?"

"제가 했어요." 베로니크 주방장이 앞으로 나섰다. 그녀를 본 가마슈는 어떻게 전에는 그녀를 알아보지 못했는지 의아했다. 렌 마리가 옳았다. "아침 식사 시간에 오지 않았더군요." 주방장이 설명했다. "드문 일이기는 했지만 아주 없는 일은 아니었죠. 그 앤 어젯밤 저녁 식사 시중을 들었는데, 그럴 경우 가끔 다음 날 아침에 일정에서 빼 줄 때도 있으니까요. 그래서 아무 말도 하지 않았어요. 하지만 점심을 준비할 때는 나타나야 했어요."

"그래서 어떻게 하셨지요?" 가마슈가 물었다.

"피에르 지배인에게 말했어요." 베로니크가 말했다.

동요하고 걱정 어린 기색의 피에르 파트노드가 나섰다.

"그를 찾아야 하는 거 아닙니까?" 그가 물었다.

"찾고 있습니다, 무슈." 보부아르가 말했다. "경찰과 방송국, 버스 터미널과 기차역에 연락을 취해 뒀습니다."

"하지만 저 밖에 있을지도 모릅니다." 피에르는 바깥을 향해 손을 내저었다. 이제 비가 창문 위로 쏟아져 바깥세상을 그로테스크하게 왜곡하고 있었다.

"수색대를 조직할 테지만, 그 전에 정보와 계획이 필요합니다. 계속하게." 가마슈는 보부아르를 돌아보았다.

"무슈 파트노드가 잠자리와 부지 내를 훑어보았습니다. 엘리엇이 아프거나 다치거나 농땡이 치는 게 아니라는 걸 확인하기 위해서요." 보부아르가 말했다. "아무것도 발견하지 못했습니다."

"옷이 없어졌나?" 가마슈가 물었다.

"아니요." 보부아르가 그렇게 말한 순간 두 사람의 눈이 마주쳤다.

"주변 지역을 수색하기 위해 수색대를 조직하려던 참이었습니다." 보부아르는 방 안의 사람들을 향해 말했다. "자원하고 싶으신 분은 남아 주십시오. 나머지는 방에서 나가 주십시오."

"저도 도울 수 있을까요?" 세쿼이아 나무 같은 왕립 캐나다 산악 경찰 경관들 때문에 난쟁이처럼 보이는 마담 뒤부아가 앞으로 나섰다.

"저를 도와주시지요, 마담." 가마슈가 말했다. "계속하게." 그가 보부아르에게 고개를 끄덕였다. 경감은 놀란 모두를 뒤로한 채 마담 뒤부아의 팔을 잡고 대응접실을 나섰다.

"겁쟁이." 모로 가족 사이에서 속삭임이 흘러나와 가마슈의 등을 타고 흘러내려 바닥에 떨어진 뒤 증발했다.

"뭘 도와 드릴까요, 무슈?" 바깥 사무실에 도착하자 그녀가 물었다.

"엘리엇의 고용 지원서와 그에 관해 알고 계신 모든 정보를 찾아 주십시오. 그리고 이곳들에 전화해 주십시오."

그는 재빨리 목록을 적어 내려갔다.

"정말요?" 목록을 보고 당황한 그녀가 그렇게 물었지만 그의 얼굴을 보고 대답을 기다리지 않았다.

그는 서재로 들어가 문을 닫았다. 복도에서 빗속으로 나갈 준비를 하는 수색대의 묵직한 발소리가 들려왔다. 폭풍우는 아니었지만, 비와 바람 때문에 땅이 젖어 미끄러울 터였다. 고약한 수색이 되리라.

그는 몇 가지를 더 메모한 다음 고개를 들고 창밖을 바라보았다. 그는 재빨리 프렌치 도어를 지나 비를 뚫고 잔디밭을 가로질러 막 숲으로 들어서는 한 무리의 수색대에 다가갔다. 다들 수색에 자원한 지역 사냥 동호회에서 제공한 밝은 오렌지색 코트를 입고 있었다. 팀마다 경찰관과 지역 사냥꾼이 한 명씩 배정되었다. 수색대원을 잃는 것만은 사양이었다. 실제로 그런 일이 일어나곤 했다. 정작 실종자는 나타났는데 수색대원이 사라져서 수년이 지난 후 유골로 발견되는 경우가 얼마나 잦은지 몰랐다. 캐나다의 야생은 자신의 영토와 자기 품 안에서 죽은 사람들을 쉽사리 내어 주지 않았다.

비가 마구 쏟아지며 옆에서 사람들을 후려쳤다. 다들 빗물에 번들거리는 오렌지색 코트를 입고 있으니 누가 누구인지 알아볼 수 없었다.

"콜린?" 가마슈는 후드를 쓰고 있으면 머리에 쏟아지는 빗소리밖에 들리지 않는다는 것을 알고 있었기에 크게 소리쳤다. "콜린!"

그는 콜린을 닮은 형체의 어깨를 붙잡았다. 가마슈는 돌아선 청년이 짐꾼임을 알아보았다. 겁먹고 불안한 표정이었다. 빗물이 가마슈의 얼굴에 뚝뚝 떨어져 눈으로 흘러들었다가 뺨을 타고 흘러내렸다. 그는 청년에게 안심하라는 듯 미소를 지어 보였다.

"괜찮을 걸세." 그가 소리쳤다. "저 사람들에게 딱 붙어 있으면 돼." 가마슈는 등에 굵은 테이프로 X 자를 붙여 둔 커다란 오렌지색 코트 둘을 가리켰다. "그리고 지친다 싶거든 저 사람들에게 말하게. 몸이 상해서는 안 돼, 다코르_{d'accord} 알겠지?"

젊은이는 고개를 끄덕였다. "경감님도 저희랑 같이 가시나요?"

"아니. 나는 다른 곳에 가 봐야 하네."

"이해합니다."

하지만 가마슈는 상대방의 얼굴에서 실망을 보았다. 공포가 젊은이를 집어삼키는 게 보였다. 끔찍한 기분이었다. 하지만 그는 다른 곳에 가 봐야 했고, 그 전에 우선 젊은 정원사를 찾아야 했다. "자네 팀에 콜린이 있나?"

청년은 고개를 저은 다음 다른 사람들을 따라잡기 위해 뛰어갔다.

"사크레Sacré 빌어먹을." 젖은 잔디밭에 홀로 서서 비를 가릴 것도 없이 옷을 흠뻑 적시는 처지가 된 가마슈가 속삭였다. "얼간이."

그는 이후 몇 분 동안 숲 속으로 들어가 만나는 팀마다 정원사가 있느냐고 묻고 다녔다. 일반적인 수색 패턴을 알고 있었고 직접 수색대를 지휘해 본 경험도 충분했기에 수색대를 놓치지 않을까 걱정하지는 않았다. 그가 걱정하는 것은 다른 것이었다. 사라진 엘리엇이 걱정스러웠다. 작은 침실의 소박한 목재 찬장에 옷을 남겨 두고 사라진 엘리엇이 걱정스러웠다.

"콜린?" 그가 또 다른 오렌지색 어깨를 짚자 또 다른 젊은이가 순간 현실로 도래한 영화 속의 악몽에 펄쩍 뛰었다. 사람들은 프레디 크루거나 한니발 렉터, 혹은 블레어 위치를 보게 될 줄 알았다는 듯한 표정으로 그를 돌아보았다. 커다랗고 겁에 질린 눈이 그의 눈과 마주쳤다.

"콜린?"

그녀가 안도하며 고개를 끄덕였다.

"따라와요." 그는 팀의 지휘자에게 젊은 정원사를 데려가겠다고 소리쳤고, 나머지 사람들이 터덜터덜 숲 속 깊은 곳으로 들어가는 동안 가마슈와 콜린은 잔디밭으로 나와 산장으로 피신했다.

안으로 들어와 수건으로 몸을 닦으며 가마슈가 말했다.

"몇 가지 알아야 할 게 있습니다. 솔직하게 말해 줬으면 합니다."

콜린은 거짓말을 할 정신이 아닌 듯했다.

"당신이 좋아하는 사람이 누굽니까?"

"엘리엇이오."

"그럼 엘리엇이 누구를 좋아했다고 생각합니까?"

"그 여자요. 살해당한 여자."

"줄리아 마틴? 왜 그렇게 생각합니까?"

"엘리엇이 항상 그 여자 주변을 맴돌며 질문을 던지곤 했으니까요."

그녀는 부드러운 수건을 가져다 젖은 얼굴을 닦았다.

"예를 들면요, 콜린? 엘리엇이 뭘 알고 싶어 했습니까?"

"바보 같은 것들요. 그 여자 남편이 뭘 했는지, 두 사람이 어디에 살았는지, 그 여자가 배를 탔는지 하이킹을 했는지. 스탠리 파크_{밴쿠버에 있는} _{도시 공원}와 요트 클럽을 아는지. 엘리엇이 거기서 일한 적이 있거든요."

"엘리엇이 밴쿠버에서도 줄리아를 알았을 것 같습니까?"

"엘리엇이 그녀에게 퀘벡에서 마티니를 서빙한 것처럼 밴쿠버에서도 당신에게 서빙하지 않았나 싶다며 웃는 것을 들었어요."

콜린은 그게 우습지 않다고 생각하는 게 분명했다.

"당신이 개미 이야기를 한 적이 있지요." 그는 좀 더 상냥하게 말했다. "개미 때문에 악몽을 꿨다고요. 개미가 어디 있었습니까?"

"이젠 다 끝났어요." 그녀는 온몸에 개미가 기어 다니는 광경을 떠올리며 몸서리쳤다.

"아니, 꿈속에서 말고 실제로 말입니다. 어디서 개미를 본 겁니까?" 그는 조바심을 드러내지 않으려 노력하며 일부러 차분하고 평온한 목소리를 냈다.

"조각상을 뒤덮고 있었어요. 병든 꽃들을 옮겨 심으려다가 고개를 들어 보니 조각상이 개미로 뒤덮여 있었어요."

"자, 잘 생각해 봐요." 시간이 촉박하다는 걸 알았지만 그는 미소를 지으며 천천히 말했다. "개미가 정말 조각상 전체를 뒤덮었습니까?"

그녀는 생각했다.

몇 시간처럼 느껴지는 시간이 흐른 뒤에야 그녀가 입을 열었다. "아뇨, 개미는 아래쪽에 있었어요. 조각상 발이랑 흰 대리석에요. 제 머리가 있는 위치였죠."

무릎을 꿇고 죽어 가는 식물을 돌보던 젊은 정원사가 미친 듯이 우글거리는 개미 떼와 마주치는 모습이 눈앞에 선했다.

"다른 것도 있었습니까?"

"예를 들면요?"

"생각해 봐요, 콜린. 그냥 생각해 봐요." 그녀에게 말해 주어 서둘러 답을 유도하고 싶은 마음이 간절했지만 그래서는 안 된다는 걸 알고 있었다. 대신 그는 기다렸다.

"말벌요." 마침내 그녀가 말했다. 가마슈는 숨을 토해 낸 다음에야 자신이 숨을 참고 있었다는 사실을 깨달았다. "주변에 둥지가 없었기 때문에 이상했죠. 그냥 말벌만 있었어요. 그 빈이라는 꼬마가 그건 그냥 벌이라고 했지만 분명히 말벌이었어요."

"사실 그냥 벌이 맞습니다." 가마슈가 말했다. "꿀벌이죠."

"그건 말도 안 돼요. 꿀벌이 거기 왜 있겠어요? 벌통은 부지 반대편에 있는걸요. 게다가 그 주변에 있는 꽃은 전부 시들어 있었어요. 벌은 그런 꽃에는 이끌리지 않아요."

"마지막 질문입니다. 라코스트 형사에게 들으니 당신은 계속 자기 잘못이 아니라고 했다더군요." 그는 재빨리 손을 들어 그녀를 안심시켰다. "당신 잘못이 아니라는 걸 압니다. 하지만 왜 그런 말을 했는지 알고 싶습니다."

"엘리엇과 마틴 부인이 조각상 반대편에서 이야기를 나누고 있었어요. 웃으면서 시시덕거리고 있었달까. 전 무척 화가 났어요. 날마다 두 사람을 봐야 한다는 게 끔찍했어요. 제가 거기서 일하고 있는데도 둘은 절 보지 못했거나 알아차리지 못한 게 분명했어요. 아무튼, 저는 일어나서 손을 조각상에 갖다 댔죠. 조각상이 움직였어요."

그녀는 눈을 내리깔고 당연히 따라올 웃음소리를 기다렸다. 그는 자신의 말을 믿지 않을 터였다. 누군들 믿겠는가? 터무니없는 이야기였고, 그래서 그녀도 전에는 말하지 않았다. 어떻게 조각상이 움직일 수 있었겠는가? 하지만 조각상은 움직였다. 조각상이 바닥을 긁으며 앞으로 움직이는 감촉이 지금도 생생했다. 그녀는 그가 웃음을 터뜨리며 방금 한 이야기가 말도 안 된다고 일축하기를 기다렸다. 눈을 들자 그가 고개를 끄덕이고 있었다.

"고맙습니다." 그가 부드럽게 말했다. 그녀는 그가 자신에게 말하고 있는 것인지 확신할 수 없었다. "수색대와 합류하기에는 너무 늦었군요. 나를 도울 일이 있을 겁니다."

그녀가 안도하며 미소 지었다.

가마슈는 마담 뒤부아가 연결해 준 전화를 받으면서 콜린에게 브리티시컬럼비아의 너나이모 교도소에 전화를 부탁했다. "가마슈 경감이 데이비드 마틴과 급히 통화해야 한다고 하세요."

가마슈는 파리 로댕 박물관, 런던 로열 아카데미, 몬트리올 코트 드 네주 묘지와 통화했다. 그가 전화를 끊자마자 콜린이 전화를 건넸다.

"마틴 씨예요."

"데이비드 마틴?" 가마슈가 물었다.

"맞습니다. 가마슈 경감님이십니까?"

"위, 세 무아멤Oui, c'est moi-même 네, 맞습니다." 그는 계속해서 프랑스어로 서둘러 말했고, 마찬가지로 빠른 프랑스어로 답을 들었다. 가마슈는 아주 빠르게 마틴의 젊은 시절과 경력, 그의 초창기 파산과 투자자들에 관해 알아냈다.

"초기 투자자들의 이름을 전부 알아야겠습니다."

"그건 쉽습니다. 많지 않거든요."

가마슈는 마틴이 불러 주는 이름을 적어 내려갔다.

"이 사람들이 당신에게 투자한 돈을 전부 잃었습니까?"

"우리 모두가 그랬지요. 안됐다고 눈물 흘릴 일은 아닙니다. 오해하지 마십시오. 그 사람들은 전부 절호의 기회를 노렸던 겁니다. 자선사업은 아니었으니까요. 회사가 한 건 했더라면 그 사람들도 한밑천 잡았을 겁니다. 그건 사업이었습니다. 전 파산했고, 몇몇 사람들도 마찬가지였습니다. 하지만 전 다시 일어섰죠."

"당신은 젊었고 부양하는 사람도 없었지요. 투자자 중에는 더 나이가 많고 가족이 있는 사람들도 있었습니다. 그런 사람들에게는 다시 시작할 시간이나 기력이 없었습니다."

"그럼 투자를 하지 말았어야죠."

가마슈는 전화를 끊고 고개를 들었다. 아이린 피니와 마담 뒤부아가 방 안에 나란히 서서 똑같은 표정을 짓고 있었다. 그들 뒤에 콜린이 마치 두 나이 든 여성의 '이전' 버전처럼 생기 있고 포동포동한 모습으로 서서 얼굴에 똑같은 표정을 띄우고 있었다.

두려움.

"무슨 일입니까?" 가마슈는 자리에서 일어났다.

"빈이오." 피니 부인이 말했다. "빈이 보이질 않아요."

가마슈의 얼굴이 창백해졌다.

"빈을 마지막으로 보신 게 언제입니까?"

"점심때였어요." 피니 부인의 말에 모두가 손목시계를 확인했다. 세 시간이 지났다. "내 손주는 어디 있죠?"

그녀가 가마슈의 책임이라는 듯이 그를 쳐다보았다. 그리고 그는 자신의 책임이라는 것을 알았다. 그는 느렸고, 편견 때문에 엉뚱한 방향으로 나아갔다. 감정에 눈이 멀었다며 보부아르를 질타했지만 자신 역시 마찬가지였다.

"당신은 나이 든 여자와 아이들 곁에 안전하고 따뜻하게 앉아 있군요." 피니 부인이 쉭쉭거렸다. "다른 사람이 어려운 일을 하는 와중에 여기에 숨어 있다니."

그녀는 분노로 몸을 떨었다. 마침내 단층선이 너무 넓게 벌어져 그 사이로 굴러 떨어지고 만 듯했다.

"왜지?" 가마슈는 자신에게 속삭였다. "왜 빈이지?"

"뭔가 해 보란 말이에요." 피니 부인이 소리쳤다.

"생각을 해야 합니다." 그가 말했다.

그는 뒷짐을 지고 침착한 발걸음으로 서재 안을 걸어 다녔다. 그들은 믿을 수 없다는 듯 그 광경을 지켜보았다. 그러다 마침내 그가 걸음을 멈추고 주머니를 뒤지며 돌아섰다.

"자, 내 볼보로 진입로를 가로막아요. 부지로 드나드는 다른 길이 있습니까?" 그가 콜린에게 열쇠를 던지며 부리나케 문으로 향하자 마담 뒤부아와 피니가 그의 뒤를 따랐고, 콜린은 빗속으로 뛰쳐나갔다.

"측면 도로가 있어요." 마담 뒤부아가 말했다. "차 한 대 지나갈 정도 너비예요. 뒤쪽에요. 무거운 장비를 나를 때 쓰죠."

"주도로로 이어지겠죠?" 가마슈가 말했다. 마담 뒤부아가 고개를 끄덕였다. "어디 있습니까?"

그녀가 손가락으로 가리키자 그는 빗속을 내달려 왕립 캐나다 산악 경찰의 커다란 픽업트럭에 올랐다. 예상대로 점화 장치에 열쇠가 꽂혀 있었다. 이내 그는 산장을 벗어나 측면 도로로 향했다. 숲 속으로 난 작은 길을 찾아 트럭을 세우고 부지 밖으로 나가는 길을 막아야 했다.

그는 살인자가 아직 자신들과 함께 있다는 사실을 알았다. 빈도 마찬가지였다. 두 사람이 나가지 못하게 해야 했다.

길을 막도록 트럭을 세워 놓고 차에서 뛰어내리는 순간, 뒤따른 다른 차량이 모퉁이를 돌더니 미끄러져 멈춰 섰다. 가마슈에게는 운전자의 얼굴이 보이지 않았다. 밝은 오렌지색 후드 때문에 얼굴에 그림자가 드리워 있었다. 유령이 자동차를 몰고 있는 것 같았다. 하지만 가마슈는 운전대를 잡은 것이 유령이 아니라 피와 살이 있는 존재임을 알았다.

자동차가 안간힘을 쓰며 후진하려 하자 타이어가 돌며 진흙과 낙엽을 뱉어 냈다. 하지만 자동차는 진흙 속에 박혀 있었다. 가마슈가 앞으로 달려들자 문이 열리며 살인자가 뛰쳐나와 내달렸다. 오렌지색 코트가 미친 듯이 펄럭였다.

가마슈는 미끄러지듯 멈추고 차 안으로 고개를 들이밀었다. "빈?" 그가 소리쳤다. 하지만 차는 비어 있었다. 쿵쾅거리던 심장이 일순 멎었다. 그는 몸을 돌려 막 산장 안으로 사라진 오렌지색 형체를 뒤쫓았다.

잠시 후 가마슈 또한 문을 밀치고 뛰어들어 여자들에게 안쪽 사무실에 들어가 문을 잠그고 있으라고 말한 다음 무전기를 찾아 다른 사람들에게 돌아오라고 지시하고 추격을 재개했다.

"엘리엇은요?" 콜린이 그의 뒤에 대고 소리쳤다.

"엘리엇은 숲에 없습니다." 가마슈는 뒤도 돌아보지 않고 말했다. 그는 투명한 핏방울처럼 이어지는 물 자국을 내려다보고 있었다.

물방울은 복도를 따라 윤이 나는 낡은 계단을 올랐고, 한 책장 앞에 웅덩이를 이루고 있었다.

다락으로 통하는 문.

그는 문을 벌컥 열고 계단을 두 단씩 올라갔다. 희미한 불빛 속에 물 자국을 쫓아 열린 공간으로 나왔다. 그는 자신이 무엇을 발견하게 될지 알고 있었다.

"빈?" 그가 속삭였다. "여기 있니?" 그는 목소리에서 불안을 걷어 내려 애썼다.

사냥 때문에 멸종되다시피 한 표범들이 박제되어 유리 눈을 희번덕거렸다. 사냥당한 작은 산토끼, 무스, 우아한 사슴과 수달. 모두 스포츠를 위해 살해당한 동물들이었다. 그것들이 가마슈를 노려보고 있었다.

하지만 빈은 없었다.

아래층에서 부츠 소리와 남자들의 목소리가 점점 크게 들려왔다. 하지만 이 방은 수백 년 동안 숨을 참아 온 것처럼 고요할 따름이었다. 기다리면서.

이내 소리가 들렸다. 작게 쿵 하는 소리. 그는 그게 무엇인지 알았다.

그의 앞쪽에 사각의 빛이 쏟아졌고 물이 바닥에 떨어졌다. 때 묻은 천창이 열려 있었다. 그는 재빨리 다가가 고개를 내밀었다. 그곳에 그들이 있었다.

빈과 살인자는 지붕에 있었다.

가마슈는 수없이 공포를 봐 왔다. 막 죽었거나, 죽음을 앞두고 있거나, 자신이 죽으리라고 생각한 사람들의 얼굴에서. 그 표정이 지금 빈의 얼굴에 어려 있었다. 테이프로 막힌 입, 책을 쥔 묶인 손, 달랑거리는 발. 가마슈는 공포를 봐 왔지만 이런 공포는 처음이었다. 빈은 빗물로 번들거리는 금속 지붕 맨 꼭대기에 선 살인자에게 문자 그대로 붙들려 있었다.

가마슈가 반사적으로 천창 가장자리를 붙들고 몸을 끌어 올리자마자 발이 젖은 금속 위에서 미끄러졌다. 그는 무릎을 꿇으며 충격을 느꼈다.

이윽고 세상이 핑핑 돌기 시작했고, 그는 열려 있는 천창 가장자리를 붙잡았다. 빗물이 눈으로 흘러들어 앞이 거의 보이지 않았고, 머릿속에는 극심한 공포가 자리 잡았다. 공포는 그에게 어서 지붕에서 내려가라고 비명을 질러 댔다. 구멍을 통해 다락으로, 아니면 지붕 끝 너머로.

해 버려. 몸을 던져. 그의 머리가 울부짖으며 간청했다. 해 버려.

저 밑에서 사람들이 고함을 지르며 손을 흔들었고, 그는 눈을 들었다.

빈에게로.

빈도 공포에 질린 얼굴을 들여다보았다. 둘은 서로 응시했고, 가마슈는 젖고 떨리는 손을 짚으며 천천히 몸을 일으켰다. 그는 머뭇거리며 가파른 지붕 꼭대기를 따라 발을 디뎠다. 한 사면에 하나씩 불안하게 발을 내려놓았다. 머리가 핑핑 도는 가운데, 그는 무언가를 붙잡을 수 있도록 자세를 낮추었다. 그런 다음 빈에게서 살인자에게로 눈길을 옮겼다.

"내게서 떨어져요, 무슈 가마슈. 저리 가지 않으면 이 꼬마를 던져 버릴 겁니다."

"당신은 그러지 않을 겁니다."

"모험을 하겠다고요? 난 이미 사람을 죽였어요. 잃을 것도 없지. 세상 끝에 와 있단 말입니다. 왜 길을 막은 거죠? 도망칠 수 있었는데. 당신이 다락에 묶어 둔 아이를 찾았을 때쯤이면 난 이미……."

목소리가 흔들렸다.

"어디로 갔겠습니까?" 가마슈는 신음하는 바람 너머로 소리쳤다. "갈 곳도 없었잖습니까? 이러지 마요. 끝났습니다. 빈을 이리 데려와요."

그가 떨리는 팔을 내밀었지만 살인자는 꿈쩍도 하지 않았다.

"난 누구를 다치게 하고 싶지는 않았어요. 다 잊어버리려고, 벗어나려고 여기로 왔단 말입니다. 그랬다고 생각했죠. 하지만 그 여자를 다시 보니……."

"이해합니다. 정말입니다." 가마슈는 이성적인 목소리로 상대를 안심시키려 노력했다. 목소리를 떨지 않으려 노력했다. "아이를 다치게 하고 싶진 않을 겁니다. 난 당신을 압니다. 나는……."

"당신은 아무것도 몰라."

살인자는 두려움에 떨기는커녕 침착해 보이기까지 했다. 궁지에 몰려 공황에 빠진 살인자는 끔찍한 존재였고, 침착한 살인자는 그보다 더 나빴다.

"빈." 가마슈가 차분한 목소리로 말했다. "빈, 나를 보렴." 그는 아이의 겁에 질린 눈을 바라보았지만 빈은 더 이상 아무것도 보지 못하고 있었다.

"뭘 하는 거야? 안 돼! 내려가!" 살인자가 갑자기 동요하며 가마슈의 뒤쪽을 바라보았다.

경감이 조심스럽게 고개를 돌리자 천창에서 올라오는 보부아르의 모습이 보였다. 순간 쿵쾅거리던 심장이 가라앉았다. 보부아르가 와 있었다. 혼자가 아니었다.

"내려가라고 해."

보부아르는 끔찍한 광경을 보았다. 살인자가 겁에 질린 아이를 붙든 채 폭풍 속의 피뢰침처럼 서 있었다. 하지만 가장 끔찍한 것은 너무나도 근심스러운 눈으로 자신을 바라보고 있는 경감의 모습이었다. 겁에 질린 경감의 운명은 이미 결정되었고, 경감도 그 사실을 알고 있었다. 칼레의 시민처럼.

가마슈는 손을 들어 보부아르에게 물러나라는 신호를 보냈다.

"그러시면 안 됩니다." 보부아르가 쉰 목소리로 말했다. "저도 같이 가게 해 주십시오."

"이번은 아닐세, 장 기." 가마슈가 말했다.

"저리 가. 아이를 던져 버리겠어." 빈이 살인자에게 간신히 붙들린 채 갑자기 허공으로 떠밀렸다. 보부아르는 테이프로 막힌 아이의 입에서 나오는 비명 소리를 들을 수 있었다.

보부아르는 마지막으로 눈길을 보낸 뒤 후퇴했고, 가마슈는 다시 홀로 남았다. 매달린 빈과 살인자와 바람과 그 모든 걸 뒤흔든 비와 함께.

빈은 살인자의 팔 안에서 발버둥 치며 빠져나오려 몸을 비틀어 댔고,

테이프로 막힌 입에서 억눌린 새된 소리가 새어 나왔다.

"빈, 나를 보렴." 가마슈는 자신이 어디 있는지 잊어버리려고 애쓰면서, 뇌를 속여 땅에 있다고 믿게 하려고 애쓰면서 빈을 바라보았다. 그는 자신의 얼굴에서 두려움을 걷어 냈다. "날 봐."

"뭘 하는 거야?" 살인자는 의심스러운 눈길로 가마슈를 바라보며 꿈틀거리는 아이를 꼭 붙들었다.

"아이를 달래려는 거요. 빈 때문에 당신이 균형을 잃을까 걱정이군."

"상관없어." 살인자는 아이를 더 높이 들어 올렸다. 그 순간 가마슈는 살인자가 그걸 하리라는 것을 깨달았다. 아이를 던지리라는 것을.

"제발 부탁이오." 가마슈는 간청했다. "그러지 마시오."

하지만 살인자는 이미 이성에 귀 기울이지 않게 된 뒤였다. 지금 일어나고 있는 일과 이성은 무관했으니까. 지금 살인자의 귀에 들리는 것은 아주 오래된 울부짖음뿐이었다.

"빈, 나를 보렴." 가마슈가 외쳤다. "페가수스 기억하니?"

아이는 조금 진정했고, 비명 소리를 계속 내는 와중에도 가마슈에게 초점을 맞추는 것 같았다.

"페가수스를 타고 하늘을 나는 거 기억하지? 넌 지금 그러고 있는 거야. 넌 페가수스를 타고 있어. 날개가 느껴지니? 날개 소리가 들려?"

신음하는 바람이 페가수스의 쭉 뻗은 날개가 되었고, 페가수스는 강하게 박차 올라 빈을 하늘로, 공포에서 멀리 떨어진 곳으로 데려갔다. 가마슈는 빈이 지상의 몹쓸 유대에서 풀려나는 것을 보았다.

빈이 살인자의 팔에 안긴 채 안정을 되찾자 작고 비에 젖은 손가락에서 커다란 책이 천천히 빠져나와 지붕에 떨어져 미끄러져 내리다가 책장을 날개처럼 펼치고 허공으로 튕겨 나갔다.

가마슈가 아래를 흘끗 내려다보니 사람들이 야단법석을 떨며 팔을 휘두르고 위를 가리키고 있었다. 하지만 한 사람만은 팔을 내밀며 하늘에서 떨어지는 것을 받으려 했다.

피니.

가마슈는 숨을 깊게 들이쉬고 잠시 빈 너머를, 살인자 너머를, 굴뚝 꼭대기의 통풍관 너머를 바라보았다. 나무 꼭대기와 호수와 산을 바라보았다.

"이곳은 나의 땅, 내가 나고 자란 땅이니!"

그러자 살짝 긴장이 풀렸다. 그런 다음 그는 더 먼 곳을 바라보았다. 산 너머에 있는 스리 파인스를. 렌 마리를.

나 여기 있어. 내가 보여?

그는 흔들리지 않도록 허리에 단단한 손을 대고 천천히 일어섰다.

"자, 더 높이 올라가려무나, 빈. 페가수스를 타고 더 높이 올라간 적도 있잖니."

아래에서 사람들은 세 형체를 보았다. 경감은 이제 쏟아지는 빗속에 꼿꼿하게 서 있었고, 다른 두 사람은 살인자의 가슴에서 작은 팔다리가 돋아난 것처럼 한데 얽혀 있었다.

피니 곁으로 책이 쿵 하고 떨어지면서 펼쳐진 책장이 납작하게 짓눌렸다. 흐느끼는 바람 속 저 멀리에서 낮은 바리톤의 노랫소리가 들렸다.

"레터 B, 레터 B." 목소리는 비틀스의 〈렛 잇 비〉의 선율을 노래하고 있었다.

"맙소사." 라코스트는 그렇게 속삭이며 자신의 팔을 들어 올렸다. 그녀 곁의 마리아나는 이해할 수 없다는 듯 멍하니 그 광경을 바라보고 있었다. 다른 모든 것은 떨어질 수 있었다. 온종일, 매일같이 봐 온 일이었다. 빈만은 예외였다. 그녀는 앞으로 나서서 두 팔을 들어 올렸다. 마리아나의 눈에는 들어오지 않았지만 곁에서 샌드라도 아이를 향해 손을 들어 올렸다. 지붕에 달라붙은 저 귀한 아이를 향해.

빈은 책을 놓아 자유로워진 두 손을 앞으로 내밀었다. 고삐를 쥔 채로 두 눈은 맞은편에 있는 큰 남자를 바라보면서.

"더 높이, 빈." 가마슈가 재촉했다. **돌고 솟구치고 선회하며.** 머릿속의 목소리가 그렇게 말했고, 가마슈의 오른손이 더 크고 강인한 것을 잡기 위해 살짝 벌어졌다.

아이가 고삐를 힘차게 잡아당기며 페가수스의 옆구리를 걷어찼다.

발에 차인 피에르 파트노드가 손을 놓자 빈이 떨어졌다.

아르망 가마슈는 몸을 던졌다. 있는 힘껏 튀어 나간 그는 마치 반대편에 가닿기를 기대하듯 허공에 떠 있는 것 같았다. 그는 온 힘을 다해 손을 뻗었고, 신의 얼굴을 만졌다.

30

가마슈의 눈은 날아가는 아이에게서 떨어지지 않았다. 둘은 잠시 허공에 떠 있는 것처럼 보였다. 마침내 빈의 셔츠 자락이 느껴지자 그는 손을 움켜쥐었다.

지붕에 충돌한 두 사람이 매끄럽고 가파른 사면을 미끄러져 내리기 시작하는 와중에 그는 힘겹게 붙잡을 곳을 찾았다. 왼손을 뻗자 지붕 맨 꼭대기가 잡혔다. 수백 년 전 노련한 직공이 바로 그곳에 이제는 빛이 바랜 구리를 두들겨 이어 붙였었다. 그리고 지붕 꼭대기를 따라 지붕마루를 놓았었다. 아무런 이유 없이.

이제 그는 금속 지붕 사면에 매달린 채 한 손으로는 구리로 된 지붕마루를, 다른 한 손으로는 빈을 붙들고 있었다. 둘은 서로의 눈을 들여다보았다. 아이를 붙잡은 손은 단단했지만 지붕을 붙잡은 손은 미끄러지는 것이 느껴졌다. 시야 가장자리로 아래쪽에서 미친 듯이 소리치고 이름을 불러 대며 비명을 지르는 모습이 보였지만, 마치 다른 세상 일 같았다. 사다리를 들고 뛰는 사람들이 보였지만 그는 너무 늦으리라는 것을 알았다. 손가락이 지붕에서 떨어져 나가고 있었고, 잠시 후면 둘 다 지붕 가장자리를 넘어갈 터였다. 가마슈는 그렇게 두 사람이 떨어지게 되면 찰스 모로가 그랬던 것처럼 자신이 아이 위에 떨어지리라는 것을 알았다. 밑에 있는 것을 뭉개면서. 생각만으로도 견디기 어려웠다.

마침내 그의 손가락이 지붕마루에서 떨어졌고, 순간 신의 가호가 내린 듯 놀랍게도 아무 일도 일어나지 않은 것 같다가 이내 두 사람은 미끄러지기 시작했다.

가마슈는 마지막 힘을 쥐어짜 내어 아이를 자신에게서 멀리 떼어 놓고 아래쪽에서 팔을 벌리고 있는 사람들을 향해 던지려 했다. 바로 그 순간 위쪽에서 누군가의 손이 그의 손을 붙잡았다. 그는 그 손이 진짜가 아닐까 두려운 나머지 감히 올려다보지 못했다. 하지만 잠시 후 그는 고개를 들었다. 빗물이 눈에 흘러들어 앞이 보이지 않았지만, 그는 오래전부터 쥐고 있었고 오래전에 잃어버렸던 그 손의 주인을 알았다.

사다리가 빠르게 놓였고, 보부아르가 올라와 빈을 잡아 내린 다음 다시 지붕 위로 기어올라 자신의 젊은 몸으로 경감을 지탱했다.

"이제 놓아도 됩니다." 보부아르는 가마슈의 손을 붙들고 있는 피에르 파트노드에게 말했다. 파트노드는 아직 이 남자를 놓아주고 싶지 않다는 듯 잠시 망설였으나 결국에는 손을 놓았고, 가마슈는 부드럽게 젊은이의 품으로 미끄러졌다.

"괜찮으세요?" 보부아르가 속삭였다.

"메르시." 가마슈도 속삭였다. 새로 얻은 삶에서 내뱉은 첫 마디였다. 그가 볼 수 있으리라 기대하지 않았던 세상이었지만, 그 세상은 그의 눈앞에서 믿을 수 없으리만치 멀리까지 펼쳐 있었다. "고맙네." 그는 다시 한 번 말했다.

그는 다리가 떨리고 팔이 고무처럼 흐느적거리는 가운데 부축을 받으며 내려왔다. 사다리에 이르렀을 때, 그는 고개를 돌려 자신을 구해 준 사람의 얼굴을 올려다보았다.

피에르 파트노드가 원래 지붕의 일부였던 것처럼, 쿠뢰르 뒤 부아와 아베나키족이 떠나면서 그 자리에 남겨 둔 것처럼, 지붕 위에 꼿꼿이 서서 가마슈를 마주 보았다.

"피에르." 작지만 단호한 목소리가 스스럼없는 말투로 말했다. "이제 들어와요."

마담 뒤부아가 천창 밖으로 고개를 내밀었다. 그녀를 본 파트노드가 몸을 더욱 꼿꼿이 세웠다. 그는 두 팔을 떨어뜨리고 고개를 젖혔다.

"농Non 아니에요, 피에르." 마담 뒤부아가 말했다. "그래서는 안 돼요. 베로니크 주방장이 차를 끓여 뒀고 춥지 않도록 불도 피워 뒀어요. 이제 나랑 같이 내려가요."

그는 그녀가 내민 손을 바라보았다. 다음 순간, 그는 그 손을 붙잡고 마누아르 벨샤스 안으로 사라졌다.

다섯 사람이 마누아르의 주방에 앉았다. 파트노드와 가마슈가 마른 옷으로 갈아입고 따뜻한 담요를 두른 채 불가에 앉았고, 베로니크 주방장과 마담 뒤부아는 차를 따랐다. 보부아르는 파트노드가 달아날 것에 대비해서 그 옆에 앉았지만 그가 다시 달아나리라고 생각하는 사람은 아무도 없었다.

"자요." 베로니크 주방장이 커다란 손에 차가 담긴 머그잔을 든 채 잠시 망설였다. 잔은 가마슈와 파트노드 사이에 떠 있다가 지배인 쪽으로 향했다. 그녀는 다음 잔을 가마슈에게 건네며 작게 미안하다는 듯한 미소를 지었다.

"메르시." 그가 한 손으로 찻잔을 받으며 말했다. 왼손은 테이블 밑에 두고 감각이 돌아오도록 풀어 주는 중이었다. 그는 오한이 드는 이유가 비 때문보다 충격 때문이라는 것을 알았다. 그의 곁에서 보부아르가 가마슈의 차에 꿀 두 숟가락을 넣고 저었다.

"오늘은 제가 어머니 하죠." 보부아르가 나직이 말했다. 그 생각이 젊은이 안에 있던 무언가를 흔들어 놓았다. 이 주방과 관련된 무언가였다. 보부아르는 찻숟가락을 내려놓은 다음 파트노드 옆에 앉아 있는 베로니크 주방장을 바라보았다.

보부아르는 쓰라림이, 분노가 찾아오기를 기다렸다. 하지만 그는 자신들이 이 따뜻한 주방에 함께 있으며, 자신이 진흙탕에 무릎을 꿇고 사랑하는 이의 부서진 몸뚱이에 생명을 불어넣으려 애쓰고 있지 않다는 달뜬 놀라움이 느껴질 뿐이었다. 그는 다시 가마슈를 바라보았다. 그가 있다는 걸 확인하고 싶었다. 그런 다음 그는 다시 베로니크 주방장을 보았고, 무언가를 느꼈다. 그녀를 향한 슬픔을 느꼈다.

그가 전에 그녀에게 느꼈던 감정이 무엇이든 간에 그녀가 이 남자, 이 살인자에게 느끼는 감정과 비교하면 아무것도 아니었다.

베로니크는 파트노드의 떨리는 손을 움켜쥐었다. 더는 아닌 척할 필요가 없었다. 자신의 감정을 감출 필요가 없었다. "사 바Ça va 괜찮아요?" 그녀가 물었다.

조금 전 일어났던 일을 생각하면 우스꽝스러운 질문인지도 몰랐다. 당연히 그는 괜찮지 않았다. 하지만 파트노드는 살짝 놀랐다는 듯 그녀를 보았고, 고개를 끄덕였다.

마담 뒤부아가 보부아르에게 뜨겁고 진한 차를 담은 컵을 내민 다음 자신이 마실 차를 따랐다. 하지만 노부인은 그들과 함께 앉는 대신 테이블에서 물러섰다. 그녀는 다른 두 사람을 차단하고 베로니크와 피에르만을 보고자 했다. 두 사람은 이 야생에서 그녀의 벗이 되어 주었다. 이곳에서 자라고 늙어 간 이들. 한 사람은 사랑에 빠졌고, 다른 한 사람은 구렁에 빠졌다.

클레망틴 뒤부아는 피에르 파트노드가 20년도 전 젊은 시절 이곳에 왔을 때 분노로 가득 차 있음을 알아보았다. 그는 더없이 침착했고, 동작이 더없이 정확했으며, 태도도 더없이 완벽했다. 분노를 너무나도 잘 숨기고 있었다. 하지만 아이러니하게도 그가 이곳에 남기로 결심했다는 사실이 그녀의 의심을 확인해 주었다. 아무런 이유도 없이 이런 깊은 숲속에 그토록 오랫동안 남아 있을 사람은 없었다. 그녀는 베로니크의 이유는 알고 있었다. 자신의 이유도 알고 있었다. 그리고 이제 마침내 그의 이유도 알게 되었다.

그녀는 베로니크와 피에르가 손을 맞잡은 것이 이번이 처음이라는 것을 알았다. 그리고 아마 마지막이 되리라는 것도. 자신들이 이 오래된 소나무 테이블에 둘러앉는 것은 틀림없이 이번이 마지막이리라. 하루를 어떻게 보냈는지 이야기하는 것도.

그녀는 피에르가 저지른 일을 끔찍하게 여겨야 한다는 걸 알고 있었고, 잠시 후면 자신이 그렇게 느끼리라는 것도 알았다. 하지만 지금 이 순간만큼은 화가 날 뿐이었다. 피에르에게 화가 나는 것이 아니라 모로 가족과 가족 모임, 이곳에 온 줄리아 마틴에게 화가 났다. 그녀가 이곳에서 살해당했다는 사실에 화가 났다. 그리고 호숫가에서 누려 오던 자신들의 소박하지만 완벽했던 삶이 망가진 데에도.

마담 뒤부아는 이것이 비합리적이며 무정하고 물론 매우 이기적이기도 한 생각임을 알고 있었다. 하지만 그녀는 잠시나마 자신의 감정에,

자신의 슬픔에 젖어 들었다.

"왜 줄리아 마틴을 죽였습니까?" 가마슈가 물었다. 밖에서 사람들이 스윙도어를 열고 식당으로 들어서는 소리가 들렸다. 경찰청 경관이 주방에 있는 사람들이 나가지 못하게 하기 위해서가 아니라 다른 사람들이 들어오지 못하게 하기 위해 자리를 지키고 있었다. 그는 잠시 파트노드와 그의 지인들과 함께 조용히 있고 싶었다.

"이미 이유를 아실 거라고 생각합니다." 파트노드가 눈을 마주치지 않은 채 말했다. 조금 전 베로니크 주방장의 눈을 들여다본 이후 그는 눈을 들 수 없었다. 그는 눈을 내리깐 채 그녀의 눈길 속에서 발견한 것에 동요하고 있었다.

상냥함.

그리고 그녀는 지금 자신의 손을 잡고 있었다. 누군가 자신의 손을 잡아 준 것이 얼마 만일까? 그는 다 함께 〈나라의 사람들이여 시인이자 음악가인 질 비뇨가 지은 퀘벡 주의 비공식 국가〉를 부르는 기념행사에서 다른 사람들의 손을 잡았다. 향수병으로 힘들어하거나 두려움에 빠진 아이들을 위로했을 때도. 혹은 상처받은 아이들을. 콜린처럼. 그는 손을 잡고 시체를 발견한 그녀를 위로했다. 자신이 만든 시체를 발견한 그녀를.

하지만 누군가 자신의 손을 잡아 준 것이 얼마 만인가?

그는 기억을 되돌아보다가 절대 넘어다볼 수 없는 벽에 부딪혔다. 그의 질문에 대한 답은 그 너머 어딘가에 있었다.

하지만 지금 베로니크가 그녀의 따뜻한 손으로 자신의 차가운 손을 잡고 있었다. 서서히 떨림이 멎었다.

"하지만 난 이유를 몰라요, 피에르." 베로니크가 말했다. "말해 주겠어요?"

클레망틴 뒤부아는 그제야 그의 반대편에 앉았고, 세 사람은 마지막으로 다시 한 번 그들만의 세상에 들어섰다.

피에르 파트노드는 입을 벌렸다 다물면서 저 밑바닥에서 말을 길어 올렸다.

"아버지가 돌아가셨을 때 저는 열여덟이었습니다. 심장마비로 돌아가셨지만, 그게 이유가 아니라는 걸 알고 있었죠. 어머니와 저는 아버지가 죽도록 일하시는 모습을 봐 왔습니다. 아시겠지만 예전에는 형편이 넉넉했습니다. 아버지에게는 당신 회사가 있었습니다. 큰 집에 큰 차, 사립학교까지. 하지만 아버지는 딱 한 번 실수를 저지르셨습니다. 전에 고용했던 젊은이에게 투자를 하신 거지요. 아버지가 해고하셨던 사람이었습니다. 아버지가 그 사람을 해고하실 때 저도 그 자리에 있었습니다. 그때 저는 꼬마였죠. 아버지는 누구에게나 두 번째 기회는 주어져야 한다고 말씀하셨습니다. 하지만 세 번째는 없다고도요. 아버지는 그 사람에게 두 번째 기회를 주셨고, 그런 다음 해고하셨습니다. 하지만 아버지는 그 젊은이를 좋아하셨죠. 계속 연락을 주고받으셨습니다. 해고한 뒤에도 식사 자리에 초대하시기까지 했습니다. 죄책감을 느끼셨던 건지도 모르겠습니다."

"친절한 분이셨던 것 같네요." 마담 뒤부아가 말했다.

"그러셨지요." 파트노드는 그녀와 눈을 마주쳤고, 다시 한 번 상냥함에 놀랐다. 자신이 늘 상냥함에 둘러싸여 있었는지 궁금했다. 늘 상냥함이 넘쳤었던 걸까? 그가 본 것이라고는 어두운 숲과 깊은 물뿐이었다.

"아버지는 사재를 털어 그 남자에게 투자하셨습니다. 바보 같은, 말하자면 미친 짓이었죠. 나중에 남자는 아버지와 다른 사람들이 자신만큼이나 탐욕스러웠다고 했고, 어쩌면 그 말이 맞을지도 모릅니다. 하지만 저는 그렇게 생각하지 않습니다. 아버지는 그저 돕고 싶으셨을 뿐이었다고 생각합니다."

그는 베로니크를 쳐다보았다. 그녀의 얼굴은 더없이 강인했고 그녀의 눈은 더없이 맑았다.

"당신 말이 맞을 거예요." 그녀가 그의 손을 살짝 쥐며 말했다.

그는 갑자기 자신의 앞에 나타난 이 세계를 이해할 수 없어 눈을 깜빡였다.

"그 사람이 데이비드 마틴이었군요. 그렇죠?" 베로니크가 말했다. "줄리아의 남편."

파트노드가 고개를 끄덕였다. "물론 아버지는 파산하셨습니다. 모든 걸 잃으셨죠. 어머니는 신경 쓰지 않으셨습니다. 저도 신경 쓰지 않았고요. 우리는 아버지를 사랑했습니다. 하지만 아버지는 회복하지 못하셨습니다. 돈 때문은 아니었을 겁니다. 수치심과 배신감 때문이었죠. 우리는 마틴이 아버지의 돈을 갚으리라고는 기대하지 않았습니다. 그건 투자였고, 잘못된 투자였죠. 흔히 있는 일이지요. 아버지도 그 위험을 알고 계셨습니다. 마틴도 돈을 훔친 건 아니었고요. 하지만 그는 절대 미안하다는 말을 하지 않았지요. 그는 돈을 수억 달러씩 번 뒤에도 절대 아버지에게 연락하지 않았고, 아버지의 돈을 갚겠다고도 하지 않았습니다. 아버지의 회사에 투자하겠다고도 하지 않았고요. 저는 마틴이 점점 더 부자가 되는 동안 아버지가 사업을 다시 일으키려고 일하고 또 일하는 모습을 보았습니다."

그는 말을 멈추었다. 더 할 말이 없는 듯했다. 자신이 사랑했던 남자가 가라앉아 결국 사라지고 마는 모습을 지켜보는 것이 어떤 기분이었는지 설명할 수 없었다. 그리고 그런 짓을 한 사람이 위로 올라가는 모습을 지켜보는 것도.

무언가 새로운 것이 소년의 마음속에서 자라났다. 비통함. 그리고 수년간 그것은 심장이 있어야 할 구멍을 채웠다. 그리고 결국에는 그것이 그의 온 내면을 채우고 암흑만을 남겨 두었다. 그리고 울부짖음을, 울리고 울리는 오랜 메아리를. 메아리는 되풀이될 때마다 점점 더 커졌다.

"저는 이곳에서 행복했습니다." 그는 마담 뒤부아를 돌아보았다. 그녀는 늙은 손을 테이블 위로 뻗어 그의 팔을 어루만졌다.

"기쁘네요." 그녀가 말했다. "나도 피에르가 있어 행복했어요. 기적 같았죠." 그녀는 베로니크를 돌아보았다. "축복이 쌍으로 온 거죠. 그리고 당신은 어린 직원들에게도 참 잘해 줬어요. 직원들은 당신을 흠모했어요."

"직원들과 함께 있으면 속에서 아버지가 느껴졌습니다. 아버지가 제게 속삭이시는 게, 인내심을 갖고 대하라고 말씀하시는 게 들리는 듯했죠. 꾸준하고 온화하게 대해 줘야 한다고요. 엘리엇은 찾으셨습니까?"

그가 곁에 있는 보부아르에게 묻자 보부아르가 고개를 끄덕였다.

"막 연락받았습니다. 노스 하틀리 버스 터미널에 있었습니다."

"멀리 가지 못했군요." 파트노드는 자신도 모르게 미소를 지었다. "그 아이는 지시를 제대로 따른 적이 없었죠."

"당신이 엘리엇에게 도망가라고 했죠? 당신은 그에게 누명을 씌우려 했습니다, 무슈." 보부아르가 말했다. "엘리엇이 줄리아 마틴을 죽였다고 믿게 하려고요. 당신은 그가 줄리아에게 쓴 쪽지를 발견했고, 그것들을 가지고 있다가 일부러 쇠살대에 던져 넣었습니다. 우리가 찾아내리라는 걸 알았던 거죠."

"그 애는 향수병을 앓고 있었습니다. 증상을 제가 잘 알지요." 파트노드가 말했다. "자주 봐 왔으니까요. 그 애는 여기 머무르는 기간이 길어질수록 점점 더 화를 내고 불만을 느꼈습니다. 하지만 줄리아 마틴이 밴쿠버 출신이라는 것을 알게 된 뒤로는 그녀에게 매달렸지요. 처음에는 제게 곤란한 일이었습니다. 제가 하고 있는 일을 그 애가 알아차릴까 봐 걱정스러웠지요. 그러다 그걸 어떻게 이용하면 좋을지 깨달았습니다."

"그 애가 당신이 저지른 죄 때문에 체포되게 내버려 둘 생각이었어요?" 베로니크가 물었다. 보부아르는 그녀가 상대를 비난하거나 평가하려는 것이 아님을 알아차렸다. 그냥 질문이었다.

"아니요." 그는 피곤했다. 마지막 남은 기력으로 얼굴을 문지르고 한숨을 내쉬었다. "그냥 상황을 혼란스럽게 만들고 싶었을 뿐입니다."

보부아르는 그의 말을 믿지 않았지만 베로니크는 믿으리라는 생각이 들었다. 혹은 그녀도 믿지는 않지만, 그와 상관없이 그를 사랑하거나.

"아이도 그래서 데려갔나요?" 마담 뒤부아가 물었다. 그들은 이제 민감한 영역에 들어섰다. 줄리아 마틴을 죽인 것과는 다른 문제였다. 솔직히 모로 가족의 일원에게 살심을 느껴 본 적 없는 이가 누가 있겠는가? 그녀는 어쩌면 그가 엘리엇에게 누명을 씌운 것조차 이해할 수 있었다. 하지만 지붕에서 아이를 대롱대롱 매달고 있었던 건?

"빈은 보험이었을 뿐입니다." 파트노드가 말했다. "엘리엇이 돌아올 때를 대비해 혼란을 더하려던 거였죠. 빈을 해칠 생각은 없었습니다. 그저 도망치고 싶었을 뿐입니다. 당신이 날 막지만 않았더라도 이런 일이 일어나지는 않았을 겁니다." 그가 가마슈에게 말했다.

그리고 편안하고 따뜻한 방에 있는 모두는 끔찍한 일들을 정당화하고 다른 사람을 탓하는 피에르 파트노드의 작은 세계를 일별했다.

"왜 줄리아 마틴을 죽였습니까?" 가마슈가 다시 물었다. 뼛속까지 피곤했지만 아직 더 나아가야 했다. "남편이 한 일이 그녀의 책임은 아니었습니다. 당시는 두 사람이 결혼하기도 전이었습니다."

"맞습니다." 파트노드가 가마슈를 쳐다보았다. 둘 다 한 시간 전 지붕 위에서와는 판이하게 다른 모습이었다. 가마슈의 짙은 갈색 눈동자에서는 두려움이 사라졌고, 파트노드에게서는 분노가 사라졌다. 이제 두 사람은 피곤에 지친 채로 상대를 이해하고자 했다. 그리고 이해받고자 했다. "처음 그녀가 누구인지를 깨달았을 때는 멍한 기분이었습니다만, 시간이 지날수록 점점 더 화가 치밀었습니다. 그 여자의 완벽한 손톱도, 단장한 머리카락도, 치아도."

치아? 보부아르는 생각했다. 살인 동기야 수없이 들었지만 치아는 처음이었다.

"모든 것이 완벽했죠." 지배인은 말을 이어 나갔다. 말을 할수록 그의 목소리가 신사의 모습을 다른 무언가로 깎고 쪼아 냈다. "그 여자의 옷도, 보석도, 품행도. 친근하지만 살짝 상대방을 깔보는 듯했죠. 돈. 그 여자는 온몸으로 돈이라고 외치고 있었습니다. 제 아버지가 가졌어야 했던 돈. 어머니가 가졌어야 했던 돈."

"그리고 당신도?" 보부아르가 물었다.

"그래요, 나도. 난 점점 더 화가 났습니다. 마틴에게는 손이 닿지 않았지만 그 여자에게는 손이 닿았습니다."

"그래서 그녀를 죽였군요." 가마슈가 말했다.

파트노드는 고개를 끄덕였다.

"이분이 누구인지는 몰랐습니까?" 보부아르가 경감을 가리키며 물었다. "퀘벡 경찰청 살인수사반 반장 앞에서 사람을 죽인다는 걸?"

"기다릴 수 없었습니다." 파트노드가 말했고, 그들 모두 그 말이 진심이라는 것을 알았다. 너무 오랜 기다림이었다. "어차피 결국 경감님이 오시리라는 걸 알고 있었습니다. 이미 와 계신들 별 상관 없었죠."

그는 경감을 쳐다보았다. "데이비드 마틴이 미안하다고만 하면 될 일이었습니다. 그거면 됐습니다. 아버지는 그를 용서하셨을 겁니다."

가마슈는 자리에서 일어났다. 이제 가족을 상대할 시간이었다. 이 모든 일을 설명해야 했다. 식당 문간에 이른 그는 피에르 파트노드가 뒷문을 통과해 대기 중인 경찰차로 끌려가는 모습을 지켜보았다. 베로니크 주방장과 마담 뒤부아가 내다보는 가운데 그의 뒤로 방충 문이 찰칵하고 닫혔다.

"그가 정말로 빈을 지붕에서 던졌을 거라고 생각하십니까?" 보부아르가 물었다.

"그때는 그렇게 믿었네. 지금은 모르겠군. 어쩌면 아니었을지도."

하지만 가마슈는 그것이 자신의 바람임을 알았다. 아직도 그런 생각을 할 수 있어 기쁠 따름이었다. 보부아르는 자신의 앞에 선 커다랗고 조용한 사내를 바라보았다. 말해야 할까? 그는 숨을 들이쉰 다음 미지의 영역으로 발을 내디뎠다.

"경감님을 지붕 위에서 봤을 때 정말 이상한 기분이 들었습니다." 그는 말했다. "경감님이 칼레의 시민처럼 보이더군요. 경감님은 겁에 질려 계셨죠."

"무척."

"저도 그랬습니다."

"그런데도 자넨 나와 함께하겠다고 했지." 가마슈는 고개를 한쪽으로 기울였다. "기억하고 있네. 그리고 자네도 기억하길 바라네. 항상."

"하지만 시민들은 죽었고, 경감님은 죽지 않았죠." 보부아르는 웃음을 터뜨리며 견디기 힘든 이 순간을 깨뜨리려 했다.

"오, 아닐세. 시민들은 죽지 않았네." 가마슈가 말했다. "목숨을 구제받았지."

그가 식당 출입문을 향해 돌아서면서 뭐라고 말했지만, 보부아르는 알아듣지 못했다. 메르시merci였는지도. 아니면 자비mercy거나. 이내 그는 가 버렸다.

보부아르는 손을 뻗어 스윙도어를 밀고 경감을 따라가려다가 머뭇거렸다. 대신 그는 테이블 곁에 우두커니 서서 뒷문과 숲을 바라보고 있는 여자들에게로 돌아갔다.

식당에서 큰 목소리가 들려왔다. 모로 가족의 목소리였다. 대답을 요구하고, 관심을 요구하는 목소리였다. 경감과 합류해야 했다. 하지만 그 전에 할 일이 있었다.

"그는 두 사람을 죽게 내버려 둘 수도 있었습니다."

두 여자가 천천히 그를 돌아보았다.

"파트노드 말입니다." 보부아르는 말을 이었다. "가마슈 경감님과 빈을 죽게 내버려 둘 수도 있었습니다. 하지만 그러지 않았지요. 그는 두 사람의 목숨을 구했습니다."

그 말에 베로니크 주방장이 몸을 돌려 그를 보고, 그가 한때 갈구했으나 이제는 필요하지 않게 된 표정을 지어 보였다. 그는 속으로 깊은 평온함을 느꼈다. 오랜 빚을 청산한 기분이었다.

31

"실낙원." 가마슈 경감은 자연스럽게 사람들의 가운데에 자리를 잡고, 손을 들어 모로 가족을 조용히 시키며 말했다. "모든 것을 가지거나 모든 것을 잃거나. 이번 사건은 바로 그에 관한 것이었습니다."

방은 마누아르 직원과 경찰과 수색에 자원한 사람들로 가득했다. 그리고 모로 가족도. 소식을 들은 렌 마리는 부리나케 스리 파인스에서 건너와 방 한편에 조용히 앉아 있었다.

"무슨 소릴 하는 거래?" 샌드라가 큰 소리로 속삭였다.

"존 밀턴의 시 이야기란다." 남편 곁에 꼿꼿이 앉은 피니 부인이 말했다. "천국에서 추방당한 악마에 관한 시지."

"맞습니다." 가마슈가 말했다. "은총에서 추락한 악마에 관한 작품이지요. 밀턴의 시가 담고 있는 비극은 사탄이 모든 것을 가졌으면서도 그걸 몰랐다는 데에서 비롯합니다."

"그는 추락한 천사였지." 피니 부인이 말했다. "그는 천국에 봉사하느니 지옥을 지배하는 편이 낫다고 생각했어. 탐욕스러웠지." 그녀는 자식들을 바라보았다.

"하지만 무엇이 천국이고 무엇이 지옥일까요?" 가마슈가 물었다. "그것은 우리의 관점에 달려 있습니다. 저는 이곳을 사랑합니다." 그는 방 안과 이제는 비가 그친 창밖을 둘러보았다. "제게 이곳은 천국입니다. 저는 여기서 평화와 고요와 아름다움을 봅니다. 하지만 보부아르 경위에게 이곳은 지옥입니다. 그는 여기서 혼돈과 불편과 벌레를 보지요. 둘 다 맞습니다. 인식의 문제입니다. **마음은 마음이 곧 자기 자리이니, 지옥을 천국으로, 천국을 지옥으로도 만들 수 있는 법.**" 가마슈가 인용했다. "일찍이 줄리아가 죽기 전부터 저는 뭔가 이상하다는 걸 느꼈습니다. 아직 오지 않은 끔찍한 가족이라던 스폿과 클레어는 알고 보니 우리의 온화하고 친절한 친구 피터와 클라라였습니다. 결점이 없는 것은 아니지만," 가마슈는 다시 손을 들어 피터의 결점을 열거하려는 토머스를 제지했다. "본질적으로는 선량한 사람들입니다. 하지만 둘은 끔찍한 사람들이라는 비난을 받고 있었죠. 그때 저는 이 가족이 현실과 불화하고 있다는 것을, 인식이 일그러져 있다는 것을 깨달았습니다. 어떤 목적에서였을까요?"

"꼭 목적이 있어야 하나요?" 클라라가 물었다.

"모든 것에는 목적이 있습니다." 가마슈는 피터 곁에 앉은 그녀를 돌아보았다. "가족들은 토머스를 뛰어난 피아니스트이자 언어학자이며 사업가라고 보았습니다. 하지만 그의 연주는 기술자 같았고 경력은 평범했으며 프랑스어도 못했지요.

마리아나의 사업은 번창했고, 열정과 기교가 넘치는 피아노 연주를 했으며, 비범한 아이도 있지만 그녀는 제대로 할 줄 아는 게 없는 이기적인 여동생 취급을 당했습니다. 피터는 재능 있고 성공적인 예술가이며." 가마슈는 방을 가로질러 머리가 부스스하고 눈은 게슴츠레한 피터에게 다가갔다. "결혼 생활은 화목하고 친구도 많습니다. 하지만 다들 당신을 탐욕스럽고 잔인하다고 여겼죠. 그리고 줄리아는," 그는 계속했다. "가족을 떠났고 그 때문에 벌을 받은 누나, 동생이었습니다."

"그렇지 않아요." 피니 부인이 말했다. "그 앤 스스로 떠났어요."

"하지만 여러분이 그녀를 내몰았죠. 그녀의 잘못이 뭐였지요?"

"가족에게 창피를 안겼죠." 토머스가 말했다. "우린 놀림거리가 됐습니다. **줄리아 모로는 잘 빨아 준다.**"

"토머스!" 어머니가 질책했다.

그들은 사회에서 추방당했다. 비웃음을 사고 조롱당했다.

실낙원.

그래서 그들은 그들 중 착한 아이에게 복수했다.

"가족 모임에 오는 건 줄리아에게 힘든 일이었을 거야." 마리아나가 말했다. 빈은 수년 만에 처음으로 그녀의 무릎에 앉아 바닥에서 뗀 두 발을 달랑거리고 있었다.

"작작해." 토머스가 말했다. "신경이나 쓰는 것처럼 말하지 말라고, 마길라."

"날 그렇게 부르지 마."

"내가 왜? 저 사람이야 속일 수 있을지도 모르지." 그가 가마슈를 쳐다보았다. "저 사람은 널 모르니까. 하지만 우리는 알아. 넌 예나 지금

이나 이기적이야. 그래서 우리가 널 마길라라고 부르는 거지. 네가 아
버지께 무슨 짓을 했는지 잊지 말라고 말이야. 아버지께서 네게 바란 건
하나뿐이었어. 집에 오셨을 때 입 맞춰 드리는 거. 그런데 넌 어떻게 했
지? 넌 지하실에 남아 바보 같은 TV 프로그램이나 보고 있었어. 넌 아
버지보다 만화 속 고릴라를 더 좋아했던 거야. 아버지도 그걸 아셨어.
그리고 마침내 아버지에게 입을 맞추러 갈 때면 넌 울고 있었지. 하기
싫은 걸 억지로 하게 돼서 속상하다고 말이야. 넌 아버지 가슴을 찢어
놨어, 마길라. 내가 널 그렇게 부를 때마다 네가 아버지께 안긴 고통을
떠올려 주면 좋겠구나."

"그만해." 마리아나가 자리에서 일어났다. "그건. 절대. 만화. 때문이.
아니었어."

그녀는 어떻게든 안에 남아 있으려 하는 말을 억지로 토해 내다시피
했다. "그건. 우리. 때문이었어."

이제 마리아나에게서는 아무 소리도 나오지 않았다. 그녀는 말없이
서 있었다. 벌린 입에서 침 한 줄기가 투명한 꿀처럼 길게 흘러내렸다.
빈이 그녀의 손을 쥐자 마리아나는 볼기를 맞은 갓난아기처럼 훌쩍이고
울음을 터뜨리며 다시 숨을 쉬었다.

"그건 우리 때문이었어. 매일 내가 학교에서 집으로 뛰어온 건 우리
에 갇힌 고릴라 마길라를 보기 위해서였어. 오늘은 마길라가 집을 찾기
를 바라면서. 입양되기를 바라면서. 사랑받기를 바라면서."

그녀는 고개를 뒤로 젖히고 머리 위의 들보를 바라보았다. 들보가 떨
리면서 미세한 먼지와 회반죽 가루가 쏟아져 내리는 것이 보였다. 그녀
는 자신을 감싸 안았다. 그러자 떨림이 멎었다. 들보는 든든히 버텼다.

무너져 내리지 않았다.

"그래서 노숙자를 위한 아름다운 집을 설계했군요." 경감이 말했다.

"마리아나." 피터가 부드럽게 말하며 그녀에게 다가섰다.

"그리고 너." 토머스의 말이 피터와 여동생 사이에서 튀어나와 그를 멈춰 세웠다. "네가 가장 기만적이었지. 넌 모든 걸 가졌으면서 더 많은 걸 원했어. 우리 집에 악마가 있다면 그건 바로 너야."

"나라고?" 피터는 모로 가족의 기준으로 보더라도 잔인하기 그지없는 비난에 얼이 빠졌다. "형이 날더러 모든 걸 가졌다고 해? 형이 어떤 가정에서 살았는데? 어머니와 아버지가 사랑한 건 형이었어. 형이 모든 걸 다 가졌지. 심지어 아버지……." 피터는 풍당 소리와 고요한 호수 위에 퍼져 나가던 두 개의 원을 떠올리며 입을 다물었다.

"아버지 뭐? 아버지 커프스단추?" 토머스는 분노로 전율했다. 위층 옷장에 걸린 낡은 흰 와이셔츠가 떠오르자 두 손이 부들거렸다. 아버지가 돌아가신 날 챙겨 두었던 아버지의 낡은 셔츠. 그가 원했던 유일한 것이었다. 아버지의 등이 닿았던 셔츠. 셔츠에서는 여전히 아버지의 냄새가 났다. 짙은 시가와 향긋한 향수 냄새.

하지만 이제 그 연결 고리는 사라져 버렸다. 피터 때문에.

"너는 전혀 모르겠지?" 토머스가 내뱉었다. "넌 항상 성공해야만 하는 게 어떤 기분인지 상상도 못해. 아버지도 어머니도 그러길 기대하셨지. 난 실패할 수 없었어."

"오빠 항상 실패했어." 정신을 차린 마리아나가 말했다. "하지만 두 분 다 그걸 보지 않으려 하셨지. 오빠 게으른 거짓말쟁이였는데 두 분은 오빠가 잘못된 일은 하나도 하지 않는다고 생각하셨어."

"내가 유일한 희망이란 걸 아셨던 거지." 토머스가 피터에게서 눈을 떼지 않으며 말했다. "네게는 실망이 크셨으니까."

"피터는 아버지를 실망시킨 적이 없다."

모로 가족이 좀처럼 들을 일이 없던 목소리였다. 세 사람은 어머니를 돌아보았다가 이내 어머니 옆으로 눈길을 돌렸다.

"네 아버지는 네가 남들보다 뛰어나기를 바란 적이 없다, 토머스." 버트 피니가 말을 이었다. "네게는 행복 외에는 아무것도 바라질 않았지, 마리아나. 그리고 화장실 벽에 적힌 줄리아에 관한 낙서를 믿은 적도 없었고."

노인은 간신히 몸을 일으켰다.

"네 아버지는 네 작품을 좋아했다." 그는 피터에게 말했다. "네 음악도 좋아했다, 토머스. 마리아나 네 마음씨도 좋아해서 항상 네가 얼마나 강인하고 친절한지 말하곤 했지. 너희 아버지는 너희들을 사랑하셨어."

어떤 수류탄보다도 위험한 말이 모로 가족 한가운데에서 터졌다.

"줄리아가 알아낸 건 그거였다." 피니가 말했다. "그 애는 아버지가 돈과 선물을 주지 않은 게 어떤 의미였는지를 알아낸 게야. 그 애는 모든 걸 가져 보았기에 그게 얼마나 공허한 건지 알았고, 정말 가치 있는 건 예전에 이미 받았다는 걸 안 게지. 아버지에게서 말이다. 사랑, 격려. 줄리아는 너희에게 그 말을 하려던 거였어."

"헛소리." 토머스가 도로 샌드라 옆에 앉으며 말했다. "아버지는 걜 집에서 내쫓았어요. 그게 어떻게 사랑입니까?"

"찰스는 그 일을 후회했다." 피니는 시인했다. "항상 줄리아를 변호해 주지 못했던 걸 후회했지. 하지만 그 친구는 완고했고 자존심이 강했어.

자신이 틀렸다는 걸 인정하지 못했지. 자기 딴에는 사과도 하려고 했다. 밴쿠버에 있는 줄리아에게 연락을 취했다가 그 애가 약혼했다는 걸 알게 됐지. 하지만 찰스는 마틴을 싫어한 나머지 일을 망치고 말았어. 찰스는 자기가 옳아야만 했어. 좋은 사람이었지만 나쁜 자존심에 시달렸던 게야. 그 대가를 치러야 했고. 하지만 그렇다고 너희 아버지가 너희들을 사랑하지 않았다는 건 아니다. 줄리아도 포함해서 말이야. 다만 그걸 표현할 수 없었던 거지. 너희들이 원하는 방식으로는 말이다."

그걸 해독해야 했던 걸까. 피터는 생각했다. 기묘한 메시지에 담긴 말의 뜻이 아니라, 메시지를 보냈다는 사실 자체를?

공공 화장실에서는 절대 첫 번째 칸을 쓰지 말거라.

피터는 미소를 짓다시피 했다. 무척 모로다운 행동이라는 걸 인정할 수밖에 없었다. 그들은 너무 꼼꼼한 것 빼면 아무것도 아니었다.

"아버지는 잔인했어요." 토머스는 인정할 수 없다는 듯 말했다.

"너희 아버지는 낙서한 사람을 찾아내기를 단념하지 않았다. 그렇게 하면 자신이 줄리아를 얼마나 아끼는지 보여 줄 수 있을 거라고 생각했지. 그리고 결국은 낙서한 사람을 찾아냈어."

침묵이 흘렀다. 작게 목청을 가다듬는 소리가 침묵을 깨뜨렸다.

"그럴 리가 없어요." 피터가 일어나 머리를 매만지며 말했다. "아버지는 제게 아무 말씀도 안 하셨어요."

"왜 네게 말씀하셔야 했는데?" 토머스가 추궁했다.

"낙서를 한 건 나였으니까." 그는 감히 어머니 쪽을 쳐다보지 못했다.

"그래." 피니가 말했다. "네 아버지도 그렇게 말하더구나."

모로 가족은 할 말을 잃은 채 그를 바라보았다.

"아버지가 어떻게 아신 거죠?" 피터가 물었다. 머리가 어지러워 살짝 욕지기가 났다.

"낙서는 두 번째 칸에 적혀 있었지. 그건 너와 네 아버지만 아는 거였어. 네 아버지가 너에게만 준 선물이었으니까."

피터는 숨을 크게 들이켰다.

"낙서를 한 건 누나가 제 마음을 상하게 했기 때문이었어요. 그리고 아버지를 독차지하고 싶어서였죠. 다른 누구와도 아버지를 나누고 싶지 않았어요. 아버지가 줄리아를 사랑한다는 걸 견딜 수 없었죠. 난 그걸 없애 버리고 싶었어요. 실제로 그렇게 했죠."

"내 말을 한마디도 듣지 않은 게냐?"

이제 방을 장악한 사람은 버트 피니였다. 가마슈는 기꺼이 자기 자리를 내주었다.

"그건 네가 없애고 말고 할 게 아니다. 너는 너무 많은 걸 자기 거라고 생각하는구나, 피터. 네 아버지는 평생 네 누나를 사랑했다. 그걸 네가 없앨 수는 없어. 네 아버지는 네가 한 짓을 알았다."

피니는 피터를 응시했고, 피터는 그가 거기서 말을 멈추기를 간절히 바랐다. 마지막 말만은 하지 않기를.

"그리고 그래도 너를 사랑했지. 네 아버지는 항상 너를 사랑했다."

실낙원.

그것은 피니가 한 말 중 가장 무시무시한 말이었다. 피터는 아버지에게 미움받지 않았다. 오히려 내내 사랑받았다. 그는 친절을 잔인함으로, 관대함을 비열함으로, 지지를 구속으로 해석했다. 사랑이 주어졌는데 미움을 택했다는 건 얼마나 끔찍한 일인가. 그는 천국을 지옥으로 바꿔 놓았다.

가마슈가 앞으로 나서 다시 좌중을 주도했다.

"살인의 씨앗은 한참 전에 뿌려집니다. 검은호두나무처럼 자라서 독성을 띠기까지는 시간이 걸리지요. 여기서 일어난 일도 그와 같습니다. 저는 처음부터 큰 실수를 저질렀습니다. 살인자가 가족 중에 있을 거라고 생각했지요. 그 때문에 빈의 목숨을 잃을 뻔했습니다." 그는 아이를 돌아보았다. "정말 미안하구나."

"제 목숨을 구해 주셨잖아요."

"그렇게 봐 주다니 정말 고맙구나. 하지만 저는 실수를 저질렀습니다. 아주 큰 실수였지요. 저는 엉뚱한 방향을 보고 있었습니다."

"왜 파트노드를 의심하신 거죠?" 클라라가 물었다.

"이 사건은 참으로 특이한 사건이었습니다." 가마슈가 말했다. "절 사로잡은 것은 범인이 누구냐도 아니었고, 심지어 왜 그랬느냐도 아니었습니다. 어떻게 했느냐였죠. 살인자는 어떻게 줄리아 마틴을 죽였을까? 어떻게 조각상이 받침대를 긁지도 않고 떨어졌을까? 제막식이 있었던 날 보트를 타러 나간 것 기억합니까?" 가마슈가 피터에게 물었다. "우리가 선착장에 있을 때 빈이 잔디밭을 달려 내려왔죠."

"말벌에게 쏘여서요." 피터가 말했다.

"말벌이 아니라 그냥 벌이었습니다. 꿀벌이었죠."

"죄송하지만 벌이든 말벌이든 그게 중요한가요?" 클라라가 물었다.

"그게 꿀벌이었다는 사실이 파트노드의 덜미를 잡았습니다. 그건 결정적인 증거였고, 그가 통제하지 못한 단 한 가지 요인이었죠. 설명을 해 드리겠습니다."

"해 보시죠." 피니 부인이 말했다.

"마누아르 벨샤스에는 직접 운영하는 양봉장이 있습니다. 저쪽에요." 그는 숲 쪽으로 손짓했다. "베로니크 주방장이 인동과 클로버를 심은 다음 가운데에 벌통을 두었죠. 꿀벌은 먹이를 찾아 먼 거리를 날 수 있습니다만 먹이가 가까이 있을 경우에는 군이 그렇게 하지 않습니다. 베로니크 주방장은 인동을 심어 벌이 공터 밖으로 나가 손님들을 괴롭히지 않도록 했습니다. 그리고 오래도록 계획대로 잘 된 덕분에 우리는 거기 벌통이 있는지도 몰랐지요."

"빈이 쏘이기 전까지는 말이죠." 얼떨떨한 얼굴로 피터가 말했다.

"솔직히 저는 벌침과 말벌 침의 차이를 모릅니다." 가마슈가 시인했다. "하지만 보부아르 경위가 꿀벌에 깊은 관심을 두게 됐지요." 그는 이유는 말하지 않았다. "경위의 말에 따르면 말벌의 침은 말벌의 몸에서 떨어지지 않으며, 다른 벌들도 마찬가지라고 합니다. 침을 몇 번이고 찌를 수 있습니다. 하지만 꿀벌 중에서도 일벌은 침을 한 번만 찌를 수 있습니다. 침을 찌르면 가시와 독낭이 떨어져 나가면서 벌은 죽습니다. 빈은 공터에서 쏘인 것이 아니라 부지 반대편에서 쏘였습니다." 그는 숲을 가리키던 팔로 아치를 그려 반대편을 가리켰다. "빈은 조각상을 얹을 받침대 주변에서 놀다 쏘였습니다. 인동에서 한참 떨어진 곳인데, 그런 곳에서 꿀벌이 뭘 하고 있었던 걸까요? 검은호두나무 때문에 꽃들도 전부 죽어 가고 있었는데 말입니다."

"벌이 거기서 뭘 하고 있었죠?" 마담 뒤부아가 모를 노릇이라는 듯 물었다.

"그것이 이치에 맞지 않는 작은 수수께끼들 중 하나였습니다. 살인 사건 수사는 그런 수수께끼로 가득합니다. 어떤 것은 중요하고, 어떤 것은 그저 일상적으로 벌어지는 혼란일 뿐이지요. 이 수수께끼는 결정적인 것이었습니다. 저는 어제 캐나다 연방 성립 기념일 소풍에 가서야 그걸 깨달았습니다."

"정말요?" 클라라는 그렇게 물으며 마을 사람들이 잔디 광장으로 몰려나오고, 아이들이 코아티쿡 아이스크림과 크림소다와 구운 마시멜로를 먹으며 신나했던 점심시간을 되새겨 보았다.

"당신은 봤는데 우리가 보지 못한 게 뭐야?" 렌 마리가 물었다.

"난 코카콜라 웅덩이에 꼬인 벌과 개미를 봤고, 쏟아진 소금을 봤지." 그가 말했다.

"저도 봤습니다." 피터가 말했다. "하지만 떠오르는 건 없던데요."

"콜라가 어쩌다 엎질러졌는지 기억합니까?"

"꼬마가 테이블 위에서 콜라를 밀쳤죠." 피터가 기억을 되새기며 말했다.

"쏟아진 소금 위로 밀쳤지요." 가마슈가 정정했다. "당신 어머님께서도 오늘 아침 저와 대화하시던 중에 같은 행동을 하셨습니다."

피터는 놀랐다는 눈으로 어머니를 돌아보았다.

"난 그런 짓 한 적 없어요."

가마슈는 찬장으로 가서 설탕을 담은 우아한 도자기 단지를 집어 들었다. "써도 될까요?" 그의 물음에 마담 뒤부아가 고개를 끄덕였다. 그는 테이블에서 리넨 보를 걷어 내어 나무로 된 표면이 드러나게 했다. 테이블은 고풍스러운 소나무로 만든 것이었고 표면이 거칠었다. 그는 설탕 단지의 뚜껑을 연 다음 단지를 거꾸로 뒤집었다.

"정신 나갔어요?" 피니 부인이 따져 물었다.

하지만 그녀도 다른 사람들처럼 굵고 하얀 설탕이 피라미드처럼 쌓인 테이블 곁에 섰다. 가마슈는 설탕을 고르게 펴서 어두운 나무 테이블 표면의 절반가량을 덮었다.

"오늘 아침 테라스에서 대화를 나누었을 때 부인께서는 이것과 비슷한 설탕 단지를 들고 계셨죠." 경감이 피니 부인에게 말했다. "불안해진 부인은 단지를 앞뒤로 움직였습니다. 쏟아진 설탕 위에서요."

"난 불안해한 적 없어요."

"말을 잘못 골랐군요. 활달해지셨다는 편이 더 적절했을까요."

피니 부인은 그 표현도 달갑지 않은 듯했다.

"중요한 건, 단지가 설탕 위로 미끄러졌다는 겁니다." 그는 부드럽게 단지를 앞뒤로 밀며 시범을 보였다. "점심 때 그 아이도 콜라 캔으로 비슷한 일을 했지요. 물론 부인처럼 우아하게는 아니었습니다만. 그 아이는 그냥 쏟아진 소금 위로 콜라 캔을 밀었습니다. 이렇게요."

가마슈는 설탕 단지를 테이블 끝에 놓고 앞으로 밀었다. 단지는 테이블 위를 미끄러지다 가장자리에 이르러 멈췄다.

"자, 그럼 설탕으로 덮이지 않은 부분에서는 어떻게 되는지 보시죠."

그는 다시 같은 동작을 취했지만 이번에는 단지가 거친 나무 표면에 붙들려 얼마 가지 못하고 멈추었다.

"이렇게 살인이 일어난 겁니다."

가마슈는 아직 이해하지 못했다는 얼굴들을 바라보았다. 사실, 다들 더욱 당황스럽다는 표정이었다.

"오늘 오후에 파리 로댕 박물관에 전화해서 그런 방법을 아는 기록 보관원과 이야기를 나누었습니다. 코트 드 네주 묘지에 있는 직원 한 사람도 그런 방법이 있다고 듣기는 했지만 오랫동안 쓰이지 않았다고 하더군요. 조각상을 옮길 때 쓰는 방법입니다."

"지금 콜라 캔 이야기하는 거 맞습니까?" 피터가 물었다. "아니면 설탕 단지 이야기인가요?"

"아버님의 조각상에 관해 이야기하는 겁니다. 피에르 파트노드는 어느 여름에 묘지에서 일한 적이 있었고, 거기서 조각상을 놓는 광경을 봤습니다. 당시만 해도 나이 든 일꾼 중에 아직 이 방법을 쓰는 사람들이 있었지요."

가마슈는 설탕 단지를 들고 다시 한 번 테이블 위로 밀었다. 이번에는 가장자리에서 멈추지 않고 옆으로 떨어졌다. 단지가 떨어지자마자 보부아르가 낚아챘다.

"부알라 Voilà 바로 이렇게," 가마슈가 말했다. "살인이 일어난 겁니다. 로댕 박물관 측 말에 따르면 받침대 위에 〈칼레의 시민〉을 놓을 때 먼저 설탕층을 깔아 조각상을 살짝 돌리면서 위치를 조정할 수 있게 했다더군요. 피에르 파트노드도 아버님의 조각상이 도착하기 직전에 같은 일을 했습니다. 받침대 위에 설탕을 한 겹 깐 거죠."

"설탕이 많이 필요했겠네요." 클라라가 말했다.

"그렇습니다. 며칠을 모았겠지요. 그래서 마누아르에 갑자기 설탕이 떨어졌던 겁니다. 그는 설탕을 훔치고 있었습니다. 받침대가 얼마나 하얀지 기억하십니까?"

그들은 고개를 끄덕였다.

"지배인은 하얀 설탕을 눈치채지 못할 거라고 생각했습니다. 다른 일에 신경 쓰느라 바빴을 마담 뒤부아와 크레인 기사를 빼고 사람들을 모두 물린 뒤에는 특히."

눈앞에 그 광경이 선했다. 단단히 묶인 찰스 모로가 트럭 짐칸에서 들어 올려지자 다들 그 모습을 바라보며 숨을 멈춘 채 떨어지지 않기만을 기도했다. 그리고 천천히, 천천히, 찰스 모로는 받침대에 내려졌다.

"제막식 때도 눈치채지 못했어요." 클라라가 말했다. "우리가 본 건 말벌이었어요."

"설탕에 꼬인 거죠." 가마슈가 말했다. "말벌, 꿀벌, 개미 전부 다요. 젊은 정원사 콜린이 개미 때문에 악몽을 꾸었다고 했을 때 저는 그게 시신 위를 기어 다니는 개미를 말한 것인 줄 알았습니다. 하지만 아니었죠. 사실 검시관은 폭우 때문에 개미가 없다는 이야기까지 해 줬습니다. 콜린은 조각상이 넘어지기 전에 개미를 본 겁니다. 받침대와 조각상의 발에서요." 그의 시선을 받은 콜린이 끄덕였다. "설탕층 때문에 주변의 온갖 곤충이 몰려왔던 겁니다. 엎질러진 콜라에 말벌과 개미가 꼬이는 것을 보자 곤충들이 달콤한 것에 끌린다는 데에 생각이 미치더군요."

"꿀벌이라니." 피터가 고개를 절레절레 저으며 말했다. "파트노드는 그게 그렇게 치명적인 증거인 줄 알았을까요?"

"그렇게 작은 벌이. 그게 살인자를 밝혀내다니." 클라라가 말했다.

"이 설탕 수법에서 정말 교묘한 건 이 수법이 시간에 민감하다는 점입니다." 가마슈가 말했다. "비가 한 번만 제대로 내리면 설탕은 녹고 조각상이 받침대에 내려앉아 영원히 그 자리에 있게 되지요."

"비가 내리지 않는다면요." 피터가 물었다. "그럼 어떻게 되는 거죠?"

"물로 씻어 내기만 하면 됩니다. 콜린은 알아차렸을 수도 있었겠지만, 아마 시신을 발견한 충격 때문에 그러지 못했겠죠."

"하지만 그렇더라도 피에르란 법은 없었잖아요." 마담 뒤부아가 말했다. "설탕이야 우리 중 누구라도 훔칠 수 있었어요."

"그 말씀이 맞습니다. 그가 가장 유력했지만 증거가 더 필요했지요. 그걸 가브리가 자기 이름에 관해 이야기했을 때 얻어 냈습니다. 물론 가브리는 가브리엘의 약칭입니다. 당신이 가브리에게 우리 아이들 이름은 프랑스어와 영어 모두로 부를 수 있게 지었다고 말했지."

"기억나." 렌 마리가 말했다.

"그게 단서였어. 그것과 '다들 이번 주를 위해 돌아왔다'는 표현도 있었지. '돌아온다'는 건 처음부터 거기 있어야만 가능한 일입니다. 데이비드 마틴은 보부아르 경위에게 자신이 몬트리올로 몇 번 돌아갔다고 했죠. 돌아가다. 저는 그가 브리티시컬럼비아 출신의 영국계라고 생각했습니다만, 그가 몬트리올 사람이고 이름은 다-비드 마르-탱이라면?" 가마슈는 프랑스어 발음으로 말했다. "마누아르로 돌아와서 제가 건 전화 중에는 마틴에게 건 전화도 있었습니다. 그는 자신이 몬트리올 출신이며 초창기에 막대한 손해를 본 투자자 중 프랑수아 파트노드라는 사람이 있었다는 걸 확인해 주었습니다."

그는 그런 다음 지배인이 주방에서 했던 이야기를 들려주었다.

그가 말하는 동안 보부아르는 주방 문간에 서서 이야기를 듣고 있는 베로니크 주방장을 바라보았다. 그리고 문득 그녀가 누구인지, 왜 자신이 그녀를 좋아했는지 깨달았다.

32

비는 그쳤지만 발밑의 잔디는 젖어 있었다. 햇빛이 구름을 뚫고 쏟아져 호수와 잔디밭과 커다란 금속 지붕을 비추었다. 젊은 직원들이 갓 닦은 의자가 둥글게 놓여 있는 곳을 향해 마누아르의 잔디밭을 가로지르는 두 커플과 보부아르의 발이 찔꺽찔꺽 소리를 냈다.

"벨샤스가 어떻게 될 것 같아요?" 남편의 손을 잡고 있는 렌 마리가 클라라에게 물었다.

클라라는 걸음을 멈춘 뒤 장엄하고 든든한 산장을 돌아보았다. "오래가게 지은 건물이에요." 그녀의 눈이 오래된 지붕에 반사된 빛에 머물더니 마침내 입을 열었다. "오래갈 거예요."

"동감입니다." 가마슈가 말했다.

엘리엇 번이 테라스에 서서 저녁 식사를 위해 테이블을 준비하며 더어린 직원들에게 지시를 내리고 있었다. 그 모습이 자연스러워 보였다.

"좀 어때요?" 렌 마리가 맞은편에서 자신을 물어 대는 흑파리 떼를 쫓고 있는 보부아르에게 물었다.

"그 여자가 누구인지 아셨습니까?" 그가 물었다.

"베로니크 주방장이오? 보자마자 알았지요." 렌 마리가 말했다. "하지만 저는 다른 이름으로 알았어요. 그 오랜 세월이 지났는데도 못 알아볼 수가 없겠더군요. 전에 즐겨 봤거든요. 우리 애들은 그 사람이 가르쳐 준 요리를 먹고 자랐죠.

"저도 그랬습니다." 보부아르는 그렇게 말하고 기침을 하며 벌레를 토해 냈다. "실례합니다." 그는 미안하다는 듯 마담 가마슈에게 미소를 지었다.

몰려들어 붕붕거리던 파리 떼 소리가 잦아들자 그는 다시 빅스 바포 럽감기로 인한 기침 및 근육통을 완화하기 위해 바르는 연고 냄새를 맡을 수 있었고, 김빠 진 진저에일과 크래커 맛을 느낄 수 있었다. 열이 나서 학교를 빠지고 누워 있었던 우둘투둘한 소파와 부드러운 담요의 감촉이 느껴졌다. 어 머니가 그의 곁에 앉아 그의 차가운 발을 부드럽게 문질러 주었고, 둘은 함께 어머니가 좋아하는 캐나다 공영방송 프로그램을 보았다.

"봉주르, 메장팡Bonjour, mes enfants 어린이 여러분 안녕." 머리 가리개를 쓴 토실 토실한 젊은 여자가 말했다. "오늘도 함께해 줘서 고마워요. 오늘은 부 엌을 태워 먹으면 안 될 텐데 말이에요. 지난주에 프라이팬을 불에 올려 놓고 깜빡하는 바람에 원장 수녀님께서 아직도 화가 나 계시거든요."

그녀는 그렇게 말하고는 웃음을 터뜨렸다. 웃음소리가 프렌치호른 같 았고 목소리는 뿌리채소 같았다.

마리 앙젤 수녀와 그녀의 유명한 요리 방송 〈미디 아베크 마 쇠르Midi Avec Ma Soeur 우리 수녀님과 함께하는 점심〉.

퀘벡 전역의 젊은 어머니들이 빼놓지 않고 보는 프로그램이었다. 일 부는 구식 옷차림에다 보잘것없고 자기보다 나이도 많지 않은 여자가 완벽한 블랑망주전분이나 젤라틴을 넣어 우유나 크림을 굳혀 만드는 디저트며 루이유칠리와 마늘을 빵가루나 전분과 함께 빻고 스톡이나 올리브 오일과 섞어 만드는 소스로 주로 생선 요리에 얹는다 며 푸아 엘렌을 만드는 법을 가르치는 모습을 보며 웃기 위해 프로그램 을 시청했다. 그녀는 다른 시대에서 온 사람처럼 보였다. 하지만 그 옷음 아래에는 경탄이 있었다. 마리 앙젤 수녀는 자신의 일을 사랑하는 재능 있는 요리사였고, 유머 있고 흥이 넘치게 그 일을 했다. 퀘벡이 빠르게 변화하는 와중에도 그녀에게는 단순함과 확신이 있었다.

더없이 복잡한 요리를 쉽고 깔끔하게 해치우는 우리의 수녀님을 보며 터뜨리는 어머니의 웃음소리가 보부아르의 귀에 다시 들렸다.

표지에 습관처럼 바게트를 교차하여 든 평범하고 행복한 여인이 있는, 그녀의 인기 있는 요리책의 판매가 급등한 것처럼 수녀원 지원자 수도 급등했다.

어떻게 알아보지 못했을까?

하지만 그의 추억에는 심란한 구석이 있었다. 그는 그것을 기억해 냈다. 마리 앙젤 수녀가 갑자기 떠났을 때 벌어진 스캔들을. 신문 머리기사와 토크쇼, 퀘벡의 길거리와 부엌이 한 가지 주제로 도배됐다. 마리 앙젤 수녀가 왜 갑자기 그만둔 걸까? 쇼뿐 아니라 수녀원까지?

그녀는 결코 대답하지 않았다. 그냥 프라이팬을 들고 사라졌다.

야생 속으로. 보부아르는 이곳에서 그녀가 마침내 평화를 찾았음을 알았다. 그리고 사랑도. 그리고 돌볼 정원과 채집해야 할 꿀과 그녀가 아끼고 요리해 줄 사람들도.

작고 완벽한 삶이었다. 지나친 관심에서 멀어진.

머리를 괴롭히던 작은 수수께끼들이 전부 명확해졌다. 왜 퀘벡에서 제일가는 식당에서도 일할 수 있을 이 훌륭한 요리사가 마누아르 벨샤스에 머무르는 데에 만족하는지. 왜 마누아르에서는 다른 지방에서 온 영국계 아이들만 받는지.

그녀의 비밀을 지켜 주기 위해서였다. 그녀의 평화를 침해하지 않기 위해서였다. 아무도 베로니크 주방장이 밤도둑처럼 수녀원을 떠난 악명 높은 우리의 수녀님이라는 사실을 모를 터였다. 이곳에 와서 사나운 마담 뒤부아의 보호하에 몸을 의탁하고 있다는 사실을. 마담 뒤부아는 그녀의 새 원장 수녀님이었다.

"왜 수녀원을 떠났을까요?" 잔디밭을 걸어 내려가며 보부아르가 렌 마리에게 물었다.

그녀는 잠시 그 질문을 생각했다. "당신이 뭘 믿느냐에 달렸겠죠."

"사모님은 뭘 믿으시죠?"

"전 이곳이 그녀가 속한 곳이라고 믿어요. 아마 어떤 사람들에게는 이곳이 황야겠죠. 숲 속으로 열 걸음만 들어가도 길을 잃는. 하지만 또 어떤 사람들에게는 여기가 천국이에요. 여기에 있을 수 있는데 왜 차갑고 비좁은 수녀원에서 신을 찾겠어요? 이 호수가 신의 집이 아니라고는 말할 수 없겠죠." 그녀는 보부아르에게 미소를 지었다. "그리 독창적인 답은 아니네요. 하지만 가장 간단한 답이죠."

"정답계의 블랑망주인가요?" 그의 말에 그녀는 놀란 듯 그를 바라보다 웃음을 터뜨렸다.

"퀘벡처럼요. 전부 물러질 때까지 계속 저어 주기만 하면 된답니다."

복낙원復樂園.

정원 저편에서는 빈과 마리아나가 놀고 있었다. 짐을 싸고 떠날 채비를 마치고 한 번 더 정원에서 뛰노는 중이었다.

"엄마, 엄마, 엄마가 페가수스야. 달려. 날아."

"페가수스는 쉬고 있단다, 얘야. 풀을 뜯고 있지. 이거 봐." 마리아나는 지친 발굽으로 땅을 긁었다.

앞서 그녀는 빈의 시계들을 가방에 담은 다음 세면도구를 챙기러 화장실로 갔었다. 방으로 돌아와 보니 당황스럽게도 시계들이 다시 방에 널려 있었다.

"이게 다 뭐니, 비노?" 그녀가 태연한 목소리를 내려 애쓰며 물었다.

빈은 작고 거의 비다시피 한 여행 가방의 지퍼를 올렸다. "이제는 필요 없을 것 같아요."

"어째서?"

"엄마가 분명히 깨워 줄 거잖아요. 그럴 거죠?"

"항상 깨워 줄게, 우리 아가." 마리아나는 그렇게 말했다. 그리고 지금 그녀는 그녀의 기묘한 아이가 향기로운 정원을 깡충거리며 뛰어다니는 모습을 지켜보았다.

"아무리 페가수스라도 쉬어야겠죠." 빈은 두 손을 앞으로 내밀어 고삐를 쥐고 앞뒤로 몸을 기울이며 힘찬 종마 위에서 자세를 잡았다.

모로 부부와 가마슈 부부는 자리에 앉았지만 보부아르는 선 채였다.

"집에 가 봐야겠습니다. 괜찮으시죠?" 그가 경감에게 물었다.

가마슈가 자리에서 일어나 고개를 끄덕였다. "자네는?"

"그 어느 때보다 좋습니다." 보부아르가 목에 물린 자리를 긁으며 말했다.

"차까지 바래다주겠네." 가마슈가 보부아르의 팔을 잡았고, 둘은 다시 잔디밭을 가로질렀다. 나란히.

"아직도 한 가지 신경 쓰이는 게 있습니다. 라코스트 형사도 신경 쓰인다더군요." 차로 다가가며 보부아르가 말했다. 라코스트는 몬트리올 경찰 본부까지 파트노드를 호송해 갔지만, 그 전에 보부아르에게 파트노드조차 대답할 수 없었던 문제를 밝혀 달라고 부탁해 두었다.

"줄리아는 조각상이 떨어지는데 왜 팔을 벌리고 있었던 거죠?"

가마슈는 부하를 위해 차 문을 열어 주었다.

"모르겠네."

"그러지 마시고요. 왜 그랬을까요? 물론 확신하실 수 없다는 건 알지만 경감님 생각은 어떠세요? 그냥 추측만요."

가마슈는 고개를 저었다. 줄리아는 다시 아버지와 함께하는 상상을 얼마나 했을까? 아버지가 자신을 끌어안는 모습을. 사위가 적막할 때면 얼마나 자주 강인한 두 팔이 자신을 안는 환상에 빠졌을까? 아버지의 냄새, 아버지의 슈트 촉감은? 그녀는 그것을 갈망했던 걸까? 그녀는 조각상 곁에서 두 사람이 마침내 다시 만나 용서하고 용서받는 모습을 상상하고 있었을까? 그리고 그가 그녀를 향해 움직였을 때, 바로 그 마지막 순간에, 그녀는 현실과 자신이 갈망한 바를 구분하지 못했던 걸까?

"모르겠네." 그는 다시 그렇게 말하고 축축하고 향긋한 잔디밭을 천천히 가로질러 돌아갔다. 오른손을 거의 꽉 쥔 채로.

"같이 앉아도 되죠?" 마리아나가 애디론댁 의자에 털썩 주저앉았다. "이 페가수스 놀이라는 거, 진이 빠지네요. 적어도 마길라는 우리에서 살았어요. 그편이 훨씬 편하죠."

빈이 그들과 합류했고, 엘리엇이 보낸 웨이터가 다가와 원하는 게 있는지 물었다. 빈과 마리아나는 수프를 주문했고, 다른 사람들은 차와 샌드위치를 부탁했다.

렌 마리는 가방 속에 손을 넣었다. "네게 줄 게 있단다." 그녀가 아이에게 말했다. 빈의 눈이 휘둥그레졌다.

"선물이에요?"

렌 마리는 빈에게 선물을 건넸다. 이내 포장이 벗겨지고 빈이 깜짝 놀란 얼굴로 렌 마리를 쳐다보았다.

"어떻게 찾았어요?"

빈은 『모든 어린이가 알아야 할 신화』를 펼치고 하늘을 나는 말이 나오는 장을 찾아 열심히 책장을 넘겼다.

"머나?" 클라라가 스리 파인스에서 새 책 및 헌책을 취급하는 서점을 운영하고 있는 친구를 떠올리며 물었다. 렌 마리가 고개를 끄덕였다.

"머나한테 이 책이 있었을 확률이 얼마나 될까?" 클라라가 물었다.

"머나에겐 뭐든 다 있잖아." 피터가 말했다.

클라라는 고개를 끄덕였지만, 아무래도 책 앞장에 둥근 어린아이 글씨로 적힌 내용이 수상했다. 어린 소년의 이름과 그림 비슷한 것. 발 없는 새 그림.

"페가수스 이야기를 해 주렴." 렌 마리가 말했다. 빈은 그녀에게 기대어 책을 펼치고 읽기 시작했다. 테이블 너머에서는 마리아나가 아이의 뜨거운 수프를 조용히 불어 주고 있었다.

"왜 포로가 아니었다고 하셨습니까?"

가마슈는 보부아르를 배웅한 후 다른 사람들을 향해 발걸음을 돌렸다. 몸이 욱신거렸고 집에 가서 뜨거운 물로 목욕을 한 다음 이불 속 렌 마리 곁으로 파고들고 싶은 마음이 간절했다. 하지만 그는 천천히 돌아가던 걸음을 멈추고 방향을 돌렸다. 선착장으로. 그곳에서 그는 노인 곁에 자리를 잡았다. 이제는 나란히 서는 것이 자연스럽게 느껴졌다.

"난 포로가 아니었소." 피니가 말했다. "경감 말대로 나는 일본군 포로수용소에 있었지만 포로는 아니었소. 말뜻을 따지자는 게 아니오. 중요한 차이가 있지. 결정적인 차이가."

"그 말씀 믿습니다."

"난 거기서 많은 사람이 죽는 걸 봤소. 거의 다 죽었지. 그 사람들을 죽인 게 뭔지 아시오?"

굶주림. 가마슈는 그렇게 말하려 했다. 이질. 잔학 행위.

"절망이었소." 피니가 말했다. "그 사람들은 자기가 포로라고 믿었지. 난 그 사람들과 함께 살았고, 똑같이 구더기가 들끓는 음식을 먹었고, 같은 침대에서 잤고, 마찬가지로 허리가 끊어질 것 같은 노동을 했소. 하지만 그 사람들은 죽고 난 살았지. 이유를 아시겠소?"

"자유로우셨으니까요."

"난 자유로웠소. 밀턴 말이 맞다오. 마음은 마음이 곧 자기 자리지. 난 포로였던 적이 없소. 그때도, 지금도."

"여기에 오셔서 셈하신 건 뭡니까? 새는 아니고, 돈을 세신 것 같지도 않았습니다."

피니가 미소 지었다. "돈으로 뭘 살 수 있는지 아시오?"

가마슈는 고개를 가로저었다.

"난 회계사였고 평생 돈을 세면서 돈을 가진 사람들을 보았소. 내가 내린 결론이 뭔지 아시오? 정말 돈으로 살 수 있는 유일한 게 뭔지?"

가마슈는 기다렸다.

"공간."

"공간?" 가마슈가 그의 말을 반복했다.

"더 큰 집, 더 큰 차, 더 큰 호텔 방. 일등석 비행기 표. 하지만 돈은 안락함조차 사지 못하더군. 돈 많고 뭐든 할 수 있는 사람들처럼 불평 많은 사람들도 없소. 안락함, 안도감, 편안함. 그 어느 것도 돈과 함께 오지 않지."

그는 천천히 선착장을 벗어났다. 발소리가 살짝 울렸다.

"알겠지만 당신 아버지는 영웅이었소. 자신이 잘못했다는 걸 인정할 용기가 있었지. 그리고 변화할 용기도. 그는 폭력을 싫어했고, 죽이는 걸 싫어했소. 그의 아들이 살인자를 정의의 심판대에 올리는 직업을 갖다니 흥미롭군. 하지만 조심하시오, 젊은 아르망. 아버지의 십자가는 당신 게 아니오. 모든 죽음을 당신이 갚아 주어야 할 필요는 없소."

"절 화나게 하는 건 죽음이 아닙니다." 가마슈가 말했다. "고통이지요. 아버지도 고통에 화를 내셨습니다. 전 그게 십자가라고 생각하지 않습니다. 짐이라고 여긴 적은 한 번도 없고요. 어쩌면 가족 내력인지도 모르겠군요."

피니는 그를 자세히 살펴보았다.

"내가 매일 저녁, 매일 아침 셈하는 게 뭔지 물으셨지. 수용소에서 나보다 더 나은 사람들이 꺾이고 죽어 가는 동안 매일 세던 거라오. 내가 뭘 셈하는지 아시겠소?"

가마슈는 혹시라도 몸을 움직였다가 그가 겁을 먹고 답을 해 주지 않은 채 달아나 버릴까 봐 가만히 서 있었다. 하지만 걱정할 필요 없다는 걸 알았다. 이 남자는 아무것도 두려워하지 않았다.

"난 내가 받은 축복을 셈한다오."

그는 그녀가 그곳에 있다는 걸 알고 있었다는 듯이 고개를 돌려 테라스에 있는 아이린을 보았다.

"우리 모두는 축복받았고 또 해를 입었소, 경감." 피니가 말했다. "매일 우리 모두는 셈을 한다오. 중요한 건, 우리가 무엇을 세느냐요."

노인은 손을 머리에 올리고 모자를 벗어 가마슈에게 건넸다.

"아니, 괜찮습니다. 가지십시오." 가마슈가 말했다.

"난 노인이오. 내겐 다시 필요하지 않겠지만 경감은 필요할 게요. 보호용으로."

피니가 다시 모자를 내밀었다. 피부암을 두려워하는 렌 마리를 위해 모자를 사면서 함께 산 것이었다. 그녀가 커다란 보호용 모자를 쓰고 바보 같다는 기분을 느끼지 않도록. 두 사람이 함께 바보가 되도록. 그리고 함께 안전해지도록.

가마슈는 모자를 받았다.

"마리아나 제도를 아시오, 경감? 미군이 버마를 해방시키러 간 곳이지. 마리아나 제도."

피니는 걸음을 멈추고 의자 네 개가 놓인 곳을 건너다보았다. 그중 한 의자에는 젊은 여자와 그녀의 아이가 있었다. 둘 모두 다른 모로 가족과는 무척 달랐다.

"자, 내가 이야길 하나 해 줄게." 빈이 어른들을 상대로 신나게 페가수스 이야기를 마쳤을 때 렌 마리가 말했다. "판도라에 관한 이야기야."

그녀 곁에 앉아 있던 피터가 일어섰다. "그 이야기를 또 들을 필요는 없을 것 같군요."

"피터, 그러지 말고 앉아." 클라라가 그의 손을 잡으며 말했다. 그는 주저하다 다시 자리에 앉아 몸을 꼼지락거렸지만 좀처럼 편해지지 않았다. 익숙한 이야기를 듣는 동안 심장이 줄달음질 쳤다. 다시 한 번 그는 집 소파에 앉아서 형과 누이들 틈바구니에서 밀려나지 않고 자리를 확보하려 안간힘을 쓰고 있었다. 방 저편에서 어머니가 꼿꼿하게 몸을 세우고 앉아 책을 읽었고, 아버지는 피아노를 쳤다.

"이건 피터를 위한 이야기란다." 어머니가 말하자 다들 킥킥거렸다. 어머니는 그에게 고통도 슬픔도 없고, 폭력도 질병도 없는 낙원에서 살던 판도라에 관한 이야기를 들려주었다. 그러던 어느 날, 신 중의 신 제우스가 판도라에게 선물을 주었다. 근사한 상자를. 한 가지 주의할 점은 그 상자를 절대로 열어서는 안 된다는 것이었다. 판도라는 매일 상자에 이끌렸고, 매일 상자에서 물러났다. 제우스의 경고를 되새기며. 절대로 열어서는 안 된다는 경고를. 하지만 어느 날 참다못한 그녀는 상자를 열고 말았다. 아주 살짝만. 하지만 그걸로 충분했다. 충분하고도 남았다.

온갖 날개 달린 공포들이 바깥으로 튀어나왔다. 미움, 비방, 비통, 질투, 탐욕 모두가 소리를 지르며 세상으로 나왔다. 질병, 고통, 폭력이.

판도라는 상자를 쾅 하고 닫았지만 너무 늦은 뒤였다.

피터는 극심한 공포가 자신을 향해 개미처럼 기어 오는 것을 느끼며 의자 위에서 뒤척였다. 그가 소파 위에서 몸을 뒤틀자 형과 누이들이 가만히 있으라며 꼬집었다. 하지만 가만히 있을 수 없었다.

지금도 마찬가지였다. 그의 눈길이 영원히 지속되는 검은호두나무 빛 음영 안에서 하얗게 빛나는 것 위에 떨어졌다. 피터는 가마슈가 뭐라고 믿든 그 상자가 저절로 열렸음을 알고 있었다. 그렇게 공포가 풀려났다.

그것이 아버지를 기울여 줄리아 위로 떨어뜨렸다. 박살 냈다. 살해했다.

그의 귀에 다시 렌 마리의 목소리가 들려왔다.

"하지만 모든 게 빠져나간 건 아니었지. 상자 맨 밑바닥에 뭔가가 몸을 웅크리고 누워 있었단다."

빈의 눈이 커졌다. 피터가 꿈틀거리기를 멈추고 그녀를 바라보았다.

상자 안에 남은 것? 처음 듣는 이야기였다. 어머니는 이 이야기는 해주지 않았다.

"맨 밑바닥, 다른 모든 것 밑에 딱 하나 남은 게 있었지. 도망가지 않고 말이야."

"뭐였어요?" 빈이 물었다.

"희망이란다."

"이리 주세요. 제가 들게요." 피터가 어머니의 가방을 들으려고 손을 내밀었다.

"버트가 할 수 있어. 아니면 짐꾼을 시키든가."

"그건 알지만 제가 하고 싶어서 그래요."

"좋도록 하려무나."

그는 그녀의 가방을 문 밖에 내놓았다. 토머스와 샌드라가 작별 인사도 없이 떠나고 있었다. 토머스가 경적을 울렸다. 작별 인사였을까, 아니면 피터더러 비키라는 뜻이었을까?

"버트가 차를 가져오고 있어." 피니 부인이 앞을 바라보며 말했다.

"괜찮으시겠어요?"

"당연히 괜찮지."

"낙서한 거 정말 죄송해요, 어머니. 그런 일을 해서는 안 됐는데."

"그래. 넌 끔찍한 짓을 했어."

피터는 '하지만'을 기다렸다.

아이린 피니는 차를 기다렸다. 버트는 왜 이렇게 오래 걸리는 걸까? 방에서 함께 짐을 싸는 동안 그는 자식들에게 모든 걸 말하라고 자신에게 간청했다. 왜 자신이 절대로 아이들의 손을 잡아 주지 않고 껴안아 주지 않았는지 설명하라고. 왜 입맞춤을 해 준 적도 없고 받지도 않았는지. 특히 입맞춤에 관해서. 신경통 때문에 아주 살짝 닿기만 해도 몹시 고통스럽다는 걸 설명하라고.

그녀는 자식들이 어떻게 생각하는지 알고 있었다. 자신이 차갑다고. 느낄 줄을 모른다고. 하지만 사실 그녀는 너무 많은 것을 느끼는 사람이었다. 너무 깊게 느끼는 사람이었다.

하지만 그녀는 결점을, 실패를, 감정을 시인하지 말라고 배웠다.

그녀는 피터를 바라보았다. 자신의 가방을 들고 있는 피터를. 그녀가 입을 연 순간 차가 나타났다. 그녀는 공허에서 물러났다.

"그가 왔구나."

그녀는 뒤도 돌아보지 않고 차에 올라 떠났다.

철물점에서는 우유를 구할 수 없다.

마리아나는 피터에게 아버지가 자신에게 남긴 쪽지에 관해 말해 주었다. 피터는 어쩌면 자신들이 받은 쪽지를 하나로 모으면 암호가 완성될지도 모른다고 생각했다. 하지만 이내 그는 미소를 지으며 고개를 저었다. 해묵은 습관. 암호 같은 건 없었고, 그는 자신의 답을 찾아냈다.

아버지는 나를 사랑했다.

숲 속으로 사라지는 어머니를 지켜보며 그는 어머니도 자신을 사랑한다고 믿어도 되는지 자문했다. 아마 언젠가는. 하지만 오늘은 아니었다.

그는 모든 것이 떠나지는 않았다는 사실을 되새기며 클라라에게 돌아갔다. 한 가지는 남았다.

렌 마리는 선착장에서 다시 챙 모자를 쓰고 바지를 걷어올려 맑고 차가운 물에 발을 담그고 있는 남편을 찾아냈다.

"오늘 당신을 잃을 뻔했어. 그렇지?" 그녀는 그의 곁에 앉아 장미수와 백단향 냄새를 맡았다.

"절대. 마누아르처럼 나는 오래가게 지어졌지."

그녀는 미소를 지으며 그의 손을 두드리고 그 일에 관해서 생각하지 않으려고 했다.

"결국 다니엘과 통화했어." 가마슈가 말했다. "사과했어."

그는 진심으로 사과했다.

"아들에게 오노레라는 이름을 지어 주고 싶다면 축복해 주겠다고 했지. 그 애 말이 옳았어. 오노레는 좋은 이름이야. 게다가 아이는 자기 길을 찾아 나설 테니까. 빈처럼. 난 아이에게 빈이라는 이름을 지어 주는 건 잔인하다고 생각했지. 그게 아이가 불행한 원인이라고 말이야. 하지만 빈은 전혀 불행하지 않았어."

"더 나쁠 수도 있었지." 렌 마리가 말했다. "마리아나는 데이비드 마틴과 결혼할 수도 있었어."

"그러면 뭐가 더 나빠지지?"

"빈 마틴·쿨의 왕이라는 별명을 얻으며 인기를 누린 미국의 스타 가수이자 배우 딘 마틴을 떠올리게 하는 이름?"

가마슈는 나지막이 들썩이며 웃었다. "자기 아이가 자신보다 더 용감하다는 걸 알게 된다는 건 정말 놀라운 일이야."

"그 아버지에 그 아들이지."

두 사람은 각자 생각에 잠긴 채 호수 저편을 바라보았다.

"무슨 생각 하고 있어?" 잠시 후 그녀가 나지막이 물었다.

"내가 받은 축복을 셈하고 있었지." 그가 챙 모자를 쓴 그녀를 바라보며 속삭였다. "다니엘이 다른 이야기도 해 주더군. 오늘 아이의 성별을 알고 이름을 결정했다는군."

"오노레?"

"조라."

"조라." 렌 마리가 말했다. 그녀는 손을 내밀어 그의 상처 입은 손을 잡았고, 그들은 함께 자신들의 셈을 했다.

꽤 시간이 걸렸다.

이 책에 대해 감사를 표하고 싶은 사람들이 있다. 언제나 그렇지만 누구보다도 먼저 언급해야 할 사람은 나의 친절하고 상냥한 남편 마이클이다. 아르망 가마슈가 내 상상 속의 남편일 뿐만 아니라 내 진짜 남편이기도 하다는 사실을 깨닫는 데에는 필요 이상으로 오랜 시간이 걸렸다. 정말이지 내가 마이클을 본떠 가마슈 경감을 창조한 줄은 미처 모르고 있었다. 그는 큰 슬픔을 알아 왔기에 자신에게 만족할 줄 알며 큰 기쁨을 아는 사람이다. 그리고 그는 대부분의 경우 그 차이를 안다.

런던 로열 아카데미에서 조소 큐레이팅을 맡고 있는 레이철 휴잇에게도 감사를 표하고 싶다.

세인트 마틴스 프레스 출판사 산하 미노타우르 북스의 호프 델런과 헤드라인 출판사의 셰리즈 홉스는 편집자로서 이 책이 지금과 같은 모습이 되도록 힘써 주었다. 둘 모두에게 큰 빚을 졌다. 세상에서 가장 훌륭한 에이전트 테리사 크리스에게도 마찬가지. 그녀는 아주 현명한 사람이다.

여름에 끈기 있게 정원을 돌보고, 남은 기간에는 우리를 돌봐 준 어시스턴트 리즈 페이지에게 크나큰 빚을 졌다. 그녀의 손길이 닿은 것은 무엇이든 번성한다. 게다가 비료를 쓰는 경우도 거의 없다.

끝으로 퀘벡 주 노스 하틀리 마을에서 마누아르 호비를 경영하고 있는 제이슨, 스티븐, 그리고 캐시 스태퍼드. 마누아르 벨샤스는 마누아르 호비 및 그곳에서 우리가 보낸 수없이 많은 근사한 시간에서 받은 영감의 산물이다. 여러분이 이 책을 읽고 호비를 방문한다면 내가 여관이나 호수를 고스란히 복제하려 하지는 않았음을 알아차릴 수 있을 것이다. 하지만 적어도 마누아르 호비의 분위기는 포착해 냈기를 바란다. 사실 마이클과 나는 그곳을 너무나도 좋아한 나머지 수년 전 노스 하틀리의 작은 성공회 교회에서 결혼식을 올린 뒤 호비에서 이틀 동안 피로연을 열기도 했다.

더없는 지복이었다.

하지만, 스티븐이 지적한 것처럼, 다행히도 마누아르 호비에는 마누아르 벨샤스처럼 흑파리가 많지 않다. 그리고 살인도 그렇게 많지 않다는 점도 밝혀 두어야 하겠다.

살인하는 돌

THE MURDER STONE

초판1쇄 발행 2016년 7월 20일
초판2쇄 발행 2022년 12월 13일

지은이 | 루이즈 페니
옮긴이 | 홍지로
발행인 | 박세진
불어감수 | 김문영
교　정 | 양은희, 윤숙영, 이형일
표지디자인 | 허은정
출　력 | 대덕문화사
용　지 | 두송지업
인　쇄 | 대덕문화사
제　본 | 바다제책사

펴낸곳 | 피니스 아프리카에
출판등록 | 2010년 10월 12일 제25100-2010-000041호
주소 | 03958 서울시 마포구 망원동 419-3 참존 1차 501호
전화 | 02-3436-8813
팩스 | 02-6442-8814
블로그 | blog.naver.com/finisaf
메일 | finisaf@naver.com